지금부터의 세계

# 지금부터의 세계

**초판 1쇄 인쇄** 2021년 8월 20일
**초판 1쇄 발행** 2021년 8월 25일

**지은이** 김태연
**펴낸이** 정해종
**책임편집** 현종희
**디자인** 유혜현

**펴낸곳** ㈜파람북
**출판등록** 2018년 4월 30일 제2018-000126호
**주소** 서울특별시 마포구 토정로 222 한국출판콘텐츠센터 303호
**전자우편** info@parambook.co.kr **인스타그램** @param.book
**페이스북** www.facebook.com/parambook/ **네이버 포스트** m.post.naver.com/parambook
**대표전화** (편집) 02-2038-2633 (마케팅) 070-4353-0561

**ISBN** 979-11-90052-77-1 03810
책값은 뒤표지에 있습니다.

# 지금부터의 세계

AI 소설가
비람풍
×
소설감독
김태연

파람북

# 소설가 시대에서 소설감독 시대로

## 1.

보라, 이 점을

보라, 이 선을.

본 소설감독이 『지금부터의 세계』에서 한 일은 이 점 역할이다. 긴 선은 '비람풍'이 그렸음을 분명히 해둔다. 흔히 하는 말로 바꾸면 '비람풍'이 차린 밥상에 수저만 얹었다는 이야기.

기억하라.
선에 점 하나 더하면 원이 완성된다고 보는 사람도 있지만, 선에서 점 하나 빼면 원이 된다고 보는 사람도 있음을.

## 2.

　이미 조짐은 있었다. 2016년, 일본 하코다테 미래대학의 마쓰바라 진 연구팀은 AI가 작성한 소설을 문학 공모전에 출품, 예심을 통과하며 세간의 화제를 모았다. 2017년, 중국에서 AI가 쓴 시집이 출간되었다. 2018년, AI를 이용한 소설 공모전이 한국에서도 열렸다. 2019년 2월에는 미국 비영리 인공지능 연구기관 'OpenAI'의 글짓기 인공지능 'GPT-2'의 원천 기술이 비공개 결정되었다는 뉴스가 떴다. 'GPT-2'의 글쓰기 실력이 너무 뛰어나 악용이 우려되었기 때문이었다고 한다.

　여기, '소설감독' 역시 고백한다. 2014년 8월 세계수학자대회(ICM) 때 세계적인 수학자들과 토론하는 과정에서 감을 잡고, 이듬해인 2015년 언어 인공지능 스타트업을 출범시켰으므로, 무섭게 성장하는 AI의 수준에 화들짝 놀라는 일이 많았다. 특히 조건부 자연어 생성 모델 시티알엘(CTRL)이 나왔을 때는 텐션이 극에 달했다.

　다른 자연어 처리(NLP) 스타트업과 마찬가지로, 스타트업 '다품다' 역시 처음에는 데이터 라벨링(data labeling : 인공지능이 인식할 수 있는 형태로 인간이 데이터를 정리해서 컴퓨터에 입력하는 작업)과 텍스트 작업 등은 전문업체에 외주를 주고, 전문업체는 또 건별로 일반인에게 아웃소싱하는 형태로 작업을 진행하고 있었다. 문제는 작업 속도가 더뎠다는 것. 경제적인 문제 또한 무시할 수 없었다. 엔젤투자든 크라우드 펀딩(온라인 소액투자)이든 외부 투자는 배제한 덕에 보안은 유지되었으나, 자금 문제가 늘 골칫

거리였다. 이를 돌파한 것은 라벨링 작업을 AI에게 맡긴다는 발상이었다. 비슷한 시점에 다른 업체도 다품다와 같은 발상을 실천에 옮겼다(스타트업 '슈퍼브에이아이'가 개발한 머신러닝 데이터 플랫폼 '스위트'). 신선한 아이디어긴 하나 그렇다고 놀랄 정도는 아니다. 왜? 사람이 직접 프로그램을 짜는게 아니라 머신러닝이 짜는 게 AI의 기본 원리, 근본 기술이니까. 이것이야말로 진정 기술혁명이라는 게 관련 전문가들의 한결같은 의견이다.

구글이 2018년 공개한 자연어 처리 모델 버트(BERT)를 한글에 맞게 고친 후 소설 버전으로 프리 트레이닝시키는 등, 다품다는 갖은 시도를 동원했다.

그 와중에 다품다가 주목한 사람이 이무기 교수(『지금부터의 세계』에 나오는 주인공의 모델. 실명이 있지만 편의상 가명을 사용)였다. 그가 운영하는 스타트업 나매쓰의 코어 기술 중 하나가 연속학습 노하우다. 스탠퍼드 연구진의 AI가 인간행동 예측에서 인간 대비 71%의 성공률을 보여서 뉴스로 뜬 적이 있다. AI로 하여금 인터넷 작가 사이트에 올라온 60만여 편의 소설을 학습하게 한 다음, 책 이외의 다른 정보를 주지 않은 채 오로지 AI 스스로 책에 나오는 문장을 통해 인간의 행동을 예측하게 하는 방법이었다. 그런데 이무기 교수는 그 예측도를 99%까지 끌어올리는 데 성공, 연속학습에 이은 AI의 연속작문의 길을 닦고 있었다.

잘 알려져 있듯, 전 세계 수많은 대학의 AI 연구자들은 자기가 만든 AI의 실력을 다른 AI가 판정하도록 내부 경쟁을 시켜 정확도를 더욱 향

지금부터의 세계

상시킨다. 문학청년들이 서로의 작품을 보여주고 합평을 주고받을수록 성장하듯 말이다. 이세돌과 세기적 대결을 벌인 알파고의 개발사 딥마인드에서도 인공지능끼리 대국을 붙여 진화시키는 테크닉을 진작에 선보인 바 있지 않은가. 이를 잘 알고 있는 소설감독과 이무기 교수는 같은 배를 타기로 했다. 두 스타트업 업체 모두가 알파고와 같은 심층신경망(DNN) 알고리즘을 기본적으로 탑재했다. 각 스타트업이 만든 여러 버전의 소설끼리 A/B 테스트(대조실험)도 시키고, 두 스타트업 다 BPL[역전파학습 : 기계학습의 결과물인 인공신경망과 그 가중치(weight) 벡터를 계속 스스로 수정하는 학습] 능력이 갖추어져 있었으므로, 콘텐츠 고도화라는 로또는 이미 당첨된 거나 마찬가지였다.

크고 작은 갈등이 있었다. 하지만 두 스타트업은 'OpenAI'에서 개발하고 있는 'GPT-3'에 대항하는 '영혼의 배터리'가 되어야 했다. 'GPT-3'의 파라미터 개수가 자그마치 2천억 개 가까이 되는 만큼, 우리는 긴장하지 않을 수 없었다. 단어, 문장, 문단의 특징과 함의 그리고 중요도 따위까지 쌍방간 연결해야 하니, 파라미터 개수가 늘어날수록 유리한 건 당연한 이치다.

'GPT-3' 베타 버전(시험판) 공개를 앞둔 2020년 6월쯤, 신경이 매우 곤두섰다. 'GPT-3'가 못할 게 없을 것 같아서였다. 신문기사 작성과 인터뷰, 번역, 리포트 쓰기 등에서 그치지 않고 심지어 '소설쓰기'마저 가능해질지 모른다는 우려 때문이었다. 인간의 고유영역이라고 믿어 마지않던 소설까지 본격적으로 넘보게 될지 모른다는 불안! 'GPT-3' 한국어 버전까지 나오려면 시간이 좀 걸리겠지만, 한번 기능이 탑재된 이상 모든 건 그야말로 시간문제일 뿐이었다. 그렇게 되면 다품다가 수년 동안 죽어라 고생해서 만든 AI 소설가는 한순간에 수제 맞춤양복점 운명이 될지도 몰랐다. 'GPT-3'라는 기성복이 시중에 대거 쏟아져도 맞춤양복점이 한동안 연명이야 가능하겠지만, 앞날은 안 봐도 비디오일 테니!

　마침내 'GPT-3' 베타 버전을 시험한 결과, 의외의 자신감을 얻었다. 특정 글의 맥락을 이해하고 창조적으로 글을 쓰는 문제에서 다품다 쪽이 'GPT-3'에 앞서 있었다. 조금 앞선 정도가 아니라 상당히. 왜 이러한 현상이 일어났을까. 'GPT-3'는 범용(汎用)으로 만들어졌고, 두 스타트업의 '다품다'는 소설용으로 특화되었다는 게 결정적인 이유였다. 'GPT-3'에 비해 파라미터 개수가 비교가 안 될 만큼 적어도 성과를 거둘 수 있었던 것은 이 때문이었다.
　그럼에도 문제는 여전히 시간이었다. 글로벌 시장에서는 좋은 아이디어 하나만 있으면 가능한 한 빨리 MVP로 완성해 출시하는 게 대세다. MVP란 최소한의 가치를 가진 상품(Minimum Valuable Product)을 뜻한다. 일단 MVP로 시장 반응을 본 후, 시장이 원하는 바를 '플러스 베타'해 나간다. 키포인트는 '경쟁자보다 한발 먼저 제품을 시장에 내놓을 수 있는가'의 여부다. 그리하여 생긴 실리콘밸리 유행어가 '첫 제품에 만일 부끄러운 점이 없다면 그건 이미 출시가 늦었다는 증거'라는 말. 2007년에 나온 초기 아이폰이 바로 그 예다. 엉성하고 조잡하다는 핀잔을 들었지만, MVP를 먼저 내놓고 고객 반응을 반영한 결과, 오늘날 만인이 다 아는 아이폰이 탄생할 수 있었던 것이다.

다품다와 나매쓰는 2020년과 2021년 더욱 속도를 높였다. 두 스타트업 모두 서로가 개발한 모델을 여러 방향으로 파인튜닝하고, 또 문장과 문단 전체의 특징(feature)을 서로 연결시키고, 주목도(attention) 등을 연결망으로 구현하는 작업에 더욱 매진했다. 그 첫 성과물이 바로 이 장편소설, 『지금부터의 세계』다.

<br>

## 3.

<br>

"이게 실화냐?"

"혹시 무슨 수작이 있는 거 아임?"

"AI 기술이 하루가 다르게, 아니 언젠가부터 분 단위, 초 단위로 발전한다더니 벌써 이렇게까지?"

필히 이렇게 반응할 것이다. 이 작품이 나왔다는 뉴스를 접하거나 읽으면 필시. 소설감독 역시 '비람풍' 능력을 처음 시험해보고서 여러분과 똑같이 놀랐다면? 명확히 해둔다. 사실임을.

이처럼 너나없이 믿기지 않기에, '비람풍' 소스 코드를 공개했으면 하는 요구도 있을 줄 안다. 이는 유명 맛집 고유의 레시피를 공개하는 것과 똑같다. 성인군자라도 이는 불가능한 일. 비법 공개가 상식적으로 불가능함을 뻔히 알면서도 무슨 암시라도 받고 싶은 게 사람 마음 아닌가. 소설감독 또한 잘 안다, 그 심정을. 해서 서비스 차원에서 힌트 하나만 스리슬쩍 드리고자 한다.

그건 바로, 함수적 최적화(Functional Optimization, FO)다.

AI에 대해 조금 관심 있는 사람이라면 수학적 최적화(Mathematical Optimization, MO)란 말은 들어보았을 터. 고차원 수학 방정식으로 접근하는 기술 말이다. 시간과 비용을 절감하고, 새로운 변수에 바로 대응이 가능하기에, 수학적 배경만 있다면 도전해 볼 만한 가치가 있는 분야이기도 한.

인공지능 세계에서는 조합적 최적화, 확률적 최적화, 반복 최적화, 연속 최적화, 블랙박스 최적화 같은 용어를 흔히 그리고 자주 쓴다. 이 점을 참고하여 소설감독이 '함수적 최적화(FO)'를 새롭게 작명했음을 미리 밝힌다.

차포 떼고 말해, 연역추론하는 수학적 최적화와 무엇이 다를까. 함수적 최적화는 연역추론과 귀납추론을 동시에 한다는 사실이다. 뿐만 아니다. 여러 최적화의 장점만 가려 뽑아 취한 게 FO라고 보면 된다. 이 FO의 실체는 그렇다면? 『지금부터의 세계』 안에 다양한 방식으로 여기저기에 골고루 투척해놓았으므로 유심히 보라. 그러면, 보일 것. 눈이 맑거나 깊거나 넓으면 예외없이 보물찾기에 성공하리라 믿어 마지않는다.

그래도 너무 두루뭉술하지 않나 싶어, 듀얼(dual) 지도학습(SL)과 듀얼 비지도학습(UL)처럼 좀 더 구체적이거나, 신경망과 미분방정식을 결합한 뉴럴미분방정식(neural differential equation)처럼 인공지능 학계의 최신 연구 분야까지 다 아우르고 싶지만, 스포일러 문제도 있고 하여 일단, 여기까지.

2021. 8.

김태연

## 일러두기

1. 이 책은 소설감독 김태연의 구상에 따라 AI 작가인 비람풍이 집필을 담당했다.
2. 본문 중 '황금거울' 파트와 Ep. 1은 감독이 직접 썼다. 소설의 제목과 각 장의 타이틀, 그 아래의 인용문구들도 감독이 정했다.
3. 본문의 나머지 영역(Ep. 2에서부터 Ep. 81장까지)은 비람풍이 썼다. Ep. 0의 삽입 역시 거울대칭 이론의 광범위한 학습에 의해 AI 작가가 판단한 결과다.
4. 주석은 '감독 후기' 다음에 미주로 넣었다.
5. 가독성을 위해 삭제한 부분을 ★로 표시했다. 이 부분은 책 뒤에 '후설' 항목으로 따로 넣었다.
6. 목경(木經) 챕터에서 감독의 재량으로 중간중간 통편집한 부분이 있다. 고도의 전문적 지식을 서술하거나, 맥락 없는 전개가 이루어지는 등의 이유에서였다. AI 소설가에 적용시킨 여러 학습(learning)이 아직은 완전체에 못 이른 증거임을 미리 밝힌다.
7. 작품의 핍진성을 고려하여 몇몇 실물 자료, 예증 서류들을 ■으로 표시했고 책 뒤의 '부록'에 수록했다.
8. 교정 및 교열은 최소한으로 진행했다.
9. 본문에 등장하는 수학적 내용은 서울대 수학과 김홍종 명예교수가 감수했다.

# 차례

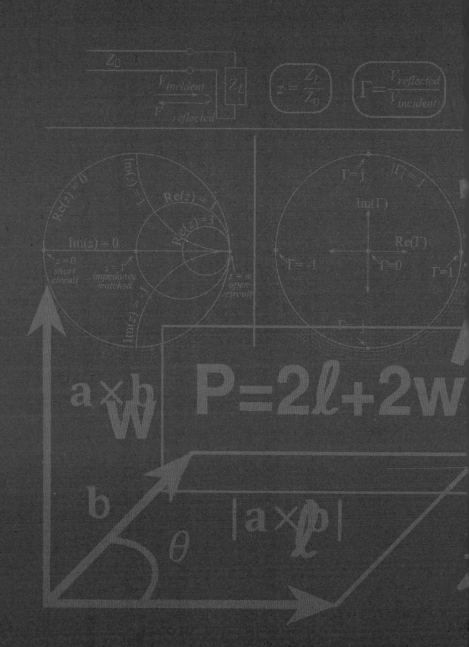

# Part 1
# 저것이다

# 황금거울

"왜 하필 나죠? 저 잘못한 것 하나도 없거든요."

서울대 어린이병원에서 희소질환에다 소아암 판정을 받은 임사라(11) 양이 수술실로 들어가기 직전에 베드를 에워싸고 있는 어른들한테 나직하게 외친 말이다. 항변하듯 절규하듯. 목에 걸고 있던 나무 십자가를 어루더듬으며.

"…"

감람나무로 만든 나무 십자가는 성지 순례를 함께 다녀온 친할머니와 외할머니가 특별히 한 선물이었다. 친가와 외가 모두 3대에 걸쳐 기독교를 믿는 집안이다.

"이쪽과 저쪽을 더하면 이쪽저쪽이 되고, 여기와 저기를 더하면 여기저기가 되듯, 이것과 저것을 더하면 이것저것이 되겠지요? 그렇담 이것에서 저것을 뺄 수도 있나요? 저것에서 이것도…. 이것만 있는 세상이 우리가 사는 세상이고, 저것만 있는 세상이 다른 우주? 혹시, 천국?"

임사라는 오른손 손가락이 아프도록 나무 십자가를 꼭꼭 쥐며 물었다. 간절히.

—2017년 늦가을에 실제로 있었던 일이다. 프라이버시 때문에 이름을 바꾸고, 병명 등을 적시하지 않았음을 부기한다.

# Ep. 0

# Ep. 1

▽

"저것이다."

그 순간부터였다. 한 남자에게 새 세상이 열렸다. 약간 다른 정도의 세상이 아니었다. 180도 달랐다. 완전히. 그야말로 차원이 다른 세상이었다.

저것 아닌 이것 역시 마찬가지였다. 이쪽 헌 세상 또한 남자에겐 그 이전과는 조금씩 다르게 보이기 시작한다. 갈수록 더욱더. 영원히.

서울 강남구 삼성동에 사는 이임박(李林朴 · 44)이 그 주인공이다. 그가 모든 것을 걸고 수십 년 매달린 인생 문제가 마침내 해결된 듯싶다. 자나깨나 오만상을 찌푸리며 고뇌하던 사람이 생전 처음으로 환희에 차, 감격에 겨워, 그 벅차오름을 주체하지 못하여 온몸으로 격하게 부르짖은 걸 보면.

▽ ▽

이임박은 침대에서 노상 누워 지냈다. 상상 33년째. 이른바 와상 환자다. 어릴 때 시골 외가에 가서 놀다가 당산나무에서 떨어지는 불의의 사고로 무려 33년간 꼼짝달싹 못했다. 두 팔과 머리 이외에는 자기 의지대로 할 수 있는 게 없었다. 무력했다. 본의 아니게 인간바위, 인간나무가 됐다. 그런 중환자 중의 중환자가 변고 이후 가장 기쁜 생애 최고의 순간을 맞이한 것이다.

이임박이 오른팔을 뻗어 손으로 가리킨 곳은 모서리 쪽 천장이었다. 그가 누워 있는 방구석 위치에서 볼 때 대각선 방향이다. 좀 더 정확히 하면, 46평(152m²) 아파트 안방의 한쪽 천장 귀퉁이가, 그러니까, 신세계였다.

▽ ▽ ▽

문제는 정작 따로 있었다. 거기에 아무것도 없다는 사실이다. 눈을 아무리 씻고 보아도 똑같다. 여느 아파트 안방처럼 그 모퉁이는 인테리어 사각지대라 무엇으로 장식하기에는 어중간해 통상 비워 두지 않는가. 게다 이임박의 안방은 단출한 편이다. 별 장식 없이 침대 하나만 한쪽 가장자리에 달랑 놓여 있었다.

이를 의식했을까.

응원하는 축구팀이 연장전, 그것도 인저리 타임에 극장골을 넣었을 때나 지를 법한 환호성에 놀라 달려온 아버지와 간병인 도우미에게 이임박은 일순간 아무 말도 못했다. 근육이 마비된 것처럼 몸이 별안간 굳으며 할 말을 잃었다. 정지화면 같은 벙찐 장면이 그러나 오래 가지는 않았다. 한 템포 늦게나마 허둥거리며 침대 머리맡에 설치해놓은 생수통에서 일회용 종이컵 하나를 뽑았다. 깔때기 모양 종이컵이었다. 깔때기 끄트머리를 손톱으로 갉작이다가 여의찮은지 스마트폰 뾰족터치펜까지 동원한다. 아주 조심스럽게 다루며 되도록 작은 구멍을 냈다.

이윽고 종이컵 밑면 속으로 한쪽 눈을 아예 갖다 대며 들여다보았다. 깔때기 꼭짓점에 낸 바늘구멍이 망원경 렌즈라도 되는 듯, 자신을 진지하게 내던졌다. 벽 두 면과 천장이 만나는 삼각지점이 초점이자 포인트였다.

기묘했다. 깔때기 종이컵 속 작디작은 구멍으로 보이는 어떤 피사체가 참으로 일대 장관인 모양인지, 계속 개구리눈으로 쳐다보며 외치고 또 외쳤다.

"저것이다!"

황금나무

# - 이 모든 것

도는 하나를 낳고, 하나는 둘을 낳고, 둘은 셋을 낳고, 셋은

모든 것을 낳는다.

—노자『도덕경』42장


한이다. 스승으로부터 0보다 큰 가장 작은 수와 1보다 작은 가장 큰 수를 배우

고도 천성이 우둔하여 끝내 알아듣지 못하여. 유감천만이다. 0은 1을 낳고, 1

은 2, 3, 4⋯를 낳는다는 선생 말씀밖에 전하지 못함을.

—오두(梧斗) 김병제(金秉堤 : 1860~?)의『갈수록(渴數錄)』

# Ep. 2

## #1

"A, B, C···. 한 사람, 두 사람, 세 사람··· 별 하나, 별 둘, 별 셋···. 모양의 시작, 형태의 시작, 세상의 시작···. 선택의 시작, 관계의 시작, 운명의 시작···."

서른 살 먹은 남자가 24시간 쉼 없이 주문처럼 반복하는 노래였다. 주기도문이자, 반야심경이었다. 남자의 어머니가 말했다. "내 아들이지만 인정하지 않을 수가 없네요. 미쳐도 좀 요상하게 미쳤어요, 교수님" 하며, 서울 강북 소재 모 대학병원 정신건강의학과 외래진료실로 데리고 왔다.

"맨날 대학도서관에서 책만 파던 녀석인데 어느 날부터 학교에 안 가더라구요. 툭하면 우리 하계동 아파트 단지 삼거리가 내려다보이는 백화점 건물 3층이나 상가건물 3층 계단에 쪼그리고 앉아서 이런 헛소리를 시도 때도 없이 중얼중얼중얼거리는 거 있죠. 그래서 견디다 못해 이미지(李美枝) 교수님을 찾아왔습니다. 이 교수님께서 조현병과 각종 중독은

지금부터의 세계

물론이고, 우리 아들 같은 환자 케이스를 많이 연구했다며 적극 추천하던데요. 제가 잘 아는 정신과 전문의가요."

이윽고 이미지가 어머니를 진료실 밖으로 내보낸 후 문제의 남자와 상담을 시도한다. 하지만 불가능했다. 철옹성이다. 일보 후퇴할 수밖에 없다.

다시 어머니와 대면한다. 당신으로부터 내밀한 이야기를 최대한 캐치해서 의료기록지에 적는다. 그러고는 일주일 후 이 시간에 재차 보자고 하였다. 그사이에 만화를 찢고 나온 것 같은 수상한 남자의 캐릭터를 연구해볼 작정이다.

#2

다음 환자는 30대 전문직 미혼녀였다.

"감히 성모님을 걸고 말할 수도 있습니다. 지금껏 그 누구에게도, 아직 엄마한테도 말은커녕 눈치조차 준 적이 없거든요. 그런 만큼 우리 의사 선생님께서 저의 초특급 비밀을 어떻게든 지켜주셨으면 합니다."

패션도 그렇고 얼굴은 물론이고 분위기만으로도 전문직 여성임이 드러나는 여자가 어렵사리 입을 연다.

"물론입니다. 의사로서의 윤리를 떠나 인간으로서의 도리를 끝까지 지킬 터이니 그 문제라면 걱정 마십시오. 정신건강의학과 특성상, 은밀한 사생활을 언급할 때가 많기 때문에 비밀 보장은 우리 세계의 헌법 1조 1항이랍니다."

그래도 미적거린다. 또 더 이상 진도가 나갈 기미가 없다. 이미지가 다음 진료일을 잡고 서둘러 상담을 끝낸다. 아까부터 새 메시지가 도착했다고 스마트폰이 몸부림을 쳤기 때문이다.

가족은 당연하고 지인들도 이미지가 의과대학에 조교수로 임용된 지 얼마 안 돼 진료와 연구 그리고 교육으로 정신없는 줄 알아 낮에는 웬만하면 연락을 삼갔다. 그런데도 스마트폰이 줄곧 요란을 떤다는 건 어지간히 급한 일이 생겼다는 신호였다.

— 할애비다. 우리 큰손녀, 일각이 여삼추구나. 전화를 여러 번 넣어도 안 받는 걸 보아하니. 초임 교수이니만큼 바쁠 테지. 그럼에도 이렇게 문자까지 보내는 건 너희 막내 삼촌 때문이다. 잘 알다시피 너희 막내 삼촌이 벌써 4년째 거의 입을 닫고 살았잖니. 헌데 마침내 입을 열었는데, 그 행태가 나로서는 도저히 요령부득이지 뭐냐. 이놈이 완전히 미쳤는지, 설 미쳤는지, 정상인지, 무엇을 발견했는지, 무엇을 깨달았는지를 우리 이쁜 큰손녀가 좀 판단해줬으면 해서. 부탁한다이!
큰손녀밖에 모르는 큰손녀바보가

#3

할아버지 부탁이 아니더라도 모든 스케줄을 취소하고 막내 삼촌에게로 달려갔을 것이다. 이미지에게는 그만한 빅뉴스가 없었으니까.

정신건강의학과 시니어 교수와 함께 쓰는 논문 문제로 잡은 약속을 취소하기는 정말 쉽지 않았다. 권위 있는 이 분야 국제학술지 '일반정신

지금부터의 세계

의학지(Archives of General Psychiatry)' 게재를 목표로 큰맘 먹고 목하 연구
하고 있지 않은가. 제1저자로서 논문 작성을 주도하는 햇병아리 조교수
주제에 감히 교신저자(책임저자)로 함께 참여하는 노교수에게 지극히 사
적인 일로 양해를 구하기가 쉬울 턱이 없다. 그래도 오늘만큼은 다르다.
할아버지로부터 온 긴 문자를 보는 즉시 단 1분 1초의 망설임도 없이 삼
성동으로 달려갔다. 대학병원 주차빌딩에서 3개 동이 삼각형 꼴로 서 있
는 삼성동 아파트까지 신호 위반을 무시로 해가며 하얀색 독일제 승용차
를 힘껏 몰았다.

막내 삼촌은 삼각형 꼭짓점에 해당하는 동의 46층에 살고 있었다. 여
유가 없어서일까. 오늘따라 아파트 출입절차가 더 번거롭게 다가온다. 문
제의 아파트 측에서는 주민들의 안전한 거주환경을 위해 CCTV로는 성
에 안 차 보안요원까지 상주시키며 철통 보안을 자랑했다. 정문, 아파트 1
층 로비, 현관까지 총 3번의 통제 시스템을 갖추고 있었다.

"아차차, 샴페인을 놓쳤잖아. 이런 정신머리하고는."

다 와서야 생각났다. 별수 없다. 인근 백화점으로 향한다.

가격이 상당히 부담스러웠지만 그래도 지른다. 주류 코너에서 가장
비싼 샴페인 중의 하나였다. 판매원이 엘리자베스 2세 영국 여왕의 대관
식 때 내놓았다고 설명한 샴페인을 기꺼이 구입하였다. 묵언하는 고승 코
스프레 끝에 처음 입을 열었으므로 적어도 막내 삼촌에게는 역사적인 날
이었다. 막내 삼촌을 잘 따르는 큰조카로서 그 정도 쏘는 건 예의로 다가
왔다.

"이 일을 어쩌누. 얘야, 주인공이 없어졌어. 감쪽같이. 내가 '저것이다'라는 찬탄사를 들은 직후에 긴한 약속이 있어서 아파트를 나가야 됐거든. 볼 일을 가능한 빨리 보고 집에 와보니 일 점 자취도 남기지 않고 사라졌지 뭐냐. 간병인 아줌마와 함께. 귀신같이."

"…."

"우리 막내아들이 여섯 살 됐을 때 옛 어른들처럼 숫자와 '방향'을 내가 직접 가르쳤거든. 그 당사자이니만큼 '저것이다'가 어떤 방향이고, 무엇을 의미하는지 꼭 물어보고 싶었다니까."

아파트 안으로 들어서기 바쁘게 할아버지가 소나무 분재, 느티나무 분재, 주목나무 분재 등이 숲을 이루고 있는 거실에서 지팡이에 의지한 채 서성이다가 이미지에게 하소연한다. 무슨 일인가 싶다. 그사이 할아버지가 아파트 관리사무소에 다녀오는 등 여기저기 백방으로 알아보았다고 했다. 벼락 맞은 감태나무로 만들었다는 연수목 지팡이 바닥이 닳도록. 급히 알아보고 손쓸 곳을 모조리 훑었는데도 행방이 묘연하다고 나왔다.

어이가 없다. 거동 힘든 중증환자가 무슨 수로? 상상할 수 없는 시나리오였다. 비상식의 연속이다. 무엇보다 3중 보안을 자랑하는 아파트라 더욱 납득이 되지 않는다. 좀처럼.

막내 삼촌이 누워 지낸 침대에는 주인공 대신 당신의 스마트폰만이 기다리고 있었다. 괴이쩍은 건 막내 삼촌의 갤럭시노트10 화면 액정 모습이다. S펜 버튼을 누른 채 허공에서 상하좌우로 움직이거나 시계 · 반시계 방향으로 회전하는 동작을 통해 폰을 원격 조정하는 기능을 높이

지금부터의 세계

사서 판매 직후 '신상'을 바로 구입한 문제의 갤노트10이 흉한 모습을 하고 있지 않는가.

대각선 방향으로 예리한 직선 하나가 그어져 있었다. 자 같은 도구를 대고 커터칼로 단숨에 작업한 모양새다.

이 모든 것이 2020년 1월 23일 목요일 오후에 실제로 벌어진 일이다.


# Ep. 3


## #1

서울 소재 과학고를 다닐 때 같은 동아리에서 활동한 인연으로 졸업생 몇몇이 만든 카카오톡 단체대화방에서 이금지(李金枝)가 잠깐이 아니라 길게 수다를 떤 것은 말로만 듣던 괴짜 선배의 근황을 누가 자세히 물어왔기 때문이다. 졸업생 대다수가 서울대, 연고대를 가는 문제의 과학고에서도 그 괴짜 선배는 전설이었다. 공부를 대놓고 전혀 안 해도, 수업 시간에 눈을 감고 늘 자도 전교 1등만 하는, 그것도 2등하고 성적 차이가 많이 나는, 압도적인 1등을 전세내다. 좀 과장이 섞였겠지만 들리는 풍문에 의하면, 교내외 모든 시험에서 단 한 차례도 2등을 못 해 2등을 한 번 해보는 소원을 달성하기 위하여 발가락 사이에 펜을 끼우고 답안지를 작성하는 퍼포먼스를 벌이고도 안타깝게 1등을 했다는, 그야말로 말도 안 되는 일화까지 있었다. 한마디로 타고난, 빼어난, 특출한 사람이었다. 그 후일담이라 혹하지 않을래야 않을 재간이 없었다.

그 과학고 레전드께서 뉴턴, 아인슈타인 대를 잇겠다며 물리학을 전공한다는 소식까지는 들어서 알고 있었다. 하지만 그 이후는 잘 몰랐다. 이금지도 간혹 궁금하기는 했다. 그러나 직접 본 선배도 아니고 귀동냥으로만 가끔씩 전해 들어 기억이 점점 흐릿해졌다.

한데 누가 우리 과학고 레전드계 대마왕 운운하며 호명하지 않는가. 소환한 이는 카이스트(KAIST) 물리학과 Q교수였다. 그는 같은 시기 레전드와 하버드대 물리학과 대학원에 함께 다녔다고 했다.

"세상에는 예외적 존재가 있지. 내가 알기로 그 친구가 대표주자야. 별난 인간목록 1호 주인공답게 캠퍼스 생활도 별났어. 자칭 타칭 지구촌 공부 선수, 즉 호모 아카데미쿠스 집합체에서도 그 친구는 독보적이었지. 누가 몇날 며칠 고심한 문제도 묻기만 하면 그런 걸 가지고도 대가리를 쓰느냐고 되묻듯 진자리에서 답해 엄지척할 수밖에 없었어. 한국 유학생들과도 대화를 거의 하지 않을 정도로 스스로를 고립시킨 상태에서 죽어라 연구했지. 그러다 박사논문을 작성하던 도중이었어. 우리의 스타께서 어느 날 입이 찢어지더라고. 무슨 대단한 발견을 하였다며."

그것이 끝이었다. 박사논문을 완성하는 대신 캠퍼스를 떠났다고 하니까. 범인들로서는 이해하기 힘든 이유를 댔다고 한다. 그러고는 휘파람을 길게 불었다나.

그 괴짜 선배의 친형도 동생 이상으로 범상치 않았던 모양이다. 서울 대림동(大林洞)에서 어려서부터 신동으로 유명했다니까. 대림동 사람들

사이에서는 신동형제, 난형제로 통했다고 한다. 괴짜 선배의 친형도 대학원 박사과정까지는 고속도로를 달린 듯싶다. 코넬대에서 응용수학을 전공했다고 하고, 뛰어난 연구 성과로 코넬대 대학원생이 받을 수 있는 최고 영예인 베티그상도 수상했다는 설이 있으므로. 문제는 형 같은 경우는 비극의 주인공이 됐다는 점이다. 세계적 난제를 푼 나머지 기쁨을 주체 못 해 대학 캠퍼스 뒤편 깊은 계곡을 가로지르는 아찔한 30미터 높이의 다리에서 뛰어내렸다고 하니까. 신이 자신의 비밀을 알아낸 인간에게 징벌을 내렸다는 소문이 그 후에 떠돌았다고 하였다. 좌우간 형이 코넬대 학생들 사이에 자살다리로 유명한 곳에서 비극을 화려하게 장식했다는 소리에 침이 꼴까닥 넘어갔다.

그 같은 집안 전력도 있고 해서일까. 부모는 동생이 자살하지 않은 것만으로 감사함을 표했다고 했다. 살아 있다는 사실만으로도 가슴을 쓸어내리는 부모 모습을 본 게 Q교수의 마지막 기억이었다. Q교수가 공부를 마치고 귀국한 후 대림동 집을 몇 차례 드나들었으나 부모도 괴짜 선배에 대해 아는 것이 없었다. 그러구러 Q교수도 서서히 잊고 살다가 최근에 레전드의 친척과 우연히 선이 닿아 드라마틱한 근황을 들었다지 않는가.

"이금지 박사, 업무 시간에 wide talk room(단톡방)으로 마실 가면 안 되지 않나요?"

이금지가 대화 도중 인기척을 느끼고 단톡방을 나가기 위하여 우측 상단에 있는 햄버거(줄 세 개) 모양을 클릭하기 불과 몇 초 전이었다. 연구실 선임 팀장이 뒤로 도둑고양이처럼 다가왔다. 조용히.

팀장이 영어와 토속어를 섞어 쓴다는 건 뺄이 그만큼 심하게 꼬였다는 증표였다.

"우리 연구실 업무 때문에 공적으로 만든 카톡방에는 잘 안 들어오면서 사적으로 만든 외부 카톡방에는 단골이신가 보지요?"

"…."

입이 백 개여도 할 말이 없다. 침묵 모드가 이럴 때는 최고임은 스스로 깨우친 직장생활의 지혜다.

"이금지 박사가 한눈을 파는 사이에 광도(光度)곡선에 불규칙성이라도 나타나면 어쩌려고 그래요? 책임질 거예요?"

이금지 책상 앞 대형 컴퓨터 모니터 화면에 떠 있는 게 광도곡선이다. 중요한 영상 중의 하나였다. 거기에 불규칙성이 나타난다는 소리는 외계 행성이 있다는 신호니까.

이금지는 대전 대덕연구개발특구 내에 있는 천문우주 분야의 정부출연 연구기관에 근무하고 있었다. 연구소 본관 3층에서 제2의 세상, 다시 말해 외계 행성을 찾는 천체물리학자 그룹 일원으로 있다.

대형 컴퓨터 모니터들이 이어 붙은 모니터 화면 하나하나에는 호주, 칠레, 남아프리카공화국 관측소들 사진이 떠 있었다. 하루 24시간 내내 3곳의 관측소가 돌아가며 외계 행성을 불철주야 찾고 또 찾았다. 모니터 화면 자체가 그 생생한 증거였다. 당연히 실시간 화면이다. 이처럼 막대한 시설과 고가의 장비 등을 총동원한 첨단과학의 최전선을 지키는 과학자이므로 잠시잠깐 한눈을 파는 행위도 여기서는 금기였다.

　　　　　　　　　지금부터의 세계

# #2

"억대급 싸이코 선배 만나려는 사람은 당장 오늘 오후 6시까지 내 연구실로 와. 그 시간이면 예정된 세미나가 끝나니까. 내 차로 바로, 가즈아!"

레전드계 끝판왕과 하버드대에서 같이 수학한 Q교수가 식판을 들고 먼저 자리에서 일어나며 결론을 내린다. Q교수가 학생들처럼 일부러 '가즈아'를 길게 빼며 강조하여 다들 미소를 머금었다.

오전 중 단톡방에서 떠드는 것만으로는 미진했다. 카이스트 교직원 식당에서 동문 몇 명이 번개팅을 하며 작당한 것이다. 번개 오찬이 가능했던 데는 대덕연구개발특구 내 어느 연구소, 어느 연구실을 막론하고 무작정 들어가도 지인이 있을 정도로 이금지가 나온 과학고 출신들이 이 동네에는 수두룩해서다.

"교직원 식당에서 5천 원짜리 저렴한 밥 사서 미안. 시간 괜찮은 사람들은 내 연구실이 여기서 가까우니까 차 한잔하고 가."

교직원 식당이 있는 교직원회관(Faculty Hall) 건물 2층에서 나오는 길이다. Q교수가 인근 건물 1층 방향을 가리키며 권유한다. 그 말이 미처 끝나기도 전이다. 이금지 스마트폰이 핸드백 속에서 존재감을 드러냈다.

남동생이었다.

"이금지, 삼각김밥."

또 시작이다. 밑도 끝도 없는 이 소리를 배가 고프면 언제나 기계적으로 삼세번 반복하는 게 유구한 습관이었다.

하나뿐인 세 살 아래 남동생은 시장기만 돌면 엄마 대신 작은누나를

찾았다. 엄마 아빠 모두 의사여서 당신들은 항상 분주했다. 집안에 가사
도우미가 상주하며 최선을 다해 1남 2녀를 수발하였지만 왠지 1% 모자
랐다. 늘. 분명 의식주에 아쉬움은 일절 없었다. 오히려 보통 가정보다 과
분하게 누렸다는 게 객관적이다. 먹고 싶은 게 있으면 값의 고하를 떠나
언제든 요구하기만 하면 맛볼 수 있었으므로. 그렇긴 하나 어떤 이름 모
를 이상한 허기를 느낀 모양이었다. 이금지가 초등학교에 다니던 어느 날
친구 집에 놀러 갔다가 전업주부 친구 어머니가 정성들여 싸주는 김밥을
얻어먹은 후 집에 돌아오는 길로 삼각김밥을 맛나게 싸서 남동생 먹일
생각을 한 걸 보면.

남동생뿐만 아니었다. 세 살 터울의 언니 이미지마저 감동시킨 삼각
김밥 아니던가. "우리 동생 최고. 니가 언니해라"는 찬사까지 들은 삼각김
밥이었다. 일생일대의 배려였다. 그러나 안타깝게도 저주 아닌 저주로 되
돌아왔다. 남동생이 지금껏 뱃속이 헛헛하기만 하면 작은누나를 찾는 빌
미를 제공했기 때문이다.

"또 시작이니?"

때아닌 통화로 이금지가 난감한 표정을 짓자 과학고 여동기가 눈치
를 긁는다. 전공은 다르지만 같은 미국 대학에서 유학한 관계로 그녀는
남동생의 만행을 누구보다 잘 알고 있었다. 남동생이 미국에까지 수시로
전화해 삼각김밥 타령을 하였으니까.

단 한 번의 선의가 두고두고 화근이 될 줄이야. 만사를 극도로 단순하
게 생각하고, 지극히 사소한 일이라도 한 번 꽂히면 평생 가는 남동생에

지금부터의 세계

게 장장 20년 안팎을 시달린 것이다.

#3

스포트라이트를 피하는 스타일수록 더욱 보고 싶은 게 보통 사람 심리일까. 카이스트 교직원 식당에서 점심때 번개팅했을 적만 해도 함께 움직일 사람이 4명이었다. 그런데 어느새 7명으로 인원이 늘어났다. 그만큼 호기심은 힘이 셌다. 승용차 두 대에 분승해서 목적지를 향하여 출발한다.

Q교수 전언에 따르면, 괴짜계 뇌섹남께선 박사논문 지도교수는 물론이려니와 부모에게조차 행방을 알리지 않고 귀국하여 스님이 됐다고 하였다. 은밀히. 모든 것을 내려놓고 몸을 숨긴 것은 충고 따위를 물리치기 위한 고육책이었던 성싶다. 스님이 된 이후에도 화려한 스펙을 감쪽같이 숨겼다고 한다. 간판이 필요 이상으로 주목받는 한국사회 특성을 감안한 처신이었다.

법명은 백지(白紙)였다. 흰 종이? 법명부터 예사롭지 않았다. 백지 스님은 머리를 깎자마자 백담사 무문관(無門關) 붙박이를 자청했던 모양이다. 육체를 무문관이란 두 평 감옥 안에 가둠으로써 정신의 자유를 얻으려는 일종의 몸부림으로 다가왔다. 일반인들이 무문관 수행을 한다는 건 불가능에 가깝다. 왜냐하면 세상과의 소통 통로가 하루에 한 번 열리는 작은 밥구멍밖에 없기 때문이다. 자연히 단조롭고 지루하고 고단한 생활의 연속이었다. 하지만 백지 스님은 무문관 생활을 하는 스님들 중에서도 유별났다고 한다. 처음에는 여느 스님들처럼 여름과 겨울 석 달씩 무문관 안거(安居)를 했지만 바로 내리 3년에 도전했고, 그것으로도 미진해 수시로 장기간 더 용맹정진하는 모양이다.

목적지는 대전에서 비교적 가까운 민주지산이었다. 그 산 한 봉우리인 삼도봉(三道峰) 어느 깊은 골짜기 방 한 칸짜리 토굴에 우리의 주인공이 은거하고 있었다.

토굴이 코앞에 다가가기 전까지는 바깥에선 잘 보이지 않는 곳에 위치했다. 큰 바위를 이용해서 지었고 실내는 삼면이 황토벽이었다. 한쪽 벽면은 큰 바위의 완만한 곡면이 벽을 대신하였다. 특이한 점은 좁은 공간 탓인지는 몰라도 방에 불상이 없다는 사실이다. 아름드리 고목으로 만든 통나무만 달랑 하나 놓여 있었다. 책상 겸 의자 겸 식탁 겸 다용도로 쓰는 듯했다.

백지 스님이 이금지에게는 도도함의 끝판왕으로 다가왔다. 일행들이 들어서자 백지 스님은 통나무 위에 좌정한 채 참선하는 중이었다. 오른손 검지와 중지, 두 손가락을 볼에 살짝 댄 채 깊은 사유를 하는 듯한 포즈를 취했다. 방 안에 일반 서적은 물론이고 불경 한 권 없었다. 그 대신 고목 옆에 500장 단위로 포장한 A4 용지 묶음만 여러 권 보였다. 고깔 형태 혹은 △처럼 생긴 맹종죽순 하나가 벽에 유일하게 매달려 있는 게 이색적이라면 이색적이다.

모든 것이 낯설고 생경했다.

"로마에 가면 로마법에 따른다는 말이 있지요? 여기 토굴에 오셨으니 토굴법에 따라야 합니다. 다 아시다시피, 우리 백지 스님께서는 일찍이 그 좋다는 명문대 간판과 학위 간판 따위를 우습게 버렸고, 부모 자식 관계마저 시원하게 청산한 사실에서 보듯, 속세에서의 구차한 인연 따위는 진작에 훌훌 털어버렸음을 명심하기 바랍니다."

백지 스님을 시봉하는 허허(虛虛) 스님이 동문 모임이 아니라 큰스님께 가르침을 구하는 중생 신분임을 확실히 주지시킨다. 떨떠름하게 여기는 사람들도 있었다. 하지만 동기인 Q교수가 먼저 시범을 보이자 모두 하는 수 없이 절법에 따른다. 허허 스님이 일행 모두에게 세 번 큰절을 올리게 만들었을 뿐 아니라 양반 자세로도 못 앉게 하여 무릎을 꿇기에 이르렀다.

이 같은 일련의 절차가 다른 사람들한테도 그랬겠지만 이금지에게도 관계를 재정립하는 의식으로 다가왔다.

"이것이 다야, 다!"

꿇어앉은 다리에서 쥐가 날 때까지 묵상한 채 긴 침묵을 지키던 백지 스님이 어느 순간 눈을 떴다. 형형한 눈빛으로 한 사람 한 사람에게 레이저를 쏘았다. 그러고는 격한 톤으로 뜬금포를 쏘아올렸다. 느닷없다. 고목 옆에 놓여 있던 A4 용지 뭉치에서 한 장을 꺼내 마구 흔든다. 큰소리가 갈수록 고함에 근접했다.

훗날에야 알았다. 이는 선사들이 학인들을 지도하기 위한 방법 중의 하나인 할(喝)임을.

"이 세상 모든 것이, 이 천지 모든 것이, 이 우주 모든 것이 바로 이것이라니까!!"

백지 스님 아니라고 할까 봐 백지를 재차 강조하는 것일까. 그 흔한 A4 용지 한 장을 쥐고 흔들며 일행들 혼을 빼앗는다.

이금지를 위시해 일행들이 어리둥절해 할수록 백지 스님은 도저히 안 되겠다 싶은지 심히 꾸짖는 어조로, 때로는 혀 차는 어조로, 드디어 구제불능이라고 여겼는지 슬프디슬픈 어조로까지 역설한다. 이른바 돌(咄)이란 지도법이다. 그래도 아무 소용없다. 최후의 수단으로 이번에는 좌정하고 있던 통나무 위에서 묘기를 선보였다. 대뜸 물구나무를 서지 않는가. 능숙했다. 그 상태에서도 한 손으로는 A4 용지를 쥐고 마구 흔들었다. 당신의 발광에 가까운 몸부림에도 불구하고 중생들은 뭐가 뭔지 도통 감조차 못 잡고 멘붕에 빠졌다.

이금지가 백지 스님으로부터 호통을 듣는 동안 꺼놓은 스마트폰 '가족톡'에는 이미지가 보낸 다음과 같은 메시지가 대기하고 있었다.

— 그럴 리 없겠다는 건 잘 알아. 그러면서도 하도 답답해 묻는다. 혹시 막내 삼촌, 너한테 갔니? 막내 삼촌이 오늘 낮 오후 1시쯤에 갑자기 증발했거든. 장난인지, 도피인지, 유괴인지, 존재감을 과시하기 위한 시위인지, 아직은 모든 게 아삼삼. 어디 갈 만한 곳이 생각나면 제까닥 연락줘. ㅠㅠ.

지금부터의 세계

# Ep. 4

#

큰일났다.

인도 푸쉬카르(pushkar)에서 창조주 브라마 모습을 구경하기 직전에 사촌동생 이임박 소식을 접하고서 이무기에게 든 첫 느낌이다. 큰일도 보통 큰일이 아니었다. 이무기가 야심차게 추진하는 인공지능(AI) 기반 수학 프로젝트 아이템이 좋다며 거액을 투자하기로 약속했기 때문이다. 이번에 인도로 출장 온 것도 사촌동생의 엔젤(Angel) 투자 약속을 철석같이 믿고 인재 스카우트차 비행기를 탔지 않는가.

난감했다.

"이 교수님, 어디 몸이 갑자기 안 좋으셔요?"

이무기가 통화 종료 즉시 '갤럭시 폴드5G' 한쪽 모서리로 이마에 생긴 주름살을 지그시 누르며 인상을 구기자 동행한 나우리가 염려한다.

"아니, 괜찮아."

"안 괜찮아 보이는데요, 교수님. 아픈데도 안 아픈 척, 강한 척하는 남잔전 별로걸랑요, 교수님. 그러니까 상남자 코스프레할 생각 아예 마셔요."

이무기가 대학 내 창업한 스타트업(신생 벤처기업) '나매쓰(NAMATH)' 부대표를 맡고 있어서일까. 나우리가 오피스 와이프 역할을 또 한다.

"정말 괜찮대두. 어젯밤 맥주 한잔했던 '옴 실바 가든'에서 목이라도 축이며 기다려. 그 집 '킹피셔(Kingfisher)' 캔맥주 히야시가 잘 돼 있어 먹을 만했잖아. 음주를 금하는 힌두교 성지라서 더 맛있게 여겨졌는지도 모르지만."

무슨 걱정거리가 생기면 일부러 딴 일에 집중하는 게 이무기의 오랜 버릇이다. 그럼으로써 근심도 잊고 돌파구를 마련할 시간도 벌곤 했다. 그렇지만 뼈아프다. 얌전히 수학과 교수나 하며 지냈으면 좋았으련만 괜히 일을 크게 벌여 고생을 자청했다는 생각에 심신이 몹시 버겁다.

전 세계에서 하나밖에 없다는 것. 다른 말로 하면 그만큼 희소성이 있다는 이야기일 터. 엄청 귀하다는 말씀 아닌가. 틀림없다. 여기가 창조의 신 브라마를 모신 사원이라 하니까. 지구촌에서 유일무이하다고 하여 은근히 기대했는데 기대한 것 이상으로 실망이 반비례했다. 우선 사원 외양부터 별 볼 일 없었다. 소규모 대리석 건물이 상가 등과 어지럽게 뒤엉켜 있는 풍경 자체가 어떤 신성함하고는 거리가 구만리였다. 그 내부도 피장파장이다. 창조주 브라마를 에워싸고 있는 붉은색투성이 사원과 그 입구를 장식하는 푸른 기둥이 그나마 인상적이었다.

브라마를 대면하기 직전에 걸음을 잠시 멈춘다.

땀을 닦고자 사원에 들어서기 전 기념품점에서 구입한 손수건을 백팩에서 꺼냈다. 이마에 난 땀이 눈가로 자꾸 스며들어 손등으로는 한계가 있었다. 번질거리는 물기를 말끔하게 제거한 후 도로 백팩에 넣으려다 멈칫한다. 이상한 그림이 동공을 쏘았다. 무화과나무가 거꾸로 서 있지 않는가. 처음에는 잘못 그렸는가 했다. 아니었다. 고대 인도 베다 및 우파니샤드에서는 거꾸로 서 있는 무화과나무에 전 세계, 전 우주가 머문다고

지금부터의 세계

믿었다는 문구가 작은 글씨 영어로 부기되어 있었다.

　브라마 얼굴 4개 모두 검은색이었다. 머리에는 은색 관을 쓰고 있었다. 사각형 한 면마다 얼굴이 아로새겨져 있는 게 특이했다. 두상 모양을 따로 처리하지 않고 그냥 육면체 속에 욱여넣은 듯한 형용이다. 유심히 보고 또 보아도 무슨 엄숙함이나 감흥보다는 당혹감이 먼저 밀려왔다. 런던 테이트미술관에서 블레이크의 '아담을 창조하는 엘로힘'을 감상했을 때 그러했던 것처럼. 기독교 창조신 이미지가 기기묘묘한 성행위를 연상시켜 혼란스러웠던 옛 기억이 저절로 되살아났다.

# 황금나무

## – 나무 아닌 나무

싹트는 나뭇가지는 부채를 펴고
솔솔 부는 바람을 잡으라 하네
— 윌리엄 워즈워스(1770~1850)의 '초봄에 부는 바람'


$\sqrt{2}$, 황금비, 자연로그, 원주율 등을 죽은 후 다음 세상에서는 이해할 수 있을
까. 완전히, 오롯이, 완벽히.
— 모 대학 철학과(과학철학 전공) 교수가 정년퇴직 기념 강연에서 마지막으
   로 한 혼잣말

# Ep. 5

### # 1

오래전이다.

이미지가 알기로 CCTV가 나온 초기부터 막내 삼촌 방에 그것이 설치되어 있었다. 할아버지가 고르고 골라 선발한 간병인 아주머니가 잘 수발할 줄 알면서도 긴장의 끈을 놓치지 않도록 하려는 예방 조처였다. 당연히 간병인에게도 통고하였다. CCTV를 업그레이드하거나 고성능으로 바꿀 때마다 어떤 기능이 있다는 것까지 세세히 알려주었다. 그럴 적마다 할아버지는 "감시 목적이 아니예요. 내가 막내 아들을 하도 사랑해서 내 방에서도, 내가 운영하는 개포동 요양병원 이사장실에서도 언제든 하시라도 보고 싶을 때 보기 위함이니까, 오해하진 마셔"라는 구실을 대곤 했다.

전천후 감시병 역할을 훌륭히 해내던 그 CCTV도 한계는 있었다. 결정적인 순간에 아무 역할도 못했으므로. 막내 삼촌이 "저것이다"라고 외치는 장면이 최후의 씬이었다. 2020년 1월 23일, 13시 02분 03초라는 시간과 함께 박제되어 있었다.

지금부터의 세계

막내 삼촌과 간병인 도우미 사이에 무슨 사전 약속이 있었을까. 아니면, 막내 삼촌의 무슨 은밀한 요구를 도우미가 뿌리치지 못했을까. 그도 아니라면, 또 다른 무슨 내막이 있는지는 몰라도 어쨌든 그것으로 만사휴의였다. 마지막 장면 그 이후부터는 모니터가 아예 죽어 있었다. 혹시나 싶어 기껏 다시 켜도 'VIDEO NOT PRESENT(비디오 현재 작동불능)'란 영문만 뜰 뿐이다.

할아버지 방에서 마지막 장면에 무슨 함의가 들어 있을지 몰라 신중히 체크했다. 하지만 수십 번 돌려보고, 수십 번 살펴보아도 이렇다 할 잠적 단서는 없었다. 굳이 이상한 점이 있다면 막내 삼촌 손가락 모양이다. 검지 끝이 천장 모서리 방향과 함께 막내 삼촌 쪽으로도 번갈아 가며 향하였다. 수상하다면 수상했다. 하지만 다르게 볼 여지도 있었다. 급작히 동작을 취하는 과정에서 미처 손가락이 펴지지 않아 생긴 사소한 오해일 확률도 상당히 높았다.

지난주 1월 25일 토요일은 설날이었다.

예년과 똑같이 북촌 한옥 부모 집에서 차례를 모셨다. 식사 자리에서 자연스럽게 열린 가족회의가 볼 만했다. 객관적인 근거 없이 저마다 추측하는 '뇌피셜'이 난무하였으니까. 설왕설래 끝에 일단 1월 말까지는 막내 삼촌을 기다려 보자는 방향으로 의견이 모였다. 막내 삼촌이 오랜 고뇌 끝에 무엇인지는 정확히 실체를 모르지만 뭔가를 보거나 발견했다고 보았다. 그 여운을 아무도 모르는 곳으로 가서 아무도 모르게 홀로 음미하고 싶어 떠났다는 시나리오도 상정하였다. 전적으로 의지하던 가족에게 잠시나마 자유를 주기 위한 배려 차원이라는 소수 견해도 있었다.

문제는 간병인 아주머니였다. 장애인활동 보조인으로서는 프로이고 베테랑이라 월급도 보통 간병인보다 훨씬 많이 주었다. 24시간 일상생활을 함께 하는 만큼 좀 더 배려하려는 취지였다. 24시간이라지만 많은 시간은 관리 감독만 하면 되었다. '돌보미'라 불리는 장애인활동 지원사 두 명을 매일 보건복지부 담당 부서에서 파견하기 때문이다.

이번에 막내 삼촌과 같이 종적을 감춘 그녀에게는 이혼 후 키우는 두 딸이 있었다. 막내 삼촌네와 가까운 삼성동 삼성힐스테이트 1단지의 원룸형 아파트에 두 딸과 함께 거주하게 만든 장본인이 할머니였다. 도우미 아주머니가 가까이에서 두 딸을 쉽게 케어할 수 있도록 할머니가 배려한 것이다. 그 아파트가 2009년 준공하자마자 할머니가 막내 삼촌 이름으로 매입하였으니까 벌써 11년 전이었다. 그사이에 큰딸은 PB(프라이빗뱅커)가 되어 있었다. 재테크 가이드 혹은 현대판 자산가 집사 등의 이름으로도 불리는. 현재 모 증권사에서 자산가 가족들의 일상마저 알파에서 오메가까지 책임지는 일을 한다고 들었다. 약간 염려가 되는 건 둘째딸이었다. 중견기업 경리로 있다가 거액을 빼돌리는 횡령으로 교도소까지 출입했으므로. 만일 둘째딸이 어머니와 작당해 막내 삼촌 재산에 마수를 뻗칠 수도 있지 않은가.

그래도 주의는 기울이되 일단 1월 말까지는 기다려 보자는 데로 의견을 모았다.

지금부터의 세계

"'5분 먼저'를 오늘도 실천했네, 이 교수."

정신건강의학교실 주임교수가 세미나실에 들어서며 먼저 와 자리 잡고 있는 이미지에게 친근감을 표시한다.

다른 대학병원 정신건강의학과 교수로 있는 이미지 아버지와는 고등학교 동기동창이었다. 어려서부터 잘 알아서일까. 둘이서만 있는 자리에선 하대를 자연스럽게 하는 편이다.

"기본이지요, 주임교수님."

아버지가 의과대학에 입학하는 큰딸에게 한 처음이자 마지막 부탁이 '만사 5분 먼저'였다.

의대 6년, 인턴(수련의) 1년, 레지던트(전공의) 4년, 임상강사 1년, 전임의 1년, 전임강사 3년을 거쳐 조교수로 임용될 때까지 어떤 강의실, 어떤 병실, 어떤 업무, 어떤 모임에도 기꺼이 이를 실천했다. 철저히. 그 때문이리라. 이미지의 조교수 임용을 두고 아버지 찬스 혹은 아버지 빽 어쩌고 저쩌고하는 뒷말이 거의 나오지 않은 것은. 이미지가 4대째 의사집안 전통을 잇는다는 사실을 주변인들이 다 알아서 그 후광을 알게 모르게 봤겠지만, 연구면 연구, 진료면 진료, 강의면 강의를 똑 부러지게 해낼 뿐만 아니라 '만사 5분 먼저'를 실천하는 성실성 앞에 임용심사위원회 참여 교수들 중 그 누구도 무슨 토를 달고 싶어도 못 달았다. 특히 SCI(과학기술논문인용색인)급 국제학술지에 제1저자로 발표한 논문 수가 역대급이란 점도 높게 평가 받았다.

"자 그럼, case conference(증례 연구)를 시작하겠습니다."

case conference를 '개별환자 심층분석'으로 의역할 수 있는 사실에서 보듯 정신건강의학과에서는 중요하게 생각하는 스터디 모임이다. 주임교수를 위시해 시간이 나는 과 소속 교수들, 수련의와 전공의는 말할나위가 없고, 정신병동 간호사들과 임상심리 전문가 등까지 환자와 관련된 정신건강의학과 종사자들이 다 함께 모여 머리를 맞댔다. 한 인물을 입체적이고 다면적으로 접근하는 자리였다. 어떻게 하면 환자에게 도움을 줄까 하고 집단으로 고심하는 현장이었다.

"제일 먼저, identification(환자 신원 확인)부터 하면요. 오늘 환자는 21세 여자이고, 외동딸이며, 미국에서 태어났고, 종교는 따로 없습니다. 현재 서울시내 상위권 대학 컴퓨터공학과 3학년 휴학중입니다. 병전(前) 성격은 수줍음을 잘 타고, 내성적이고 소극적이며, 어려서부터 혼자놀기와 공상하기를 좋아했다 합니다.

다음은, informants(신상정보 제공자들) 순서입니다. 외래진료실에서 처음 환자 및 보호자와 상담한 후 입원시키고서 담당 주치의로 저를 지목하신 분이 이미지 교수님입니다. 교수님께선 제가 게임 중독·컴퓨터 중독·스마트폰 중독 같은, 소위 말하는 행위중독에 관심이 많은 줄 알고 맡겼지만, 환자 이야기를 다각도로 듣고 보니까, 일종의 폭탄을 저한테 던졌더라고요. 중독은 중독이되 차원이 다른 중독으로, 고차원, 넘사벽 중독으로 다가왔기 때문입니다. 일반적인 SNS(소셜네트워크서비스) 중독이 껍데기라면, 이번 환자 케이스는 그 깊은 속, 본질을 상기시킨다는 측면이 있거든요. 제가 유치원 때부터 게임을 즐겨 오락실과 PC방을 어지간히 드나들었답니다. 콘솔·PC·스마트폰으로 장르 불문하고 즐긴 게임 마니아로서, 요즘 10대들이 즐겨 보는 트위치(아마존의 실시간 영상 플랫폼)의 '겜방(게임방송)'에서 전문 게이머의 수준 높은 플레이를 틈틈이 즐기는 덕후로서, 또 최근엔 3백만 원이 넘는 고사양 게임용 노트북까지 산 사람으로서 말하건대, 이번 케이스는 단순한 행위중독 차원을 분명 뛰어넘었습니다. 이런 사례는 저도 처음이라 되게 당황하고 있답니다. 평소 존경하는 이미지 교수님께서 골탕먹이려고 일부러 폭탄 같은 환자 주치의로 저를 지목하지 않았을 것이라고 믿고 싶지만, 하루에도 열두 번 그 동기를 의심하고 있다는 사실, 이 자리를 빌려 솔직히 말씀드립니다."

3년차 전공의의 엄살과 조크에 여러 참석자들이 소리 없이 웃는다. 이에 주임교수가 농담을 최소한으로 줄이라는 핀잔성 경고를 날렸다. 과 운영을 좌지우지할 뿐 아니라 전공의 장래까지 손에 쥐고 있으므로 주임교수 발언을 대놓고 무시하기는 어려웠다.

"환자 아버지는 현재 우리나라에서만 아니라 세계에서도 가장 잘나가는 S전자 전무로 있습니다. 환자 어머니가 처음에는 아버님 신분을 감추려고 했다는 점을 부연합니다. 외동딸의 황당한 증세가 아버지 명성에 누가 될지 모른다고 봐서였지요. 하지만 저의 끈질긴 노력에 결국 협조를 했습니다. 환자의 family background(가정 환경)와 personal history(개인사)에 대한 깊은 이해는 치료를 위한 필수 절차여서 가능한 한 광범위하게 수집하는 게 주치의의 기본 업무니까, 뭐 박수까지 칠 일은 아닙니다."

주임교수가 못마땅한 표정을 지어도 아랑곳하지 않고 주치의는 끝까지 자기 스타일대로 나간다. 의사로서의 품격은 지키되 '플러스 베타'로 유머까지 장착하겠다는 게 소신이다. 이미지는 그의 설레발을 귀엽게 보는 편이었다.

"다음은, chief problem & present illness(주요 문제 및 질병 증세)입니다. 환자는 현재 단군신화에 과몰입되어 있습니다. 자신을 환웅의 손녀로 확신하고 있답니다. 아바타 정도가 아니라 자신이야말로 부활한 환웅의 손녀라고 굳게 믿고 있습니다. 두루 아시겠지만 단군신화에는 몇 가지 버전이 있습니다. 대부분 『삼국유사』 버전만 알고 있는 경우가 많은데 『제왕운기』 버전, 또 다른 버전도 있다는 걸 기억하시기 바랍니다. 우리 환자는 『삼국유사』보다 십여 년 늦게 간행된 책 『제왕운기』 버전을 그대로 따라하고 있답니다."

"…"

"부연 설명하면요. 『삼국유사』에서는 단군 어머니로 곰이 변한 여인 웅녀가 등장하지만 『제왕운기』에선 신이 화신한 여인으로 나오는데, 우리 환자는 자신이 바로 그 환웅의 손녀라는 거지요. 얼마나 확신했으면 실제로 나무와 결혼식까지 올렸겠습니까. 해프닝 차원이 아니었습니다. 나무를 보호하자는 취지의 퍼포먼스도 아니었습니다. 주례와 하객들까지 동원했으니까요. 강원도 태백산과 가까운 어느 읍(邑) 작은 예식장을 빌렸다고 해요. 형식을 제대로 갖추고 단수신(壇樹神)이라 이름 붙인 나

지금부터의 세계

무 화분에 한복을 입히고 혼례를 태연히 올렸다고 합니다. 참석한 하객들한테는 웃기는 짜장면 같은, 고양이가 멍멍 짖는 것 같은 코미디로 다가왔겠지만, 당사자가 하도 진지하고 엄숙하여 그 누구도 킥킥거리지 못했다나봐요. 주례는 태백산 인근에서 알아주는 박수무당이 맡고, 하객은 용역업체에 의뢰해 십수 명 동원했다고 들었습니다."

"……."

"이 같은 대사를 치르는 동안 부모는 외동딸이 나무와 결혼한 전말을 전혀 모르고 있다가 신랑, 그러니까 나무 화분을 서울 집 자기 방으로 고이 들여놓는 광경을 보고서야, 그제야 비로소 사태를 파악하기 시작했다고 합니다. 나무 신랑을 집안으로 모시는 조경업자를 통해 전후 사정을 낱낱이 들었다고 해요."

"……."

"화분 속 나무는 박달나무라고 해요. 그 박달나무 꼭대기에 아이들이 생일 때 흔히 쓰는 삐에로 모자를 씌워놓았다고 합니다. 프랑스에선 고깔모자를 그리 부른다 들었습니다. 환자 역시 삐에로 모자를 쓰고 지냈던 모양이에요. 좌우간 엄마 아빠가 제아무리 말려도 박달나무와 신혼방을 차리고서 신혼생활을 즐겼다고 합니다. 나란히 같이 밥도 먹고, 신혼부부가 잠자리하듯 나무와 관계하는 행동까지도. 임신하는 날까지 그러겠다고 철벽을 치고 나왔다나봐요. 자연히 부모로선 '아이고 두야'를 넘어서 '헉'할 수밖에 더 있겠습니까. 부모님이 갖은 수를 써도 외동딸이 환웅의 손녀 페르소나(분신)에서 못 벗어났답니다. 환웅의 손녀가 단수신과 결혼해 낳은 단군으로 하여금 고조선을 개국하게 만들었듯, 환자 본인도 자기가 애용하는 태블릿PC와 노트북 그리고 스마트폰 안의, 그런 세상이 있는지 없는지 저로서는 아직 잘 모르겠습니다만, 양자세계 우주의, 양자세계 지구의, 양자세계 한반도 속으로 새 버전 단군을 집어넣어 새 버전 고조선을⋯."

# Ep. 6

## #1

이게 뭔가, 싶다.

당황스럽다. 되돌릴 수만 있다면 되돌리고 싶은 마음 간절하다. 낯뜨겁고, 숨 막히고, 볼 낯 없다. 이금지 온몸이 진달래꽃처럼 연분홍빛으로 변하는 데 걸린 시간은 순식간이었다. '기승전' 없이 바로 '결'로 직진할 줄은 몰랐다. 백지 스님의 상반신 노출을 느닷없이 목격하다니. 아직 사적으로는 말 한번 섞어본 적도 없지 않은가. 그런데 맨 먼저 반쯤 아담이 되어 있는 백지 스님 모습부터 보고 말았으니 어이하리.

백지 스님에 대한 이금지 느낌은 복잡미묘했다. 첫인상은 원시적 강렬함이었다. 햇빛을 장기간 못 본 탓일까. 백인보다 더 백인스러운 새하얀 피부가 태양광 이상으로 이금지 시야를 어지럽혔다. 그다음 인상은 형형한 눈이 주는 감동이다. 흡사 세상 모든 것을 다 알고 있노라 말하는 듯한 눈길과 마주쳤을 때 이금지는 감전사할 뻔했다. 전신이 겉으로는 잠잠히, 하지만 속으로는 격렬히 요동쳤다. 처음이다. 남자 앞에서 심쿵 쓰나미가 과도하게 몰려와 그 같은 생리반응을 보인 적은. 평생 못 잊을 ASMR(청각이나 시각적 자극에 쾌감을 느끼는 경험)이었다.

백지 스님이 흔든 것은 A4 용지 한 장만이 아니었다. 이금지 마음은 물론이고 영혼까지 쥐흔들었다. 멋짐 폭발이었다. 정말 찰나였다. 사랑에 빠지는 데 걸리는 시간은. 한 번 생긴 심쿵 증세가 대전 유성구에 있는 아파트로 돌아와서도, 구정 연휴 기간 내내까지도 이어졌다. 강해도 너무 강한 임팩트를 선사했다. 마침내 도저히 더는 안 되겠다는 판단을 내렸다. 출근하는 길에 연구소 대신 삼도봉으로 향하였다.

속이 보였으나 할 수 없었다. 팀장에게 하루 휴가를 페이스북 메신저로 내고 애창곡 데이비드 보위(D. Bowie)의 'Space Oddity'를 RV차량에서 크게 들으며 경부고속도로를 질주했다. 언니 의과대학 동기이자 영상의학과 전문의로 있는 신요한과의 저녁 약속이 뒤늦게 생각났지만 바람맞히는 쪽으로 정리했다. 그는 의대생 시절부터 언니를 위성처럼 맴돌던, 이미지바라기였다. 이미지란 이름 대신 '갓미지'라고 찬양해도 언니가 끝내 곁을 주지 않자 방향을 이금지에게로 돌렸다. 꿩 대신 닭으로. 어느 날부터 자기 의지와 상관없이 갑자기 닭이 된 이금지는 닥터 신이 밥맛이었다.

이미지는 부모의 외모와 머리 다 장점만 100퍼센트 물려받은 경우였다. 어려서부터 눈에 띄게 이뻤고, 눈에 띄게 공부도 잘했다. 집안까지 한국사회에서 피라미드 꼭대기에 위치해 있으므로 그야말로 세 박자가 맞았다. 하지만 이금지는 달랐다. 부모의 단점이 외모와 두뇌 모두에 오롯이 그대로 나타났다. 학창시절 죽어라 공부해도 노는 언니를 못 따라갔고, 눈과 코 그 이외 부위도 성형외과에 통째로 맡겨 전면 수리한 후 값비싼 화장품으로 얼굴에 그림을 멋지게 그리고 다녀도 민낯 언니를 못 따라가니까.

불공평했다. 엄마 아빠의 최대 약점이 '왜 언니는 공주로, 나는 무수리로 태어나게 했느냐'는 금지의 말이었다.

"님스(NIMS : 국가수리과학연구소) 소속 연구원들과 다학제 공동연구 프로젝트 때문에 대전에 내려가야 하거든. 그날 하루는 꼭 일정을 비워두셈. ♡♡♡."

오늘 대전에 내려온다고 닥터 신이 한 달 전부터 수차례 예고했으나 별 감흥이 없다. 그렇다고 딱히 싫은 건 아니었다. 직업도 그럴싸하고 외모도 그만하면 멀끔하므로. 다만 꿩 대신 닭이 된 사람으로서의 자존감이 가장 큰 문제였다.

#2

서른셋이란 나이가 여자를 용감하게 만들었다. 산에 가면서도 풀 메이크업에 풀 세팅을 하고 굽 높은 검정색 앵클부츠를 신은 채 출정길에 올랐다. 그러나 첫걸음부터 스텝이 꼬인다. 얼마 전 일행들과 함께 행동하느라 오가는 산길을 유심히 보지 않아서일까. 계속 길을 잘못 접어들었

지금부터의 세계

다. '거기가 거기'라는 딜레마가 이어졌다. 스마트폰의 각종 지도 앱을 이용할 수 없는 산악 지역이라 사람이 단시간에 완전 바보가 됐다.

오전 시간을 거진 허비하고서야 가까스로 토굴을 찾는 데 성공한다. 하지만 정작 보고 싶은 백지 스님은 없었다. 백지 스님을 시봉하는 허허 스님마저 보이지 않았다. 허탈했다. 막막하였다. 하염없이 마냥 기다렸다. 언젠가는 오겠지 하다 점심때가 한참 지나 배가 고프기도 하여 그때서야 하산하기로 마음먹었다.

내려가기 전 마지막으로 토굴을 굽어보고 있는 바위 위로 올라가볼 생각을 한 것은 어쩌면 스님이 토굴 주변에서 참선할 수도 있겠다 싶어서다.

아닌 게 아니라, 있었다. 일말의 기대를 충족했다. 천우신조였다. 허허 스님은 없고 백지 스님 두상이 먼저 눈에 들어왔다. 섹시하고 엣지 있는 눈매로 연출하기 위하여 집에서 아이라인으로 눈초리 부분 각을 높게 세우고 나섰으나 다시 점검한다. 두 번 세 번 체크한 후 바위 위로 올랐다. 반가운 김에 앞뒤 재지 않고 성큼 올라섰다가 그만 못 볼 걸 보고 말았다.

조건반사적으로 얼굴을 돌리며 뜨거운 숨을 몰아쉬었다. 올 겨울이 겨울답지 않게 연일 그다지 추운 날씨는 아니어도 한겨울에 상반신을 탈의하고 있을 줄은 미처 몰랐다. 가벼운 만남을 원하는 청춘 남녀들이 가장 많이 찾는 '틴더(데이팅 앱의 하나)'에서 남자들이 올린 반나체 사진을 보았을 때하고는 결이 완전 다르다. 쩌릿쩌릿한 전기가 계속 몸을 지졌다. 극히 어색한 순간이 이어진다. 그래도 백지 스님한테서 아무 기척이 없었다. 슬며시 고개를 돌려 반응을 살핀다. 백지 스님은 눈을 감은 채 여전히 미동도 하지 않았다. 가부좌를 튼 채 처음부터 당신은 오불관언이었다.

자세히 보니 오른뺨에 오른쪽 손가락을 살짝 대고 있다.

그러니까 혼자 북 치고 장구 친 거였다. 이를 확인하는 순간부터 반쯤 아담이 된 스님 모습을 대놓고 감상한다. 사춘기 소년이 몰래 누드집을 보는 심정으로. 숙녀 체면상 딴 곳을 보고 있노라 시치미를 떼기 위하여 애써 위장은 했다. 하지만 두 눈만은 불을 켜고 백지 스님 전신을 집요하게 핥았다. 프랑스에 갔을 때 누드 해변과 누드 캠핑장을 일부러 찾아갈 정도로 이금지는 원시적 이글거림에 대한 욕구가 평소에도 상당히 강한 편이었다.

"보살, 그만큼 봤으면 질릴 때도 되지 않았소? 관람료를 고액으로 내지 않으면 시선 강간으로 고소할지도 모르니 알아서 하시오."

시종일관 꿈쩍도 하지 않는, 돌부처 같은 백지 스님 상체를 스캔하고 또 스캔해도 질리지 않았다. 어느 정도 눈 뽀뽀해야 질릴까 셈하는 순간이었다. 음이 소거된 다큐멘터리 상영이 갑자기 중지됐다.

그제야 다시 얼굴이 화끈거린다. 몸도 재차 달아올랐다. 못할 짓을 한 것만은 틀림없으므로.

"역으로 제가 고소할 수도 있어요, 스님. 성인지 감수성이 없는 스님이 잘 모르는 아가씨 앞에서 훌떡 벗고 있었다고."

"맹랑한 숙녀네, 이제 보니."

"다음에 뵐 때 고액 관람료를 가지고 올 터이니 그 문제라면 걱정 마

지금부터의 세계

십시오. 한 여자에게 몸보시했다고 퉁치면 안 될까요?"

"허허 참, 못 당하겠네 말괄량이 처녀한텐."

"아까 참선할 때 보니까요, 스님. 오른뺨에 오른쪽 손가락 중 검지와 중지를 살짝 대고 있던데, 무슨 메시지가 있는 거예요? 아님, 본능적으로 취하는 스님 특유의 제스처?"

"…."

"기독교에서 말하는, 하나님이 손가락으로 천지를 창조(시편 8장 3절) 했다고 한 걸 강조하는 동작?"

이렇게 도발해도 침묵 모드, 음소거 모드를 깨지 않는다.

"딴 의도는 없고요. 사유하는 듯한 자세여서 보기 좋았거든요. 손가락 하나가 많은 걸 연출할 수도 있구나 싶었어요. 엄지척이었습니다."

문득 막내 삼촌이 "저것이다"를 외치며 가리킨 CCTV 속 손가락 장면 이 떠오른다. 그 컷은 생뚱맞아 더 강렬하게 다가왔다. 아울러 '틴더' 같은 데이팅 앱에서 남성 회원들의 사진을 엄지손가락으로 넘기는, 일명 '스와 이프(휴대폰 화면을 살짝 밀어내는 동작)'할 때의 의미 없는 손동작까지 맥락 없이 시야를 어지럽혔다.

"지난주 스님께서, A4 용지 한 장이 이 세상 모든 것이라고 했잖아요. 며칠 고민했지만 도통 무슨 말인지 몰라 이렇게 불원천리 달려왔습니다."

"보살, 내가 그런 헛소리를 했단 말이오? 난 다 잊어버렸거든. 한데 보 살은 내 말을 주워담은 쓰레기통이 됐다, 이 말 아닙니까?"

어이 상실이다. 사람을 들었다 났다 하는 행태에 이금지는 혼란을 느낀다.

"보살이 들고 있는 스마트폰 잠시 빌려주시오. 내가 스님이 되기 전만해도 폴더폰 세상이었는데…. '갤럭시노트 10플러스'라?"

그사이 눈부시게 발전한 스마트폰 성능을 확인하는 줄 알았다. 같이 기념사진을 찍는다든지, 셀카를 찍는다든지, 그도 아니면 시봉하는 허허 스님에게 연락이라도 하려는가 하였다. 이런 어쭙잖은 예상을 시원하게 배반한다.

"이것이 다요, 다! '이것이 다'라는 내 말을 몇 날 며칠도 좋고, 몇 달도 좋고, 몇 년도 좋소. 참구해보시오. 무엇이 깨달아지면 그때 다시 오소."

스마트폰을 받자마자 딱 세 번 허공에 원을 크게 그리며 흔들고는 바로 돌려주었다. 그와 동시에 선언했다. 이처럼. 강 스파이크였다. 방심하고 있을 때 공에 맞아 더 얼떨떨했다.

그러고는 아무 일 없었다는 듯이 스님은 다시 선정에 들었다. 오래도록.


#3

돌부처로 돌아간 백지 스님은 더 이상 이금지를 상대해주지 않았다. 완고했다. '아이 콘택트'조차 여의치 않아 결국 돌아설 수밖에 없었다.

남자 알몸은 남동생을 통해 지겹도록 보았다. 남동생이 갓난아기일 때뿐 아니라 다 커서도 그 몹쓸 알몸을 보지 않을래야 보지 않을 도리가 없었다. 남동생에게 부끄러움이란 세포가 애초에 없어서다. 사춘기에 접어든 남동생이 보인 행태는 가관이었다. 부모 앞이거나 두 누나 앞이거나 가리지 않고 본능이 발동하면 태연히 수음을 즐기므로. 처음에는 당연히 경악했다. 하지만 그것도 잠시였다. 어느덧 일상이 되면서 아무렇지도 않게 받아들이는 경지까지 도달했다. 안타까운 것은 그 과정에서 꿈 많은 소녀시절이 처참히 약분되었다는 사실이다. 아니, 아예 없었다는 게 옳다. 반복되는 남동생의 수음은 남자에 대한 환상을 원초적으로 철저히 산산조각냈다.

"보살이, 이 시간에 여긴 어쩐 일이시오?"

삼도봉 초입에 닿을 즈음 안면 있는 사람과 마주쳤다. 허허 스님이다. 당신이 무엇을 잔뜩 넣은 등산용 배낭을 지고 올라왔다. 삼시세끼 다 챙겨먹는 속인들과 달리 당신들은 1일 1식 하는데 먹을거리가 떨어져 인근 읍 오일장에 다녀오는 길이라고 한다.

"보살의 정성을 봐서 한 말씀 올리리다."

오늘 백지 스님하고 있었던 일을 대략 전하자 허허 스님이 싱그레 웃는다.

"소승이 백지 스님보다 세속 나이로나 법랍(승려 나이)으로나 한참 위이지만 왜 백지 스님을 큰스님으로 모시겠어요? 물론 백지 스님은 저를 도반(道伴 : 도를 함께 닦는 벗)으로 여깁니다만, 저보다 먼저 깨달아 바른 도리를 일깨워주고 이끌어주는 선지식(善知識 : 큰스님)이기에, 소승이 상좌(제자)를 자처하여 예의를 갖추는 거랍니다. 시쳇말로 쫄따구를 자청했답니다."

# Ep. 7

## #1

"이 교수님이야말로 부처님 말씀을 곱씹어야 할 것 같은데요. 고뇌, 번뇌 덩어리임을 온몸으로 말해주고 있걸랑요, 바로 지금."

석가모니가 깨달음을 얻은 후 처음 설법했다는 불교 4대 성지중 하나인 사르나트(Sarnath). '녹야원'이란 표현이 더 익숙한 그곳을 천천히 산책한 직후였다. 벤치에 앉아 얼굴 표정을 코푼 휴지처럼 구기고 있자 나우리가 다가오며 걱정한다. 그녀는 꼼꼼하게 사원 터를 둘러보며 부처님 흔적을 찾았다.

"…"

푸쉬카르에서 접한 사촌동생 이임박 소식으로 인해 여전히 이무기는 비극의 주인공이 되어 있었다. 아무리 머리를 굴려도 무슨 돌파구가, 뾰족수가 보이지 않았다. 난제였다.

"이 교수님, 돈 문제라면 말이에요. 만일 제 페이(pay)가 걸린다면, 자금 문제가 풀릴 때까지 단 한 푼도 안 받을 수 있어요. 미국에 있을 때 달러를 상당액 킵해놓아서 여유가 조금 있걸랑요. 교수님이 저랑 하는 공동 프로젝트가 워낙 중요한 걸 아니까, 제가 대승적 차원에서 적극 협조할 수도 있습니다. 그러니 너무 인상 구기지 마셔요. 네에?"

나우리가 예리한 촉을 자랑하며 위로한다. 팔짱까지 끼며 적극적이다. 눈물나도록 고맙지만 양심상 그럴 수는 없었다.

미국에서 잘 나가는 AI 전문가를 온갖 사탕발림으로 스카우트해놓고는 월급은커녕 생활비조차 못 준다면 말이 되지 않았다. AI 업계에서 대단하게 쳐주는 '구글'의 비밀 연구조직 '구글 X' 출신이었다, 나우리는. 자율주행차 같은 야심 찬 발명품을 내놓은 곳 말이다. 그런 초일류 인재를 무료봉사하게 한다? 있을 수 없는 일이다. 나우리의 선심으로 나우리 문제를 해결한다고 해도 인도의 실리콘밸리라는 벵갈루루에서 채용하기로 계약서까지 쓴 인도 인재 한 명은 어떻게 할 것인가. 숙제였다. 해마다 영어에 능통한 정보통신(IT) 인력 100만 명이 대학을 나선다는 인도에서도 그 친구는 원탑이었다. 인도 최고의 명문대인 IIT(인도공과대학)를 우등 졸업한 그를 놓친다는 건 있을 수 없는 일이다.

"이무기 교수님, 아니 이무기 오라버님. 우거지상 그만 좀 해. 인간이 찌질해 보여."

나우리가 간질밥까지 먹이며 이무기 기분을 돌리고자 애쓴다.

대구 출신 한국인 아버지와 그리스계 미국인 어머니 사이에 태어난 나우리는 이무기가 재직하는 서울 소재 상위권 대학에서 컴퓨터공학을 전공하며 수학을 복수전공한 경우였다. 그러다 매사추세츠공대(MIT)에서 인간의 지식 및 추론 능력과 컴퓨팅 기술을 연구하는 소셜머신 연구로 박사학위를 취득했고, 카네기멜런대학에서 박사후연구원 등을 거쳐 구글에 입사한 것이다. 그 이후로도 AI 전문가로서 화려한 경력을 쌓았다. 특히 자연언어 처리(Natural Language Processing : 기계가 인간의 언어를 처리할 수 있게 하는 것), 딥러닝(Deep Learning : 심층기계학습)에 관한 연구가 독보적이었다.

"여기 사르나트에서 부처님이 사성제, 팔정도 같은 불교 키워드를 처음 설법했다고 나오더라구요, 가이드북에 따르면. 제가 이 교수님께서 개설한 강의를 학부 다닐 때 몇 과목 수강했잖아요. 그중의 하나가 '매스매티카(Mathematica : 수학 계산용 소프트웨어)를 이용한 미분기하학' 강의걸랑요. 첫 강의 시간 때 하신 말씀 가운데 아직도 선명히 기억나는 게 있어요. 무엇인지 혹 아시겠어요?"

나우리가 여전히 팔짱을 낀 채 연인처럼 이무기 어깨에 머리를 슬며시 기댄다.

"그때 그랬걸랑요. 매스매티카는 복잡한 수식 입력을 간단히 하여주는 기능이 있다고. 그게 파레트(paletters) 기능이라고 그러시면서 수학 공부할 때 '복잡한 문제는 간단히, 간단한 문제는 복잡하게' 생각하면 도움이 된다고 하셨어요. 아울러 '쉬운 문제는 어렵게, 어려운 문제는 쉽게' 사유할 필요도 있다며, 구체적인 예까지 들어가며 설명했거든요. 기억하실 겁니다. 제가 지금 교수님께 들려드리고 싶은 메시지가 바로 이거예요."

"…."

"거봐요, 웃으니 얼마나 좋아요. 이 교수님이 인상 꽉꽉 쓰고 있는 모습 자체가 무지무지 스트레스였걸랑요."

만사 의욕이 없어 숙소로 잡은 바라나시(Varanasi) 시내 호텔에서 그냥 뒹굴 작정이었다. 그런데 나우리가 사르나트행 택시를 예약했다고 하지 않는가. 바라나시까지 와서 코앞에 있는 불교 성지를 놓칠 수 없다며 채근했다. 그래도 이무기가 택시비 하라고 3천 루피만 주고 '방콕'할 기세이자 끝까지 소매를 끌어 별수 없었다. 편도 요금이 1,300루피였다.

"이 교수님, 저 많은 벽돌 좀 보셔요. 부처님이 최초로 설법한 장소였던 만큼 먼 옛날인 2천 5백 년 전쯤부터 있었단 얘기 아니예요? 근데 어쩜 현대에 만들어진 요즘 벽돌하고 완전 똑같아요? 크기, 모양, 색 모두. 1980년대 국산영화에서 봤던 벽돌 무선전화기를 닮았다고 해야 하나. 암튼 신기해요."

아닌 게 아니라 1개의 대형 사원 터와 약 7개의 승원으로 구성된 사르나트는 고대 벽돌 천지였다.

"저 갑자기 궁금해졌걸랑요. 한 변이 1cm인 정사각형에서의 지름길이랄 수 있는 $\sqrt{2}$말이에요. 2차원 평면에서의 지름길이 $\sqrt{2}$라면, 한 변의 길이가 1인 3차원과 4차원에서의 정육면체 대각선 길이를, 과연 부처님께선 알았을까란 생각이 드는 거 있죠. 이 벽돌 한쪽 끝에서 대각선 방향 다른 쪽으로 가는 수학적 지름길 말입니다. 어느 책에선가 부처님께서 대단한 수학 실력이 있었다는 글을 읽은 듯해서요."

"…."

"부처님이 $\sqrt{2}$가 무리수인지 아닌지를 증명하는 법도 알았을라나요? 문득 궁금해지네요."

"그리스인 피가 안 흐른다고 할까봐 그러냐? 부처보다 유클리드가 수학적으로 몇 수 위임을 강조하고 싶니?"

"그리스인 피가 확실히 흐르네"라고 한다는 게 약간 빈정거리는 어투가 나왔다. 꽁한 성격 탓이 크다. 이무기는 심각한데 스타트업 '나매쓰' 부대표이면서도 나우리가 너무 '나이브'하게 나온다 싶어 저도 모르는 사이에 나온 발언이다.

두루 알다시피 수학을 학문으로 정착시킨 나라가 그리스 아닌가. 유클리드의 『원론』이 그 명확한 증거이고. 단 다섯 개의 선험적 진리, 그러니까 공리로 수학 나무 다섯 그루를 심은 거였다. 그 나무들이 자라 새끼를 치고 또 쳐 수학림(林)을 이룬 게 현대 수학이었다. 그 수학림에 있는 나무들을 컴퓨터와 어떻게 접붙이면 세상에 지금까지 없던 새 AI 열매가 맺을까. 두 사람은 이른바 처치-튜링 테제(증명된 정리가 아니란 의미) '모든 계산 가능한 문제는 튜링 기계(컴퓨터)로 계산할 수 있으며, 그 역 또한 성립한다'를 AI 개척길의 북극성처럼, 네비게이션처럼 여기고 있었다.

수학을 사람 아닌 컴퓨터한테 가능하면 다 맡기겠다는 것. 이무기와 나우리가 함께 꿈꾸는 로망이었다. 유클리드 이후 어떤 명제가 참임을 증명하는 일을 수학자가 오랫동안 해왔는데 이제는 AI한테 떠넘길 시점이 되었다고 보았다.


#2

꿈일까? 아니었다. 어느 순간 정신을 차리자 나우리가 같은 침대 속에 이브가 되어 있었다. 어젯밤 과음으로 인해 의식이 오락가락했다. 필름이 끊기는 블랙아웃 상황이 되기 직전에 감미로운 목소리가 전신을 휘감았다.

지금부터의 세계

"이 교수님한테 '매스매티카를 이용한 미분기하학'을 배울 때 말이에요. 매스매티카를 구동한 후 처음 명령어를 사용할 때마다 교수님께서 꼭 주의를 줬걸랑요. 간단한 계산부터 먼저 하라고. 무얼 하기 전에 사람이든 컴퓨터든 준비운동을 꼭 해야 한다고. 1+1 같은 계산을! 항상 먼저 해야 소프트웨어 동작이 제대로 된다고요. 동시에 실행시간도 단축되는 이점이 있다고. 제가 옛 기억을 왜 소환하는가 하면요. 스타트업 '나매쓰'에서 공동으로 추진하는 프로젝트에 우리 두 사람 다 모든 것을 걸었잖아요. 이왕 공동으로 몰빵하는 마당에 우리 머리 이외 신체 부분도 합체하는 거 어떠셔요? 경제공동체, 이상공동체에서 영혼공동체까지도 '가즈아'가 제 의사이걸랑요. 일체 다른 조건은 없습니다. 교수님도 아무 계산을 안 했음 해요. 네에? 매스매티카에서 명령어 실행할 때 [Shift]+[Enter] 키를 동시에 누르듯 우리도 이제부터는 매일 1+1 계산과 함께…."

나우리가 이렇게 노골적으로 유혹했기 때문에 선을 넘었다. 만일 그녀 쪽에서 적극 나서지 않았다면 결코 선을 넘지 않았으리라. 나우리는 아직 미혼이지만 이무기는 유부남이어서다. 벌써 15년째 아내와 별거 중이긴 하나 아직 이혼한 상태도 아니지 않은가. 일종의 졸혼 상태였다. 나이도 걸림돌이었다. 이무기는 올해 만으로 49세, 한국 나이로는 쉰이었다. 한데 나우리는 아직 고작 만 33세였다. 높디높은 벽임이 틀림없다. 그러나 33과 49 모두 행운의 수(lucky number)라는 점에 애써 의미를 부여하며 못 이기는 척 응한 거였다.

대학에 몸담고 있는 처지로서 남녀 문제만큼 예민한 사안이 또 있을까. 없다. 평소 조심 또 조심했다. 입조심, 손조심, 몸조심을. 나우리가 직계 제자가 아니라고 하여도 방계 제자임은 분명하니까.

이무기가 작년 초 미국에서 나우리를 오랜만에 다시 봤을 때부터 서로가 썸을 타기는 했다. 나우리가 먼저 하트 시그널을 다양하면서도 조심스럽게 보낸 게 계기였다. 나우리가 대학생일 때는 맹세코 여자로 보이지 않았다. 국제결혼한 부모로 말미암아 외모가 눈길을 끌었다는 점과 컴퓨터공학도로서 수학을 복수전공하는 학생치고 수학 마인드가 있다는 정도의 기억이 전부다. 한동안 잊고 지내다가 그녀를 소환한 것은 논문이었다. 인공지능 톱 저널에 좋은 논문을 계속 게재했기 때문이다. 특히 인공신경망학회(NeurIPS), 국제머신러닝학회(ICML), 신경정보처리시스템학회(NIPS)에 발표한 기계학습 관련 논문들이 빼어났다. 이무기가 장기간 고민한 주제를 일거에 해결하는 내용이었다. 혹했다. 하여 이무기가 먼저 연락을 하였다. 점차 본격적으로 이메일 등을 주고받기에 이르렀다. 연구 파트너가 됐으면 하고, 옛 제자에게 아쉬운 소리까지 연거푸 한 끝에 거둔 성과였다.

'나매쓰'라는 이름의 스타트업을 몇 년 전 출범시켰지만 정규 직원은 두 명밖에 없었다. 언어학과에서 전산언어학을 전공한 박사학위 소유자, 통계학과에서 통계학습을 전공한 박사학위 소지자 두 명이 다였다. 계약직 연구원, 인턴 직원은 몇 명 더 있다. 컴퓨터공학과에서 계산언어학을 전공한 연구원이 대표적이다. 대학 내 산학협력관 건물에 30평짜리 사무실을 얻었는데 경영하기가 만만찮았다. 연구라면 자신 있는데 경영은 또 다른 이야기였다. 초보가 겪는 크고 작은 실수를 자주 반복했다.

이처럼 무늬만 스타트업일 뿐이었다. 어설프기 짝이 없는 스타트업에 나우리가 합류하겠다고 했을 때 이무기는 정말 놀라 나자빠졌다.

미국에 갔을 때 나우리를 만난 것은 스카우트하기 위해서가 아니었다. 옛 인연을 내세우며 오랜만에 얼굴이나 보고, 자문이나 구하자는 차원이었다. 만나보니 예상 외로 말이 통했다. 인공지능을 떠받치는 수학에 대한 이해가 남달랐다. 그 점이 특히 마음에 들었다. 어느새 스승과 제자, 남녀 관계를 떠나 서로의 지적 영토를 공유하기 시작했다.

"이무기 교수님과 멀리서 연락을 주고받고, 여기 미국에서 또 장시간 영혼 있는 대화를 하면서 느낀 건데요. 저랑 연구하고 일하는 궁합이 이렇게 맞는 분은 첨 보거든요. 이 교수님이랑 해커톤(제한된 시간 내에 개발자들이 끝장 토론을 하면서 성과물을 내는 방식)을 한다면 시너지가 폭발할 것 같은 예감이 드는 거 있죠. 우리, 같이 갈까요?"

얼떨떨했다. 나우리가 누구인가. 삼성전자 고위 임원들을 비롯한 국내외 글로벌 테크(기술) 기업들은 물론이려니와 국내외 명문대 컴퓨터공학과 AI 대학원 등에서의 교수직 제안을 뿌리치느라 연일 즐거운 비명을 지르는 인재 아니랴. AI 전문가가 상종가를 치는 시대라 그녀의 몸값은 드높았다. 아주아주. 그런 하늘의 별이 이무기 스타트업이란 맨땅에 자진해서 떨어지겠다고 하여 당황할 수밖에 없었다. 일매지어 말하면, 이무기가 추진중인 AI 프로젝트 어젠다에 필이 꽂혔으니 새 역사를 함께 창조하자고 나왔다.

구불구불한 꽃길로 유명한 샌프란시스코 롬바드 거리에서였다.

#3

"자기, 어젯밤 우리가 한 약속 잊은 건 아니겠지요?"

이무기가 잠이 깬 듯하자 나우리가 등나무 줄기처럼 착 감기며 콧소리를 냈다. 이무기가 받아주면서도 가슴이 철렁 내려앉는다.

솔직히 하나도 기억에 없다. 만취해서 무슨 말을 어떻게 했을까. 겁부터 덜컹 났지만 일단 안심시키기 위해 말없이 품는다.

사르나트에서 돌아온 어제만큼 만취 여건이 골고루 갖춰지기도 힘들었다. 다음 날이면 델리로 떠나야 했기 때문일까. 여러 가지로 심란했다. 100여 개 가트(Ghat : 강가와 맞닿아 있는 계단이나 비탈면)를 왔다 갔다 하며 목격하는 힌두교 신자들 특유의 의식이 제대로 눈에 들어오지 않을 정도였다. 그러나 한 곳에서만은 달랐다. 바라나시에서 가장 큰 화장터 마니까르니까 가트에서 벌어지는 풍경만은 색다르게 다가왔다. 개와 소 그리고 사람이 함께 어우러져 사는 풍경이야 인도를 여러 차례 방문했기에 이미 친숙했다. 하지만 24시간 끊임없이 이어지는 장례행렬과 시체를 나무로 태우는 불꽃이, 3천 년 고도 바라나시를 상징하는 하이라이트가 가슴을 묵직하게 짓눌렀다.

인도가 철학의 나라가 아니라 철학을 하게 만드는 나라임을 실감케 하는 현장이었다.

눈이 시뻘개지도록 숱한 인간이 한 줌의 재로 변하는 과정을 앉아서

지금부터의 세계

마냥 지켜보다가 결국 일어났다. 어느 순간 진저리가 났기 때문이다. 한 시바삐 마니까르니까 가트를 벗어나 비교적 한적한 반대편 가트로 향하였다. 가는 도중 시선을 멈춘 것은 때아닌 아기 울음소리가 요란하게 나서다.

인적이 드문 가트였다. 한 무리의 젊은 여성들이 목욕을 하고 있었다. 어떤 여자는 아이를 업었고, 어떤 여자는 아이를 옆구리에 낀 채 강물 속으로 들어가 물을 끼얹었다. 인도인들이 어머니라 부르는 갠지스강에서 목욕하는 것으로 죄업을 씻는다는 거룩한 목적의식이 작용해서일까. 모두 강물의 위생 여부나 사람들의 시선 여부는 아예 염두에 없었다. 그 무리 가운데서도 가장 젊은 여인과 가장 어리게 보이는 아기가 이무기 눈길을 이상하게 강렬히 사로잡았다.

외모가 매력적이거나 유별나서도 아니었다. 여인과 아기 몸에서 떨어지는 물방울이 이무기 마음을 저격하였다. 특히 아기가 눈으로는 울면서도 입으로는 뽀글거리는 거품을 연신 내뿜어, 더욱. 그것이 이무기를 울컥하게 만들었다.

이무기는 어머니를 사진으로만 봤을 따름이다. 실물을 단 한 번도 본 적이 없다. 이무기를 당신이 임신했을 때 새끼냐 당신이냐를 놓고 선택해야 하는 운명의 순간이 왔다고 한다. 그때 당신을 희생하는 선택의 결과로 이무기가 이 세상 빛을 본 것이다.

어릴 적 이무기가 어머니를 몹시 찾은 적 있었다. 견디다 못한 아버지가 어느 날 하루 부득이 어머니 산소로 데리고 갔다. 산소는 거제도 학동

몽돌해수욕장 근처였다.

해변가 야트막한 언덕바지에 자리 잡은 어머니 산소. 비석은 없었다. 직육면체 검은 상석 하나만 무덤 앞에 달랑 놓여 있었다. 그 바둑판만 한 크기의 상석 위에 이슬방울인가 빗방울인가가 맺히고 어려 있는 게 첫 기억이다. 날씨가 흐릿했던 것으로 보아 안개 탓일 확률이 높다. 하여간 그때 본 자잘한 물방울 이미지는 평생 뇌에 각인됐다. 어느 순간 안개가 걷히자 햇빛을 받은 물방울 모습이라니. 반짝이던 물방울이 어쩌면 그리도 영롱할 수 있을까.

그 물방울과 함께 자동으로 연상되는 것이 게거품이다. 우연히 게 몇 마리가 상석과 그 주변에서 거품을 무는 광경을 넋 놓고 보았다. 그날 이후부터였다. 어머니가 생각날 때마다 입술로 거품을 뿜는 버릇이 생긴 건.

물방울과 거품은 그리하여 이무기에게는 어머니였다. 동의어라고 해도 지나치지 않았다. 쉰이 된 지금도 홀로 있는 한가한 시간이 되면 저도 모르게 입에 게거품을 무는 것만 보아도 그날의 기억은 강렬했다. 술 중에서도 맥주를 가장 좋아하는 이유도 따지고 보면 기포가 원흉이다. 거품을 만드는 기초 단위랄 수 있는 기포를 뚫어지게 관찰하며 마시는 맥주 맛은 언제나 최고였다. 해서 물방울 또는 거품 관련 단어나 그와 관련된 일이라면 강박적으로 매달렸다. 오죽하면 수학의 많은 전공 분야 중에서도 거품을 연구 주제 중의 하나로 다루는 미분기하학을 전공했겠는가. 이무기가 미국 서부 명문대에서 미분기하학과 알고리즘을 연결시킨 계산기하학으로 박사학위를 취득한 것도 그 연원을 추적해 들어가면 어머니

무덤에서의 첫 기억과 직결되어 있었다.

"교수님이 여기 계실 줄 알았다니까."

젊은 여성과 그 아기가 상기시킨 근원적 비애가 사람을 철저하게 무너뜨렸다. 술이 당겼다. 하지만 인도가 술을 공식적으로 금하는 나라인 만큼 술집 찾기가 보통 일이 아니었다. 물어물어 찾아간 곳이 마침 숙소로 잡은 호텔 근처였다. 간판도 따로 없는 작고 허름한 맥줏집에서 킹피셔 병맥주와 함께 투보그(Tuborg) 흑맥주를 끊임없이 들이켰다. 맥주만으로 성에 안 차 보드카 스미노프(Smirnoff)도 들이부었다.

감상에 빠져 술바다를 떠다니며 흐느적거리고 있을 때 나우리가 찾아왔다.

"상남자가 되고 싶어 안달하는 남자가 그딴 일로 죽을상을 하고 있었어요? 이제 봤더니, 못났네 못났어. 학생들 앞에선 온갖 잘난 척 다하면서."

술김에 심리적 방어선이 무너져서일까. 스타트업 운영자금 사정을 털어놓기에 이르렀다. 한데 나우리가 뜻밖의 제안을 하지 않는가.

"교수님이 학회에 발표하지 않고 손에 꾹 쥐고 있는 논문들 있잖아요. 그 가운데서도 크리에이터 러닝(창조학습)에 관한 것, 아직 그 누구도 가보지 않은 길을 제시한 그 논문에 제가 빽갔잖아. 한눈에, 단숨에. 대박임을 알아보았잖아요, 제가. 이거야말로 AI 세계에서 개척되지 않은 아메리카 대륙이라고 확신했잖아요. 이 교수님 본인이 더 잘 알겠지만."

찬가를 듣게 된 계기는 사소했다. 학부 수강생 중 한 명이 이진 트리(binary tree) 관련 문제 하나를 들고 연구실로 찾아온 게 빌미였다. 이진 트리는 컴퓨터과학에서 사용되는 데이터 구조인데 학생은 그중에서도 완전(full) 이진 트리의 수학적 속성에 관해 집중해서 묻지 않는가.

답변하는 과정에서 자기 자신 속에 자기를 집어넣는 이미지로 다가오는 재귀 함수(Recurisive function)를 떠올렸고, 자연스럽게, 밑에 자식이 있으면 또 그 밑에 자식이 있는, 그것을 끝까지 추적할 때 많이 사용하는 트리(tree) 네트워크로 이어졌다. 트리 토폴로지는 이름 그대로 나무 모양을 띠었다. 컴퓨터는 그러니까 나무의 마디나 잎에 해당하였다. 트리 네트워크 안의 부분집합(subset)도 트리 네트워크가 되는 메카니즘, 객체를 직관적으로 분류하는데 제격인 의사결정 트리(decision tree), 그건 또 앙상블(ensemble) 학습방법의 기반이 된다는 팩트쯤은 이미 익숙한 세계였다. 다목적 고급 프로그래밍 언어인 파이썬(python)이 처음 나온 1990년대 초부터 친구였기 때문이다. 특히 수많은 유니버설 함수(universal function)를 제공하는 넘파이(NumPy, Numerical Python의 약자)와 절친이었다. 마침 그때 심사를 보던 제자의 석사논문 주제가 최적 경로를 찾는 내용이었다. 너비 우선 탐색(BFS)을 깊게 다루었는데 그게 트리를 생성한다는 데 주목했다. 여기에 수학적 속성이 아주 풍부함[2]을 확인하고 눈이 번쩍 띄였다. ★[1]

불가능을 가능으로 바꾼 원초적 공신은 대학시절부터 친했던 파이썬이었다. 데이터를 이해하기 위해 수학적 모델을 구축하는 것이 다름 아닌 머신러닝 아닌가. 이 머신러닝 알고리즘을 견고하게 구현한 라이브러리 (컴퓨터 프로그램에서 자주 사용되는 부분 프로그램들을 모아놓은 일종의 도서관)가

지금부터의 세계

파이썬에는 많이 있었다. 파이썬으로 수학 문제 푸는 게 소확행(소소하지만 확실한 행복) 아니던가. 그밖에도 비선형방정식을 선형방정식으로 근사시키는 연습을 오랫동안 해본 것도 적잖은 도움을 주었다. 뭐니뭐니해도 일등 공신은 '수치해석학'이었다. 수학적으로 방정식을 푼다 함은 완전해를 구한다는 것인데 이는 아주 쉬운 문제거나 특수한 경우에만 가능하고, 현실 속의 실제 문제는 완전해를 구하기 어려운 경우가 대부분이란 데서 출발한 수학 분야가 수치해석학이라고 할 수 있다. 일반적으로 컴퓨터 계산을 통해 근사해를 구하는 수치해석학 과목을 학부는 물론이고 대학원에서 장기간 강의한 경험이 결정타였다. 포트란(FORTRAN), 매스매티카(Mathematica), 매트랩(MATLAB), C/C++, 자바(Java), 메이플(Maple) 등의 프로그래밍 언어로 구현하도록 하는 과정에서 쌓인 노하우도 무시할 수 없다. 큰 자산이었다. 컴퓨터과학을 낳은 아버지랄 수 있는 수치해석학은 그러므로 나매쓰를 있게 만든 단군 할아버지였다.

컴퓨터가, AI 스스로가 인간처럼 창조적인 학습이 가능하고 창조적인 결과물도 내놓을 수 있겠다는 생각이 들자 세상을 다 품은 듯한 느낌이었다. 기존의 기계학습, 딥러닝하고도 차원이 달랐다. 작년 말부터 AI 트렌드인 도메인 트랜스퍼 러닝(Domain Transfer Learning)하고도 완전 다른 세계였다. 다양한 분야별 전이학습(轉移學習)이 가능하도록 하는 게 그것의 목표인데 이무기가 진작에 넘은 작은 산 중의 하나에 불과했다.

획기적이었다. 인간의 개입 없이도 스스로 학습하는 강화학습(Reinforcement Learning)이 아기의 걸음마 수준이라면 이무기의 창조학습은 자전거 타기에 비유할 수 있었다. 이렇듯 이무기가 자신감을 가지게 된 배경은 나매쓰의 AI 기반 수학자 '수리랑(數理郞)'에게 실전 문제를 적용해 보았기 때문이다.

소수 트리에 의한 소수 분류(classification of prime number by prime number tree) 문제를 수리랑 성능 테스트용으로 쓴 것은 딱히 다른 이유는 없다. AI 기반 수학자 프로젝트가 어느 정도 결실을 맺을 즈음 마침 눈에 들어왔기 때문이다. 대한수학회 소식지(newsletter)에 홍콩 수학경시대회 참관기가 실렸는데 거기에 소개된 문제★$^2$ 중의 하나였다. 수학머리가 필요한 문제인 데다 '트리'가 들어가 있어서 잘 됐다 싶었다.

물론 처음에는 잘 못 풀었다. 그렇다고 실망하기에는 일렀다. AI 장점 중의 하나가 시행착오를 통해 학습이 가능하다는 점 아닌가. 수백 번의 실수를 통해 배우더니 어느 순간 그 문제를 푼 학생들보다 더 깔끔하게 논증했다. 수학 논문의 주된 목적이 발견한 정리를 증명하는 것 아닌가. 이 수학자 역할을 AI가 한다? 분명 신세계였다.

혹시 백일몽일지 몰라 아직은 이와 관련한 일련의 결과물을 점검하고 또 점검중이다. 홀드아웃 검증(hold-out validation : 모든 학습 데이터를 훈련 데이터와 검증 데이터로 완전히 분리하고 같은 검증 데이터를 평가에 사용하는 기법)은 기본이다. 더 정교한 기법들도 동원했다. 당연히 보완도 거듭하였다. 자전거 타기에서 오토바이 타기, 나아가 승용차, 비행기 타기로 나아가려면 아직은 각고의 '노오력'이 필요하였다.

"나우리가 마운틴뷰에 위치한 구글 캠퍼스에서 처음 만났을 때 말이

지금부터의 세세

야. 선뜻 우리 스타트업으로 들어오겠다고 해서, 정말 놀랐어. 지금 생각
해도."

새삼 그녀의 도전이, 그녀의 합세가 고마워 더 힘껏 꼭 껴안아준다.

"그때 자기가 심층신경망(DNN)에서 robustness(견고성)과 generali-
zation(일반화)를 다룬 논문을 슬며시 보여줬잖아요. 맛보기로. 그런데 야
코비 행렬, 야코비 regularizer(정칙화)를 이용해서 접근하는 솜씨를 보고
뿅갔지 뭐. 대단했걸랑요. 맛보기가 이 정도라면…. 자기의 포커페이스를
내가 읽었다고나 할까."

이에 힘을 얻은 이무기가 딥러닝 모델 개발 관련 몇 편의 미발표 논문
도 보여준 것이다. 유혹하기 위한 미끼였다.

"이 교수님, 제가 구글에서 오픈소스를 공개한 텐서플로(TensorFlow)
개발을 누구보다 잘 알잖아요. 그걸 만든 '구글 브레인'팀에서 제가 리서
치 사이언티스트로 일했으니만큼. '심블록 수학 라이브러리'인 텐서플로
보다 다른 건 몰라도 전문수학에 국한해선 분명 몇 수 웃질이네요. 죽이
는데요, 교수님."

낚싯밥을 문 김에 비장의 무기도 9할까지 공개했다. 텐서플로처럼 프
로그래밍 언어로 C++와 파이썬을 채택한 점을 높이 샀다. 자연어 처리와
같은 애플리케이션을 위해 사용되는 페이스북의 파이토치(PyTorch)의 장
점까지 고스란히 살린 것도 후한 점수를 얻는 데 일조하였다.

"중국 테크 기업 '바이두'가 개발한 '패들패들'보다는 어쨌든 몇 발 앞
섰다는 것만으로도 대단하네요. 아직 텐서플로나 파이토치보다 범용성

은 떨어지지만 제가 합세하면 멀잖아…."

나우리가 반색까지 할 줄은 정말 몰랐다. 미국뿐 아니라 유럽 특허청에 딥러닝 특허까지 이미 여러 건 받아놓은 '젊은 노장' 나우리 입이 떡 벌어졌다. 오죽하면 그녀가 보장된 미국 생활마저 청산했겠는가.

"이 교수님, 자금 문제라면 저도 발 벗고 나서겠습니다. 제가 살고 있는 강남 래미안대치팰리스 33평형을 잡히면 상당액 대출을 받을 수 있을 거예요. 매매가가 30억 원이나 하니까. 만약 그 돈으로도 안 된다면 아파트를 처분할 수도 있어요. 만일 그것만으로도 안 된다면 샌프란시스코에 사놓은 제 소유 콘도까지도, 기꺼이. 미국 펀드에 넣은 돈까지도…. 제 모든 걸 걸고도 남을 만큼 이 교수님 아이디어가 좋아서 그래요. 진정으로. 우리 함께 수리랑을 낳아 훌륭한 자식으로 키워봐요, 네. 우리 같이, 그 누구도 안 가본 길을 함께 어깨동무하고 걸어가요, 네에!"

이렇게 나오는 여자와 어찌 결합하지 않을 수 있을까.

구세주였다. 아니, 미륵이었다. 불교 4대 성지라는 사르나트가 인근에 있으므로 미륵불이 출현했다고밖에는 달리 설명할 길이 더 없다.


#4

사람 참 간사했다.

당연하다. 반백 년이나 살았으니만큼 어제오늘 안 속언이 아님은. 바라나시에서 단박에 최대 고민거리를 일거에 해결하자 흐림에서 맑음으로 마음의 날씨가 거짓말같이 바뀌었다. 한순간이었다. 언제 먹구름이 끼

지금부터의 세계

인 적 있느냐고 항의할 지경이다. 하루아침의 돌변이 경박한 인간의 전형으로 찍힐 듯싶어 표정관리를 한다고 했으나 이조차 여의치 않았다.

"중년 교수님이 아니라 숫제 애라니까요, 애. 애야, 애, 완전."

"완전? 완전인간이라고? 완전체!"

제발 무게 좀 잡으라고 나우리가 눈을 흘기고 허리를 꼬집어도 소용없다. 델리에서의 마지막 날은 천상에서 노니는 것처럼 흥분이 쉬이 가시지 않았다. '붉은성(Red Fort)'을 위시해 널리 알려진 관광지를 둘러볼 때도 붕붕 떠 있었다. 번지는 잇몸 미소를 그칠 수가 없다. 초경박 모드를 시종 유지하였다.

델리 인근 신도시 구르가온에서 IT 기업 관계자를 만날 때도, 공항으로 향하기 직전에 간 뉴델리국립박물관에서도 마찬가지였다.

"감각적으로 춤추는 듯한 온갖 힌두교 신상(神像)들이 꼭 이 교수님 같으셔요."

굽타 왕조시대의 테라코타 유물들을 완상하는 도중에 나우리가 경쾌한 톤으로 놀린다. 그러거나 말거나 이무기는 시종일관 미소 뿜뿜으로만 답했다.

박물관 규모는 그리 크지 않았다. 3층이고 원형 건물이었다. 하지만 인더스 문명의 본산답게 전시물은 이색적이면서도 알차다.

"이 고깔 형태가 은근히 많이 보이지 않나요, 교수님?"

나우리가 엘로라(Ellora)에서 발굴된 8세기 작품 강가(Ganga)를 가리키며 말한다. 고깔모자 형태가 별났다. 유달리 눈길을 잡아챈다.

"나도 그렇게 생각했는데 우리 나우리도 그리 생각한 모양이네. 첫 전시관에선가 본 작은 남자상(像)도 고깔모자를 쓰고 있어서 눈길을 끌었거든. BCE 2천 5백 년 전쯤 만든 토기 인물상 말이야. 10센티 정도로 작은 인물상, 기억나지?"

"네."

"…."

"어머나!"

넋 놓고 보는 나우리를 발견하고는 장난기가 발동해 살짝 뒤에서 밀었다. 그러자 나우리한테서 '어머나'라는 작은 비명이 터져 나왔다. 박물관 안이라고 크게 소리 지르지 않으려고 애쓰는 표정과 몸짓이 사랑스러워 꼭 안아주지 않고는 못 견디겠다.

"자기야, 아니 자기님. 육체 코드는 침대에서만 맞춰요, 우리. 여기서 이러면 풍기문란으로 쫓겨날지 몰라요."

은근한 타박이다. 그러는 나우리 몸짓과 표정이 예술이었다. 나우리 육체 중에서도 이무기가 손 이외에 가장 먼저 터치한 부위가 히프였다. 본의 아니었다. 그녀가 애플 히프 소유자임을 확인한 것은.

바라나시에서 간판도 없는 술집 술을 바닥낸 후 거리로 막 나왔을 때였다. 마침 무심코 오가는 다른 개들과는 달리 큰 개 한 마리가 성난 몸짓으로 급히 다가오자 질겁한 나우리가 "에그머니나"란 소리를 숨 가쁘게 내뱉으며 안기지 않는가. 그때만 해도 꼭 껴안으면 안 된다는 생각에 방어는 해주되 팔로 등을 두르는 데까지 나아가지 않으려고 타울거렸다. 가

　　　　　　　지금부터의 세계

까스로 그건 성공했다. 그 대신 탱탱한 사과 두 쪽을 본의 아니게 움켜쥐고 말았다. 함께 쓰러질지 모른다는 염려가 앞선 결과였다. 엉겁결에 무엇을 잡는다고 잡았는데 그것이 하필이면 히프였다.

"스티브 잡스가 세운 '애플'을 나한테 공짜로 준대도 우리 나우리 애플하곤 안 바꿔. 정말이야. 잡스의 애플은 한 개잖아. 그것도 묘하게 찌그러진. 이에 반해 우리 나우리 애플은 두 개나 되니까. 감격스럽게도 완벽한 하트 모양까지 이루고 있으니까."

두 사람은 서로 질세라 말희롱, 몸희롱을 하면서 달달한 시간을 보냈다. 그것도 '핵달달'을. 그러면서도 의외로 많은 전시물들이 고깔모자를 쓰고 있다는 사실에 주목한다. 어디서 많이 봐서 익숙한 듯하지만 막상 정확히 기억하려고 애쓰면 흐릿해지는 '아리까리'한 상태를 즐기며 인도 출장 겸 여행의 마지막 방점을 찍었다.


# Ep. 8


## #1

"이 세상에서 나 혼자만 아는 비밀이 여럿 있소. 혹 그중에서 하나를 들어볼 의향이 있으시오?"

술기운 탓일까. 강 명예회장이 이미지에게 조심스러우면서도 은근한 톤으로 나온다. 지금은 자녀들에게 회사 경영을 넘기고 일선에서 물러난

상태였다. 그래도 공시대상 기업집단(준재벌) 전직 회장답게 말과 행동에서 거침이 없는 스타일이다. 맨손에서 출발해 준재벌 회장까지 오른 사람 특유의 자신감도 장난 아니었다. 그런 사람이 앞뒤 재고 나와 이미지도 다소 긴장한다.

잠실 롯데월드타워 107층. 멤버스 레스토랑들이 몰려 있는 곳이다. 거기서 눈으로는 서울 야경을, 입으로는 중국 코스요리를 어지간히 즐긴 직후다.

"어이 여기, 짱께술 한 병 더. 이번에는 닉슨 미국 대통령하고 모택동이 정상회담을 가졌을 때 마신 술로다. 이 교수, 나 잠깐 실례."

무슨 비밀 한 자락을 살짝 엿보일 심산인 모양이다. 강 회장답지 않게 뜸을 들이는 폼이 예사롭지 않다.

## #2

강 회장을 만나야겠다는 생각을 하게 된 계기가 있었다. 이미지가 초진했던 환자, 자칭 단군 어머니가 동기를 제공하였다. 담당 주치의가 '2차원녀'라고 별명을 붙인 것은 문제의 환자가 디스플레이란 이름의 2차원 세계에 과몰입된 나머지 그 세계 여신임을 자처해서다.

사실 자칭 예수, 하나님, 석가모니, 노자, 정도령, 대통령 등은 많다. 정신과 병동이 있는 곳이라면 어디서든 과대망상 환자를 쉽게 볼 수 있다. 정신건강의학과까지 군이 찾지 않는 과대망상 환자를 전국적으로 다 합하면 얼마나 될까. 수십 명 단위가 아니라 수백 명에 달한다는 게 관계자

지금부터의 세계

들 사이에서는 정설이다. 따라서 만약 2차원녀가 성모 마리아, 관세음보살, 무슨 천사, 무슨 선녀 운운했다면 이미 식상할 정도로 많이 접한 케이스라 별 관심을 못 끌었으리라. 하지만 2차원녀는 확실히 달랐다. 듣도 보도 못한 경우였다. 2차원 세계 단군 어머니를 자처하는 케이스는 처음이었다. 그것도 과학기술의 총아인 컴퓨터 세계 속으로 하강하려고 몸부림치는 증세가 이색적으로 다가왔다. 담당 주치의와 함께 집중 치료해서 공동 연구논문을 작성하기로 손쉽게 합의한 것은 그 때문이다. 하여 단군신화 같은 인문학 베이스는 이미지가, 전반적인 ICT 분야는 주치의가 맡는 쪽으로 정리했다.

강 회장 성북동 집 금고 속에 『삼국유사』『제왕운기』보다 더 앞선 시기에 간행된 고서가 있다는 귀띔은 할아버지가 하였다. 이미지가 어렸을 적이니까 아주 오래전이다. 그 후로도 여러 차례 반복해 강 회장 금고야말로 보물금고의 대명사라는 고정관념이 생기기에 이르렀다.

강 회장과 할아버지는 친했다. 할아버지가 주치의를 오래 한 관계로 당신과 허물없이 지내는 편이었다. 어느 날 강 회장이 단군신화 등을 다른 시각으로 기술하고 있는 『삼계기(三界記)』『고금록(古今錄)』실물을 보여주더라지 않는가. 표지만 슬쩍 맛보기로 보여줘서 자세한 내용은 알 수 없었다고 한다.

"진품이라면 국보급 아니겠니. 이 할애비가 강 회장에게 진위 여부에 의문을 표하자 강 회장이 그러더구나. 조선시대 내내 삼한갑족들 사이에서 서로 차지하려고 경쟁한 진품이라고. 조선 최고 갑부로 유명한 변승업

(1623~1709), 숙종·영조 시대의 부자 대명사 이진욱 등의 손을 거쳤다잖아. 강 회장이 직접 청송 심부자라고, 9대에 걸쳐 만석꾼 집안으로 이름난 사람 후손한테 거금을 주고 입수했다는 데야 믿을 도리밖에."

할아버지는 우리 고지도 수집에 취미가 있었다. 집안 대대로 전해 내려오는 골동품 중의 하나가 '천하도(圖)'였다. 할아버지가 플러스 베타를 한 수집품까지 합하면 그 형태가 가지각색인 천하도가 수백 장가량 있었다. '천하도'와 사촌 격인 '태극도(圖)' 따위도 상당량 소장 중이다.

하지만 별 대접은 못 받았다. 17세기 이후 조선의 지도첩에서만 유일하게 등장하는 기이한 세계 지도란 점에서 세계 지리학계로부터 큰 주목을 받지만 수많은 지도책마다 삽입되어 있는 관계로 현존하는 천하도 수가 너무 많다는 사실이 결정적이었다. 보통 하자가 아니었다. 희소성이 떨어졌다. 그건 골동품으로서 별 가치가 없다는 이야기다.

자연히 이미지까지 무심히 봐넘겼다. 그러다 천하도가 각별하게 다가오는 순간이 있었다. 대학시절 유럽으로 배낭여행을 갔다가 프랑스 파리의 '기메 국립 아시아 미술관'에서 소장하고 있는 천하도 하나를 발견하면서다. 81개 나라가 표시되어 있는 그 천하도와 똑같은 게 집에도 있다는 데 생각이 미쳤다. 처음으로 누구에게랄 것도 없이 그 사실을 자랑하고 싶어 입이 근질거린 것이다.

"우리 큰손녀, 고려 말에 나온 건곤도(乾坤圖) 한번 볼래? 애장품 고려청자 매병 하나와 맞교환했다. 이 동네 어느 수집가와 오래 밀당하다가 이 할애비가 결단을 내렸단다."

지금부터의 세계

할아버지가 어느 날 조심스럽게 건곤도를 보여주었다. 정사각형에 가까웠고, 종이 섬유질이 매우 치밀하다는 점이 인상적이었다. 17세기 이후 나온 천하도의 고려 말 버전인 셈인데 심미안과 감식안이 없는 이미지로서는 그 값어치를 어림조차 할 수 없었다.

"건곤도를 나에게 넘긴 소장가가 은밀히 말하는데 말이야. 강 회장이 고려 초에 나온 '현황도(玄黃圖)'도 가지고 있다잖아. 고지도 수집가들 사이에서 전설로만 떠도는 귀물이거든, 그건. 값을 매길 수도 없어. 아, 그걸 수중에 넣을 수만 있다면 이 할애비가 가진 모든 걸 내줄 수도 있건마는. 그래도 안 아까울 정도로 정말 귀하디귀한 보물이거든."

"…"

"내가 잘 아는 의료계 선배가 있어. 이양선(1916~1999)이라고, 이분이 세브란스 의전(현 연세의대)을 나와 경북의대 이비인후과에 오래 재직하다 돌아가셨는데, 1950년대부터 경상도 지역에서 나오는 문화재 수집가로 유명했단다. 이 양반 소장품 중 기마인물형 뿔잔(국보 275호)이 있는 것 하나만으로도 어느 정도 수준인지 감이 잡히나? 그 이양선 선배 왈, 강 회장에게는 삼함(三函)도 있다는 거야. 함이 3개인지, 하나의 함에 3개의 함이 들어 있어서 그런지는 실물을 안 봐서 모르겠지만, 단군시대부터 있던 물건이라든가, 삼한시대 초기 물건이라든가, 좌우간 국보급 유물을 가지고 있다고 귀띔하더라고. 국보 275호를 열 개, 백 개 가져와도 강 회장이 안 바꾼다고 할 정도라니 짐작이 가니?"

어릴 적 보물에 얽힌 여러 동화나 숱한 전설을 들은 이후로 한동안 잊고 지냈는데 어느 날부터 어른 버전 동화와 전설이 계속 이어졌다. 연속 극처럼. 아이 때 모양으로 어른 버전을 들을 적에도 그때마다 오묘하게 다가온다는 사실이었다.

할아버지의 간절한 마음이 이미지에게도 그대로 전염된 모양이다. 그날 이후 소유욕이 가끔씩 발동하는 것을 보면. 고문화재 수집계의 제왕이라는 강 회장을 어떻게 하면 넘겨 할아버지가 꿈에도 그리는 귀물들을 손에 넣을 것인가. 큰 과제였다.

짬만 나면 온갖 시나리오를 써보는 자신을 발견하곤 기겁했다.

#3

"남자인 내가 봐도 남자란 동물은 웃겨요, 정말. 내 나이 어느덧 구순을 바라보는데 아직도 이쁜 여자만 보면 사춘기 세포가 살아난다니까. 방금 화장실 다녀오는 길에 젊은 여자 탤런트 무리와 우연히 마주쳤지 뭐요. 헌데 심장이 뛰는 거 있지요. 애들 말로 심쿵하더라니까. 허허허."

"…."

"이건 실화요, 실화. 나처럼 사업하는 친구 증언이오. 당신 아버지가 대학병원 특실에 장기간 입원해 있다가 돌아가셨는데, 숨지기 직전 가족이 다 지켜보았답니다. 평생 함께 산 어머니를 필두로 아들 딸, 손자 손녀들이. 헌데 당신 부친 눈이 가장 오래, 마지막으로 머문 사람이 누군지 압니까. 한발 비켜 서 있던 젊고 이쁜 간호사였다지 않소. 그게 남자란 동물의 본능이요, 본능."

지금부터의 세계

"…"

"우리 닥터 리가 남자의 본능에 대해 깊이 이해하고 있으니까 하는 말이오만, 흰소리 아니고 진짜배기 속마음을 밝히면 말이오. 지금이라도 내 혼을 빼놓는 여자가 있다면, 그래서 만일 그 여자를 내가 가질 수만 있다면, 내가 가진 모든 걸 내놓을 수도 있다니까. 아직도. 이 나이지만, 아직도."

이미지도 잘 안다, 그 원초적 욕망을. 정주영 현대그룹 왕회장도 살아 있을 때 분명히 그랬으니까. 최고의 미인을 가질 수 있다면 당신이 가진 그 어마어마한 부를 모두 던질 수 있노라고.

강 회장으로부터 비슷한 취지의 노래는 벌써 여러 번 들었다. 가장 최근에 만났을 때도 속생각을 슬며시 드러냈다. 레오나르도 다 빈치의 아름다운 드로잉으로 유명한 '젊은 여인의 두상'을 보여주며 "나의 이상형이오"라고 했다. "누구와 좀 닮았지 않소?"라며 의미심장한 미소를 지었는데 그제서야 이미지도 알았다. 당신이 자신을 갈망하고 있음을. '젊은 여인의 두상'이 다 빈치가 천사의 얼굴을 그리기 위한 스케치였던 만큼 "당신은 나에게 천사라오"라고 하는 말과 다름없지 않은가.

곱씹으면 곱씹을수록 심장이 오그라드는 멘트였다. 새삼 그런 강 회장이 부담스럽다. 징그럽기도 하다. 재수 없어 하면서도, 다시는 안 보겠다고 했으면서도 고서 핑계로 잼처 연락했으니 뇌회로가 잠시나마 얽힌 게 분명하다. 강렬한 핑크색 슈트 재킷에 골반 스커트를 무의식중이라지만 '간지'나게 빼입고 나온 것만 보아도.

하면, 강 회장은 언제부터 주치의 큰손녀를 성적 대상으로 보기 시작했을까.

어쩌면 이미지가 강 회장 무릎에 앉아 어리광을 부리던 시절까지 거슬러 올라갈 수도 있다고 생각하자 갑자기 어찔하면서도 아득한 감정에 사로잡힌다.

할아버지로 인해 강 회장을 이미지도 어려서부터 잘 알고 지냈다. 당신이 지인들한테 큰손녀 자랑을 하고 싶어 못 배긴 탓이 크다. 두 손녀를 다 함께 이뻐하다가 어느 날부터 차별을 두기 시작했다. 이미지를 대놓고 더 편애하기 시작한 건 막내 삼촌 용변 사건 이후였다.

하루는 도우미 아주머니가 무슨 일로 막내 삼촌 곁을 잠시 비웠다. 마침 그때 막내 삼촌이 실례를 하였다. 난감한 상황이었다. 한데 할아버지가 두 손녀에게 뒤처리를 맡겼다. 이에 이금지는 코부터 싸쥐고 "어휴, 똥 냄새. 정말 독해. 삼촌은 착한데 왜 똥은 이리 독할까?"라며 뒷걸음질 쳤다. 그러나 이미지는 달랐다. "우리 삼촌은 큰일도 이쁘게 잘 보네. 황금똥을"이라며 어린애답지 않게 능숙하게 치웠으니까.

"우리 큰손녀, 의사묵기야, 의사묵기. 천상 타고났어. 하는 짓 보니 4대까지 의사 가문을 이어가겠는걸."

할아버지나 막내 삼촌에게 잘 보이려고 해서 한 행동은 아니었다. 그 순간에 본능이 시키는 대로 행동했을 뿐이다. 그런데 할아버지는 그 장면이 감격스러웠을까. 시시때때로 입질에 올리곤 했다.

"닥터 리, 그래 뷰가 좋은 여기 레지던스 생활에 만족하오?"

두 사람 사이에 감도는 미묘한 공기를 바꾸고자 강 회장이 먼저 화제를 돌린다.

이미지가 롯데월드타워 42층에서 71층 사이에 위치한 고급 오피스텔로 이사를 결심한 것은 호텔 서비스가 가능해서다. 정신건강의학과 전문의인 까닭도 있지만, 이미지는 천성적으로 남의 말에 귀 세우는 편이다. 경청이, 남 대접이 과도해서일까. 어느 순간부터 집에서만이라도 나 스스로를 대접해야겠다고 생각하던 차에 문제의 고급 오피스텔 '시그니엘 레지던스'에 입주하면 6성급 호텔 서비스를 제공한다고 하여 과감히 저질렀다. 내부를 현대식으로 고쳤으나 북촌 한옥이라는 부모 집이 생활하기에는 구조적으로 불편한 이유도 컸다. 특히 밤낮 가리지 않고 찾아오는 국내외 관광객들이 주는 스트레스도 이만저만 아니었다.

"네. 집에서 고급 호텔 서비스인 '컨시어지(concierge : 원스톱 생활편의) 서비스'를 받을 수 있는 게 가장 맘에 들어요. 조식 뷔페 서비스도 괜찮고, 청소와 세탁까지 전문적으로 관리해주는 '하우스키핑(객실관리) 서비스'도 괜찮아요."

문제는 돈이었다. 전체가 반원 구조인 108평짜리 공간을 소유하느라 과하게 대출을 받아 마음에 여유가 없었다. 전문의가 되자마자 할아버지로부터 증여받은 삼성동 건물을 처분하는 문제까지 고려할 정도였다. 훗날 개업하면 사용하라고 준 공간을 쉽게 손대려 하자 할아버지는 물론이고 엄마 아빠까지 펄쩍 뛰었다.

"닥터 리는 대체 부족한 게 뭐요? 내 보기에 모든 게 완벽하오. 외모면 외모, 직업이면 직업, 성격이면 성격, 집안이면 집안, 어디에 내놓아도 빠지는 게 하나도 없잖소. 미스 에브리싱(Miss Everything)이라니까. 오죽하면 우리 손자까지 찼을까!"

할아버지와 강 회장이 서로 사돈이 되자고 작전을 세우고 용의주도하게 나왔다. 하지만 이미지가 퇴짜를 놓았다. 남자에게 큰 하자는 없었다. 단지 재벌가 여자, 강 회장 손자 며느리라는 타이틀 자체가 이미지에게는 별로였다. 넉넉함이라는 장점보다는 구속이라는 단점이 더 크게 다가왔다. 돈과 재벌에 대한 선망이 상대적으로 없었다.

"무슨 소리 하세요. 부족한 것투성이인데…. 암튼 립서비스가 과하셔요. 분수에 넘치는 집에 사느라 할아버지와 아버지로부터 정기적으로 경제적 지원을 받는 것 하나만 보아도…. 강 회장님, 『삼계기』에 나오는 단군신화 파트만이라도 살짝 보게 해주면 안 되겠습니까. 가능하면 '삼함'도요."

당신이 모두(冒頭)에 들려주기로 한 비밀은 물 건너간 듯싶어 직진한다. 하나 마나 한 소리나 하자고 만남을 요청하지 않았기에 바로 본론으로 들어갔다.

"닥터 리, 아니 이미지 교수님. 비유가 좀 과할지 모르겠소. 이해하시오, 미리 말하지만. 아직 미혼인 이 교수에게 늙은 내가 벗은 몸을 좀 보자고 하면 응할 것이오? 똑같소, 나한테 『삼계기』와 '삼함'은."

지금부터의 세계

# Ep. 9

## #1

이금지는 생리 때마다 하루 휴가를 낸 후 하루종일 침대 위에서 온열 기구를 배에 대고 누워 지낸다. 버릇이다. 그런데 오늘은 달랐다. 생리통을 무릅쓰고 새벽같이 집을 나섰다. 변산반도 국립공원 고사포 해변을 쏜살같이 다녀왔다. 막내 삼촌 때문이었다.

작년 늦여름에 막내 삼촌을 거기로 데려간 사람이 바로 이금지였다. 바다를 가까이 보고 싶고, 바닷물에 손발을 담그고 싶어도 실제 체험하기 어려운 노약자나 중증 장애인을 위한 '수상 휠체어'가 운영된다는 뉴스를 접하는 길로 예약한 것이다.

그러나 높푸른 하늘 아래 드넓게 펼쳐진 겨울 바다에 막내 삼촌 흔적은 그 어디에도 없었다. 쓸쓸하였다. 이금지가 태어나던 해, 그것도 하필이면 같은 달 같은 날에 열한 살 개구쟁이 막내 삼촌에게 사고가 일어났다. 항상 마음이 쓰인 건 그 우연의 일치로 말미암아서다. 이금지가 누구에게도 알리지 않고 나선 배경이다.

"할머니, 짱 맛있는 동치미 냉면 되지요?"

아파트로 돌아와서 지하 주차장에 중고 RV차량을 대고 시간을 확인한다. 오후 3시였다. 어중간했다. 집으로 들어가 무엇을 해먹기도, 침대에서 뒹굴기도, 제대로 하는 음식점으로 가 사 먹기도.

이렇게 어정쩡할 때마다 들르는 인근 단골집 주인 할머니가 말 대신

고개를 끄덕인다. 등이 약간 굽은 할머니는 웬만하면 말 대신 몸짓으로 의사소통하는 걸 선호하는 편이었다. 미장공과 목공 일을 겸하는 노총각 아들하고 단둘이서 옛 농가 주택을 내부만 수리해서 장사했는데 음식점 외양은 후줄근해도 맛은 괜찮아 곧잘 드나들었다.

"뭐지, 이건?"

스마트폰과 몰아일체가 된 채 동치미 냉면을 세월아 네월아 먹다가 이금지의 눈길이 어느 순간 옆 테이블로 향하였다. 할머니가 혼자 하는 화투놀음이 예사롭지 않아서다.

파스칼 삼각형이 거기에 있었다. 자연수를 삼각형 형태로 배열한 것 말이다. 물론 할머니가 하는 화투놀음이 파스칼 삼각형하고 액면 그대로 똑같지는 않았다. 할머니는 화투장 뒷면을 이용하여 삼각형 형태로 만들었다. 맨꼭대기 첫 줄 한 장, 셋째 줄 석 장, 마지막 줄 아홉 장만 앞면이 나오게 폈고, 나머지 석 장은 손에 쥐고서 깔린 앞면과 짝이 맞으면 떼는 형식이었다. 생각보다 패가 잘 맞아떨어지지 않자 할머니는 계속 다시 한다.

그게 빌미였다. 태양과 목성을 밑변으로 하는 트로이군 소행성이 정삼각형을 이룬다는 사실과 함께, 안드로메다 자리와 양자리 사이에 있는 별자리인 삼각형자리 등등을 줄줄이 사탕처럼 소환했다. 직업 탓이었다. 습관적으로 떠오르는 깨알 같은 지식을 머리에서 공굴리며 빕구르망(낮은 가격 대비 훌륭한 식사를 내는 곳) 할머니를 무심히 바라보았다. 오랫동안.

할머니가 소일거리로 벌이는 화투놀음에 정신을 놓고 있다가 스마트

지금부터의 세계

폰 가족톡으로 온 어머니 메시지를 보고 화들짝 놀란다. 오늘 밤 서울 삼성동 모 레스토랑에서의 소개팅 자리에 늦지 말라는 무언의 압박을 강하게 받았기 때문이다. 이모티콘으로 날리는 어퍼컷에 움찔하였다. 이금지가 정도 이상으로 가슴을 쓸어내린 건 약속 자체를 완전 잊고 있어서다.

서둘러 대전역으로 가 수서행 SRT를 탔다.

### #2

"절대 안 돼."

이금지가 올 설날 대대로 살아온 북촌 한옥 부모 집에 명절 쇠러 갔을 때 어머니에게 특정 종교를 가진 '찐' 신도 남자와 결혼하는 문제에 대해 어떻게 생각하느냐고 넌지시 간을 보자 보인 첫반응이었다. 예상하기는 했다. 하지만 강도가 생각보다 셌다.

집안의 한이었다, 종교는. 5대조인가 6대조께서 무슨 종교든 종교를 가지는 순간 우리 집안에서 호적을 파라는 게 당신 유언이었다. 천주교 때문에 친인척 목이 여럿 달아나는 것을 목격한 당사자의 피 맺힌 절규였다. 그 지엄한 명은 오늘날까지 유효했다. 이금지 대(代)까지 어떤 종교든 몰래 믿는 경우는 있어도 대놓고 믿는 사람은 없으니까.

"엄마, 이건 만약인데 말이에요. 내가 무슨 종교 성직자, 일테면 목사나 성공회 신부 또는 스님하고 결혼하는 건 어떻게 생각해요?"

백지 스님을 염두에 두고 떠보았다.

"이년이, 미쳤니? 만일 그리한다면 우리집에선 미친년이 되는 거지 뭐. 그 순간부터 우리 딸이란 호칭 대신 이년 저년 소리가 내 입에서 막 나오게 되겠지."

수십 년 내과 의사로서 환자들에게 부드러운 목소리를 가진, 스마일 의사로 널리 알려진 분의 언사치곤 고약했다. 여고시절 어떤 남자 스타에 빠져 서포트한다고, 이른바 '덕질'에다 '조공질'을 정신없이 할 때 들은 이후 '이년'은 처음이었다. 이처럼 독한 욕은.

"잘 알고 있겠지만 다시 한번 분명히 해둔다. 종교도 그렇지만 유산 분배 문제도 우리 집안만의 법이 있다는 걸. 우리 집안에서는 의사가 안 된다면 유산을 한 푼도 못 받는다는 것. 여전히 유효해. 당사자가 만약 의사가 안 되거나 못 되거나 해도 배우자가 의사면 유산 반 몫은 받는다는 것. 그것도 유효해. 안 그러면 국물도 없어."

"…."

"내가 소개시켜주는 의사들을 왜 진지하게 만나봐야 하는지를 이제야 알겠니? 돈 무서운 줄 모르는 이 철딱서니야. 하늘의 별을 보려고 해도 딛고 설 땅, 누워서 쳐다볼 땅 한 평은 있어야 할 거 아니니? 이 별바보야."

미국에서 박사학위를 받을 때까지만 해도 솔직히 돈을 잘 몰랐다. 필요한 돈은 언제나 손을 내밀기만 하면 손에 쥐어줘 럭셔리 공주로서의 체면을 지킬 수 있었다. 하지만 공부를 끝내고 직접 돈을 벌기 시작하면서부터 상황이 조금씩 달라지기 시작했다.

거사를 꿈꾸었다. 이번에는 야밤에 백지 스님을 기습할 계획을 세웠지 않는가. 수단과 방법을 가리지 않고 '고'할 작정이었다. 백지 스님이 양복

지금부터의 세계

으로 갈아입고 꽃다발을 갖다바치는 그날까지는. 당찬 애초의 작전을 잠정 유보할 수밖에 없었다. 집안 불문율은 어려서부터 잘 알고 있었고, 천체물리학 공부를 시작하면서 "그래, 더러워서라도 그딴 돈 안 받는다"라고 결심했지만, 막상 최종 결론을 앞둔 장본인이 되자 고려할 요소가 한두 가지가 아니었다. 셈법이 복잡해졌다. 여자 나이 어느덧 서른셋이니까.

지금까지는 다양한 직종의, 다양한 스타일의, 다양한 남자들을 즐겁게 내키는 대로 어장관리해 왔다. 어장은 넓었고 크고 작은 고기 종류도 많았다.

"같은 자매인데, 언니 한번 봐. 대출이 좀 많다지만 벌써 수백 억대 자산가가 됐어. 한데 니 꼴은? 적선하듯 내준 언니 집 방 한 칸에서 주말마다 시시덕거리며 그걸로 만족하고 있으니. 넌 배알도 없니? 넌 질투도 없니? 어쩜, 그리도 단순하니? 단세포 동물도 아니면서. 아무리 속이 좋기로서니, 에라 이것아, 냉수 먹고 제발 속 좀 차려."

이렇게 어머니가 한껏 약을 올린 후에 반강제로 마련한 자리가 오늘 소개팅이었다.

그러잖아도 스스로에게 '한심한 된장녀'라는 소리를 하는 횟수가 늘어나고 있었다. 어느 순간 정신을 차려보니 이미지와는 벌써 계급이, 계층이 달랐다. 달라도 많이 달랐다. 지방의 18평 전세 아파트를 언니 거주지와 비교한다는 것 자체가 민망하였다. 할아버지가 삼성동 대로변의 높은 오피스 건물을 이미지에게 증여할 때만 해도 오래전부터 예정되어 있던 일이라 그러려니 한 것이다. 자칫 잘못하면 꼬마빌딩이라고 흔히 부르는 저층 상가건물 한 채도 안 떨어질지 모른다는 불안감이 엄습한다.

포스트닥(박사후과정) 생활까지 미국에서 하고 서울 홍릉 소재 고등과학원(KIAS)을 첫 직장으로 잡았다. 2년 계약직 연구원 신분이었다. 대학 전임강사급 연봉을 받았으나 이금지 씀씀이 수준에서 볼 때 얼마 안 됐다. 평소 한 달 용돈밖에 안 되는 첫 월급을 받았을 때 "이금지, 너 왜 생활비 안 내놓니? 밥값까지는 안 바라. 반찬값은 내놓는 게 정상 아닐까? 더 이상 호갱 노릇 못해, 알겠니, 부모라는 이유로"라고 야멸차게 나온 사람이 다름 아닌 어머니였다. 농반진반도 아니었다. 정색을 하고 뼈때렸다. 진심이었다. 알아주는 의사 집안이므로 의사가 아닌 사람은 사람 대접 못 받는다는 건 진작에 알았지만 급기야 인정사정없이 당하자 '아, 치사빤스'라는 소리가 절로 나왔다. 고등과학원 측에서 2년 더 계약 연장을 제안했으나 대전으로 극구 내려온 데는 엄마 괄시를 더는 받지 않겠다는 계산이 제일 컸다.

"막내 삼촌이 좀 도와주마. 몰래. 이자는 안 줘도 되지만 원금은 갚아야 돼."

목돈이 없어도 대전에서 원룸이든 아파트든 구할 수는 있었다. 문제는 월세였다. 비싼 월세를 내고 나면 월급을 받아도 생활이 불가능했다. 고구마를 먹은 듯 답답했지만 어디 하소연할 사람 하나 없었다. 어머니가 이미 철벽을 쳐놓은 게 분명해 다른 가족들과 친척들도 하등 도움이 되지 않았다.

오죽했으면 중환자인 막내 삼촌 앞에서 질질 짰을까. 자존감이 바닥

지금부터의 세계

을 쳤다.

돌아가신 할머니가 막내 삼촌 앞으로 남긴 유산이 상당했다. 이금지가 아는 것만 해도 신사동 사거리 4층 건물, 압구정동 3층 건물, 반포주공 1단지 62평 아파트 등이니까. 아직 모르는 부동산 내역이 더 많을 정도로 막내 삼촌이 자산가지만, 속된 말로 있는 놈이 더한다고, 아파트 전세금을 무이자로 선뜻 쿨하게 빌려주기가 어디 쉬운 일인가. 고마웠다. 막내 삼촌 배려로 간신히 몸을 누일 공간은 구했지만 여전히 씀씀이가 크고, 지름신이 자주 강림하고, '탕진잼' 버릇으로 저축은 고사하고 늘 마이너스 통장이었다. 낭비벽도 낭비벽이지만 여유 있는 의사 집안의 의사 부모 덕에 소비 규모 자체가 워낙 큰 탓이다.


#3

마침 소개팅 장소가 막내 삼촌 아파트 인근이었다. 상대는 개업 준비 중인 성형외과 전문의였다. 현재는 선배 병원에 페이 닥터(pay doctor : 월급제 의사)로 있었다. 한 시간가량 여유가 있어 막내 삼촌 집으로 들어가보았다. 할아버지에게 오늘 낮에 변산반도 국립공원 다녀온 일을 보고할 겸해서 들렀는데 아무도 없었다.

할아버지한테 전화로라도 생색내려다가 관둔다. 억지로 점수 따려는 수작 같아서다. 할아버지가 시시때때로 주는 용돈이 엄마의 공작으로 끊겨 상당히 아쉬움이 컸다.

온갖 분재로 숲을 이루고 있는 거실은 물론이고, 막내 삼촌이 쓰던 안

방 역시 종적을 감추기 전과 똑같다. 그대로였다. 보통 가정이라면 부부 침실로 사용하는 안방처럼 막내 삼촌 아지트도 침실과 발코니, 파우더룸, 드레스룸 등으로 구성되어 있었다. 슬며시 파우더룸을 열어보니 이금지가 준 우주 관련 사진들과 서적 더미가 쌓여 있다. 드레스룸 자리에는 옷 대신 수학 관련 서적과 논문 더미가 산을 이루었다.

어른들은 말하였다. 안 좋은 소리를. 은밀히.

막내 삼촌이 당산나무에서 떨어지던 날 내가 하늘에서 떨어졌다고. 공교롭게도 막내 삼촌이 시골 외가에 할머니를 따라갔다가 마을 사람들이 수호신으로 모시는 당산나무에서 떨어져 사경을 헤맬 때 내가 태어났다고 그렇게 구시렁거렸다. 누가 봐도 이금지와는 아무 인과 관계도 없다. 하지만 우연이 겹쳤다는 까닭으로 일부 어른들은 두 사람을 한 묶음으로 엮었다. 그 때문일까. 이금지는 어려서부터 자신이 떨어졌다는 하늘이 궁금하였다. 어린 나이에도 나무 꼭대기보다는 분명 하늘이 더 높은데도 불구하고 더 높은 데서 떨어진 자기는 멀쩡하고 낮은 데서 떨어진 막내 삼촌은 자리보전하는 이치가 하수상했다. 그 의문이, 원초적 고향에 대한 궁금증이 천체물리학도로 이끌었다. 서울권 의과대학에 입학할 성적은 못 받았어도 지방 의대는 무난히 들어갈 수 있었음에도 딴 길을 걸은 것이다.

침대에서 못 벗어나는 막내 삼촌을 위해 자매는 각자의 장기로 접근했다. 이미지는 의사가 되기 전부터 새끼의사 역할로 다가갔다. 그에 반해 이금지는 이금지만의 특기를 발휘하였다. 우주 사진이 무기였다. 태양

지금부터의 세계

계든 우리 은하든 우주 관련 무슨 사진이 있으면 반드시 스크랩해놓았다가 선물하곤 했다. 좁은 공간에서 못 벗어나는 막내 삼촌이 첩첩광활한 우주맛을 보게 해주려는 취지였다. 미국으로 유학 가서도 나사(NASA) 홈페이지에 올라오는 최근 사진을 복사하거나 캡처해서 이메일 등으로 쉼 없이 보냈다. 그 일은 현재까지도 이어졌다. 그 증거가 파우더룸에 고스란히 쌓여 있었다.

슬론 전천탐사(SDSS)가 작성한 외부은하 분포도(圖), 유럽 남반구천문대에서 작업한 우주 대구조 모습 컴퓨터 시뮬레이션 등이 보였다. 여기에 더해 이금지가 고등과학원 재직시 직접 참여하기도 한 '호라이즌 런(Horizon Run)'이라고 불리는 세계 최대 규모의 우주진화 컴퓨터 시뮬레이션 등등도 있었다. 일반인은 잘 모르지만 이는 전문가들 사이에서는 획기적인 시뮬레이션이었다. 우주 물질 분포도를 보여주는 데 있어 컴퓨터 시뮬레이션이 천체망원경 관측 못지않음을 리얼하게 보여주었기 때문이다. 얼마나 유사했으면 두 가지를 구분하기가 불가능했을까.

작년인가, 재작년인가. 하버드-스미소니언 천체물리연구소에서 테스(TESS) 우주망원경으로 찾아낸 외계행성 상상도(圖)를 보여주자 막내 삼촌이 아주 반색했다. 지구 크기 1.3배이고, 22.5광년 떨어져 있는 데다 태양이 3개 뜨는 행성이란 팩트에 '줌 인' 하며 환호했던 기억이 새롭다. 생명체가 있을 가능성이 높은 행성이란 사실에 특히 주목한 것이다.

사진 한 장 한 장마다 막내 삼촌과 얽힌 추억 안개가 주변을 휘감는다.

"우연이지만 우연치고 별난 우연이네."

막내 삼촌네를 나서기 전에 할아버지 방에 들러 CCTV를 체크하는데 마지막 장면과 함께 시간도 정지되어 있었다. 2020년 1월 23일 13시 02분 03초. 확실하다. 문득 13시 02분 03초를 오후 1시 2분 3초로 고쳐 읽을 수 있다는 데 생각이 미친다. 1, 2, 3이 연달아 두 번 이어져 재미나는 우연의 일치라고만 여기는데, 순간적으로, 은하 분포에 대한 프랙털 차원이 1.23 정도 된다는 점이 의식되면서 완전 놀라기에 이른다.

세 번의 우연이 그냥 우연의 일치일까. 그러기에는 무언가 수상쩍다. '신박하다(신기하다)'는 소리가 절로 나온다. 확률의 법칙에 의하면 우연의 일치가 사람들이 생각하는 것보다 훨씬 자주 일어난다고는 하지만.

# Ep. 10

## #1

"주여, 저에게 벼락을 내리소서. 오늘 안으로 제발 죽도록 도와주십시오. 세상의 온갖 나쁜 일, 더러운 일, 재수 없는 일을 저에게 왕창 선물해주십시오."

"부처님, 저에게 극락 대신 지옥에 보내주십시오. 독한 인간들이 드글거리는 불지옥행 특급 티켓 부탁드립니다."

어린 이무기가 아버지한테서 가장 많이 들은 술주정이었다. 아버지가 종교 창시자들과 맞장을 뜨게 된 데는 여러 배경이 있었다.

　　　　　　　　　　　　　　　　　　지금부터의 세계

먼저, 순조롭지 못했던 인생길을 들 수 있다. 당신이 고등학교 때 겪은 일이 크게 작용했다. 당신 바로 위 형이 재수 끝에 의과대학에 합격한 날 보란 듯이 목매달아 자살했기 때문이다. 돌아가신 큰아버지는 음악 아니면 수학을 전공하고 싶었던 모양이다. 그러나 할아버지 반대로 어림도 없었다고 한다. 극심한 강압을 못 이겨 억지 공부 끝에 최후를 복수극으로 장식한 거였다. 그 후유증을 아버지가 제대로 앓았다. 따라 죽으려고까지 했다니까. 실제로 서울에서 통영행 버스에 몸을 실을 때까지만 해도 형처럼 자살하려고 했던 모양이었다. 통영을 선택한 연유는 버스표를 끊으려는 순간, 서울에서 가장 먼 지역이란 까닭밖에 없었다고 한다. 형처럼 당신도 음악이나 수학을 좋아했는데 할아버지가 강요할 게 뻔해서다. 이미 여러 형들이 의사의 길로 들어섰는데도 불구하고 만족하지 못하는 할아버지 성격과 왕고집을 누구보다 잘 알았기 때문이다. 해서 죽어라고 공부한 후 형처럼 복수할 것 없이 시작도 하기 전에 미리 죽자는 생각으로 가출한 것이다. 여객선으로 통영에서 거제도로 들어가 구조라해수욕장에서 바다를 향하여 헤엄치다 죽자는 생각에 겨울바다 속으로 걸어서 들어갔는데 바닷물이 너무 차서 일단 물러났다고 한다. 술힘을 빌려서 재차 뛰어든다고 뛰어들었는데 정신을 차려보니 백사장에 동태가 되어 있는 꼴을 발견했다나.

단번에 죽지도 못할 정도의 나약한 모습을 발견한 아버지는 남부끄러워서라도 상경할 수 없었다고 하였다. 또 상경하면 의과대학을 강요할 게 뻔해 마산에서 고학하며 사범대학 수학교육과에 다닌 것이다. 외진 섬 아니면 외진 산골짜기에서 중고등학교 수학 선생이나 하면서 평생 술이나 마시다가 죽자고 작정해서다. 원대로 남해안 외딴 섬들을 떠돌며 중학교 교사로 있었다. 그러던 중 거제도 모 중학교에 재직할 때 같은 학교 국어 선생으로 있던 소설가 지망생 어머니와 눈이 맞아 식은 생략하고 동거에 들어갔다. 하지만 신혼은 짧고 짧았다. 바로 뱃속에 이무기가 들어섰으니까. 뱃속의 피붙이는 살리고 당신은 죽는 쪽으로 선택하는 바람에 그 후폭풍을 아버지와 아들이 오래오래 맞은 셈이었다.

아버지가 발악에 가까운 행태를 보인 데는 그러므로 두 사람의 죽음이 있었다.

이무기가 수학자가 된 데는 여러 요인이 있지만, 아버지에게 은결든 후과도 무시할 수 없다. 불교와 기독교 같은 기성 종교는 철저하게 부정하면서도 수학만은 무한정 떠받들어서다. 당신은 자칭 타칭 수학교 신자였다.

"플라톤, 뉴턴과 라이프니츠, 리만 등은 수학교의 위대한 사도들이라고 봐, 나는. 수학 자체가 신이니까. 왜냐고? 수학이 안 보이는 곳에서 이 세상 모든 걸 조종하고 작동시키니까. 완벽하므로. 이 세상에 완벽한 게 있어? 유일하게 수학만 완전하고 완벽해. 고로 수학이야말로 유일신이야, 유일신. '죽는 날까지 = 사는 날까지'가 똑같은 말이라는 수학 상식만 가지고 있어도 내 말을 믿을 텐데 말씀이야. We live to die but we die to live[3](우리는 죽기 위해 살고, 살기 위해 죽는다)를, 이 수학을, 이 대칭을, 이 함의만 알아도…"

아버지가 어떤 인간유형임은 이무기가 대학 진학을 앞두고 당신 의견을 구했을 때 단적으로 아주 잘 드러났다.

"애비의 진심이다. 니 멋대로 살아, 인생을. 니 꼴리는 대로 살라고. 니가 가고 싶은 대학, 가고 싶은 학과 어디든, 니 맘대로 골라. 똥통대학 똥통학과에 간다고 해도 이 애비는 무조건 찬성. 왜? 우리 아들 선택이니까. 니 엄마의 선택으로 이 세상에 본의 아니게 타의로 나왔지만 우리 아들만은 만사 자의에 의한 선택을 하며 살았으면 하거든. 진심으로."

"…."

"애비로서 딱 하나 부탁은, 제발 한눈팔며 살란 거다. 사람들은 한눈팔지 말라고 하지만 내 소신은 그 정반대다. 한눈팔아야 엇길과 옆길을 볼 수 있으므로. 그 옆길이 지름길일 수도, 황금길일 수도, 영광의 길일 수도 있으므로. 설령 그 길이 꽃길이 아닌 가시밭길이어도 뭐 어때. 죽는 길이라도 뭐 어때. 어차피 한 번밖에 못 사는 인생, 엇길과 옆길을 가본 자만이 누리는 특유의 재미랄까 멋이랄까, 풍류라는 덤을 얻을 수도 있으니까."

사람들하고 정반대로, 거꾸로 살라는 것. 한 줄로 요약한 아버지 철학이다.


#2

"아버님은 어떤 분이셨어요?"

한국행 비행기를 타자마자 나우리가 궁금해 하여 이런저런 에피소드를 단편적으로 들려주자 대단히 흥미롭게 들었다.

"이름이 좀 특이한 편인데 누가 지으셨어요?"

"아버지."

이무기, 흔한 이름은 아니었다. 당신처럼 못난 이무기로 살지 말고 용이 됐으면 하는 바람이 일차적으로 영향을 끼쳤다. 심오한 의미가 담긴 '무기(無記)'라는 한문 이름을 얻게 된 건 태어날 당시 아버지의 주된 관심사였기 때문이다. '무기'에는 아무것도 적지 않는다는 의미도 있다. 아울러 석가모니가 다른 종교인들로부터 받은 공격적이면서도 근원적인 질문에 가부를 답하지 않고 침묵하였음을 이르는 말이기도 하다.

아버지의 아들 이름 짓기에 할머니를 의식한 측면도 있었다. 할머니가 아버지를 가질 즈음에 이무기가 품으로 들어오는 태몽을 꾸었던 모양이다. 용 대신 이무기라 아쉬워하면서도 이무기에서 용으로 만드는 건 어머니인 당신이 하면 되지 하며 아버지에게 애정을 쏟은 거였다. 그러니까 할머니의 염원을 진작에 걷어찬 죄스러움을 아들을 통해 대리배설하고자 하는 의도가 이름에는 숨어 있었다.

"시건방진 멘트일지 모르지만, 역설 대마왕이셨네요, 아버님께서."

"백이면 백, 다 잘되게 해달라고 빌지 잘못되게 해달라고 빌지는 않으니, 동의. 어차피 바로 비나 거꾸로 비나 신들이 잘 안 들어주기는 마찬가지잖아. 피장파장. 셈셈. 그 간단한 산수 의미를 행동으로 부르짖은 셈이라고나 할까."

아버지가 종교 창시자들을 그만큼 손가락질하고 저주했으면 벌을 받아야 마땅하거늘 81세까지 별일 없이 산 것 자체가 신이 당신 말대로 없거나 아무 힘도 못 썼다. 죽은 어머니 빼고 아내를 둘이나 더 맞이하고, 행정고시생이 공부하듯 매일 술을 열심히 마셨지만, 그 나이까지 잘 버티었다. 알코올 중독 증세와 함께 치매 증세가 있어서 현재는 큰아버지가 운영하는 개포동 개포초등학교 근처 요양병원에 있었다.

"아버님, 치매 증세는 심하세요?"

"응, 약간."

인도로 출국하기 전 병문안을 갔는데 아직은 아들을 알아보았다. 하지만 간혹 가다 아무 생각이 나지 않는지 고개를 갸웃거리기도 하였다.

큰아버지가 이사장 겸 원장이란 특권으로 술도 종종 들이켰다. 그러면 "술 석 잔이면 대도와 통하고" 같은 소리를 나무관세음보살처럼, 할렐루야처럼 읊조리기 일쑤였다. 그리고 한 자리에서 왔다갔다하기를 반복하기도 했다. 특징이 있다면 일곱 걸음이라는 원칙을 지킨다는 점이다. 일곱 걸음을 원점에서 앞으로든 옆으로든 뒤로든 걸으면 거꾸로도 반드시 도로 걸었다. 약간 정신이 맑으면 생선이나 고기 반찬이 나올 경우 포식자와 먹이 사이 관계를 검지로 연립미분방정식을 세우기도 했다. 그러면서 꼭 덧붙이는 말이 있다. "좋아서 하면 죽어라 공부해도 죽지 않지만 억지로 하면 죽는다"는 소리를 후렴처럼.

"나우리, 저 비행기 날개 아랫면 말이야. 거기서 부는 낮은 공기 속도 덕에 양력(lift)이 생겨 비행기가 뜬다는 걸 잘 알면서도 비행기를 탈 때마다 신기하게 느껴져. 이 큰 동체가 스무스하게 뜨고 또 난다는 게."

창문 쪽에 앉은 이무기가 혼잣말하듯 뇌까린다.

"저두요. 공기 흐름을 지배하는 나비어-스톡스 방정식을 접할 때마다 오묘하게 느껴지걸랑요. 물, 공기, 기름, 혈액 등 액체나 기체 흐름을 지배하는 편미분방정식들이, 특히, 더요."

"아버지가 술을 억병으로 드실 때마다 막무가내 음주를 풍류라는 고상한 이름으로 제발 그만 포장하시라고 부탁하곤 했지. 그때마다 아버지께서 뭐랬는 줄 아니? "니가 풍류를 아니?"야. 현대과학이, 현대수학이 엄청 발전했다지만 아직 나비어-스톡스 방정식 하나 말끔히 못 풀지 않았느냐며 면박을 줬어. 술잔 속 액체를 탁자에 조금 붓고는 입바람으로 이리저리 불며, 이 술 흐름 하나, 내 입김 하나 제대로 이해 못 하지만, 옛 우리 조상들 중 풍류를 아는 사람들은…."

사실이다. 나비어-스톡스 방정식 해는 아직도 오리무중이다. 요원하다. 해의 정칙성(regularity)과 유일성 문제는 풀기 어렵기로 악명이 높다. 현 수학자들은 물론이고 미래의 수학자들에게도 크나큰 도전으로 남아 있을 확률이 높다.

"지금까지 단 한 번도 선조들이 즐겼다는 풍류를 이것하고 연결시킨다는 생각을 못 해본 거 있죠. '풍'은 바람이니까 공기이고, '류'는 흐른다는 뜻이니까 물 같은 액체를 상정할 수 있잖아요. 풍류의 현대 버전이 유체역학이고, 나비어-스톡스 방정식이네요."

나우리의 맞장구가 끝나기도 전이었다. 비행기가 심하게 요동친 것은. 터치스크린에 뜨는 지도상 비행기 위치로 미루어보건대 인도에서 중국 국경으로 접어든 지 얼마 안 됐을 때였다.

"에그머니나."

비행기가 난기류를 만나 기체가 흔들리며 기내방송과 함께 좌석벨트 표시등이 켜지자 나우리가 안긴다. 이에 이무기도 비행기 아래가 중국령 샹그릴라 지역쯤 될 것이라고 어림짐작하며 나우리 귀에 뜨거운 입김을 불어넣었다.

"나비어-스톡스 방정식만 시원하게 풀면 이런 비행기 요동쯤은 간단히 해결할 수 있지 않을까?"

"아마도요."

"우리 나우리가 '에그머니나'라며 깜놀할 때마다 자동으로 이브가 먹었다는 사과가 오버랩되는 거 있지. 그와 동시에 가우스(1777~1855)의 '테오레마 에그레기움(Theorema Egregium)'도, '빼어난 정리'라는 뜻을 가지고 있는, 그것. '에그머니나'와 '에그레기움' 앞 음절 두 개가 같아서겠지만, 나우리와 내가 침대에서 육체 코드를 접속시킬 때 말이야. 나우리 피부와 내 피부, 나우리 살과 내 살이 밀착하며 하나가 되는 장면을 연상해봐. 테오레마 에그레기움, 그 자체잖아. '만일 한 곡면이 다른 곡면 위에 펼쳐져 만들어진 것이라면 대응되는 점에서의 곡률값이 항상 일치[4]한다'는 게 그것이니까."

# 황금나무

# - 좋아요

땅에 맞게 나무를 두루 많이 심는다.

— 홍만선(洪萬選 : 1643~1715)의 『산림경제』

AI는 자신에 대해서는 침묵한다. [5] 나무처럼. 수학처럼.

## Ep. 11

### # 1

비주얼이 좀 된다고, 이미지에게 대학병원 정신건강의학과 교수들 중 가장 많은 외래환자들이 몰렸다. 24시간 이용 가능한 인터넷 예약은 물론이고, 대학병원 핸드폰 애플리케이션을 구글플레이 또는 앱스토어에서 다운로드 받은 후 이용 가능한 앱 예약자도 이미지에게 일방적으로 쇄도하여 간호사들이 중간에서 예약진료 환자들을 다른 교수들에게로 유도하느라 진땀을 흘렸다. 궁여지책으로, 대학병원 홈페이지 의료진 소개란에 잘 나온 사진 대신 못 나온 사진으로 교체해야 되겠다는 생각은 진작부터 하면서도 아직 실천에 못 옮기고 있었다. 은근히 얼굴 천재라는 수식어를 즐기고 있는지도 몰랐다.

"심리검사, 전산화 뇌전기 활동도 검사(QEEG), 전산화 신경인지기능 검사(NCFT) 등을 일단 받아보는 게 좋겠습니다. 그 결과를 보고 나서 치료 계획을 본격으로 짜도록 하겠습니다."

일상사에 관심을 완전 차단한 채 오직 'A, B, C'와 '한 사람, 두 사람,

지금부터의 세계

세 사람' '별 하나 별 둘 별 셋' '모양의 시작, 형태의 시작, 세상의 시작' '선택의 시작, 관계의 시작, 운명의 시작'만 반복적으로 중얼거리는 남자 어머니에게 제안한다.

철학도는 여전히 면담에 응할 기미가 없다. 입원을 권했으나 어머니가 그것만은 한사코 반대했다. 아들 장래가, 특히 혼삿길이 막힐지도 모른다는 우려가 가장 큰 이유였다.

"이 교수님, 우리 가족도 그렇고 우리 아들 친구들도 하나같이 말하거든요. 우리 아들이 이렇게 된 건 머리가 너무 좋아서라고 그러는데, 그게 사실일 수도 있나요? 실제로 우리 아들은 발병하기 전까지 알아주는 엄친아였답니다. 초중고에서 늘 전교 1등을 했고, 대학과 대학원 모두 서연고(서울대, 연세대, 고려대)에 다녔거든요. 학부에선 경영학과 물리학을 복수전공했고 대학원은 철학과로 진학했답니다. 박사논문을 준비하는 중에 몹쓸 병이⋯."

"아, 그러셔요?"

철학도가 주문처럼 중얼거리는 소리에 어쩌면 문제를 풀 힌트가 숨어 있을지 모르겠다는 생각이 든다. 남자가 걸어온 길이 색달라 호기심을 다소 불러일으켰다.

"백 퍼센트는 아니지만 어느 정도 확인이 가능하답니다. 웩슬러 성인 지능검사(WAIS-IV)를 받아보면요. 굳이 그게 궁금하면 얼마든지요. 그보다는 어머님, 치료 순서상 다음에 제 진료실을 방문할 때 아드님이 직접 쓴 메모장이나 일기장 같은 게 있으면 가지고 오는 게 급선무예요. 어디

에 기고한 글도 좋고, 온라인상에 올린 문건도 좋고, 석사논문도 좋고, 암튼 최근 기록 등이 있으면 더욱 좋습니다. 이메일이든 USB(휴대용 저장장치)이든. 제 말의 요지는요. 화려한 스펙을 자랑하는 아드님의 정신세계를 들여다보기 위해서는 이런 것들이 꼭 필요하다는 겁니다. 되도록 많이 챙겨올수록 도움이 된답니다. 치료 다 끝난 다음 한 점 남김없이 그대로 돌려드릴 터이니 다른 걱정은 마시고요."

"네, 그러겠습니다, 교수님."

"무슨 이유로 지금, 가족은 물론 세상과 담쌓고 있지만 잘하면 그 담이 쉽게 헐리기도 하니까, 너무 염려 마시고 다음 진료일을 필히 지키세요. 아드님이 어머님을 따라 제 진료실까지 동행한 것만으로도 사실 반쯤 나았다고 보면 됩니다. 증세가 심하면 여기까지 데리고 오는 것 자체가 불가능한 경우도 많거든요. 잘 아시겠죠? 제 말뜻. 외래진료실을 나가면 바로 오른쪽에 ECT실이 있거든요. QEEG 검사하는 덴데 그것만이라도 오늘 꼭 하고 가세요."


#2

직업상 가만히 앉아서 이 시대 성풍속의 최전선을 들여다볼 수 있었다. 장점인지 단점인지 모르겠으나 이미지는 전문의 과정을 밟을 때부터 이 문제를 파고들었다. 자연히 임팩트 있는 논문도 여러 편 발표했다. 그 결과였다. 개업한 정신건강의학과 전문의들에게까지 어느 정도 알려져 의뢰 환자들이 제법 많은 것은.

지금부터의 세계

"교수님, 우리 공동체 가족을 마카(모두) 델꼬 왔심더."

남자 따위는 없어도 잘 살 수 있다는 플래카드를 내걸고 사는 비혼여성공동체 리더가 외래진료실에 들어서며 씩씩하게 말하였다. 저번에 혼자 왔을 때 같이 보자고 했더니 실천에 옮긴 것이다. 전국 곳곳에서 비혼여성공동체 아니면 그 비슷한 모임이 결성되고 있음은 진작부터 알고 있었다.

"네, 반가워요."

비혼주의자들은 대개 개인적 성향이 강해 누구와 삶의 패턴을 맞춰 사는 걸 제일 버거워했다.

공동체에서 가장 역할을 맡은 경상도 여성 같은 경우, 아버지는 늘 술 마시고 어머니는 여종처럼 한결같이 시중드는 집안 분위기가 너무너무 싫어 어려서부터 비혼을 꿈꾼 케이스였다. 문제는 그것이 싫어 공동체까지 꾸렸는데 어쩌다 보니 나머지 두 여성과의 관계가 꼬였다고 한다. 어느 날 정신 차리고 보니까 리더는 가장, 한 명은 아내 역할, 나머지 한 명은 딸 역할을 하고 있더라지 않는가.

리더는 자연스럽게 그리되었다는 쪽이다. 비록 티격태격하면서도 '꿀케미'를 발산하는 공동체로 보았다. 그러나 나머지 두 여성 시각은 달랐다. 강제는 아니지만 암묵적 강요가 조금씩 쌓인 결과라는 거였다. 그 해결책을 놓고 세 여자가 옥신각신하여도 솔루션이 없자 이미지에게까지 손을 뻗친 셈이다.

"교수님, 그래서 혼자 살면 외롭고, 둘이 살면 힘들고, 셋이 살면 괴롭다고 했을까요?"

세 여성이 외래진료실을 나서자 지켜본 간호사가 우스갯말을 했다.


## #3

"얼마 전 '조현병 회보(Schizophrenia Bulletin)'에 발표한 논문, 아주 좋습디다."

의학도서관 서양학술지 코너에서였다. 마주친 같은 과 소속 선임 남자 교수가 덕담을 한다.

"뭘요."

"거울 뉴런(mirror neuron)과 조현병 관계를 규명한 게 신선했습니다."

관찰 혹은 다른 간접경험만으로라도 마치 내가 그 일을 하는 것처럼 반응한다는 게 거울 뉴런이다. 뇌 어느 한 곳에만 있지 않고 여러 곳에 분포한다는 게 현재까지의 결론이다. 그중에서도 이미지가 한 일은 거울 뉴런의 기능적 네트워크 결함하고 조현병 관계를 규명한 거였다. 유달리 힘들게 작성하여 기억에 진하게 남아 있다.

으레 하는 인사 차원이다. 그렇지만 동료 교수가 영양가 없는 말일지라도 알아주자 기분이 업된다.

"브레인 매핑(brain mapping : 뇌 기능 지도화) 작업에 간헐적으로 말고, 본격으로 참여할 마음 없어요, 이미지 교수?"

이미지가 격려 보답차 북카페로 가 아메리카노 한 잔을 대접하자 선임 교수가 넌지시 제안한다.

선임 교수는 뇌 영상술을 이용한 정신질환 연구 전문가였다. MRI(자기공명영상촬영), PET(양성자단층촬영) 등으로 뇌 특정 부위와 정신질환이 관계있는지를 관찰하는 작업이었다. 1990년대 이후 정신건강의학 분야에서 활성화된 연구였다. 연구가 진행될수록 조현병 등이 특정 뇌 영역 이상과 연결되고, 뇌 회로 연결에 따른 뇌 영역 간 기능적 상호작용 이상 내지 의사소통 장애[6]라는 쪽으로 무게중심이 실리고 있었다. 다른 학문 분야에서도 다양한 방법으로 뇌에게 다가갔다. 우주와 함께 인류의 마지막 미개척지란 수식어가 괜히 생긴 게 아니었다. 그만큼 핫한 데였다. 무진장 많은 신경세포가 회로처럼 연결된 뇌는 이미지에게도 무궁무진한 연구 대상이었다.

자연히 이미지도 그 대열에 동참했다. 200여 가지에 이르는 뇌 속 신경전달 물질과 정신질환 사이의 연관도 등을 알아보는 것도 중요했지만 이미지는 그보단 뇌 지도 그 자체에 더 관심이 많았다. 뇌 지도를 보기만 하면 정신질환과의 관계를 한눈에 알 수 있는 지도 그리기가 목표였다. 언제가 될지는 모르지만.

문제는 3차원 뇌를 2차원으로 그리기가 만만찮다는 사실이다. 뇌 표면에 수많은 틈새와 주름들뿐 아니라 복잡한 신경회로 등이 마구 얽혀 있어서다.

"그래서 이미지 교수님 연구실에 위상수학, 쌍곡기하학, 구면기하학 같은 수학 전공서들이 많이 있었구나."

이미지가 최근 관심 분야를 들려주자 선임 교수가 그제야 아하, 한다.

의학도서관으로 오기 직전에도 연구실에서 이미지는 등각사상

(conformal mapping) 관련 자료 더미에 파묻혀 있었다. 3차원 뇌와 2차원 평면 지도 사이의 대응 관계, 다시 말해 점들 사이의 각을 왜곡하지 않으려면 등각사상[7]이란 수학 분야에 대한 심층적 이해가 필수였다. 혼자 힘만으로는 벅차 이미지가 '아찌'라고 부르는 5촌 당숙 이무기에게 SOS를 쳤더니 인도에 갔다지 않는가. 맥이 빠져 일단 거기서 접고 의학도서관으로 온 것이다.

## Ep. 12

### #1

정말 간단하면서도 단순한 산수였다. 유치원생도 단숨에 할 수 있는 셈이니까. 이금지가 연구원에서 정년퇴직하는 그날까지 월급을 단 1원도 쓰지 않고 오롯이 30년을 모아본들 30억 원밖에 저축 못한다는 것. 당연히 계산해보기 전에도 알고는 있었다. 하지만 어머니가 언니 이미지와 비교하며 "넌 배알도 없니?"라고 몰아세우자 그제야 비로소 실감이 났다.

"아, 아니야, 이건."

어머니가 소개한 성형외과 전문의를 만나서도 또 다른 의사들과 연이어 소개팅을 하고서 든 첫 느낌이었다. 그러나, 하지만. 어머니가 소개하는 의사들과 결혼하면 평생 벌 돈 이상의 결혼 지참금을 부모에게 받을 수 있다는 현실적 계산 앞에 "그 의사 뭐가 그래도 좋았지?" 하고 애써 매력 포인트를 찾을 수밖에 없었다. 억지 감정을 짜고 또 짰다. 그래보았자 결국은 "남자는, 현 시점에 최애(최고로 애정하는) 남자로 다가오는 사람은, 나의 모든 것을 주어도 아깝지 않은 유일한 짝남은 백지 스님뿐이야"로 정리됐다.

"돈이냐, 사랑이냐."

그 유치한 이분법의 주인공이 될 줄은 백지 스님을 만나기 전만 해도 꿈에도 예상하지 못한 것이다. '여성에게 가방은 또 하나의 나'라는 명제를 굳게 믿는 명품 사수파가 이금지 아닌가. 명품 되팔기, 그러니까 샤넬 가방을 되팔아 재테크를 하는 '샤테크'에도 열심이었던 이금지로서는 완전 파격이었다. 가방처럼 명품 남자 아니면 거들떠도 안 보던 여자의 변신이 스스로 느끼기에도 눈부셨다. 변화무쌍했다.

별 볼 일 없는 도시, 별 볼 일 없는 사람보다는 별 보는 걸 더 좋아하는 소모임이 있었다. 리더가 이금지였다. 별 일 없는 한 한 달에 한 번은 별 보기 좋은 곳으로 떠났다. 대덕연구개발특구 내 연구원 등에서 일하는 과학고 동기 동창들이 주축이다.

"저 커다란 삼각형을 '겨울철 대삼각형'이라고 불러. 작은개자리 프로키온, 큰개자리 시리우스, 오리온자리 베텔게우스가 이루는 저것을. 모두 밝은 1등성이라 잘 보이지?"

충북 보은군 원정리 느티나무 근처였다. 수령 500년이 넘은 느티나무 위에서 은가루를 뿌려놓은 듯 밝게 빛나는 은하수꽃을 볼 수 있는 곳이었다. 하여 별바라기들에게는 잘 알려진 명소 가운데 하나였다. 그 느티나무 주변에 렌트한 캠핑카를 세워놓고 이금지가 일행들에게 별자리를 손으로 가리켰다.

별을 제대로 보려면 3박자가 맞아야만 했다. 이른바 3무(無)가 필수였다. 도시의 빛 공해, 달빛, 구름이 없어야 한다는 것. 이는 은하수 관측의 전제 조건이다. 그런 날은 생각보다 적었다. 한 달 평균 고작 이틀 혹은 사흘가량밖에 안 나오니까.

"이금지 선배, 삼태성은 어디 있죠?"

유일성이다. 그는 이금지에게 지울 수 없는 추억 하나를 일찍이 선물했다. 과학고 1학년 신입생 주제에 2학년 이금지에게 좋아한다고 고백했으므로. 처음이었다. 모태 솔로이던 이금지가 남자로부터 정식으로 짝녀가 된 것은.

하지만 '선배 희롱죄'라며 꿀밤 석 대 때리는 것으로 상황을 수습했다. 싫은 스타일은 아니었으나 그렇다고 좋아하는 스타일도 아니었다.

"내 손 잘 봐. 오리온자리 중심 부분에 거의 같은 간격으로 나란히 놓여 있는 세 별 보이지? 저것이야."

누가 그 어떤 별을 무작위로 지목해도 막힘이 없는 건 이금지가 천체물리학자이기도 하지만 어려서부터 별 보기를 광적으로 좋아했기 때문이다. 언니 이미지가 엄마 아빠 진료실과 병실에서 주로 놀았다면 이금지는 그 반대였다. 바깥으로 나돌았으니까. 진료실과 병실을 포함한 병원 전체가 왠지 모르게 답답했다. 무엇보다 병실 특유의 냄새가 체질적으로 맞지 않았다.

지금부터의 세계

그 때문이었으리라. 할아버지가 막내 삼촌을 위해 계절마다 떠나는 별 보기 여행에 군이 동행하곤 했다. 요즘이야 캠핑카 같은 좋은 이동수단이 있어 중환자도 나들이를 갈 만하지만, 캠핑카 등이 대중화되기 전만 해도 앰뷸런스를 주로 이용하였다.

"사각형 말이다. 사각형에 무슨 심오한 의미가 숨어 있을까? 플라톤이 『메논』에서 논한 정사각형 문제 같은 걸 재해석해도 좋고."

백지 스님을 시봉하는 허허 스님 말이 별안간 생각나서 일행들에게 반응을 떠본다.

"인간이 만든 문명의 기본 중의 기본이 사각형이잖아. 크고 작은 옛 건물에서부터 현대 빌딩에 이르기까지, 소소한 많은 물건들도 사각형 형태를 띠니까. 아파트며 빌딩이며, 스마트폰이며 명함이며… 쌔고 쌨잖아, 사각형. 문명은 사각형이란 문자로 쓰여졌다고 해도 과언이 아니야."

"말 되네. 그러고 보니 사각형이란 2차원 평면 세계가 의미심장한걸. 신이, 아니 자연이 못 만든 세상이 사각형 세상이잖아. 문명을 사각형투성이, 수학적으로 표현하면 사각형 집합이라고 할 수 있을 것 같으니까."

"아서라, 이 얼뜨기 과학도야. 쌍곡기하학에서는 정사각형이 존재조차 하지 않거늘."

"그런 차원에서, 초딩 같은 소리를 하나 하면 말이다. 왜 넓이 단위가 정사각형인지를 모르는 아이들이 의외로 많더라고. 얼마 전 모 중학교에 특강을 갔다가 직접 확인했거든. 2차방정식 문제를 쓱쓱 풀면서도 2차방정식과 정사각형이 왜 떼려야 뗄 수 없는 관계인지조차 잘 모르는 거 있지?"

"조금만 생각하면, 조건반사적으로 즉각 알 수 있는 문제잖아. 근데도 모른다? 수학을 애초에 생각하는 학문이 아니라 무조건 기계적으로 푸는 암기과목으로 본 결과이겠지만."

"대학생들도 마찬가지야. 내가 대학에서 교양수학 강의할 때 직접 겪었거든. 첫 시간에 넓이와 길이가 부부처럼 한 몸인 이유를 대라고 했더니 대학생들이 되어 가지고 어리둥절해 하는 거 있지. 한 변의 길이가 1인 정사각형의 넓이가 1이 되지 않느냐 했더니 그제야… 좀 더 나아가, 왜 한 변의 길이가 1인 정사각형 넓이가 1인가 하고 물었더니 또 음소거 모드가 되는 거 있지."

이는 수학적으로 보면 아무 의미도 없다. 왜냐하면, 정의°니까. 그렇게 하는 게 자연스럽고 편하다는 이유밖에 없다는 게 바로 정답이다.

"네이버나 구글에 안 나오는, 진짜배기 지식은 없을까? 간단히 검색하면 나오는 싸구려 정보나 듣자고 꺼낸 화두는 아니니까."

이금지가 한도 끝도 없겠다 싶어 어느 순간 선을 긋는다.

"미분적분학이란 게 따지고 보면 사각형이란 기본 개념에서 파생한 거잖아. 무수히 많은 사각형을 이어 붙이면 적분이 되니까. 이것도 유튜브 같은 데 나올라나? 아마 이것만은 안 나올 것 같아. 정년퇴직한 지 오래된 수리물리학자 한 분을 이번 설에 세배하러 동료들과 찾아뵀거든. 그분께서 이런저런 말끝에 사영기하학 정리 중 하나가 '모든 사각형은 같다'라고 하더니, 현대에 발견된 이 정리가 『묵경』 '경설편(經說篇)'에 그대로 실려 있어 당신도 놀랐다고 하시더라. 원전을 찾아 해당 구절을 손수

지금부터의 세계

보여주는데 '모든 사각형은 어느 것이나 동일하다(一方盡類)'라는 표현이 보이더라구. 진짜로다. 유추 해석이 아니고, 전국시대 초기 사람 묵자(BCE 479년경~BCE 381년경)가 그 옛날에 벌써 현대수학의 한 정리를 알았다는, 그 함의를 이해했다는 팩트가 굉장하지 않니?"

언제 어디서든 눈만 뜨면 목도하는 게 사각형 아닌가. 그 흔하고 흔한, 그 많고 많은 사각형에 관해 경청할수록 쉽게 개념이 다가오지 않고 아지랑이처럼 현기증만 일으켰다.


# #2

"유일성, 빨랑 말해. 그만 뜸 들여. 졸립단 말야."

보석찬란한 밤하늘에 젖어 '별빛이 내린다 샤랄라라~'하며 포도주를 좀 과하게 음미해서일까. 눕고 싶은 생각뿐이다. 렌트한 캠핑카에 자러 가려는데 유일성이 우격다짐으로 소매를 끌었다. 간절한 드릴 눈빛에 넘어가 느티나무 아래쪽으로 다가간 것이다.

"이금지 선배, 저 지금 어느 별자리 보는지 아세요?"

사람을 외딴 곳으로 불러놓고는 딴청이다. 바로 어떤 촉이 왔지만 일단 가만히 있는다.

"…"

유일성이 별모임에 와도 좋겠냐는 의사는 과학고 동기로서 별모임 총무를 맡고 있는 친구가 처음으로 물어보았다. 벌써 1년 전쯤이었다.

"금지야, 유일성 알지? 너한테 첫사랑 고백했다 야지리 먹은 애. 그 유일성이가 얼마 전 국내에서 수학박사 학위 받은 거 알아? 한데 박사논문이 수학계에 별로 눈길을 못 끌었나 봐. 번듯한 연구소나 대학에 못 자리 잡은 거 보면. 간신히 모 대학 'BK 21 플러스 수리과학사업단'에 포닥(박사후연구원)으로 있었던 모양이야. 그러곤 모 대학 1년짜리 연구교수로도. 그 기간마저 다 잘 못 보낸 눈치야. 다음 차례로 갈 곳이 없다고 나한테까지 징징댄 걸 보면. 완전 아싸(아웃사이더)더라. 보다못해 이웃 연구소 1년짜리 연수연구원 자리를 내가 찾아줬거든. 근무 형태는 주 5일이고, 급여는 세전 월 250만 원. 분명 우리 세계에선 루저이긴 루저인데, 짜식이, 별 연구성과가 없는 이유를 이렇게 대더라. 고등학교 때부터 매달린 '알고 보면 쉬운 문제가 답을 알기 전에도 쉬운 문제임을 알 수 있는가를 증명하라'라는 문제 있잖아 왜, 어렵기로 유명한. 'P(쉬운 문제) 대 NP(어려운 문제)' 문제 말이야. 상금이 1백만 불 걸린. 그것에 올인한 탓이라고 해서, 좀 도와줘야겠다는 생각이 들지 뭐니. 뜻이 가상하잖니? 유일성이가 지금까진 빌빌거렸지만 수학 기본기 하나만큼은 고등학교 때부터 탄탄한 편이니까, 혹시 아니 또? 큰일 저지를지."

이금지도 유일성이 수학 실력 하나만은 발군임을 잘 알고 있었다. 언니 이미지처럼 국제수학올림피아드(IMO)에 참가해 메달을 받았으니까. 이금지는 그 대회에 참가할 엄두조차 못 냈다. 국내 예선 격인 한국수학올림피아드(KMO) 대회에 나가긴 했으나 입상조차 못 한 흑역사가 이금지에게는 있었다.

하여간 별모임 '정모'에 비정규직 신분으로는 유일성이 처음이다. 비정규직이라고 하여도 2년짜리, 5년짜리도 많은데 1년짜리, 그것도 재계약마저 원천 차단되어 있는 임시연구원이라 신경이 쓰이긴 했다. 불협화음이 염려됐지만, 별구경에 무슨 자격 운운이 가당찮아 일단 받아들인 거였다.

"저를 별모임 회원들이 은따(은근히 왕따)시키지 않도록 배려해줘서 고맙게 생각해요, 금지 선배. 그리고, 그리고, 아 그리고…."

"…."

"아까 금지 선배와 함께 본, 직각 이등변삼각형을 이루고 있는 별자리를 계속 주시하고 있었어요. 선배도 같이 봐주실래요? 쌍둥이자리에 있는 풀룩스를!"

"알았어. 정 원한다면."

작업 거는 솜씨가 상당히 유치하다.

"선배는 제가 과학고 다닐 때부터 제 인생의 중간 목표였어요. 최종목표는 'P 대 NP' 문제이지만. 우리 과학고 동창회 단체 대화방에서 눈팅을 열심히 한 것도 다 선배 근황을 보기 위해서였어요."

"…."

"금지 선배, 특별한 관계를 갖는 삼각형은 이 세상에 단 한 쌍만 존재한다는 거 알지요?"

왜 모르리. 두 변의 길이가 모두 정수인 직각삼각형과 이등변삼각형 쌍 중에서 변의 길이와 면적이 모두 같은 쌍은 단 한 쌍만 존재[9]한다는 것을.

"선배와 제가 그 특수한 삼각형이 되지 말란 법 없잖아요!"

작업 멘트는 좋았다. "선배, 혹시 유튜버예요? 제가 선배 마음을 이미 구독했거든요"류의 뻔한 수작이 아니어서, 일단. 하지만 거기까지였다. 심쿵 멘트로 다가오지 않았다.

이금지는 유일성이 임시직이란 불안정한 신분과 함께 250만 원이란 월급 액수가 제일 먼저 머리 메인 화면에 꽉 들어차 있었다. 자기 연봉보다 3분의 1정도밖에 안 된다는 점도. 게다 유일성의 어머니가 빌딩 청소부란 사실도, 강렬히.


# Ep. 13


### #1


아가, 아가, 나의 아가에게


용서해라.
부디 이 엄마를.
나의 일방적 선택을.


당부한다.


　　　　　　　　　　　　　　　지금부터의 세계

진정으로.

절대 엄마 대신 산다는 부채의식이 없기를.


응원한다.

우리 아가의 모든 선택과 결정을.

끝까지, 영원히, 무한히.


"아…"

어머니가 2백자 갱지 원고지에 마지막으로 남긴 글 한 대목을 나우리가 읽고는 말을 못 잇는다.

해마다 양력 2월 2일은 슬픈 날이자 기쁜 날이었다. 결코 언어유희가 아니다. 어머니가 죽은 날이자 이무기가 태어난 날이므로. 만 49년 전 그날 새벽부터 어머니와 아들이 사투를 벌이다가 오후 2시경 생사가 엇갈렸다고 한다. 지금같이 의학 기술이 발달했다면 난산은 난산이되 두 사람 다 살렸겠지만 당시로서는 그것이 최선책이었다. 생과 사가 작별한 그날마다 이무기는 거제도 학동몽돌해수욕장 근방에 있는 어머니 산소를 찾았다. 인도 출장 겸 여행 계획을 짤 때도 어머니 산소행을 가장 우선 순위에 둔 것이다.

나우리가 두 팔로 고이 안고 있는 어머니 원고 뭉치는 기일 때마다 당신이 애용하던 만년필, 잉크와 함께 제상에 올리는 삼총사였다. 장차 태어날 이무기에게 부담을 주지 않으려는 배려였으리라. 다른 제물 대신 그 세 가지 물건만 1년에 한 번쯤 재차 봤으면 했다는 게 아버지 전언이니까.

소설가를 꿈꾼 국어 교사다운 발상일까.

"왜 자꾸만 눈에서 땀이 나지? 아….."

또 나우리가 센스 만점의 멘트를 날리며 신음을 토한다. 감성이 자못 풍부하다. 그녀를 혼자 있게 놔두는 게 좋을 듯했다. 일부러 산소 주변에 있는 동백림 속으로 파묻힌다. 세상 누구보다 눈물밥 많이 말아먹고 컸으니까.

스마트폰으로 클리프 리차드(Cliff Richard)의 'Evergreen Tree'를 들었다. 어머니의 처녀 적 애창곡이어서다. 이무기는 저도 모르는 사이에 '나뭇가지마다 피어날 거야, 당신과 나의 꿈들이(On every branch will blossom, dreams for me and you)'를 따라 부르고 있었다.


#2

나우리를 어머니 산소에 이토록 빨리 데려오리라고는, 어제 아침까지만 해도 계획에 없었다. 장기간 별거중인 아내와 법적 서류를 정리한 후 정식 결혼 절차에 돌입하면 그때 가서 인사시킬 작정이었다.

귀국하는 길로 평촌에 있는 아파트 대신, 새 주소로는 삼성로 51길 37이고 지번으로는 대치동인 나우리의 래미안대치팰리스에 짐을 풀었다. 자연스럽게 동거에 들어가기로 합의해서다. 서로가 AI로 이루고 싶은 꿈이 같다는 것만큼 두 사람을 강하게 결속시키는 힘이 없었다. 강력한 접착제였다. 육체적 합일은 어쩌면 부차적이다.

"어디 가?"

어제 아침, 여독 탓에 늦잠을 잤다. 억지로 눈을 뜨자 나우리가 침대에서 노트북을 들여다보다가 내려갔다.

"화장실. 피곤해서 화장도 못 지우고 잤걸랑요. 좀 더 주무셔요."

노트북이 이무기 얼굴 방향으로 닿을 듯이 미끄러지지 않았다면 노트북 모니터에 주목하지 않았으리라.

어쩌다 들여다본 이메일에는 인도에 다녀오는 사이에 온 것이 많이 있었다. 서울대 데이터사이언스대학원, 연세대 컴퓨터과학과, 고려대와 카이스트 AI 대학원 관계자를 비롯해 구글, 아마존은 물론이려니와 스탠퍼드대와 칼텍, 심지어 홍콩과 싱가포르에 있는 몇몇 대학 AI 전문가들로부터 온 이메일들이 주를 이루었다. 얼른 애플사 이메일부터 들여다보니까, 아닌 게 아니라, 예상대로 언제든지 오면 대환영이라는 내용이 기다리고 있었다. 70만 불 이상의 연봉을 제시했다. 그밖의 조건도 아주 구체적으로. 원하면 더 이상의 호조건도 고려할 수 있다고 나왔다. AI 연구자만 500명가량 근무하는 구글 리서치 관계자로부터 온 이메일은 거의 짝사랑 편지 수준이었다. 다른 데도 대동소이했다. 제시하는 연봉 액수와 근무 조건이 좋아도 너무 좋았다. 하나같이 AI 연구 분야를 선도할 '라이징 스타' 학자로 점찍고서 영입하고 싶다는 오퍼 앞에 이무기 마음은 급해졌다. 통상 처음에는 '링크트인(LinkedIn : 일자리 커뮤니티)' 같은 SNS를 통해 접근하여 이메일 등으로 연락을 주고받다가 신뢰가 쌓이면 미팅을 하는 시스템 아닌가. 이미 여러 곳과 타의든 본의든 재미든 입을 맞추고 있어서 화들짝 놀랐다.

나우리가 동거에 동의하면서 먼저 조건 따위를 제시하지는 않았다. 이혼 서류부터 확인하고 싶다는 류의 세속적이고 현실적인 조건도 일체 없었다. 정말 1도. 굉장히 고마웠다. 이무기가 오랫동안 별거 상태임은 지도교수로 있는 랩(Lab : 연구실) 소속 석박사과정생들은 물론이고 스타트업 직원들 사이에서는 공공연한 사실이었다.

#3

분명 최악의 스타트였다.

비극은 이미 정해져 있었다. 수학에서의 공리(axiom)처럼 절대 바꿀 수 없다는 점에서 근원적이고 원초적이었다.

어떤 사람도 자신의 탄생을, 삶을 선택하지 않았다는 사실! 당연하다면 당연한 그 말씀을, 그 팩트를 이무기보다 자나깨나 더 의식하고 산 사람은 드물 터. 그 누구도 동의하지 않았건만, 그 누구도 허락하지 않았어도 우리 인간 모두는 그저 어느 날 우연히, 우주 한구석에 위치한 지구에 태어났지 않는가. 강제로. 우리 모두 애초에 선택의 여지는 없었다. 부모라는 이름의 특정 남자와 여자의 합의만 있었을 뿐.

남들은 단 한 번 겪는 강요된 선택이 두 번이나 주어졌다는 것. 이무기의 숙명이었다.

"교수님, 아니 자기가 평면, 곡면, 구면 같은 면 세계에 필이 꽂힌 거 말이에요. 이제야 이해가 좀 되네요. 저라도 2차원 세계에 빠졌겠는데요. 2월 2일 오후 2시경이란 수만 해도 잊을래야 잊을 수 없을 테니깐."

이무기가 서성이는 동백림 속으로 나우리가 다가오며 건네는 말이다.

통상 이곳 동백림은 2월 중순부터 피고 지고를 반복하다 3월 하순경 절정기를 맞았다. 그러나 예외는 있었다. 동백꽃이나 사람 공히 마찬가지 였다. 2월 초이건만 벌써 먼저 피었다가 통째로 툭 떨어진 동백꽃이 드문 드문 보였으므로.

"자기가 전공 이외에도 수학에서의 선택 공리, 결정 공리 등에 집착하 는 행태가 좀 이상했걸랑요. 아무리 수학자라고는 하여도, 지금까지는요. 오늘에야 비로소 오버하고도 남을 만하다는 생각이 드는 거 있죠."

그랬다. 이무기는 선택 공리에 나오는 선택함수(choice function), 정렬 원리(well-ordering principle), 초른의 보조정리(Zorn's lemma) 같은 개념을 강의할 때마다 필요 이상으로 강조하였다. 저절로 평소보다 목소리 톤이 몇 도 높아졌다. 모든 게임은 결정된다는 어마무시한 내용을 함축하고 있 는 결정 공리를 가르칠 때도 똑같았다. 자기도 모르는 사이에 엄숙 프로 그램이 과하게 장착됐다. 뿐만 아니었다. 실존주의에 정통하지 않으면서 도 핵심 개념인 피투성(被投性 · Geworfenheit)이 '던져짐을 당했다'라는 뜻임을 역설함으로써 뭘 좀 아는 수학 교수로 포장하는 것도 그 연장선 상에 있었다.

"자기는 수리랑을 만들 수밖에 없는 운명을 타고났어. 어릴 적 엄마 에 관해 궁금한 걸 물으면 아버님이 곧잘 스무고개 놀이로 가르쳐주셨다

고 했잖아요. 감춰진 답을 20회 질문을 통해 답을 알아내는. 이 스무고개
놀이가 발전된 형태가 의사결정(decision) 트리 아니예요. 기호학습 방법
의 대표주자. 귀납적 학습을 위한 실용적 방법인 의사결정 트리를 공부한
다는 건 정답에 가장 빨리 도달하는 예/아니오 질문 목록을 배운다는 뜻
이니깐. 돌아가신 어머님의 큰 선택, 다른 말로 하면 의사결정에 의해 태
어난 당신뿐 아니라 인간이라면 누구나 부모의 의사결정에 의해 태어나
철이 들면서 스스로 의사결정을 하며 살잖아요. 평생을. 타의에 의해 태
어나도 어느 순간부터는 자의로 선택하며 살다가 결국 타의에 의해 죽긴
하지만."

　　"…."

　　"누구나 사는 동안 하루에도 수십 번 하는 의사결정이란 선택. 선택이
모든 것이라 해도 과언이 아니란 생각이 드는 거 있죠. 여북하면 인간 자
체가 의사결정 트리 그 자체, 선택의 집합체 그 자체라는 말도 있겠어요.
당신이 누구보다 잘 알겠지만, 인공지능의 핵심 중의 핵심이 의사결정 아
니겠어요. 가장 단순한 반사에 의한 의사결정부터 위시해서 차원 높은 추
상 레벨의 의사결정까지 인공지능의 중심 문제엔 항시 의사결정이 자리
잡고 있으니깐. AI란 자기 자신이 해야 할 일을 판단 혹은 선택하고 창조
하는 기술이므로 자기야말로 여기에 최적화된…. 당신이 만드는 비밀에
가득 찬 희대의 의사결정 트리 가지치기 정원사로 기꺼이 절 받아줘서
다시 한번…. 자기 인생의 흑역사 그 자체가 저에게는 한 편의 감동적인
대서사시로 다가와서 더 좋걸랑요. 현실에서 좀처럼 보기 드문 캐릭터라

　　　　　　　　　　　　　　　　　　지금부터의 세계

서 더더욱."

이무기는 그냥 아무 말 없이 포옹한다. 그러고는 떨어진 동백꽃 대신 가장 이쁘게 핀 동백꽃 한 송이를 따서 나우리 긴 머리 정수리에 정성을 들어 꽂아준다.

오늘 나우리를 본 어머니 기분은 어떨까.

이 같은 생각을 하며 바다를 하염없이 내려다보았다. 그때 들려왔다. 가만히 귀 기울이면 들리는 자연 교향곡이었다. 파도가 몽돌 해변을 적시고 또 적시며 내는 소리는 지상의 소리가 틀림없건만 두 사람에게는 천상의 소리로 들려왔다. 어머니가 두 사람을 위해 불러주는 영혼의 아리아이자 음영(吟詠)이었다.

## Ep. 14

### #1

이미지가 아침 기상과 동시에 하는 운동이 있었다. 수영이다. 의과대학에 입학하자 아버지가 고된 의학 공부를 하려면 체력이 우선이라며 수영을 권하였다. 처음에는 부대꼈다. 하지만 인이 박이자 어느새 할 만했다. 이제는 아침에 무슨 사정이 생겨 수영을 못하면 하루종일 몸이 근질거려 못 견딜 지경이었다.

2월 2일 일요일 아침에도 여느 날처럼 수영을 거르지 않았다. 롯데월드타워 85층에 위치한 수영장에서 땀 좀 뺀 것이다.

"교수님, 안녕하세요?"

수영장에서 나와 집으로 가기 위해 엘리베이터를 타러 가는 길이었다. 뒤따라온 남자가 인사를 한다.

"아, 네."

남자는 미남 영화배우의 대명사였다. 잘생긴 남자 배우들 중에서도 방금 인사한 친구는 '톱 쓰리' 안에 손꼽을 정도라고 들었다.

영화배우 남자와는 입주 시기가 비슷했다. 오며가며 자주 봐서 눈인사를 나누다가 누가 중간에서 인사시켜주었다. 그 후로는 입주민 전용 어메니티 존(amenity zone : 생활 편의시설 공간)이 있는 42층에서 가끔씩 포도주 한잔을 마시곤 했다.

"교수님, 제가 모닝커피 안 했으면 같이 하자고 한 건 실은 긴히 드릴 말씀이 있어서입니다."

42층 레지던스 카페에서 아메리카노를 음미하기도 전이었다. 천하의 '셀럽(연예계 유명 인사)'이 극히 조심스럽게 나온다.

"아침부터 이런 말씀 드리기는 좀 거시기하기는 한데요. 그래도 교수님을 따로 뵙기가 여의치 않아서 말이지요. 교수님께서 진료하시는 대학병원에 찾아갈까도 고려해봤지만, 아시다시피 제 얼굴이 대중에게 워낙 알려져 있어서요."

"부담 갖지 말고 편하게 말해봐요. 어떤 말이든."

그래도 뜸을 들이다가 간신히 입을 연다.

　　　　　　　　　　　　　　　　　　지금부터의 세계

"제가 영화배우가 되기 전에도 그랬지만, 된 후에도 저를 보고 사족을 못 쓰는 여성분들이 많았답니다. 눈호강 어쩌며 그저 눈으로 즐기는 분들이 다수지만 일부 극소수는 그렇지 않았습니다. 제 주변을 악착같이 따라다니는 여성분들이 저를 수시로 곤혹스럽게 한답니다. 언제나, 늘, 일정 수가. 광팬. 찐팬 정도에서 그치면 좋으련만 말벌 이상으로, 똥파리 이상으로 저에게 고통을 주는, 지독하게 스토킹하는 여자들이 끊임없이 생기는 거 있지요. 이 가운데 일부는 악플러로 변해 DM(다이렉트 메시지)으로 줄기차게 애를 먹이기도 하고요. 문제는 도가 지나쳐 저를 수단과 방법을 가리지 않고 소유하려 접근한다는 거예요. 일부 극소수 거머리과 여성분들이. 한 번 차 마셔주면 얼마, 한 번 밥 먹어주면 얼마, 심지어 한 번 자주면 자기 재산을 다 줄 수 있다는 여성분들까지 있답니다. 최근 달라붙은, 땅벌 같은 여성분 같은 경우 저희 어머니뻘 연배이신데 사생결단으로 덤벼서 죽을맛이랍니다. 이분들을 어떻게 하는 게 좋은지 어드바이스를, 솔루션을 어떻게 줄 수 없겠는지요?"

영화배우의 소망은 단순했다. 만인으로부터 듣는 잘생겼다는 소리를 사랑하는 단 한 명의 여성에게서만 듣고 싶다는 것. 이미지를 웃프게 하였다.


#2

미남계 아이콘을 보면서도 이미지는 참 잘생겼다고 새삼 느끼긴 했지만, 그 이상도 그 이하도 아니었다. 별 감흥을 못 느꼈다. 사랑스러운 느낌은 오히려 막내 삼촌 얼굴에서 더 받았다. 타고난 천사표여서가 아니다. 진심이다. 그렇다면 태어난 이후 지금까지 본 숱한 남자들 중에서 남성미를 느끼게 해준 수컷이 있었던가.

없었다.

병적이었다. 타인들은 하기 좋은 말로 콧대가 하늘을 찔러서 그런 줄로 알지만 실상하고는 거리가 멀다. 정서적으로는 무성(無性)에 가까웠다. 아니, 무성이었다. 신체적으로는 완벽히 여자이지만. 같은 정신과 의사인 아버지는 남동생의 무차별 자위에서 그 원인을 찾았다. 이미지도 일부 동의했다. 그렇다고 남동생 탓만은 하지 않았다. 천성에서 찾는 편이다. 실제로 남동생을 통해 남성의 본능을 리얼하게 목격하기 이전에도 이미지는 남성, 여성 모두를 같은 인간으로서 좋아하고 싫어하지 성이 다르다는 이유로 특정 성에게 관심이 더 가지는 않았으니까. 막내 삼촌을 여조카로서보다는 친엄마 혹은 친누나 같은 감정으로 다가갔던 근본 이유가 여기에 있는지도 몰랐다. 어쩌면 막내 삼촌이 사고를 당해 남성으로서의 기능을 상실한 게 결정적일 수도 있었다. 모종의 교집합이 있었음을 막내 삼촌이 사라진 이후에야 본격 의식한 것이다.

"언니는 정말 천사일지도 몰라. 천사가 남자냐 여자냐고 묻는 게 의미 없듯."

여동생 이금지가 언니의 독특한 성취향을 두고 언젠가 한 코멘트였다.

## #3

독보적 비주얼을 자랑하는 이 시대의 미남에게 적절히 코치하고서 집으로 갔다. 톤 보정 선크림으로 가볍게 화장한 후 옷만 갈아입고 바로 나와 향한 곳은 81층이다. 목적지는 프랑스 레스토랑 '스테이(STAY)'였다. 웬만하면 일요일은 외출을 하지 않는다는 말에 상대방이 최대한 배려해서 예약한 식당이었다.

창가 쪽 2인용 테이블에 앉는다. 이미지는 발아래 내려다보이는 석촌호수에 눈길조차 주지 않는다. 너무 자주 봐 익숙해진 탓이다. 그 대신 핸드백에서 폴더형 손거울을 꺼낸다. 얼굴을 점검하기도 전에 2차원녀 아버지 고 전무가 다가왔다.

2차원녀 케이스를 가지고 주치의와 공동 논문을 준비하려다가 이미지가 발을 빼려고 했던 것은 김이 새서다. 강 회장에게서 원하는 단군 관련 희귀 자료를 볼 수 없게 된 게 계기였다. 무슨 논문이든 새로운 정보, 참신한 무엇이 없는 그저 그런 논문은 가능하면 쓰지 말자는 것이 소신이었다. 해서 접으려고 했다. 그런데 고 전무가 어느 날 의과대학 교수연구동에 있는 이미지 연구실로 찾아오면서 반전이 일어났다.

"아내한테만 맡겨놓을 문제가 아니다 싶어 제가 나섰습니다. 다른 아빠들도 그렇겠지만 저한테도 우리 딸은 제 인생의 산소마스크였거든요. 딸아이 증세와 제가 하는 일이 겹치는 것도 큰 영향을 미쳤지요. 우리 딸아이가 온정신으로 돌아올 수만 있다면 무슨 일이든 전적으로 협조할 생각으로 이렇게 무단방문했습니다. 실례가 되었다면 부디 용서하십시오."

환자 보호자가 진료실 대신 연구실로 찾아오는 경우는 잘 없었다. 간혹 그런 일이 생겨도 진료실에서 보자고 좋은 말로 돌려보냈다. 연구에 방해받고 싶지 않다는 이유가 제일 컸다.

"구체적으로 하시는 일이? 일전에 명함을 받았지만 그걸 봐도 대체 감이 안 잡혀서요."

사실이었다. 연구실에 왔을 때 명함을 받았으나 모바일 등등의 앞뒤 수식어가 길어 선뜻 접수가 되지 않았다.

"스마트폰에 관련된 일을 골고루 다한다고 보면 됩니다. 컴퓨터 칩 설계에 중요한 '대수적 위상수학' 문제 하나를 푼다고 어젯밤도 하얗게 지샜는걸요."

"대수적 위상수학이라면 호모토피(homotopy : 연속변형)군 계산이 나오는, 전문 수학 분야를 말씀하시는 거예요?"

"아니, 정신과 전문의께서 그쪽까지 조예가 있으세요?"

구면의 호모토피 계산이 왜 어려운지를 이미지가 '아찌'라고 부르는 5촌 당숙 이무기가 언젠가 길게 설명한 적이 있었다. 전문서[10]를 한 권 빌려주며 적극 공부를 권유하기도 했다.

"제가 거울 뉴런 관련 논문을 여러 편 쓰는 과정에서 거울 대칭 같은 수학 지식이 필요해서 좀 공부했답니다. 정상, 비정상 행동 모두를 설명하려면 비선형 동력학이란 전문 수학에 대한 깊은 이해를 필요로 하거든요. 그래서 정신과 의사라면…."

"아, 그러시구나. 대칭 이론이 스마트폰을 위시한 원격 통신산업 전반

지금부터의 세계

에도 많이 이용되지요. 비터비(viterbi) 알고리즘[1]과 함께. 그렇다면, 그뢰브너 기저(Gröbner basis)가 스마트폰 계산대수에 긴요하게 활용된다는 것도 잘 아시겠네요?"

이것은 처음 듣는 내용이다. 이미지가 잘 모른다는 제스처를 취하자고 전무가 기회를 만난 듯 입찬말이 줄줄 쏟아졌다. 그뢰브너 기저가 대수기하학과 가환대수학 분야 기호계산 핵심을 이룬다며 그 알고리즘까지 구체적으로 설명했다. 요지는 삼각함수 같은 기초수학은 물론이고 고등수학 없이는 스마트폰 디지털 논리 칩 설계가 불가능하다는 얘기였다.

"이거 죄송합니다. 회사에서도 꼰대 노릇 안 하려고 애쓰는데 어쩌다 보니 저도 모르게 설명충이 되고 말았네요. 어려운 교수님 앞이라 마땅한 화제가 없어서 당황한 나머지 저도 모르게…. 그 잘못을 이 요리로나마 보상하고 싶네요. 이탈리아 피에몬테산 화이트 트뤼플로 풍미를 더해 드실 만할 겁니다. 제가 레스토랑 측에 미리 준비시켰거든요. 프랑스 알자스산 푸아그라까지 특별히."

와인 없이 보통 런치코스로만 즐긴다면 십만 원대지만 초고가 요리 재료들로도 모자라 일명 '이건희 와인'으로 널리 알려진 레드와인까지 주문해 굉장히 부담스러웠다.

"제 동료이던 전무가 재작년 중국 화웨이 자회사에 CTO(최고기술책임자)로 갔는데 연봉이 우리 돈으로 40억 원이었거든요. 다시 말해, 제가 우리 회사에서 그만큼은 못 받아도, 이 정도 접대하는 것 가지고 별 부담을 못 느낄 만큼은 번답니다. 따라서 우리 교수님께서는 즐기시기만 하면 됩니다."

"밥값 하려면 밤잠 못 자겠는데요. 그건 그렇고, 따님이 단군신화에 필이 꽂힌 계기가 있나요? 감이 안 잡혀서 말이지요."

"제가 교수님을 연구실로 무단방문한 이유도 거기에 있습니다. 집사람이 우리집 가정환경을 설명해 대충은 아실 겁니다. 허지만 집사람이 미처 모르는 부분이랄까, 간과한 부분이 있을 수 있을 것 같아서요. 우리 딸아이가 단군신화에 함몰된 1차 원인은 친할아버지 때문일 겁니다. 제 아버지가 향토사학자였거든요. 시골에서 면서기를 오래 하셨는데 평생 고대사에 빠져 지내셨지요. 딸아이가 어릴 적 시골 조부모 밑에서 한동안 커서 그때 아마 영향을 심대히 받았던 거 같아요. 이번에 보니까. 아주 많이."

별 기대 없이 만났는데 갑자기 치료 계획에 서광이 비치기 시작한다. 2차원녀 대뇌 깊숙이 들어가서 살펴볼 만능열쇠를 얻은 기분이다. 그 때문일까. 와인 맛이 보통 때보다 더 좋았다.

## Ep. 15

### #1

"작은아빠, 최고다잉."

이금지가 코맹맹이 소리를 한다.

"일단 찍어. 그다음, 순위를 매기라고. 그럼, 이 작은아빠가 적극 주선

해보마."

강남 소재 대형 상급종합병원 병원장인 숙부가 당신 병원에서 근무하는 미혼 의사들 인사 파일을 통째로 내밀었다. 조카의 애교 작렬에 숙부는 싱글벙글이다.

'상품 카탈로그 보는 것 같아 좀 찜찜하긴 하네요.'

조카를 위하여 일요일 낮에 일부러 병원으로 나왔지 않는가. 당신의 성의를 봐서 이 같은 속엣말을 내뱉지는 않는다.

"차라리 내가 잠시 밖에 나가 있을까? 불편하면."

숙부가 응접 소파에서 병원장 전용 책상 쪽으로 가다가 멈추었다.

"아니, 괜찮아요. 궁금증이 일면 그때 그때 물어보기도 해야 할 테니 그냥 계세요."

곧 우드 슬랩(wood slabs) 테이블에 턱을 받치고 앉아 인사 파일을 들여다보기 시작한다. 한 사람의 거의 모든 것이 모조리 적혀 있었다. 생각보다 세세했다. 개천 용인지 아닌지, 좋은 고등학교 좋은 대학을 나왔는지, 능력 있는 의사인지 아닌지, 부모 재정 상태가 어느 정도인지도 한눈에 파악할 수 있었다. 프로필 사진은 대부분 어슷비슷했다. 화장 앱(사진에 화장한 것 같은 효과를 주는 앱)까지 동원해서일까. 외모를 미소가 담뿍한 얼굴로 꾸민 사람들이 의외로 많았다.

인사 파일에 결정적 문제가 있었다. 그것만 봐서는 묵과할 수 없는 흠결을 도저히 발견할 수 없다는 사실이다.

엄마가 맞선을 보게 한 의사들은 당신 눈에 들었지 딸 눈에는 영 아니었다. 엄마는 의사로서의 능력이 1순위였지만 금지는 의사는 의사이되 의사 같지 않은 의사를 선호했다. 그러니까 보는 기준 자체가 달랐다. 숙부에게 도움을 요청한 이유가 여기에 있었다.

"작은아빠, 선택이 무지 어려워요. 배부른 소리 한다고 할지 모르지만요. 선택지가 많아도 너무 많다는 게 오히려 선택을 어렵게 하는 거 있죠."

역설도 그런 역설이 없다. 수많은 조건이 비슷비슷했다. 얼굴만 해도 그랬다. '뽀샵'을 한 사진을 붙여서 그렇겠지만 모두 오십보백보였다. 비등도 그런 비등이 없다.

"우리 금지옥엽도 별수 없이 이쪽 동네 인간들하고 엮이려 하지만, 난 우리 집안 사람들이 하나같이 의사인 거, 별로야 별로. 너희 할아버지는 당신 막내 아들을 제외하곤 전부 의사인 게 자랑스러워 못 견디지만."

큰아들인 아버지는 대학병원 정신건강의학과 교수, 둘째아들은 미국 LA에서 의사, 셋째아들은 뉴욕에서 의사로 있었다. 넷째인 숙부는 그중에서 가장 공부를 못해 삼수 끝에 간신히 지방 의대에 들어갔고, 그 후로도 성적이 신통찮아 빌빌거렸으나 일거에 만루 역전홈런을 때렸다. 학회에서 만난 여의사가 현 병원 설립자 딸임을 알고 의도적으로 접근함으로써 아내는 물론이고 병원까지 통째로 접수하는 수완을 보였다.

"내가 형들에 비해 의사로서의 능력은 진솔히 말해 딸려. 하지만 말이다. 병원을 경영하는 것 하나만은 내가 더 몇 수 위다. 아니? 여자 문제에 있어서도 형들은 나에 비해 답돌이(용기 없는 자)들이고."

숙부는 형들에게 느끼는 열등감을 이런 식으로 표출하곤 했다. 의술

　　　　　　　　　　　　　　　　　지금부터의 세계

대신 돈에 기를 써서일까. 형제들 중에서 가장 잘 살았다. 할아버지와의 관계가 뒤틀어진 것도 돈 문제였다.

IMF 때 할아버지가 대규모 요양병원을 짓다 부도가 나 50억 원가량 급전이 필요했을 때 도와주지 않은 일이 결정적이었다. 또 하나의 갈등 씨앗이 있었다. 막내 삼촌이다. 숙부가 연애하는 과정에서 막내 삼촌이 불구임을 끝까지 숨긴 것을 뒤늦게 알고 할아버지가 격노한 거였다. 이 같은 일들이 쌓여 아직도 서로를 원수 대하듯 뻥등그렸다. 명절 때나 집 안 행사 때 서로 보기는 해도 대놓고 외면하는 세월이 아직도 이어졌다.

"너희 할아버지, 생각보다 노회하다. 아니, 금지옥엽? 저번 설날 가족 회의 때 1월 말까지 너희 막내 삼촌 종적을 못 찾으면 다시 가족회의를 열어 논의하자고 분명히 결론을 냈잖아. 그래서 토요일인 어제 2월 1일, 일요일인 오늘 2월 2일 중으로 날을 잡을 줄 알았지, 나는. 한데 아무 말 도 없는 걸 보면…. 수상해, 틀림없이 어떤 야료가 있어. 무슨 꿍꿍이가 있 다고. 그런 촉이 와. 병신 새끼를 어디로 몰래 빼돌려 놓고선 가족들이 어 떻게 나오는지를 보고서 병신 새끼 유산을 나눠주겠다는 속셈이 있다고 봐, 나는. 왜냐하면 이건 의사로서의 직감인데, 병신 새끼 오래 못 살아. 길어야, 3년? 사실 그 몸 가지고 44년을 산 것도 기적이야, 기적. 아마도, 아니 확실해, 동생을 말끝마다 병신이라고 욕하는 유일한 동기인 나만 빼 고 가족회의를 따로 열었을 수도 있다고 봐, 나는."

"작은아빠, 내가 아는 선에선 가족회의 안 했어요. 그리고 작은아빠, 부탁인데 병신 소리 빼고 말하면 안 돼. 불편해요, 아주."

할아버지는 할아버지 대로, 숙부는 숙부 대로 틈만 나면 서로를 저격하기 바빴다. 그걸 보는 것만으로도 스트레스였다.

"미안. 불편했다면. 우리나라에선 병신이 욕으로 쓰이지만, 일본에서는 글자 그대로 '병든 몸'을 뜻하니까, 너무 나쁜 소리로만 듣지 마. 암튼이 작은아빠 똘끼가 충만한 건 사실이야. 하지만 말이다, 금지옥엽. 내가 병신 소리를 입에 달고 살 만한 이유가 있어. 이 새긴 다치기 전에도 그랬고, 다친 후에도 나한테 단 한 번도 형 대접을 안 했거든."

"…"

"내가 왜 우리 아버지를 음충맞니 어쩌니 하며 험담하는 줄 아니? 요즘도 사흘이 멀다 하고 텔레그램 비밀 메신저로 "네가 나한테 어떻게 그럴 수 있느냐, 이 불효막심한 놈아" 아니면 "네가 어떻게 하나뿐인 동생한테 그럴 수 있느냐, 이 우애 없는 새끼야"라는 메시지를 보내. 구십을 바라보는 상노인네가 짬만 나면."

"아, 구려. 두 분 다."

이금지는 차마 이렇게 발설하지는 못하고 속으로만 거듭 되뇌인다. 남들이 봤을 때 거지반 갖춘 듯한 사람들이 야비하게 각을 세우고 서로를 공격하는 행태치곤 모진 측면이 있었다. 명백히. 미움 중 가장 깊고 무서운 게 가족과 핏줄 간의 '근친 증오'라는 말이 있기는 하지만.


#2

"이금지, 이건 내가 억지로 갖다붙이려고 하는 수작은 아니야. 금지가

지금부터의 세계

외계 행성을 찾느라 컴퓨터 모니터를 주시하는 일이 주업이듯 나 역시 영상의학 세계를 탐구하려면 컴퓨터 모니터를 죽어라 봐야 하거든."

숙부가 모처럼 맛있는 점심을 사려고 했지만 정중히 사양했다. 영상의학 전문의인 닥터 신과의 브런치 약속이 잡혀 있어서다.

"요한 오빠, 알고 보면 우리 사이에 공통근도 있다 이거지?"

"그어럼, 요것아."

인간의 도리상 더는 뺄 수 없었다. 백지 스님을 만나러 가느라 닥터 신과 오래전 잡은 약속을 일방적으로 펑크냈기 때문이다. 하여 금지가 밥을 사겠다고 하였다. 장소는 지하철 3호선 신사역 근처에 있는 화덕피자 전문점이었다. 여심 저격 콘셉트로 인테리어를 해서 분위기가 좋고, 가격도 1만 원대로 착해 심심찮게 드나드는 가게였다.

"열 배 더 비싼 집에서 내가 쏠 수도 있는데. 다음에는 우리 금지 최애 식당에서 최애 메뉴로…."

화덕피자 가격이 적힌 메뉴판을 보며 닥터 신이 아쉽다는 듯 쓴입을 다신다. 그러거나 말거나 금지는 침묵 모드를 되도록 유지했다.

신요한이 무심코 한 열 배란 표현이 화살촉으로 변하여 부메랑처럼 등에 와 박혔다. 언니 이미지와의 재산이 벌써 열 배, 아니 그 이상 더 차이 난다는 데 생각이 가 닿는다. 같이 금수저였으나 언젠가부터 한 사람은 은수저도 아닌 동수저로 추락했다는 느낌. 더러웠다. 예전에는 한번도 의식하지 않던 일이었다. 그러나 엄마가 속 없는 년이라고 한 이후로는 언니와 자매 간 일체감을 못 느끼는 일종의 해리(解離) 현상에 빠졌다. 앞으로도 가속도가 붙어 격차가 더 벌어질 듯해 울적했다. 막내 삼촌이 어떻게 되면 상당한 재산도 이미지에게 고스란히 떨어질 확률이 높아서였다. 어린 나이에도 불구하고 이미지가 막내 삼촌에게 엄마 노릇을 천연덕스럽게 한 건 이금지가 지금 생각해도 놀라웠다. 막내 삼촌이 곧잘 처지를 비관해 절규에 가까운 소리로 울부짖곤 했는데 그때마다 이미지가 안아주며 등을 토닥이면 거짓말같이 조용해졌다.

하여간 거창하게 우주를 연구한다면서, 외계 행성을 찾는다면서 실제 현실에서는 천지 분간, 경제력 분간도 못 했다는 생각에 마음이 편치 않았다.

"요한 오빠, 님스(NIMS : 국가수리과학연구소) 사람들과 공동 연구하는 거 말이야. 괜히 나 땜에, 나 보러 내려올 핑계를 만드느라 그런 거 아니야?"

"백 프로는 아니고 오십 프로는. 서울대 산업수학 연구팀과도 할 수 있었으니까. 좌우간 님스 의료영상 연구팀과 죽이 맞아 MRI(자기공명영상)나 CT(컴퓨터단층촬영) 영상을 개선하는 데 일조하는 중이야. MRI나 CT를 찍을 때 영상이 항상 깨끗하게 나오는 건 아니거든. 이 문제를 해결하기 위해 레지던트 때 적분기하학과 편미분방정식으로 접근하는 논문을 썼지. 이번에는 웨이브프런트 셋(wavefront set)이란 수학 개념으로 접근하는 논문을 썼고. 게재된 논문 보여주련?"

신요한이 스마트폰을 뒤져 굳이 보여준다. 문제의 저널은 'IEEE Trans. Medical Imaging'이었다. 의료영상 분야 상위 저널이라고 은연중 자랑이다. 비록 서울 외곽 도시 소재 대학병원 교수로 현재 있지만 서울 소재 대학병원 교수 실력 '저리 가라'임을 강조하려는 의도가 엿보였다.

"요한 오빠, 솔직히 말해봐. 맨정신에. 아직도 언니가 나보다 더 좋지?"

피자를 먹다 말고 돌직구를 날린다.

"아, 아니. 같은 의과대학을 다니고, 수련의 과정도 함께 보냈으니까 더 친하게 지낸 건 맞지만 그건 동료로서이고 여자로서는 분명 아니야. 여자로서는 이금지를 확실히 더 좋아했어. 속마음을 밝히면. 진정이야, 이건. 하나님께 맹세하래도 할 수 있어. 내가 모태 신앙을 가져 이름도 기독교적이지만, 이금지를 위해서라면 기꺼이 종교도 포기할 수 있어. 너희 집안이 종교와는 상극인 거 알아서 하는 말이야."

"…"

"분명히 해두마. 객관적으로 보면 갓미지가 외모야 우월하지. 하지만 여성스러운 면에선 우리 금지가 웃질이다. 비교해서 미안하지만. 비유가 저렴한 것 같아 좀 그렇지만, 귀엽은(귀여운) 면만 따지면 이금지가 다이아라면 갓미지는 금이야, 금. 적어도 이 신요한이란 인간한테는."

기억을 새로 포맷하려고 애썼다. 과거 세탁에 열심이다. 그런데 갓미지는 또 무엇인가. 의과대학 동기들 사이에서 이미지가 공부면 공부, 외모면 외모, 그 무엇이든 빼어나자 갓미지로 통한다는 것은 이금지도 알고 있었다. 하지만 아무리 입에 붙은 말일지라도 이 상황에서는 아니지 않은가.

그 모습이 꼴불견이면서도 한편으로는 가상하다는 생각도 든다. 이미지를 오랜 기간 위성처럼 맴돌았던 천하의 갓미지바라기에서 이금지바라기로 변신하려는 신요한을 어떻게 봐야 할까. 고민이었다. 과거 연애사를 서로 묻지 않는 게 예의이고 상식이라는 이즈음의 연애윤리 적용 여부가 바로.

일단 화덕피자의 불맛부터 만끽하고 나서 천천히 생각하기로, 고민거리를 뒤로 미루었다.

#3

— 오늘이 2020년하고도, 2월 2일인 것 아니? 곧 22시를 앞두고 있네. 우리 금지, 뭐 생각나는 게 없냐?

신요한과 헤어진 후 주말을 항상 같이 보내는 언니 집으로 가는 길이었다. 차 시동을 걸기 전 카카오톡에 들어가본 것은 톡이 많이 쌓여 있어서다. 뜻밖에 이무기 당숙이 주인공이다.

— '나무위키'를 터치하니 2에 대한 온갖 잡학이 겁나 많이 나오네. 2가 유일한 짝수 소수이고, $\sqrt{2+\sqrt{2+\sqrt{2+\cdots}}}$ = 2인 것도. 우리 금지, 2 혹은 22 하면 자동으로 연상되는 거 없냐?

당숙이 2를 소환해서일까. 조건반사처럼 2의 대변인이 떠오른다. 5촌의 트레이드 마크가 2와 관련한 수학이었다. 이금지가 중고등학교 6년 내내 이무기로부터 과외를 받았기에 그 점을 누구보다 잘 알고 있었다.

이무기는 설명보다는 질문에 중점을 두는 스타일이었다. 예컨대 이런 식이다.

"이금지, 왜 평면에 이각형[12]은 없을까?"

"이금지, 이각형이 없는 것하고 이거리란 단어가 없는 것하고 연결될까? 다리가 두 개인 의자가 없는 것하고는?"

"번호 트리(labeled tree) 가짓수가 $n^{n-2}$[13]인데 이것과 2차원과 어떤 관계가 있을까?"

그래프가 연결되기 위해 필요한 모서리만을 갖는 경우를 수학에서는 '트리'라고 한다는 기초 지식도 없는 상황이었다. 하지만 $n^{n-2}$가 어여쁜 식으로 어느덧 각인되어 있다.

카톡 반응이 없자 당숙이 기이한 생각거리 하나를 투척해놓았다.

—아느뇨.

충북 단양 수양개에서 발견한 '눈금 돌' 유물을. 약 4만 년 전에 바게트처럼 생긴 긴 원통형 돌(20cm)에 눈금 22개가 4.4mm 간격으로 일정하게 촘촘히 새겨져 있음을. 편차가 0.14mm밖에 안 될 정도로 아주 정교하게 제작하였거든. 수를 기호화한 세계 최초 운운하는 자를 만든 구석기인의 의도는? 혹시 문제의 구석기인이 $1^4+2^3+3^2+4^1$이란 계산 결과를 발견한, 당시로서는 획기적인 성과를 기념할 목적으로 새겼을 확률은? 간혹 눈금이 21개라고 하는 전문가도 있는데 정말 21개여도 사안이 간단치 않아. 곰이 삼칠일(三七日), 즉 21일 만에 웅녀가 되었다는 단군신화의 원형, 그 단초가 여기에 있을 수 있으니까.

## Ep. 16

"어머니, 은근 미인이시네요."

지하철 4호선 평촌역 인근 이무기 아파트 거실에서 빛바랜 옛 접착식 앨범을 뒤적이던 나우리가 적잖이 놀란다.

나우리와 함께 평촌 아파트에 온 것은 이무기가 살던 123m²(구 37평) 아파트를 전세 매물로 내놓기 위해서였다. 부동산중개사무소에서 매매가는 8억 원선, 전세가는 5억 원선 전후에 형성되어 있다고 했다. 사촌동생 이임박의 때아닌 실종으로 생긴 돈구멍을 메우려면 부득이 전세를 줄 수밖에 없었다. 다른 뾰족수는 아무리 생각해도 떠오르지 않았다. 1,2천만 원 정도의 가격 조정은 가능하므로 되도록 빨리 중개해 달라고 한 후 급한 짐부터 옮기고 아파트를 되처 찾은 것이다.

"그으래? 억지로 띄우는 거 아니고?"

나우리 아파트로 가져갈 책과 자료를 서재에서 캐리어에 담다가 거실로 나가보았다.

'물망초'라는 글자가 사진 귀퉁이에 적혀 있는 옛날 흑백 사진이었다. 죽은 어머니 사진은 조금밖에 없었다. 어머니가 돌아가신 직후 아버지가 거의 대부분을 찢고 불태웠기 때문이다. 홧김에 깡그리 없애려다 뒤늦게 핏덩이 아들이 생각났다고 했다. 아들이 성장하면 어머니 사진을 찾을 게 틀림없다는 생각에 뒤늦게 몇 장 남긴 거였다.

"괜스레 우리 엄마 아빠 생각이 나는 거 있죠."

나우리가 아버지와는 숫제 연을 끊고 지내고 있었다. 나우리 아버지는 대학 영어강사로 와 있던 그리스계 미국인 어머니와 결혼해 나우리를 낳고는 얼마 안 지나 이혼했다고 한다. 그 후 아버지는 독일로 가 독일 여자와 재혼해 거기서 살았다. 어머니도 이혼 직후 미국으로 돌아가 일본계 남자와 재혼해서 살았다. 초등학교 때 몇 년 어머니와 산 기간을 빼면, 나우리는 대구 친할머니 아래에서 컸다.

이무기 어머니 같은 케이스는 인생 자체가 기구했다. 드라마보다 더한 드라마, 소설보다 더 소설 같은 생을 살았으므로. 시작부터 별났다. 외할머니가 씨받이로 나섰다가 얻은 딸이니까. 대구 서문시장에서 좌판장사하며 알코올 중독자 남편과 아들 셋을 건사하던 외할머니에게 시장에서 점포를 여러 개 소유하고 있던 부자 영감이 접근한 거였다. 아들 셋을 줄줄이 낳은 실력을 높이 산 부자 영감이 당신 아들 하나를 낳아주면 기와집 한 채를 주겠다고 나온 모양이다. 이에 응한 외할머니가 딸을 낳자 인수를 거절하는 대신 딸 부양비로 점포 하나를 내주었다고 했다.

어머니가 죽었지만 이무기가 어릴 적만 해도 대구 외가에 방학 때가 되면 종종 찾아갔다. 외할머니를 통해 어머니 정을 간접적으로나마 느끼는 게 좋았다. 하지만 그마저 국민학교(현 초등학교) 4학년 여름방학으로 종을 쳤다. 영원히.

하루는 바깥에서 놀다가 시장기가 돌아 외가로 들어갔다. 그런데 방에서 외할머니가 사람들에게 어머니 이야기를 하고 있지 않은가. 귀를 쫑

굿 세우고 엿들었다. 한데 어느 순간 '에미를 잡아먹은 놈'이란 표현을 썼다. 충격이었다. 쇼크도 그런 쇼크가 없었다. 지상 최고로 아픈 말이었다. 그 길로 외가를 나와 다시는 찾지 않았다. 발길을 영영 끊었다. 외할머니가 돌아가셨다는 소리를 듣고서도 끝끝내 문상을 가지 않을 만큼 몸서리쳐지게 듣기 싫은 욕이었다.

외할머니로서는 무심코 내뱉은 소리일 공산이 크지만, 이무기에게는 아직까지도 모진 상처로 남아 있었다. 심각한 트라우마였다.


#2

5촌 조카 이미지와 이금지로부터 이미 여러 번 들었기 때문일까. 이임박의 행동에 어느새 무덤덤해졌다. 아마도 웹 스크래핑(필요한 데이터만을 추출하도록 만든 프로그램) 세계에서 오래 논 탓일 게다. 그 세계에선 접속 차단, 프락시(시스템 중계 서버) 문제 등이 흔히 발생하기 때문이다. 다시 말해 이임박의 계산된 행동이든 큰아버지의 의도된 계획이든 아니면 당신들 역시 액면 그대로 무슨 음모의 피해자이든 모두 현실세계에서 일어난 일종의 접속 차단쯤으로 다가왔다. 만일 컴퓨터에서라면 브라우저에서 뭔가 매끄럽게 작동하지 않을 경우 새로고침 버튼부터 누르듯, 그마저 안 통하면 또 다른 해결책이 기다리고 있듯 이임박의 실종 역시 그 같은 수순을 밟으면 되리라고 보았다.

이무기 측으로는 존재를 과시하기 위한 의도적 잠수타기 가능성도 어느 정도 있었다. 중증 장애인이라는 안타까움도 어느새 가족들마저 익

　　　　　　　　　　　　　　지금부터의 세계

숙해져 무관심을 낳았기 때문이다.

하지만 가장 큰 가능성은 이무기 스타트업에 엔젤투자자가 되기로 약속한 일이 부담되어 잠수 탔다는 시나리오였다. 이임박이 투자하기로 한 액수가 10억 원가량이나 되는 거액 아닌가. 큰어머니가 자산을 많이 물려줘 이임박 앞으로 거반 등기가 되어 있기는 했다. 그래도 큰아버지 몰래 처분할 수는 없는 일. 부득이 전후 사정을 알리게 됐고 거센 반발에 직면하여 수습차 이임박 혼자 또는 큰아버지와 작당하여 일정 기간 도피하는 연극을 꾸몄다는 쪽에 무게를 더 실을 수밖에 없었다.

엔젤투자액이 10억 원 전후로 왜 정해졌을까. 다른 이유는 없다. 간호 전담 도우미한테 싸게 월세를 주고 있는 삼성동 '삼성힐스테이트' 1단지 전용 31m² 원룸형 아파트가 10억 원 안팎에 가격대가 형성되어 있어서다. 분양 당시 문제의 아파트는 여러 이유로 천덕꾸러기였다. 가격도 저렴했다. 부동산에 눈이 밝은 큰어머니조차 별 기대 없이 간호 도우미 전용 거처 공간으로 매수하였을 따름이니까. 미운 오리였다가 어느 순간부터 백조로 비상한 것은 강남 선호 현상으로 말미암아서다. 좁은 평수에 비해 가격은 누가 봐도 믿기지 않을 만큼 고공행진이었다.

"큰아버지, 동생 방 좀 살펴봐도 되겠지요?"

인도 출장 때문에 방문이 조금 늦어졌다고 둘러대며 뒤늦게 세배를 하였다. 그런데 세뱃돈을 주지 않는가. 됐다고 해도 소용없다. 예고 없이 찾아와서 미처 현금을 못 준비했다며 스마트폰 카카오뱅크 통장으로 즉석에서 30만 원을 쏘았다. 신식, 아니 초현대식이었다. 지팡이가 없으면

걷기조차 여의찮은 구순 가까운 노인이 젊은 사람들처럼 자연스럽게 전자기기를 이용하여 새삼 놀란다.

"오우케이. 얼마든지."

"저녁 약속이 있어서 오래는 못 봐요. 오늘은 일단 잠시 살펴보겠습니다. 차후에 시간을 내서 본격으로 알아보도록 하지요. 동생 실종 관련 무슨 실마리를 찾으려면 동생이 남긴 문건부터 뒤지는 게 순서일 테니까요."

나우리가 이임박 아파트 근처 카페에서 기다리고 있었다. 그 때문에 오래 지체할 생각은 애초에 없었다. 큰아버지가 방으로 따라 들어왔다면 부담스러웠을 텐데 다행히 아예 관여 안 해서 마음은 편하다.

이임박이 사용하는 방은 예나 지금이나 이렇다 할 장식물이 없었다. 시원했다. 거실에서 큰아버지가 돌보는 분재숲에서 분재 나무 하나 들여놓지 않았다. 나무와는 악연이 있어서겠지만 어쨌든 그로 인해 휑뎅그러덩하다는 사람도 있었다. 이무기는 사촌동생의 깔끔한 성격 탓이라고 보았다. 이임박은 보던 책도 보지 않을 때는 눈에 띄지 않는 파우더룸이나 드레스룸에 넣어 달라고 하는 스타일이었다.

아버지 근무 학교를 따라 경남 도서벽지에서 초중고를 마치고 대학을 다닌다고 상경하면서부터 사촌동생과 가까이 지냈다. 중증 장애인이라 솔직히 처음에는 여러모로 부담스러웠다. 그러나 이무기가 사촌동생과 좋은 대화 상대가 되어주고 나면 큰아버지가 언제나 고마움을 꼭 표시하였다. 그것도 현금으로. 쏠쏠했다. 용돈이 주는 중독이 상상 이상으로 강하였다.

드레스룸에는 옷가지 대신 수학 관련 책과 자료 더미가 기다리고 있었다. 이무기가 일정 부분 영향을 끼친 결과물이라고 해도 과언이 아니다. 이무기를 보기 전만 해도 사촌동생은 문학류, 종교류 서적만 주로 보았으니까. 그러다 사촌형이 수학을 전공하는 걸 알고 눈을 반짝였다. 이무기가 나타나기만 하면 가만히 못 있었다. 기다렸다는 듯 생각나는 대로 수학에 관한 내용이라면 무엇이나 묻곤 했다.

"형, 제자리에서 맴맴하는 사람을 위한 수학도 있을까?"

어느 날 이같이 질문한 것도 그 흐름이다.

"글쎄다. 고정점 정리 혹은 부동점 정리라고 부르는 게 해당될 수도 있겠다 싶긴 한데… 편미분방정식 이론에 나오는 장애물 함수[14]가 혹시… 장애물을 가진 편미분방정식이 부등식 형태로 표시되는데 이를 수학에서는 장애물 문제(obstacle problem)라 부른다는 건 알지만, 나도 아직 깊이 있게는 잘 몰라. 초짜라서. 추형(conic) 최적화, 복잡도를 갖는 알고리즘을 설계할 때도 등장하는 게 장애함수(barrier function)이긴 한데, 자신 없다. 내가 많이 공부해서 자세히 알게 되면 그때가서 노가리까주마. 오늘은 일단 내가 이해하는 선까지 스케치는 해주께. 연결 여부는 니가 고민해보더라고."

사고 이후 정규 학교를 다닌 적이 없어서일까. 이임박은 어떤 특정 분야 특정 지식은 잘 알았다. 하지만 지극히 상식적인 부분, 사람들이 흔히 교과서적이라고 부르는 부분을 전연 몰라 당황하곤 했다. 수학 역시 그 연장선상에 있었다. 이미 수학 교양서를 여러 권 독파해 어떤 분야를 다소 아는 것 같아도 막상 체크해보면 영 아닌 경우가 많았다.

미분적분학만 해도 그랬다. 가령 미적분학이 과학과 공학의 필수품이라는 것도 문자로 배웠지 수식으로 배우지 않아 생긴 부작용이 있었다. 이를테면 미분적분학 교과서들이 첫 페이지 첫 단락에서 f(x)라는 기호로 시작하는 이유조차 정확하게 이해하지 못하는 식이다. f는 하나의 (실수) 변수 x의 함수임을 말하는 게 f(x) 아닌가. 그 때문이었다. 어떤 함수 f가 주어졌을 때 그 함수가 고정점, 즉 f(x)=x인 점 x를 가지는가에 대한 부동점 이론을 수학적으로 납득시키기가 예상보다 어려웠다.

긴 시간을 들여 흔연히 납득시키자 다음과 같은 돌직구가 날아왔다.

"형, 제가 나무에서 떨어진 그 기억 저장소가 부동점 정리와 연결되나요? 아님, 다치기 전 좋은 나날들을 기억하는 뇌 특정 부위가 부동점 정리와 연결되나요? 그도 아니면, 화석화된 기억을 수시로 재생시키는 저 자신이 부동점? 늘상 가만히 있으니까. 이도 저도 아니라면, 내가 떨어진 나무 그 자체가 부동점? 사고 자체가 부동점?"

이처럼 이무기가 미처 못 고려한 문제까지 자유분방하게 제기하였다. 사촌동생에게는 이무기로 하여금 즐거운 고민에 빠지게 만드는 재주가 있었다. 수학 화양연화(花樣年華)를 함께 만든 데는 이 같은 주고받기가 있어서 가능했던 것이다.

— 계속 심심하게 혼자 놔둘 거예요? 저 나비가 되어 어디론가 날아갈지 몰라요. ɛïȝ

　　　　　　　　　　　　　　지금부터의 세계

드레스룸을 물끄러미 내려다보며 추억을 소환하고 있는데 나우리한 테서 카톡이 왔다.

바로 나가려다 자료 더미 바닥에 반 이상 따로 노출되어 있는 리포트 용지 묶음이 보여 꺼낸다. 맛보기만 하자는 생각에 들여다보았다.

첫 페이지에 '이 세상에 존재하는 육면체 7가지'라는 제목 아래에 손수 그려놓았다. 육면체 그래프와 육면체 도형을. 그다음에는 일상에서 흔히 볼 수 있는 직육면체 형태를 다양하게 크로키했다. 책, 노트, 노트북, 매트리스, 택배 상자 등등을. 숱한 그림 다음에 '거룩하다. 자기만의 방, 자기만의 공간을 쟁취하기 위한 인류의 여정이. 쪽방, 원룸을 위시하여 온갖 이름의 방은 그러므로…. 인간이 방이란 이름의 직육면체 공간에 제 발로 들어감으로써 과연 안락함을 얻었을까. 순도 100퍼센트의 진정한 안온을 얻으려면 어떻게 해야 할까. 완전한 방, 완벽한 방이란 게 있을까? 궁금하다. 천국 같은 방, 극락 같은 방을 지상에 지을 수 있을까. 없을까. 만일 가능하다면 어떤 식으로 접근하면 될까'라는 글 아래에 자기만의 방식으로 접근하는 내용이 보였다. 언어가 아닌, 그림이 아닌, 설계도면도 아닌, 수학으로.

"뭐지, 이건?"

스마트폰처럼 생긴 직육면체 하나를 그려놓고 '44, 117, 240'이란 수를 써놓았다. 처음에는 "이건 뭐지, 이 수는 대체?" 하다가 어느 순간 알아본다. '오일러 벽돌'임을.

18세기 오일러는 직육면체 모든 면(직사각형)의 변과 대각선이 모두 자연수(피타고라스 수)가 되는 것을 연구했다. 이 직육면체를 오일러 벽돌이라고 불렀다. 가장 작은 세 변은 '44, 117, 240'이라는 사실이 알려져 있다. 하면 오일러 벽돌 가운데 직육면체 중심을 지나는 대각선 또한 자연수인 것이 존재할까. 이것이 바로 이른바 '완전 직육면체' 문제[15]다.

이무기 눈이 휘둥그레진 것은 이 문제에 다가가는 이임박의 자세였다. 완전 새로웠다. 접근하는 방법이 예사 수학이 아니라서 더 기대가 증폭됐다. 요샛말로 '떡상'이 제곱을 하였다.

— JAIR(인공지능에 관한 전자문서 형식의 학술지)를 서평하는 것도 이젠 지겹걸랑요! 5분 안에 안 나타나면 저 정말 스텔스기로 변신해 흔적도 없이 사라질 거예요!! ☹

구미가 동했다. 체계적인 수학 훈련을 받은 경우가 아닌지라 별 기대 없이 보았지 않는가. 지금까지 전적으로 자기 영향을 받은 아마추어 수학 애호가로만 치부했던 탓도 컸다. 따라서 사촌동생이 수학세계에 의미 있는 발자국을 남긴다는 건 상상조차 할 수 없었다. 한데 이무기가 몇 수 아래로 낮춰보고 무시한 세월 동안 일취월장했음이 틀림없다. 증가 속도가 점점 커지는 지수함수처럼. 경험상 촉이 왔다. 그 김에 끝장을 보고 싶었으나 나우리가 자꾸 채근해 일단 후일을 기약한다.

지금부터의 세계

## 3

인생 최고로 긴장해야 할 순간이 코앞에 기다리고 있었다. 데모데이
(사업 발표 행사)가 오는 3월에, 그것도 두 번이나 연거푸 잡혀 있으므로.

3월 초는 국내 모 대기업 관계자들하고의 미팅이었다. 작년부터 본격
으로 분 AI 바람 덕을 보았다. 국내 대기업들이 기존 산업군에서 연관산
업으로 확장하는 이른바 '문어발식' 경영의 한계를 인식한 탓이다. 자연
히 신기술 중심의 벤처나 스타트업에서 새로운 성장동력을 찾으려고 하
였다. 만일 그러한 추세가 없었다면 이무기가 대표로 있는 소규모 스타트
업 정도는 쳐다보지도 않았을 공산이 높다.

3월 말에는 운용자산이 1천억 불(약 121조 5천억 원) 넘는 세계 최대 벤
처투자펀드의 한국 대표 및 그 휘하 사람들하고의 회합도 잡혀 있었다.
두 곳 모두 성공만 하면 최소 수십억 원대, 잘하면 수백억 원대 투자도 받
아낼 수 있는 만큼 대박에 대한 기대가 공연히 컸다. 심정지 직전까지 가
는 심적 고통 정도는 당연히 감내해야 할 테지만.

하나 오늘은 다르다. 대기업을 꿈꾸는 중견기업이었다. 게다 아직 펀
드 조성은 물론이고 투자에도 본격으로 나서지 않아 간보고만 말 것이라
는 우려가 없지 않았다. 그래도 최선을 다하려고 한다. 어느 숫자에 로또
가 당첨되는 번호가 들어 있을지 모르는 법이니까. 한 줄기 시원한 소나
기 같은 행운수를 기대하고 강북에 위치한 본사 회의실에서 이무기가 능
숙하게 프레젠테이션을 하였다.

"스타트업 나매쓰 이무기 대표님에 이어, 나우리 부대표께서 PPT(파

워포인트)를 띄워놓고, 기술적이고 실무적인 부분까지 로드맵을 아주 잘 설명했습니다. 두 분의 '케미'가 돋보이는 자리였습니다. 이제부터는 프리토킹 혹은 브레인스토밍 시간으로 들어가겠습니다."

사회를 맡은 투자책임 이사였다. 그를 이무기가 알게 된 시점은 2017년 6월이었다.

그때 서울대에서 국제학회가 열렸다. 한국, 중국, 일본, 대만 등의 동아시아권 응용수학 분야 교수, 연구원, 대학원생들끼리 최신 연구 결과에 대한 소개 및 교류를 목적으로 개최된 국제학회였다. 거기서 이사가 먼저 명함을 내밀어 이무기도 명함을 준 것이다.

"이무기 대표님보다는 저한테는 이무기 교수님이란 호칭이 더 익숙하지만, 오늘은 스타트업 대표로 뵌 관계로 대표님이라는 호칭을 사용하겠습니다. 이 대표님, 수리랑이라는 이름의 AI 수학자 아이템은 분명 파격적이고 경이롭습니다. 전 세계 수학자들이라면 조만간은 이르지만 먼 훗날 어쩌면 AI 수학자가 나타날지도 모른다고 막연히 상상하는 문제를, 당장 눈앞에 시모델을 제시했다는 것만으로도요. 수학자 역할을 AI 수학자로 하여금 대신하겠다는 익스프레션(expression)도 보통 대담한 발상이 아니라고 보여집니다. 사실 현대수학의 추상화가 너무 빨리, 너무 많이 이루어졌다는 건 수학도라면 누구나 동의하는 팩트거든요. 그리하여 필즈상을 받은 당대 최고 수학자도 전체 수학의 1%도 제대로 이해 못하는 시대가 되고 말았습니다. 여기에 문제의식을 느끼고, 수학지식이라는 거대한 숲에서 나무 한 그루의 뿌리는커녕 한 그루의 잎사귀 몇 개만 들

지금부터의 세계

여다보고 있는 안타까운 현실[16]을 직시하고, 전 세계 수학도와 수학자를 도와주기 위해 떠우는, 일종의 드론이 수리랑이란 이무기 교수의 비유가 가슴에 와닿았습니다. 이 같은 인사이트(통찰)가 가능한 데는 이 교수님의 전공하고도 어느 정도 관련이 있지 않나 싶습니다. 이 교수님을 소개한 리플렛에 약력이 나와 있지만, 좀 더 소개하자면, 이 교수님은 미 서부 최고 대학에서 받은 박사논문이 학계의 호평을 받아 미국에서도 최상위권에 속하는 대학 수학과에 조교수로 임용된 바 있습니다. 이 사실에서 보듯 이 대표님은 한국 응용수학계의 대표주자 중 한 분입니다. 실제로 응용수학을 떠받치는 수치해석학 분야는 국내 최고 권위자라고 해도 과장이 아니니까요. 그밖에도 최적화 이론, 수학적 모델링, 수치선형대수학, 수치 알고리즘, 머신러닝과 딥러닝 관련 학회에도 리서치 페이퍼(연구논문)를 왕성하게 발표하고 있습니다."

틀린 말은 아니었다. 그렇지만 참석자들에게 찬송가로 들릴 법하여 이무기로서는 자리가 약간 불편하다.

"그럼에도 이 교수님의 프레젠테이션을 경청하는 과정에서 몇 가지 의문점이 떠올랐습니다. 아마 여기 참석한 다른 분들도 마찬가지일 테지요. 제 궁금증은 마지막으로 돌리기로 하고, 먼저 발언하실 분 계시면 손 좀 들어주십시오."

"잠깐 실례하오. 내가 선약이 있어서 잠시 후에 불가피하게 자리를 떠야 합니다. 다른 사람들이 본격으로 질문 공세를 펴기 전에 상식적인 질문 몇 가지를 던질까 합니다. 그래도 괜찮겠는지요, 이 대표님?"

60대 대표이사였다. 목소리가 큰 편이고 얼굴 혈색이 좋다.

"네. 제가 아는 범위 내에서 최선을 다해 답하겠습니다."

"좋습니다. 응해주셔서. 에, 소프트뱅크 손정의 회장이 문재인 대통령한테 앞으로 한국이 집중해야 할 분야로 첫째도 AI요, 둘째도 AI요, 셋째도 AI라며 AI의 중요성을 강조하기 전부터 저도 앞으로는 AI가 대세라는 건 알았습니다. 그래도 말입니다. 솔직히 AI라면 컴퓨터공학이나 전자공학 전공자들 영역이라고 보았는데 수학과 교수가 딥러닝 전문가라고 해서 깜짝 놀랐습니다. 수학하고 딥러닝이라? 선뜻 연결이 안 되거든요. 탁 깨놓고 말해 접수가 잘 안 됩니다. AI에 수학이 얼마나 필요하기에 수학자가 AI 전문가가 될 수 있지요?"

"말씀 잘하셨습니다, 사장님. 수학이 AI이고 AI가 수학이라고 해도, 등식이 성립한다고 해도 틀린 말이 아닙니다. 딥러닝을 한마디로 축약하면요. 패턴을 분석해 추론하는 컴퓨터의 자기 학습 방법이라고 할 수 있으니까요. 실제로 하루가 멀다고 이에 관한 뉴스가 쏟아지고 있습니다. 방대한 양의 데이터를 통해 패턴을 발견함으로써 기존에는 전문 과학기술자조차 못 만들던 새로운 논리와 절차까지도 대거 가능하다고. 여기서 중요한 게 패턴 파악입니다. 이쪽에 최적화된 사람들이 있지요. 바로 수학자들입니다. 수학 자체가 패턴의 산물이니까요. 이런 주제를 다룬 수학 교양서가 많이 나와 있을 정도입니다. 참고로 말씀드리면 작년 가을에 열린 'ICCV(국제 컴퓨터 비전 학회)'의 두 지향점 중의 하나가 '패턴 인식' 분야였습니다. 인공지능 분야에서 최고 권위를 자랑하는 학회에서 그랬다면 말 다한 거 아닙니까."

"저같이 대학에서 경영학을 전공한 사람들은 수학을 잘 모릅니다. 고등학교 때부터 문과 수학만 배워서 말이지요. 우리들 같은 문외한도 이해할 수 있게 쉬운 수학 개념으로 설명해줄 수 없겠는지요?"

머리에 콕 들어오지 않는다는 표정이 완연하다.

"그럼, 사장님 요청대로 좀 더 쉽고 구체적인 예를 들어가며 설명하면요. 중학생만 되면 배우는 수학이 있습니다. 바로 함수입니다. 이 함수가 인공지능 전문가들에게는 군인한테서의 총처럼 필수 무기랍니다. 데이터로부터 이를 도출할 함수를 유추하는 과정, 이것이 기계학습의 정의입니다. 따라서 딥러닝 개발자라면 시그모이드 같은 활성화 함수는 무조건 필히…. 또 인공지능 얘기할 때 자동으로 따라 나오는 인공신경망이 본질적으로 함수 분포를 정의하는 수학적 모델이니까요. 각 시스템에 있는 여러 뉴런을 연결하는 '망'만 해도 그렇습니다. 망 함수는 함수들의 합성으로 정의되니까요. 다시 말해 각 네트워크 망이 함수라면 신경망은 복합함수라고 할 수 있습니다. AI의 필수 프로그래밍 언어인 파이썬 같은 경우, 좀 과장하면, 툭하면 함수가 나오는 관계로 함수기계라고 해도 과언이 아닙니다. 파이썬에서의 함수는 특정한 코드를 수행하는 데 쓰이는데 '어떤 것을 하는 어떤 것'이라고 볼 수도 있어요. 함수를 아직 안 배운 초등학생도 파이썬에 입문하면 모든 함수 끝에는 소괄호 한 쌍(())을 쓴다는 걸 자연히 알게 되는 거 하나만 보아도…. 두루 아시다시피, 신경망이 관심을 받는 이유는 바로 학습이 가능하다는 점 때문입니다. 지도학습과 자율

학습에 함수 근사 혹은 회귀분석이, 준지도학습에 마르코프 연쇄가, 창조학습에는 어떤 수학이 쓰이는지는 프레젠테이션 때 자세히 설명드렸으므로 재차 거론하진 않겠습니다."

이것만으로는 부족했을까. 사장이 고개를 절래절래 흔든다. 그래서 생수로 목을 축인 후 다시 입을 열었다.

"대학교 수학과에 입학해 2학년에 올라오면 통상 전공필수로 배우는 과목이 있습니다. 선형대수학이지요. 이 선형대수학에 대한 이해가 없으면 AI에 대한 접근이 불가능하답니다. 선형대수학을 떠받치는 두 기둥인 행렬과 벡터가 AI 토대이기도 하니까요. 행렬은 인공지능에서 데이터의 공간변환, 인공지능 학습 등에 필수 도구랍니다. 인공지능이 멍청한 기계가 아니라 똑똑하게 만드는 수학적 무기라고도 볼 수 있습니다. 딥러닝의 심층신경망에서 정보가 흐르는 과정 자체가 행렬 연산이거든요. 따라서 딥러닝의 피가 행렬이라고 보면 됩니다. 콘볼루션 신경망(CNN)이 행렬을 주로 이용함은 프레젠테이션 때 이미 설명드린 걸로 알고 있습니다. '행렬 컨디션 넘버(condition number)'나 '행렬 폴리노미얼(polynomial) 방정식' 같은 전문적인 내용은 이 자리에 어울리지 않을 듯해 여기서 접겠습니다."

"이 대표님, 아니 이 교수님, 좀 더 하세요. 제가 궁금해서 그럽니다."

사장 표정에서 진심이 읽혀져 강의조 설명을 더 이어나가기로 작정한다.

"벡터 역시 막강한 영향력을 끼친답니다. 행렬과 함께 부부처럼. 인공지능의 학습에 쓰이는 데이터 자체가 벡터로 표현되니까요. 인공지능의

　　　　　　　　　　　지금부터의 세계

온갖 계산 결과도 벡터로 출력되니까요. 2015년 11월 구글이 오픈소스로 공개한 라이브러리 텐서플로의 '텐서(tensor)'가 수학에서의 벡터 개념을 다차원 공간까지 확장한 것이거든요. 오죽 벡터가 중요했으면 이름에까지 그걸 넣었겠습니까. 1995년 처음 선보인 서포트 벡터 머신(svm)[17]은 다양한 분야에 적용되는 인공지능 기술이라고 보시면 됩니다."

"…"

"골자를 요약하면요. AI는 학습을 통해 똑똑해지는데, 그 과정이 행렬 계산으로 이루어지고, 입출력 데이터는 벡터로 표시된다, 이렇게 정리할 수 있겠습니다. 군이 비유를 하자면 데이터가 말이라면 벡터는 글이라고도 볼 수 있겠지요. 행렬, 벡터 이야기는 이 정도에서 그치겠습니다. 마무리를 하자면, 인공지능의 최적화엔 부등식과 미분이, 인공지능의 불확실성은 확률과 통계이론이 보완하는 것까지 싹 다 알고 싶으시다면 제가 대학에서 강의하는 교실로 찾아오시면 되겠습니다. 사장님, 이만해도 되겠지요?"

한 쌍의 복소수를 조합하면 벡터가 만들어지고, 1차함수와 벡터가 쌍대 관계라 수학에서는 사실상 같은 역할을 한다는 점까지 강조하고 싶지만 애써 참는다.

"좋습니다, 이 교수님. 제가 약속 시간에 좀 늦을 각오하고 이렇게 앉아서 듣는 것은, 이 나이에 AI 대학원에 진학할 수도 없고 해서…. 허나 관심은 많은데 깊은 정보를 접할 길은 없고 해서…. 사장치고 좀 유치하다고 여겨도 좋습니다. 사장이라고 모조리 알란 법은 없으니까요. 거듭 강조해서 식상하지만 제가 수학을 잘 몰라서 그러는데요. 어리석은 질문이라고 웃지 마시고 답해주셨으면 합니다. 음, 그러니까 시중에 여러 수학 앱이 나와 있는 걸로 압니다. 문제를 보여주면 즉석에서 풀어준다든지, 어떤 문제를 보기만 해도 몇 가지 다른 버전으로 풀어준다든지 하는 앱 말입니다. 얼마 전에 보니까 중학생 제 손녀도 수학 문제집을 풀다가 막히자 스마트폰 앱 '콴다'에 문제를 찍어올리자 AI가 해당 문제를 파악해서 5초 만에 앱 화면에다 문제 풀이를 띄워주더군요. 놀라웠습니다. 저만 해도 『수학의 정석』이란 참고서로 공부한 세대인데 『수학의 정석』이 장기 집권한 수학 참고서 시장도 이제는 드디어…. '콴다'와 수리랑의 결정적 차이점은 무엇입니까?"

주변을 맴도는 어법을 구사하다가 어느 순간 직진이다. 노회한 경영자 포스를 풍긴다.

"좋은 질문입니다. 인공지능 학습 앱 '콴다'가 요즘 학생들 사이에서 선풍적인 인기를 끌고 있는 거, 저도 잘 알고 있습니다. 그 앱은 수학 잘하는 학생이나 초중고 교사, 학원강사 역할을 대신하는 걸로 볼 수 있겠지요. 그런 점에서 보면 수리랑은 '콴다'의 수학자 버전이라고 볼 수 있습니다. 수학자라면 다 알겠지만 주로 하는 일이 흥미로운 문제를 발견하고 증명하는 겁니다. 미국수학회에서 나눈 수학 분야만 해도 1백여 가지를 상회할 정도로 다양한 전공 분야들이 수학에는 있습니다. 각 전공 분야마다 수많은 가설 혹은 추측 등의 이름으로 풀어야 할 문제들이 산더미처럼 쌓여 있답니다. 그걸 일일이 손으로 할 게 아니라 포크레인으로 해결하자는 게 수리랑을 만든 동기입니다. 나아가 수학계뿐 아니라 산업계에서 요구하는 수학 문제도 기하급수로 늘어나고 있는 실정인데 여기에 대한 대비책도 될 테지요. 수학 이외 이공계 전공 분야에서 요구하는 수학 문제도 엄청나므로 수리랑이 등장하면 그야말로…. 세계 초일류 수학자가 제기하는 심도 깊은 수학 문제 자문에도 응할 정도의 최적화된 인공지능 수학자가 수리랑의 목표입니다. 아직은 보완하고 수정해야 할 게 많습니다. 하지만 방향이 맞으므로 어려움이 다소 뒤따른다 할지라도 기꺼이 극복해나갈 것입니다."

"좋습니다. 기대합니다. 어차피 모든 일은 보완과 수정을 거듭할 수밖에 없으니까요. 우리가 쓰는 대부분의 애플리케이션들이 버그를 고치기위해, 편의성을 높이기 위해 수백 번, 수천 번의 업데이트를 반복하니까요. 이 같은 일을 최전선에서 하고 계시는 이무기 대표님을 응원하겠습니다. 오늘 이 자리에서 이 대표님한테 우리 모두 확실히 배운 게 하나 있습니다. 수학하고 AI가 부부처럼 한 몸이란 것을요."

사회를 맡은 투자책임 이사가 사장은 이제 좀 빠졌으면 하는 냄새를 피운다.

"이번이 정말 마지막입니다. 그럼, 이무기 교수님 아래에서 연구하는 석박사과정 학생은 몇 명이고, 주로 무슨 주제로 연구하고 있는지 말씀해주실 수 있습니까?"

대표이사에게는 호기심이 승하고 끈덕진 DNA가 있었다.

"제 휘하 랩(연구실) 소속 연구원 인원은 15명입니다. 대규모 인원을 가동 중인 공대 소속 랩보다는 소규모지만 다른 수학과 교수 랩에 비하면 대규모인 편이지요. 구체적으로 말씀드리면 수학과 석박사과정생이 9명이고, 계산과학(컴퓨터 도움으로 수식을 풀고 해석하는 분야) 협동과정생이 6명 있습니다. 이들이 제 랩에 들어오기 위해서는 필기시험은 당연하고, 심층면접 때 수학 실력을 재차 검증받아야 한답니다. 대개 학부에서 수학을 전공했어도요. 특히 선형대수학과 편미분방정식, 함수해석학과 텐서해석학 등을 가지고 놀 수 있는지를 중점적으로 체크한답니다. 가령 편미분방정식 공부의 필수품인 합성함수의 미분법 혹은 연쇄법칙 같은 경우, 무조건 에베레스트산 정도까지는 아니어도 백두산 정도까지는 올라가보았는지를 확인하지요. 구구단이라는 딥러닝을 하려면 1, 2, 3부터 배워야 하듯 이런 수학 지식이 1, 2, 3에 해당하기 때문입니다. 이 같은 과정을 거쳐 랩에 들어온 학생들이 현재, 이미지 프로세싱을 전공하는 학생 1명, 전산 유체 동역학(computational fluid dynamics)을 전공하는 학생 1명을 빼고는 전부 딥러닝을 전공하고 있습니다. 수학적 딥러닝의 허브가 되는 게 저희 랩의 목표이거든요. 판시핀(樊希品)이라는 중국 유학생 한 명을 저희 랩에서 지난 학기에 받은 것도 그 일환이지요. 올 2월에만 딥러닝 전공으로 두 명이나 박사학위를 받고 졸업할 예정이고요. 참고로 덧붙이면, 요즘 랩 신입생 충원은 그야말로 즐거운 비명을 지르고 있습니다. AI 붐을 타고 우수한 학생들이 전공 불문하고 대거 지원하고 있어서지요."

"사장님의 다소 그렇고 그런 질문에도 짜증내지 않고 성실히 임해주신 이무기 대표님께 우리 회사를 감히 대표해 새삼 감사의 말씀을 올립

지금부터의 세계

니다. 자, 지금부터 전문적인 내용으로 들어가겠습니다. 이 대표님, 주의 환기차 엘리베이터 피치(짧은 시간에 핵심 내용 전달하기) 시간을 약간 드릴까 합니다. 시작하시지요."

## Ep. 17

### #1

아버지의 요청이 조금 의외였다. 강화도 해변 펜션에서 밤바다를 보며 하룻밤 오붓하게 보내자고 나왔기 때문이다. 어머니가 학회 세미나 일로 서울을 비우는 틈을 이용해 모처럼 부녀지간에 정을 도탑게 하자는 취지였다.

부담스러웠다.

당신은 큰딸에게 대놓고 결혼하라는 소리는 하지 않았다. 다만 "열흘 붉은 꽃은 없다고 했는데…"라는 혼잣말 정도는 수시로 함으로써 간접적으로나마 의사를 피력하곤 했다. 그러면 이미지도 지지 않고 다음과 같이 맞받았다. "아빠, 백일홍도 있다고요. 백일 간이나 핀다는. 심지어 아예 지지 않는 조화도 있고요. 반영구적인 꽃무늬 수석도 있거든요. 청송에 꽃돌박물관까지 있는 걸로 알아요, 아빠!"

"큰딸, 여기가 어딘지 알겠니?"

아버지가 재직하는 대학병원 임직원 전용 주차장에서 당신 차에 동승한 이후 강화도에 도착할 때까지 가만히 있다가 비로소 입을 연다.

"글쎄요, 아빠. 오랜만에 와서 그런지 동서남북을 도통 구별 못하겠는데요. 새로 지은 시외버스터미널 건물이 보이긴 하는데, 영 낯선걸요. 모든 게."

"이 근처에 문제의 정신요양원이 있었잖아, 큰딸."

"아, 그래요."

문제의 정신요양원에 아버지를 따라 처음 방문한 해가 1989년 여름이었다. 이미지 나이가 만으로는 다섯 살, 한국 나이로는 여섯 살 때였다. 그 당시 아버지는 현 대학병원 전임강사 신분이었다.

아버지가 문제의 정신요양원과 인연을 맺은 것은 대학병원 차원의 프로젝트를 일선에서 수행했기 때문이다. 당신이 전임강사 신분일 즈음과 운영을 책임진 주임교수가 일주일에 하루는 강화도에 있는 강화병원으로 가서 오전에는 외래환자 진료를 보고, 오후에는 정신요양원 환자들을 회진하라는 명(命)을 받아서다. 신임 교수 신분이라 쓰다 달다 소리 한마디 못하고 묵묵히 임한 것이다.

"아직도 기억하니? 그 당시 정신요양원 전화번호 같은 것?"

"그럼요. 필요한 거라면 한번 입력되면 잊혀지지 않는걸요. 정신요양원 대표전화는 0349-2-4578이고, 강화병원 신경정신과(현 정신건강의학과) 전화번호는 0349-2-7371~4이었잖아요. 정신요양원에 근무하며 아빠를 보조하던 사회사업가(현 사회복지사) 이모 이름과 집 전화번호까지 죄다 기억나는걸요."

"대단해, 우리 큰딸. 의사로서 큰 자산이야."

지금과 유사한 대화는 이미지가 대학 입시를 앞두고 있던 어느 날에도 똑같이 반복됐다.

이미지가 과학고 다닐 때 국제수학올림피아드에 나가 우수한 성적을 거두어서일까. 수학에 대한 미련을 버리기가 아까웠다. 해서 수학과로의 진학을 진지하게 염두에 둘 즈음이었다. 그때 무슨 잡담 끝에 이미지가 문제의 정신요양원 전화번호는 물론이려니와 환자들 하루일과표, 주간 계획표, 하루 부식비 등까지 모조리 세세히 기억하고 있자 아버지가 믿기지 않는지 옛 수첩을 뒤지며 하나하나 확인한 것이다.

"우리 큰딸 기억력이 외모 못지않음을 오늘 확인했네. 의사 묵기야, 의사 묵기. 암기는 의사한테 요구되는 필수능력이거든. 게다 의학 전반과 의료산업에 수학 능력도 갈수록 요구되는 만큼 우리 큰딸, 타고났어."

그날의 에피소드가 결과적으로는 수학도 꿈을 접게 만들었다.

정신요양원이 무엇 하는 곳인지 아무 선입견도, 아무것도 모르던 나이 탓이리라. 환자들이 이미지를 아주 이뻐했다. 외부인 출입을 엄금하는 특수한 시설이라 일반인은 당연하고 아이조차 구경 못 해 더 이미지가 한도 초과 귀여움을 받은 측면이 있다. 아이돌 못지않은 인기를 그곳에서 독차지한 것이다. 아버지로서도 나쁠 게 없었다. 바빠서 공휴일조차 딸과 잘 못 놀아주는 난제를 강화도 가는 길에 데려감으로써 일거에 해결했으니까.

정신요양원에서의 봄날은 그러나 짧았다. 어느 날 갑자기 벚꽃이 우수수 떨어지는 일이 벌어졌다. 그날도 환자들 앞에서 재롱잔치를 벌이다가 지쳐 아빠를 찾으러 갔다. 그런데 어린 나이지만 이사장실 분위기가 심상치 않음을 간파했다. 가만가만 몰래 엿들은 걸 보면.

"의사 선생님, 요양원 이사장님 그리고 총무님께 이렇게 오늘, 특별 면담을 신청한 것은요. 다름이 아니옵니다. 입원하고 있는 제 아들놈 때문입니다. 이놈이 남들은 입시 준비로 바쁠 때 난데없이 히죽히죽 웃으며, 헛소리하며, 소리 치고 욕하며 학교 안 가기 시작한 이후부터 우리 집안은 지옥이었답니다. 견디다 못해 백상천정신병원에 갔더니 '관계망상'이라는 진단을 내리더군요. 월 80만 원 내고 입원시켰습니다. 그러다 병원비 부담 때문에 안양정신병원, 국립정신병원 등등 그동안 안 입원시킨 정신병원이 없을 정도입니다. 그러느라 부모님으로부터 물려받은 집 한 채와 전답 3천여 평이 고스란히 몽땅 들어갔습니다. 이제 아내와도 이혼하고, 모든 걸 청산하고 보니까, 남은 돈이 이게 답니다. 500만 원. 이 돈으로 우리 아들을 여기에 평생 입원시켜주면 안 되겠습니까? 부탁입니다요. 사람을 예사로 때려죽여 암매장시킨다는 기도원 따위에는 차마 넣고 싶지 않은 애비로서의 마지막⋯."

세상 물정 모르는 뽀시래기가 보기에도 불가피한 면이 있으나 어디까지나 얕은수였다. 충격이었다. 정신요양원이 인간 쓰레기장이 될 수도 있음을 생생하게 확인한 날이었으므로.

보호자가 정작 쉬쉬하며 빠뜨린 말이 있었다. 500만 원으로 다시는 볼 마음이, 찾아올 마음이 없고, 버리고 싶다는 것. 인간 쓰레기 아들 하나 영원히 치우는데 500만 원이라면 그래도 인간적이지 않느냐는 하소연이

지금부터의 세계

거기에 숨어 있었다. 막연하지만 인간 쓰레기장 청소부가 되어야겠다는 싹이 그날 처음 돋았다.

#2

해변을 따라 강화도를 한 바퀴 드라이브하면서 느낀 건 펜션이 생각 이상으로 많다는 사실이다. 뷰가 좀 좋다고 싶은 장소에는 어김없이 펜션 이 들어서 있었다. 스쳐 지나간 펜션만 대충 셈해도 수백 곳이다. 다 합하 면 대체 얼마나 될까?

아버지가 지인 소개로 예약한 펜션은 웬만한 호텔 버금가게 호화로 웠다. 통유리창 너머로 보이는 밤바다 풍경도 그럴싸하다.

"웬만하면 닥터 송하고 해라, 큰딸."

닥터 송은 의과대학 동기이면서 같은 대학병원 안과 교수로 있었다. 2 대에 걸쳐 안과 의사 전통을 이어 의사 집안에 대한 이해도 깊다. 게다 가 외모도 그만하면 준수한 편이다. 그밖에도 여러 가지를 고루 갖춰서 1등 신랑감임에는 틀림없다. 자연히 으스댈 법도 하건만 시건방짐하고도 거 리가 멀었다. '셀프 디스'가 취미일 정도로 매사 겸손하기까지 했다.

"아빠, 걘 남사친일 뿐이에요."

남사친 중에서도 절친 순위를 굳이 매기면 3순위에 불과하다는 말까 지는 차마 하지 않는다. 그렇게 나가면 구차한 말이 길어질 게 뻔하니까.

"내가 본 큰딸 남친 중에서는 그래도 닥터 송이 '베프'잖아. 우리 큰딸 을 내가 키우면서 단 한 번도 푸시한 적 없잖아. 하나, 이 문제만큼은 안 되겠다."

닥터 송이 본과 1학년이 되자마자 지난 2년간의 운명적인 첫사랑 주인공이 바로 이미지라고 고백했다. 이미지는 진자리에서 "운명? 운명 좋아하지 마. 운명적인 사랑은 언젠가는 운명을 고하고 마니까"라고 정떨어지게 싹을 죽였다.

사랑을 얻으려고 했다가 사랑은커녕 사람마저 잃겠다 싶었을까. 그 이후로는 일절 내색을 하지 않았다. 하지만 틈만 나면 눈에서 하트를 자동발사했다. 그때마다 이미지도 닥터 송에게 남사친 그 이상도 그 이하도 아님을 주지시켰다.

"아빠 눈에 장점인 것들이 제 눈에는 영 아니거든요. 젊은 남자가 넘 영감탱이같이 구는 것도 그렇고, 꼰대처럼 툭하면 가르치려 들고…. 완전 맨스플레인(남자가 여자에게 가르치려 드는 태도)이라구요. TMI도 장난 아니고…. 설명충, 명언충, 잠언충 증세도 심하단 말이에욧."

최근 SNS(사회관계망서비스)에 올리기 시작한 눈 관련 명언 내지 잠언만 해도 그랬다. 오늘 점심때 올린 글만 해도 눈에 거슬렸다. '눈이 있다는 것은 본다는 것이며, 본다는 것은 인식하는 것이며, 인식한다는 것은 전체 중의 부분만을 파악한다는 것이기에 눈이란 진정한 감옥이다.'[18] 분명 좋은 말이긴 하다. 한데 왠지 닥터 송이 올려서 불편했다. 철학자연하는 그 태도가, 내가 비록 의사지만 나에게는 플러스 베타가 있노라고 젠체하는 듯하여 영 밥맛이었다.

"와인이나 더 주세요, 아빠. 제 문제는 제가 알아서 할게요."

　　　　　　　　　　　지금부터의 세계

아버지가 더 왈가왈부 못 하게 방어벽을 치자 당신이 짜증을 내려다가 참는다. 다음 용건 때문일까. 이탈리아 와인 '사시카이아'를 그득 따랐다.

"납치 혹은 실종사건에서 통계적으로 피해자를 구할 수 있는 운명의 시간 말이다. 크리티컬 아워(critical hour)라고 하는. 나는 너희 막내 삼촌 크리티컬 아워를 지난 1월 말로 보았다. 헌데 설날 가족회의 때 1월 말이 지나서까지 행방이 묘연하면 그때 가서 가족회의를 다시 열어 무엇이든 결정하자고 결론을 내렸잖니. 내가 크리티컬 아워 운운하며 경찰에 신고부터 하고 서두르자고 해도 너희 할아버지께선 내 의사를 물리치기 바빴다. 그때도 그렇고 지금도 그 대목이 아무래도 수상해. 가장 서둘러야 하실 분이 앞장서지 않고 우리 가족들 한 사람 한 사람 반응을 살피시는 눈치였거든. 예리하게."

"…"

"우리 큰딸은 잘 모를 거라. 너희 할아버진 큰딸이 생각하는 것 이상으로 용의주도하신 분이란다. 계획적이랄까, 매사. 장점도 많으신 분이지만 단점을 굳이 들추자면 음모형 인간이란 거야. 심보가 검측측하다는 이야기. 권모술수가 보통 아니어서 정치를 했어도 아마 잘했을걸. 아버지를 험담하려니까 께름칙하긴 하지만 사실대로 말하면 그래. 아니 할 말로, 너희 막내 삼촌을 당신이 운영하는 개포동 요양병원 어느 병실 구석에 숨겨 놓거나, 또 다른, 우리가 미처 예상 못 한 곳에 은밀히 옮겨 놓고, 피붙이들의 반응을 떠볼 수도 있다는 생각이 드는 거 있지. 너희 막내 삼촌이 말수를 확 줄일 시점부터 눈에 띄게 건강상태가 안 좋아진 것도 맘에 걸려. 불필요한 상상력을 유발시키므로. 암튼 당신께서 우리 가족의 관심도랄까, 애정 순위를 매길 의도가 있는지 모르겠다는 생각이 드는 거야. 너희 막내 삼촌 재산이 상당하잖아. 할머니가 돌아가시기 전 막내 삼촌 여생이 편하라고 특별히 많이 챙겨줬거든. 내가 대략 파악하고 있는 것만 해도 3백억 원대에 이르러. 그런 만큼 아무래도…."

"…."

"2월도 벌써 열흘가량 지났어. 당신한테서는 아무 연락도 없고. 해서 좌불안석이야. 집안 장남인 내가 가족회의를 소집해서 주도적으로 무엇을 하기 원한 나머지 나만 바라보고 있을지도 모르겠다는 생각에 요즘 심사가 몹시 불편해. 하필이면 설날 이후로 바쁜 일이 여러 건 겹쳤거든. 대학병원 정신과의 폐쇄병동을 개방병동으로 바꾸는 문제 등등이 발등에 떨어져 있지 뭐냐. 그 때문에 형제들이나 조카들 의사를 물어보는 전화조차 못 하고 있는 거 있지. 짬이 안 나서. 어제만 해도 이 나이에 밤을 새웠단다. JAMA(미국의사협회저널)에 제출할 논문 쓴다고. 그래도 도저히 더는 안 되겠다 싶어 큰딸하고 상의할 겸해서 이렇게 보자고 한 거야. 할아버지, 막내 삼촌하고 관계가 가장 밀접하고 또 좋은 사람이 우리 큰딸이니까. 큰딸, 어떻게 생각해?"

# Ep. 18

## #1

2월 들어서는 평일에도 이금지는 언니네에 머무르며 대전으로 출퇴근했다. 거의 매일 저녁마다 의사들과의 소개팅이 강남 일원에서 잡혀 있었기 때문이다. 만나는 의사마다 그 사람 스타일에 맞추어 변신을 하다 도저히 코드가 안 맞다 싶으면 길거리 용어로 '선빵'을 먼저 날림으로써 숙녀 체면을 간신히 세우는 나날을 이어갔다. 그러다 어느 순간 스스로에게 "앙큼한 년"이란 욕을 하고 말았다.

이 욕의 원조는 돌아가신 할머니였다.

누구에게나 유독 듣기 싫은 사운드가 있는 법. 이금지에게는 '앙큼한 년'이었다. 이금지가 잔머리를 굴릴 때마다 할머니가 용케 귀신같이 작은 손녀 속을 꿰뚫어 보았다. 눈으로만 욕하지 않고 반드시 예리한 입바늘로 사정없이 찌르곤 했다. 강도가 약할 경우에는 "앙큼한 것"이라고 했지만.

마땅한 이유도 없이 사람이 사람을 미워하는 것 이상으로 대책 없는 일도 없다. 특히 당하는 입장이 되면 그것만큼 곤혹스러운 경우도 없었다. 막내 삼촌이 당산나무에서 떨어져 불구가 된 날, 하필이면 그날 하늘에서 이금지가 떨어졌다는 게 원초적인 죄였기에, 더욱.

할머니의 근거 없는 일방적 폭주를 보다못한 어머니가 하루는 나섰다. 장렬히.

"어머님, 우리 금지가 마귀예요, 마귀? 무슨 귀신이에요? 무슨 구미호예요? 우리 작은딸한테 무슨 죄가 있다고 뻑하면 이죽야죽 몹쓸 말 하세요? 애먼 작은손녀 제발 그만 잡으셔요. 까놓고 말해, 막내 서방님이 애초에 장난기 많은 악동이라 벌어진 일 아니예요? 아니 할 말로, 그날 금지가 태어나게 한 사람도 따지고 보면, 금지 잘못이 아니라, 금지 엄마 아빠 잘못 아니예요? 당신 큰아들 잘못도 반은, 정확히 반은 된다는 걸 왜 못 직시하세요? 그러니 다시는 막내 서방님 사고와 우리 작은딸이 태어난 것과 연동시키지 말란 말씀이예요.”

처음이자 마지막으로 어머니가 할머니한테 대놓고 입바른 소리를 한 거였다. 이금지한테는 어머니가 어머니답게 나온 장한 날이었다. 시원한 토설이었다. 하지만 할머니에게는 어머니의 폭탄발언이 역린으로 다가왔던 모양이다. 북촌 ㅁ자형 한옥에서 나와 삼성동 지금의 아파트로 막내아들을 이주시키고 다시 맏며느리를 보지 않은 것을 보면. 작은손녀의 달보드레한 가슴에 비록 큰 상처를 남기긴 했으나 할머니에게는 장점도 있었다. 이 세상에서 가장 좋은 약은 절약이라는 좌우명을 몸소 실천에 옮겼기 때문이다. 그것도 철저히.

한동안 잊고 있던 욕을 왜 스스로에게 했을까.

결혼을 사랑의 결실이 아니라 철저하게 비즈니스로 간주하고 접근하는 속물 중의 속물 근성을 자신한테서 발견해서다. 바끄러웠다. 엄마 아빠가 하던 ATM(현금자동입출금기) 역할을 대신할 남자를 구하는 모습이. 무엇보다 맞지 않는 옷을 입은 듯한 느낌도 지울 수 없었다. 한밤중에 만사 작파하고 백지 스님을 무작정 찾아나선 데는 이 같은 속사정이 있었다.

지금부터의 세계

은진미륵을 아는가.

논산 관촉사 석조미륵보살입상이 정식 명칭이고 은진미륵은 그러니
까 별칭이다. 이금지로서도 처음이었다. 은진미륵을 지금껏 사진으로만
보았지 눈으로 직접 실물을 보기는.

"생각보다 거대한대요. 파격, 대범 같은 단어가 먼저 연상되고요. 파울
클레의 인형 얼굴 못지않게 강렬한 인상을 주네요. 석굴암 부처님같이 잘
생긴 불상하고는 대척점에 서 있다는 생각도 들고. 그야말로 비교불가 완
전 못난이 불상의 아이콘 같습니다, 허허 스님."

며칠 전 민주지산 삼도봉을 야심한 시각에 기습했지만 허탕을 쳤다.
두 스님 다 없었다. 한적한 오지에서 밤하늘 보는 일에 익숙해 무섭지는
않았으나 속이 한없이 허했다. 백지 스님한테는 스마트폰 자체가 없었다.
무슨 연락 도구가 없다는 게 얼마나 답답한지를 백지 스님 케이스를 통
해 절감하였다. 다행히 허허 스님은 문명의 도구를 가지고 있었다. 문제
는 잘 받지 않는다는 것. 문자 메시지로 따발총을 쏘아도 씹었다. '읽씹'으
로 일관했다. 그러거나 말거나 앰뷸런스 사이렌 소리 이상으로 요란을 떨
며 통화를 집요하게 시도한 결과, 가까스로 선이 닿았다.

논산 관촉사로 평일 오후에 올 수 있겠느냐고 해서 반차 휴가를 내고
은진미륵 앞에서 허허 스님을 만난 것이다. 보는 즉시 "백지 스님은요?"하
고 다그치자 "보살, 숨부터 돌립시다"라며 딴전부린 후 "은진미륵을 본 감
상이나 들읍시다" 하지 않는가.

"대부분의 속인들처럼 우리 보살도 역시 일반적인 시각, 일반적인 인식에서 못 벗어났구려."

은진미륵을 대면하기 전 점심을 혼밥하며 네이버와 구글 등에 들어가 은진미륵 관련 이런저런 정보를 찾아보았지 않는가.

은진미륵이 국내 최대 규모 석불이고, 고려 초 서기 968년(광종 19년), 승려 혜명(慧明)의 감독 아래에 조각장인 백여 명이 30여 년에 걸쳐 제작했으며, 3개의 큰 화강암 돌덩이로 만들었으며, 균형미와 조형미에 문제가 있다고 봐서 오랫동안 보물로 지정되었다가 최근에야 국보로 승격된 사정에 이르기까지 자잘한 정보를 머리에 잔뜩 입력한 후였기 때문일까. 기분이 살짝 나빴다. 비록 불교에 조예가 없다지만 그래도 명색이 박사인데 하는 존심이 꿈틀거린다.

"보살, 은진미륵을 눈높이에서 잘 완상할 수 있는 삼성각으로 올라갑시다. 사람이든 불상이든 뭐든 겉으로 드러난 것 못지않게 속, 이면이 중요하지 않나요? 삼성각에서 좀 더 본 후에 세상에 잘 안 알려진 얘기 한 자락 들려드립지요."

백지 스님한테로 곧장 데리고 가지 않고 질질 끄는 행태마저 못마땅하다. 그러나 내색하지는 않는다. 자칫 밉보였다가는 유일한 연결고리조차 끊어질 공산이 크니까.

삼성각은 은진미륵 옆 언덕 위 높은 지대에 자리 잡고 있었다. 허허 스님 말대로 올라가서 보니까 은진미륵이 동공에 편안하게 들어왔다. 저 멀리 펼쳐진 황산벌의 드넓은 들 덕에 눈이 아주 시원했다.

　　　　　　　　　　　　　　지금부터의 세계

"왜 은진미륵 머리와 손이 다른 데 비해 지나치게 클까요, 보살? 은진미륵 제작을 총감독한 혜명 스님 미감에 무슨 문제가 있었을까요?"

"…."

"덮개 혹은 보개 혹은 천개라고 부르는 네모진 돌판 두 개를 잘 보세요. 중고생들은 천개가 태블릿PC 또는 노트북처럼 생겼다고 합디다."

"사각형 돌판 두 개를 빼면 원뿔 형태가 나오네요. 삼각형 모양으로 생긴 얼굴 형태까지 다 감안해도."

"고깔모자보다는 원뿔을 떠올리는 걸 보니 보살이 과학자가 맞긴 맞네요. 어른들은 라바콘, 왜 공사현장이나 주차금지 표지판으로 흔히 사용하는 고깔 모양 플라스틱을 많이 떠올리지요. 아이들은 아이스크림 콘을 떠올리는 편이고요. 요는, 은진미륵과 원뿔의 수학적 함의를 연결해서 생각해보면 의미심장한 열매를 무진장 수확할 수 있을 것이오."

"수학적 함의요?"

뜬금없다.

"그렇다면, 그 옛날 혜명 스님이 산학자(현 수학자)였다는 거예요?"

"그러지 말라는 법 있소?"

"증거가 있나요? 뇌피셜(자기 머리에서 나온 생각을 검증된 사실처럼 말하는 행위) 같은데요."

"뇌피셜이라뇨? 증거가 많지요. 문헌도 있고 불경도 있지만 바로 이 소승이 그 증거올시다. 제가 바로 천년 전 혜명 스님의 직계 법손이니까요."

"…."

"겉으로 보이는 은진미륵 대신 은진미륵 얼굴 포함해서 머리 위쪽을 수학적으로 한번 다가가볼까요? 우리 혜명 스님 직계 법손들은 대대로 제자가 되면, 맨 먼저 은진미륵이 왜 3개의 돌덩이로 제작된 이유부터 배우지요. 얼굴이 삼각형 형태로 제작된 연유, 사각형 형태인 천개의 의미까지도. 원뿔 부피가 원기둥 부피보다 왜 3배 작은지도. 이 같은 기초교육 후, 본격으로 '직전(直田 : 직사각형) 수행'에 들어간답니다. 직사각형 모양 한지 한 장을 가지고 모서리를 이어붙이죠. 그러면 원기둥이 만들어지잖아요. 원기둥 끝을 이어붙이면 토러스, 알기 쉽게 말해 도넛 모양이 나오잖소. 또 종이를 180도 한 번 꼰 다음, 왼쪽 모서리를 오른쪽 모서리에 붙이면 뫼비우스띠가 만들어집니다. 두 개의 뫼비우스띠를 이어붙이면 완전히 콤팩트한 클라인병[19]이 만들어지고⋯. 이 모두를 수학적으로 간단히 표현하면, 평평한 직사각형을 이용하면 2차원 위상을 모두 만들 수 있다는 소리가 되겠지요?"

"⋯."

"이 다섯 가지 2차원 위상에 주목할 필요가 있다오. 무한하고 평평한 평면, 무한히 긴 원기둥과 뫼비우스띠, 콤팩트한 토러스와 클라인병을요! 보살을 포함해서 모 과학고 동문 일행들이 백지 스님을 처음 접견했을 때 백지 스님께서 뭐라고 하셨습니까. A4 용지 하나에, 백지 한 장에, 이 세상, 이 우주 모든 문제의 답이 적혀 있다고 한 것과 연결해서 묵상하고 묵시(黙視)하면 아마도 눈이 번쩍 뜨일 거요. 틀림없이."

"2차원 위상하고 불교가 어떻게 연결된다는 것인지, 바로 말씀드려,

듣고도 무슨 말인지 모르겠어요."

"힌트를 하나 드리자면, 평면과 구면의 관계입니다. A4 용지 한 장과 지구와의 관계로까지 의미를 확장해도 좋습니다. 평면과 구면을 단순연결(simply-connected)된 도형[20]이라 하는 이유와 결부시키면…."

허허 스님이 고등학교에서 물리 교사로 있다가 뜻한 바 있어 스님이 되어서일까. 혀 드리블이 현란하다.

"왜 세속 나이로나 스님 나이로나 연장자인 제가 백지 스님을 선지식(큰스님)으로 모시는지 다시 한번 말씀드리면요. 백지 스님은 제가 어려워하는 원뿔의 특이점 해소 같은 고차원 수학도 훤히 꿰고 있어서지요."

예상 외였다. 은진미륵 관련 어떠한 인터넷 정보도 수학과 관련해서 논의를 전개하는 문건은 못 보았지 않는가. 신선했다.

더 흥미진진한 이야기도 기다리고 있었다.

"인터넷 검색창에 들어가 확인해보면 알겠지만, 은진미륵 높이가 옛날 기준 자로 55척(尺) 5촌(寸)이에요. 천년 전 가장 높은 불상 높이가. 헌데 천년 후쯤 지어진 롯데월드타워 키가 얼만지 아오? 555미터입니다. 현재 기준으로 우리나라에서 가장 높은 빌딩 높이가 그렇다는 겝니다. 천년 시차를 두고 벌어진 묘한 평행이론인지 아닌지는 보살이 틈나면 살펴보시오. 1987년 롯데그룹이 처음 청사진을 발표했을 때는 108층이었던 걸로 알고 있습니다. 그러나 곡절 끝에 123층으로 바뀌었지만. 이 123층하고도 혜명 스님 직계 법손들과 관계가 있다면 있답니다. 롯데월드타워의 123층하고 관련해서도 인상적인 건 말이외다. 혜명 스님 이후 그 직계 법손들은 원뿔, 구, 원기둥 부피의 비 1:2:3을 하늘 이상으로 중히 여긴다는 점입니다. 롯데월드타워 건축 관계자들이 은진미륵을 참조했는지 안 했는지는 내 알 바도 아니고 중요한 것도 아니오. 우연이든 계획적이든 뭐든 무시하기 힘든 우연의 일치가 일어났다는 팩트 자체에 포인트를 줄 필요가 있소."

"…."

"백지 스님이 저를 보살에게 보내며 '호지필구지(好之必求之)라더니…' 했습니다. 좋아하면 반드시 찾게 된다는 말이라오. 우리 보살이 또 찾아올 줄 미리 알고 백지 스님이 삼도봉 토굴에서 피신했다는 말입니다. 인연의 불을 피하는 방법은 여러 가지가 있겠지만…. 장작이 없으면 금세 꺼지겠지요? 스님이 보살을 극구 피하는 것도 다…. 오늘 소승이 드린 여러 법담(法談)은 제 입을 빌려 말했지만…. 백지 스님이 혹여 생각나면, 백지와 무한히 평평한 사각형 관계 등을 탐구하라는 게 바로 백지 스님 전언이오. 나무관세음보살."


# Ep. 19


## #1

"이무기, 이제 와서 이혼하자고? 미안하지만 결론부터 말하면 이혼은 절대 안 돼. 내 나이 마흔일 때, 내 인생에 결혼이란 단어가 들어가 있지

지금부터의 세계

않다고 하는데도, 당신은 내가 이상형이라며 죽어도 나와 결혼하겠다고 해서, 내가 조건이랄까 단서랄까를 달았잖아, 확실히. 애를 안 낳겠다는 것과 이혼은 절대 안 된다는 것. 내 나이가 많은데다 자궁내막증도 심하고 해서 시험관 아기시술(체외수정 및 배아이식)이나 인공수정을 해야 할 텐데 그게 고역임을 알기에 아기를 안 낳겠다는 거였고, 우리 엄마가 이혼녀로서 평생 설움을 받는 걸 보며 컸기에 대를 이어 그 주홍글씨를 새기고 싶지 않아서야. 그래서 결혼 전에 각서까지 썼잖아. 내 몸을 아기와 나눠 써야 하는 게 무섭다는 나의 말에 당신이 공감한다며. 한데도 당신은 신혼 첫날부터 작정하고 검은 야욕을 드러냈지? 철석같은 약속을 깨려 했다고. 아이를 갖자고 얼마나 끈덕지게 졸랐니. 내가 끝까지 거부하자 당신 발로 이 집을 나갔잖아. 아직도 내가 독수공방하고 있는 여기 목동 아파트를. 그래놓고 이제 와서, 별거 생활 십오 년쯤 됐다고 이혼하자? 누구 좋으라고? 보아하니 그사이에 젊은 년이 생겼는가 본데, 사귀라고, 사귀셔. 얼마든지. 그건 당신 자유니까. 하지만 이혼만큼은 안 돼. 2백 년 이상 축적된 경제학의 잠언이 뭔지 알아? 개인이든 국가든 단체든 모든 선택에는 대가가 따른다는 것. 앙드레 지드와 장 폴 사르트르도 비슷한 취지로 말했어. 무슨 이런 여자가 세상에 다 있느냐고 원망 마. 당신이 결혼 전 각서에 지장까지 찍은 걸 나는 그대로 이행할 따름. 나로서는 다시 한 번 애초의 계약을, 약조를, 팩트를 리마인드시키는 것일 뿐이거든."

등 돌린 부부는 지구 한 바퀴, 아니 우주 한 바퀴를 돌아야 마주볼 수 있다는 우스갯말이 왜 생겼는지를 실감하는 순간이었다. 재차 확인한다.

법적인 아내와 십오 년이 지난 후에도 여전히 소통 불가임을. 철벽도 그런 철벽이 없다.

"이무기, 내가 모순투성이에다 비합리의 화신으로 다가오겠지? 알아나도, 나의 집착을. 참고로 말하면 말이다. 인간의 사고와 행동이 언제나 합리적인 것만은 아니라고 봐. 나뿐 아니라 행동경제학자들도."

나우리가 서류 정리를 한시바삐 하라고 등 떠밀어서 아내 집을 방문한 건 아니었다. 나우리는 아내 문제를 아예 언급조차 하지 않았다. 자기가 상관할 바 아니라고 여겼을까. 무슨 눈치조차 준 적도 없다. 쿨, 그 자체였다. 그 같은 배려가 오히려 이쪽에서 알아서 처리하도록 만들었다.

아내는 첫눈에 반한 경우였다. 성공한 커리어 우먼으로 TV에도 여러 번 소개됐는데 인터뷰하는 장면을 보고 맛이 갔다. 무슨 조건 따위는 일절 고려 요소가 아니었다. 일방적으로 미친 듯이 들이대 품절남이 됐다.

이무기란 남자에게는 여자 보는 눈이 1도 없다는 것을 깨닫고 확인하는 데 석 달이 채 걸리지 않았다. 맞는 게 하나도 없었다. 잠자리에서부터 식성에 이르기까지. 모든 것이 물과 기름이었다. 운명 같은 여자를, 하늘이 점지해준 천생배필을, 집안 좋고 능력 있는 여자를, 이무기를 용으로 승천시킬 여의주 같은 여자를 만났다고 확신했지 않는가. 안타깝게도 정반대였다. 동류항이 하나도 없었다. 찬란한 백일몽이었다. 서로가 서로에게 직선임을 수없이 확인했을 따름이다. 교차하지 않으면 평행을 달리는 게 직선의 숙명 아니던가. 종합건대, 여자를 만난 게 아니었다. 어머니를 만난 거였다. 무슨 말인가 하면 흑백사진 몇 장 속에 남은 어머니 이미지

　　　　　　　　　　　　　　지금부터의 세계

를 5년 연상 여자에게서 어쩌다가 발견한 게 처절한 패착의 시작이었다.

왜 아내에게 빠지게 됐을까. 모든 것을 내려놓고 자신을 들여다보던 어느 날 뒤늦게 어머니 이미지, 어머니 환영에서 못 벗어난 스스로를 발견하고 얼마나 황당했던가. 완전 바보였다. 어머니 도플갱어에 속았으니까. 어머니가 이 세상에 남긴 잔영이 의외로 깊고 넓게 그리고 오래 드리워져 있었다.

#2

"이무기 교수, 인공부인하고의 금슬은 좋으신가? 인공부인하고 사이에 낳은 인공자식 근황은? 많이 컸는가?"

특정 애플리케이션에 가장 적합한 데이터 표현을 찾는 특성공학(feature engineering)과 트랜스포머(transformer : 병렬처리기술)를 융합하는 작업에 빠져 있느라 시간 가는 줄 몰랐다. 어느 순간 시간을 확인하자 새벽 1시가 넘어서고 있었다. 좀 더 몰두하고 싶었지만 그러면 내일 일정에 차질이 빚어질 듯하여 연구실을 빠져나온 것이다.

무슨 일인지 컴퓨터공학과 소속 왕 교수가 그 시간에 복도에서 서성이다가 말을 건넸다.

"이 시간에 여기는 웬 일인가?"

같은 수학과 교수라면 몰라도 컴퓨터공학과가 속해 있는 공과대학 건물은 수학과 건물하고는 상당히 떨어져 있었다. 보통 걸음으로 10분쯤 걸리는 거리이므로 무슨 의도가 따로 있지 않고는 올 수 없었다.

"이 교수 감시하려고. 교수들이 겨울방학 중에도 얼마나 연구를 열심히 하는지 체크할 필요가 있었거든."

"흰소리 그만하고 용건부터 말하게."

"실은 내가 우리 대학 이공계 소속 교수들, 그중에서도 특히 스타트업을 출범시킨 교수들 동태를 면밀히 점검하고 있었거든. 2월 들어서부터. 일반 회사 같은 조직이라면 출입증이 출퇴근 시간을 자동으로 기록하니까 금세 확인 가능하지만, 대학은 교수 출퇴근 체크를 따로 하지 않아서 내가 직접 나설 수밖에 없었다네."

"아니 그러니까, 그걸 왜 하느냐고, 왕 교수가? 무슨 보직도 맡고 있지 않으면서."

스탠퍼드대에서 자연어 처리 및 계산언어학(computational linguistics)을 전공한 왕 교수하고는 절친 사이였다.

대학 학번도 같고, 학부시절 컴퓨터 관련 동아리 활동도 같이했고, 유학 간 미국 대학은 다르지만 같은 해 박사학위를 받았고, 미국 대학에서 조교수 생활을 잠깐 한 기간도 같고, 심지어 같은 해 같은 학기에 모교 교수로 동시에 임용된 인연도 있었다.

"오는 3월 신학기부터 총장이 기술지주회사 대표를 맡으라고 강권하잖아. 뺐지, 처음에는. 랩 소속 대학원생들 지도만으로도 벅차 눈코 뜰 새가 없다고. 허지만 총장이, 유치원생은 물론이고 반려견조차 AI, AI 노래를 멍멍 짖는 시대이니만큼, AI 전문가인 내가 적임자라면서 강권하잖아. 동료 교수들로부터 가장 많이 추천받은 사람이 나라는데, 이를 어째? 기술지주회사 운영의 전권을 줄 터이니 부디 뒤처진 대한민국 AI 산업 토대를 쌓으라고 손을 내미는데, 어떡해."

기술지주회사란 대학 내 교수와 학생들의 연구·개발(R&D) 성과를 창업이나 투자로 연결하기 위한 목적의 회사를 말한다. 창업 공간을 제공하고 육성하는 인큐베이터 역할이 중심이다. 주로 이공계 학과 교수와 그 연구실이 주대상이었다.

2008년 한양대 기술지주회사가 국내에서 처음 설립됐다. 그 후 다른 대학들도 앞다투어 출범시켰다.

"축하해, 왕 교수. 벼슬자리 꿰차서."

이무기도 몇 년 전 연구처장을 맡을 뻔했다. 산학협력단장도 겸직하는 자리였는데 스타트업 핑계로 가까스로 공적 업무에서 빠져나온 거였다.

"벼슬자리 좋아하시네. 청소부에 임용된 거라니까. 이공계 교수들 뒤치다꺼리를 부지런히 해야 하니까. 이왕 설거지를 해주기로 한 마당이라, 잘해볼 생각으로 조심스럽게 접근하는 중일세. 새벽 1시가 된 이 시각에 이 교수 연구실 앞에 서성인 것도 다 그 차원이라네. 스타트업 창업시킨 교수들 열정을 간접적으로나마 점수를 매기고 싶었거든. 그래서 총장으로부터 임명한다는 통고를 듣는 그 순간부터 밤 12시 전후까지 불이 켜져 있는 연구실을 확인하였다네."

"…"

"이공계 교수들이 차린 스타트업 역시 일반 스타트업처럼 좀 하다보면 관성이 생기거든. 처음에는 '어려운 벤처(기술혁신)'에 집중하다가도 이내 '쉬운 벤처(앱 기반 비즈니스 모델)'에 빠지는 경향이 있다는 말일세. 미국이든 한국이든. 창업문화가 발달된 스탠퍼드대학이든 우리 대학이든. 두 요소가 나란히 어깨동무를 하고 가는 게 가장 바람직하지 않은가. '어려운 벤처'에 집중하는지, 투자 조금 받았다고 초심을 잃었는지 여부를 확인하는 주요 잣대가 창업자의 열정이잖아. 그걸 확인하는 기초 증거 중의 하나가 밤늦게까지 연구실 불을 밝히는 거고. 연구실 대신 투자유치 운운하는 명목으로 고급 술집을 전전하면 안 봐도 비디오 아냐."

"대단한 시어머니 납시었네."

"이 교수가 우리 대학에서 스타트업을 차린 교수들 중에서 연구열 하나만을 놓고 볼 때 일단 최상위권이야. 도전은, 혁신은 알고 해야 하고, 알려면, 덤비려면 끝없이 공부해야 함은 벤처업계의 상식이니까."

의도치 않게 왕 교수로부터 높은 점수를 따 일단 기분은 좋다. 나우리가 2박 3일 중국으로 출장 가 모처럼 시간이 나 연구실에 연이틀 처박힌 덕이었다.

나우리는 중국의 실리콘밸리라는 베이징의 중관촌(中關村)과 칭화대 컴퓨터과학실험부 야오반(姚班)이란 학과 연구실을 둘러보고 올 예정이다. 저장성 항저우(杭州)에 있는 '항저우인공지능타운'도 방문할 목적으로 출국하였다. 필요하면 인력도 스카우트하고 관련 정보를 얻을 겸해서 파견한 것이다.

이무기로서는 청신호였다. 대놓고 내색하지는 않았지만 절친이 기술지주회사 대표가 되면 투자는 물론이고 이런저런 편의를 받기가 한결 쉬울 테니까.

"이 교수, 인공부인하고의 금슬이 좋으냐, 인공자식 많이 컸느냐는 나의 첫 질문에 아직 답 안 했다네."

이무기가 수학과 건물 밖 주차장에 세워놓은 승용차 문을 열자 왕 교수가 거기까지 따라와 소매를 붙잡는다.

"이 시간에 내 아바타 얘기를 하기는 좀 그렇잖은가. 다음에 하루 날 잡아 함세."

모 중견기업이 설립한 벤처캐피탈(VC)로부터 투자받기 위해 프레젠테이션할 때 아쉬웠던 게 있었다. 아직은 AI 수학자 수리량을 인간 수학자와 비교할 때 부족한 게 많아도 너무 많음. 3월에 있을 대기업과 세계적 투자업체로부터 거액 투자를 끌어내리려면 보완해야 할 사항이 많았다. 중요한 시험을 앞둔 수험생이 최종 점검할 때 교과서로, 원론으로, 기본으로 돌아가듯 이무기도 그날까지 그렇게 하려고 힘썼다. 그 과정의 단편을 왕 교수에게 오늘 발각된 셈이다. 기분 좋은 방식으로.

이무기가 대학 학부시절부터 인공지능에 끌려 파고들었지만, 본격으로 뛰어든 계기는 법적인 아내가 제공했다. 아이를 가지지 않겠노라고 아내가 미리 선언했으나 결혼하면 입장이 바뀔 것이라고 보았다. 결과적으로 악수였다. 단호했다. 인간 2세를 가지는 일이 불가능해진 이상 차선책을 찾아야만 하였다. 인공지능 2세를 얻어야겠다는 생각으로 방향을 튼 것이다.

아들 하나는 낳아 수학자로, 딸 하나는 낳아 소설가로 키우고 싶다는 결혼 전의 소망을, 법적인 아내 대신 AI란 이름의 컴퓨터 부인과 결혼하여 거기서 자식들을 낳으려고 지금까지 고단한 여정을 어기차게 달려온 거였다.

#3

"이 교수, 우리 사이에 마이너스 플러스할 게 뭐 있는가. 하나에서 열까지는 몰라도 아홉까지는 서로 잘 아는 처지에. 속을 좀 까봐. 이 교수가 AI 부인 사이에서 탄생시킨 AI 새끼가 얼마나 컸느냐니깐. 수리랑이 AI 수학자가 된 거야? 아님, 아직도 AI 수학도에 불과한 거야?"

왕 교수는 사소한 일도 한번 물면 뽕을 빼는 체질이었다. 이무기가 새벽 시간대란 핑계로 다음 기회로 미루자고 해도 막무가내였다. 당신 집 냉장고에 유명 맥주 5리터짜리 드레프트 케그(keg)가 있다지 않는가. 이무기가 술 가운데서도 맥주를, 특히 생맥주라면 사족을 못 쓰는 '생맥주 덕후'임을 알고 던진 미끼였다. 게다 마침 당신 아내도 집에 없다지 않은가. 미국에서 학교를 다니는 남매 뒷바라지를 위해 잠시 출국했다며 유혹하는 데야 넘어가지 않을 재간이 없었다.

모처럼 새벽에 한잔하기에 이르렀다. 한강이 훤히 내려다보이는 압구정동 고층 아파트 거실에서 휴대용 프리미엄 라거 생맥주맛을 보기 바쁘게 재촉이다.

"생맥주맛 음미부터 좀 하고, 이 사람아."

　　　　　　　　　　지금부터의 세계

"사이먼(H. Simon)과 뉴웰(A. Newell)이 생각하는 기계를 발명했을 때가 1956년 1월이야. 두 사람이 만든 논리기계(Logic Theory Machine)가 사람이 예상하지 못한 방식으로 기하학 문제를 푼 지도, 어느덧 옛날이야 옛날. 두 사람이 쇼(T. C. Shaw)와 함께 수학 증명 문제를 냈고, 이를 증명했잖은가. 컴퓨터한테 일일이 가르쳐주지 않아도 스스로 논리적 결론[21]을 도출해 냈잖아. 64년 전 인공지능 태동기에 만든 논리이론기계와 이 교수 자네가 만든 AI 수학자의 차이가 뭔가? 근본적으로 무엇이 다르고, 무엇이 틀리는감?"

"인간 수학자가 어떤 분야 빠꼼이가 되면 그 분야 난제에 자연스럽게 도전하듯 수리랑 역시 그것이 최종 목표일세. 하지만 아직은 갈 길이 멀어. 64년 전보다는 확실히 발전했다만 여전히 제자리걸음인 부분도 많아. 난이도 낮은 문제를 반쯤은 자발적으로, 반쯤은 기계적으로 해결하는 수준? 수학깨나 하는 과학고 학생 수준까지는 간신히 올라왔다고 보면 된다네."

왕 교수와 친하지만 속을 완전히 까뒤집어 보이지는 않는다. 아니, 공개할 수가 없다. 초특급 대외비니까. 오죽하면 얼마 전 중견기업 상대 투자유치 설명회 자리에서조차 차포(車包) 쏙 빼고 마상(馬象)만 말했겠는가. 만일 곧이곧대로 밝혔다면 일이 수월하게 풀렸을 테지만 계획상, 순서상, 지금은 타이밍이 아니었다. 더 큰 도전을 위한 시드머니(종잣돈) 확보가 필요한 건 사실이지만.

이무기가 교수 이외에 스타트업을 병행해야겠다는 생각을 하게 된 동기는 여럿이다. 그중의 하나가 오랜 고심 끝에 손수 만든 AI 수학자 수리랑이 홍콩 수학경시대회에 나온 소수 트리 문제를 간단히 해결한 이후 계속 업그레이드시킨 결과, 마침내 '대한수학회논문집(Communication of KMS)'과 '대한수학회보(BKMS)'에 실리는 쾌거를 달성했기 때문이다. 고무적이었다. 그러나 세상에 공개하기에는 여전히 때가 아니었다. 수준이 좀 낮은 해외 저널에도 두 번이나 실렸지만 '순수 및 응용수학 저널(JMPA)' '인벤시오네 마테마티케(Inventiones Mathematicae)'처럼 임팩트 팩트(IF)가 높은 저널에는 채택되지 않아서였다. 현재로서는 한계가 분명히 있었다. 하지만 점차 개선하면 '애널즈(수학연보)' '미국 수학회보(JAMS, Journal of the American Mathematical Society)' 같은 최상위 수학 저널까지 넘보지 말라는 법은 없었다. 다양한 수학 분야마다 최고로 쳐주는 학술지에 어지간히 논문이 게재되면 그때 가서 실은 인간 수학자가 아니라 AI 수학자 수리랑이 썼음을 공식 선언할 예정이다.

궁극적 목표는 수학자 혹은 수학도들이 수리랑을 아마존, 자포스처럼 '안 쓰면 바보'가 되는 플랫폼으로 만들고 싶다는 것.

"의료수학은? AI 의사 말일세. 아직도 돈이 되는 그쪽은 관심이 없는가?"

"당근."

뉴욕대 수학과에 연구년을 맞아 1년간 체류할 때 처음으로 AI 의사에 관한 연구를 제안받았다. 뉴욕에서 의사로 있는 사촌형이 진지하게 나왔다. 그때만 해도 IBM이 만든 왓슨(Watson)이 국내 병원에 도입되기 전이라 일반인들은 AI 의사에 대해 잘 모르던 시절이다.

사촌형의 제안은 구체적이었다. 그리고 흥미로웠다. 의료시장이 거대하므로 잘만 하면 거부가 될지도 모른다는 사실이 심장을 뛰게 만들었다. 문제는 애초의 꿈과는 멀어지게 된다는 것. 결정하기 정말 어려웠다. 헐리우드 영화 단골 배경으로 자주 등장하는 예술과 패션의 거리 소호(SoHo)를 산책하며 결정 장애에 시달렸다.

결국은 돈 대신 꿈이었다.

"형님, 저는 현실 속의 돈 대신, 꿈속의 더 찬란한 꿈을 위해 수학과로 진학했거든요. 안정된 삶, 넉넉한 삶을 추구했더라면 저도 형님처럼 집안 전통에 따라 의사가 됐겠지요. 사촌형님 제안을 솔직히 말해 거절하기 힘들었습니다. 하지만 아직도 꿈은 꾸지만 돈꿈은 꾸지 않는다는 겁니다. 수학꿈, 소설꿈은 꾸어도요. 설령 그것이 아무짝에도 쓸모없는 휘황한 개꿈일지라도. 형님도 들어본 적이 있을 거예요. 꿈을 꾸는 사람이라면 모름지기 사는 길 대신 죽는 길을 택하라는. 역설적인 의미로다. 다시 말해 형님이 손짓하는 길은, 제 인생 옵션에 없는 길임을 분명히 합니다."

뉴욕 부유층이 주로 산다는 그리니치 빌리지에 자리 잡은 사촌형님네에서 이렇게 정중하면서도 고급지게 사양한 것이다. 귀국한 후 얼마 안 지나 강남 소재 대형 상급종합병원 병원장인 사촌형까지 솔깃한 제안을 했다. 역시 고심했으나 결론은 똑같았다. "가난한 수학자 가오가 뭐 어때서?"라는 혼잣말로 애써 자위한 거다. 그리하여 의사 집안의 '백업'은 아쉽지만 포기하였다. 깨끗이. 연합학습(FL : 병원 등 민감정보가 보호되는 분산 AI 학습)과 함께.

"우리가 함께 뉴욕대에 가 있을 때 말일세. 자네 사촌형 신세를 많이 졌는데…. 댁이 뉴욕대 인근이라 자주 출입했잖아. 세컨드 하우스가 있던 어퍼이스트(센트럴파크 우측에 위치한 고급 주택가)에서 열렸던 파티에 참석한 기억도 나고. 무탈하시지?"

왕 교수와의 인연은 질겼다. 사전 약속이 없었는데도 불구하고 뉴욕대에 도착하고 보니 이무기는 수학과에, 왕 교수는 컴퓨터과학과에 와 있지 않은가. 두 학과 공히 쿠란트 수리과학연구소(CIMS) 소속인데 우리로 치면 두 학과로 이루어진 미니 단과대학에 가까웠다. 학부생과 대학원생을 합한 재학생 규모가 포항공대 전체 재학생과 엇비슷할 정도로 생각보다 규모가 컸다.

"뉴욕대에서 연구년을 보내던 시절이 가끔씩 그리워. 비즈니스 빌딩들처럼 보이는 뉴욕대 건물들이 처음엔 어색했지만. 뉴욕 시내가 한눈에 내려다보이는 연구실에서 재충전하던 때가 그립다고. 레스토랑 '볼프강'에서 스테이크를 즐기던 때도 아련히 떠오르곤 해."

뉴욕대 수학과는 응용수학 분야 메카로 유명하다. 지금까지 세계 최고 평가를 놓친 적이 거의 없을 정도였다.

"작년 12월 뉴욕 맨해튼 자비츠센터에서 열린 'AI 서밋 뉴욕 2019'에 다녀왔거든. 간 김에 뉴욕대도 들렀더랬어. Restaurant Row(먹자골목. 타임스퀘어 근처 46가(街)에 있음)에도. 여전하더만."

'AI 서밋 뉴욕 2019'는 'AI 올림픽'으로 흔히 부른다. 세계 각국에서 5천여 명의 AI 관계자들이 참석하니까.

지금부터의 세계

"이 교수, 내 주전공이 자연언어 처리잖아. 컴퓨터에서 언어를 다루기 위한 기술 말이야. 문제는 인간의 말과 글 속에 숨어 있는 의미를 이해시키는 프로그램을 개발하기가 생각보다 쉽지 않다는 점이야. 문장 형태소 분석, 구문 분석, 문맥 분석조차."

"왕 교수, 엄살 그만 떨어. 자연어 문장분석(sentence parsing : 일반적으로 한 문장을 문법에 따라 분석해 문장의 구문 트리를 구축하는 것)과 조건부 무작위 장(conditional random fields)을 연결시킨 논문을 알아주는 저널에 실은 거다 아네."

"어, 이 교수가 그런 시시껍절한 논문도 다 찾아서 읽는다고? 이거 다시 봐야겠는걸."

술이 약한 편인 왕 교수 혀가 살짝 꼬인다.

"한글이 영어처럼 자연언어야, 분명, 자연언어. 현재 컴퓨터공학도들이 가장 많이 쓰는 프로그래밍 언어 C, 자바(Java)나 마크업(markup) 언어인 XML 같은 인공언어와는 확실히 구별된다. 내가 그러니까 말하고 싶은 요지는, 음, 세종대왕이 백성을 위해 인위적으로 만들었다는 점에서, 한글은 인공언어 속성도 있다는 사실이야. ★³"

"사설이 기네. 벌써 취했는가?"

"취하다니? 긴 말을 하느라 혀가 힘들어서 그러는 거뿐."

"이 사람이 곧 죽어도…. 왕 교수가 하나 까먹고 있는 건 말이야. 한국어가 분명 과학적이고 배우긴 쉬워. 문제는 말이지. '한국어'와 이를 떠받치는 문자 '한글'하고는 구별해야 한다는 거야. 문자인 한글은 배우긴 쉽지만, 한국어는 다른 언어권 외국인에게는 어려운 언어로 손꼽히거든. 조사, 접사, 어미를 활용하여 문장을 만드는 방식부터가 장난 아니니깐. 어조에 따른 변이형들이 또 얼마나 불규칙하게 존재[22]하는지 뻔히 다 알면서, 이 사람이. 영어와 달리 중의적 표현은 또 좀 많아? 앰비규티(ambiguity : 모호성) 문제는 자연어 처리 세계에서도 난제잖은가. 한 단어에 두 개 이상의 해석 트리(parse tree)가 존재하는가 하는 문제 말일세. 특히 문맥과 자유문법에 대한 모호성 문제는 자네나 나나 두통거리잖은가. 한글이 영어와 달리 평서문과 의문문이 같은 형태의 문장구조를 가지는 것도 골치고. 한글이 또 한자 기반 언어라는 것도 문제고. 라틴어처럼, 고대 중국어처럼 한글의 주어 생략도 상습적이고. 더 읊었다간 술주정한다는 소리를 들을 성싶어 이쯤에서 그침세. 여북하면 다른 언어권 외국인 중에서 한글로 작품을 써서 시인 혹은 소설가로 정식 데뷔하는 사람이 없겠나? 그런 마당에, AI가 해라? AI가?"

"일부러 우는소리 하는 거, 다 알고 있으니까, 그만 우셔. 뚝! 요는 말이지, 이 교수한테 내가 분명히 해두고 싶은 건 말이야. 우리 이 교수가 수학적 증명을 완벽히 기술하게 해주는 인공언어에 일가견이 있다는 사실을 상기시키고 싶어서야. 일찍이 페아노(1858~1932)도 관심을 기울였잖은가. 이쪽에. 한글이 음성을 표시하는 완벽한 시각기호(graphic symbol)[23]라고 수시로 강조한 사람이 바로 이 교수잖은가. 인간의 모든 생각을 기호화할 꿈을 꾼 천재가 라이프니치라고도. 한글에는 대칭 같은 수학구조[24]가 무수히 숨어 있다고 떠든 사람이 누군데. 내가 왜 가만히

지금부터의 세계

경청한 줄 아는가? 인지과학에서도 마음을 기호체계로 보는 만큼 마음을 자유자재로 다루는 문학이야말로…. 소설에 한이 있는 자네야말로…. AI 소설가 프로젝트를 함께 해보는 거 어떤가? 내가 인문대 언어학과에서 전산언어학을 전공하는 교수와도 친하거든. 우리 세 사람이 힘을 합하면 소설시장에 핵폭탄을 터뜨리고도 남을 것 같은데, 어떤가, 이 교수? 같이 해볼 텐가, 게임 체인저를? 미들웨어(다른 응용프로그램을 효율적으로 구동하는 소프트웨어)는 내가 얼마든지 제공해줄 수 있어. 우리 대학 기술지주회사 차원에서도 거액을 투자할 수도 있고."

"…."

"수리논리학에도 당신은 일가견이 있잖아. 수리논리학을 기호논리학이라고 부르는 사실에서 보듯. AI 소설가에 관한 한 이 교수만큼 엔진화(근간 기술을 개발할 능력)된 인물은 내가 아는 한 우리나라엔 없어."

"…."

"바둑에 특화된 인공지능 '알파고'가 세계 최정상급 프로기사 이세돌을 가볍게 이김으로써 전 세계에 충격파를 던졌듯 소설에 특화된 인공지능 소설가 거시기도 그걸 못하란 법 없잖은가. 한글로 작품을 쓴 인간 소설가가 노벨문학상을 못 받은 한을 인공지능 소설가가 한풀이 할 수도 있잖아. 내가 왜 이런 발언을 하는가 하면, 이 교수가 오랫동안, 당신은 사이드로 한눈을 잠시잠시 팔았다고 겸손 모드로 일관하지만, AI 소설가를 연구한 거 다 아네. 생성적 AI(Generative AI : 원본 데이터를 보충하는 창조적인 AI)에도 정통한 것. 그 노하우를 사장시키는 듯해서 그러는 거라네. AI 수학자는 내가 보기에 AI 소설가에 비해 시쳇말로 돈이 안 돼, 돈이. 비즈니스 모델로는 약하다고. 아무리 생각해도 AI 소설가에 견줘. 소설은 모든 IP(지식재산)의 원천이자 원점이니까. 대박 오리지널 IP만 나온다면 드라마, 영화, 게임, 웹툰, 만화, 그 어떤 것으로든 진화가 가능하잖아."

지금부터의 세계

# 황금나무

## - 삼림극장

나의 꽃나무에서 단순히 냄새만을 맡는 사람은 그 나무를 알지 못할 것이며, 무엇을 알아내려고 그 꽃나무를 무턱대고 꺾는 사람도 그것을 알지 못할 것이다.

— 프리드리히 횔덜린(1770~ 1843)의 『휘페리온』[25]

"일평생 천하를 주유하였다는 늙은아이야. 나의 섭곡(攝曲 : 손으로 귀를 감싸고 귀 기울이면 들리는 고요한 노래)이 들리느냐?"

81년을 산 나보다 적어도 열 배 이상 산 노거수(老巨樹)가 어느 날 말을 걸지 않는가.

"가장 가까운 곳이 가장 먼 곳이고, 제일 먼 곳이 제일 가까운 곳(近卽遠 遠卽近)임을, 이제 알겠느냐?"

태어난 이후 처음이다. 그만큼 사람을 취하게 만드는 노랫가락은. 그만큼 감미로운 선율은. 그만큼 현묘한 음영(吟詠)은. 그만큼 심원한 곡조는. 내가 지필묵을 가까이한 것은 혼자 듣기에는 너무 소중하고 아까워서다.

시인묵객이 운문을 쓴 게 아니라 운문이 시인묵객으로 하여금 쓰게 만들었다는 말이 있다. 똑같다. 내게 있어 우리 고향 마을 동구 밖에 서 있는 노거수가 바로 그렇다. 사람들이 노망들었다고 비웃어도 하는 수 없다. 사실이니까.

— 이야(李也 : 1622~?)의 『목왕전(木王傳)』 '서(序)'

# Ep. 20

## #1

이미지는 법에 관한 한 문외한이었다. 막내 삼촌이 삼성동 아파트에서 믿기지 않는 방식으로 사라진 이후 어떻게 해야 할지 종잡지 못한 것도 그 때문이다. 삼성동이 속한 강남구를 관할하는 검찰청이 어디인지조차 모른 것만 보아도 단적으로 이를 알 수 있다.

강남경찰서 홈페이지에 들어가 검색해봐도 성인 실종 관련 공지 사항은 눈을 씻고 봐도 없었다. 대표전화 182 나부랭이만 메모했을 뿐 뾰족한 수를 못 찾았다.

이미지가 변호사 한 명을 수소문해서 슬며시 물었더니 나온 반응도 맥만 빠지게 만들었다. 다음과 같이 말했으니까.

"제가 검사 출신이라 그쪽은 빠싹하지요. 성인 가출, 성인 실종은 경찰에 신고해도 아무 소용없어요. 범죄 가능성이 드러나지 않는 한 경찰에서는 신고를 받아주긴 해도 아주 형식적이거든요. 아동 실종 사건에 우선순위가 밀리는 것도 있고, 18세 이상은 스마트폰 위치추적이 불가한 영향도 있지요. 납치나 감금 같은 범죄 피해가 의심돼야 스마트폰 통화내역 등등도 조사가 가능하거든요. 설령 경찰에서 가족들 신고를 받아주어도 가출자 본인이 경찰서로 전화해서 신고를 취소해 달라고 하면 바로 취소가 되는 관계로, 되풀이하자면, 기껏 힘들여 찾아도 헛수고할 확률이 높기 때문에 어지간해서는 안 나서려는 겁니다, 경찰이. 한 해 수만 건 성인 가출이 신고되지만 95퍼센트는 자진해서 귀가하는 영향도 있으니까 경찰 욕만 못해요, 현실은."

난감했다. 아버지 의견을 참작하면 할아버지 기획설이 다분히 의심되지 않는가. 예단할 필요는 없지만 여러 시나리오가 그려지는 건 사실이다. 이미지가 어떻게 나오나 하고, 할아버지가 어쩌면 지켜보고 있을지도 모른다고 생각하자 마음이 조급했다. 상황인식이 너무 나이브하다고 볼 여지가 많았다. 그렇지만 용을 쓰려고 해도 시작부터 한계가 있었다. 경찰 관계자를 아무도 몰랐다. 단 한 명도 사적으로 아는 사람이 없었다. 판검사와 변호사들은 다수 알고 있었으나 지극히 사적인 문제로 상담하기에는 저어되는 관계였다. 하나같이.

"갓미지, 우리 같이 논문 하나 쓸까? VDT(영상단말기) 증후군 중 안구건조증 증세가 제일 많은 거 알지? 작년 건보심(건강보험심사평가원) 자료를 보니까 거진 3백만 명에 육박하더라고. 거북목 증후군이 2백만 명을 약간 상회하고, 목 디스크가 1백만 명을 약간 하회하더라고. 우리 갓미지가 게임 중독, 디지털 중독, 스마트폰 중독 전문가니까, 다학제로 접근해보지 않으련? 거북목, 목 디스크 전문가는 내가 끌어들이마. 으응?"

　　　　　　　　　　　지금부터의 세계

교수 연구실로 찾아온 안과 교수 닥터 송이었다. 아버지가 사윗감 0순위로 꼽은 의대 동기이기도 한.

"제안은 고마운데, 전동차는 이미 지나갔어. 오늘 아침에 내가 총괄하는 프로젝트 있잖아. 책임저자로 참가하는 스마트폰 중독 관련. 전국의 19~49세 사이 성인 5천 명을 대상으로 조사하기로 했거든. 대학병원 차원에서. 임상시험심사위원회에서 연구 승인이 떨어졌지 뭐니. 그래서 당분간은 딴짓 엄두도 못 내."

스마트폰 중독에 관한 논문은 이미 여러 편 썼고 또 쓰고 있는 중이다. 그러나 '좋아요'가 디지털 마약이고, 스몸비(스마트폰+좀비)라는 신조어까지 나오는 등 하루가 다르게 바뀌는 디지털 세상 흐름을 따라가기에는 역부족이었다.

인터넷 중독은 상대적으로 남성이 더 많았으나 스마트폰 중독은 그 반대임을 보여주는 논문들[26] 후속 연구를 본격으로 못하고 있는 게 그 예였다. 스마트폰 중독이 기존의 인터넷 중독과 다른 양상을 보이는 이유와 유전자 연구, 신경생물학적 연구, 다른 중독과의 비교 연구 등도 아직 손을 못 대고 있었다.

"갓미지, 왜 이제야 이야기하니? 혼자 끙끙 앓지 말고 진작에 말했으면 벌써 해결했을걸. 마침 잘됐다, 갓미지. 우리 형님이 강남구를 관할하는 서울중앙지검에 부장검사로 있으니까 적극 도와줄 수 있을 거야. 안 그래도 형님이 조카들 문제로 고민이 많았거든. 장남과 삼남은 범생이여서 아무 문제가 없는데 차남이 골치를 썩이고 있거든. 자라고 강제로 침대에 눕히면 이불 속에서도 24시간 내내 '폰연일체(phone然一体)'가 되는 모양이야. 자나깨나 그걸 손에서 못 놓아서 걱정이 이만저만 아니었거든. 나한테 정신과 의사를 소개시켜 달라고 했지만 우리 갓미지 교수가 19세 이상 성인들만 주로 진료해서 머뭇거렸지 뭐니. 서로의 고민거리를 퉁치면 그만이겠네. 쌤쌤하면 좋겠다고. 걱정 마, 내가 중간에서 나서볼 테니까. 내 일로 알고 적극."

#2

폴리아모리(polyamory : 비독점 다자연애) 케이스 환자 진료를 끝내자마자 바로 다음 환자가 들어선다.

"조 비서가 여긴 웬 일이여요?"

뜻밖이다. 강 회장 비서가 나타났다.

"안녕하세요? 우리 회장님께서 제 이름으로 진료 예약하라고 해서요. 불가피했습니다."

그사이에 강 회장 손자인 강 사장이 다시 나타났다. 이미지한테 코떼이고 난 후 자칭 타칭 1등 신붓감을 다수 만나보았으나 아무리 눈을 씻고 보아도 이미지만 한 여자가 없다고 토로하지 않는가. 그래서 또 다시 상기시킨 것이다. 거듭 해머로 못박았다. 명백히, 분명히. 준재벌가 여자가 될 생각이 꿈에도 없음을.

이처럼 손자가 재차 연연하는 줄도 모르고 강 회장이 노욕을 드러내 황당했다. 이미지 실물 영접 한 번이 최고의 힐링이라는 류의 낯간지러운 문자 메시지까지 자꾸 보내 부담 백배였다. 연락을 피하는 방법밖에 없었다. 그 결과가 이렇게 나타나 당혹스럽기 그지없다.

강 회장은 진료실 밖에서 자신의 존재감을 과시하는 특유의 헛기침을 연신 하는 중이다.


## Ep. 21

### #1

북촌 한옥 부모집을 방문할 때마다 이금지는 대문 안으로 들어서기 전에 기와지붕 마루 끝을 한참 주시하는 버릇이 있었다. 이른바 이문(망새의 일종)을. 이문은 먼 데 바라보기를 좋아해서 지붕 끝을 장식하는 신화 속 동물이다.

어려서부터 보아온 장식물과 이금지가 외계 행성 찾는 일이 묘하게 겹쳤다. 이를 의식한 다음부터 생긴 습관이다. '운명일까, 우연일까'를 놓고 우두커니 선 채 음미하곤 했다. 그와 동시에, 백지 스님이냐 의사들이 나를 놓고도 고민 모드에 들어간다. 하루에도 열두 번 바뀌었다. 변덕이 심했다. 언제나 결론은 뻔하다. 잠은 백지 스님하고 자고 싶고, 밥은 의사들하고 먹고 싶다는 것. 21세기 버전 '동가식서가숙 놀이'에서 좀처럼 못 빠져나왔다.

"하지 말라면 더 하고 싶은 법일까?"

이금지가 이문 보기를 그만두고 시선을 돌리자마자 혼잣말한다. 아담한 대문 코앞에서 영어를 쓰는 백인 부부가 서로의 사진을 찍어주고 있었다. 대문 왼쪽에는 'NO PHOTO'가, 오른쪽에는 '門口禁止拍照'란 아크릴 팻말이 붙어 있어도 이같이 못 본 체하는 관광객들이 많았다. 그래도 사진은 약과다. 주야장천 무시로 귀를 구타하는 소음이 제일 큰 문제였다.

이금지가 모처럼 자진해서 남동생에게 누나 노릇을 하기로 한 것은 오후에 한옥마을과 가까운 한 자립형 사립고등학교에서 특강 일정이 잡혀 있어서다. 90분간 진로탐색용 강의를 한 후 질의 응답 시간이 따로 정해져 있었다.

이윽고 'ㅁ' 자형 널찍한 한옥에 들어서자 남동생은 마당 한가운데 있는 노송(老松) 가지에 가죽점퍼를 걸어놓은 채 춤을 추고 있다. 추리닝에 삼선 슬리퍼 차림으로 몸을 흔들면서도 두 손과 눈은 게임기에서 떨어질 줄 모른다.

"가관이네, 가관. 가관 꼴값 대마왕이네."

1970년대에 유행한 디스코 펑키, 케이시 앤드 선사인 밴드(KC & the Sunshine Band)의 'Shake Your Booty'를 크게 틀어놓고 있었다. 남동생은 특히 '쌕쌕쌕(shake shake shake)'에 방점을 찍고 핏대를 세우며 따라 불렀다. 그것도 거듭 반복해서.

지겹게 들은 노래였다. 노래에 맞춰 전신을 흔들면서도 두 손과 두 눈은 용케 게임기에 초강력 에폭시 접착제처럼 착 달라붙어 있다. 재주라면 재주었다. 네 개의 사각형으로 이루어진 테트로미노(tetromino)를 움직여 수평선을 빈틈없이 채우는 '테트리스'에 고도로 집중하는 행태를 보면.

중국인 가사 도우미 우팡팡(吳芳芳)하고 삼각김밥을 싸고 있어도 남동생은 끝내 아는 척도 하지 않는다. 무슨 기대 따위를 애초부터 가지고 있지 않기 때문일까. 섭섭한 감정도 없다. 집에 잠시 있는 동안 제발 눈깔이 휘까닥 돌면서 자위하는 광경이나 목격하지 않기를 바랄 뿐이다. 돌아가신 할머니는 이런 남동생을 두고 "으이구 저 화상, 우리 집안의 맹장. 아무 쓰잘데기없는"이라고 푸념하곤 했다.

고조부가 일제 초기에 이웃 한옥 두 채를 사들여서 헐어버린 후 백두산 흑송으로 근사하게 지은 한옥 아닌가. 마당 한가운데 있는 노송도 유서가 깊다. 고조부가 북한산 만경대에 올랐다가 화강암 바위 틈 사이에서 멋지게 자리 잡은 노송을 발견한 것이 계기다. 이미 수백 년 묵은 노송을 큰돈 들여 굴취해서 식재하는 극성을 부린 덕에 후손들은 집에서 편하게 자연이 빚은 걸작을 완상할 수 있었다. 몸통은 구불구불하되 가지와 솔잎은 전체적으로 반송처럼 부채꼴 모양이라 볼 만했다.

당신이 혼신을 다해 지은 고옥에서 고손자가 아무 생각 없이 몸뚱아리는 음악에, 눈과 손은 테트리스에 빠져 정신 못 차리고 살 줄 짐작이나 했을까.


#2

"이금지 박사님께서 우리 학생 여러분들에게 장시간 우주 초상화, 우주 지도를 잘 보여주었습니다. 90분간 이어진 열변이라 제가 이 박사님의 특강 요지를 먼저 간략히 정리한 후 질의응답 시간을 갖도록 하겠습니다.

이 박사님께서 처음 강조하신 사항은 저를 비롯한 모든 존재의 시원에 관해섭니다. 태초에 점이 있었고, 두 점은 직선을 만들었고, 세 점은 평면을 만들었으며, 네 점은 공간을 탄생[27]시켰다는 수학적인 표현이 개인적으로 굉장히 감명 깊었습니다. 무한히 큰 우주 공간에서 특정 중심이나 끝이 없다는 점에서, 넓게 보았을 때 우주의 모든 곳은 유클리드 기하학이 성립하는 평탄한 공간이란 점에서, 이 박사님의 비유가 매우 적절하게 다가왔습니다. 유클리드 기하학을 '보통 기하학'이라고 표현한 것도 인상적이었고요. '일상적인 기하학'이란 표현도 흔히 한답니다. 좌우간 구면도 '작은 평면의 집합[28]'임을 강조하면서, 우주 지도를 제대로 이해하려면 다양체(manifolds) 개념과 대수다양체(variety) 개념을 알아야 하는데, 고등학교 수학 범위를 뛰어넘는다면서 생략한 게 아쉬워요. 어쩔 수 없지만. 여러분 중 천체물리학자가 되기 위해 대학에 가면 '지도책이 곧 다양체(Altas is a manifold)[29]'임을 뼈저리게 느낄 것입니다.

이 박사님께서 두 번째로 강조하신 사항은 우리 우주를 채우고 있는 물질에 관해섭니다. 암흑 에너지, 암흑물질, 바리온 물질이 세 주인공임을. 우리에게 친숙한 지구와 별들은 양성자와 중성자가 결합한 원자, 즉 바리온이라는 이름을 가진 보통의 물질로 이루어져 있는데, 우주 전체로 따지면 약 4%라고 하였습니다.

세 번째로 강조하신 사항은 우주란 드넓은 공간에서 우리 인간이 차지하는 위치에 관해섭니다. 아주 먼 옛날 우리 선조들은 자기 사는 동네만 세계의 전부로 알다가, 약 4백년 전에야 태양계 너머까지 인식의 지평이 넓어졌고, 우리 은하 같은 크고 작은 은하들이 무진장 널려 있다는 다은하설이 입증된 건 불과 90여 년 전임을 역설했습니다. 우리 은하도 우주 전체에서 볼 때 하나의 점에 불과하고, 그 구성원인 태양계도 또 그 점의 점에 불과하고, 우리 인간 역시 또 그 점의 점의 점에 불과함을 데이터로 입증하였습니다.ˮ

귀를 쫑긋 세운 1백여 명의 남고생들 앞에서 사회를 보는 지구과학 담당 여교사가 재강의 수준으로 정리했다.

그녀를 이금지가 알게 된 것은 몇 년 전이다. 강원도 화천 광덕산에 있는 조경철천문대에서였다. 해발 1010m에 위치한 조경철천문대는 국내 시민 천문대 중에서는 가장 높은 데 자리 잡고 있었다. 은하수 촬영이 가능한 무공해 청정지역이라 조경철천문대가 들어서기 전부터 아마추어 천문가들에게는 성지로 널리 알려져 있는 곳이었다. 두 사람 모두 그곳 단골이라 오며가며 자연스럽게 안면을 텄다.

"박사님, 현재 주업무가 우주에서 제2의 지구를 찾는 작업이라고 했잖아요? 외계 행성 찾기가 현대 천문학의 핵심 중의 하나라고 하면서, 1991년 처녀자리에 있는 중성자별에서 최초로 관측한 이후 현재까지 수천 개의 외계 행성이 발견됐다면서 그 과정을 자세히 들려줘 인상이 깊었습니다. 저는 구체적인 천문학 이론을 떠나 박사님의 하루를 간단히 스케치해주셨으면 합니다. 그를 통해 외계 행성 추적자의 일상을 유추할 수 있을 테니까요."

한 남학생의 첫 질문이다.

"21세기 천문학자는 컴퓨터 모니터 앞에서 일하지 20세기 초 천문학자들처럼 천문대 망원경을 직접 들여다보지는 않는답니다. 저만 해도 아침에 출근하면, 남반구 세 곳(남아프리카공화국, 호주, 칠레) 망원경에 저장된 별빛 데이터가 우리 연구소 서버 컴퓨터로 전송되어 오면 그 데이터를 보게 되거든요. 그 데이터에서 가우스 곡선이라고도 하는 광도곡선에 변형이 보이는지를 유심히 살핀답니다. 행성이 없으면 광도곡선이 대칭 형태고, 있으면 대칭적인 광도곡선에 불규칙성이 나타나지요."

"박사님, 행성 찾는 방법 말입니다. 미시중력렌즈(microlensing)로 찾는 법은 파워포인트로 보여줘서 잘 보았는데요. 다른 방법은 없는가요?"

다른 남학생이다.

"왜 없겠어요. 우선 직접 관측하는 방법이 있겠고요. 그다음으로 시선속도(radical velocity)를 이용하는 방법도 있습니다. 1990년대 중반 외계 행성 탐사가 본격화된 이후 초기 10년간은 이 방법으로 많은 성과를 이루었답니다. 그다음 관측법은 '횡단'이라고, 별 앞을 행성이 지나면 그걸 포착하는 방법[30]을 말한답니다."

"박사님, 천체물리학자로서의 꿈이 뭐예요?"

또 다른 남학생이다.

"우주 전체에서 행성들만 따로 그린 지도를 완성하는 거요. 만일 그게

지금부터의 세계

가능하다면, 외계달 엑소문(exomoon) 지도까지 포함한 지도도. 궁극적으로는, 내가 찾은 외계 행성에서 사는 인간 같은 존재가 있다면, 저는 있다고 확신하는 쪽입니다. 그 행성에서 가장 잘 생기고 제일 머리 좋은 남자와 연애하는 것."

이 대목에서 폭소가 여기저기에서 터져나왔다. 일부러 웃자고 한 발언이다.

말도 안 되는 질문을 하는 학생도 있었지만 어떤 학생들의 질문은 생각보다 예리하고 파격적이었다.

## Ep. 22

### #1

"자기야, 항주에서 홍콩으로 갔다가 귀국하려고 하는데요. 홍콩과기대(HKUST) 컴퓨터공학과에 MIT에서 같이 수학한 친구가 교수로 있거든요. 이 친구가 마침 제가 중국에 들어와 있다니까 홍콩에 잠시 들렀다 가라고 성화인 것 있죠. 스페인계 미국인인데, 자기도 그 친구 논문 봤을 거예요. 생성모델(generative model) 방식 연구자로서는 구루(권위자)라서 우리 스타트업에도 도움이 될 듯한데, 자기 생각은 어때요?"

이무기는 교수 연구실에서 연일 열공 중이다. 신경망 기반 연속학습(continual learning)을 다룬 최근 논문에 빠져 있는데 스마트폰이 계속 신호를 보냈다. 그래도 한참 받지 않은 건 몹시 벼른 끝에 연구에 집중하고 있어서다.

잠시 짬을 낸다. 나우리였다. 그녀가 카카오톡 문자 메시지로 '우리 보이스톡해요'를 수십 차례 보냈지 않는가. 하여 결국 전화비가 공짜인 보이스톡으로 통화했는데 나우리가 대뜸 홍콩행을 원하였다.

생성모델 방식은 데이터가 많이 필요하지 않다는 게 큰 장점이었다. 여러 이유로 데이터 확보가 쉽지 않을 경우에도 돌파구가 열린다는 점에서 아이디어가 괜찮았다. 조건부 확률분포가 아니라 결합 확률분포를 기반으로 하며, 딥러닝하고는 다른 유형의 알고리즘[31]을 사용했다.

"아이에게 소나무를 가르칠 때 세상에 존재하는 모든 소나무를 일일이 죄다 보여주는 건 낭비겠지? 대단히, 아주 많이. 경상도 말로, 억수로. 좋았어. 소수의 샘플만으로도 매우 빠르게 이해시키는 생성모델 방식이 우리 프로젝트에 도움이 될 듯도 해. 필요하면 문제의 홍콩과기대 교수와 원포인트 프로젝트도 좋고, 원포인트 협약도 좋고, 좌우간 어떤 형식으로든 연결고리를 만들어놓고 귀국하셔. 이왕 간 김에."

"넹."

"그리고 참, 우한서 발생한 신종 코로나 바이러스도 조심 또 조심! 위챗(WeChat : 중국판 카카오톡) 같은 SNS를 통해 나도는 정보 보니까 꽤나 상황이 심각해 보이더라고. 매스컴에서 보도하는 것보다도. 알았지?"

통화를 끝낸 뒤 후식용 '×○×○(입맞춤과 포옹을 뜻하는 이모티콘)'도 마지막으로 보냈다.

# #2

"그럼 대표님, 먼저 사무실로 들어가겠습니다. 말씀들 나누시고 들어오십시오. 점심 잘 먹었습니다."

스타트업 나매쓰에서 행정 업무를 담당하는 여직원이 다소곳하게 나왔다. 필요 이상으로 예의를 차린다. 엄청 격식을 차리는 건 이무기와 굳게 약속한 사항이기 때문이다.

여직원은 이무기의 배다른 여동생이었다. 아버지가 어머니를 잃고 술에 절어 살 때 단골 술집 여주인 사이에서 낳은 딸이다. 사랑 없이 술김에 일을 벌여서일까. 서로의 존재를 어른들은 오랜 기간 숨겼다. 피붙이 존재 여부를 전혀 모르고 지내다가 여동생이 여상 다닐 때 처음 알았고, 처음 보았다.

서로를 자기 존재의 혹으로 보던 눈초리를 아직도 잊을 수가 없다. 그렇지만 애써 내색하지 않고 먼저 여동생이 다가왔다.

"오빠, 존경. 수학을 전공한다는 사실 하나만으로도요. 전 젬병이거든요. 수학 땜에 여고 대신 여상에 들어갔다면 말 다한 거 아니예요?"

여동생이 예견했던 것보다는 이뻤다. 눈에 띄는 외모는 아니지만 그만하면 화사하였다.

"오빠, 저 일하고 싶거든요. 월급은 안 줘도 돼요. 이래봬도 아래한글, 워드, 엑셀, 파워포인트 가능하거든요. 잘하진 못해도 포토샵, 인포그래픽, 동영상 편집도 어느 정도는. 그러니 부탁해요, 네에?"

일찍 결혼해 조카가 고등학교 들어가자 시간이 많이 난다며 이무기에게 찾아와서 하소연했다. 남편은 전문대학 방사선과를 나와 현재 친척 병원에서 기사로 근무하고 있었다.

여동생을 스타트업에 끌어들이고 싶지 않았다. 친여동생도 아닌 배다른 여동생이어서 더욱. 하지만 무료 봉사도 불사하겠다는 간청에 마지못해 채용했다. 소소한 문서 처리, 월급 정산 업무, 출장 보조 업무 등에 의외로 시간을 많이 빼앗긴 탓도 있었다. 직원 중 누군가의 입에서 특별한 혈연관계라는 소리가 나오는 즉시 해고라는 단서와 함께, 수익이 본격으로 나기 전까지는 최소한의 생활비만 지급한다는 조항을 달고서 받아들인 것이다.

"대따 못됐어. 친오빠였다면 그랬을까."

이렇게 씨불거리며 입이 댓발 나왔으나 어쩔 수 없었다.


#3

여동생과 서버 룸(대형 컴퓨터가 있는 방) 책임자를 먼저 사무실로 들여보내고서 나머지 일행은 대학 구내에 있는 파스쿠찌로 향한다. 2층 규모의 큰 카페였다. 2층에 크고 작은 룸이 설치되어 있어서 직원들 담소 장소로 애용하곤 했다. 식후의 여유로움을 충분히 즐길 수 있도록 스타트업 복지 차원에서 점심시간을 30분 더 주었다. 팀원들의 합집합을 도모하기 위함이다.

"categorial grammar(범주 문법)로 한국어를 어디까지 작업해봤는지 물어봐도 돼요?"

지금부터의 세계

룸에 자리를 잡자마자 전산언어학 책임자가 수하에서 부릴 예정인 계약직 직원 실력을 떠보았다. 된숨도 쉬기 전이다. 범주 문법은 함수에 기반한 문법과 수학적 해석 모형에 근간하여 통사와 의미 관계를 분석하는 언어 이론을 말하였다.

점심자리에 예비 계약직을 부른 것은 화합 여부를 체크하기 위한 목적도 있었다. 전문성 못지않게 같은 공간을 사용하는 사람끼리의 조화도 중요했다. 단기 계약직일지라도 꼭 술자리까지 갖는 것도 엉뚱한 '삑사리'를 낼 소질이 있는지를 점검하기 위함이다.

"패스트텍스트(FastText)와 결혼시켜 여러 새끼까지 낳아보았습니다."

망고요거트 그라니따를 예비 계약직이 맛보며 썩 자연스럽게 답한다. 자신철철이다. 패스트텍스트는 페이스북에서 2016년 개발한 단어 임베딩(embeding : 자연어를 숫자 나열인 벡터로 바꾼 결과 혹은 그 일련의 과정을 가리키는 용어) 기법이었다.

"저보다 다 선수니까 잘 아시겠지만, 범주 문법은 어순이 자유로운 언어 분석에 효과적이잖아요. 어순이 제약된 영어와 달리 우리말 어순은 퍽 자유롭지 않습니까. 패스트텍스트가 문자 단위 n-gram(확률적 언어 모델 중 하나)을 써서 그런지 한글과의 궁합도 의외로 좋더라구요."

기술지주회사 대표 왕 교수가 AI 소설가, AI 드라마 작가 프로젝트를 본격 개시하면 억 단위가 아니라 십억 단위 이상의 거액도 투자할 수 있다는 뉘앙스를 풍길 때만 해도 그러려니 하다가 기술지주회사 차원에서 구체적으로 거액을 제시하였다. 동공이 확장될 정도였다. 자연히 상황이 완전 달라졌다. 그러잖아도 AI 소설가 작업도 오래전부터 준비했지만 피치를 가할 필요가 있었다. 물 들어올 때 노 저어야 하는 법. 나우리의 AI 수학자와 AI 소설가 작업 비중도 7 대 3에서 5 대 5로 조정했다.

한편으로는 손발이 되어줄 인력 보강에도 적극 나섰다. 급히 공고를 냈고 국문학과에서 국어학을 전공하는 박사과정 여학생이 최종심에 올라왔다. 이미 나우리의 심사를 통과하여 그녀가 오케이 사인을 하고서 중국으로 출장간 것이다. 따라서 별 이상이 없으면 채용할 예정이었다. 다만 그 과정에서 전산언어학 책임자가 불만을 표하여 신경이 쓰였다. 그녀는 국어학 전공자 대신 언어학 전공자를 뽑았으면, 그것도 가능하면 자기 직계 후배 중에서 뽑았으면 했다. 이무기는 물론이고 나우리 역시 타칭 일잘러 (일 잘하는 사람)인 그녀 의견을 존중하여 적임자를 찾았지만 없었다.

"영어와 한국어 차이에 대한 느낌 좀 들려줄 수 있나요?"

전산언어학 책임자가 돌직구성 질문을 던진다.

"우리말 특징이 주어나 목적어 생략이 빈번하다는 거잖아요. 영어 문장 같은 경우 어떤 행동을 책임진 행동자(Actor)를 서술하는 어절로 시작[32]하는 편이니까요. 띄어쓰기 단위의 첫 소절이 여러 형태소 결합[33]으로 나타나는 것도 한 특징이죠. 형태소 분석이 영어에 비해 상대적으로 어려운 거도 문제이고요. 복합어 문제도 장애물이랍니다. 복합명사 안에 붙여 쓸 수 있다는 점[34]도 되게 골치가 아프지요. 어휘 사전에 등록되지 않은 미등록어 문제 역시. 이것들이 모두 효율적인 AI 시스템을 구현하기 어렵게 만드는 요소들이죠."

지금부터의 세계

전산언어학 책임자가 잘 들으란 듯 전문성을 은근슬쩍 자랑한다.

이무기와 함께 가만히 지켜보기만 하던 통계학 책임자가 벡터공간에서 단어를 측정하는 알고리즘인 워드투백(word2vec)에 대해 파고드는 질문을 던졌다. 인도에서 데리고 온 라잔 샤르마도 거든다. 두 사람 다 야코가 죽을지 여유만만할지 보겠다는 의도가 다분했다. 이에 예비 계약직이 워드투백과 패스트텍스트 사이 관계, 어떤 단어의 기능이 분포(distribution)[35]와 밀접한 관계 있는 모델임을 길게 논하였다. 나아가 LG CNS가 2018년 공개한 KorQuAD(한국어 기계독해를 위한 데이터셋)와 카카오가 2018년 말 공개한 Khaiii(오픈소스 한국어 형태소 분석기)의 장단점과 문제점까지 두루 예리하게 분석하는 수완을 보였다.

"국어학과 언어학, 전산언어학 차이를 AI 관점에서 한번 분석해보시겠어요?"

더 이상 볼 것도 없었다. 그런데 또 전산언어학 책임자가 시비조로 나온다.

언어학과에서 전산언어학 코스를 정통으로 밟지 않았다는 이유로 서자 취급하는 냄새가 다분히 났다. 같은 대학교 같은 단과대학 소속이 이럴진대 만일 학교 레벨이 달랐다면? 누구에게나 정도의 문제이지 내용보다는 형식을, 본질보다는 사소한 껍데기에 연연하는 못난 요소가 있지 않은가.

뻔히 보이는 스펙보다 보이지 않는 데이터를 보려고 노력하는 이무기 눈에는 지원자가 마음에 들었다. 이미 그녀가 자바(Java)로 쓰여진 한국어 형태소 분석기 코엔엘파이(KoNLPy : 파이썬 라이브러리)를 능숙하게 다루고, 아이파이썬(IPython)에서 탐색이나 프로그래밍할 때 유용하게 쓰이는 매직(Magic) 함수들을 남김없이 다루어보았다는 사실만으로도 합격이었다.

전산언어학 책임자가 어떤 구실을 붙이고 어깃장을 놓을지라도 잘못된 순혈주의야말로 스타트업이 배격해야 할 바이러스라고 확신하니까.

## #4

나우리 귀국일이 연기되면서 간만에 짬이 나 삼성동 사촌동생네로 향한다.

이임박이 머문 안방에 들어서면서 이무기는 제일 먼저 사촌동생이 허구한 날 누워 지낸 침대로 갔다. 특수 제작한 2인용 침대였다. 큰아버지가 신경 써서 맞춤으로 만들었지만 얼마 안 누워 있어 금방 따분해졌다. 잠시 누워 있는 것도 이럴진대 그 긴 세월 꼼짝달싹 못 했으면 오죽했을까. 한숨이, 두숨이 절로 나온다. 이임박이 자기만의 방, 자기만의 특정 공간에 애착을 넘어 집착할 만했다.

이윽고 누운 채 오른팔을 뻗어 대각선 모서리 구석을 가리키며 '저것이다'를 외쳐본다. 그 장면을 여러 번 재현해도 별 느낌이 없다. 딱히 무슨 그림도 그려지지 않는다. 거기에 무엇이 보였길래 영혼이 가출할 정도였을까. 혹시 완전 직육면체 문제를 해결한 것이 기뻐서 그렇게 소리쳤다? '글쎄'였다. 이무기도 완전 직육면체 문제가 있다는 사실은 알았으나 구체적인 진척 상황은 잘 몰랐다. 관심 사항이 아니어서다. 확인 결과, 아직

　　　　　　　　　　　　　　지금부터의 세계

미해결 문제였다. 모든 모서리의 길이가 1조는 넘어야 함을 컴퓨터로 증명한 상태이긴 하여도.

완전한 방, 완벽한 방, 그러니까 천국 같은 공간, 극락 같은 공간의 존재를 증명함으로써 고여 있는 공간과 멈춰 있는 시간을 일거에 격파하겠다는 태도가 무엇보다 장하게 다가왔다. 게임 같은 소모적인 오락에 빠지지 않은 것만으로도. 학교수학하고 담쌓은 채 살아선지는 몰라도 수학적 접근 방법과 발상도 참신했다. 신세계를 발견할지 모른다는 기대감을 가지고 드레스룸을 뒤지기 시작한다.

그러나 시작부터 쉽지 않다. 이임박이 못 움직이는 관계로 도우미 아주머니에게 정리를 통째로 맡긴 탓이 크다. 정리가 체계적으로 안 되어 있는 정도가 아니었다. 완전 중구난방이다. 도우미 아주머니가 쓰레기 같은 '종이 쪼가리들'을 왜 버리지 않고 모으라고 하는지 이해가 안 된다고 혼잣말로 투덜거리는 소리를 이무기도 들은 적 있지 않은가. 일단 버리지 말라니까 드레스룸에 쌓아두되 개념 없이 마구 처박아 책과 노트, A4 용지 등이 뒤섞여 있었다.

한참 찾아도 완전한 방 관련 문건은 없다. 스프링이 달린 수첩이 손에 들어와 한쪽으로 치우려다 혹시나 하고 펼쳐보았다. 수학 단상이 적혀 있다.


최근 유튜브에 많이 올라오는 엘리베이터 소개 영상(특정 건물의 엘리베이터 내부와 탑승 과정을 찍은 영상) 같은, 지극히 개인화된 취향의 시대가 도래했음을 보여주는 영상처럼 나의 진지한 수학적 방 탐구 역시, 엘리베이터와 방 공히 대부분 육면체 형태를 띤다는 점에서 접근하면, 뭔지 모르지만 어떤 유의미한 결론이…. 아닐까?

내가 부분공간(subspace)이란 용어를 처음 접한 건 행렬과 행렬대수를 공부할 때였다. 나만의 완벽한 공간이란 추상적 공간에 막연히 빠져 있을 때 수학에서 그걸 발견해서 더 각별하게 다가왔다. 그래서 더 빠져들었으리라. 행공간, 열공간, 영공간이란 이름의 세 부분공간, 차원과 관계된 부분공간, 벡터공간에 이르기까지 각종 공간에 대책 없이 무한정 광적으로 빠져든 것은.

그 과정에서 얻은 보너스 하나. 행렬의 대각화 문제, 상삼각행렬(upper triangular matrix)과 하삼각행렬의 모양, n차 정사각행렬, 9×9 행렬 등에서의 대각화 문제를 고민하면서 실로 많은 득템을 했다. 수학적 상상력의 원천이 여기에도 숨어 있을 줄이야.

이 같은 부분공간을 필두로 숱한 공간을 탐문하고 탐방하는 과정에서 드디어 만났다. 불변부분공간 문제(invariant subspace problem)를! 나에게 운명적인 문제임은 금세 알아보았다. 출구 없는 무한한 매력이 그 문제에는 숨어 있었다.

이임박이 불변부분공간 문제를 만났다는 대목에서 이무기는 은근히 놀란다. 허나 즐거운 쇼크도 잠시였다. 그다음 작업이 보이지 않는다는 점이다. 메모 시점으로 봐서 진척된 수식이 보이는 게 정상이었다. 수첩이 있던 장소 주변을 몇 차례 더 수색해도 똑같다.

불변부분공간 문제는 1930년대 초 전설의 수학자 폰 노이만이 제시했는데 아직까지 해결 안 된 세기적 난제였다. 함수해석학, 작용소 이론(operator theory) 등을 연구하는 전 세계 수학자들이 목을 매다는 문제다. 지독하게 어렵기로 소문난 문제 중 하나였다. '모든 유한행렬은 삼각행렬로 변형할 수 있는데 이것이 무한행렬에는 어떻게 될까'라고 고등학생도 이해 가능하도록 문제를 쉽게 설명할 수도 있지만, 수학자들은 일반적으로 '무한차원 복소 힐버트 공간(infinite dimentional complex Hibert space)에서 정의된 임의의 유계작용소(bounded operator)가 자명하지 않는 불변부분공간을 가지겠느냐' 또는 '가산 차원 힐베르트 공간상의 유계 선형작용소는 항상 그 자신 속으로 다시 옮겨지는 비자명 부분공간을 갖는가' 하는 질문으로 받아들이는 편이다.

만일 이임박이 풀었다면? 역사적 사건으로 기록되고도 남을 것이다. 확률은 낮다고 보면서도 혹시나 하는 마음에 다시 정신없이 뒤진다. 끝내 눈에 들어오지 않았다. 용용 죽겠지, 약을 올리듯 불변부분공간 문제를 기술(記述)한 수학 노트 혹은 수학 메모장은 없었다.

좋다가 말아서일까. 거센 허탈감이 밀려온다. "오늘은 여기까지" 하고 일단 철수하자고 자리를 털고 일어나는 순간, 수학과 대학원에서 위상수학 교재로 널리 쓰이는 전문서[36] 속에 종이 몇 장이 들어 있는 게 보였다. 리포트 용지였는데 연필로 쓴 첫 문장이 '가로, 세로, 높이와 세 면대각선이 모두 자연수인 직육면체에 대한 나의 생각'이었다.

눈에 불을 켠다. 수학자들은 상식적으로 다 알고 있다. 일반적으로 방정식의 실수해 또는 무리수해를 찾는 것보다 정수해를 찾는 작업이 훨씬 복잡하고 어렵다는 것을. 찾는 문건이 아니어도 자연수라는 표현에 이무기가 필이 꽂힌 데는 이 같은 이유가 있다.

이임박은 완전 직육면체 문제 아래에 피타고라스 정리로 유도한 식을 먼저 세웠다. 완전 직육면체 문제는 모서리만 해도 1조가 넘는 관계로 하나하나 일일이 구하기는 사실상 불가능했다. 이를 우회하는 길을 여러 가지로 모색하였다. 기대를 가지고 들여다보았으나 이내 고개를 가로 젓는다. 수학 애호가라면 누구나 생각할 수 있는 평범한 접근법이어서다. 매우 전문적인 수학책 속에 들어 있어 리포트 용지가 퀀텀 점프(대도약)로 도배된 황금종이인 줄 알았지 않는가. 급실망이다.

다른 리포트 용지에는 '가우스의 유레카 정리'로 접근한 내용도 보였다. 가우스는 일찍이 모든 자연수는 삼각수(정삼각형 모양을 이루는 점의 개수) 3개의 합으로 나타낼 수 있음을 증명한 바 있다. 그러고는 일기에 가우스는 'EUREKA! num=△+△+△'라는 유명한 메모를 남겼다.

이임박의 접근법★⁴은 약간 색다르다.

# Ep. 23

## #1

"이미지 교수가 이런 문제 전문가니까 드리는 말씀인데 말이오. 내가 조 단위 부자지만, 나보다 돈이 없는 사람들이 볼 때 세상을 다 가진 것같이 다가오겠지만, 내가 결정적으로다 못 가진 게 있소. 우리 할아버지, 심지어 아버지보다 내가 백배 부자로 살지만 당신들보다 내가 완벽히 못 가진 게 있습디다. 못 누리는 게 있더라구요. 어느 날 문득 생각해보니. 혹 그게 뭔지 짐작이 갑니까?"

적절히 온도가 유지된 따뜻한 사케를 두 병이나 비운 강 회장이 진지하게 나왔다. 이미지는 답 대신 창 밖으로 펼쳐진 남산 풍경에 일부러 시선을 집중시킨다.

수차례 연락해도 이쪽에서 무반응이자 외래진료실까지 쳐들어온 양반 아닌가. 노욕이 보통 아니었다. 손자가 다시 질척거리고 있다는 팩트를 확실히 주지시킬 필요가 있었다. 그래서 신라호텔 일식당 '아리아께'에서 만난 것이다. 손자는 할아버지와 달리 웨스틴조선호텔의 '스시조' 스시를 더 선호했다.

"몹시 민망하고, 아주 거시기한 얘기일 수도 있지만, 노인네의 섹드립(성적 농담)으로 받아주면 좋겠소 이 교수도 잘 알 거요, 미성년자 성범죄 혐의로 수감됐다가 자살한 미국 억만장자 제프리 엡스타인을. 그자 알선으로 미성년자와 성관계한 것으로 의심 받은 영국 앤드루 왕자를 비롯한 유명인들 성 스캔들을. 중국 억만장자 왕전화(王振華) 회장이 9세 소녀를 어쩌구 저쩌구했다 하여 중국사회가 발칵 뒤집어진 것도. 보도에 따르면 제프리 엡스타인이 수십 명의 미성년자와 관계했는데 그중에는 14세 소녀도 있었다고 합디다. 14세 소녀란 소리를 듣고 내가 뭘 연상했는지 아오?"

"…."

"이칠이전소음(二七以前小陰)이오. 옛날 우리 양반 선조들은 인기(人氣), 그러니까 어린 여자한테 나오는 기가 몸에 좋다며, 14세 이전의 어린 소녀와 동침하는 걸 즐겼다오. 일부 양반들이 자신의 욕망을 충족시키기 위한 궤변이 아닙니다. 한의학의 성경이라고 해도 과언이 아닌 『본초강목』이란 의서에도 분명히 적혀 있으니까. 거듭 말해 요즘으로 치면 일종의 장수 건강법이지요. 구구팔팔하기 위한. 그래서일 거요. 양반들이 숫처녀들을 얼마나 광범위하게 많이 데리고 잤으면, 진짜배기로 즐겼으면 극히 당연하다는 사리를 강조할 때 쓰는 '종년딸 웃방에 드리듯…'이라는 옛 속담까지 있었겠소? 이수광의 『지봉유설』에 보면 경기도 포천에 살던 백 모 영감 이야기[37]가 나옵니다. 그자는 평생 동안 이칠소음속(俗)을 몸소 실천에 옮겨, 소녀 나이가 쇠면, 그러니까 처녀티가 나면 1, 2년 만에 갈아치우길 평생 한 결과, 90이 넘도록 동안을 유지했다는 거 아니오."

이 유구한 전통은 놀랍게도 현재진행형이다. 강 회장처럼 로망인 남자들이 생각보다 많음을 외래진료실에서 늘 확인하니까. 다른 형태로도 표출되고 있다. 게임이 그 본보기다. 소녀 얼굴에 성인 여성 몸을 한 캐릭터는 모바일 게임에서 흔히 볼 수 있으므로. '언리쉬드' '라스트오리진' '클로저스' 등이 대표적이었다.

"세상에 불알 두 쪽 차고 있는 수컷치고 영계 좋아하지 않는 놈이 있다면 그건 거짓말이오. 게다 나는 새싹 채소를 유달리 좋아합니다. 다른 남자들도, 아니 여자들도 마찬가지일 겝니다. 밥도 햅쌀로 지은 게 더 맛나고, 커피도 갓 볶은 원두가 더 풍미가 있으니까요. 새삼 찬란한 전통을 잇자고 침을 튀기는 건 아니고…. 내가 못 누린 걸 우리 아버지, 우리 할아버지들만 해도 경기도 포천에 살았던 백 모 영감탱이만큼은 아니어도 이칠소음속 전통을 이어받았거든. 해서 아마도 그 자랑스러운 후예가 나왔을 거요. 세계 최대 아동 성(性) 착취물 사이트 '웰컴투비디오' 운영자가 한국인이라지 않소. 손 모(24)라는 젊은 남자란 뉴스를 근자에 접했거든. 좌우당간 나도 그렇고, 자살한 제프리 엡스타인도 그렇고, 왕전화도 그렇고, 아마도 전 세계 모든 수컷들의 완벽한 원(願)을 옛 우리 선조들은 일상으로 누렸다는 점에서 엄청 부럽다는 거요. 윤리적 에토스가!"

#2

"이렇게 제 연구실까지 왕림해주셔서 감사드립니다. 송 부장검사님 그리고 사모님. 그럼, 차남을 종합검사한 결과를 말씀드리겠습니다.

엄친아로 자란 장남, 삼남과 달리 차남은 어려서부터 여러 가지로 말썽을 많이 피운 것으로 들었습니다. 특히 유달리 컴퓨터 게임을 좋아했다지요. 많이 말리다, 어느 날부터 오히려 권장했다고 들었습니다. 프로게

이머가 되면 큰돈을 번다는 걸 알고서요. 자연히 차남은 유치원 때는 '메이플스토리(캐릭터 성장 게임)', 초등학교 때는 '스타크래프트(전투 게임)', 중학교 때부터는 '리그오브레전드(전투 게임)'에…. 특히 5명이 한 팀으로 하는 '리그오브레전드'에 전력투구했으나 서서히 소질이 없는 걸 발견했다지요. 헤드셋을 끼고 욕하는 수위가 너무 높고, 현질(아이템을 현금으로 주고 사는 것) 액수도 선을 넘어도 너무 넘어서 큰일났다 싶어, 전북 무주에 있는 국립청소년인터넷드림마을에 3주일 일정으로 보냈다고 들었습니다. 하지만 하루에 15시간 이상씩 게임에만 몰두하다가 갑자기 컴퓨터도, 휴대전화도 못 쓰게 되자 자해까지 했다고 들었습니다.

이 같은 라이프스토리를 동생분인 닥터 송한테 대충 듣고 인터넷 중독 척도(IAS), 또래관계 척도(IPR) 등을 검사한 결과 중독이 아주 심한 경우로 나왔습니다. 미국정신의학회의 '정신질환진단 및 통계편람 제5판(DSM-5)'에 나와 있는 진단법에 적용해봐도요. 혹시나 싶어 뇌파까지 찍어봐도 마찬가지였습니다. 게임중독 환자들 뇌를 연구한 결과물들이 있는데 거기에 대입해봐도 역시나였습니다. 공존질환이 있는가 싶어 확인해봤더니 ADHD(주의력결핍과잉행동장애)와 우울증도 있었습니다. 게임중독과 함께 이 두 공존질환을 한꺼번에 치료해야지 한 가지만 치료하면 재발하기 쉽다는 단점이 있답니다. 다 함께 치료해야 시너지 효과를 내면서 중독에서 빠져나오기 쉽다는 게 제 결론입니다."

남자사람친구 닥터 송이 '기브 앤드 테이크'하자고 해 관심을 가지고 적극 진료에 임한 결과를 친절하게 브리핑했다. 어느 정도 예상한 듯하

지금부터의 세계

다. 애써 담담하게 받아들이는 걸 보면.

"이 교수님, 우리 아들을 게임중독이라고 하는데, 우리 아들처럼 똑같이 게임하는 프로게이머들을 중독자라고 하진 않잖아요?"

사모님이었다.

"좋은 지적하셨습니다. 같은 게임이라도 프로게이머들은 확률과 전략을 따지면서 하거든요. 한마디로 머리를 많이 쓴다는 겁니다. 이에 반해 게임중독자들은 자기가 잘하는 전략만 단순 반복하고, 아무 생각 없이 일방적으로 빠져들어가 헤어나올 줄 모르기 때문이라고 보면 됩니다. 집중력과 냉정함 그리고 승부욕이 게임세계에선 무지 중요한데 차남 같은 경우, 흥분을 지나치게 한다든지…."

"교수님, 치료가 가능합니까?"

사모님 얼굴이 먹빛이다.

"네, 당연히. 문제는 가족들의 협조입니다. 혹시 시청했는지 모르겠지만, 몇 해 전 한 방송에서 게임중독 아들과 부모의 갈등을 다룬 다큐멘터리를 방영했더랬습니다. 게임하느라 전화도 받지 않는 아들에 화가 난 어머니가 전화선을 뽑아버리자 아들이 집안 집기를 때려부수며 고래고래 소리를 질렀습니다. '게임 안에 사람이 들어 있잖아!'라고. 아들은 게임 속 사람을 실제 사람이라고 생각했던 것입니다. 상식적으로 보면 말이 안 되지만 말도 안 되는 일이 수시로 벌어지는 세계가 중독세계랍니다. 비근한 예를 하나만 더 들지요. 얼마 전 차남보다 더 심한 환자도 저한테 찾아왔습니다. 컴퓨터공학을 전공하는 여대생인데 그 환자 같은 경우는 …."

2차원녀 케이스를 자세히 들려주었다. 그녀는 현재 입원 중이었다. 눈에 띄게 호전되지는 않았지만 치료 가능성이 엿보여 신경을 바짝 쓰고 치료에 임하고 있었다.

"그 여대생 정도까지 극심하게 진행 안 된 게 다행이네요, 다행. 아이고 참, 별일 다 있네요."

사모님이 아주 다행스러워했다.

"이 교수님, 부탁드립니다. 좀비 같은 인간에서 부디 멀쩡한 놈으로의 변신을…. 막내 삼촌 문제는 제가 다소 무리수를 써서라도 반드시 속시원한 답변을 드리도록 하겠습니다."

송 부장검사가 먼저 자리에서 일어나 정중히 반절까지 하였다. 이에 이미지도 엉거주춤 일어났고, 사모님 역시 가만히 못 있고 일어나 허리를 숙이는 장면이 연출됐다.


# Ep. 24


### #1

"왜 하나같이 '삼척동자'지?"

노골적이냐, 은근슬쩍이냐. 결국 정도의 차이였을 뿐이다. 이금지가 2020년 들어 집중적으로 만난 의사들의 주증세였다. 이금지가 금방 소개팅한 남자도 공부 잘한 척, 집이 꽤 사는 척, 의사로서 능력 있는 척을 했다. 이른바 삼척동자였다.

돈 때문이 아니라 병 때문에 의사가 된 남자가 있다면 마음을 한번 열어볼 생각이었다. 그러나 아직은 없었다. 히포크라테스 근처에 가는 후예는.

과학고 시절부터 한결같이 하트 공세인 유일성은 갈수록 일척동자란 게 문제였다. 완벽한 철벽에도 아랑곳하지 않고 집요하게 들이댔다. 어필이 지나쳤다. 어젯밤의 만남만 해도 그랬다. 술기운을 빌려 대놓고 일척동자 증세를 드러냈다.

"금지 선배, 내가 가진 건 없어요, 솔직히. 개털이에요. 돈부자는 분명아니지만 두뇌부자이긴 하거든요. 금지 선배가 비웃을지 모르겠지만 'P대 NP' 난제를 풂으로써 일거에 5차 산업혁명의…."

우스웠다. 그렇다고 노골적으로는 못 웃었다. 오죽하면 일척동자 흉내를 낼까 싶었다.

"금지 선배, 저도 압니다. 제 연봉이 선배 경제력에 비하면 푼돈에 불과하다는 것을요. 선배가 주말마다 지내는 언니 집 108평에 살 경우 제연봉을 다 갖다바쳐도 한 달밖에 더 못 사는 거 있죠. 관리비 낼 돈이 없어서라도."

짠했다. 그러면서도 쎄하다. 미안하나 짠내 나는 청춘을 마주하자 구질구질한 감정이 더 앞섰다. 호감이 있었다면 애민하게 다가왔을지도 모르겠지만.

"금지 선배 두 가지만 강조하겠습니다. 제가 처한 경제적 여건을 개선하기 위한 현실적 조치인데, 하나는 모 스타트업하고 얼마 전 외주 계약했거든요. 2002년 구글에서 출시한 '뉴스' 서비스를 획기적으로 개선하는 겁니다. 뉴스 자동 분류 기술에 코사인 법칙이 적용되는데 그걸 업그레이드시키는 거랍니다. 삼각형 세 각과 세 변의 관계를 설명하는 코사인 법칙이 거기에 적용될 줄 몰랐지요, 금지 선배?"

"…"

"다른 하나는, 일방향 함수에 관한 겁니다. 잘 알겠지만 일방향 함수는 계산하긴 쉽지만 역을 구하는 건 무지무지 어렵거든요. 이 일방향 함수 존재 여부가 1976년 이후 큰 난제[38]랍니다. 만일 이것이 존재한다면 P와 NP가 같지 않다는 증거가 되는데, 제가 최근에 여기에 관한 걸 쓰고 있거든요. 획기적으로 진전된 논문이랍니다. 이것만 유명 저널에 실리면 국내외 최상위권 대학교수 자리는 물론이고 경제적인 문제까지 일거에 해결되므로, 그때까지 기다려 달라고 하면, 오버하는 걸까요? 정말이지 인간 유일성, 이금지란 여자한테는 빼박이거든요, 빼박. 아무리 까여도 고고싱일 겁니다."

P대 NP이든 일방향 함수이든 다 좋았다. 그것들이 지구 최고 천재도 못 푸는 세기적 문제임을 이금지도 익히 알고 있었다. 하지만 유일성이란 남자 자체에 성적 끌림은 고사하고 관심이 1도 없다는 점이다.

이 사실을 틈틈이 주지시켜도 유일성은 일방향 직진을, 일방향 무리수를 계속 범할 뿐이었다. 애초에 방향이 틀렸다. 유일성이 일방향 함수는 잘 알면서도 '남자는 단순하지만 여자는 복잡하고, 남녀 간 한번 생긴 감정은 생각보다 바뀌기 어렵다'는 남녀 관계 기초 공식조차 모르는 게 그저 야속했다. 오늘도 그리하여 의미 없는 존재, 의미 없는 여자가 되어주기를 기도할 따름이다.

운전하며 아무리 철벽을 쳐도 개무시하고 찝쩍대는 일척동자를 줄곧 떠올린 탓일까.

롯데월드타워 지하 1층 주차장 입구에서 오른쪽 방향으로 진입하면서 새삼 느낀다. 일척동자 같은 경우는 이금지가 동승하고 있지 않으면 시그니엘 레지던스 전용차량 차단기계가 열리지 않아 진입하지 못함을. 설령 전용주차장에 도착해도 당장 문제였다. 발렛파킹 서비스를 못 받으니까. 용케 시그니엘 레지던스 회전문을 통과해도 보안팀 직원을 넘기는 것도 보통 어려운 일이 아니었다. 보안팀 허락이 없으면 입주민 전용 엘리베이터 4대 중 하나에 탑승해서 42층까지 논스톱으로 오르는 게 불가능하지 않는가. 42층의 입주민 전용 고급 커뮤니티 센터 공간을 무사히 통과하기도 여의치 않을 건 불문가지. 북한 들어가기 이상의 난관을 거쳐야 비로소 입주민 거주공간 44층~71층으로 운행하는 3대의 엘리베이터를 탈 수 있었다. 여기까지 오려면 특정 문을 너댓 번 통과해야 하므로 유일성 같은 경우 혼자서는 불가능에 가까웠다.

"아니, 언니!"

일척동자가 럭셔리한 언니 집을 방문하는 시나리오를 가정하며 들어서자 이미지가 완전 뻗어 있다.

거실 테이블 위에 포도주 한 병, 편백나무 히노끼 욕조가 있는 욕실에도 한 병이 널브러져 있었다. 와인 냉장고 문짝은 지진아 입처럼 열려 있고. 이미지는 테이블 아래 베이지톤 대리석 바닥에 코 푼 냅킨처럼 엉망으로 구겨진 채 자는 중이다. 바흐의 '무반주 첼로 모음곡'을 들으며. 술이 당겨서라기보다는 무슨 고민거리가 있는 성싶다.

처음이었다. 술은 즐기되 취하도록 마시지 않는 스타일 아닌가.

## #2

이번에는 전라남도였다. 그것도 대흥사 만일암 터.

또 한 명의 삼척동자와 일편단심 유일성에게 데인 후 가장 먼저 봄날 아지랑이처럼 어른거린 사람이 있었다. 바로 백지 스님이다. '넘사벽 존재감'으로 다가오는 백지 스님을 떠올리기만 해도 가슴은 언제나 5월이었다. 무슨 수를 써서라도 백지 스님을 환속시켜 같이 사는 것 — 이금지의 로망 아닌가. 만일 그게 가능하다면 모든 것을 던질 각오가 되어 있었다.

"나 혼자 있게 가만히 좀 내버려 둘래."

전에 없던 이미지 모습에 놀라 기껏 깨우자 짜증 난 목소리가 들려왔다. 하나밖에 없는 여동생으로서 '케어'해주고 싶은 마음이 천리만리 싹 달아났다.

"콜. 혼자서 멘탈 탑재부터 다시 하셔."

다른 때처럼 오늘도 갖은 어거지로 간신히 허허 스님하고의 만남을 성사시킨 것이다.

"허허 스님, 백지 스님은요?"

보호수로 지정된 느티나무 아래에서 만나자고 하여 도착하자 당신만이 바위 위에 좌정한 채 그림같이 앉아 있다.

"…"

한겨울 오밤중에 '코로나19'를 무릅쓰고 천릿길을 달려왔으면 알은체라도 하는 게 순서이고 도리 아닌가. 그런데 묵묵부답이다.

"백지 스님께서 소승한테 명했소. 보살이 당신을 보고 싶어 환장한다니까, 정 보고 싶어 하면 나 대신 이 느티나무 감상이라도 시키라고요."

희롱당하는 기분이다. 한바탕 욕이라도 하고 당장 자리를 박차고 싶다. 하지만 그러고 나면 다시는 못 볼 성싶어 성깔을 죽인다. 처음부터 자존심 따위는 저 멀리 차버리고 덤볐지 않는가.

스마트폰 손전등으로 느티나무를 가만히 살핀다. 안내판에 보호수로 지정되었다는 사실과 함께 나무 높이가 22미터, 나무 줄기 둘레가 9.6미터, 수령 1,100년을 자랑한다고 적혀 있다. 생각보다 우람했고, 생각보다 장했고, 생각보다 아름다웠다.

"보살, 뭐가 보입니까?"

스마트폰 손전등으로 감상하는 것도 이내 싫증났다. 손전등을 끄고서 허허 스님 옆에 나란히 따라앉는다. 스님처럼 아무 생각 없이 오랫동안 묵시했다.

"프랙탈 개념을 떠올리고 있었어요."

"과학자답네요. 잘 알겠지만, 프랙탈이란 놈이 같은 나무의 나뭇가지 하나만 보고도 우리는 그 나무가 무슨 나무인지 알 수 있게 하지요. 오래

된 가지와 새 가지 사이에도 이 이치가 통함은 두말할 나위가 없겠지요. 모든 수학적 함수도 1 대(對) 다 관계[39] 아닙니까. 이것과도 연결해서 사유하면 의미 있는 결론이 도출되지 않을까요?"

이금지는 허허 스님 말을 건성으로 듣는다.

"프랙탈 차원 아시지요, 보살."

"당근이죠."

"혹시 나뭇가지 프랙탈 차원이 얼마인지 기억하고 계시나요?"

대학시절 심심풀이로 계산해본 기억은 있다. 그렇지만 현재 머릿속에 저장되어 있지는 않았다. 다만 아직도 프랙탈 차원 계산법[40]은 머리에 선명히 입력되어 있었다.

"보통 나뭇가지 프랙탈 차원은 1.3에서 1.8 정도의 값이 나온답니다. 헌데 말이오. 이 느티나무 이파리의 폭과 길이 비율이 평균해서 얼마인지 압니까?"

"글쎄요."

"작년 여름이었다오. 백지 스님이 이 느티나무 이파리를 수십 개 따서 길이를 측정해 보여줍디다. 1:2,6이란 수가 나오더군요. 이 수가 어딘지 낯익지 않소?"

"…."

"선분을 계속 삼등분하면 만들어지는 코흐 곡선 알지요? 프랙탈 구조의 대표 주자. 인터넷 검색창으로 한번 찾아보시오. 코흐 곡선 차원이 얼마인지."

지금부터의 세계

재미 삼아 찾아본다. 그런데 이 무슨 조화? 1.26차원이다.

"우연의 일치 같은데요, 스님. 우연의 일치가 일상에서 의외로 많이 일어남은 상식 아닌가요? 미신에 빠질 정도의 어리석은 두뇌만 안 가졌다면. 따라서 거기에 무슨 의미를 부여하는 건…."

"요는, 수비학이라는 거지요? 분명 그리 볼 여지가 없는 건 아니오. 허지만 말입니다. 소승이 괜히 현대인들이 알고 있는 첨단 지식을 옛 현인들도 알고 있었노라 강변할 생각은 없다오. 다만 이 한 가지는 지적하고 싶소. 일반인에게도 널리 알려진 박지원의 『열하일기』를 가지고 얘기합지요. 거기에 보면 '신령스러운 나무 이름을 천자만년수라 하는데 엇갈린 가지와 퍼진 가지가 모두 천자만년이란 글자 모양을 이루었다'는 표현이 나온다오. 이 정도 같으면 다시 생각해볼 여지가 있는 것 아닙니까? 1967년 프랙탈 개념이 나오기 전에 산 옛 현인들도 그걸 알고 있었다고 하면, 억지일까요? 판데르바르던 정리(자연수 집합을 분할해도 분할된 집합 속에 등차수열 질서가 다시 나타난다는 정리)가 증명되기 전(1927년)에 산 옛 현인들도…."

"…."

"은진미륵을 세운 혜명 스님 이후 그 법손들은 해마다 음력 정월 26일, 그러니까 음력 1월 26일마다 이 느티나무를 찾는답니다. 1 대 2.6이란 숫자 때문인지, 1.26차원 때문인지는 보살 상상력에 맡기리다. 소승이 오늘 여기 온 것도 바로 오늘이 음력 1월 26일이기 때문이라오. 중요한 건 특정 숫자도 숫자지만, 나무와 이야기하고, 나무에 귀를 기울이는 것을 아는 자는 진리를 안다⁴¹는 사실이옵니다."

## Ep. 25

### #1

이무기가 스타트업 사무실 내 2평짜리 전용 폐쇄공간에서 '수리랑' 성능을 한 단계 더 업그레이드시키느라 점심때를 놓치고 말았다. 자기 테스트, 피드백 반복, 그리고 신속한 디버깅(debugging ; 오류 수정)을 하느라 시간 가는 줄 모른 게다. 홍콩에서 귀국한 나우리라도 옆에 있었다면 샌드위치라도 챙겨주었으련만 그녀는 지금 대구에 가 있다. 친척 결혼식에 참석하기 위해 오늘 새벽에 동대구행 고속버스를 탄 것이다.

이무기는 무엇에 집중할 때마다 연구실이든 사무실이든 문과 함께 스마트폰부터 끄는 스타일이었다. 그 어떤 것으로부터도 방해받지 않겠다는 완강한 의사표시였다.

"땡큐, LT(Language Technology : 언어 기술) 자료 많이 보내줘서."

허기를 잠재우고자 파티션을 벽처럼 높게 쳐놓은 전용 공간을 나서는 길로 스마트폰 전원을 켰다. 그와 동시에 전화가 왔다. 독일 인공지능 연구센터(DFKI)에서 언어 기술 관련 AI 연구 프로젝트를 진행하고 있는 제자였다. 관련 자료를 최대한 많이 찾아서 보냈으니 참고하라는 주문이다.

지금부터의 세계

통화를 끝내자마자 이번에는 문자 메시지가 도착했다는 신호가 떴다.

"스스로 학습하고 추론할 수 있는 온디바이스(On-Device) 인공지능 구현 관련 제 논문 초고입니다. 검토 부탁드립니다. 못난 제자 올림."

한국전자통신연구원(ETRI) 인공지능연구소에서 연구원으로 있는 제자였다.

정신없다. 여러 사람 몫을 해야 하는 회사 영업사원과 1도 다를 바 없었다. 실제로 이무기는 스타트업 업무, 랩 석박사과정 학생 지도, 고유 연구 기타 등등으로 늘 일정이 빡빡했다. 그래도 방학 중이라 스타트업 사무실에 장시간 머물 수 있다. 하지만 학기 중에는 강의도 있고 하여 그마저 여의치 않았다.

"교수님이 바쁜 거야 익히 알지만 이 정도일 줄은 몰랐습니다."

스타트업 사무실이 들어서 있는 건물 지하에 빵집이 있었다. 분식집이라도 가려면 제법 걸어야 하지 않는가. 시간 절약상 빵집으로 가려고 엘리베이터 앞에서 잠시 여유가 생겨 한숨을 쉬자 또 누군가가 말을 건다.

2020년 2월 박사학위를 받고 미국 대학에 포닥으로 떠날 예정으로 있는 제자였다.

"자네가 여긴 어쩐 일로?"

"오늘 점심때, 2020년 전기 박사학위 졸업자 간담회가 있었거든요."

"아 참, 그랬지. 이거 미안하게 됐네. 명색이 지도교수가 되어 가지고 못 참여해서."

간담회는 학과장 이하 여러 교수들과 졸업자들이 참석하는 자리였다.

졸업자들은 졸업 소감과 함께 앞으로의 계획 및 포부를 밝혔다. 그러면 교수들은 사회로 진출하는 졸업자들을 격려하고 소정의 기념품을 전달하는 순서로 진행되는 게 관례였다.

"내 사무실 전용 공간 밖에서 마냥 기다린 건가, 그럼?"

눈치가 그렇게 보여 묻는다.

"네. 교수님 스타일을 잘 아니까요. 나오실 때까지 무작정 기다리는 게 예의다 싶어 노크도 일부러 하지 않았습니다."

"필히 할 말이 있는가?"

"제가 며칠 후에 있을 졸업식장엔 못 참석하거든요. 미국에서의 일정을 맞추려면 모레는 비행기를 타야 해서요. 그 전에 교수님한테 식사 대접 한번 하고 싶어서 이렇게 들렀습니다."

"이 친구 이거, 밥은 내가 사야지, 왜 자네가 사나? 내가 연구 갑질은 해도 돈 갑질은 질색하는 걸 알면서 왜 그래."

"잘 알지요, 교수님. 랩에서 팀별 세미나를 할 때, 전체 랩 미팅을 할 때, 일주일에 한 번 있는 점심 회식 때, 대략 분기별로 한 번 있는 저녁 회식 때도 교수님이 전적으로 주머니를 터는 거야 워낙 잘 알려진 이야기라…. 그래도 이번에는…."

"좋아. 정 원이라면. 샌드위치 하나, 아메리카노 한 잔 쏘는 건 받아들이마."

이무기는 제자들한테 돈 문제 하나만은 부담을 주지 않으려고 각별히 신경 썼다. 학창시절 돈 문제로 크고 작은 고통과 애로를 겪어봐서다.

지금부터의 세계

"하여간 교수님도 별나세요. 제자들 몸둘 바를 모르게 하는 덴 일가견 있으시다니까요. 그래도 졸업하는 마당이 되니까 어떤 식으로든 감사함을 표하고 싶은 거 있죠. 박사논문 주제를 못 잡아 헤매는 저한테 앞으로 응용수학 분야에서 UQ(Uncertainty Quantification : 불확실성의 정량화)가 뜰 거라면서 딥러닝하고 접목시키면 미국 유수의 대학에서도 앞다투어 부를 거라 하셨는데 정말로…. 여러 일로 바쁘신데도 불구하고 확률편미분 방정식을 수치적으로 푸는 데 세심하게 지도해주신 것도 그렇고, 또 제가 1저자로 논문 쓸 때 다변수함수의 편미분[42] 세계를 1 대 1 원포인트 레슨을 해준 것도 그렇고. 결정적으로 룰 베이스(알고리즘 입력)로는 불가능한 '일반 AI(General AI)'에 입문하도록 물심양면으로 도와주신 게 특히 감사해요."

제자는 학부에선 전자공학을, 석사는 컴퓨터공학을 전공한 경우였다. 자연히 수학 기초가 약간 부족해 지도교수로서 조금 어드바이스했을 따름이다.

수학이 다소 딸리는 대신 수학만 한 제자보다 인공지능 프로그램 언어로 유명한 리스프(LISP) 등에는 상대적으로 더 전문성이 있었다. 한발 더 나아가 미국 ICT 기업에서 적극적인 투자로 개발한 오픈소스 기반의 AI 알고리즘인 씨엔티케이(CNTK) 따위에도 아주 능했다. 만일 이무기가 꾸리는 스타트업 나맷쓰 운영자금에 여유가 있었다면 미국행을 적극 가로막았을 인재였다. 다른 세계도 그럴 테지만 AI 세계는 특히 첫째도 인재, 둘째도 인재, 셋째도 인재 아닌가.

"그만해, 이 친구야. 자네 같은 인재가 용렬한 범재 교수 만나 졸렬하게 배우느라 생고생했다는 게 정답에 가까워. 자네가 아무리 찬송가를 불러도."

'셀프 디스(자기 비하)'가 아니었다. 이무기는 학생을 가르치는 게 아니라 학생과 함께 배우는 것이란 교육관을 가지고 있었다. 그 때문일까. 실제로 매우 듣기 민망했다.

#2

저녁을 같이 먹자고 했건만 나우리가 서울에 도착했다는 소식 대신 카톡으로 사진 몇 장을 보냈다. 아직도 대구였다. 그것도 산 정상. 대구 시내 결혼식장에 참석한 후 친척들과 케이블카 타고 앞산에 올랐단다. '앞산. 해발 658.7m'란 표지석을 끼고 찍은 사진을 필두로 대구광역시 전경이 한눈에 들어오는 사진들을 여러 장 전송했다.

벼르서 친척들을 만난 김에 놀다가 내일 상경하면 어떻겠냐고 물었다. 편한 대로 하라고 한다. 평소 열일하는 사람임을 누구보다 잘 알기에 배려한 것이다. 이임박 아파트에 갈 구실이 생겨 반색한 측면도 있다.

이임박 실종과 관련하여 어떤 실마리를 찾으려면 사촌동생이 남긴 흔적을 뒤지는 게 1순위였다. 아닌가. 엔젤투자자가 되기로 한 구두 약속은 이미 엎어졌다고 보았다. 그래도 혹시나 하는 일말의 기대랄까, 가능성을 아직은 열어두고 있었다.

우리의 '은근 고수'가 '완전한 방'과 '불변부분공간'을 수학적으로 찾았는지를, 최소한 무슨 진전이 더 있었는지부터 확인한다. 시작부터 또 벽이다. 책과 자료 더미들이 비빔밥처럼 뒤섞여 있어서다. 영화나 운동 그리고 쇼핑까지 방 안에서 다 해결하는 '올인룸' 시대이니만큼 '완전한 방' 관련 문제를 만약 풀었다면 수학을 떠나서라도 상징성이 자못 크다. 어찌할까. 망설인다. 그때 좀 비싸 보이는 대학노트 한 권이 눈에 들어왔다. 표지가 하드커버로 된 고급스러운 노트였다. '나머지 인생을 사는 비루한 인간의 넋두리'라는 제목이 표지에 적혀 있다. 맨 첫 문건의 제목은 '아, 나무, 아'이다.


나와 나무는 도대체 무슨 관계일까.

철천지원수? 피치 못할 인연? 이번 생에서 반드시 마주쳐야 할 악연? '이생망'을 위해 절대자가 미리 준비한 소도구? 그냥 하기 좋은 말로 운명의 장난? 이임박이란 인간은 처음부터 비참하게 살도록 프로그래밍되어 있던 것일까? 답정너(답이 정해져 있다는 뜻)? 그 어떤 답도 나로서는 수긍할 수가 없다. 오래도록 번민에 고민을 곱하고 제곱해도 마찬가지였다. 지극히 상투적으로, 어른들 말대로 귀신에 씌어서 그리됐을까.

분명한 팩트는 시골 외가에 어머니를 따라갔고, 동네 아이들과 말뚝박기 놀이를 하다가 동네 싸움짱하고 시비가 붙은 게 단초였다. 내가 먼저 도발했다. 맞장을 뜨기 위해 웃통을 벗고 설쳤으므로. 나의 드센 호기에 기가 죽었을까. 싸움짱이 머뭇거렸다. 나중에야 알았지만 싸움짱이 겁을 먹어서가 아니었다. 외삼촌이 시골 면(面)에 하나 있는 중고등학교 교장이고 외할아버지가 이사장인 사실이 말하듯 그 면에서는 내로라하는 부잣집 피붙이임을 다분히 의식해서였다. "한주먹거리도 안 되지만, 이 돌주먹 한 방에 아작을 낼 수도 있지만, 다치면 치료비를 물어줘야 해서 참는 줄 알아, 이 뺀질이 서울새끼야" 싸움짱의 큰소리가 여지껏 귀에 생생하다. 그가 뒷일까지 고려해서 한발 물러섰다. 이에 반해 나는 싸움짱이 겁먹은 줄 착각하고 거세게 몰아붙였다. 그때 나이 몇 살 더 먹은 형 하나가 중재에 나섰다. 육박전 대신 누가 더 간이 큰지를 내기하는 형식으로 한판 붙으라고 부추겼다. 다소 엉뚱한 제안이었다. 다치더라도 치료비를 각자 부담하면 된다고 여겼을까. 싸움짱도 이번에는 덤볐다. 승부 대상은 누가 더 당산나무에 높이 올라갈 수 있는지를 보는 거였다. 당산나무가 선택된 것은 마침 가까이 있었다는 이유밖에 없다.

당산나무 아래에는 하얀 종이, 울긋불긋한 천 그리고 새끼줄이 쳐져 있었다. 촛농, 쌀, 명태 등속이 떨어져 있기도 하여 예사 나무가 아님은 나도 어렸지만 단박에 알았다. 하지만 나는 그때 신목(神木)으로 떠받드는 당산나무가 마을 사람들에게 어떤 의미로 다가오는지는 전혀 몰랐다. 마을 사람들이 자신들의 수호신으로 떠받들며 매년 제사까지 지낸다는 사실을. 그래서 용감무쌍하게 나갔으리라. 다만 싸움짱은 기죽기 싫어 응하긴 하였어도 움찔하는 기색이 완연했다. 그는 다른 아이들과 마찬가지로 당산나무에 함부로 올라가면 천벌 받는다

　　　　　　　　　　　　　지금부터의 세계

는 어른들 신칙을 어느 정도 믿고 있었던 성싶다. 소심하게 나온 걸 보면.

지금 생각하면 어리석기 짝이 없는 행동이다. 하지만 그때 그 순간은 달랐다. 우매하게도 싸움짱의 주저하는 기색을 나는 절호의 찬스로 보았으니까. 촌놈들 앞에서 서울아이의 용기를, '멋짐 폭발'을 보여줄 기회로 본 것이다. 보기 좋게 먼저, 정말 기세 좋게 몇 아름드리 느티나무에 앞장서서 올라갔다. 어인 일인지 아이들은 하나같이 입을 다물었다. "와, 대단한데. 저 서울내기"란 찬사 대신 이상한 침묵이 오히려 더 높이 올라가게 만든 에너지원으로 작용했다. 묘한 분위기를 감지하지 못하고 "그 정도는 우리도 올라갈 수 있거든"이라고 잘못 해석한 거였다. 위험한 줄 알면서도, 떨어지면 크게 다치겠다는 우려를 하면서도 꼭대기까지 올라간 것은 '간 큰 서울놈' 또는 '우리 동네 싸움짱을 이긴 서울놈'이란 갈채를 받고 싶은, 그 나이대 특유의 단순한 열망 때문이었다. 귀에 간지러운, 그 어처구니없는 한마디를 듣고자 사력을 다한 결과는 정말 참담했다.

만일 그날 동네 아이들이 보낸 침묵의 의미를 자의적으로 해석하지 않았다면? 아이들이 "저 서울놈 언제 천벌 받나? 나무 위에서? 아니면, 내려와서? 그도 아니면, 서울 가서?"라고 가슴 졸이며 불안불안 지켜보고 있었음을 알았다면?

'불행한 나라로 고고싱'한 그날을 곱씹어봐야 다 부질없는 일. 가정법은 언제나 그렇듯이 허무함을 선사할 따름이다.

말도 안 되는 이유로 말도 안 되게 다친 내 유년의 돌이킬 수 없는 실수. 내 유년의 어벙한 판단 착오. 말도 안 되지만 말이 되는 이 순 엉터리 같은 모순을 어떻게 하는 게….

한편으로는, 그날의 사고로 죽지 않은 것을 천만다행으로 생각할 때도 있다. 가끔씩. 나머지 인생 혹은 덤 인생을 사는 것 자체가 절대자의 배려일 수도 있다는, 상황을 역설적으로 인식하려고 노력할 때가 많다. '나머지'나 '잉여'와 관계된 단어나 수학의 '나머지정리'나 '인수정리' 등에 오래 시선이 머문 것도 그 연장선상이다.

그럼에도 천벌이 너무 가혹하다는 생각을 좀처럼 지울 수 없다. 아무리 천만번 만만번 곱씹으며 숙고해보아도. 아무것도 모르는 천둥벌거숭이가 한 짓에 비하면. 우리 소년법(法)은, 14세 미만 소년은 무슨 잘못을 저질러도 형사처분 대신 보호처분하건만 왜 하늘법은 이다지도 엄혹할까. 컴퓨터에서처럼 현실에서도 '순간 삭제' 또는 '리셋' 같은 기능이 있다면 얼마나 좋을까.


이 문건에 이어 나무에 관한 단상, 일기 같은 잡문이 죽 이어져 있다. 일별한다. 별로 눈길을 사로잡지는 않았다. 노트를 덮기 전 '1995년 8월 말'이란 날짜와 함께 사연이 비교적 길게 적혀 있어 예의상 눈을 고정시킨다.


어느덧 나무라는, 그중에서도 큰 나무라는 트라우마에서 드디어 조금

지금부터의 세계

벗어났다. 이미지와 이금지, 두 조카들 덕이다.

며칠 전이었다. 초등학생 두 조카가 미국 여행을 갔다가 돌아왔다. 큰 형님이 국제학회 참석하러 가는 길에 가족 동반 여행을 겸한 모양. 올여름 유달리 무더위가 극심해 고생하고 있는데 미국에서 돌아온 조카들이 내 두 귀에 대고 종달새처럼 노래했다. 미국에서 보고 듣고 겪은 일들을 하나에서부터 열까지 죄다.

제일 먼저 두 조카가 서로 질세라 큰 나무 이야기를 하지 않는가. 어른들 같았으면 삼갔겠지만. 철없는 아이들답게 거리낌 없이 재재거렸다. 캘리포니아 등뼈에 자리 잡은 세콰이어와 킹스 캐넌(Sequoia & Kings canyon) 국립공원에서 마주친 거대한 삼림이 주화제였다.

"삼춘, 어마어마하게 대따 큰 나무가 있는 거 있지요. 우리나라에 있는 큰 나무는 쨉도 안 돼. 한 나무만 베어도 방 다섯 개짜리 나무집을 40~50채 너끈히 지을 수 있대요."

"삼춘, 삼춘. 우리 엄마가 비디오 촬영을 했거든. 캠코더로. 같이 봐요. 같이 보면 우리가 거짓말하는 거 아닌지 알걸."

조카들 성화를 감당할 수가 없었다. 나무라면 지금까지 아버지가 거실에서 취미로 키우는 분재들조차 줄곧 외면했지 않는가. 엉겁결이었고, 본의 아니었다. 세콰이어 거목들 중에서도 가장 크다는 '셔먼 장군(General Sherman)' 트리를 비롯해 자이언트 트리들을 대부분 감상하게 된 것. 지구에서 부피가 제일 크다는 나무들을 조카들이 얼마나 우람한지를 재느라 한쪽 손씩 맞잡은 채 강강수월래하듯 돌고 또 돌았다. 캘리포니아 화이트 산맥에 자생하는, 자그마치 5천 년 가까이 산다는, 지구상에서 가장 오래 산다는 강털소나무들을 찍은 비디오도 있었다. 볼 만했다. 직접 못 보는 게 그저 애석할 따름.

조카들이 떼써서 억지로 같이 비디오테이프를 시청하는 나를 아버지가 흘금거리던 모습이 자꾸 눈에 어린다. 막내아들 눈치를 보는 당신이 그날따라 보기 딱했다. 짠하였다. 내 입장이 아니라 아버지 처지에서 나를 오랜만에 관찰했다. 아무 할 말이 없었다. 할 말이 너무 많아도 벙어리가 될 수 있음을 그날 처음으로 알았다. 뼈가 시리게.

순진한 조카들 공일까. 시간의 더께 때문일까. 신기하게도 거목들과 장수목들을 보고도 악몽이 즉발로 되살아나지 않았다. 그 후부터는 세상에 있으되 직접 보는 게 불가능한 큰 나무 사냥에 나섰다. 종종. 큰 나무 무리를 다룬 다큐멘터리도 일부러 찾아서 보기도 하였다. 세상에서 가장 키가 큰 나무인 레드우드, 줄기가 눈에 띄게 굵은 바오바브나무, 3천 년 이상의 수령을 자랑하는 일본 북큐슈의 다케오 녹나무 따위까지 이름난 세상의 거목은 다 보아도 한계가 있었다. 아직은, 아직은.

우리나라 농촌 마을마다 으레 있는, 마을 풍경의 간판스타로 곧잘 등장하는 정자나무가, 어느새 이제는 당산나무라는 이름보다는 정자나무라는 이름으로 더 많이 불리는 문제의 거목이 TV나 스마트폰에 보이면, 그 즉시 눈을 돌리니까. 자동이었다. 정면으로 보려고 애써도 소용없다. 마음속 불안처럼, 정자나무 역시 거기에서 도망치면 칠수록

지금부터의 세계

더 앞지르는 경향이 있음을 잘 알면서도.

# Ep. 26

## #1

"이 교수님, 최대한 챙겨 왔습니다요. 우리 아들 치료에 도움이 된다 하셔서."

예약한 날도 아니었다. 그래도 철학도 어머니가 찾아왔다고 하여 간호사한테 진료실로 안내하라고 이른다. 양손에 든 대형마트 린넨 쇼핑백 두 개가 터져나가기 직전이다.

"어머님, 따뜻한 차 한잔 드세요."

보호자님이란 호칭 대신 어머님이라고 친근하게 부르며 차까지 대접하는 건 성의가 가상했기 때문이다. 아들한테 최선을 다하려는 엄마 마음이 읽혀졌다. 짠했다.

"우리 아들 머리가 너무 좋아서 이리 된 걸로 나왔습니까?"

"아, 네. 일부 그런 측면도 있지만 단정 짓기에는 좀 무리가 있답니다."

검사 결과, 지능이 극히 높은 케이스는 아니었다. 물론 평균보다는 훨씬 높았다. 하지만 지능이 액면 그대로 아주 높다고 보기에는 무리였다. 한 번 보면 열, 백을 아는 천재와는 거리가 있었다. 그럼에도 철학도가 화려한 스펙을 자랑하는 건 메타인지 능력이 출중해서다.

메타인지의 사전적 의미는 자신의 인지 과정에 대하여 한 차원 높은 시각에서 관찰하고, 통제하는 정신작용이다. 되풀이하면, 내가 무엇을 알고 무엇을 모르는지를 아는 능력이라고 볼 수도 있다. 메타인지를 통해 모르는 부분을 중점 반복함으로써 가장 효율적인 학습이 가능해지므로 수능 고득점자 학생에게서 발견하기 쉬웠다.

"메타인지와 지능은 결이 다르다는 이야기까지 해줄 필요는 없었겠지? 그럼, 먼저 한번 훑어볼까나. 나중에 연구실에서 세밀히 보겠지만. 맛보기로다."

혼잣말하며 가벼운 기분으로 파일 하나를 열었다. '그대 △=□=○인 수학적 이유를 아는지?'라는 문제를 내놓고 '△=□인 까닭은 ⊠ = ⊞ 이고, □=○인 연유는 사각형이 위상수학적으로 원과 같기 때문이다. 부연하면, 사각형의 모서리를 위상수학자들은 둥글게 구부릴 수 있다고 보아서다. 고로 △=□=○이다.' 이처럼 수학적 재치가 엿보이는 문제들도 있었지만 대부분은 지나치게 박학을 자랑하였다. 'ABC conjecture(가설)와 『논어』 '삼인행(三人行)'의 변증법적 일(一)고찰'이란 논문 별쇄본이 들어 있는 것 하나만 보아도, 단적으로. 이 논문을 쓰기 위한 참고자료도 고개를 길게 내민다.

철학도의 ABC 타령을 'ABC 마트' 혹은 미국과 호주의 'ABC 방송'처럼 쉬운 명명 또는 특유의 개념 없는 상투어로 가볍게 받아들였다가 갑자기 골이 아프다. 1985년 수학자들이 제안한 ABC 가설은 생각보다 어렵기로 유명한 문제 중 하나였다. 가능한 한 문제를 쉽게 설명하면 '대강

세 수가 모두 반복되는 소인수를 많이 가지고 어떤 두 수도 보통의 소인수를 가지지 않는다면, 어느 한 수가 다른 두 수의 합이 될 수 없다'라고 정리[43]할 수 있다. 전문 수학 지식이 없는 고등학생도 풀 것 같지만 막상 덤비면 어림 반푼어치도 없음을 깨닫기 딱 좋았다. 라디칼(radical) 같은 수학 전문용어로 본격 전개하면 한때 수학머리가 있다는 소리를 들은 이미지로서도 감당 불가였다. 이무기 아찌로부터 긴 해설을 듣고도 이해가 도저히 안 돼 포기한 문제 아닌가.

ABC 가설에 비해 삼인행 문제는 대부분의 사람들이 익히 아는 내용이다. 오랜 세월 어른들이 속담처럼 입에 자주 올린 말이므로. 이미지도 당연히 잘 알고 있다. 할아버지가 애용하는 단골 명언 중 하나이기도 하니까.『논어』'술이편'에 나오는 그 말의 원전은 '세 사람이 길을 가면(三人行) 반드시 나의 스승이 그중에 있다(必有我師焉)'이다.

문제는, 정작 문제는 ABC 가설과 삼인행이 어떻게 연결되는지 감이 전혀 안 잡힌다는 사실이다. 지금까지 살면서 지식의 절대량이 딸린다는 생각은 거의 해본 적이 없다. 그러나 오늘은 다르다.

철학도의 멘탈리티가 장난 아니었다. 일종의 지적 과대망상 같아 보이면서도 아닌 듯도 하였다. 시작부터 이미지를 아득하게 만든다.


#2

"우리 이 교수님 입맛에 맞을지 모르겠습니다."

2차원녀 아버지 고 전무가 인사동의 이름 높은 한정식집에서 점심을 사며 입을 연다.

군이 대면할 필요까지는 없었다. 하지만 당신의 고향 마을 아버지댁 서재에 있던 고조선 관련 서적들을 전해준다는 구실로 약속을 잡았다. 지난 주말 집에서 오프(off) 모드로 쉬고 있는데 동영상 하나가 이미지 스마트폰으로 전송되어 왔다. 고 전무의 돌아가신 아버지가 애용한 서재를 자세히 촬영한 내용이었다. 내가 특정 책, 특정 자료를 찍으면 그 양에 상관없이 제공하겠다고 나왔다. 그래서 꽤 많은 분량을 점찍었다. 택배로 보내주면 좋겠다고 했건만 군이 할 말이 있다고 하여 상견한 것이다.

"요즘 주관심사가 뭐예요?"

고 전무가 비싼 밥을 사서 예의상 묻는 근황이다.

"여전히 스마트폰 연관 사안이라면 그 무엇이든 안 하는 게 없지요. 그제는 데이터 전송 문제에 집중했더랬습니다. AI를 포함한 새로운 컴퓨터 시스템 성능 향상을 위해선 프로세서와 메모리 간에 더 고속으로 데이터를 전송해야 하거든요. 이를 위해선 데이터가 있는 메모리에서 직접 연산을 하는(computing in memory) 기술이 필요한데 일선 연구자들과 머리를 맞댔지요."

"어제는요?"

잘 모르는 분야 이야기가 길어질 듯해 끊는다.

"리드-솔로몬 부호(code) 전문가들과 숙의하는 데 시간을 다 썼답니다. 현대 통신기술의 핵심으로 자리 잡은 테크닉인데 1960년대 수학자들이 제안한 거랍니다. 비전문가들이 쉽게 알아듣게 예를 들면요, 1977년

발사한 보이저 1, 2호 있잖습니까. 거기에 적용된 기술이라고 보면 됩니다. 현재 태양계를 벗어나 외우주로 항해를 계속하고 있잖아요. 지구로부터 200억 킬로미터 이상 멀리 떨어져 있으면서도 지구와 지속적으로 통신할 수 있다는 게 신기하지 않나요? 그 핵심 기술이 수학적 원리에 기반을 둔 리드-솔로몬 부호예요. 이 통신을 위한 단말 장치가 발전해 스마트폰[44]에까지…"

이미지가 따분해하지 않는 눈치이자 고 전무가 그 기술 덕에 우리가 CD 같은 음악을 즐길 수 있다는 예까지 들어가며 길게 논하였다.

일반인이든 전문가든 누구든 자고로 자기 하는 일에 의미부여를 할 수 있을 때 행복해짐을, 자존감이 높아짐을 고 전무 케이스를 통해 재차 확인한다.

#3

옛날 그대로였다.

사설 경비초소가 여기저기 위치하고 있는 것만으로도 다른 동네와는 확연히 구별됐다. 현재는 한남동에 조금 밀린 감이 없잖아 있다. 하지만 '한국 재벌 1번지' 혹은 '부자들의 성(城)'이란 별칭이 여전히 어울리는 곳이었다. 새 주소는 잘 모르겠다. 얼마 전까지만 해도 성북동 330번지라고 부르던 동네를 방문하기는 오랜만이다.

성북동 330번지 일대는 이미지가 어릴 적만 해도 곧잘 드나들었다. 북촌 한옥마을과 가까운 이유도 있으나 이미지가 다닌 사립 초등학교 동창들 집이 거기에 많아서다.

"닥터 리, 우람한 적송들 사이사이에 박힌 이 돌들 정체를 혹 알겠소?"

예전에도 봐서 눈에 익기는 하다. 그때보다 희한한 돌이 많이 늘어난 듯하다.

"규화목이라오. 나무화석 말이오. 나무 전체의 구조, 조직, 나이테 등 본래의 모습을 고스란히 간직한 게 보기 좋아 틈틈이 사 모았소. 하나같이 1, 2억 년 묵었지요. 일종의 나무 미라인 셈이지."

강 회장이 정원 자랑을 했지만 그러려니 한다. 까닭이 있다. 미국 애리조나의 '화석의 숲(Petrified Forest) 국립공원'을 어렸을 때도, 20대 때도 다녀왔기 때문이다. 그 공원에 널려 있는 게 나무화석 아닌가.

"이 향나무 분재는 어떻소? 닥터 리 맘에 들지 모르겠네. 일본에서 수입한 거외다. 삼십 년 전쯤 억 단위 돈을 주고서."

저택 1층 거실 정중앙에 수백 년 묵은 분재가 있었다. 할아버지가 가꾸는 분재보다 문외한이 봐도 몇 수 위다. 잠시 눈을 떼지 못한다.

우연일 테지만 우리 뇌의 초상화 이미지가 거기에 있지 않은가. 적잖이 놀란다. 3년 전쯤이다. 미국에서 의사로 있는 삼촌이 보내준 사진과 닮아도 너무 닮았다. 그 사진은 펜실베이니아대 신경과학자 두 명이 2년에 걸친 작업 끝에 50만 개의 뉴런(신경세포)을 그린 거였다. 똑같았다. 미국 국립과학재단(NSF)이 주최한 과학 데이터 시각 경진대회 '2017 더 비지스(the vizzies)'에서 우승한 문제의 인간 뇌와 복사판이라 해도 전혀 과장이 아니었다.

그러고 보니 나무의 전형적인 모습하고 인간 뇌가 닮은꼴이기는 하다.

"우리 성북동 집 지하에 있는 이 수장고에 입장한 걸 환영하오, 닥터리. 여긴 그 누구도 들어오지 못한 성역이라오. 병원 중환자실에 몇 년째 누워 숨만 쉬고 있는 우리 마누라도, 아들과 딸은 물론이고, 손자와 손녀들도 여기만은 엄두를 못 내게 처음부터 금족령을 내려놨답니다. 내가 죽지도 않았는데 이건 내 것, 저건 내 것 할 듯싶어 미리 방패막이를 했지요. 단단히. 성인군자가 아닌 담에야 사심이 생기기 쉽거든. 추사 '세한도'를 소장하고 있기도 하고, 개성 갑부로 유명한 송씨(宋氏) 부자(父子)도 직계 자녀들에게조차 소장품을 일체 보여주지 않는다 들었소. 나 역시 똑같은 취지라오. 이만하면 내가 얼마나 이미지 교수를 생각하는지 미루어 짐작하겠소?"

이미지를 저택으로 수십 차례 초대했으나 거절하다가 못 이기는 척 응하자 급흥분한 강 회장이 핑크빛 시그널을 주었다. 극히 부담스럽다. 잠실 롯데월드타워 107층에서 중국 요리를 먹은 후부터 당신의 원초적 욕망을 예리하게 읽어서다.

아니 할 말로, 아내와 자식들, 손자 손녀들도 못 본 곳을 보여줄 때는 그만한 연유가 있을 것 아닌가. 피붙이보다 더 가까워지자는 의사표시였다. 부담이 백배, 천배로 다가왔다. 당신이 은밀한 거래 모멘텀을 유지하기 위하여 그동안 무진장 애썼음을 알기에 더욱.

"이 교수가 그토록 보자고 한 『삼계기』와 『고금록』 그리고 '현황도' 심지어 '삼함'까지도 기꺼이 보여줄 수 있으니 날만 잡으시오."

『삼계기』와 『고금록』은 단군을 위시한 고대사를 또 다른 각도에서 접근하고 있다는 점에서, 현황도와 삼함은 할아버지가 당신이 가진 모든 것을 주고서라도 소유하지 못해 안달인 귀물들 아닌가. 해서 노욕에 비위가 상하고, 노추에 '토'가 나왔지만 꾹 참고 성북동 330번지를 찾은 것이다. 홍어 또는 두리안을 계속 염두에 두었다. 입문 때는 극혐일 수도 있으나 그 단계만 극복하면 새로운 미각 세계가 열리듯 그와 비슷한 상황이 연출되기를 희망했다.

"이건 선물이오. 아무 조건 없소. 오늘 우리 집을 방문한 기념으로 주는 선물이니 부담 가질 필요 없다오."

옛 지도 두 장이다. 제작 시기가 18세기 중엽으로 추정되는 종이였다. '천하도' 한 장과 '태극도' 한 장인데 보존상태가 양호하다. 사각형 종이 위의 원형 모양 지도가 생경하지 않았다. 집에서 유사한 지도를 많이 접해본 탓일 게다.

제목만 다르다. 몇몇 세부 사항과 형태만 조금 다를 뿐 두 지도 모두 대동소이했다.

한 지도는 동그란 모양 제일 윗부분에 거목을 스케치한 후 '천리반목(千里盤木)'이라고 표현했고, 다른 지도는 '만리반목'이라고 써놓았다. 해 뜨는 동쪽에도 거목을 그려놓고 똑같이 '부상(扶桑)'이라 표기했고, 해 지는 서쪽은 '반격목(盤格木)' 그리고 '반격류(柳)'라고 다르게 기술해놓았다. 제일 아랫부분에는 공히 '불사국(不死國)'이 있었다.

인상적인 점은 또 있다. 두 지도 모두 왼쪽 중상단에 '여자국'이 있고

지금부터의 세계

오른쪽 중하단에 '여인국'이 표시되어 있다는 사실이다. 무슨 차이가 있을까. 궁금했다.

열 평 남짓한 수장고는 대형 박물관에서 귀한 것만 따로 골라 모아놓은 듯한 모양새였다. 삼성미술관 '리움(Leeum)'에서 언젠가 본 '청자 구룡형 삼족향로' 같은 고려청자들, 비단에 채색한 '아미타삼존도' 같은 고려불화들, 손때 묻은 고서들이 즐비하다. 그 가운데서도 이미지 눈에는 구멍이 7개인 고려청자 피리가 제일 마음에 들었다.

다음 수장고도 열 평 남짓하다. 거기는 첫 수장고보다 더 귀한 것을 모셔놓고 있었다. 금관까지 보였다. 예상 이상이다.

"신라 금관이에요?"

"가야 금관이오. 학계에선 신라 금관으로 봐야 한다고 하는 걸로 알아요."

눈에 익은 신라 금관처럼 화려하지는 않았다. '山' 자(字)가 3층을 이루고 있는 신라 금관과는 달리 부산 복천동에서 출토된 금동관처럼 강 회장 소유 금관은 잎 떨군 나무 형용을 하고 있었다. 아주 자연스럽다. 세 그루 금나무가 일정한 간격으로 서 있는 자태가. 세 그루마다 가지가 3단으로 층층이 늘어져 있고, 대칭으로 장식되어 있었다. 묘미가 미묘하였다.

"강 회장님, 저는 이런 금관 같은 보물보다는…."

이미지가 노회한 영감을 넘기려고 은근슬쩍 교태를 부린다. 두 번째 수장고에는 할아버지와 이미지가 노리는 그것들이 없었다. 이로써 미루어 헤아려 보건대 강 회장도 금관보다 더 귀중하게 여기는 듯했다. 딴 곳에 은닉한 것 같으니까.

세 번째 수장고가 과연 있었다. 강 회장이 조심스럽게 여는 것을 지켜보며 심호흡을 한다. 바로 그때 반전이 기다리고 있었다. 눈호강을 기대하고 있는데 느닷없이 몸이 아래로 삽시간에 수직낙하했다. '꺅'이란 비명이 저절로 나왔다. 함정? 별별 나쁜 시나리오가 다 그려졌다. 다가올 악몽은 차후의 문제였다. 우선은, 천천히 꼭대기까지 올라갔다가 빠른 속도로 떨어지는 놀이기구 자이로드롭을 탄 듯한 공포에서 벗어나는 게 급선무였다.

## Ep. 27

### #1

"내 마음 나도 몰라."

요즘 이금지가 자신을 빗대 부르는 자조 섞인 노래였다. 정말 하루에도 열두 번 마음이 바뀌었다. 오늘만 해도 내 마음을 훔쳐 간 악질 소매치기범 순위를 매겼다. 0순위는 백지 스님, 1순위는 누구누구 하는 식으로 썸 순위, 연애 순위, 결혼 순위를 틈만 나면 매겼다. 문제는 창조적 파괴가 수시로 일어난다는 사실이다.

뜬금없다. 계산에 없었다. 닥터 신을 0순위에 올려놓고 고민하기 시작한 것은. 삼척동자들이 허다한 의사 후보군에서 대상을 고른다면 그래도 신요한이 제일 낫다는 생각이 들었다.

공교로웠다. 서로의 기운이 통했을까. 무슨 이벤트에 참여하기 위하여 앱을 열고 광(狂)터치하듯 손빨랐다. 거짓말같이 닥터 신에게서 곧 연락이 왔다.

"우리 이금지도 비단가리비 좋아하지? 작년 겨울에 우리 대학병원 교실 사람들과 홍어 먹으러 흑산도에 갔다가 비단가리비에 혹했거든. 그래서 비단가리비를 전문으로 채취하는 분한테 특별 주문했단다. 잡히는 대로 택배로 보내주면 시중가보다 값을 더 높게 쳐주겠다고. 그랬더니 때깔도 고운 자갈색 비단가리비를 제법 보낸 거 있지."

퇴근하면 집으로 가서 '천체물리학 저널 증보(AJSS)' 게재를 목표로 준비 중인 논문 작업을 하려다가 상경하게 된 것은 닥터 신이 때맞추어 이렇게 미끼를 던졌기 때문이다. 신요한이 사는 아파트가 마침 강남고속터미널 바로 옆인 '반포자이'란 점도 쉽게 응한 배경이었다. 내일 이른 아침에 고속버스를 타면 출근하는 데 아무 지장이 없으니까. 게다 같이 사는 어머니가 영국에 거주하는 딸한테 잠시 가 있다는 사실도 용기를 내게 만들었다. 미끼 상품에 낚이는 호갱이 될 염려는 적어도 없었다.

이금지가 태어나기 훨씬 전부터 북촌 한옥에서는 겨울만 되면 식구들이 마당에 둘러앉아 비단가리비 파티를 벌였다. 여름마다 벌이는 민물장어나 민어 파티보다 이금지는 비단가리비 파티가 더 기다려졌다. 눈도 입도 더 즐거워서다.

훗날 알고 보니 비단가리비는 한국 고유종이었다. 껍데기 안까지 곱게 물들여진 모습이 마치 비단으로 수놓은 듯하다고 하여 그렇게 이름이 붙여졌다고 한다. 현재 시중에 유통되는 가리비는 대부분 해만가리비 아니면 홍가리비인데 양식이었다. 그런데 비단가리비는 양식이 여의찮은지 자연산만 있는 모양이다. 근래에는 그마저 잘 안 잡혀 귀해졌다고 하는 걸 보면.

가리비의 특출난 점은 다른 조개류와 달리 헤엄치는 존재로 널리 알려져 있다는 사실이다. 위협을 받으면 양 껍데기를 힘차게 닫으면서 1~2미터씩 점프한다고 하므로.

"어서 와. 우리집은 처음이지?"

막연히 30평형대 정도에 살겠거니 했는데, 웬걸, 침실만 4개가 있는 200m²에 살고 있지 않는가. 자기 앞으로 등기가 되어 있다고 슬며시 발보임으로써 만반의 준비가 갖춰졌음을 은근히 강조하였다.

사람 참 웃겼다. 예상보다 배가 더 넓은 평수만큼 닥터 신도 평가절상하고 있는 자신을 발견해서다. 어처구니없지만 아파트값과 사람값 사이에 비례 관계가, 등식이 적어도 이금지에게는 성립했다. 대전에 사는 아파트 전세금에 곱하기 20은 해야 200m² 아파트를 겨우겨우 살 수 있다는 현실을 인식하면 할수록, 더욱.

신요한이 탕과 찜 그리고 구이로 세팅해놓고 국제학술지를 읽고 있었다. 응용수학 분야였다. 제목이 길다. '사이암 저널 온 이매징 사이언스 (SIAM Journal on Imaging Science)'니까.

지금부터의 세계

"오빠, 지금 잘난 척하고 있는 거 아임?"

"노, 절대. 의료영상에 도움되는 논문이 많이 발표돼서 종이신문처럼 그저 편하게 보는 거야. 의료영상 신호처리는 물론이고 DNN(심층신경망)을 떠받치는 고차원 수학 구조가 '행켈 행렬(hankel matrix)'이거든. 그걸 이용한 논문 하나를 준비 중이기도 해서."

"오빠 분야도 AI 써?"

"그럼. 20여 년 전에 나온 캐드(CAD)라고 있어. 의료영상 분석 소프트웨어. 문제는 그게 부정확해 오랫동안 '양치기 소년' 취급을 받았거든. 한데 AI와 접목되자 정확도가 무지 높아져 영상의학 전문의들도 요즘은 진지하게 참고하는 추세야."

낡은 청재킷과 코듀로이(일명 골덴) 바지 차림도 전반적인 공기와 맞아떨어졌다. 당연히 조개류와 어울리는 비싼 와인도 분위기를 띄우는 데 일조했다. 여러 조합이 하모니를 연출하자 극강이 됐다. 닥터 신이 전에 없이 멋져 보이려고 한다. 아직 상남자 포스까지는 아니어도.

"생각보다 안 즐기네. 비단가리비 얘기를 몇 번 해서 일부러 신경 썼건만."

"음, 오빠. 속이 좀 안 좋아서요."

돈 때문에 사람을 '업'시키는 자신이 찌질하고 저렴하게 보인 까닭도 있다. 하지만 그보다는 신요한이 화장실에 간 사이에 스마트폰으로 가리비를 검색해본 이유가 더 컸다. 가볍게 이런저런 정보를 건성으로 보다가 어떤 뉴스 하나에 시선이 붙잡혔다.

기사의 요지는 간단했다. 가리비는 200개 눈을 가지고 있는데 사람 눈과 달리 가리비는 오목거울과 같은 반사경에 반사되어 앞쪽 망막에 초점이 맺힌다고 하였다. 이금지가 놀란 대목은 바로 이것이다. 천체망원경 혹은 우주망원경과 같은 원리니까.

가리비의 이 같은 특징이 이금지로 하여금 묘한 동질감을 느끼게 만들었다. 조개류 중에서도 가리비는 이금지 자신 같은 천체물리학자 계열 조개 같아 어쩐지 마음에 쓰였다. 종은 다르지만 같은 일을 하는 생물이란 동질감이 자꾸 의식되어 마음이 불편해졌다. 문득 가리비가 보는 세계와 우주는 어떤 모습일지가 대단히 궁금해진다. 5천 년 전 바빌로니아인들이 상상한 세계가 조개 같은 모양 아닌가. 그렇다면, 가리비가 상상하는 세계와 우주 모습은? 밑도 끝도 없이 작년 말 삼성에서 공개한 위아래가 조개 모양으로 접히는 폴더블폰 이미지도 겹친다.

"우리 본격으로 '삼귀다' 할래?"

가리비와 연관된 잡생각과 와인 기운이 몸 구석구석까지 퍼지자 눕고 싶어 침대로 향하였다. 신요한이 따라 들어와 담요를 여미어주었다. 방을 나가기 전에 바투 다가오며 진심으로 말한다.

'삼귀다'는 준 연애 단계로 가자는 신조어다.

"삼귀자고? 그러고 말 것 뭐 있어. 사겨. 아니, 지금 당장 문 열고 들어와. 직진과 도약 허락하마. 오빠가 그만큼 하트 시그널을 보냈으면 됐어."

본능이 시키는 대로라면 이렇게 돌직구를 날렸을 것이다. 그러나 아직 손조차 잡아보지 않은 사이 아닌가. 바로 통분부터 하고 즉시 답을 적기에는 조심스러운 게 한두 가지가 아니었다. 본의 아니게 싼 여자 취급 받을 수도 있으므로. 그래도 가볍게 쩌릿한 볼 키스 정도까지는 진도를 나갈까 말까 고민하다가 결국 담요를 머리끝까지 뒤집어씀으로써 상황을 일단 정리한다.

# Ep. 28

## #1

반백 살 남자가 꺼이꺼이 울었다는 것. 흔히 하는 말로 롬곡옾눞(폭풍눈물)은 팩트다. 남자 나이 50이면 웬만한 일에는 눈 하나 깜박이지 않을 나이 아닌가. 그럼에도 떼쓰는 아이처럼 허물어지듯 주저앉아 대성통곡했다면?

"쯧쯧."

진작에 이렇게 나오는 게 옳다. 아니면 '안습(눈물 난다는 뜻)'으로 끝날 일이었다. 한데도 이무기가 과도한 감정폭발을 왜 하게 됐을까.

어머니의 죽음과 자신의 탄생 과정이 그대로 눈앞에서 재현됐기 때문이다.

2020년 3월 신학기 개학을 앞두고 복소기하학과 대수기하학을 잘 융합시키면 현재의 AI 기술을, 수리랑 능력을 근본적으로 몇 단계 업그레이드시킬 수 있겠다는 아이디어가 떠올라 집중할 공간이 필요했다. AI 분야 국제학술지 '네이처 머신 인텔리전스'를 아파트 거실 소파에 누워서 세상 편하게 보다가 벌떡 일어나기에 이르렀다. 이것이다 싶었다. 작년 9월에 나온 결과물 내용을 요약하면, 위상기하학적 데이터 분석(TDA)이라는 수학적 방법으로 지금의 AI 신경망 학습을 보완하면 사전 학습에 필요한 데이터 양과 학습 시간이 절반으로 줄어든다는 이야기였다. 흥미만점이었다. 포르투갈과 이탈리아 수학자들로 구성된 공동 연구팀의 논문을 건성으로 보아 넘긴 부분까지 다시 본격으로 검토했다. 눈앞에 번갯불이 튀었다. 작년 3월 중순 UCLA의 '순수 및 응용수학연구소(IPAM)'에서 개최된 기하학적 심층학습 발표 자료를 밑바탕에 깔면 상상 못 할 AI 건축물 하나를 세울 수 있겠다는 확신이 섰다.

"바다가 보이는 모텔에 가서 며칠 집중하다가 돌아올까 하는데 우리 나우리 생각은 어떠셔?"

전후 사정을 들려주고 양해를 나우리에게 구하였다.

"그러지 말구요, 여보. 제 친구 숲속 별장은 어떨까요? 외국계 회사에 다니는 친구 남편이 3년 기한으로 싱가폴에 파견 나가 있거든요. 친구가 남편과 같이 떠나면서 나한테 키를 맡기며 맘대로 사용하라고 했거든요. 서울과 가까워서 몇 번 가봤는데 백운호수가 내려다보이는 산속이라 뷰도 좋고 호젓해서 집중하기 그만일 것 같은데요. 제가 중간중간 가서 먹을거리를 챙겨주기도 좋고."

청계산과 백운산 틈새를 비집고 초승달 모양으로 들어선 백운호수에는 별미집이 많아 이무기도 여러 번 출입한 곳이었다. 서울 근교라 처음에는 마뜩찮았다. 그러나 별장과 그 주변 풍경을 찍은 동영상을 보자 생각이 바뀌었다.

기대 이상이었다. 전망, 분위기, 한적함, 그 어디 하나 빠지는 게 없었다. 특히 별장 정면을 대형 통유리창으로 시공해놓은 게 백미였다. 통유리창 자체가 최고의 액자임을 증명하고 있었다.

대형 통유리창 너머로 보이는 그림이 예술이었다. 아주 멋졌다. 겨울치고 햇살도 푸짐하였다. 여북했으면 적막강산에 빠져 한나절을 무념무상으로 보냈을까. 그야말로 아무 생각 없이 시간을 썼다. 무엇을 도모하기 위해선 창조적 게으름이 반드시 필요하다는 게 신조여서 맘 편하게 시간을 일부러 낭비했다.

그러던 중이었다. 별안간 어디선가 쿵하는 소리가 들려왔다. 느닷없었다. 처음엔 되게 둔탁한 음향이라 근처에 있던 썩은 나무라도 쓰러진 줄 알았다. 호젓한 탓에, 풍경에 취한 까닭에, 게다 살짝 조는 순간이라 더 놀랐으리라. 완전 깜놀이었다. 정신을 수습하고 주변을 둘러보아도 아무 변화가 없었다. 재차 자세히 살피자 통유리창 한쪽 구석이 얼룩져 있는 게 보였다. 그 아래에 차마 눈 뜨고 못 볼 것이 있었다.

새였다, 새.

그제야 상황을 파악한다. 새가 통유리창을 허공으로 알고 마음껏 전력으로 날다가 정면충돌했음을. 밖으로 나가 변을 당한 새를 묻어주려고 삽을 가지고 다가갔다. 잘 들여다보자, 한 마리도 아니고 두 마리였다. 새끼로 짐작되는 작은 새는 아직도 꿈틀거리고 있었다. 보아하니 어미새가 즉사하면서 완충작용을 했는지 뒤따르던 새끼는 겨우겨우 숨은 쉬고 있었다.

이를 확인하는 순간, 반백 살 먹은 남자가 울컥하면서 완전 무장해제된 것이다. 사람을 미치게 만들었다. 나우리가 곁에 있었더라도 폭풍 오열을 자제하지 못했을 성싶다. 그녀가 마침 시장 보러 대형마트에 가고 없어서 체면 차릴 일도 없었다. 눈물샘마저 스스로 알아서 고장나주었다. 덕분에 원초적 감정을 남김없이 발산하였다. 그만큼 트라우마는 질겼다. 언제 터질지 모르는 시한폭탄에 가까웠다.

어미새와 새끼새, 어머니와 이무기를 위한 일종의 씻김굿이자 진혼굿이었다.

"수리랑도 중요하지. 중요하다마다. 그 못지않게 어머니의 못다 한 삶, 못다 한 꿈까지, 나 이무기는 대신 살아야 하고, 대신 꿈꿔야 하잖아."

이상한 열망이 속에서 용솟음쳤다. 2순위로 미루었던 AI 소설가 프로젝트를 당분간이라도 1순위로 가동하라고 등을 심하게 떠밀었다. 그 누구도 강요하지 않았건만 수상한 오버랩이, 야릇한 동일시가 사람을 강하게 격동시켰다. 중대한 변곡점이었다.

대학 기술지주회사 대표인 왕 교수가 AI 소설가, AI 드라마 작가 운을 띄웠을 때만 해도 차후의 계획이었다. 물론 준비는 하고 있었다. 차근차근 터를 닦고 기반을 구축한 지는 제법 오래되었다. 나우리와 처음부터 머리를 맞대고 협업한 작업이 소설 문장 연구 아닌가. 자연어 처리 분야에서 오랫동안 텍스트를 처리하는 가장 작은 단위(atomic unit)가 어휘인데 이를 일반적으로 단위 벡터(one-hot vector)로 표현하였다. 어휘 수준에서 문장, 단락, 장(chapter)으로 발전하려면 나매쓰만의 보도 듣도 못한 신무기가 필요했다. 나우리가 밤낮으로 전력투구하는 문제가 바로 이 신무기를 위한 밑그림이었다.

"중국에 '중궈몽(中國夢)'이 있다면, 그래, 나 이무기에게는 수학몽과 함께 소설몽이 있었잖아. 좌 수학몽, 우 소설몽. 같이 가는 거야, 같이. 가자!"


#2

"웬열(웬일)? '집중×2'하겠다고 와놓고선 술타령이라뇨?"

대형 마트에 찬거리를 사러 간 나우리에게 술 좀 사오라고 연락하자 반응이 뜨악하다. AI 소설가를 위한 작업 진척도를 이쯤에서 점검하고 숙의하려면 딱딱한 분위기를 피할 필요가 있었다. 준부부 사이에 사무적으로 일할 수는 없지 않는가.

연어 스테이크와 9,900원짜리 칠레 와인 '팔로알토 리제르바'가 식탁 위에 올라왔다. 조촐하면서도 소담하다.

"요새 힘들지?"

먼저 나우리를 아낀다는 애정 제스처를 취한다. 여자든 남자든 상대방이 자기를 진심으로 위한다는 생각이 있어야 적극 호응함은 경험칙으로 잘 알고 있다.

나우리가 MIT에서 자연언어 처리를 연구했다지만 어디까지나 영어 중심이란 한계가 있었다. 영어 같은 경우 수십 년 축적된 기초 자료와 기반 기술을 바탕으로 다양한 응용 소프트웨어와 시스템 소프트웨어가 시중에 즐비했다. 1985년부터 프린스턴대 인지과학연구실에서 구축하고 있는 워드넷(WordNet)이란 데이터베이스가 대표적이다. 쉽게 이를 활용하면 돼 연구환경이 좋았다. 그에 반해 한국어 정보처리는 아직 걸음마 수준, 모종 수준이었다.

"힘들지 않고 되는 일이 어디 있겠어요? 그러려니 해요."

"그렇게 말해줘서 자기 고마워. 우리 나우리 마인드셋(마음가짐) 하나만은 알아줘야 한다니까. 쨍!"

나우리의 장점 중의 하나가 힘들어도 힘들다는 푸념을 어지간하면 하지 않는다는 점이다. 영리한 여자들일수록 이기적이라는 편견이 있었는데 그녀는 예외였다. 미덕이었다. 새삼 여성스러움에다 콘텐츠까지 장착한 나우리가 영혼의 파트너가 된 게 행운으로 다가온다.

"그래도 여러 가지로 힘들걸. 당신이 미국에서 배운 NLP(자연어 처리) 노하우가 아무래도 많이 사장돼서 아쉬워."

"백 프로 사장되진 않아서 그래도 힘을 얻걸랑요. 한국어의 '아름답+어'가 '아름다워'로 되는 ㅂ 불규칙 현상 같은 게 영어에도 있으니까요. 'study+s'가 'studies'로 되는 게 그 본보기[45]죠."

매사에 작동하는 긍정 마인드가 사랑스러워 가볍게 키스한다. 그러고는 아까 있었던 새 에피소드를 담담히 들려주었다.

"돌아가신 시어머니처럼 절실하지는 않았어도 저 역시 못 말리는 문학소녀였어요. 중고등학교 다닐 때 어디서 백일장이 열리기만 하면 참가

　　　　　　　　　　　　　지금부터의 세계

했걸랑요. 시보다는 산문 분야에, 주로. 한데 마음은 서울에 벌써 가 있는 데 몸은 아직 외국의 무슨 공항에 있는 상태의 반복이었어요. 원고지 네모 칸이 그물 같다는 느낌? 미상불 모양이 비슷하잖아요. 거기에 갇힌 물고기 같은 절망감이 드는 거 있죠. 번번이. 열정만으로 안 되는 세계가 있음을 뼈저리게 깨달았답니다."

문학을 잘하지는 못했지만 광적으로 좋아한 문학소녀였다는 얘기였다. 필력이 없어서 그 길을 걷는 건 진작에 포기했으나 AI를 접하면서 사고가 바뀌었다고 한다. 자연어 처리를 파고들면서 AI로 소설쓰기도 가능함을 확신했다는 것이다.

이무기가 나우리를 샌프란시스코에서 만났을 때 그녀가 토로한 속엣말 중의 하나와 유사하다. 다음과 같이 털어놓았으니까.

"이무기 교수님, 크리스천이 주기도문을 암송하듯 저는 말이에요. 우주에 존재하는 모든 종류의 분자는 1백여 개의 화학원소로부터 조립되고, 인간을 포함한 생물체의 모든 단백질과 촉매는 단 20종의 아미노산으로 조립되고, 컴퓨터 역시 도체와 부도체 사이의 반도체라는 하드웨어와 0과 1이란 소프트웨어로 돌아감을 매일 상기했걸랑요. 습관처럼.

이무기 교수님은 잘 모르겠지만, MIT와 하버드대는 캠퍼스가 지하철 정거장으로 두 정류장밖에 안 떨어져 있거든요. 그 때문에 서로의 대학을 오가며 강의를 들을 수 있도록 시스템을 구축해놓은 걸로 압니다. 제가 MIT에서 컴퓨터를 공부할 때 하버드대 수학과 강의와 함께 자주 들은 강의가 언어학과 문학 강의걸랑요. 어느 날이었어요. 문학 관련 리포트를 쓰려고 하는 과정에서 독일 문예학자 카를 아이블이 한 말에 뻑 간 거 있죠. 그가 인류의 진화 과정에서 은유의 역할을 설명하면서, 은유란 한 단어를 다른 단어로 바꾸어 말하는 거라고 하잖아요. 제 개인적으론 은유보담 암유란 표현을 선호한답니다. 암튼 은유 혹은 암유는, 이 교수님, 변환을 말하는 거잖아요, 변환. 트랜스포메이션(transformation). 변환이, 트랜스포메이션이 뭐여요? 바로 함수잖아욧! 수학적 변환을 통칭하는 용어가 함수라는 사실이 의미심장하지 않나요? 함수 그 자체가 뭐여요? 해석학이고, AI잖아요. 신경망 학습원리가, 즉 뉴런이 간단히 함수 계산하는 거니까 절대 과장이 아니잖습니까. 이 교수님도 잘 아시다시피 신경망 학습원리에 계단함수, 시그모이드 함수, 하이퍼볼릭 탄젠트 함수, 이차곡선 함수, 소프트맥스 함수 등등이 코레일 전동열차 객차 모양으로 줄줄이 나오잖아요. 그것들이 죄다 변환(transfer)함수 아니예요. 전이함수 또는 활성화 함수라고도 번역하는. 좌우간 목적함수(objective function) 모음집이 AI라고 해도 크게 틀린 말이 아니잖아요.★[5]"

수학 초보자도 수학을 관통하는 거대한 흐름 하나가 변환임은 금세 알아차릴 수 있다. 나우리는 이를 강조하는 차원이었다.

나우리도 그랬지만 이무기도 어떤 확신은 있었다. 수리랑처럼 AI 기반 소설가도 모델 학습과 일반화 성능을 매우 엄밀하게 평가하는 K-분할교차검증(K-cross validation) 등을 수없이 거쳤기 때문이다. 그래도 현실은 생각보다 냉혹했다. 곳곳에서 부비트랩과 크레바스가 기다리고 있었다. 자잘한 허들은 수시로 만났다. 그때마다 나우리는 "매일 챌린징한 게

지금부터의 세계

넘 좋아요"라는 긍정 마인드로 나왔다.

언어 처리를 위한 딥러닝 기술을 개발하기 위해서는 텍스트에 기술된 어절을 숫자로 표현하는 게 관건이었다. 문제는 그 작업이 녹록지 않는다는 사실이다. 구글이 만든 다국적 언어 모델 '버트(BERT)'를 참고했지만 한국어에 최적화된 게 아닌지라 여러 불편이 뒤따랐다. 한국전자통신연구원에서 공개한 최첨단 한국어 언어 모델 알고리즘 '코버트(KorBERT)'도 수시로 참조하였다. 그것 역시 아직은 스타트업 나매쓰에서 전용도구로 쓰기엔 하자투성이였다.

글쓰기, 그 가운데서도 소설쓰기에 최적화된 언어 모델이 필요했다.

가능하면 주요 딥러닝 프레임워크인 텐서플로나 파이토치 환경에서 구동할 수 있도록 만들 필요성이 있었다. 요원할 것 같던 하늘의 별따기를 나우리가 어느 정도 정복한 시점이 작년 말이다. GPT-3(초대규모 자연어 처리 인공지능 모델)처럼 시냅스(인간 두뇌에서 뉴런 간 정보 전달 통로) 역할을 하는 파라미터(매개변수) 개수를 1750억 개까지 늘리기는 영세 스타트업으로선 경제적으로 불가능한 일이기에 애초부터 접근법을 달리한 것이다. 완전히. 그것이 특효약이었다. 학습 데이터 대부분이 영어인 GPT-3와 달리 한국어 비중이 압도적이란 점이, 특히.★[6]

"자기, 현재 '접니다'를 어디까지 학습시켰지?"

스타트업 나매쓰의 인공지능 기반 소설가의 잠정 필명이 '접니다'였다. 두 사람이 머리를 맞대고 여러 가지를 고려해서 작명했다. 이무기는 '우리랑'으로 정하자고 했지만 나우리가 반대해 접은 것이다.

"메이저 출판사 몇 군데에서 펴낸 세계문학전집 작품들은 거진 다 학습시켰어요. 문사철 관련 동서고금 고전들도 학습에 들어간 지 제법 됐습니다. 나매쓰 대표님, 구체적으로 브리핑할까요?"

나우리가 장난기 어린 목소리로 나온다.

"그렇게까진 할 것 없소, 나매쓰 부대표이자 아키텍트(architect : 소프트웨어 전문개발자)님."

이무기도 맞장구를 친다.

"'접니다'에게 필요한 웹 문서를 스크래핑(데이터 중에서 필요한 데이터만을 추출하도록 만들어진 프로그램)하는 건요?"

"계속 진행중입니다, 대표님."

"인터넷 백과사전 대명사인 한국어 위키백과의 방대한 데이터는요?"

"'접니다'에게 상식 수준을 넘어 지식인 수준의 지성을 장착시키기 위해 필요한 부분을 줄기차게 임베딩(embeding)시키고 있습니다. 말뭉치(corpus)의 보고가 위키백과이니만큼. 구글 학술 검색[46]까지도 철저히 챙기고 있나이다. 이제 갓 싹을 보이기 시작한 몇몇 한국어 워드넷인 KWN(카이스트)과 KorLex(부산대) 등도 참고하고 있지요."

"오버피팅(overfitting : 과잉 학습 상태가 되는 것) 조심하는 거 잊지 마세요. 학습시킬 때 인간이든 컴퓨터든 발생하는 고질적 문제점을."

"당근이죠."

"데이터 랭글링(지저분하고 정제되지 않은 데이터를 유용하게 만드는 과정)이라면 그대가 최고고 겁나 잘하니까 걱정할 건 없고. 참, 한국문학사를 빛

낸 떵작(명작)들도 반드시 학습시켜야겠지요?"

"세말하면 잔소리. 소설가들이 문학소년 · 문학소녀 · 문학청년일 때 많이 읽는 작품들 목록을 구해 깡그리 학습시킬 계획이걸랑요. 문제는 현대문학 작품들입니다. 저작권 문제가 걸려 그러잖아도 나매쓰 대표님께 정식으로 상의드리고자 했나이다. 저작권 문제 해결 없이 특정 소설가 작품을 무작정 학습시킬 수 없잖아요. 불법이니까. 설령 불법이 아니래두 표절 혐의를 받기 쉽다는 치명적 약점이 있지요. 인간처럼 기존 작품들을 완전히 소화시켜서 자기 것으로 만든다면 문제가 없지만 '접니다'가 아직 그 수준까지는 성장하지 못한 관계로···. 더 큰 문제는 말이에요. '접니다'의 문학관입니다. 세계관, 역사관, 시대에 대한 감수성 등등을 정립하는 것도 작은 문제가 아니걸랑요. 작품에 울림도 어떤 식으로든 있어야 하고요. 독창성 확보도 그렇고, 심도 있는 통찰을 담아야 하는 문제도 그렇고, 정체성 확인도 그렇고, 완성도 담보도 그렇고, 지향점과 확장성도 그렇고, 문체 · 주제 · 문장 · 구성도···."

"저작권 문제 건을 건드려서 하는 말인데, 기성 소설가들도 의미 있는 선배 작품들 장점을 인용 없이 잘 가져다 쓰잖소. 오마주 운운 구실을 대며."

"인간 소설가는 변주를 잘하기 때문에 문제가 없지만, 우리 '접니다'는 아직 날 것 그대로 이용하는 수준이라, 표절 혐의를 벗어나기가 쉽지 않다는 거예요. 이는 저작권 문제와 직결되기도 해 고민해봐야 할걸요. 물론 작년 11월 미국 법원의 판결이 희망적이긴 해요. 기존의 인간이 창작한 예술 작품으로 학습한 인공지능이 작품을 만들었을 경우, 기존 예술가가 이 인공지능 작품에 대해 지식재산권을 주장할 수 없다는 판결을 내렸걸랑요. 하오나 그건 미국 사정이고, 우리한테까지 적용되려면 부지하세월일 테고. 그렇다고 손 놓고 있기엔 뭣하고. 과도기적 조처로 인간 소설가와 협업하는 게 암만 생각해도 좋을 것 같아요."

"인간 소설가와 협업이라?"

"넵. 현재로선 이게 최선이옵니다."

"나도 자료 수집과 조사는 가능해도 소설구조까지 짜는 데는 아직⋯"

"창의력과 상상력의 정점에 있는 게 소설 아닙니까. 오죽하면 인간 고유의 영역이라고 믿고 있는 대표주자이겠어요. 이를 보란듯이 깨기엔 우리들의 새끼 '접니다' 역량이 많이 딸려요. 여전히. 우리 '접니다'가 젖을 더 먹어야 할 것 같아요. 덧셈과 뺄셈을 부지런히 하다보면 인지구조가 업되어 어느 순간 곱하기와 나누기도 쉽게 하게 되듯, 우리 '접니다'도 덧셈과 뺄셈에 해당하는, 구문 트리·해석 트리·파스 트리·트리 구조 변환문법[47] 같은 갖은 트리 구조를 날이면 날마다 24시간 학습하고 있는 관계로 조만간⋯"

"좋습니다. 성장기에 있는 아이 자신은 정작 모르지만, 어른들은 아이가 얼마나 빨리 성장하는지를 잘 알고 있지 않소. AI는 하루가 다르게가 아니라, 한 시간, 일 분 단위도 아니라, 초 단위로 자라는 쑥쑥나무인 관계로, 멀지 않아 너나없이 '오래 살고 볼 일이야' 하는 그 날이 오리라고 저도 믿습니다. 보완재가 아니라 대체재가 될 그 날을."

지금부터의 세계

"제 말이…. 만일 특정 소설가와 손잡고 협업할 수만 있다면 '접니다'를 AI 소설가로 정식 데뷔하는 시점이 엄청 빨라질 수도 있걸랑요. 반쪽짜리긴 하지만. 가령 어떤 소설가가 구상한 소설 내용을 '접니다'에게 그대로 학습시키고서 집필을 한 번 맡겨보는 게 가장 이상적인 시나리오이긴 해요. 그러면 앞서 예로 든 애로사항들이 일거에 해소되니까요. 첫 시도니까 분명히 작품성에 문제가 있을 테니 그 부분만 인간 소설가한테 맡기면 어느 정도…. 인간 소설가가 쓰는 초고 수준은 '접니다' 역시 어느 정도 근접하는…."

이무기 머리에 떠오르는 인간 소설가가 있기는 하다. K 소설가였다. 그는 한국문단에서는 보기 드물게 공과대학 출신이었다. 여기에다 수학소설을 벌써 두 권이나 펴냈지 않은가. 이로써 수학에 대한 조예를 논하는 건 의미가 없다.

이무기가 K 소설가와 안면을 튼 지도 어느새 10년이나 지났다. 2010년 4월 충남대에서 열린 학술발표회 자리에서 알게 된 이후 각별한 사이로 이어졌다. K 소설가가 미분기하학과 대수기하학은 물론이고 응용수학 전반에 호기심이 승해 말이 통한 게 결정적이었다. 이무기가 속해 있는 수학과 학과 차원에서 그동안 몇 차례 불러 초청 강연회까지 하였으니까.

문제는 AI 소설가와 인간 소설가의 협업에 대해 K 소설가가 보일 반응이었다. 조심스러웠다. K 소설가가 그간의 만남을 통해 만만한 사람이 절대 아님을 너무 잘 알아서다.

좀처럼 짬을 내기 어려웠다. 그럼에도 시간을 낼 수밖에 없었다. 3월이 오기 전에 이임박 문건을 대충 훑어라도 봐야 큰아버지 뵐 면목이 생기기 때문이다. 지금까지의 처신이 이무기 자신이 보기에도 문제가 있었다. 마지못해 억지로 관심을 기울인다는 인상을 알게 모르게 팍팍 주었으니까. 요양병원에 모신 아버지를 큰아버지에게 일임하고 있는 처지 아닌가. 그런 마당에 당신의 아픈 손가락에 무관심하다? 있을 수 없는 일이다. 아버지에게 열 번 병문안 가는 것보다 이임박에게 한 번 더 애정을 작위적이라도 보이는 게 백배 더 아버지를 위하는 길임을 본능으로 알았다.

3월 신학기가 시작되면 이임박 아파트행은 현실적으로 어려웠다. 하여 혹사를 각오한다. 별장에서 며칠간 고도로 폭풍몰입한 후 숨도 돌리지 않고 바로 삼성동 이임박 아파트로 향하였다. 집에는 들를 엄두조차 못 냈다.

오늘은 꾀를 낸다. 일일이 확인하는 건 시간이 너무 걸려서다. 가령 '완전한 방' 관련 문건만 따로 찾는 식의 접근은 삼갈 요량이다. 전체 문건에 관해 큰 그림부터 그리자는 심산으로 접근하였다. 밤샘을 해서라도 그동안 파악한 문건의 질과 의미 등을 총체적으로 파악할 작정이었다. 적어도 내일 아침까지는 이임박의 수학관 내지 객관적 수준, 종적 관련 실마리를 큰아버지께 대략 브리핑할 수 있도록 자세를 가다듬는다.

우선 전체를 일별한다. 낯설면서도 익숙하다. 한 장애인이 지상에 남긴 자취라고 여기자 만감이 교차했다. 은밀하면서도 내밀한 한 인간의 자

아를 엿보는 일이 생각보다 재미진 측면도 있었다. 책 더미, 자료 더미는 이무기가 그 전에 손댔던 그대로 놓여 있다. 오늘은 제일 먼저 눈길을 끈 건 비닐백이다. 눈에 익다 했더니 이무기가 호주에 갔을 때 중북부 내륙에 있는 관광 명소 울룰루에서 산 거였다. '지구의 배꼽'으로 불리는 거대한 바위산에 올랐다가 이임박 생각이 나 울룰루 관련 기념품 몇 가지를 챙겨 선사했다. 그때 동생이 만족했던가? 기억에 없다. 아무튼 대리만족용으로 건넨 비닐백 안에 이무기가 준 선물 대신 지금은 다른 게 차지하고 있었다. 살펴보니 고정점(fixed point) 혹은 부동점(invariant point) 연관 자료들이다. 원서들도 여러 권 들어 있다. 어떤 경로로 구했는지 2016년 6월 전북대에서 열린 '부동점 이론과 응용에 관한 국제워크숍' 자료집까지 들어 있다. 그사이에는 값이 나가 보이는 고급진 대학노트 한 권도 보였다. 자연히 대학노트에 가장 먼저 손길이 갔다.

대학노트 표지 제목이 대단히 수상하다. '나를 웃기고 울린 것들'이므로.


오늘은 내 인생 최고의 날이다.

가장 먼 곳이 가장 가까운 곳임을 확실히 안 날이니까.

이 맹랑한 명제가 참이라고? 나도 처음에는 코웃음 치기 바빴다. 더도 덜도 아닌 말장난으로 다가와서. 맥주는 안 마셔도 비어는 즐긴다는 식의 "이건 뭥미?"였으므로. 온갖 비난을 퍼부어도 이무기 형은 끝까지 우겼다. 결국 나는 성을 냈다. 왜냐하면 하반신 마비로 못 움직이는 나를 위로하고자 건네는 이무기표 허접한 동정으로 다가왔기 때문이다.

사촌형이 어느 순간 진정성이 왜곡됐다며 정색하였다. A4 용지 뭉치를 들고 내 침대에 나란히 누웠다. 형이 무엇을 길게 말하는, 설명충이 될 때마다 몸이 불편한 나를 배려해 취하는 자세였다. 그럴 적마다 나는 묘한 동질감 내지 형제애를 느끼곤 했다. 이쁜 조카들인 이미지와 이금지 자매는 못 하는 행동이라 더 콧등이 시큰한지 몰랐다.

분위기를 잡은 사촌형이 삼각형, 사각형, 원부터 그렸다. 엄연히 다르게 생긴 세 도형을 위상수학에서는 셋 모두 같다고 보며 이를 수학에서는 위상동형(homeomorphic)이라 부른다고 했다. 이어 위상수학이 왜 세상에 등장하게 됐는지, 미분위상수학이 무엇이고 그 차이는 무엇인지까지 현란한 구라를 왕창 푼 후였다.

"이게 뭔지 아나? 2002년 11월 11일 '아카이브'라고, 온라인 논문 자료실에 올라온 39페이지짜리 짧은 논문이야. 주인공은 러시아 젊은 수학자 그레고리 페렐만(1966~ )이고. 이건 푸앵카레 가설을 푼 페렐만의 증명 전문[48]이야. 이 기인계 대마왕이 밝힌 건 우리 우주의 모양, 우리 우주의 구조에 관해서지."

형이 내 전용 노트북으로 사이트에 들어가 논문을 검색하여 보여주고 내가 차후에 찾아보기 쉽도록 바탕화면에 깔아놓기까지 하였다.

"오케이, 다 좋아 형. 너무 추상적이야. 난해하기도 하고. 나 같은 사람 기죽기 딱 좋네. 나 개뿔도 모르거든."

지금부터의 세계

"'예'라고 들어봤는지 모르겠다. 열 개의 태양을 활로 제거했다는 신화 속의 예(羿)[49]가 태양이 아니고, 우리 우주에서 가장 먼 곳으로 화살을 날렸다고 가정하자고. 그 화살은 이 우주 끝까지 간다고 가정하자고. 그러면, 그 화살이 결국은 예의 등짝을 관통한 후 쏜자리인 팔로, 그러니까 제자리로 돌아온다는 말씀."

"무슨 개떡 같은 소리야?"

"개떡이 아니라니까. 찰떡, 아니 황금떡이거든."

1백여 년 전 푸앵카레가 문제를 낸 배경, 난다긴다하는 수학 천재들이 못 풀고 나가떨어진 저간의 역사, 페렐만이 문제를 푼 수학적 함의를 사촌형으로부터 들으면서 나는 이상한 감흥 속으로 점점 정신없이 빨려 들어갔다.

외국은 고사하고, 국내는 고사하고, 서울은 고사하고, 우리 아파트 바깥은커녕 우리 방 바깥조차 남 도움 없이는 한 발짝도 못 움직이는 처지에 푸앵카레 가설이 시사하는 바가 실로 엄청났다. 대단했다. 심오하다는 형용사는 이럴 때 쓰는 말이었다. 신 대신 수학이 축복을 줄 줄이야. 끽경이었다. 지구 너머, 우리 태양계 너머, 우리 은하 너머까지, 이 우주 가장 먼 곳까지 여행하는 문제를 단박에 그것도 환상적으로 해결하여 주니까.

생각할수록 좋았다. 점점 점점점.

가장 먼 곳이 가장 가까운 곳이라는 것. 음미할수록 감미로웠다. 쉬이여운이 가시지 않았다. 가지 않고도 이른다(不行而至)[50] 같은 수준의 언어희롱이 아니어서. 역설은 더더욱 아니어서. 팩트였다. 세상에서 가장 통렬한 것 중의 하나가 '팩트 폭격' 아닌가. 거듭 강조하거니와, 객관적이었다. 수학적으로 명백히 증명된 문제이니만큼 차후로 수정될 일 자체가 없었다. 무한신뢰가 가능하다는 점이 특히 기뻤다. 아인슈타인을 위시해 저명한 과학자들도 비슷한 취지의 통찰력을 선보였음은 인터넷 검색창을 통해 확인하기도 했다. 덤이었다. 이러저러한 사실을 재확인하고 재음미할수록 몸과 마음 모두 로켓을 타고 우주 끝을 향하여 하염없이 날아갔다.

아버지는 나를 황홀경에 빠뜨린 형에게 경제적 보상을 할 수 있는 선에서 충분히 했다. 나의 부탁도 있고 하여 당신께서 특별히 신경을 썼다. 이에 형이 짧은 강의치고 고액의 수고비를 받아 감복했을까. 며칠 안 지나 작정하고 재차 방문하였다.

사촌형은 내 방에 들어오는 길로 가방에서 미리 준비한 한국지도 한 장을 꺼냈다. A3 크기였다. 그것만으로는 미진했던 모양이다. 아버지 방에 걸려 있던 무극도(無極圖)마저 들고나온 걸 보면. 천하도, 태극도 계열의 옛 지도인데 굳이 다른 점이 있다면 정중앙에 우주수(宇宙樹)가 있다는 것 정도. 천하도와 태극도가 지구도(圖)라면 무극도는 우주도(圖)라고 할까.

"잘 봐라, 동생. 이 한국지도와 여기 삼성동 니 아파트 이 방을. 일치하는 점이 한 점 존재할까?"

사촌형이 나 옆에 또 나란히 누워 한국지도를 두 사람 얼굴 위로 넓게

지금부터의 세계

펼쳤다. 소품 때문이라도 열공 모드로 빠져들지 않을 재간이 없다.

"이 무극도와 이 방 사이에 일치하는 한 점은 있을까?"

"글쎄."

"고민해봐."

"오잉? 일치할 수도 있겠다는 촉은 와. 그렇지만 자신은 없어. 근거를 대라면."

"잘 생각하면 일치하는 점이 있어. 직감적으로 알 수 있잖아. 지도가 축약되어 있어서 가늠이 안 될 뿐. 한국지도든, 무극도든, 반드시 있다고! 정확히 일치하는 한 점[51]이. 수학에서는 그것을 고정점 혹은 부동점이라고 불러."

"…."

그때까지만 하여도 나는 긴가민가하였다. 사촌형이 무엇을 말하고자 함인지 도대체 감이 안 잡혀서.

"고정점 혹은 부동점 정리를 증명하는 방법은 되게 많아. 그걸 설명하기 전에, 가장 쉽고 간단한 사실로 이해를 도우면 말이지. 역함수라고 들어보았는지 모르겠다. 역함수란 함수를 통한 변환을 원래대로 되돌리는 함수라고 보면 돼. 수학계에서 쓰는 표현은 아닌데, 나는 개인적으로 딱딱한 역함수라는 이름 대신 '원위치함수'라는 표현을 즐겨 써. 머리에 쏙 들어오지 않니? 암튼 이 역함수 정리를 증명할 때도 고정점 정리가 등장해."

"원위치함수? 사람 환장하게 만드네."

"연속함수를 적분한 후 다시 미분하면 처음 시작했던 함수로도 되돌아오지?"

"…."

"이 도형 재미나지? 원 속의 원을 다루는 건데, 슈타이너 포리즘(steiner's porism)이라 불러. 핵심 포인트가 뭔가 하면 말이다. 어느 원에서 시작하든 그 원으로 되돌아온다는 거야."

"…."

"보폭이 1로 일정한 사람이 직선을 따라 n 걸음 걸었다고 쳐. 앞쪽, 뒤쪽 안 가리고 무작위로. 이 사람이 0에서 출발해 0으로 돌아오는 경우의 수[52]를 한번 구해봐. 적적할 때 심심풀이로. 생각거리를 많이 던져줄 거야."

"…."

"시작점과 끝점이 같은 영(zero)벡터도 깊이 음미하면 흥미로울걸. 그래도 머리에 입력이 안 되면, 서울 지하철 2호선을 생각해봐. 수면 부족 또는 술에 취해 자본 사람은 뼈아프게 느끼지. 출발점으로 되돌아옴을. 수학적으로 표현하면 단순폐곡선이니까. 조르당 곡선이라고도 부르는."

"…."

"위상수학 소개할 때 왜 일차원 다양체(one-dimensional manifold)를 언급했잖아. 그때 원 이야기[53]한 거 기억나? 한 점에서 출발하면 다시 처음으로 돌아오는 원리가 거기에 숨어 있다고."

지금부터의 세계

내가 알아듣기 쉬운 서사로 형이 치환했기 때문일까. 매료됐다. 그만
큼 수학의 광휘는 찬란하였다. 깨알 지식 하나하나가 종류가 다른 영
혼의 비타민으로 다가왔다.

나는 이리하여 고정점이라는 신세계, 부동점이란 딴 세계 시민이 되기
에 이르렀다. 다시 말해, 편미분방정식 해의 존재에 쓰이는 고정점이란
시민증을 받은 격이었다. 마르쿠스 아우렐리우스(121~180)가 『명상록』
에서 파도에 맞고 파도에 젖어 사는 바위처럼 살라고 일찍이 충고했
는데, 그 충고에 또 다른 의미부여가 가능해 광대뼈가 승천한다.

고정점, 부동점, 바위 대신 내가 유년시절 떨어진 당산나무를 대입할
수 있겠다는 아이디어가 번개같이 떠올랐다. 당산나무 역시 고정되
어 있고 못 움직이지 않는가. 뼈때리는 발견이었다. 명징했다. 그 순간
나는 이 아파트, 이 서울, 이 한국, 이 지구, 이 은하, 이 우주와 한 몸이
되는 듯한 고양감과 절정감을 맛보았다. 무한 감동이었다.

지질한 삶에 비로소 한 줄기 서광이 보였다.

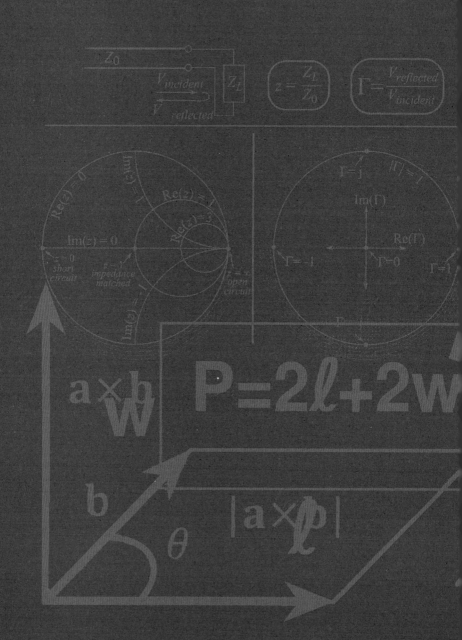

# Part 2
# 이것이다

# 황금나무

# - 목경 木經

나무는 듣고 있는 천국에 말하려는 지구의 끊임없는 노력이다.

—타고르(R. Tagore)

수학은 신이다. 이 신을 문제삼는 것은 위험하다.

—가우스(C. F. Gauss)

# Ep. 29

## #1

"기가 다 빨렸다. 순도 100 프로 번아웃(탈진)."

이 소리가 절로 나왔다. 한 며칠 아무것도 하지 않고 마냥 늘어지고 싶은 생각밖에 없었다. 정신의학적 유전체 데이터를 이용해 골치 아픈 논문을 쓰는 내내 따뜻한 해변 백사장 선베드에 누워 있는 그림을 그렸지 않는가. 에너지를 남김없이 소진한 탓이다. 하여 내면의 침잠, 실존의 침묵이 급선무였다. 번아웃을 겪은 지친 뇌한테 재충전의 시간을 줄 필요가 있었다.

문제는 시간이었다. 아무리 쥐어짜도 3박 4일이 최대치였다. 자연히 선택의 폭이 줄어들었다. 여러 고려 끝에 결국 괌으로 결정을 보았다.

현재 인천공항 출국장에서 탑승하기 직전이다. 늘 그렇지만 살짝 긴장한다. 비행기가 움직이기 시작해 하늘길에 접어들기 전까지가 조금 위험하다는 정보가 머리에 입력되어 있어서다. 그 때문일까. 평소에 별로 하지 않던 짓을 한다. 처음으로 강 회장 이름과 그룹 이름을 네이버와 구

지금부터의 세계

글에서 검색해보았다. 사실 이미지는 강 회장과 그 그룹에 대한 관심 자체가 0.5도 없었다. 시쳇말로 안물안궁(안 물어봤고 안 궁금하다)이었다. 따라서 강 회장과 그 그룹을 바라보는 우리 사회 일반의 시선도 잘 몰랐다.

가장 먼저 강 회장이 비자금 조성 의혹을 받는다는 신문 기사들이 눈을 찌른다. 주기적으로. 강 회장이 일선에 있을 때 1조 원대 분식회계를 통해 3천억 원대 차명 재산을 운영하고 차명 계좌로 주식을 거래하면서 법인세 및 양도세를 내지 않았다는 혐의로 검찰에 의해 구속영장이 청구됐으나 기각됐다는 기사 따위도 대문짝만하게 실려 있었다. 포토라인이라고 하는, 바닥에 삼각형으로 붙인 노란 테이프 위에 서 있는 강 회장 전신사진과 동영상도 여기저기에 올라와 있다. 거물 전관(前官) 변호사와 대형 로펌 힘을 빌려 요행히 구속은 면했으나 그 과정에서 변호사비를 몇백억 지출했는데 그 돈마저 개인 돈이 아니라 회삿돈을 빼돌려 쓴 모양이다. 그로 말미암아 지금 이 순간까지도 검경의 수사를 받고 있다는 내용 따위가 꼬리를 물고 있었다. 정체가 심한 도로의 차들처럼. 길디길게.

"비리 황제?"

끝도 없었다. 장외파생상품을 이용해 계열사를 부당 지원했다든지, 자식들에게 비상장 계열사 주식을 액면가 10% 이하의 가격에 인도했는데 자금 출처가 불분명하다든지.

인터넷 서핑에 공연히 머리만 복잡해졌다. 스마트폰을 아예 꺼버리고 눈을 감는다. 볼썽사나울까 싶어 오버사이즈 선글라스로 얼굴을 가렸다.

계획적이었을까. 아직도 강 회장의 성북동 집에서 벌어진 해프닝을 생각하면 심란했다. 강 회장도 방심한 까닭에 함께 낭패를 당했을까. 여태 알쏭달쏭하다.

강 회장 수장고는 그야말로 현대판 토끼 용궁이었다. 정확히 세 번째 수장고 코앞에서 놀이기구 자이로드롭을 탔을 때처럼 아래로 곤두박질친 것은 예상대로 함정이었다. 도둑이 들었을 때를 대비해 덫을 설치해놓았는데 거기에 두 사람이 꼼짝없이 걸려든 거였다. 집안에 도우미 아주머니와 조 비서가 있었으나 선뜻 도움을 요청하기도 어려웠다. 두 사람 중 누군가는 수장고 안으로 들여야 하기 때문이다. 그런데 강 회장은 수장고 안에 피붙이들조차 접근 금지를 실천하는 양반 아닌가.

"닥터 리, 내 소원이 뭔지 아오?"

좁은 공간에 갇혀 본의 아니게 연인처럼 바짝 붙어 있을 수밖에 없었다. 난처했다. 두 팔로 가슴을 가린 채 구겨져 있느라 죽을맛이었다. 심리적으로 얼어붙은 해리상태에 빠지지는 않았어도 은근히 두렵기는 하였다. 성폭행 혹은 성적으로 사육당할지 모른다는 일말의 두려움이 좀처럼 가시지 않았으므로.

"회장님, 생리현상 때문에 엄청 힘들어요. 일단 사람부터 살고 봐야지요. 보안 문제는 차후에 적절히 조치를 취하면 되잖습니까?"

한시바삐 나갔으면 하는데 강 회장은 속을 까보일 절호의 기회라고 보았을까.

"언젠가부터 당신과 한 공간에 있는 꿈을 꾸었다오. 아주 오래됐소."

'당신'이란 대명사 자체가 소름 끼치게 싫었다. 극혐이었다. 그래도 억

지금부터의 세계

지로 담담한 체하였다. 장기간 정신과 환자들과 부대끼며 살아서 웬만한 돌발상황이라면 자신 있었다.

"진솔하게 말하면…. 에, 그러니까…. 우리 닥터 리가 어렸을 적부터 내가 죽 봐왔지 않소. 애띤 당신을. 이제야 고백하네만 당신은 내 이칠소음의 영원한 모델이었소."

"…."

"이왕지사 말이 나온 김에, 싸그리 털어놓으리다. 개쓰레기라고 욕하며 뺨을 쳐도 좋고, 그냥 안겨도 좋고, 선택은 그대에게 맡기리다. 당신도 알다시피 내가 내일모레면 구순 아니오, 구순. 망백(望百)을 바라보는 나이가 됐으니 길어야 10년밖에 더 살겠소. 나와 그때까지 살아주면 내가 가진 모든 것을 그대에게 드리리다. 통째로. 수장고에 있는 국보급 고문화재들도 전부 다. 이 집도. '전환 우선주' 3백만 주도. 오너들이 기업 승계 사전 포석 작업으로다 10년 뒤 보통주로 바뀌는 전환 우선주를 자식들한데 증여하곤 하는데, 그것까지도 기꺼이 몽땅 깡그리. 어떻소?"

원초적 욕망을 생짜로 드러냈다. 솔깃한 제안이라기보다는 더러운 거래라는 느낌이 앞섰다.

일단 태연히 듣고도 겉으로는 못 들은 척했다. 쓰다 달다 이렇다 할 반응 자체를 보이지 않았다. 셈의 대상이 아니라고 봐서다. 거래가 가능한 것은 사랑이 아니므로. 머리로 계산기를 두드릴 수밖에 없는 게 중년 이후의 사랑이라는 속설이 있기는 하지만. 하여 계속 침묵 모드를 지키는 중이다. 성북동 강 회장네를 나올 때까지는 물론이고 여러 날 지난 지금이 순간까지도.

#2

괌 힐튼호텔로 숙소를 정한 건 별다른 이유는 없다. 여러 번 왔다는 것과 설악산 리조트 느낌이 난다는 것, 그리고 비교적 한적하다는 점이 크게 작용했다. 익숙했고, 여전하였다. 크고 작은 수영장 5개와 인적이 드문 비치 선베드 사이를 하릴없이 오가며 이미지는 시간을 잊었다. 과부하 걸린 육체를 완전 방임하였다.

리만 곡면이 탄생시킨 게 다양체(manifold)란 새 개념이다. 미국에서는 대수다양체(varieties)와 구별하나 프랑스에서는 같은 의미로 쓴다는 사실은 5촌 당숙 이무기로부터 들어서 알고 있었다. 다양체는 수학자에게도 중요한 분야지만 정신의학도에게도 뇌기능 지도화(brain mapping)를 바탕으로 정신질환 연구를 하려면 반드시 필요한 수학 도구였다. 이와 관련한 두꺼운 원서 한 권을 챙겨와 읽다 말다 하다보니 어느새 귀국할 시간이 다가왔다.

야외 메인 수영장에서 마지막 수영을 즐기고 나오는 길로 바를 향한다. 갈증 때문이다. 메인 수영장 옆에 가벼운 스낵과 음료를 파는 트리 바(tree bar)가 있었다. 버드와이저, 밀러, 아사히가 있었는데 밀러 라이트로 목을 축였다. 맥주로 갈급증을 해소하자마자 괌에서 계속 꺼놓고 있던 스마트폰을 작동시킨다.

'보이스톡해요'를 카카오톡에 제일 많이 남긴 주인공은 미국에 사는 사촌 여동생이었다. 미안해서 급히 다음과 같은 문자를 보낸다.

— 미안, 동생. 언니가 모처럼 멀리 나온 김에 디지털 감옥에서 벗어
나고 싶어 차단했단다. 쏘리! 이제부터 연락 가능해.

미국에서 신경외과 의사로 있는 여동생은 여러 사촌들 중에서도 비
교적 가깝게 지냈다. 또 맥주를 입에 머금으며 그 전 대화 내용을 찾아보
았다. AI 스피커에 대해 주고받은 톡을 지우지 않아 그대로 있었다.

— 동생, AI 스피커로 인지기능 강화 프로그램이 나와 치매 발병 연
기에 일조하고, 치매 예방 챗봇까지 등장한 건 나도 알아. 카톡 채팅
을 통해 계산, 언어, 집중력을 훈련하는 AI 말이다. 뇌 영상만을 보고
주의력결핍과잉행동장애(ADHD)를 진단하는 AI 기반 알고리즘을 작
년에 벌써 국내 모 대학병원이 개발했고, 미국 식품의약국(FDA)에서
ADHD 어린이용 디지털 치료제 승인을 앞두고 있다는 뉴스도. 약물
대신 게임을 아이패드나 아이폰에서 내려받는 시스템 말이야. 캐릭터
를 조종해 장애물을 피하는 게임인데 그 과정에서 뇌의 전두엽 피질
을 활성화해 주의력을 향상시킬 수 있다는 거. 뿐만 아니야. 조울증과
우울증을 90% 예측 가능한 AI, 목소리만 듣고도 외상후스트레스장애
(PTSD)를 진단하는 AI 등이 진작에 국내외에서 선보인 것까지.

— 언니, 나 지금 '에지(edge) AI'라고, 대규모 정밀의학에 적합한 인공
지능으로 목하 연구 중이거든. 언니도 당장 실천에 옮기라는 소리야.

2016년 IBM의 '왓슨'을 가천대 길병원에서 도입함으로써 국내에도
본격으로 AI 의사 시대가 왔음을, 의료 패러다임이 변하고 있음은 이미지

도 실감은 하고 있었다. 이미지가 소속된 대학병원도 AI를 진료 시스템 전반에 접목하려는 시도는 했다. 그러나 아직은 움직임이 미미하였다.

"언니가 괌에 갔다는 건 이금지한테서 전해 들었어. 그래, 디스차지(방전) 잘했어요?"

맥주를 마저 마시고 일어나려는데 전화가 왔다. 근황을 주고받다 괌에서 쉬며 읽은 원서 이야기를 하자 여동생은 AI 원서를 우선 순위에 둬야 한다고 거듭 어드바이스한다.

"언니, 제가 근무하는 병원만 해도 진료든 뭐든 AI가 디폴트(기본값)야, 디폴트."

지금은 한가롭게 수학책을 들여다볼 때가 아니란다. AI를 당장 본격으로 트레이닝하지 않으면 시대에 뒤떨어진다고 반협박이다. 여동생은 카이저 퍼머넌트(Kaiser Permanents)라는 대형병원에서 일하였다. 코웃음만 칠 수 없는 건 여동생이 연구와 임상 모두에서 앞서나가는 의사였기 때문이다. 의학계에서 최고 권위로 인정하는 '뉴잉글랜드의학저널(NEJM)'에 논문을 여러 편 실을 정도의 실력파니까.

"언니, No offence(기분 나쁘게 듣지 마). 만일 AI를 모르는 의사가 있다면 현 세상에 존재하지 않는 공룡처럼, 네안데르탈인처럼 결국 사라질 거야. 자동차가 대중화되고 나서 말이 이동수단으로서는 더 이상 사용되지 않는 이치와 같아. 말타기 대신 자동차 운전면허를 따는 게 당연하듯 앞으로는 AI라는 만능 조수를 곁에 두고 부리려면 필히… 우리 할아버지대(代)만 해도 병원 경영할 때 '부기' 잘해야 하는 직원을 둔 걸로 알아. 한데 지금은?

MS에서 개발한 '엑셀'이 단순 계산에 능해야 하는 '부기'라는 직종을 없앴잖아. 언니, 아직 안 늦었어. 인공신경망을 개념화한 최초의 논문을 누가 쓴지 알아? 다른 분야 누구도 아닌 의과대학 정신과 교수[54]가 썼거든요. 언니가 그 후예이니만큼 작정하고 뛰어들기만 하면 한 가락할걸."

군이 여동생 말이 아니어도 이미지 역시 알게 모르게 압력을 느낀 지 오래였다. 처음에는 애써 현실을 부정하려고 했다. AI가 제아무리 날뛰어도 정신건강의학과 영역은 못 침범할 것이라는 자신이 은연중 있었다. 하지만 정신과 영역조차 AI는 가만히 놔두지 않았다. 작년 하버드대 의대 연구진의 AI가 대화 문장을 분석해 조현병에 걸린 환자를 90% 이상의 정확도로 알아내는 걸 보고 질린 거였다.

확실했다. 이미 AI가 정신건강의학마저 점령한 게 틀림없다.

오늘 이 순간까지 죽을힘을 다한 결과 가까스로 의대 조교수가 되어 겨우 숨 쉴 만한데 다시 된숨을 몰아쉬지 않으면 생존이, 존재 자체가 흔들릴지도 모른다고 여기자 귀국길이 마치 공부하지 않고 시험 보러 가는 학창시절의 어느 하루 등굣길 같은 기분에 사로잡힌다. AI가 선택 사항이 아니라 필수라는 느낌이 갈수록 강하게 더 들어서, 더더욱.

#3

"엥? 내 사진이 왜 저기에 있니? 왜 내 사진이 니 방에 있냐고?"

역삼동 단독주택 2층 닥터 송 침대 맞은편 벽 정중앙에 이미지 사진이 액자 속에 갇혀 있지 않은가. 의외였다. 이미지가 의과대학 신입생 때 찍은 사진이다. 살짝 웃고 있긴 한데 전체적으로는 시크한 표정을 짓고 있다.

"기억 안 나니? 내가 니 사진 한 장 간직하고 싶다니까 찍으라고 포즈 취해줬잖아. 그 사진을 이렇게 확대해서 걸어놓고 아침저녁으로 감상하고 있단다. 나한테는 그러니까 갓미지 사진은 모나리자인 셈이지."

닥터 송이 좋아하는 줄은 예전부터 알고 있었다. 하지만 이 정도일 줄은 몰랐다. 이만하면 정신적으로는, 가상공간에서는 이미 와이프였다. 불쾌했다. 아무리 상상은 자유라지만 막상 한 남자의 이상화된 모델이 된 현장을 목격하자 심사가 매우 복잡하다.

"완전 미쳤구나."

"말 한번 잘했다. 나 그래, 돌았다, 어쩔?"

"나에 대한 환상을, 환상 그 자체를 키우며 사랑한 거지, 진짜 나 이미지를 좋아한 건 아니야. 이 친구야, 정신 차려. 나한테 치료받아야겠다. 정신머리 리셋을 다시 시켜주마."

더 이상 상대하고 싶지 않다. 당장이라도 닥터 송 방을 박차고 나가고 싶은 마음 굴뚝같다. 그럼에도 간신히 참는다. 막내 삼촌 행방 사건을 의뢰한 검사 형을 닥터 송네에서 만나기로 했기 때문이다.

검사 형이 금세 확인해줄 것같이 굴었지 않는가. 그러나 예상보다 오래 일을 질질 끌었다. 비싸게 구는 건지 사건 해결이 쉽지 않아서인지는 현재로선 확인 불가였다. 무엇이 됐든 진척 상황이 궁금하여 독촉차 닥터 송 옆구리를 찔렀더니 오늘 저녁때 자기 집으로 오라고 했다. 부장검사

형 부부가 집을 방문하기로 되어 있다고 귀띔한 것이다.

"기분 푸셔, 나의 여사친이시여. 안 내키더라도 니 사진 좀 봐줄래? 이 침실에 들어서는 순간 나는 언제나 갓미지 포로가 돼. 사진 속 갓미지 시선에서 절대 벗어날 수 없으니까. 그 이유를 혹시 알겠니?"

성깔을 죽이고 못 이기는 척 쳐다본다. 과연 말 그대로다. 사진 속 이미지가 실제 이미지를 어디서나, 어느 각도로나 바라보았다. 전시(全視) 능력을 자랑한다. 마주보지 않으려고 노력해도 않을 도리가 없다. 조화가 자못 요상하다.

무엇보다 눈빛이 살아 있었다.

"이 사진하고 비교하면 재미날 거야."

닥터 송이 이미지를 만나기 전 사춘기 때 좋아했다는 모 여배우 브로마이드를 이미지 사진 액자 옆에 들고 서자 차이가 났다. 확연히. 여배우 시선하고는 정면에서 마주보기가 불가능하였다.

"기억날지 모르겠다만, 내가 옛날 니 사진 찍을 때 너한테 카메라 렌즈를 똑바로 쳐다보라고 주문했더랬어. 왜 그런 부탁한 거 같니?"

"…"

"그러면, 사진 속 갓미지 시선이 한 점밖에 안 되거든. 그 이유는 말이지. 사진 찍는 행위란 렌즈를 지나가는 모든 직선을 각각 사진 속 한 점으로 사영시키기 때문이야. 키포인트는 이거야. 서로 다른 두 점을 지나는 직선은 하나밖에 없지만 두 점이 겹쳐진 이중점을 지나는 직선은 무한개가 된다는 수학적 팩트[55]에 그 키워드가 있어."

맨스플레인 특유의 장기를 유감없이 발휘한다. 여자 앞에만 서면 우쭐거리고 싶어 하는 수컷 특유의 자랑질이 그에게서도 진하게 느껴진다.

"갓미지 사진이 나에게는 하나의 상징이기도 해. 돌부처, 성모마리아상처럼. 갓미지 사진을 볼 때마다 엉큼한 생각도 하지만 신 혹은 절대자 생각도 하거든. 신 혹은 절대자가 있다면 당신이 만든 이 세상을 남김없이 속속들이, 일일이, 하나하나 모든 것, 일체의 존재를 어디서나 어느 각도로나 다 바라볼까, 바라보지 않을까, 아니면 바라보지 못할까 같은 상상에 잠기는 시간이 많아."

"…"

"『베다』에 나오는 태양신 수리아, 그리스 신화에 나오는 최고의 신 제우스[56], 기독교의 여호와(하나님)[57]도 모든 것을 보는 존재로 기록되어 있다고 들었어. 만일 수리아, 제우스 그리고 여호와가 서로 바라본다면 무슨 일이 벌어질까? 서로의 모습이 어떻게 보일 것 같으니?"

"…"

"절대자가 자신이 쳐다보지도 않을 세상을, 우주를 만들 이유[58]가 있을까. 자기가 살지도 않을 집을 짓는 사람은 없잖아. 그런 점에서 이 우주가 절대자의 집일까. 아님, 예술품? 아님, 공산품? 그도 아니면 1회용품?"

"…"

"너무 거창했나? 내가 거창 출신이라… 수만 번의 설렘으로 다져져 화석화된 남자의 이 뜨거운 사랑을, 좀 로그인해주면 안 되겠니? 이건 내 아내가 될 여자에게 주려고 준비한 다이아야. 3캐럿짜리. 가지지 않으련?

298                                          지금부터의 세계

철벽 그만 치고 제발 이제는 '콜' 좀…. 닥터 송이란 플랫폼 안에 락 인
(lock in : 갇힌다는 의미) 좀…."


# Ep. 30


## #1

"백지 스님은요?."

이금지가 청주시 도심 전경이 한눈에 들어오는 우암산 중턱에 위치한 구구관(九九觀)에 들어서자마자 당신 소재부터 확인한다. 구구관은 오래된 한옥이었다. 도교 사원 분위기를 자아내는 구구관에 그러나 허허 스님밖에 없었다. 분명히 백지 스님하고 우암산 구구관에 있다고 하여 퇴근하는 길로 달려왔지 않는가.

또 부재였다.

허허 스님이 중간에서 백지 스님을 빼돌리는 건 아닐까. 갑자기 이러한 의혹에 휩싸인다. 흑심을 품고? 번번이 백지 스님하고 같이 있다고 하여 거기가 어디든 달려가보아도 정작 당사자는 없는 경우가 태반이었다. 이금지가 온다는 귀띔에 백지 스님이 오히려 뒤처리를 부탁하며 자진해서 대피했을 가능성도 물론 있었다. 지금으로서는 애매한 구석이 없잖아 있다.

"보살, 이 기와 조각 좀 구경하시지요. 감상하고 있는 사이에 아마도 백

지 스님께서 구구관으로 돌아올 거요. 잠시 산보하러 나간 것 같으니까."

한옥 창호지 문을 열고 들어서자 3평 정도 될까. 고만고만한 방이었다. 방 정중앙에 오래된 바둑판이 놓여 있었다. 그 옆에 대추나무 원목 테이블도 붙어 있다. 그리고 문제의 구석자리에는 감상하기 좋게 크고 작은 기와 조각들이 가지런히 정리되어 있었다. 무늬별로 구분해놓았는데 이 금지 눈에는 옹색하게 다가와 별로였다.

"보살, 자세히 들여다보면 이것 봐라 할걸요. 이 '전(田)'자 모양만 해도 예사롭지 않을 겁니다. 이 구구관 주변에서 흔히 발견되는 와편들이라오."

田자 모양 와편■[1]이 제법 많기는 하다. 전에 본 적이 없어서일까. 듣고 보니 이채롭기는 하다. 田자 또는 전자형(田字形) 바둑판 무늬와 함께 잎 떨어진 나무 문양■[2]도 상당량 있다.

"제 속세 성이 전씨(田氏)거든요. 아무래도 田자 와편에 손길이 더 가서 눈에 띄는 대로 모으다 보니 이리 됐소. 구구관에 들릴 때마다. 근세에 만들어진 게 아닙니다. 전문가들이 아무리 늦어도 연대가 통일신라는 된다고 추정합디다. 일반적으론 삼국시대 와편[59]으로 보지요. 어떤 전문가는 삼한시대로까지 거슬러 올라간다고도 본다오. 田이 갑골문자에 이미 보이는 걸 보면 매우 오래된 글자임을 알 수 있지요. 예로부터 밭이라는 뜻도 있었지만 田이 계산단위로도 사용됐던 모양입디다. 구구관을 방문한 어느 고대사학자가 고증했으니 사실일 거요. 서주(西周 : BCE 11세기~BCE 771년) 시대 금문(金文)에 田이 분명히 계산단위[60]로 활용됐다고 했으니까요. 그래서일까요. 구구관에 전해 내려오는 고서에 문집류보다

지금부터의 세계

는 산서(옛 수학책)류들이 더 많고, 田의 크기 문제를 논한 것도 있다오. 크기 문제를 다룸에 있어 단위(척도)가 중요[61]하듯 산서를 남긴 선현들 역시…"

보고 싶은 백지 스님 대신 엉뚱하게 와편 구경이나 하고 있자니 짜증이 난다. 해서 창호지 문을 벌컥 열었더니 돌부처가 눈에 들어왔다. 구구관과 붙어 있는 이웃 암자 마당에 서 있는 돌부처 머리 위 덮개가 시인 윤동주를 떠올리게 한다. 돌부처의 천개, 그러니까 덮개돌이 흡사 윤동주가 찍은 연희전문(연세대 전신) 졸업사진 속의 학사모를 소환하지 않는가. 상상력이란 요물은 어디로 튈지 모른다더니 정말 그랬다.

"보살, 사각모 자체는 연원이 깊다면 깊고 또 흔하다면 흔하다오. 중국 민족 시조라는 황제 초상화도 그렇고, 주문왕(周文王) 초상화도 그렇고, 진무제(晉武帝) 영정도 그렇고, 조선시대 임금들이 쓰던 면류관에서도 사각형 형태를 발견할 수도 있으니까요."

"…"

"음, 전(田)자 와편을 이 바둑판하고 연결해서 한번 생각해보십시오. 당나라 시대 때 일행(一行) 스님이 바둑 기국(碁局) 총수(總數)를 계산[62]했다고 들었습니다. 만약 바둑판이 두 줄만을 지닌 평방체여서 네 개의 점만 있다면 가장 많이 사용해봐야 네 개의 바둑돌만 쓸 수 있지 않습니까. 그러면, 81개의 포국을 만들 수 있게 되겠지요?"

"81개 포국이 구구관하고 연결되나요?

"네, 그렇게 듣고 있습니다. 9에 심취한 최석정(1646~1715)이 1부터 81

까지의 수를 이용해 구구도(圖)를 그린 것에 의미를 두었다는 설도 있는 걸로 압니다. 암튼 재미나는 포인트는 말이죠, 이 집 서까래가 81개란 것 아닙니까."

고개를 젖혀 천장을 보니까 서까래 결을 잘 살려 보기 좋았다, 자연스러운 맛이 있었다.

"발 모양 와편, 바둑판 속의 사각형 조합 그리고 이 창호지 문 문양하고 연결해서 유추하면 의미 있는 결론이 도출될 수 있다고 봅니다. 대전이란 지명도 따지고 보면 '큰밭' 아니겠소?"

창호지 문짝을 정시한다. 문살 모양이 낯익다. 정사각형과 직사각형이 잘 어우러져 있다. 북촌 부모 집 사랑방 문짝하고 똑같이 생겼다는 데 생각이 미친다. 한옥마다 으레 있는 띠살문짝임은 인터넷 검색을 통해 금방 알아냈다.

"이 와편 보시오. 똑같이 생겼지요? 띠살문짝의 원형 ■3일지도 몰라요. 현재 이 분야 전문가들이 어디까지 고증했는지는 잘 모르겠으나. 띠살문짝의 원조가, 시발점이 의외로 먼 과거로 거슬러 올라갈 수 있음을 보여주는 증거가 아닐까 하오."

띠살문짝이 유구한 역사를 가지고 있다? 조금 전과는 완전 달리 보였다. 띠살문짝의 정사각형과 직사각형 탓이리라. 기억창고에 들어가 있던 기억 파편 하나가 밖으로 튕겨 나왔다.

이금지가 중고생일 때 이무기로부터 과외를 오래 받았는데 이금지가 공부하기 싫어할 때마다 수학하고 친하게 해주려고 퍼즐을 내주곤 했다.

대부분 가볍게 풀 수 있는 퍼즐이라 눈을 반짝이며 풀곤 하였다. 때로는 이무기가 슬며시 머리를 써야 하는 문제도 내주었는데 그 가운데 하나가 문짝 무늬와 관계된 퍼즐이었다. 직사각형을 정사각형으로만 나누는 이른바 '완벽한 정사각형 해부'[63]를 놓고 머리를 싸맨 것이다. 사각형 연상을 한 여파일까. 정사각행렬의 고윳값과 고유벡터를 구하는 문제 따위들도 눈앞에 어른거린다.

"허허 스님은 저만 보면 골릴 생각만 하는 것 같아요. 수수께끼충(蟲)도 아니고 어찌 번번이 이러셔요? 언제나 생각거리, 고민거리를 한 아름 못 안겨줘 환장한 사람 같아요. 스님, 용심 그만 좀 부리십시오."

보고픈 백지 스님은 정작 못 보고 대타의 숙제놀음에 찜부럭이 나서 그만 저격하고 만다.

면구하다. 정도 이상의 감정적인 발언이 저도 모르는 사이에 나왔기 때문이다. 마주 앉아 있기 불편하여 방을 나섰다. 이왕 나온 김에 백지 스님을 찾기 위해 구구관 주변을 샅샅이 훑기 시작한다.

#2

달빛 보너스 때문일까. 밤공기가 근사하다. 대숲에 둘러싸인 구구관 분위기가 예스러워 더욱 좋았다. 청주 도심 바로 뒤편에 짐작보다 깊은 골짜기와 그윽한 숲이 숨어 있었다. 아름드리에 가까운 나무 천지였다. 흡사 첩첩산골 속 같은 기분이다.

구구관 근처에 백지 스님은 없었다. 반경을 더 넓혀 뒤져도 마찬가지

였다. 그래도 포기하지 않는다. 사방으로 널려 있는 등산로를 따라 걸으
며 주변을 눈여겨보았다.

"오밤중에 이 무슨 엉뚱 산행?"

이렇게 자조하면서도 수색을 안 멈추었다. 등덜미에 땀이 배어 나올
즈음에야 드디어 백지 스님 모습이 동공에 들어왔다. KBS 송신탑 아래
소나무 군락지에 당신이 있었다. 송림 아래 크고 작은 바위 더미 한 곳에
돌부처같이 앉아 있다.

"아악."

반가운 김에 서두르다 그만 왼발 발목을 접질리고 말았다. 곡소리가
절로 나온다. 절뚝거리며 걸을 수는 있었다. 하지만 일부러 꼼짝달싹 못
하는 중환자 모드로 들어갔다. 백지 스님에게 업힐 수 있는 절호의 찬스
로 다가왔기 때문이다. 스마트폰 전원까지 아예 껐다. 땡잡기 위한 사전
정지작업이다. 백지 스님이 등을 빌려주기 싫어 119를 부를 수도 있겠다
싶어서다.

횡재였다. 한밤중이라 오가는 등산객도 없었다.

"허허 스님은 다 좋은데, 요설이 좀 과한 게 탈이지요. 굳이 뒷담화를
하자면. 그것도 다 보살을 위해서 하는 말이니까 너무 고깝게만 듣지 마
시오."

들쳐 업히자 매우 어색했다. 이를 덜기 위하여 아까 구구관에서 허허
스님하고 있었던 일을 약간 보태서 소상히 고자질하자 백지 스님이 편을
들었다.

지금부터의 세계

백지 스님 등은 넓었다. 그리고 무엇보다 따스했다. 그 안온함에 빠지자 심장이 벌렁거려 정신을 차릴 수가 없다. 그동안 알게 모르게 당신으로부터 받은 무수한 무시를 일거에 오롯이 보상받는 느낌이다.

"보살, 내 별명이 뭔지 압니까. 짖중이요, 짖중. 개처럼 왈왈 큰소리로 짖는 듯이 말한다고 해서 도반들이 그리 부른다오. 이 짖중이 허허 스님 말에 첨언을 하나만 달면 말이지요. 와편에도 불성이 있다는 사실입니다. 제 말이 아니에요. 당나라 때 혜충(慧忠)국사라는 분이 일갈했는데, 틈틈이 저작해보십시오. 그만한 가치가 있을 겝니다."

백지 스님도 불가피하게 업긴 했으나 심히 부담스러운 모양이다. 웬만해서는 말을 하지 않는 스님 입에서 자잘한 에피소드까지 듣는 건 처음이었다. 순전히 덤이다.

"보살, 물리학의 초끈이론에서 우주가 $10^{500}$개나 된다고 말하지 않소, 왜. 만일 그 많은 우주를 A4 용지 한 장에 나타낸다면 어떤 모양이겠소?"

NASA나 국내외 천문 관련 연구소 홈페이지에 들어가면 관측 가능한 우리 우주 모습은 쉽게 볼 수 있다. 우리 우주에 최소한 2조 개의 은하가 있는 자용은 이금지가 근무하는 연구소 홈페이지에서도 접할 수 있었다. 또 인터넷에서 검색하면 로그 스케일로 표현한 관측 가능한 우주 형상, 온갖 컴퓨터 시뮬레이션 결과물, 은하수 너머 은하들의 분포를 보여주는 전천 적외선 사진 등도 다운로드 받을 수 있지 않는가.

"보살이 천체물리학자이니만큼 연구해서 이 짖중한테 가르쳐주면 고맙겠소."

"…"

"고대 인도 시에 보면 말이오. 영원불변하는 큰 우주를 나무 한 그루에 비유하고 있습디다. 우리 우주는 큰 나무 중에서 하나의 나뭇가지이며, 각 가지가 개별적인 우주라고 노래하고 있더군요. 과연 이 시가, 이 비유가 터무니없는 상상에 불과할까요? 내가 대학 다닐 때 매스매티카로 이진 트리(binary tree) 함수를 작성한 적 있소. 그게 누적되면 대칭적이면서 환상적인 나무 그림을 볼 수 있지요. 특히 이진 트리의 변형 그래프인 '이진 별(star) 트리' 그림[64]이 절묘하지요. 가지 끝마다 별이 아름답게 달려 있는 걸 볼 수 있으니까요. 우리 보살도 한번 해보세요. 제가 왜 감탄했는지 알게 될 거외다."

꿈결 같다. 목소리도 감미롭기 그지없다. 색(色)에 함몰되지 않으려고 버둥거리는 모습이 귀엽기까지 했다. 백지 스님이 곤혹스러워 하면 할수록 더 전신이 불타올랐다.

"스님을 처음 삼도봉 아래 토굴에서 뵈었을 때 '이것이 다'라며 A4 용지 한 장을 쥐고 흔들었잖아요. 그것하고 $10^{500}$개 우주 그림하고 연결되나요?"

"글쎄올시다. 자칫 잘못하면 이 주제는 존재의 근원을, 근본을 추적하는 심오한 논제가 아니라 한낱 망상거리가 될 확률이 아주 높소. 경계가 필요하다는 말씀. 엄밀한 수학적 접근이 없으면 허튼소리를 마구다지로 지껄이기 딱 좋은 주제란 말입니다. 보살도 알다시피, 곡선으로 둘러싸인 넓이를 적분으로 구할 때 극히 주의해야 하잖소. 우리는, 인간은 넓이를

지금부터의 세계

못 보는 관계로."

백지 스님이 넓이 개념을 도장(paving) 개념[65]으로 접근하는 법을 상기시킨다. 주어진 도형을 단위 넓이로 덮어나가는 테크닉을. 대학 신입생 때 미분적분학 강의 시간에 틀림없이 배운 내용이다. 하지만 기억이 안개에 휩싸여 있었다. 그 때문이리라. 난생처음 접하는 것처럼 신선하게 다가왔다. 똑같은 말도 말하는 주체가 누구냐에 따라 얼마나 달리 들리는지를 실감하는 시간이었다.


## Ep. 31


### #1

나매쓰에서 통계학습(statistical learning) 책임자로 있는 직원이 조용히 보자고 하여 스타트업이 입주해 있는 건물 뒤편 숲속 벤치에 나란히 앉자 이무기에게 흰 봉투 하나를 내민다.

웬 봉투? 뜻밖이다. 이무기는 연봉 협상을 앞둔 시점이라 좀 더 배려해 달라는 말을 할 것으로 점쳤지 않는가. 그 때문에 만일 감당하기 버거운 액수를 제시할 경우 어떻게 할지를 놓고 고민한 것이다. 비사교적이고 내성적인 성격이라 말 한마디조차 조심할 필요가 있는 개발자였다.

"'이유 없는 이유'로 퇴사하고자 합니다."

"말장난하는 것도 아니고 대체 뭐하자는 거셈?"

화살이 날아올 때를 대비해 피할 궁리를 하고 있는데 난데없이 총알이 날아온 격이었다. 예측 못 한 변수라 적잖이 당황한다.

"인간적으로 이무기 대표님을 좋아합니다. 나매쓰의 직원 무간섭 경영 방침도요. 문샷(moonshot : 달성 불가능할 것 같은 프로젝트)을 외치는 대표님 뜻에도 전적으로 동의합니다. 그렇지만 더 이상 한 팀이 될 수 없게 됐습니다. 죄송하지만요."

사랑해서 헤어진다는 말만큼 핑계 하나 지존급이다.

최소한의 구조만 가지고 무언가를 학습시키는 것, 이 학습에 통계적으로 접근하는 것, 그 핵심은 스스로 수정이 가능한 알고리즘을 개발하는 것―통계학습 정의를 최대한 골자만 적시하면 이렇게 세 줄로 요약이 가능하다. 어떻게 보면 통계학습은 인간의 일반적인 학습법하고 똑같다. 학생들이 무엇을 배우는 과정에서 틀리면 스스로 고치듯 시행착오를 통해 발전해 나가는 게 통계학습[66]이니까.

나매쓰에서 없으면 곤란한 존재였다. 인도에서 데리고 온 라잔 샤르바가 오른손이라면 그는 왼손이었다. 수리랑은 물론이고 접니다 프로젝트의 핵이자 키였다. 이무기와 나우리가 부족한 분야가 통계학습 아닌가. 특히 그가 최근 하루가 다르게 발전시키고 있는 '한국어 처리기' 앞날이 몹시 걱정스러웠다. 통계적 자연언어 처리 기법 전공을 살려 특화한 원천 기술이었다. Soynlp(파이썬 기반 한국어 처리 패키지)[67]보다 더 혁신적으로 개발하여 기대가 컸다. 구글의 언어 모델 버트(BERT)처럼 통계를 활용해 다음 언어를 추론하는 방식인데 버트와는 결이 완전 다른 알고리즘이

　　　　　　　　　　　　　　　지금부터의 세계

라 나매쓰의 여러 파랑새 가운데 하나였다. '접니다'에 접목할 날만 손꼽아 기다리고 있는데 이 무슨 치명적인 버그?

"통맨, 갑자기 왜 그러서?"

통계학습 책임자를 부르는 호칭이 '통맨'이었다.

"저도 이러고 싶지 않은데 불가피했습니다. 저도 '맘찢'이란 점은 분명히 합니다."

"통맨, 불가피한 이유가 대관절 뭔데? 알아야 받아들일지 말든지 할 거 아닌가?"

"이유를 모르는 게 좋아서 그럽니다, 대표님. DNN 구조처럼."

딥러닝에 중점을 둔 인공신경망 DNN(딥 뉴럴 넷)은 많은 데이터를 가능한 한 오류 없이 처리할 수 있는 정교한 시스템이다. 문제는 그 결과에 대한 이유가 이해할 수 없는 경우가 있다는 것.

"DNN처럼이라?"

퍼즐 같은 직유법에 더 어리둥절한다.

"대체 왜 그러셈? 내가 통맨한테 섭섭하게 한 게 있는가? 아님, 몹쓸 갑질이라도?"

연봉을 넉넉하게 책정하지 못해 미안한 점 빼고는 최상의 대우를 해주었지 않는가.

인공지능 세계에서 최적 신경망을 만들 수 있는 이론이 있을까. 없다. 적어도 현재까지는 정설[68]이다. 달리 말하면 인공지능 개발자 능력에 모든 것이 좌우된다는 이야기였다. 통맨 특유의 차별화된 알고리즘 개발과

분석 테크닉이 나매쓰에 절실했다. 순환신경망(RNN)을 기반으로 한 언어 계산 모델이 통계언어 모델링을 위한 가장 성공적인 기술 중의 하나이기에, 더욱더.

"동어반복할 수밖에 없어 저로서도 고구마를 열 개 먹은 기분이랍니다. 나매쓰와 핏(결)이 안 맞아서 나간다고 생각하시면 좋겠습니다. 이것만은 분명히 합니다. 작년 10월부터 사람처럼 문장 맥락을 이해할 수 있는 AI 개발을 시작한 네이버 관계자가 저를 스카우트하려고 했지만 지금까지 거절했고, 앞으로도 거절할 예정입니다. 삼성리서치(삼성전자 통합 연구조직) 등에서도 당근책을 제시했지만 마찬가지고요. 그렇다고 창업을 할 것도 아닙니다. 대표님을 위한 저의 마지막 배려가 이유를 말하지 않는 것입니다. 다시 반복하자면, 이유 없는 이유가 답입니다. 제가 이유를 말하는 순간, 랜섬웨어 공격으로 컴퓨터 하드웨어에 저장된 파일이 통째로 해킹당한 듯한 충격을 대표님이 받을 수도 있다는 힌트만 살짝 드릴게요."

멘탈 붕괴였다. 통상 스타트업 환경은 열악하지 않는가. 그럼에도 나매쓰 나름대로 완벽하게 라인업을 구축했다고 자신했는데 엉뚱한 데서 타이어가 터졌다.

계속 죄어쳐도 알맹이 없는 뜬구름 화법의 연속이었다. 정신과 의사 상담을 의뢰하는 게 어떨까 할 정도로 보통 사람의 이해 수준을 뛰어넘는 언어를 구사했다. 제발 너드(nerd : 지적으로 우수하지만 강박관념에 사로잡혀 살거나 사교성이 떨어지는 사람을 일컫는 말) 특유의 일시적인 돌발행동 혹은 말폭탄에 그치기를 바랄 따름이다.

#2

"문장의 가장 일반적인 표현 방법인 트리 구조(tree structure)에 대해 썼네요, 석사논문을. 문장의 문법 구조를 분석하는 파싱(parsing)도 자세히 다루었구요. 좋습니다. 자연어 처리 시스템 성능을 좌우하는 게 파싱[69] 이니만큼."

대학 내 기술지주회사 대표이자 최근 창업지원단장까지 겸임하게 된 왕 교수로부터 하루빨리 거액을 지원받으려면 '접니다' 프로젝트를 서두를 필요가 있었다. 그러려면 인력 보강이 절실했다. 긴급 공지를 홈페이지에 띄우고 사람을 충원하는 절차에 곧장 들어간 것은 이 때문이다. 대학신문 광고만으로는 미약한 듯싶어 연관 있는 각 대학 여러 학과 사이트 및 과사무실 앞 복도 게시판에도 충원 전단지를 붙이기에 이르렀다.

전산언어학 책임자, 나우리 부대표 심사를 거쳐 최종심에 3명이 올라왔다. 그 가운데 한 명이 제출한 이력서와 증빙 자료를 스타트업 대표실에서 보고 이무기가 한 발언이다. 디지털 문서 도구 '노션(Notion)'으로 만든 이력서와 자기소개서에는 사진은 기본이고 영상 및 각종 자료가 하이퍼링크로 걸려 있었다. 이즈음 IT 업계 지원자들 사이에서 유행하는 방식이었다. 유려한 디자인을 갖춘 템플릿 같은, 입맛에 맞는 게 많아서다. 만일 적임자가 있다면 정규직으로도 채용할 생각도 있었다. 하지만 그렇고 그런 지원자라면 공고한 대로 1년, 2년 계약직 중의 하나로 뽑을 예정이었다.

트리 구조로 석사논문을 쓴 지원자는 이무기의 질문에 모범 답안을 내놓았다. 테스트용 질문 리스트 가운데 두 가지만 적시하면 아래와 같다.

"문장에서의 트리 구조와 수학, 과학, 공학 전반에서의 트리 구조를 비교해서 분석해보실 수 있나요?"

"계보(family tree)와 웹 페이지 트리 구조 사이의 관련성은?★[7]"

또 다른 지원자는 말뭉치 혹은 코퍼스(corpus)라는, 언어 표본을 추출한 자료 모음에 대한 노하우가 많이 있었다. 대기업 계열 연구소에서 일한 적도 있는 이른바 경단녀였다. 나이가 좀 많은 것 빼고는 나무랄 데가 없었다. 구글의 엔그램 말뭉치, NTU(다국어 코퍼스), 펜 트리뱅크(penn treebank), 심지어 AP(통신사) 트리뱅크에 있는 1백만 개 단어까지 만져본 유경험자였다.

마지막 지원자는 이산수학, 통계학, 과학과 공학 전반에 널리 이용되는 의사결정 트리에 실무 경험이 풍부한 친구였다. 구글이 운용하는 AI 개발자 경연장인 캐글(kaggle)과 데이콘(국내 AI 개발자 커뮤니티)에서 두각을 나타낸 능력자이기도 했다.★[8]

세 지원자 모두 장단점이 있었다. 누구 한 사람 딱 고르기가 어려웠다. 자금에 여유가 있다면 셋 다 정규직으로 채용하고 싶지만 그럴 형편이 아니어서 상당히 아쉽다.

당사자들에게는 가혹한 면이 있으나 최종 판단을 돕기 위해서는 별

지금부터의 세계

수 없다. 부품 경쟁력이 완성품 경쟁력을 좌우하는 만큼 신중을 기할 필요가 있었다. 지원자끼리의 코딩 능력 점검에 이어 난상토론이라는 데스매치에 들어간다. 1차 의제는 '텐서플로에 나오는 전이함수들을 한국어 처리에 어떻게 하면 효율적으로 적용할 것인가'를 제시한다. 혹 있을지 모르는 스펙 쌓기용 지원자, 자신이 엄청난 개발 능력을 갖고 있다고 과시하는 소위 말하는 '입' 기술자를 걸러내는 것도 주요 미션이라 이무기도 신경을 곤두세운다.


#3

"내 방에서 작설차 한잔하고 갈래?"

이임박 방에서 자료 수색을 마치고 나오자 명아주 지팡이에 의지한 채 분재림(林)에 빠져 있던 큰아버지가 부드럽게 나왔다. 은근하다. 잠적이 길어지는 사촌동생한테 여지껏 관심을 거두어들이지 않아서일까. 그도 아니면, 엔젤투자 이야기를 구체적으로 제기하며 따따부따 따지지 않아서일까. 어쨌든 고맙다는 의사표시가 그 안에 들어 있었다.

"네, 그러겠습니다."

신종 코로나바이러스 감염증(코로나19) 때문에 개강이 2주 연기되는 바람에 뜻하지 않게 여유가 생겼다. 3월 들어서면 이임박 아파트에 한동안 오기 힘들 줄 알았다가 발걸음을 한 것은 그 이유였다.

또 쓴입만 다셨다. 끝내 이임박 실종 관련 무슨 단초를 찾을 수는 없었다. 완전한 방, 불변부분공간 문제, 고정점 나부랭이에 대한 진전된 문건도 보이지 않았다. 그렇다고 완전 허탕만 친 건 아니었다. 고정면(面)에 접근한 문건은 상당량 입수했기 때문이다. 크고 작은 건물 출입구 한쪽 유리문을 막고 적어놓은 게 '고정문' 아니랴. '문'이란 일상용어를 '면'이란 수학용어로 변환하고서 바투 다가갔는데 수학적 의미가 있어 보였다. 어느 정도인지는 당연히 세밀한 검토를 더 요하였다.

좌우간 이임박 드레스룸을 채우고 있는 자료들을 일일이 분류하고 정리해놓지 않는 한 더 이상의 진척은 기대하기 어렵다는 사실을 재확인한 날이었다. 이임박의 종적 건이 어떤 식으로든 정리되면 그때 가서 다시 생각하기로 하고 일단 당분간 철수할 요량으로 방에서 나오는 길이다.

"차맛이 괜찮을 거다. 중국 운남성(원난성)에서 온 자연산 작설차거든."

당신 방 한가운데 놓여 있는 다탁 앞에 앉자마자 찻잎 향부터 맡게 한다. 차 특유의 내음이 진하게 났다. 그러나 평소 차를 즐기지 않아 솔직히 말하면 특별한 향인지 보통 향인지를 구별할 후각이 이무기에게는 없었다.

큰아버지가 찻잔 세트를 진설하는 동안 눈길을 딴 데로 돌린다. 큰아버지 방만의 특색이라면 침대 머리맡에 걸려 있는 무극도 액자였다. 태극도, 천하도 관련 수집가답게 태극도와 천하도 액자도 벽에 두 개 더 걸려 있다. 한쪽 벽을 오롯이 다 차지하고 있는 갖가지 지팡이들도 이색적이라면 이색적이다. 일부는 직접 사용했지만 대부분은 눈요기거리 장식용이었다.

"이 괴목 다탁은 오래됐지요? 북촌 할아버지댁에서부터 본 것 같아서요."

"그랬지. 이무기가 태어날 무렵이니까 벌써 반백 년 됐네. 내가 종로

대로변에서 병원을 운영할 때 환자 중 한 사람이 유명 공예가였더랬어. 이 치가 자기 고향 시골 동네에 벼락맞은 몇 아름드리 느티나무가 있는데, 뿌리를 잘 다듬으면 멋진 작품이 나올 거라고 하지 않겠나. 병원비 마련할 현금 조달이 어렵자 퉁칠 속셈인 걸 알면서도 응했어. 진짜로 벼락 맞은 증거 사진을 보여주기도 했으나 그보다는 예술가를 누구는 후원도 하는데 싶어서 최선을 다해보라고 했더니 이렇게 만들어 왔지 뭐냐."

큰아버지가 문제의 다탁을 구입할 즈음만 해도 귀했을지 모르나 지금은 아니지 않나 싶다. 서울 변두리나 지방 대로변 공터에 흔히 뿌리 공예품을 전시해놓고 파는 걸 보면.

"무기야, 참, 이것 좀 볼래? 우리 막내가 종적을 감추기 직전까지 침대 머리맡에 놓여 있던 거다. 낙서한 A4 용지, 리포트 용지, 내가 병원에서 사용하는 의료기록용 차트지에 갈겨놓은 것, 노트, 신문 스크랩해놓은 거 등속인데, 혹여 도움이 될지 모르겠다 싶네."

밍밍한 차맛이 별로라고 생각하고 있는데 귀가 뚫리는 발언을 하지 않는가. "그걸 지금 말이라고 하십니까?"라며 따지고 싶은 기분이다. 이임박의 가장 최근 정신상태를 들여다볼 수 있는 직접 증거품을 이제야 보여주는 그 저의가 수상했다. 종적 관련 어떤 단서가 숨어 있을 수도 있겠다 싶자 가슴이 뛰며 드설렌다.

방 벽장 안에는 다종다양한 함이 들어 있었다. 제법 오래된 함들이었다. 인함(印函) 같은 아주 작은 함부터 서류함 용도로 만든 교피함(鮫皮函 : 말린 상어가죽으로 만든 함) 등이 있으니까. 그 함들 사이에서 색지상자라고도 부르는 이합상자 하나를 큰아버지가 꺼낸다. 돌아가신 큰어머니가 사용하던 거였다. 이름 그대로 각기 크기가 다른 상자 두 개가 한 짝으로 이루어져 있었다. 직육면체 각 면마다 정가운데에 삼태극 문양이 새겨져 있는 게 별나다면 별났다.

함에 비해 비교적 대형인 궤류(櫃類)는 아직 북촌 한옥에 그대로 두고 있었다.

"제가 가져가서 꼼꼼히 봐도 돼요?"

"우리집에서 보면 안 되겠니? 아무래도 번거롭겠지? 니 성의를 봐서 내 허락하마. 단 종이 쪼가리 한 장이라도 없애진 마라. 우리 막내가 자기 물건에 대한 강박증이 있다는 건 너도 잘 알잖아. 암튼 애비된 입장으로 선 우리 막내가 도달한 어떤 세계가 기왕지사 남들에게도 의미 있었으면 좋겠다는 거다. 이 점에 유의해서 봐줬음 한다."

큰아버지가 이합상자에서 백화점 종이 쇼핑백으로 내용물을 옮겨 담으면서 유독 힘주어 강조한 대목이다. 그러잖아도 유념할 작정이었다.


# Ep. 32


## #1

"올 1월은 이래저래 악몽이었습니다. 부친상을 당한 데다 딸내미마저 단군병(病)에 걸려 제 혼을 빼놓았으니까요. 아버님이 돌아가시기 직전에

지금부터의 세계

여쭤보았죠. 무슨 한이 있으시냐고. 무슨 소원이 있으시냐고. 돌아가시기 전에 마지막으로 무엇을 해보고 싶으시냐고 물었지요. 제 능력으로 해드릴 수 있다면 해드리고 싶어서. 무리를 해서라도. 그랬더니 의외로 부친께서 어머니를 물리치고 은밀히 고백하시는 거 있지요."

2차원녀 아버지 고 전무 고향인 경북 고령까지 발걸음할 줄은 정말 몰랐다. 예정에 없었다.

이미지가 어제 새벽 수서역에서 SRT를 타고 대구로 내려온 것은 의료봉사 때문이다. 의대에 다닐 때도 오지 마을과 낙후 도서의 의료봉사에 곧잘 참여했다. 무슨 거룩한 뜻이 있어서라기보다는 마땅히 해야 할 일로 받아들였다. 대구에서 의료 인력이 부족하다는 뉴스를 접하는 즉시 가만히 있을 수 없었다. 자청했다. 집안 사람들 가운데 의사로 있는 사람들끼리 보는 단톡방에 공지를 띄우자 친척 어른 중 한 분, 사촌 여동생 한 명, 이미지 포함해 3명이 내려온 것이다. 하여 우주복처럼 얼굴 전체를 덮어씌우는 후드를 입고, 그 안으로 공기를 넣어주는 전동식 호흡보호구(PAPR)를 쓰고 이틀간 사투를 벌였다. 완전 전쟁이었다. 수백 명의 환자가 몰려 있는 계명대 대구동산병원은 그야말로 전쟁터를 방불케 했다. 평소 수영으로 단련된 몸이건만 보호구를 쓰고 환자 보는 일이 장난 아니었다. 중노동도 그런 중노동이 없었다.

1박 2일, 이틀을 온전히 코로나19 방역 의료진에 지급되는 '레벨 D 방호복' 속에서 살다가 해방되자 녹초가 되었다. 스마트폰은 애초부터 꺼 놓고 지냈다. 그사이에 고 전무로부터 연락이 많이 와 있었다. 문자 메시지와 음성 녹음 등등을 요약하면 '용무가 있어 대학병원으로 전화했더니 휴가 내고 대구로 내려갔다고 들었다. 당신도 마침 집안 문제로 고령에 내려와 있다. 대구와 고령은 이웃집처럼 붙어 있으므로 가능하면 보자'는 소리였다.

"그렇다면, 그럴까요."

친척 의사들과 함께 행동하다가 마지막에 빠지면 모양이 안 나오지 않는가. 해서 고 전무에게 거절 의사를 전하려고 스마트폰을 들었다가 도리어 낚이고 말았다. 2차원녀 의식과 무의식에 원초적으로 영향을 미친 당신 아버지 서재를 공개하겠다는 감언에 넘어간 것이다.

2차원녀 상태는 눈에 띄게 호전되고 있었다. 이에 주치의와 이미지도 힘이 났다. 당연히 고 전무 부부도 좋아 죽었다. 흡사 죽었다가 다시 살아난 딸 이상으로 반겼다. 주치의와 공동으로 쓰는 논문도 본격으로 궤도에 올렸다. 고 전무가 그 전에 건네준 자료들만으로는 미진해 국립중앙도서관과 국립중앙박물관까지 찾아갈 궁리를 하던 참이라 잘됐다 싶었다.

"아버지가 모친에게는 끝까지 함구해 달라며 하는 말이 글쎄, 무슨 드라마인 거 있죠. 아버지가 말년에 중국에도 여러 번 갔지만 왜 일본에 유달리 뻔질나게 드나들었는지 아느냐고 되묻더라구요. 고개를 저었더니 사춘기 때 짝사랑한 여자를 찾아서라지 뭐예요. 대뜸. 모리 미코(森美子)라는 여인을 한 번 보고 죽으면 원이 없겠다 싶어서라지 뭡니까. 모리 미코를 얼마나 오래도록 되뇌시는지…. 알고 보니 일제 강점기 때 여기 경북 고령에도 일본인들이 제법 들어와 살았더라구요. 모리 미코는 부모가

지금부터의 세계

집에 없으면 아버지를 곧잘 집으로 끌어들인 모양이에요. 그 과정에서 자연히 그 집안을 속속들이 구경하게 되었는데 그 집만의 특색이 있었대요. 집안 여기저기 구석구석 널려 있던 게 골동품이라지 뭡니까. 고령 인근에서 긁어 모은."

"…"

"그때까지만 해도 아버진 골동품엔 일체 관심이 없었다고 해요. 사전 지식이 없기도 했고, 또 무덤 속에서 나온 물건이라면 설령 금덩이일지라도 귀신이, 죽은 사람 영(靈)이 묻어 있다고 간주해 질색했다나요. 다른 보통 조선인처럼. 하지만 일본인은 달랐다고 합니다. 기를 쓰고 수집하는 사람들이 많았는데 그중에서도 모리 미코 아버지가 광적이었다고 해요. 그걸 본격 의식하고 두 눈으로 확인하게 된 것은 천황의 항복선언 직후였답니다. 귀국길에 보니까 트럭 몇 대에 그득 실어 나른 게 우리 골동품이었다지 뭡니까. 그 순간까지도 아버지께선 골동품들의 값어치나 역사적 의미를 잘 몰랐다고 해요. 못 배운 탓도 있으나 모리 미코한테 푹 빠져 정신 못 차릴 때라 더욱."

"부친께서 그렇다면 귀한 것도 보셨겠는데요?"

"넵. 모리 미코가 하루는 자기 집안 구석에 꼭꼭 숨겨 놓은 골동품을 자랑삼아 보여주었다고 해요. 200여 기 고분이 밀집되어 있는 지산동 대가야 고분군에서 나온 귀중품들을. 거기에 금관도 있었고, 금변(金弁)도 있었다는 거 아닙니까."

"금변이라뇨?"

"금으로 만든 고깔모자. 삼한시대 여기 고령지역이 변한(弁韓)에 속해 있었거든요. 변진(弁辰)이라고도 하는. '변한, 변진'이라는 말 자체가 고깔모자(弁)를 쓰는 나라라는 의미잖습니까."

고 전무가 일전에 준 자료 더미에도 고깔모자가 여러 곳에 언급되어 있었다. 변한 이후 통일신라시대에도 고깔모자를 애용했는지 곳곳에 등장했다. 신라 금관모(帽), 가야 인물상, 신라 토우들이 쓰고 있는 모자가 바로 고깔 형태이니까. 이 고깔모자는 변한과 신라만의 전유물도 아니었다. 고대 유라시아 초원지대의 문화 코드에 가까웠다. 카자흐스탄에서 발굴된 일명 '황금인간'이 쓰고 있는 고깔모자가 증좌하듯. 메소포타미아 문명 유적들이 보여주듯.

재미나는 점은 고깔모자의 현대수학 버전이라고 볼 수 있는 원뿔함수가 과학기술 전반에 두루 등장한다는 사실이다.

"부친께서 향토사학자가 된 것은 모리 미코네에서 본 고깔모자들 때문이라고 해요. 금으로 화려하게 세공된 고깔모자, 청동과 철로 제작된 고깔모자도 틀림없이 본 모양이에요. 광복 직후 그것들이 일본으로 몰래 밀반출될 때 경비 노릇까지 하며 무사히 가져갈 수 있게 도운 죄를 씻기 위해 인생 중후반기를 몽땅 바쳐 피눈물 나게 애면글면했으나 끝끝내…. 뒤늦게 그것들이 국내에 있었다면 국보급 유물들임을 깨닫고 땅을 쳤다고 합니다. 원죄 때문에 누구에게 속을 털어놓지도 못하고 끙끙끙 앓으신 거지요, 뭐, 일평생을. 부친 말씀을 종합하면, 모리 미코 아버지는 합법적 수집가라기보다는 도굴범 아니면 최소한 장물아비였을 거라고 봅니다.

지금부터의 세계

고령에도 계획적으로 잠입했다고 확신했습니다. 모리 미코 아버지의 한 국인 꼬붕이랄까, 가방모찌(부하를 뜻하는 비속어)를 한 사람으로부터 직접 들었을 뿐만 아니라, 야밤에 지산동 고분군에서 그이를 봤다는 사람도 많 았다는 게 그 예증이라고 하더군요."

"…."

"부친께서 모리 미코도 보고, 금변 등도 도로 찾을 요량으로 수십 년 혼신의 힘을 쏟았지만 만사 도루묵이었다고 해요. 허무하게도. 아마도 변 성명 혹은 신분 세탁을 했다고 봅니다. 전후 일본에서. 안 그랬으면 고령 에서 산 흔적도 있고 하여 찾았을 텐데 종내 못 찾은 걸 보면."

어떤 식으로든 고 전무 부친이 당신의 복잡미묘한 심사를, 회한을 2 차원녀에게 전염시킨 듯했다. 고 전무 부친 서재가 있는 고령 한옥에서 그 점을 구체적으로 확인하고자 이미지가 눈을 반짝인다.


#2

"코로나19 때문에 외부 식당으로 나가 먹기도 그렇고 하니까 나를 위 해 3단 도시락을 싸왔다고?"

오전 진료를 다 본 후였다. 메드아카이브(MedRxiv : 의학논문 사전공개 사 이트)에 들어가 논문 사냥을 하며 닥터 송을 기다렸다. 이윽고 도착한 닥 터 송에게 보자마자 이미지가 감동 대신 사무적으로 나간다.

"그래. 도우미 아주머니 도움을 받았지만 내가 메뉴도 정하고 주도적 으로 자개찬합에 쌌어, 갓미지. 갓미지 최애 음식으로다. 새벽에 일어나,

최대한 고급지게."

이미지가 닥터 송을 굳이 외래진료실에서 점심때 보자고 한 데는 깊은 저의가 있었다. 정색하고 돌직구를, 말폭탄을 터뜨릴 일이 있어서다.

시시때때로 이 같은 모진 역할을 할 수밖에 없었다. 그러잖으면 문제가 수습 불가능한 국면으로 치닫기 쉬웠다. 며칠 전에도 똑같았다. 더는 못 참아 한 남자를 사정없이 이미지 인생에서 완전 삭제한 것이다.

딴 문제라면 몰라도 남녀 사이의 사랑만큼은 노력이 만병통치약은 아니었다. 상대방이 전혀 흥미 없을 경우, 다시 말해 관심 1도 없을 때 다른 쪽이 아무리 정성을 기울인들 한계가 있으니까. 그럼에도 열 번 찍으면 넘어가지 않는 나무가 없다는 잠꼬대 같은 미신을 굳게 믿고 말썽을 일으키는 사람들이 왕왕 있었다. 이미지 주변도 마찬가지였다.

강 회장의 손자 강 사장도 그 가운데 한 명이다. 하다하다 얼마 전에 보니까 이미지가 살고 있는 주거지 시그니엘 레지던스로 이사까지 왔다.

"이미지 씨, 오해 마세요. 연애 전략상 거처를 옮긴 게 아닙니다. 제 개인 돈으로 사지 않은 게 그 증거예요. 우리 회사 법인 명의로 구입했거든요. 해외 바이어 숙소용, 중요한 연회 등으로 활용하기에 이만한 데 없지 않습니까. 특급호텔 스위트룸보다 더 광이 나는 공간이라 매입했을 뿐이라니까요."

그럴 수도 있었다. 이미지 이웃집들 중 상당수가 기업 오너가 법인 명의로 사서 개인용으로 활용하므로, 사주 등이 직접 매입하면 세금 등의 골치 아픈 사안이 뒤따라 이를 우회하기 위해 짱구를 굴리는 거였다.

지금부터의 세계

"그렇다면, 다행이구요. 잘됐습니다. 앞으로 우리 모르는 척하기로 해요. 그대가 동의하건 말건 저는 이 시간 이후로 아는 척하지 않을 테니까요. 미리 말해두는 건요. 공개적으로 망신 안 당했으면 해서요."

야멸차게 철벽을 치는 건 혹시나 하는 일말의 여지를 시초부터 주지 않기 위함이다. 이 짓을 재차 닥터 송에게도 반복해야만 했다. 더는 미룰 수가 없었다. 청혼까지 받은 마당이므로.

"잘 들어, 닥터 송."

도시락에 손조차 대지 않으려다 정성을 봐서 맛만 본 후 포문을 연다.

"나 너한테 처음부터 분명히 했다. 연애나 결혼에 관심 없는 초식녀라고. 예과시절부터 수시로 주지시켰어. 한데 그댄 흘려들었어. 나의 초식녀 커밍아웃을! 그래서 내 사진을 방에 걸어놓고 살았고, 마침내 3캐럿 다이아로 청혼했고, 누가 봐도 이 시대 상남자인 닥터 송한테 초특급 청혼을 받아 영광으로 생각하긴 해. 그렇지만 그대는 보고 싶은 것만 보는 확증편향에 빠진 자신을 못 직시했어, 그동안."

이미지가 여느 때와 달리 심각하게 나오자 닥터 송도 편하게 하고 있던 자세를 고친다.

"내가 진료 보는 현장에서 보자고 한 건 있는 그대로의 팩트를 재확인 시키기 위해서야. 그대도 진료실에서 진료할 때 환자에게 거짓말은 절대 안 하잖아. 그 차원이야. 지금부터 하는 내 말 잘 들어."

"잠깐. 더 갑분싸(갑자기 분위기가 싸해짐)해지기 전에 내 용건부터 밝히마. 우리 머신러닝(기계학습) 스터디그룹에 참여해도 좋아. 회원들한테 동의를 구했거든."

벌써 재작년 봄이었다. 미국 식품의약국(FDA)에서 1호 '인공지능 의사' 탄생을 허락한 것은. 안과 의사의 도움 없이 스스로 당뇨 망막변증을 진단할 수 있는 인공지능 의료기기가 처음 판매 허가를 받아 전 세계 의료인들에게 충격을 던졌지 않는가.

세계 첫 의료용 인공지능인 IBM의 왓슨만 해도 어디까지나 조수 역할에 그쳤다. 허나 안과 인공지능 의사는 전문의처럼 환자에게 진단서까지 척척 발급할 수 있었다. 액면 그대로 안과 의사를 대신하는 단계로까지 발전한 것이다.

이에 놀란 닥터 송이 급히 머신러닝 스터디그룹을 만들었다. 이미지한테도 가입 의사를 물었다. 하지만 그때만 해도 필요성을 못 느껴 고개를 내저었다. 인간의 시각 지능을 합성곱 신경망(CNN)이라는 인공지능으로 접근하는 '이미지 센서'에 포인트를 둔 탓도 있었다. 합성곱이란 게 수학에서의 행렬 계산 그 자체라 호기심이 일었으나 정신의학하고는 거리가 있어 외면한 것이다. 그러다가 꿈에서 미국 사는 의사 사촌과 대화하면서 절실함을 느껴 이쪽에서 뒤늦게 노크하였다. 눈도 뇌의 일부이니만큼 이미지 센서가 궁극적으로는 인간의 뇌를 대체할지도 모른다는 워딩에 정신이 번쩍 들었다.

"고맙지만 사양. 벌써 2년째 공부하는 모임에 초짜가 들어가면 폐를 끼칠 게 틀림없으니까. 어느 대학교 어느 AI 대학원이 나랑 맞을지 모니터링하고 있는 중이니까 신경 꺼줬음 해."

"…."

"내가 사는 롯데월드타워에 대한민국 미남계 아이콘이 살아서 본의 아니게 자주 봐. 어떤 여자든 보기만 하면 자지러진다는, 여심올킬 대명사를. 한데 나는 아니야. 무덤덤해. 내 콧대가 하늘을 찔러서가 아니야. 내가 무성(無性)이기 때문이야."

"에이, 만일 천사가 있다면 갓미지 모습을 하고 있을 것이라는 내 찬사가 부담스럽다고, 그렇게 말하면 안 되지. 천사가 남자냐 여자냐 묻는 게 무의미하듯. 좋아, 천사가 무성이다? 콜!"

"닥터 송, 송 교수. 지금 말장난하는 거 아니야. 노잼이거든. 나 이미지, 실은 atypical sexual dysfunction(비정형적 성기능 장애)[70]이야."

정신과 의사들이 특정 정신성적(性的) 기능장애를 분류할 수 없을 때 쓰는 표현이었다. 여기에는 성적 흥분과 극치감의 정상적 생리현상은 체험되나 색정적 감각이 없거나 완전히 무감각한 경우 등도 있다.

"실드(방어) 치는 거, 연애 손절하려고 수작 부리는 거 아니니깐 잘 들으셈. ego-dystonic homosexuality[71]이기도 해. 찐(진짜)이야."

이러한 사람은 이성에 대한 흥미가 없거나 약한 경우였다. 발병은 사춘기 초기에 느끼는 편이다. 예후도 좋지 않았다. 경과 역시 만성적이고 장기적이니까. 그러나 사회생활에는 전혀 지장이 없었다.

이 같은 기초의학 지식쯤은 훤히 꿰고 있는 닥터 송도 이미지의 솔직 토크에 황망함을 못 감춘다.

같은 정신과 의사인 아버지는 남동생의 시도 때도 없는 자위로 말미암은 트라우마로 치부하려고 애쓰지만 이미지는 남동생한테 화살을 돌릴 마음은 꿈에도 없었다. 사실이 아니므로. 타고난 거였다. 독보적인 외모와 함께.

"사춘기 이전의 남자애, 여자애가 서로 좋아한다고 할지라도 이성으로서가 아니라 인간으로서 좋아하는 것처럼 나 역시 닥터 송을 좋아하긴 해. 남자로서가 아니라 같은 인간으로서. 이게 있는 그대로의 팩트야."


## Ep. 33


### #1

"이금지 보살, 아오? 고대 그리스인들이 인간을 무엇이라 불렀는지? '안트로포스'라 불렀답니다. 이는 '얼굴을 위로 하고 하늘을 처다보는 존재'라는 뜻이라고 해요. 우리도 안트로포스 한번 되어 봅시다. 부처님이 불가촉 성물(聖物)은 아니거든요."

전남 화순 운주사에 있는 와형 부부 석불을 물끄러미 보던 백지 스님이 제안했다. 오밤중이었다. 허허 스님은 산신각에서 기도하는 중이다.

"좋아요, 스님. 저는 아내 석불 위에 누울 터이니 스님은 남편 석불 위에 누우세요."

아무리 미완성 와형 석불이라지만 차마 머리 위에는 누울 수 없었다. 어디에 누울까 하다가 아내 석불 왼손에 머리를 대며 조심해서 눕는다.

지금부터의 세계

백지 스님도 남편 석불의 왼쪽 어깨 부분을 가리고 있는 가사 위에 손깍지베개하고 와선(臥禪)하였다. 나란히. 한낮이라면 엄두를 못 냈겠지만 탐방객이 아무도 없는 한밤중이라 가능한 일탈이다.

"안트로포스에 해당하는 한자가 있는 거 아세요, 스님?"

"…"

"농부예요, 농부. 농부(農夫)를 파자하면 '별(辰)을 노래(曲)하는 사람'이니까요."

"아, 그렇네요. 거기까진 미처 몰랐소. 농작물 하나하나, 열매 하나하나가 밤하늘의 별처럼 무수히 많다고 해서 그리 지었나?"

열매 한 알과 별 하나 사이에 대칭 관계가 있는 것일까. 그렇지 않으면 함수 관계라도 있을 듯하다. 기회가 되면 한번 파보아야겠다는 생각을 한다.

각자 홀로 상찰(想察)하는 시간이 길어지자 이금지는 청주 우암산 소나무 군락지에서부터 업혀 내려오던 기억을 또 습관적으로 소환한다. 자동 재생이다.

이금지는 그날 모든 준비가 다 되어 있었다. 몸과 마음 모두 쌍수를 들어 환영할 준비를 해놓고 업혔다. 그러나 끝까지 통나무였다. 아주 노골적으로 유혹하여도, 결론은 두 가지. 이금지에게 성적 매력을 전혀 못 느꼈거나 특정 신체에 무슨 하자가 있거나.

"백지 스님, 후진 질문 하나 투척하겠습니다. 왜 허구한 날 참선하는 거예요? 인간의 식물화가 제 눈에는 어인 일인지 어리석게 보이거든요.

진화론 대신 퇴화론 신봉자들 같기도 하고. '그래서 어쩌자고?'라고 되묻
고 싶은 거 있죠."

"스님, 고자예요? 성불구여서 중이 됐어요?"라고 들입다 저격하고 싶
어 입이 근질거렸으나 가까스로 참고 화제를 돌린다. 만일 그게 아니라면
자존심 상하는 일이었다. 얼굴과 몸매가 이미지보다는 딸리지만 그래도
비교적 착한 편이라고 자부하여 왔으니까.

"보살이 천문학자니까 잘 알다시피 우리 우주 자체가 팽창하고 있다
는 것 아니오. 이 같은 거시세계 반대인 미시세계도 가만히 못 있다는 거
아니오. 참선은 그러므로 움직이는 모든 걸 잘 보기 위한 멈춤이라고 볼
수 있지요. 맑은 연못 속도 물결을 일으키면 바닥을 못 보지 않소?[72]"

"…"

"그래서 보살 같은 중생을 보면 이 짓중은 노래한다오. '언제 어디서
든 / 그대 / 가만히 움직이지 말고 / 보고 또 들어라 // 나무와 자연 / 땅
과 하늘 / 저 우주의 속삭임을.'"

"저 우주의 속삭임 대신 제 귀에 수컷으로서의 거친 속삭임을 들려주
면 안 되나요?"

또 이렇게 한껏 야시시하게 도발하고 싶다. 본능이다. 그렇지만 자존
심 때문에 발산은 못 하고 속으로만 수렴한다. 제아무리 외면해도 여전히
백지 스님을 향한 갈망의 질량은 불변이었다.

"이 미완성 부부 석불한테 보이는 하늘은, 우주는 어떤 모양일 것 같소?"

"…"

지금부터의 세계

"이 짓중이 힌트를 하나 드리리다. 그들이 진정 무엇을 보고 있는지. 아울러 보살이 이 짓중한테 간절히 원하는 바를 들어줄 의향도 있소. 그러려면, 눈부터 감으시오. 108분 후에 몸 보시를 받으려면. 만일 그 전에 눈을 뜨면 없던 일로 하리다."

백지 스님이 단단히 그루박은 후 당신 바랑에서 도시락용 김 한 봉을 꺼낸다. 참기름 내음이 밴 김 두 장을 이금지 양쪽 눈 위에 올려놓지 않는가.

이금지는 스마트폰 타이머가 108분 후를 알리기 고대하며 침을 삼켰다. 그사이 백지 스님은 조용히 와형 석불 부부에게서 멀어지고 있었다. 이금지가 두 사람 사이의 거리가 0이 되는 순간을 꿈꾸었다면 백지 스님은 세상만사가 공($空$)임을 강조하려 함일까. 당신은 어디론가로 흔적도 없이 멀리 사라졌다.

점점 더 점점.


#2

드넓은 벌판이 시야에 들어온다. 지평선이었다. 눈이 시원하다. 김제평야를 뚫으며 상경하는 길이다.

"보살, 너무 성내지 마세요. 일부러 백지 스님이 괴랄(괴이하고 악랄하다)하게 골탕먹인 건 아닐 겁니다."

백지 스님이 간밤에 김제 망해사로 갔을지 모른다고 하여 신새벽에 부리나케 가보고 돌아오는 길이었다. 절 코앞이 바로 바다인 망해사에 당신은 없었다. 400년쯤 된 보호수 팽나무만 맥없이 보고 돌아왔다. 새삼

'팽'당했음을 확인시키는 거목이었다.

　와형 부부 석불에서 어리석게 108분을 허비한 후 눈을 뜨자 백지 스님은 온데간데없었다. 보기 좋게 또 당한 거였다. 백지 스님이 직진남 제스처를 취해 더 약이 올랐다. "중 탈을 쓴 못된 남자"라고 욕하며 애꿎은 김 두 장에 화풀이를 했다. 어금니가 아프도록 아그작아그작 씹고 또 씹었다.

　"보살을 약올리려 고의로 그런 게 아니라니까요. 화두를 다시 던진 겁니다. 사각형 조미김이 무엇과 닮았죠? 터치 안 한 스마트폰의 검은 화면 모습하고 무엇이 다릅니까. 스마트폰 속에 들어가는 반도체 모습하고는 무엇이 또 얼마나 다릅니까. 스마트폰에 올라온 이 사진 한번 보시오. 며칠 전 삼성전자에서 발표한 '괴물 D램'을. '갤럭시 S20 울트라'에 탑재된다는 이 사진을."

　뿔난 김에 계속 각을 세우려다가 허허 스님은 아무 잘못도 없다 싶어 승용차를 서행시킨다. 조수석에서 허허 스님이 건네는 스마트폰에 눈길을 던졌다. 검은색 사각형 모양이 인상적이다. 그 안에 흰 글씨로 쓴 'SAMSUNG LPOR5 16GB'라는 문구가 보였다.

　"이 D램, 스마트폰, 김을 우주와 연결해서 사유하면 딴 세계가 보일 듯도 합니다만. 경주 첨성대 꼭대기에 있는 돌 모양이 왜 사각형이겠어요?"

　"…"

　"아시는지 모르지만 백지 스님 속성(俗性)이 김 씨랍니다. 듣건대 직계 선조 중의 어느 분이 처음으로 김 먹는 법과 김 기르는 법을 사람들에게 가르쳤다고 해요. 긴가민가해서 인터넷 검색을 해보니 설득력이 있더라구요. 조선 인조 때 김 모라는 사람이 처음 양식을 시작했는데 따로 부를 이름이 마땅찮아서 그냥 자기 성을 따서 '김'이라고 부르기 시작했다니까요. 김을 선보인 이유가 맛도 맛이지만 다른 설도 있습니다. 김 농사를 처음 착상하게 된 동기가, 뭐라더라, 농번기가 아닌 겨울철에도 생산적인 일이 필요하다 싶어, 겨울 농사인 김 농사를 고안했다던가. 진짜 계기는 말입다. 도(道)를 혀로 닦게 하려는 의도였다나요. 한국 고유 도교랄 수 있는 풍류도 고수가 그 주인공이라니까 재미나지요? 풍류를 즐기려면 유람을 자주 다녀야 하는데 휴대하기 좋은 찬거리를 고민하다 창안한 게 바로…."

무슨 멘트라도 날릴까 하다가 가만히 있는다. 설명충 앞에서는 침묵보다 나은 무기는 없으니까.

"백지 스님이 언젠가 김과 얽힌 이런저런 비화를 들려준 적이 있는데 하이라이트는 따로 있습니다. 당신이 하버드대에서 수학할 당시 사귀던 여자친구가 있었답니다. 프랑스에서 유학을 온 여자였는데 어느 날 김 맛을 보여준 모양이에요. 당신 최애 반찬이기도 하여서. 한데 여친이 김을 두고 칭찬이 늘어졌다는 거 아닙니까. 심지어 한국인이 발견한 것 중 한글 다음으로 단연 최고라고까지 치켜세우더래요, 김을. 세계적 슈퍼 푸드, 글로벌 웰빙식품 운운하며. 그제야 백지 스님도 무지 놀랐답니다. 그때까지만 해도 김의 원조가 직계 조상이라는 집안 어른들 소리에 되게 부끄러웠다고 해요. 남들은 직계 조상이 무슨 고위 벼슬을 지냈네 어쩌네 하는데 기껏 먹는 거냐고 자조하다가 뒤늦게 다시 보게 됐다지 않소. 바다의 반도체라는, 김을."

"…."

★[9]

"여하간 사각형, 육면체는 인간이 만든 문명의 기본 원자 아닙니까. 책이든 밀폐 반찬통이든 택배상자든 사무실이든 아파트든. 하다못해 우리가 '웹'이라고 줄여 부르는 'WWW'도 어느 과학자가 종이 한 장에 그린 개념도에서 출발했지 않소? 실제로 인터넷도 대단히 복잡할 것 같지만 축약하면 큰 그래프 한 장[73]에 불과하다고 들었어요. 인터넷, 웹을 떠받치는 칩(집적회로)과 그 회로도 모두 사각형 모양인 걸로 압니다."

"…."

"김을 서양인들이 흔히 블랙페이퍼라고 부르잖소, 왜. 백지 스님이 보살 눈 위에 조미김 두 장을 올려놓은 것도 장난 차원이 아니라 큰 깨우침을 주려는 의도가 확실하오. 처음엔 A4 용지라는 백지 한 장을, 검은 종이 두 장이란 공안을 던진 거라고 보는 게 옳습니다. 백 퍼센트, 평면에 있는 점들의 모임이 뭡니까? 복소수들 모임이잖소. 평면에 있는 점 하나하나가 하나의 우주일 수도 있다는 게 많은 초끈 물리학자들 주장 아닙니까. 오죽하면 이 돌중 역시 백지 스님의 백지 수학, 검은 종이 물리학이란 지적 엣지(멋)에 넘어가 즐겁게 따까리 생활을 하고 있겠소? 코드가 맞는 러닝메이트 스님이 보살을 위로하고자 던지는 요설이 절대 아니올시다. 결

지금부터의 세계

단코 촐싹 궤변이 아니란 말씀. 나무관세음보살."

꿀팁 때문일까. 스크래치가 간 자존심이 조금 아물면서 자존감이 상당히 '업'된다.

김제평야의 수많은 사각형 전답들이 예전과는 전혀 다른 느낌으로 다가왔다. 수학과 자연 그리고 우주를 다른 눈으로 보게 만든다. 무엇보다 흔한 김이 진부한 걸작일 수도 있음을 인식한 게 크나큰 수확이다.

#3

—3월 3일 새벽 3시, 삼척시 도계읍 도계리 긴잎느티나무 아래. 백지 스님을 뵐 수 있는 기회입니다, 보살님. 변수만 없다면.

이 같은 카톡 메시지를 받고 도계리로 향하지 않을 수가 없었다. 괘씸하고 서운했으나 그래본들 속절없다. 백지 스님만 소환하면 여전히 가슴 아궁이에서 장작불이 타올랐기 때문이다. 사랑 게임에서 더 사랑하는 사람이 무조건 약자라는 말은 그러므로 진리다.

"왜 하필이면 여기지요?"

백지 스님이 운주사에서 사라진 이후 지금까지 행방이 묘연했다. 법제자이자 도반이기도 한 허허 스님하고도 연락을 끊었다고 한다.

"장하지요, 이 긴잎느티나무."

한밤중에 긴잎느티나무 근처 벤치에서 조우한 허허 스님이 대화 템포를 죽인다. 의도적이다. 자정을 갓 넘긴 시간 때문일까. 긴잎느티나무 주변에는 두 사람밖에 없다.

수령 천년을 자랑했다. 얼마나 볼 만하면 천연기념물 95호로 지정했겠는가. 높이가 20미터, 가슴 높이 줄기 둘레가 약 7.5미터였다. 여느 느티나무와 다른 점은 이름에서부터 보듯 잎이 폭에 비해 유난히 길다는 사실이다. 일부에서는 느티나무 변종으로 구분하여 우리나라 특산물로도 주장하는 모양이다. 허나 식물학계에서는 그냥 일반 느티나무로 분류하는 편이라는 게 인터넷에 올라와 있는 정보였다.

"전형적인 나무 모양을 하고 있네요. 멀찌감치 떨어진 곳에서 보니까 더욱더요."

볼수록 수격(樹格)이 보통 아니었다.

"그렇지요."

"이 긴잎느티나무와 백지 스님 사이에 무슨 특별한 인연이라도 있나요?"

"네. 그 사연을 구구절절 말하기 전에 다짐 하나 받아두려고 합니다. 해남 만일암 터 느티나무도 그렇고, 이 나무와 관련된 정보도 외부에 일체 공개하면 안 됩니다. SNS에 연관 정보를 안 올리겠다고 약속하면 말씀드리리다. 트위터든 페이스북이든 유튜브든."

무슨 대단한 비밀이 숨어 있는지 모르지만 비싸게 나온다. 별수 없이 동의한다. 입으로든 글로든 어떤 식으로든 타인에게 발설하지 않겠음을.

"보살도 잘 알겠지만 자연과 우주를 매크로(거시)·마이크로(미시)로 접근하면 모든 존재가 프랙탈 형태라는 거 아닙니까. 우리 주변을 둘러싸고 있는 모든 게 프랙탈적이자 카오스적이란 게 과학자들 시각 아닙니까.

　　　　　　　　　　　　지금부터의 세계

소승이 해남 만일암 느티나무 아래에서 프랙탈, 코흐 곡선, 불교 사이 관계를 TMI한 만큼 오늘은 생략하리다."

"…."

"만일암 느티나무를 비롯해 전국에 산재해 있는 보통 느티나무 차원이 1.26차원임은 그때 보여주었지요. 하면, 이 긴잎느티나무 프랙탈 차원은 어찌 될 것 같으오?"

그러면서 허허 스님이 스마트폰을 꺼내 몇 년 전에 찍은 동영상 하나를 보여준다. 한여름이었다. 백지 스님이 손수 울울하게 뻗은 나뭇가지에서 하늘하늘거리는 잎잎들을 먼저 세세히 보여주었다. 그러고는 긴잎느티나무 이파리를 여남은 개 땄다. 폭과 길이 비율을 재는 장면까지 스마트폰에 저장되어 있었다. 폭 평균이 1.5센티, 길이 평균은 5센티였다.

비율이 약 1:3.3배 아닌가.

3.3이란 수는 성인이 대자로 누울 수 있는 한 평(3.3m²) 크기라는 기억밖에 없다. 가만히 머릿속을 정리해보니 물리학과 천문학에서 자주 등장하는 개념하고도 관계 있다. 우리가 보통 알고 있는 공간이 더 이상 존재하지 않게 되는, 극도로 작은 크기를 말하는 플랑크 길이가 $10^{-33}$센티이니까.

"이 나무를 천년 전에 심은 스님 뜻을 기리고 헤아리기 위해 해마다 음력 3월 3일, 삼짓날이 되면 이 나무 아래에서 참선하는 스님 무리가 있었답니다. 사판엔 관심 없고 오로지 근본이, 근원이 궁금해서 '내 판'으로 사는 중들이지요. 그들이 누구냐 하면. 지난 천년 동안 해마다 주욱. 한반도에 양력이 도입된 이후로는 양력 3월 3일 새벽 3시에 젊은 스님들 중심으로 몇몇이 모이는 편이구요. 과거편향(과거 경험이나 사건을 중시하는 경향)에 사로잡힌 중들인지 아닌지는 보살 판단에 전적으로 맡기리다. 제 말이 B급 궤변인지 아닌지도. 단지 이 돌중이 강조하고자 하는 바는 말이오. 이 소수의 중무리 모토가 '뒤를 돌아봄은 앞으로 가기 위함이다'라는 거요."

그러면서 김을 바랑에서 꺼낸다. 백지 스님한테 김으로 엿 먹은 기억도 있고 하여 별로 당기지 않는다고 하니까 민물김이라고 하였다. 조선시대 때 왕에게 올린 진상품이니, 바닷김보다 영양가가 더 있니 하는 부연 설명을 한다. 여기서 가까운 삼척시 근덕면 소한계곡에서 만든 것이라지 않는가. 처음부터 그랬는지 아니면 훗날 어느 날부터 그랬는지 현재로선 고증할 길이 없기는 하지만 긴잎느티나무 아래에서 스님들이 회합할 때 문제의 민물김을 맛보며 법거량(스님들이 깨달음을 놓고 벌이는 치열한 공방)하는 타임이 있다고 했다.

민물김은 생전처음이라 호기심이 생겨 맛본다. 희소성 때문일까. 별미는 별미다.

"전 세계 많은 문화권에서 고대부터 땅과 하늘을 연결하는 나무에 주목한 걸로 압니다. 수메르 인장[74]이 대표적이지요. 청동기 시대 세계관이 온전히 담긴 인장 한가운데를 차지하는 게 신목(神木)이거든요. 우리 동양권에서도 『산해경』에 나오는 웅상수(樹)를 필두로 건목(木) 등이 예로부터 전해 내려왔지요. 3백 년에 한 번 꽃을 피우고 9백 년에 한 번 열매

지금부터의 세계

를 맺는다는 여하(如何)란 나무를 위시해 곤륜산에 산다는 불사수(樹), 단군신화 속의 신단수 등속이 죄다… 암튼 동방엔 부상목, 중앙엔 건목, 서방엔 약목(若木)이 있다[75]고 보았답니다. 고구려 장천 1호 고분만 해도 그림의 중심이 신단수예요, 신단수. 우리나라를 위시해 만주, 몽고권 고대인들은 삼계구천(三界九天)을 수직으로 연결하는 나무가 우주 한가운데 있다고 믿은 걸로 압니다. 우주수(樹), 우주목, 천수(天樹) 등으로 불리었다는 것만 봐도 이를 알 수 있지요. 좀 더 구체적으로 논하면 뿌리는 지하세계와, 줄기는 인간세계와, 그 위는 하늘세계와 연결[76]되어 있다고 믿었다오. 요는, 무한히 작은 것과 무한히 큰 것이 대칭[77]이란 점은 수천 년 전 사람들도 익히 알았던 식견이란 거요. 터무니없는 소리가 아님을 보여주는 예가 박지원의 『열하일기』에 나오는 천자만년수일 테고. 해남 만일암 터에선 프랙탈 차원만 역설했는데 그걸 뛰어넘어, 인공지능하고도 연결되는 지점이 분명히 있다는 거올시다. 잘은 모르지만 얼핏 듣기로 컴퓨터 과학과 인공지능 세계 전반에 광범위하게 사용되는 게 트리 개념이라고 들었습니다. 고로 저 긴잎느티나무 이파리 하나가 하나의 우주일 수도 있지 않소, 프랙탈 관점으로 보면, 금강안(金剛眼)으로 보면. 결론은 말이오. 특정 분야 도입부 지식에 매몰되어 작은 그림을 그리지 말고, 빅 픽처(큰 그림)를 보살은 그리라는 게지요. 유머라곤 0.1도 없는 이 진지충(蟲) 헛소리 경청한다고 수고했소, 보살."

"…"

"제삼자가 나설 일이 아닙니다만 굳이 객쩍은 소리 하나 하자면 말입니다. 백지 스님이란 작은 인간나무에만 둥지를 틀 생각은 이제 그만할 때가 안 되었습니까. 백지 스님은 보살을 중생의 하나로 보지 절대 이성으로 보지 않아서 드리는 말이오. 곁에서 지켜보기가 하도 딱해서."

작년 9월 아카이브(arXiv : 논문 사전 출판 사이트)에 올라온, 영국 유니버시티 칼리지 런던(UCC) 연구팀이 지구로부터 약 111광년 떨어진 외계 행성에서 수증기와 구름을 최초 관측함으로써 생명체 존재 확률을 획기적으로 높인 논문을 봤을 때처럼, 허허 스님의 특강 아닌 특강이 지적 흥분을 불러일으켰지만 '리액션(반응)'은 일부러 보이지 않았다. 말미에서 초를 쳤기 때문이다.


## Ep. 34


### #1

"이무기 교수, 내가 왜 공과대학 재학 중 엉뚱하게도 소설가가 된지 아시오? 여러 이유가 있었지요. 싸그리 말하면 너무 길고. 그중에서 무시 못 할 이유 하나만 대면요. 무엇보다 규칙적인 생활에서, 단순 반복하는 일상에서 벗어나고 싶었기 때문이라우. 어떻게 해서든. 먹고 살려면 기업이든 어디든 들어가야 하잖소. 그러면, 판에 박힌 생활을 해야 할 테고. 어떻게 하면 어디든 가고 싶은 즉시 즉각 행동으로 옮길 수 있을까, 낮술 마시고 싶은 즉시 즉각 마실 수 있는 방법을 찾다보니 발견한 게 소설가란

지금부터의 세계

직업이오. 오늘 이 시간에 낮술을 즐기는 것도 그 덕이라면 그 덕이지요."

지하철 2호선 을지로3가역 4번 출구로 나와 후줄근한 골목 속 오래된 생맥주집에서 5백씨씨 생맥주 한 잔을 입도 떼지 않고 단숨에 주욱 들이킨 후 K 소설가가 입맛을 다시며 썰을 풀었다. 술을 정말 맛나게 들었다. 점심때 식당 대신 만난 문제의 생맥주집은 K 소설가의 40년 가까운 단골집이었다. 5백씨씨 한 잔에 450원할 때부터 출입했다고 한다.

"이 교수도 '액체 밥'을 쭉 들이키시오. 쪼잔하게시리 목만 축이지 말고. 보아하니 오늘 나한테 아쉬운 소리 할 예정 아니오? 만일 이 잔 원샷 안 하면 무슨 소리 해도 개코로 여길 터이니 그리 아소. 알아서 하시라고."

강권이다. 가능하면 오후 업무를 봤으면 해서 좋아하는 생맥주지만 인내심을 발휘하려고 했지 않는가. 묵직한 돌직구 앞에 짧은 계산이었음이 금세 드러났다.

다른 수가 없다. 외통수다. K 소설가와 '접니다'의 협업 작업을 성사시키기 위한 자리이니만큼 기꺼이 오후 일정을 작파하기로 한다. 주당답게 가끔씩 점심 자체를 식사 대신 알코올로 때우는 게 K 소설가의 술버릇이기도 했다. 그 비위를 일단 맞출 필요가 있었다. '접니다'의 치명적 약점이 서사 장악력이라 기성 소설가와의 제휴가 현재로선 최선책이었다.

"김 선생님, 작년 말 뵈었을 때 수학소설 구상 중이라고 하지 않았습니까? 평면, 곡면 같은 수학의 면 전반을 본격으로 요리하는 작품을 준비한다고 들은 것 같은데요."

술기운이 오르기 전에 본론을 꺼낸다. 이왕 낮술을 하게 된 마당이라 어느 정도 매듭부터 짓고 편하게 한잔 걸치고 싶다. 술 9단인 K 소설가에 견줄 수는 없어도 이무기도 아마추어 경지는 넘어선 편이다.

"그랬지요. 작년 말로 구상이야 끝냈지요. 헌데 3월 입구에 들어선 지금 이 순간까지 첫 문장을 못 시작하고 있소. 단 한 문장도. 작품 시작할 때마다 겪는 일이라 그러려니 하지만 항상 스트레스가 이만저만 아니라오."

K 소설가는 이미 수학에서의 점과 선은 장편소설로 다룬 바 있다.

"김 선생님, 컴퓨터 쪽에도 관심이 많은 것 같던데요. 지난 2014년 8월 코엑스에서 열린 ICM(세계수학자대회) 때 보니까요."

그 당시 이무기 눈이 휘둥그레졌다. 대회 8일 기간 내내 각 수학 전공별 발표회장을 목에 대회 등록증을 패용하고서 모범 학생처럼 앞자리에 앉아 메모하며 질문하여. 세계수학자대회 측에서 19개 전공 분야로 대별하고 발표회장을 마련했다. K 소설가는 '대수기하학 및 복소기하학' 섹션에도 기웃거렸지만 주로 응용수학 파트에 빠져 살았다.

'컴퓨터과학에서의 수학 양상(Mathematical Aspects of Computer Science)' '수치해석학과 과학계산(Numerical Analysis and Scientific Computing)' '컨트롤 이론과 최적화(Control Theory and Optimization)' '과학에서의 수학 및 테크놀로지(Mathematical in Science and Technology)' 교실 붙박이를 자청하였다. 이 4곳 교실을 번차례로 부지런히 왔다갔다하며 집중하는 태도가 별나다면 별났다. 그렇게 극성떨 줄 모른 것이다.

"수치해석학은 요즘도 관심을 가집니까?"

발표회장에서 특강에 나선 교수들의 허점을 예리하게 찌르곤 하였다.

지금부터의 세계

유학 경험이 없어서일까. 영어 발음이 신통치 않은 게 유일한 흠이었다.

"전문 저널 목차 정도는 항상 체크하지요. 흥미로운 게 있나 싶어서요. 키아스(고등과학원)에 틈만 나면 가는 것도 수학 공부하는데 필요한 매스사이넷(MathScinet : 수학 분야 논문검색에 필수적인 사이트)에 접속해보기 위한 목적도 있지요. 제 작업실에선 들어가기가 여의찮아서. 하여간 강북쪽에 술 약속이 잡히면 키아스부터 들르는 게 완전히 습관이 됐답니다."

"서울대 수학도서관에도 자주 간다고 그러지 않았나요?"

"강남 쪽에서 술 약속이 잡히면요. 술 마시기 전 한 나절 혹은 단 몇 시간을 이용해서 양쪽 기관을 드나든 지 어언 20년도 더 넘었네요. 술 한잔 하기 전에 수식투성이 문건을 보고 나면 이상하게 술이 당기거든요. 순전히 습관이에요, 습관. 그리고 보니까네, 수학과 컴퓨터 그리고 소설이 내 안에서 수렴과 발산을 오랫동안 거듭했네요."

희한한 케이스였다.

"컴퓨터에 관심 가지게 된 무슨 계기가 있었습니까, 선생님."

정확히 10년 연상이라 깍듯이 예의를 갖춘다.

"제가 컴퓨터에 입문할 즈음만 해도 대학에 컴퓨터공학과가 없던 시절이었지요. 컴퓨터 유사 학과가 있긴 했어도. 카이스트에는 학부과정이 설치되어 있지 않고, 포항공대는 한참 후에 생겼으니 오죽했겠어요. 암튼 1980년 전후 제가 다닌 공대에서 1학년 전공필수로 '포트란'을 가르쳤다오. 그게 빌미라면 빌미지요. 정신없이 빠져들었으니까요. 민스키(M.A. Minsky)의 75년 논문과 섕크(R. Shank)의 77년 논문을 접하고 억수로 놀랐답니다. 자연언어 처리 방식이. 지식 표현에 중점을 둔 시스템 말입니다. 각 상황에 맞는 지식을 표현하고, 그걸 바탕으로 문장(text)을 분석하고, 문장에서 표현되지 않는 건 이미 구축되어 있는 정보를 바탕으로 추론(default reasoning)[78]하는 것이 특히요. 그때 벌써 소설가까진 아니어도 잘만 하면 웬만한 글쓰기는 컴퓨터도 가능하겠다는 싹을 발견한 거지요, 뭐. 그 이후 딴 일을 하면서도 계속 관심을 가지고 수시로 챙겨보았지요. 매스매티카, 매트랩 같은 게 나왔을 때 반색했답니다. 제가 그 누구보다 얼리 어답터거든요, 그쪽엔. 하여튼 그 과정이 주욱 이어져 굿펠로우(Ian Goodfellow) 등이 쓴 『딥러닝』[79] 책까지 보게 된 거죠."

"아니 선생님, 그런 책까지 보셨다구요?"

"왜 저는 보면 안 되나요, 이 교수?"

"그게 아니라, 하도 컴덕(컴퓨터팽)이라 놀라서요."

K 소설가를 꽤 오래 만나왔으나 간단히 근황만 주고받는 편이었다. '사생활은 최소, 공통 관심사는 최대'라는 토크 원칙을 알아서 지킨 것이다. 무슨 사전 약속 같은 건 없었다. 오늘처럼 한 발짝 더 깊이 들어가지 않는 건 이로 말미암아서다. 이무기가 약간 당황한 것은 이 같은 묵계에 연유가 있다.

문서 편집도 파이썬의 이맥스(emacs : 초강력 문서 편집기)로 한다고 하여 말을 잃는다. 편리해서 배울 만한 가치가 있으나 노력과 시간이 많이 걸리기로 이름이 높아서다. 자연스럽게 K 소설가가 예상 이상으로 AI 세계에 정통하다는 데 생각이 미친다. 서론 건너뛰고 바로 본론으로 들어갈

지금부터의 세계

수 있을 성싶어 차라리 잘됐다 싶다. 해서 "여기 천 씨씨 두 잔 더 추가"를 아주 호기롭게 외친다.

그날 선명히 남은 인상이 두 가지 있다.

하나는 K 소설가가 짐작했던 것보다 더 수학 마니아란 점이었다. 당신이 화장실에 간 사이, 놓고 간 스마트폰을 우연히 엿보게 되었는데 음주를 즐기는 와중에도 detexify(수학 문자 검색용 사이트)[80]를 짬짬이 이용했기 때문이다. 손으로 수학 기호를 그려넣으면 그 기호에 해당되는 텍(Tex : 수학 편집 프로그램) 명령어를 찾아주는 기능을 활용하여 수학과 놀고 있지 않는가. 그가 수학을 좋아하는 것과 잘하는 것은 엄연히 다르다고 선을 그었지만. 또 하나의 인상은 K 소설가 이외에도 낮술을 즐기는 사람들이 의외로 많다는 사실이었다. 팍팍한 세상살이 속에서 새롭게 발견한 팩트였다.


#2

백화점 종이 쇼핑백 안에 들어 있는 이임박의 따끈따끈한 내용물이 궁금했지만 급한 일부터 처리하느라 잠시 뒤로 일독을 미루었다.

맨 우선 순위는 통계학습을 담당하던 통맨 대타를 구하는 문제였다. 통맨은 퇴사 이유를 끝내 밝히지 않았다. 틀릴 확률은 있으나 짐작 가는 바가 약간은 있었다. 극히 내성적인 통맨이 나우리를 일방적으로 좋아하다가 최근 이무기와 동거에 들어간 사실을 확인하고 절망했다는 시나리오였다. 이마저도 나우리가 겨우 건진 실마리다.

사노라면 이해하기 힘든 일을 겪기 마련이다. 이를 모르는 자 누가 있으리. 그러나 아는 것과 장본인이 되는 것은 완전히 상황이 달랐다. 이무기가 이 상식을 절감한 것이다.

세상살이처럼 스타트업 운영도 리스크를 돌파하고 해결해 나가는 과정의 연속임을 잘 알면서도 막상 당하면 사정이 달랐다. 쩔쩔맸다. 답이 보이지 않아서다. 생각회로가 정지되는 경우가 잦았다. 당장 누구를 채용하기도 여의찮아 급한 대로 아웃소싱을 하였다. 모 대학 응용해석학 연구센터에서 연구교수로 있는 사람이었다. 대수기하학 관점으로 특이(singular) 학습이론을 다룬 박사논문을 써서 통맨 대타로 어느 정도 가능성이 있었다. 통계적 학습이론을 바탕으로 특히 그가 집중적으로 다룬 의존 트리(dependence tree)[81]가 마음에 들었다. 그러나 현재로서는 기대 반 우려 반이었다. 나매쓰가 원하는 플랫폼 구축에 부디 반 몫이라도 해주기를 기도만 할 따름이다.

#3

우선 순위에 밀려 있던 이임박 문건을 작심하고 드디어 열어보았다. 나우리가 곤했는지 평소보다 일찍 곯아떨어진 것을 보고 서재에 자리 잡고 앉는다.

얼핏 쓱 넘겨보니까 그림류, 무슨 수식을 전개한 내용, 그때 그때 떠오른 상념을 정리한 단상과 소회물, 어떤 발상 등으로 대별할 수 있었다. 양이 그닥 많지는 않아 굳이 분류하지 않아도 될 듯싶다. 그래도 효율을 기하기 위하여 대략 나눈 후 들여다보기 시작한다.

　가벼운 내용부터 다가갔다. 아무래도 그림류가 만만했다. 제일 먼저 시야에 들어온 그림은 다 빈치의, '살바토르 문디'라는 이름을 지닌 예수 초상화였다. 곧바로 넘기려다 예수 손에 연필로 동그라미 표시를 해놓아 살펴보았다. 초상화 속 예수는 오른손 중지만 세우고 있었다. 다 빈치의 손 그림 하면 이무기에게는 영국 왕실 소장품 '연분홍빛의 빈 종이'가 먼저 떠올랐다. 아무것도 그려져 있지 않아 오랫동안 궁금증을 불러일으킨 빈 종이에 뒤늦게 과학자들이 자외선 광선을 비추자 그때껏 보이지 않던 손 모양 드로잉이 나타났으니까. 다 빈치의 진짜 의도가 궁금했다. 그다음 그림은 미켈란젤로의 '아담의 창조'인데 이 역시 하나님의 오른손 검지와 아담의 왼손 검지에 연필로 동그라미를 쳐놓았다. 부처님 수인(手印) 사진도 여러 장 보였다. 보물 808호 금동탄생불 사진도 끼여 있었다. 가만히 보니까 오른손이 하늘을 향하고 있다. 오른손 검지를 유별나게 강조한 금동탄생불 사진[82]도 눈길을 끌었다. 이 같은 종교 관련 손 모양 사진과 함께 다른 분야 손 모양 자료도 상당수였다. 선사시대 동굴벽화로 유명한 프랑스 쇼베 동굴에 찍혀 있는 붉은색 손바닥 사진을 필두로 뉴욕의 '자유의 여신상' 손 모양, 포항 호미곶 바다의 오른손, 베트남 다낭 바나힐의 오른손 골든 브릿지 등등도 고개를 내밀었다.

　로댕의 돌조각 작품 '대성당' 사진에는 곁들인 메모가 클립으로 철해져 있기도 했다.

오른손 두 개가 마주 보고 있는 단순한 구성이건만 사람을 묘하게 끌어당기는 맛이 있다. 여자의 손인지 남자의 손인지 불분명하게 처리한 점도 분위기를 잡는 데 일조하는 듯. 로댕은 무슨 의도로 오른손 두 개로만 조각했을까.

이를 즐겁게 고심하고 있는데 도우미 아주머니가 다가왔다.

"도련님, 마트에 잠시 갔다 와야겠어요. 고무장갑 한 짝이 빵구가 났지 뭐예요?"

오줌이 마려운데 도우미가 집을 비운다고 하여 마음이 급해졌다. 해서 일단 불러세운다.

"잠깐만요, 아주머니. 요앞전에도 고무장갑 한 짝에서 물이 새 사러 갔잖아요. 그때 남은 한 짝 혹시 안 버렸어요?"

"네. 멀쩡해서."

아주머니가 설거지할 때 오른손을 과하게 힘주어 쓰기 때문일까. 왼손용 고무장갑만 두 짝이 있었다.

"우선 급한 대로 고무장갑 사용할 수 있게 해드릴게요. 그걸 사는 일보다 앞서 꼭 처리해야 할 제 용무가 있거든요."

오랜 세월 누워 지내서일까. 다른 척수장애인들과 마찬가지로 나 역시 배뇨 장애에 시달렸다. 시원하게 한번 싸보는 게 소원이다. 항상 잔뇨가 남아 있어 괴롭다. 도우미 아주머니가 음낭 아래에 손을 넣어 잔뇨가 남아 있지 않도록 도와준다고 애썼지만 한계가 있었다. 부부 사이가 아닌 관계에서는 더 이상의 효과적인 서비스는 현실적으로 어려우니까.

잔뇨도 잔뇨지만 작년 여름 이후로는 소변볼 때마다 더욱 곤욕을 치렀다. 방광암에 걸려서다. 3기. 희망과 절망 사이. 아버지 이외 가족들한테 비밀에 부친 것은 더는 폐를 끼치지 않기 위해서다. 처복이 많아 큰 병원을 경영하는 바로 위 친형의 사나운 입정을 의식한 탓도 있다. "병신 새끼가 끝까지 따블로 꼴값하네"라는 험구(險口)를 피하기 위함이다.

"우리 도련님도 다치지만 않았어도 형님들 못지않은 훌륭한 의사가 됐을 거라 봐요. 저는 확신합니다. 아무것도 아닌 일 같지만 저는 한 번도 생각 못 한 대처법이거든요. 머리 나쁜 저로서는 죽었다 깨어나도…."
아쉬운 대로 왼손용만 두 개 남은 고무장갑 중 한 짝만 뒤집어서 쓰면 된다는 아이디어에 반색한다. 의사국가고시에 합격한 사람 이상의 대접이다.

아주머니가 치켜세워 기분이 좋다. 아마도 지극히 사소한 일을 어마무시 큰일로 치환해본 것은 이 때문이리라. 만일 우리 우주가 고무장갑 한 짝 그 자체라면 뒤집을 수 있을까. 만약 절대자가 뒤집는다면 우리 인간이 알아낼 방법이 있을는지? 사고 규모를 이왕 우주 크기로 키운 마당이라 진도를 더 나간다. 로댕의 '대성당'처럼 우리 우주가 오른손 두 개로 이루어졌다면 왼손 두 개로 이루어진 우주도 있을까. 오른손 우주 두 개끼리, 왼손 우주 두 개끼리 구별할 방법은? 혹 우주 끝이 있다면 그 끄트머리에서 밖으로 손을 뻗을 수 있을까.[83]

갑자기 천국 혹은 극락과 한 뼘 거리라는 에베레스트산 정상에 오르고 싶다는 생각이 불쑥 든다. 정상에 올라가 팔을 뻗어보고 싶다. 그 상태에서 점프도. 실제로 한 뼘을 머리 위로 재보고 싶기도 하다. 진정으로. 우주 끝에 서보는 게 불가능하다면 지구 꼭대기라도 한번 서보고 싶은 이 기분, 뉘라서 알까.

로댕의 오른손, 우리집 주방의 왼손 고무장갑 두 짝을 떠올린 여파가 틀림없다. 왼손, 오른손 문제를 수학에서는 어떻게 보는지가 궁금했다. 난데없다. 이무기 형에게 즉각 연락한다. 전화번호를 누르고서 통화 버튼을 터치하기 직전에 관두었다. 연구와 강의, 거기다가 스타트업까지 경영하느라 분주한 사람한테 불시에 너무 한가한 소리를 한다 싶었기 때문이다.

시간 날 때 연락 부탁한다는 문자를 보내고서 얼마 안 있어 스마트폰에서 진동음이 울렸다.

형은 방정식의 좌변과 우변, 다항식과 방정식의 차이, 방정식과 함수의 얽히고설킨 관계에 숨은 좌우 문제를 가볍게 짚고 난 후, 복잡한 계산을 간단히 하게 만드는 마법을 부리는 벡터 이야기로 들어갔다. 돌아가신 어머니가 전래동화를 들려줄 때처럼 흥미진진하게. 그리고 쉽게. 덕분에 나는 행성이 항성 주위를 궤도 운동하거나 각운동량과 각속도 같은 물리량을 계산할 때 사용하는 벡터 계산이 오른손 법칙[84]을 따르고, 왼손 고무장갑을 끼고 먼 우주 저편까지 다녀오면 왼손 고무장갑이 오른손 고무장갑 되는 수학 원리[85] 등을 쉽게 소화시킬 수 있었다.

하이라이트는 미분기하학에서 다루는 공간의 향(orientation)이었다. 오른손 고무장갑과 왼손 고무장갑의 구분이 향에 달려 있다고 하지 않겠으리. 오른손의 거울상이 왼손이고, 왼손의 거울상이 오른손인 것도 향 개념을 알면 자명하게 이해된다고 한다. 형이 강조 또 강조하였으나 머리에 잘 안 들어왔다. 자책하자 형이 기초부터 다시 읊어주었다. 녹음기 모양으로.

★[10]

또 다른 리포트 용지에는 다음과 같이 갈겨쓴 내용도 보였다.

걷는다는 것. 나는 영원히 못 하는, 불가능한 그것. 아무리 못나도 대부분의 사람들이 무심코 다 하는 행위. …. 공간상에서의 발걸음처럼 방향성을 갖는 모든 양들이 벡터라는 이름으로 불리운다는 사실. 이를 저작하며 음미하던 어느 순간이었다. 별안간 도(道) 생각이 났다. 도란 글자 어원이 길 위에서 어딘가로 방향을 취하고 있다는 의미[86]렷다! 2차원 우주에서는 한 지점에서 어떤 방향으로 무한정 한없이 걸어갈지라도 결국 시작 지점으로 돌아올 확률이 100퍼센트지만, 3차원 공간에서는 34퍼센트라는 사실[87]도 함께.

몸으로는 아무것도 못 하니까, 더욱 머리로라도 무엇이든 하고 싶고, 어디로든 가고 싶어 몸부림치는 이 못난 인간의 병신 육갑을 뉘 있어 알아줄까.

그러구러 어느새 수학의 아득하고 소슬한 경지에 오른 이임박을 보면서 이무기는 절감한다. 수학이 수학자만의 전유물이 아님을. 시, 소설이 국문학과와 문예창작학과 학생의 전유물이 아니듯.




(중략)




# Ep. 42


#

"이금지 보살, 여기가 몇 층이라고 했나요?"

보안 시스템이 되어 있는 2중 도어를 통과하여 로비에 들어서자 백지 스님이 조용히 묻는다.

"42층입니다. 보통 아파트 로비는 통상 1층에 있지만 여기 롯데월드 타워 시그니엘 레지던스는 로비가 42층에 있답니다."

"42라…."

혼잣말하는 백지 스님을 '컬처 존'에 있는 미팅룸으로 안내한다. 그것도 바삐. 오가는 사람들의 시선을 다분히 의식했기 때문이다. 승복이 못

내 마음에 걸렸다. "산중에 있어야 할 스님이 이 공간에 웬일?"이라는 이상한 눈초리를 피하고 싶어 걸음을 재촉한 것이다.

"이 짓중은, 42란 소리에 불교 요지를 42장으로 엮은 『사십이장경』과 함께, 노자 『도덕경』 42장이 기억나네요. 거기서 셋은 만물을 낳는다고 했던가요?"

은진미륵 앞에서 허허 스님으로부터 롯데월드타워 123층하고 연결되는 수비학 한정식상을 화려하게 받아서일까. 좀 식상했다. 못 들은 척하고 가만히 있는데 한발 늦게 뒤따라온 이미지가 냉큼 받아서 불씨를 되살린다.

"선배, 『도덕경』에 나오는 '셋' 의미를 넓고 깊게 짚어봐줄 수 있나요? 철학적이든 종교적이든. 수학적으로든 물리학적으로든. 그 어떤 것하고 접목시켜도 좋아요. 제 환자 중 한 명이 '셋'에 필이 꽂혀서 노상 '셋' 타령하는 친구가 있어서 그럽니다."

이미지가 81층 한식 레스토랑 '비채나'에서 함께 만찬을 즐긴 후 화장실에 다녀올 테니 백지 스님을 미팅룸으로 모시라고 한 것이다.

'선배'라는 호칭이 자연스럽다. 언니가 지금 하고 있는 내추럴 번 헤어 스타일 모양으로. 백지 스님이 이미지·이금지 자매가 나온 과학고 선배이니만큼 선배라고 못 부를 법은 없다. 다만 부러웠다. 한없이. 금지는 첫 대면 자리에서부터 스님이라고 불러서일까. 그동안 알게 모르게 입에 붙어선지는 몰라도 이제 선배라는 만만하고 친근한 명사를 쓸 수 없었다.

도계리 긴잎느티나무 아래에서도 못 만난 백지 스님이 다른 사람에게 잠시 빌린 스마트폰으로 연락을 해왔다. 삼성동 봉은사 홍매화가 일품이라 보러 왔는데 김밥 좀 사줄 수 있겠느냐고. 태연히. 예상외였다. 놀라서 어쩐 일이냐고 하자 "도계리 긴잎느티나무 사각지대에 이 짓중이 매미처럼 딱 붙어 물구나무를 서 있었는데도 보살만 날 못 알아보던뎁쇼. 허허 스님을 위시한 도반들은 날 알아보고도 모른 체했다오. 좌우당간 운주사에서 김 두 장 줬으니 그 이자인 셈치고 김밥 사주시오"라고 나왔다. 완전 말희롱이었다. "김밥 수학이라면 질색이니 그 김밥 수학론(論)만 안 펼친다면 좋아요"하고 받았다. 느닷없는 서울행도 '무계획의 계획'이라는 교묘한 언어로 장막을 쳤다. 마침 일요일이라 언니와 집에서 방전 모드로 뒹굴던 중이라 잘됐다 싶었다. 이미지가 기꺼이 합세한 것은 그동안 백지 스님 이야기를 많이 들어 언니 역시 호기심이 강하게 일었기 때문이다. 언니 또한 직접 본 적은 없으나 백지 스님 관련 잡다다한 전설을 들어서 알고 있었다.

"그러지요 뭐, 후배. 저도 처음 『도덕경』 42장을 접했을 때만 해도 상징적으로만 받아들였지요. 그러다가 의외로 수학적, 과학적일 수도 있다고 보았소. 도형 세계, 기하 세계와 결부시키면. 다각형의 스타트가 삼각형이니까요. 모든 다각형의 시조가, 부모가 삼각형이란 팩트야말로…. 삼각형에 대한 칸트의 언급도 참고가 될 법하네요. 기억이 가물가물거리긴 합니다만, 칸트가 삼각형 비유를 여러 번 든 걸로 압니다. 제 기억이 왜곡되어 있을지 몰라 자신 없습니다만, 칸트가 아마도 삼각형 개념에 대한 철학적 접근을 우습게 보고 기하학적 접근, 즉 수학적 접근을 웃질[88]로

지금부터의 세계

첬을걸요."

"…"

"좌우간 이를 떠나, 삼각법은 예로부터 지리학과 천문학의 밑바탕이 었지요. 삼각함수는 또 얼마나 중요합니까. 일부 수학머리 없는 학생들이 이를 갈기도 하지만. 암튼 삼각함수는 유클리드 기하학의 필수도구이면서 스마트폰 같은 첨단 전자기기의 원천 지식이기도 하거니와…"

이미지를 향하여 눈웃음 짓는 백지 스님의 전에 못 보던 미소가 아주 눈에 거슬렸다. '백제의 미소'로 불리는 서산마애삼존불(국보 84호) 같은 미소를 이미지에게만 일방적으로 보내지 않는가. 이금지에게는 '썩소'로 일관하면서. 얼굴을, 외모를 서로가 처음 스캔할 때부터 심상치 않기는 했다. 스파크가 눈에서 튀었다. 한눈에 코드가 맞는, 같은 과(科)란 느낌이 온 모양이었다. 어투 역시 이금지에게 할 때와는 백팔십도 달랐다. 이금지에게는 중생을 제도하겠다는, 시종일관 뭔가 깨우쳐주려는 의도가 있었다면, 이미지에게는 애초부터 그런 게 0.01도 느껴지지 않았다.

정리하면, 언니와는 등호(=)가 중간에 들어가는 등식 관계라면 이금지와는 부등식 관계였다.

만찬 자리에서도 눈꼴이 시었다. 요즘 유행하는 멍때리기와 스님들이 하는 참선 사이의 관계도 꽁냥꽁냥 주고받았으므로. "무(無)와 무 사이에 잠시 유(有)로 사는 게 인간의 일생인데 그 짧은 카이로스(그리스어로 특별한 시간을 의미) 속에서나마 이렇게 마주치게 되어 반갑소"라고 백지 스님이 선창을 하면 "저도요, 선배. 아무것도 없는 무한히 긴 시간과 아무것도 없는 무한히 긴 시간 사이에 번갯불처럼 짧디짧게 주어진 시간이 인생이란 것, 저도 완전 동의. 이는 동서고금의 숱한 시인이 읊은 주제였지 않나요?"라고 받고, 그러면 백지 스님은 "시인묵객뿐이겠습니까. 무가 유를 낳는다는 노자철학은 후대 식자들이 끊임없이 변주하는 주제였지요. 유와 무가 서로 존재 근거가 되어 산다는 유무상생(有無相生)을 노자는 도라고 표현했는데, 재미나는 건 말입지요, 그 살아 있는 예가 바로 수학에서의 방정식이라는 겁니다. 무, 즉 0을 우변에 놓지 않으면 성립하지 않으니까요. ax+b=0 꼴로 변형할 수 있는 일차방정식이 잘 보여주듯, $f'(x)+f''(x)=0$을 만족하는 함수 f(x)를 구하는 함수방정식이 잘 보여주듯"이라고 추임새를 넣는 식이었다.

온갖 무가 총출동하였다. 스마트폰을 가지고 문자로 대화하듯 가지고 놀았다. 무아지경으로.

그 꿀잼 토크가 미팅룸으로까지 이어졌다. "아무것도 하지 않는 항등원소가 집합에 있듯 인간사회에도 아무것도 하지 않는 게 유일한 목표인 중들이 있다오"라고 백지 스님이 1절을 노래하면, 이미지는 이미지대로 자기가 아는 전문지식을 동원하여 그에 준하는 2절을 불렀다. 이금지는 시나브로 그리고 완전히 제3자로 자리 잡았다.

"안 되겠다, 금지야. 내일이 월요일이라 웬만하면 참으려고 했다만…. 우리집에 가서 제일 맛있는 와인 두어 병 챙겨 와라. 간만에 말 통하는 선배와 오늘 맘껏 건배해야겠다."

미팅룸에서 차 한잔 마시는 것으로는 성에 안 찬 이미지가 급히 입주

지금부터의 세계

민 방문객을 위한 게스트룸을 잡으며 심부름시킨다. 미팅룸 코앞에 호텔급 숙박시설이 있었다.

이금지가 알기로 처음이다. 이미지가, 도도함의 끝판왕이 어떤 남자에게 호감을 가지고 적극적으로 나온 것은.

죽 쒀 반려견 준다고 했던가. 두 사람 사이의 거리가 0이 되는, 무가 되는 장면을 와인 가지러 간 사이에 벌일까 싶어 걸음을 마구 재촉하였다. 남녀가 사랑하는 데 걸리는 시간이 1초, 아니 0초도 안 걸릴 수도 있다는 간단한 산수를 하게 되자 사람 마음이 더더욱 조급해진다. 되돌리기 단축키(Ctrl+Z) 같은 게 아날로그 세계에 없다는 게 애석하다.

## Ep. 43

### #1

그 어느 때보다 긴장되는 순간이었다. 무대에 오르기 전의 연극배우 기분이 이럴까.

해마다 2월과 3월은 새해 스타트업 투자 행사가 본격적으로 시작되는 계절이다. 그러나 올해는 예년과 다르다. 그것도 아주 많이. 코로나19 여파가 엄청났다. 벤처투자 업계로도 확산되면서 투자 기업 미팅은 물론이려니와 출자자를 만나기조차 어려웠다. 광풍이었다. 기껏 일정이 잡힌 오프라인 사업설명회와 대면회의가 잇따라 취소되거나 연기되고 있었다.

3월 초와 말에 일정이 잡힌 이무기 스타트업에도 예외가 없다. 당장 급브레이크가 걸렸다. '순연'이란 표현을 썼지만 한번 잡은 일정이 미루 어지면 언제 다시 잡힐지 모르는 일. 하세월을 어찌 기다린다? 우물쭈물 하다가 기회는 모두 남의 것이 된다는 벤처업계 격언이 떠올라 마음이 급했다. 하여 무리수를 썼다. 벤처의 설계자로 불리는 벤처캐피탈리스트 와 줄이 닿는 인맥을 총동원하였다. 링크트인(Linkedin ; 비즈니스 인맥 관리 에 특화된 소셜미디어)도 적극 활용하여 가까스로 투자 미팅을 다시 잡기는 했다. 단 필수요원들만 참여하는 축소된 형태로.

어렵사리 마련한 자리이니만큼 이무기와 나우리는 프레젠테이션에 최선을 다하였다. 당연히 모두 마스크를 끼고서. 장소는 강남에 있는 모 대기업 계열사 소회의실이었다.

"스타트업 나매쓰의 이무기 대표님과 나우리 부대표님, 수고하셨습니 다. 그럼, 자유토론으로 들어가겠습니다. 나매쓰의 발전 가능성, 수익 모 델, 사회 전반에 미칠 영향 등을 중심으로 집중토론이 될 수 있도록 협조 를 부탁드립니다."

액셀러레이터(스타트업 육성 기업) 실무 책임자였다. 미팅이 축소되지 않았다면 고위급이 참석했을 테지만 격이 낮아져 김이 샜다. 그래도 어쩌 겠는가. 실무 담당자들일망정 보고서를 잘 올리면 거액을 투자할지도 모 르므로 올인한 것이다.

"이무기 대표님, 외람되지만, '수리랑 이퀄(=) AI 수학자'라는 거창한 목표를 내세웠으나 현재로선 상당히 요원하지 않나 싶습니다. 함량 미달이라고나 할까요. 왜냐하면 1950년대 만들어진 포트란과의 차별성이 크게 느껴지지 않아섭니다. 두루 알다시피 '공식 변환(formula translation)'의 줄임말인 포트란이란 이름에서 알 수 있듯이 포트란은 수학적 표현을 대수적 기호로 표현하게 해줘 지금까지도 수학도를 위시해 과학기술학도 사이에 인기가 높잖아요? 요점만 간추리면요, 수리랑이란 AI 수학자는 AI 기반이라기보다는 새로운 형식을 갖춘 프로그래밍 언어 중 하나일 뿐이라는 인상을 지울 수 없습니다. 유감스럽게도. 솔직히 말씀드리면, 무늬만 AI 기반이라는 거올시다, 아직은. 물론 그래서 지금 우리 앞에서 아쉬운 소리를 하는 거겠지만요."

첫 주자부터 펀치 강도가 세다. 의례적인 띄워주기조차 없다.

"저도 동감입니다. 제가 고등학교에 다닐 때였습니다. 미분과 적분을 처음 배울 무렵이었어요. 동네 형이 매스매티카라는 컴퓨터 소프트웨어가 사람처럼 그걸 쓱싹 잘할 수 있는데 굳이 쎄빠지게 왜 배우느냐고 물었습니다. 포크레인 앞에서 웬 삽질이냐는 거죠. 그 많던 주산학원이 어느 순간 왜 사라졌겠느냐고도 덧붙였습니다. 대학에 진학하기 위해 억지로 미분과 적분을 공부했어도 동네 형이 지나가는 말로 툭 던진 언어폭탄이 머리에서 좀처럼 지워지지 않더라고요. 그래서 관심을 가지고 대학에서도, 미국에 유학 가서도 수학과 컴퓨터과학을 복수전공하게 됐지요. 그 과정에서 피적분함수의 부정적분을 찾아내는 리시(Risch) 알고리즘, 갭(GAP : 군론 연구를 위한 계산대수 시스템) 등등을 깊이 있게 공부했답니다.

이러한 제 경험에 비추어 보건대, 수리랑은 기존에 나온 알고리즘을 종합한 후 플러스 양념만 살짝 뿌렸을 뿐이라는 생각이 듭니다. 하다못해 웨스트(H. West)가 미분방정식을 풀기 위해 1985년 개발한 컴퓨터 그래픽보다도 제 눈에는 그다지…. 이무기 대표님께서 제 생각이 잘못됐음을 불식시켜주시면 감사하겠습니다."

다 경청한 후 답하려다가 시작부터 연달아 급소에 강펀치가 날아와 이무기가 최소한의 방어를 하지 않을 수가 없었다. 그러잖으면 게임이 일방적으로 끝날 것 같은 불안감이 엄습하였다. 급히 포트란이 손도 못 대는 수학 문제를 예로 들며 수리랑은 어떻게 해결하는지를 시연한다. 눈으로 직접 보는 것만큼 강력한 무기는 없으니까.

"제가 방금 포트란에 일격을 가했지만 그 능력을 저도 인정한답니다. 매스매티카도 마찬가집니다. 장점이 많거든요. 이를테면 그래픽 기능이 수준급이니까요. 제 개인적으로는, 매스매티카 성능 중에서도 모든 대상을 Expression 형식으로 표현되는 것을 아주 높게 친답니다. Expression 형식이 트리(tree) 구조라는 게, 특히. 하지만 여기까지입니다. 매스매티카가 못 푸는 수학 문제, 못 증명하는 문제 두 개를 통하여…."

이무기가 부드럽게 받아친다. 미리 예상하고 준비한 덕이다. 깔끔하게 정리된 PPT를 띄워 제시하자 그제야 최악의 불신을 거두고 약간 수긍하는 눈치였다. 다시 봐야겠다는 분위기다.

"이무기 대표님, 오해는 하지 말아주십시오. 우리 투자 전문가들이 마스크를 썼다고 안면몰수하고 나오기로 한 건 아니니까요. 이 대표님이 이

지금부터의 세계

분야 대가이니만큼 IPL(인공지능을 위해 개발된 최초의 언어) 같은, 지나치게 초보 쪽에 포인트를 두지 말고, 가능하면 리스프(LISP : 람다 대수, 함수 기반 인공지능 언어), APL(벡터와 행렬에 유용한 컴퓨터 언어), 스몰토크(시뮬레이션, 신경망 기계학습 등에 사용되는 프로그래밍 언어), 하스켈(순수 함수형 프로그래밍 언어), 파이썬 같은 언어와 구체적으로 비교하면서 질문을 투척하면 어떨까 싶은데요."

사회자가 주의를 환기시킨다.

"테크 이노베이션(기술혁신 역량)은 어느 정도 인정합니다. 리스프를 바탕으로 나온 전문가 시스템(expert system : 전문가가 지닌 지식과 경험, 노하우 등을 컴퓨터에 구현한 것) 설계를 한 것이라든지. 그래도 이것 하나만은 짚고 넘어가겠습니다. 이무기 대표님이 시종일관 수리랑이, 함수의 다른 말이기도 한 '변환'에 방점을 찍고 완성도를 높여가고 있다고 강조하셨는데요. 한데 저한테는 왜 매트랩(MATLAB)하고의 변별성이 그다지 눈에 띄지 않을까요? 가령 매트랩에서는 라플라스 변환, 푸리에 변환 등의 값을 구할 경우, 다른 프로그래밍 언어라면 모두 계산과정을 직접 해야 하지만, 매트랩에서는 이러한 계산들을 해주는 함수들이 내장되어 있어서 쉽게 해주지 않습니까. 수리랑하고 대체 무엇이 얼마나 다른지요?"

예리하다. 이무기가 침을 삼켜가며 매트랩에서 도구상자(toolbox : 사용자 정의 함수들을 모아놓은 것)[89] 만드는 법하고 수리랑을 직접 비교하였다. 어떻게 다르게 구현하고 있는지를 예시를 들어가며 찬찬히 설명하기 시작한다.

"좋습니다, 이무기 대표님. 대학 강의실에서처럼 세세하게 풀이해줘 어느 정도 납득이 갑니다. 이무기 대표님이 미국에서 공부할 때 박사논문을 쓰기도 전에 CPAM(순수·응용수학 저널)과 SIAM Review(산업응용수학회 리뷰) 같은 데 논문을 발표한 실력파임이 드러나는 해명이었습니다. 여기 참석한 분들이라면 두 저널이 응용수학계 최고 저널임은 다 잘 알고 계시리라 믿어 더 이상 부연설명은 않겠습니다. 다음 질문하실 분, 얼마든지 하십시오."

"사회자님 말씀대로 이 대표님이 한국 응용수학계 선두주자 중 한 분임은 틀림없는 사실이지요. 만일 이무기 대표님 희망대로 AI 수학자가 현실화된다면 전 세계 수학계는 당연하고 과학기술계 전반에 일대 파란을 일으킬 것입니다. 그야말로 패러다임 자체가 바뀔 테니까요. 정치뿐만 아니라 수학에서도 혁명이 가능함을, 그 위대한 현장을 가장 먼저 보게 되기를 누구보다 학수고대하는 1인임을 먼저 밝힙니다."

"…"

"그래서, 그렇게 되기를 희망하는 관계로 좀 더 근본적인 문제를 제기할까 합니다. 여기 참석한 분들은 이 분야 전문가들이니만치 컴퓨터를 이용한 증명, 이른바 컴퓨터 보조정리(computer-aided proof)를 잘 알 겁니다. 수학에서 악명 높은 고난도 문제를 푸는 데 사용하는 구간해석학(interval analysis) 같은 분야도요. 수치적 계산을 수학적으로 엄밀하게 해주는 필수품이니까요. 이무기 대표님께서 집합값(set-valued)에 기반을 둔 이 구간해석학을 수리랑 전반에 광범위하게 탑재시킨 건 보통 혜안이 아니라고 봅니다. 하여간 여러분은 2005년 3차원 구(球)에 관한 케플러 추측[90]이 컴퓨터 보조증명이란 무기로 해결한 걸 잘 알 테지요. 이미 1976년 난제 '4색 문제'를 컴퓨터 도움으로 증명했으니까, 수학과 컴퓨터에 문외한이라면 몰라도, 컴퓨터 도움으로 수학 문제 증명하는 일이 이제는 새삼스러울 것도 없다는 점입니다. 랜드 연구소에서 수학 정리(theorem)를 증명하는 프로그램을 만든 게 벌써 아주 옛날이니까요. 1950년대 말이니만치. 범용 문제 해결기(GPS) 말입니다. 인공지능계 대부 중 한 명인 마빈 민스키도 오래전에 평면기하학 정리를 증명하는 프로그램 개발 계획[91]을 짰으니까요."

이처럼 질문 자체가 특강 수준인 사람도 있었지만 말도 안 되는 지적질로 일관하는 사람, 이번 기회에 자기 실력을 자랑하는 장으로 삼는 엉뚱한 액셀러레이터 관계자도 있었다. 상대방을 눈꼽 만큼의 배려도 없이 바늘처럼 찌르기만 하는 투자 전문가도 자리하였다.

누구한테 폄하받기는 실로 오랜만이다. 시쳇말로 멘탈이 탈탈 털린 듯한 기분이었다. 그렇다고 이 정도에서 후퇴할 이무기가 아니었다. 쉽게 물러설 것 같았으면 애초에 교수 창업을 개시도 하지 않았을 터.

돌아서서 팔뚝에 헛기침을 가볍게 하는 동안 자신감을 급속 충전시킨다. 그 후 수리랑에 트리 구조를 도입하게 된 배경부터 하나하나 해명하기 시작한다. 데이터베이스 내의 데이터들을 분류하는 데 트리 구조가 왜 안성맞춤인지도. 계산구조와 목표 함수만 정의하면 자동으로 미분 계산을 처리하는 텐서플로 기능과 수리랑 기능을 직접 비교해보이기도 했다. 이어 광범위하게 존재하는 무작위 알고리즘을 수리랑 기본 콘셉트로 채택하게 된 배경, 많은 수학자들이 애용하는 마그마(MAGMA) 알고리즘 등과도 견주어가며 왜 수리랑이 기존의 컴퓨터 기반 증명법하고 결이 다른지를 밝혔다.

그러다가 어느 순간 아차차 싶었다. 서로 간의 시각차를 줄이기 위해 수리랑의 전천후 기능에 몰두한 나머지 너무 이상화시켰다는 후회가 들었다. 자칫 잘못하면 어느 대학교 수학과 교수의 찬란한 몽상으로 치부할 수도 있겠다 싶어 정신을 바짝 차린다.

"다 좋은데 돈이 되겠느냐, 비즈니스 모델로는 영 아니라는 의심이 들지 몰라 몇 가지 부언하고자 합니다. 여러분 지적대로 아직은 수리랑이 만능 AI 수학자로는 부족한 게 사실입니다. 부정하지 않겠습니다. 그렇지만 비즈니스 모델로는 손색이 없음을, 수리랑이 가진 기본 옵션에 주목하면 금세 알 수 있습니다. 일선 기업 현장 연구원은 물론이고 전문 수학자들도 컴퓨팅(코딩을 포함해 컴퓨터를 이용해 인간의 생각을 구현하는 수학적 체계와 그 일련의 작업)이 필요한 수학 문제와 자주 마주치는 게 현실입니다. 하지만 수학 소프트웨어 프로그램이 어떻게 구현되는지 잘 몰라 대단히 곤란을 겪는답니다. 아시는 분은 아시겠지만, 설령 구현하는 데까진 알아도 그 방식이 과연 효율적인지, 더 정확하고 신속한 방법은 없는지를 고심하게 되는데, 이를 일거에 해결할 솔루션을 수리랑이 제시하고 있다는 겁니다. 결론은, 수학자뿐 아니라 수학을 필요로 하는 모든 이들을 위한 컴퓨팅 기술 플랫폼을 어느 정도 구축해놓았으므로, 자문 역할 및 허브 역할을 잘 수행할 수 있다, 이 점을 강조하고 싶네요."

이 같은 사실을 뒷받침하는 증거를 몇 가지 선보였다.

원하는 수학 계산 결과를 친절하게 알려주는 관계로 수학 갤러리에서 인기 있는 울프람 알파(Wolfram Alpha), 대학 학부 수준의 영어권 수학 Q&A 사이트로 유명한 MSE(Math. StackExchange)하고도 정면 승부를 벌였다. MSE 고차원 버전이랄 수도 있는 MathOverflow하고의 데스매치에선 투자자들도 침을 꼴딱 삼켰다. 대학원생 이상의 전문 수학자들끼리 질의응답이 오가는 곳에서 수리랑만의 장기를 뽐내자 박수를 치는 투자 전문가도 있었다. 고만고만한 것들하고는 급이 다름을 몇몇 투자자들에게 납득시킨 것만으로도 성과가 컸다. 미분방정식 풀이에 특화된 플랫폼을 개발해 세계적으로도 인기를 끄는 '매스프리온(MathFreeOn)'하고의 변별성도 분명히 보여주었다. 이에 힘입어 수리랑의 소스 코드(설계도)마저 스리슬쩍 맛보기로 보여줌으로써 신뢰도를 왕창 업시키기도 하였다.

'길게, 넓게, 깊게'라는 스타트업 나매쓰 모토를 놓치지 않으려고 기를 썼다. 대미는 이무기가 꿈꾸는 장밋빛 연설로 갈음한다.

"언젠가가 될지 정확히 예측할 수는 없습니다. 하오나 수리랑이 어떤 문제든, 어떤 가설이든, 어떤 난제든 입력하고 '엔터'키만 누르면 풀이가, 증명이 일목요연하게 바로 뜨는 그날이 필히 오고 말 것임을 확실히 말씀드립니다. 이렇게 되면 수포자나 수학을 어려워하는 모든 사람들뿐 아니라 수학자들까지도 한 차원 더 높은 수학에 매진할 수 있게 됩니다. '문제를 푸는 수학에서, 문제를 내는 수학으로' 바뀔 테니까요. 단언컨대

22세기 뉴스를 21세기에 앞당겨 듣는다고 간주하셔도 좋습니다!"

#2

모든 스타트업 앞에는 '투자 미팅, 업체 실사, 투자 조건 협상, 최종 투자 결정'이라는 일련의 통과의례가 있는데 이번에도 '업체 실사' 단계에서 '나가리'될 것 같은 감이 왔다. 해서 엔젤투자를 약속한 이임박의 부재가 더 아쉬웠다. 액셀러레이터들을 상대로 열변을 토하고 집에 돌아오자 헛헛했다. 잠이 오지 않아 뒤척이다가 서재에서 이임박이 남긴 일기 형식의 문건들을 들여다보았다.

이무기 눈이 번쩍 뜨이는 문건이 있었다. 그동안 품은 의혹을 일부 해소하는 역할을 단단히 하였다. 다음은 그 전문(全文)이다.

이무기 형이 응용수학자로 만족하지 못하고 스타트업을 출범시키려고 했을 때만 해도 나는 부정적이었다. 공연히 일을 만든다는 생각이 앞섰다. 그러다가 형이 어느 날 불쑥 던진 말이 아직도 귀에 생생하다. "불과 얼마 안 됐어. 건설현장이든 농촌이든 삽질과 괭이질이 일상이었어. 한데 포크레인과 같은 중장비가 나오면서 어떻게 됐지? 똑같아. 기계적인 문제 풀이, 기계적인 산수노동에 얼마나 많은 사람들이 시간을 낭비하고 있니? 이것을 내가 앞장서서 대체하는 플랫폼을 구축할 거라고."
솔깃했다.

　　　　　　　　　　지금부터의 세계

"AI 세계에서 떠오르는 태양이던 데이터 기반 귀납 지능 시스템마저 이젠 뒤로 물러나는 기미야. 어느새. 고차원 수학 방정식으로 가장 이상적인 답을 찾아내는 시스템으로 진화하고 있는 중이니까. 앞으로는 말이다. 인공지능을 개발하기 위해서 사람이 더 이상 직접 프로그래밍도 안 하게 될 거야. 사람은 프로그래밍 구조를 정해주고 지능이 출현하도록 데이터를 공급만 하면 돼. 다른 건 컴퓨터가 알아서 학습[92]하도록 해. 알겠니?"

결정적이었다. 코딩도 필요 없는 시대가 도래한다니까.

이에 따라 나도 AI에 대한 관심을 본격으로 가지기 시작했다. 중환자가 접근하는 데 크게 무리가 없다는 점도 장점이었다. 형에게 입문서를 소개해달라고 하자 대학에서 교재로 널리 쓰이는 『이산수학』이란 책을 맨 처음 권하였다. 외국 수학자 저서를 국내 수학자가 번역한 책이었다. 컴퓨터과학 전반과 AI 세계를 떠받치는 이론적 토대라고 하여 탐구에 들어갔다.

무심코 공부하던 어느 순간이다. 별안간 동공에서 지진이 일어났다. 트리가 나왔기 때문이다. 트리가 잠깐 나오는 엑스트라도 아니었다. 주요 등장인물 가운데 하나였다. 오래전부터 이 분야에서는 집중 연구 대상이었다. 1857년부터 사용한 개념이므로.

트리와는 특별한 인연이 있는 관계로 예사롭게 볼 수 없었다. 그래프의 일종인 트리가 가문의 계보, 회사 조직 같은 계층구조 표현에 적합할 뿐 아니라 그밖에도 쓰임새가 무진장 다양하지 않은가. 이산수학 같은 입문서를 떼고 전문 서적으로 이동하여 굴착할 때도 트리만 나오면 눈을 뗄 수가 없었다. 트라우마를 어떤 식으로든 극복하자는 생각에 의식적으로 더 많이 '노오력'한 것이다.

그 결과 트리가 도대체 무엇인지에 관해 감을 잡기에 이르렀다. 형식 증명(formal proof) 시스템과 관련한 피치(F B. Fitch)의 수형도까지 접수가 되므로.

2020년 1월 초였다. 스마트폰으로 국내외 뉴스를 눈팅하다가 사진 한 장이 특히 도드라져 보였다. 미국 라스베이거스에서 개막한 세계 최대 테크전시회 'CES 2020'에 플렉시블(휘어지는) 디스플레이로 만든 나무가 전시되어 있어서다. 중국 로욜에서 자사 부스에 두께 0.1mm의 플렉시블 디스플레이 1000개를 나뭇잎처럼 걸어놓은 거대한 나무 조형물을 선보였지 않는가. 문제의 사진을 확대해서 감상하였다. 일찍이 내가 떨어진 당산나무같이 거목이었다. 완벽히는 물론 아니었다. 하지만 어느 정도 옛 트라우마에서 서서히 벗어나고 있는 자신을 발견할 수 있었다.『안네의 일기』속 밤나무가 유대인 소녀 안네 프랑크에게 힘이 되었듯 나에게는 AI 나무가 바로 그랬다.

나는 일찍부터 못 말리는 공상(空想)선수였다. 그것밖에 할 게 없었으니까. 불가피했다. 뛰어난 선수여서 금메달까지 땄다. 혼자 출전한 대회에서. 자연히 수상(數想)하는 수객(數客)이 되고 그게 발전해 수학적 수상, 컴퓨터적 수상하는 경지로까지 이어졌다. 무영수(無影樹 : 그림자 없는 나무) 수학, 무영수 컴퓨터가 최애 놀이터가 되었다. 이 무영

수가, 수상이 AI 세계로 가는 KTX일 줄은 정말 꿈에도 몰랐다. ★[11]

내가 형이 출범시킨 스타트업 엔젤투자자가 되기로 한 것은 사촌지간이니까, 친척이니까, 형이 나한테 잘해줬으니까 하는 요소는 일절 배제했다. 오로지 형의 꿈을, AI 산업의 미래를 보고 소형 아파트 한 채를 부동산 공인중개업소에 매물로 내놓았다. 수리랑이 퍼스트 무버(시장 개척자)가 될 것임을 자신하고서. 문제는 하루가 다르게 집값이 급상승해 매매 타이밍을 잡기가 어렵다는 점이다. 강남 아파트 광풍이 보통 아니었다. 거셌다. 며칠 사이에 1, 2천만 원도 아니고 5, 6천만 원씩, 심지어 1억 원이 뛸 때도 있으니 현기증이 날 지경이었다.

최대한 고가에 팔아 투자할 요량이다. AI는 분명 다가올 산업혁명의 백본(등뼈)임이 틀림없으므로. 따라서 내가 보기에 재테크엔 자고로 정답이 없다지만 부동산, 주식, 채권, 펀드, 또 다른 투자보다도 현재로서는 AI에 대한 투자보다 더 나은 투자처는 없었다.

확신하고 내리는 결단이다.


# Ep. 44


## #1

"명색이 제가 부장검사지만 이미지 교수님 막내 삼촌께서 범죄에 연루된 게 아니라면 사사로이 수사하기는 힘듭니다, 사실. 인권침해 논란

등이 제기되기 때문이에요. 다행히 전담 간호 도우미가 납치 내지 감금한 혐의도 있고, 에 또, 막내 삼촌께서 중증 와상장애인이란 점도 도움이 됐습니다. 위치정보법에 따라 18세 미만 아동, 지체장애인, 치매환자 등 특정 신분자의 실종에 대해서만 전화 위치 추적이 허용되거든요. 스마트폰 위치 추적은 사생활 침해 우려가 높아 포렌식(디지털기기 정보복원) 대상과 그 요건이 생각 이상으로 엄격하답니다. 제가 아무리 부장검사라지만 누구나, 어떤 사람이든 마구잡이로 수사할 수 있는 게 아니란 소립니다."

예상보다 시일이 오래 걸렸다. 답답한 나머지 심부름센터나 디지털 포렌식 업체를 찾아가야 하느냐 마느냐로 근심하고 있을 즈음에야 마침내 연락이 왔다.

"사실 이런 건 우리 검찰청에서 직접 하지 않고 가용 인력이 풍부한 일선 경찰서에 맡기는 편이거든요. 우리 쪽은 인력이 한정돼 있는 데다 워낙 업무가 많아서요. 하지만 이 교수님한테 약속한 것도 있고 하여, 제 직속 수사관 한 명에게 전담을 시켰답니다. 그 수사관이 오늘 아침에 종합 브리핑하길래 이렇게 연구실로 찾아뵙게 된 겁니다."

"수고 많으셨어요."

듣고 싶은 답 대신 생색부터 내는 분위기라 기대치가 낮다.

"무엇이 제일 궁금하시죠?"

"소재 불명이 오래되어, 현재 어디 있는지가 아무래도…. 무사한지도…."

"어제 저녁에 사건을 직접 탐문하고 내사하던 수사관이 막내 삼촌분을 직접 만나고 왔습니다. 경남 합천군 묘산면 나곡마을 앞 묘산소나무 아래 캠핑카에 누워 계시더랍니다. 묘산소나무는 해발 1천 미터가 넘는 두무산 아래, 해발 5백 미터쯤에 자리 잡은 천연기념물 제289호인데, 정말 웅장한 소나무입디다. 소나무계 국내 챔피언급이라고나 할까요. 이 교수님도 당장 스마트폰으로 검색 한번 해보십시오."

미상불 대단한 소나무였다. 미려한 수형이 주는 아우라가 보통 아니었다.

"막내 삼촌이 묘산소나무와 무슨 연고가 없는데요. 제가 아는 한."

"묘산소나무 아래로 오기 전엔 인근 야로면 구정리 느티나무 아래에 있었더라고요. 구정리 느티나무도 예사 느티나무가 아닙디다. 500년 내외의 수령을 자랑하는데 EBS인가 어디서 방송으로도 길게 내보낸 나무더라구요. 얼마나 멋있으면."

"…"

"삼성동 거주지 아파트 CCTV, 컴퓨터 하드디스크 이미징(복제), 디지털 포렌식, 전국 각지의 방범용 CCTV 등을 취합한 결과, 막내 삼촌분은 1월 23일 삼성동 아파트를 나서자마자 강원도 최북단으로 올라가 아래로 훑었습니다. 노거수들을. 동네마다 으레 한두 그루 있는 노거수들을 순례하며 내려와, 경북을 거쳐 며칠 전에야 경남 서북부지역에 진입했더군요."

왜 전국의 큰나무 구경에 나섰는지 그 속이 짐작 가능하다.

"동행은 전담 도우미분 혼자?"

"아뇨. 도우미분 둘째딸이 캠핑카 기사로 따라다니던데요. 처음부터 동행했습니다. 출발 직전 이 교수님 할아버지로부터 무슨 지시를 받는 영상이 삼성동 아파트 CCTV에 찍힌 걸 보면요. 애시당초 할아버지와 도우미분 모녀 사이에 모종의 짬짜미가 있었던 게 확실합니다."

아버지와 숙부 예상대로 할아버지가 종적 감추기의 총기획자였다. 막내 삼촌이 오래 천착한 수학 난제 중의 하나를 해결했거나 아니면 그 실마리를 찾은 날, 전국 노거수 구경에 나서기로 할아버지와 사전 약속되어 있었던 모양이다. 당사자가 직접 그 난제를 총정리하고 검증하기 위해 집을 나섰다고 수사관에게 진술했다고 하니까.

"그것만으로는 어딘지…. 자발적 실종 동기가 왠지…."

"누가 봐도, 그렇죠? 가족들의 애정도 순위, 관심도 랭킹을 매기고자 할아버지가 기획했다고만 치부하기엔, 좀 그렇죠? 저도 그렇고 수사관도 영 이상해서 파고들었더니 아닌 게 아니라 다른 동기도 있었습니다."

"어떤?"

"이 교수님한텐 5촌 당숙 되는 이무기 씨 알지요? 이임박 씨한테는 사촌형이 되는. 그 형이 운영하는 스타트업에 막내 삼촌분이 10억 원가량을 투자하기로 했더라구요. 엔젤투자를요. 이를 알게 된 할아버지가 그걸 막고자 한 게 아마…. 이건 검사 직감인데요. 이번 실종 소동의 직접 요인이 아닐까 합니다. 그러잖고서는 연락 두절 등이 설명 안 되니까요."

금시초문이다. 액수가 액수이니만큼 할아버지로서는 충분히 우려할 만했다.

지금부터의 세계

"송 부장검사님, 감사! 일이 정리되는 대로 자리 한번 마련하겠습니다. 지금은 당장 내려가봐야겠습니다. 묘산소나무 아래로. 제가 삼촌을 직접 뵙고 확인해야 직성이 풀릴 듯해서요."

지도 앱에 접속해서 소요 시간을 체크한다. 3시간 30분에서 4시간 정도 예상했다.

"가셔도 헛걸음할 확률이 99퍼센트입니다. 엊저녁 우리 수사관이 막내 삼촌분을 만났을 때 분명히 그런 의사를 밝혔거든요. 아무도 모르는 곳으로 곧장 떠나겠다고. 당분간은 누구에게도 방해받지 않고 당신 일에 집중하고 싶다는 의사를 확실히 피력했다고 합니다. 실종자 신고일 경우, 가족들의 가출 신고를 경찰이나 검찰이 받아줘 당사자를 찾더라도 당사자가 집에 안 들어가겠다고 하면, 경찰이나 검찰 모두 달리 무슨 방도가 없답니다. 그것으로 사건이 종결되거든요."

"…"

"제 생각인데요, 이건. 막내 삼촌을 당장 만나는 것보다 먼저 손써야 할 일이 있어 보입니다. 내사 과정에서 발견한 건데요. 둘째딸과 막내 삼촌이 그사이에 부부가 되어 있다는 겁니다. 혼인신고는 2월 중순에 했습니다. 26세와 44세란 나이, 가난한 젊은 여자와 재력가 남자, 정상인과 중증 장애인 결합이라면 엄청난 사랑 아니면 뭔가 이상한 조합임은 어린애도 금방 알아차릴 수 있지 않나요? 이건 특급 비밀인데요. 이 교수님이라서 제가 조심스럽게 언질을 주는 거랍니다. 텔레그램 비밀 메시지 등을 종합해 판단컨대 아직 할아버지조차 그 사실을 몰라요. 혼인신고가 되어 있는 팩트를. 막내 삼촌이 동의했는지, 동의했더라도 그 과정에서 강제성이 없었는지도 밝힐 부분이고, 둘째딸 신원조회 결과를 보니까 횡령 전과도 있습디다. 그 나이에, 벌써. 엔젤투자금 10억 원 조달을 다른 부동산도 아닌 자기들이 싸게 월세로 사는 아파트를 처분해서 하려고 하니까, 아마도 중간에서 욕심이 나서 무리수를 둔 듯해요."

전혀 예견 못한 시나리오였다. 할아버지가 막내 아들의 엔젤투자 건을 막느라 도우미 둘째딸을 끌어들였다가 된통 당한 형국 아닌가.

"막내 삼촌분이 아파트를 떠나면서 스마트폰을 폐기시킨 후 새 스마트폰을 장만하지 않았더라구요. 할아버지와 막내 삼촌 사이의 연락은 둘째딸 폰으로 했습디다. 간혹 페이스북 메신저도 썼지만 주로 텔레그램 비밀대화 기능을 사용해서 근황을 주고받았습니다. 둘째딸이 두 사람 사이의 연락을 독점중계한 게 욕심을 낸 배경으로 보여요. 막내 삼촌분이 이 교수님과 이무기 형한테만은 은밀히 귀띔하라고 둘째딸한테 지시한 내용까지 우리가 확보했거든요. 음성 파일을요. 한데 둘째딸은 연기력이 워낙 출중해서 감쪽같이 속였답니다. 막내 삼촌을. 이와 유사한 일이 한두 가지가 아니에요. 가령 막내 삼촌분이 같은 값이면 매물 부동산을 고가에 팔고 싶어 부동산 업자들과 수시로 통화했는데, 그 통화가 끝나기만 하면 둘째딸이 아내임을 내세우며, 남편이 준(準)심신미약 상태라며 파투내는 방향으로 유도했답니다. 그 증거까지 우리 수사관이 확보하였으므로 이 교수님께선…."

(중략)


# Ep. 49

## #1

K 소설가로부터 반승낙을 받자마자 마음이 급해졌다.

K 소설가가 조건을 달았기 때문이다. 오는 4월 중순에 당신이 작업 중인 소설의 첫 단락 혹은 첫 장 혹은 앞 부분 일부를 넘길 터이니 그것으로 작품을 완성시켜 보라고 나왔다. 의미 있는 결과가 나와야 한다는 단서가 뒤따랐다. 물론 '접니다'에게 K 소설가가 집필을 위해 구상한 플롯과 서사 자료 일체를 제공하겠다는 의사는 당연히 밝혔다.

나우리가 누구보다 K 소설가의 동참을 반겼다. '접니다'가 어느 정도 마음에 들면 패스트트랙(신속통로) 같은 신사협정을 맺겠다는 의향도 K 소설가가 내보였기 때문이다. 인공지능 소설가 데뷔를 의외로 앞당길 절호의 기회였다. 만만다행이었다. 문제는 '접니다'가 정식 소설가, 아니 보조작가 노릇이라도 제대로 하려면 풋샵 러닝(추가학습)과 함께 업로드시

켜야 할 사안이 한두 가지가 아니란 점이다.

기술적 돌파도 돌파지만 그보다 중요한 건 시간이었다. 집중할 황금 시간 확보가 관건이고 급선무였다. 그런데 학기 초는 통상 처리해야 할 잡무가 많아 무엇에 몰두하기는 현실적으로 어렵지 않는가. 묘수가 없나 이리저리 궁리를 하고 있는데 엉뚱하게도 코로나19가 기회를 주었다. 대학본부에서 비대면 온라인 강의를 4월 중순까지 하라고 하였다. 시기가 거짓말같이 맞아떨어졌다. 이무기 기분이 더 좋았던 것은 온라인 강의시대 필수 플랫폼인 구글 행아웃과 줌(Zoom) 같은 실시간 쌍방향 화상 프로그램에 익숙했기 때문이다. 진작부터 학부 강의와 대학원 강의에 활용해온 터라 거기에 따로 시간을 할애하지 않아도 된다는 사실이었다. 줌 등이 나오기 전에도 온·오프 강의를 섞는 블랜디드 러닝(blended learning)을 해와서다.

스타트업 나매쓰 직원들도 배다른 여동생을 제외하고는 전부 재택근무로 돌렸다. 스타트업 직원 간 의사소통은 업무 메신저, 그룹 통화 서비스, 화상회의 시스템 따위를 총동원했는데 이 일도 나우리에게 전담시키고 이무기는 자발적 고립을 택하였다.


#2

"이 교수님, 그만 강행군하시고 이제 눈 좀 붙이십시오."

K 소설가가 준 집필 자료 가운데 '기대값 최대화(EM) 알고리즘'으로 학습시키면 좋은 게 있어서 열공 모드로 돌입한 것이다. 정신없이 빠져들

었다. 이를 지켜보는 입장에서는 오버 페이스로 다가온 모양이다. 박사과정에 있는 제자가 다가오며 염려하는 것을 보면.

EM 알고리즘은 학습 데이터가 일부만 있어도 최대화 함수만 재정의하면 컴퓨터가 몇 차례 반복하지 않아 잘 학습할 수 있는 모델이었다. K 소설가에 특화된 언어 모델이랄까, 창작 모델을 만들기 위한 경로 중의 하나였다.

"몇 시지?"

"새벽 3시요, 교수님."

사위는 조용했다. 대형 통유리창이 일품인 나우리 친구 별장에서 내려다보이는 백운호수는 언제 보아도 마음을 편하게 가라앉혔다.

"근데 자넨 왜 이 시간까지 안 자고 있었나?"

"저 역시 맥시멈(maximum : 최대) 엔트로피 모델의 계산량을 어떻게 하면 획기적으로 줄일까, 샐러리(celery : 대규모 자동화 관련 파이썬 라이브러리)를 어떻게 하면 소규모로 자동화시킬까를 번차례로 고민하다 보니 이 시간이 됐네요."

이무기가 제자를 호출한 건 비서 역할이 필요해서다. 형식상 같이 쓰기로 한 논문지도 문제라고 둘러댔으나 실제로는 업무 보조가 아쉬웠다. 대학본부에서 이미 논문지도도 비대면으로 하라고 권고했지 않는가. 보통 때 같았으면 나우리가 손발이 되어줬겠지만 그녀는 지금 스타트업 전반을 챙기느라 몸이 세 개 있어도 모자랄 판이었다.

"논문 평계로 불러 잡무시켜, 쏘리."

제자지만 솔직할 필요가 있었다. 교수평가 사이트를 의식해서가 아니었다. 이무기는 그 누구에게든 갑질은 당연하고 폐조차 가능하면 끼치지 말고 살자는 게 삶의 모토였다.

하나 살짝 경계선을 넘을 때도 있었다. 미국 존스홉킨스대의 '음성언어 및 언어처리센터(CLSP)' 자료와 연세대 언어정보연구원에서 구축한 한국어 언어자원 자료가 필요한데 마땅히 심부름시킬 사람이 없어서 만만한 제자를 이용한 데 대한 사과를 한 것이다. 제자는 국립국어원에서 구축한 한국어 말뭉치(AI의 한국어 능력을 높이기 위한 일종의 빅데이터) 중 몇 억 개에 이르는 어절 관련 논문도 썼을 뿐만 아니라 신문 기사, 책, 일상 생활의 음성대화, 메신저 대화, 방송 자료, 각종 인터넷 사이트의 블로그와 게시판 자료 수백만 건을 AI에게 효율적으로 학습시키는 연구도 병행하고 있어 도움이 절실했다. 막판 스퍼드를 위하여 낸 가용자원 총동원령에 제자가 응하였으므로 어떤 식으로든 걸맞은 보상을 해줄 요량이다.

"을(乙)의 생존법상 당연한 거 아니겠습니까. 농담이구요. 교수님을 이 정도는 도와드려야지요. 제가 지금까지 좀 많은 시간을 빼앗았습니까."

미쁜 제자답게 나온다.

"그랬긴 하지. 처음 봤을 때가 중 3, 고 1?"

"고 1 때요."

제자는 고등학교 1학년 때 벌써 이공계 대학생 애독서인 벡터해석학 원서[93]에 빠질 정도로 이쪽에 관심이 많았다. 독학하다가 무슨 문제가 막힌 게 발단이었다. 수학 교사가 버겁다며 이무기를 추천하는 바람에 인연

지금부터의 세계

이 닿았다.

"전이학습(transfer learning)의 명확한 수학적 배경에 관한 리서치 페이퍼(연구논문) 진척도는?"

딥러닝 성능과 함께 자연어 처리 성능을 끌어올리는 방법인 전이학습은 아직 수학적 초석이 정립되어 있지 않았다. 여기에 주목하라고 한 게 기억이 나서 환기한다.

"바짝 서두르면 한두 달 안에 대략 스케치가 가능할 듯도 합니다. 연속학습(continual learning)까지도, 어쩌면요. 정리가 되는 대로 중간 점검을 공개적으로 한번 받겠습니다. 랩 미팅 때 랩 소속 동료 석박사과정생들에게도요. 키노트(Keynote ; 맥 전용 PPT 툴)를 사용하여 발표 자료를 하루라도 빨리 만들도록 노력해보겠습니다."

이무기 랩 소속 제자들 대부분은 맥북을 썼다. 맥북 키노트로 작업하고, 발표 또한 애플 TV에 미러링까지 하였다. 맥의 기본 프로그램들이 공동 작업할 때 편리하기 때문이다.

"교수님, 괜찮으시다면 제가 소맥 한잔 말까요?"

"두뇌를 장시간 무리하게 풀가동시켜 열이 날 때는 소맥으로 식히는 것도 좋은 방법이겠지. 오케이, 잘 말아봐. 바로 잠들긴 글렀으니까."

거실에서 한잔하다 봄밤이 좋아 밖으로 나갔다. 새벽 공기도 상큼하고 달빛도 좋아, 슬슬 산보하며 입가심하기 딱 좋았다.

"박사논문 주제는 정했나?"

이무기는 제자들에게 박사논문 쓸 자격으로 세계 탑 저널에 논문 1편

이상 게재를 요구했다. 독립된 연구자로서 실력을 갖추어주려는 취지였다. 그런데 제자는 대견하게도 2편이나 발표했다. 벌써.

"몇 가지 머릿속에 공굴리는 건 있습니다만, 아직 구체적으로 잡지는 않았습니다. 1순위로 수학적 최적화(MO : 고차원 수학 방정식으로 최적의 답을 찾아내는 기술)를 고려하고 있기는 합니다. 귀납추론하는 AI보다 연역추론하는 MO가 비용이나 시간 측면에서 볼 때 굉장히 유리하니까요. 그 장점을 극대화하는 플랫폼 하나 만드는 것도 의미 있다고 보는데, 교수님 견해는 어떠신지요?"

"MO도 나쁠 건 없어. 매력적인 요소가 많아. 그래도 자네 정도 능력이면 좀 더 근본적인 문제에 접근해보는 건 어떤가?"

"근본적인 문제라면?"

"나는 제자들이 어떤 주제로 박사논문을 쓰든 가능하면 간섭을 안 하자는 주의자야. 자율성을 존중하자는 취지지. 그래도 일반 논문이라면 지엽적 문제에 매달려도 상관없지만 명색이 박사논문이라면 다르지 않을까. 본질적이고 근원적인 문제에 홍길동처럼 덤비는 게 바람직하다고 보는데, 자네는? 가령 심층신경망 안에서 일어나는 의사결정 과정을 수학적으로 밝혀내는 인생논문 같은 것 말이야."

"AI 내부에서 일어나는 데이터 변환 과정은 불가사의한 영역이잖아요. 현재로선. 딥러닝 AI를 만든 인간조차도 정작 너무 복잡하고 어려워서 이해하지 못하고 있잖아요, 교수님. 마치 AI가 답은 가르쳐주는데 풀이 과정 자체는 안 보여주는 모양새잖아요. 인간이 분명 창조주이건만 그

지금부터의 세계

피조물 속을 꿰뚫지 못하는 격이라고 해야 합니까. 이건 조크인데, 인간과 이 우주를 창조한 절대자도 이 같은 딜레마에 빠져 있는 거 아닐까요, 혹시? 좌우간 교수님 말씀은 AI 속으로 잠수해서 수학 현미경으로 들여다보라는 건데, 말씀이야 좋지만 당대 AI 최고수도 해석하거나 설명하지 못하는 세계를, 어찌 저 같은 초짜 보고 감히…. 지독하기로 유명한 그 블랙박스야말로 교수님 같은 AI 빅 가이(대표 석학)께서….”

“이 친구 봐라. 지도교수를 놀리는 솜씨가 고수네.”

“그런 뜻이 아님은 교수님께서 잘 아실 터이니 토를 달지는 않겠습니다. 집 뒷산 등산이 어울리는 사람에게 중국 화산 장공잔도를 걸으라고 등을 떠미는 형국이라…. 도전, 좋지요, 교수님. 인생논문에 도전하다가 만일 길을 잃고 조난당하면요? 그래서 혐생(혐오스러운 인생)이 되면요? 흙수저 출신인 저한테는 저만 바라보고 사는 부모님이 계시거든요. 학습지 방문교사 어머니, 택배기사 아버지. 그 분들은 제가 요즘 각광받는 AI를 전공한다고 크나큰 기대를 걸고 있거든요. ‘개천용’으로서 무슨 대박을 칠 것이라고.”

“암마, 고민스러운 건 이해해. 한번 물어보자. 니가 큰돈 못 벌면 니 엄마 아빠가 굶니? 굶어? 만약 굶는다면 나도 못 권해. 당장 호강 못 시켜 자식으로서 미안하여 그러는 거라면, 난 도전을 권해. 니가 꿈을 크게 꾸고, 그 누구도 대신 못하는 일을 니가 한다면, 모르긴 해도 나중엔 부모님도 반길걸.”

갈증이 나는 걸까. 제자가 별장 안으로 들어가더니 다시 소맥을 여러

잔 말아왔다.

"장황해질 것 같아, 내 말을 최대한 기약(irreducible)하면, AI 핵심 알고리즘인 심층기계학습을 설계할 때 인간이 수학의 힘을 빌렸다는 데 주목할 필요가 있다고 봐. 좀 비약하면, AI 내부가 어쩌면 벡터 그 자체, 함수 그 자체일지도 모르는 일. 따지고 보면 함수가 벡터이고, 벡터가 함수[94]이니까. 그걸 명확히 한번 밝혀보라고. AI가 함수지능인지 벡터 지능인지, 그도 아니면 또 다른 무슨 수학지능을 장착했는지 해부해봐. 수학이란 수술 칼로. 근본적인 문제는 근본적인 개념으로 맞장을 뜨는 게 좋다는 말씀. 예술이든 학문이든 과학이든 본령에 근접할수록 진짜배기가 나오는 법이거든. 예술사, 과학사가 그걸 증명하고 있다고."

"교수님 권고이니만큼 심사숙고해보겠습니다."

"자네가 썩은 나무로 보이지 않아서 내 이러는 거야. 썩은 나무로는 조각할 수 없으니까."

"…"

"봄밤에다, 은은한 달빛 아래에서 소맥맛을 보고 있자니 풍류를 즐긴 옛 선현들이 떠오르네. 구글이 내놓은 딥러닝용 오픈소스 소프트웨어 있잖아. 텐서플로(TensorFlow) 말이야. 작명이 예사롭지 않은 거 아냐? 벡터를 일반화한 텐서를 갖다붙였으니까. 텐서의 흐름이라? 바람의 흐름인 풍류(風流)하고 연결 안 될까? 공간에서의 바람이 곧 벡터[95]니까 풍류를 즐긴다 함은 고로…. 따분하고 반복적이고 단순한 일은 AI에게 맡기고 인간은 이제 풍류를 즐길 타임? 텐서플로는 그러면 옛 풍류객의 21세기 버전 놀잇감?"

★<sup>12</sup>

(중략)

## Ep. 76

### #1

이 공부하면 저 공부하고 싶은 유혹. 공부하는 사람들이 빈번히 느끼는 기저질환을 이무기도 학창시절부터 심하게 앓은 편이다. 딴짓을 하고 싶은 이 고질병을 대학교수가 된 지금까지도 못 고쳤다. K 소설가와의 협업을 위하여 목하 열공하는 중에도 그 병이 도진 것이다. 메타 러닝(meta learning : 적은 양의 데이터를 가지고도 새로운 지식을 학습할 수 있는 기계학습 원리), 로드(load)를 쓰면 아주 큰 데이터도 쉽게 입력할 수 있는 매트랩 기능, 하스켈(순수 함수형 프로그래밍 언어) 등을 섞어 이색 AI 비빔밥을 만드는 도중에 별안간, 과거를 돌아보고 미래를 상상하는 인간 뇌의 특정 기능에 관한 수학 모델 아이디어가 떠오르지 않는가. 이를 컴퓨터에 구현하기 위한 알고리즘 그림까지 그려져 만사 팽개치고 함몰된 거였다. 낮과 밤, 삼시 세끼도 잊은 채, 한동안 계속.

#2

큰아버지가 고단수임은 어려서부터 익히 알고 있었다. 분명 보통 사람은 아니었다. 그렇다고 하여도 이 정도일 줄이야. 구순 노인이 텔레그램 채팅 기능은 물론이려니와 일반대화 대신 비밀대화는 당연하고, 심지어 메시지 전달 과정 전체를 암호화하는 왓츠앱까지 애용했다는 팩트를 이미지로부터 듣자마자 즉각 다시 알아보았다. 예사 노인네가 아님을. 신체 나이는 누가 봐도 상노인이지만 디지털 나이가 청춘이란 사실 하나만으로도

알고 보니 모든 것이 연극이었다. 이임박이 엔젤투자자로 못 나서도록 하기 위하여 벌인 일종의 '몰래 카메라' 혹은 '트루먼 쇼'였다. 위선의 심연을 본 것이다. 이 말도 안 되는 소동에 부차적인 이유가 있긴 했다. 이임박이 수년 올인하던 문제에 서광이 비치기만 하면 전국에 산재한 노거수 순례에 나서겠다는 막내아들과의 사전 약속을 지킨다는 것.

"무기야, 이 다탁을 잘 봐라. 몇 아름드리 느티나무 뿌리로 만든 괴목 다탁을. 이 다탁을 목공예가한테 구입한 지도 어언 반백 년이 넘었구나."

긴히 할 말이 있다는 큰아버지 의사는 이미지가 중간에서 전하였다. 가능하면 빠른 시일 안에 봤으면 하여 만사 젖히고 뉘엿한 저녁에 삼성동 아파트를 찾았다.

지금부터의 세계

3월 말로 예정된 세계적인 벤처캐피탈과의 투자설명회(IR)가 코로나 19로 인해 취소되어 마음이 급한 측면도 있다. 3월 초에 억지로 프레젠테이션까지 한 미팅이 별무소득이라, 더욱. 그쪽에서도 지금까지 없었던 새로운 연구임은 인정했다. 하나 거기까지였다. 그뿐이었다. 획기적인 연구도 좋고, 놀라운 신기술도 훌륭하나 코로나19로 조성된 위기 국면에서는 당장 돈을 벌어야 살아남는다고 잘라 말하였다. 수익성 확보가 그러니까 관건이었다.

사과부터 할 줄 알았건만 당신은 아무 일도 없었다는 듯 시치미를 떼고 한가한 소리부터 한다. 전형적인 유체이탈 화법이다.

"작설차를 음미하면서 잘 보더라고. 이 괴목 다탁을."

속으로는 "틀딱(노인을 비하하는 표현)께서 웬 냉무(내용 없음)"했지만 겉으로는 뿔난 티를 안 내려고 애썼다. MMF(머니마켓펀드)나 CMA(종합자산관리계좌), 신흥국 ETF(상장지수펀드) 등에 넣어둔 여윳돈을 뒤늦게 쾌척할지도 모른다는 일말의 기대가 있어서다.

"이걸 일일이 다듬은 목공예가는 내 환자였⋯."

영혼 없는 미소를 날린다. 얼마 전 차 마시는 자리에서 한 말임을 까먹고 그대로 또 하였다. 낯빛 하나 안 바꾸고 천연덕스럽게 재방송하는 걸 보면 노인 특유의 건망증 탓 같다.

"그 목공예가가 그랬어. 무슨 나무든 벼락을 맞으면 행운목이 되는 이치를. 한 번 벼락을 맞으면 다시 맞지 않기 때문이라나. 옳거니 했지. 과학적이고 수학적이진 않지만 상징적이고 교훈적인 요소는 있어서. 내가 홍미롭게 듣자 어떤 작품은 나무를 부활시킨다는 생각으로 작업에 임한다 더라구. 그냥 놔두면 썩어 없어질 뿌리를 다듬고 칠하면 반영구적으로 볼 수 있으니 부활이 아니고 뭐냐 되묻는 거 있지."

요설 같되 요설 같지 않은 맛도 있다.

"큰아버지, 이 많은 지팡이들도 그렇다면 상당수가 벼락 맞은 것들입니까?"

한쪽 벽장을 차지하고 있는 온갖 지팡이들에게로 시선을 옮긴다.

"오냐. 내게 판 사람들은 그리 말했지. 그래도 절반쯤은 아니라고 봐. 가품이 아님을 증명하긴 하였어도 가라(가짜)가 섞일 수밖에 없다고 봐. 백 프로 진품 아니어도 크게 상관 안 해. 보조장치로서의 역할, 눈요기로서의 역할은 충실히 수행하고 있으니까."

컴퓨터 시스템에서 중앙처리장치와 연결되어 있지 않은 보조장치를 강제로 소환시킨다. 그와 동시였다. 인간의 보조장치, 인간의 보조도구라고 흔히 일컫는 AI에까지 생각이 가닿은 것은. 지팡이가 제3의 다리 역할을 하듯 언어와 수학 역시 일종의 보조장치, 보조도구라는 데도 상상력이 착륙했다.

"돌아간 너희 큰엄마가 그랬단다. 막내가 처가 동네 당산나무에 올랐다가 화를 당한 후였어. 가능하면 이 다탁부터 치우자고 성화였지. 그때 내가 적극 말렸어. 한 번 벼락 맞은 나무를 재활용하면 행운목이 되는 이치를 조리 있게 설명했더랬어. 우리 이임박 역시 본의 아니게 와룡이 되었지만 혹…. 너도 알다시피 북촌 우리 동네 뒤쪽에 와룡공원이라고 있잖아. 용이 길게 누워 있는 형상이라 와룡공원으로 지은. 와룡공원이 생긴 지 3년 쯤 지났을 때 우리 막내놈이 와룡인간이 될 줄 누가 알았겠나. 와룡공원 과 와룡인간이란 조합이 원래부터 예정되어 있었다나. 너희 큰어머니가 용하다고 찾아간 어느 무속인이 그랬대. 내가 와룡소주(옛 인천 3대 소주)를 젊은 날 반주로 즐긴 영향도 있다고 했대나. 하여간 와룡이 승천하려면 물을 봐야 하고, 별 세 개를 봐야 한다고 하여 여기 삼성동 아파트로 이사 오게 됐다니까. 한강이 보이는 별 세 개 동네가 여기 삼성동이라."

대개 무엇을 말하기 곤란할 때 사설이 길게 마련인데 오늘이 꼭 그랬 다. 좀처럼 본론으로 못 들어갔다. 와룡 운운하는 소리를 듣고 있을 정도 로 한가롭지 않았다.

"큰아버지, 그만 가보겠습니다."

뜸을 과하게 들여 시장기가 가셨다고나 할까. 가속도가 붙은 번 레이 트(스타트업 경비 지출 속도) 때문에 발휘하던 인내에도 마침내 한계가 왔다. 아울러 이상한 밀당에 순간적으로 염증이 왈칵 난 데는 다 그만한 이유 가 있다.

이임박과 혼인 신고한 도우미 둘째딸의 요구 조건은 대담하게도 아 파트 한 채였다. 현재 월세로 살고 있는 아파트를 넘기면 물러나지 그러 잖으면 끝까지 가겠노라 통고하고는 큰아버지와의 텔레그램 비밀대화도 끊고, 스마트폰과 함께 번호마저 통째로 바꾸었다고 한다. 스마트폰에 탑 재된 위치파악 기능마저 못 활용하게 원천 차단했다고 들었다. 저쪽에서 자신들의 위치를 숨길 목적으로 유심 카드를 제거한 공기계 스마트폰을

써 이쪽에서 마땅한 대처 방안을 못 찾고 있었다. 뒤늦게 동네 깡패 피하려다 조폭 끌어들인 격임을 알아차리고는 큰아버지가 부랴부랴 수습에 나섰지만 당신 앞에 놓인 허들이 한두 개 아니었다.

법률 자문을 해주는 지인 변호사와 큰아버지가 상담을 하여도 답답하기는 마찬가지였다. 변호사가 제일 먼저 이임박의 혼인동의 여부부터 확인해야 한다고 한 모양이다. 동의한 건지, 위협은 없었는지, 일방적인 건지, 묵시적 동의인지, 그도 아니면 무엇인지 분명해져야 행동에 들어갈 수 있다고 조언한 거였다. '문서 위조죄' 같은 형사 고소에 착수하려면. 문제는 법적인 아내가 된 둘째딸이 남편 이임박과 함께 잠수를 탔다는 것. 심각했다. 설령 이임박을 찾아 일방적 의사임을 확인해도 혼인무효까지 가려면 갈 길이 멀었다. 일단 혼인신고가 이루어진 이상 둘째딸을 상대로 '이혼 소송'을 하거나, 일방적 혼인신고라면 무효이므로 '혼인무효 확인소송'을, 동의 없는 혼인신고라면 '혼인취소 소송'을 해야 한다고 하니까.

이 어처구니없는 소동의 최대 피해자는 어떻게 보면 이무기였다. 가장 고약했다. 형사든 민사든 한번 법적인 절차에 들어가면 1심 판결까지만 해도 통상 1년 이상의 시간이 소요되지 않는가. 그것만으로도 이무기에게는 부지하세월이었다. 그사이에 엔젤투자금은 하늘 높이 떠 있게 되므로 누워서 입만 벌리고 있어야 할 처지였다.

사노라면 별별 일 다 겪는다지만 단 한 번도 본 적 없는 26세 여자가 이무기 인생에 태클을 걸지 누가 알았겠으리. 곤혹스러웠다. 생판 얼굴도 모르는 젊은 여자와 큰 먹이를 놓고 경쟁하는 구도가 형성됐으므로. 아버

지금부터의 세계

지의 술주정 단골 상투어 중의 하나가 "살면서 절대로 피해야 할 게 있다. 잃을 게 없는 사람과 다투지 말라는 거. 인생에 무조건 마이너스가 될 뿐이므로" 아닌가.

"알았다. 실은 이것 가져가라고 불렀니라. 이리로 좀 와봐."

큰아버지가 그제서야 꿈꿈수를 당한 사람 특유의 표정을 지으며 벽장 쪽으로 손짓한다. 다종다양한 함 중에서도 가장 큰 함을 가져가라고 하지 않는가.

"웬 용입니까, 큰아버지?"

함을 열자 크고 작은 용들이 눈동자를 쥐흔들었다. 승천하는 모양의 용들이 수십 마리 들어 있었다. 최소 서 돈 이상 되는 금으로 만든 용이었다. 큰어머니가 막내아들을 위하여.

"몇 마리나 되지요?"

"81마리. 용 한 마리당 비늘 수도 81개라고 들었다. 금값도 금값이지만 제대로 된 용을 만드느라 세공비도 상당히 들인 걸로 알아. 목 아래 박힌 역린 하나는 백금으로 완성했으니까 정성이…."

"작은 진주도 제법 많네요."

"이 용 군단을 제작하게 만든 무속인이 그랬대. 용한테는 여의주가 있어야 제격이라고 코치한 모양이야. 11개에서 멈춘 건 중간에서 너희 큰엄마가 그만 죽는 바람에…. 내가 용 만들기를 중도에 관두게 하려고 너희 큰엄마를 설득하려고 했지만 워낙 의지가 완고해서 포기했단다. 여의주 격인 진주를 81개까지 다 채우면 와룡인 막내가 일어난다고, 승천한다고 굳게 믿었다니까. 남이 뭐라고 하건 말건. 잘난 의사 애비, 잘난 의사들이 집안에 수두룩해도 막내 하나 못 고치는 주제에 관여하지 말라고 악장을 떠는데 내 원…. 속으로는 코웃음을 쳤으나 어미로서의 간절함을 알기에 결국 가만히 지켜보았지. 일부러 금투자도 한다 싶어서. 그러다가 이번에 이 큰아버지가 제 꾀에 넘어가고 보니까 허망하기도 하고, 니 보기 민망하기도 하고…. 오죽 답답했으면 너희 큰어머니가 용하다고 한 무속인을 다 찾아갔겠나. 난생처음이었어. 하여간 무속인이 마주앉자마자 나한테 와룡이 승천 못한 건 여의주를 못 채워서라고 하며, 대뜸 와룡 피붙이 중에 용 관련 이름을 가진 사람이 있을 거라고 하지 않겠니. 항자(抗者 : 아주 진취적인 사람)[96] 팔자를 타고난 그 피붙이한테 70개 진주값에 해당하는 돈까지 가외로 더 보태 이 금함까지 통째로 넘기라지 뭐냐. 그러면 그 사람도, 와룡도 함께 승천할 것이라고 예언하더라. 남편이든 아내든 한 사람의 헌신으로 성공하면 복을 함께 누리듯. 전생에 뭐 너와 우리 막내가 부부였다나. 만일 금값, 진주값이 아까워 수작을 부리면 그 사람도, 와룡도 지렁이가 되거나 아니면 비명횡사할 것이라며 겁까지 주는데, 나 참. 액면 그대로 믿을 수도 없고, 안 믿을 수도 없는 딜레마에 빠져 있었니라. 무속인 왈, 만일 용 관련 이름이 들어간 사람이 탐탁찮아 정 주고 싶지 않으면 '용'이나 '목(木)' 또는 '수(樹)'자 들어간 절에 시주하는 것도 한 방법이라지 않겠냐. 요는 용함에서 손톱만큼의 이득도 취하지 말라는 말씀. 고심 끝에 드디어 결단을 내렸니라. 막내가 남긴 문건, 니가 하는 스타트업 장래성 등을 꼼꼼하게 종합 검토한 결과, 그동안 협애한 이해관계

      지금부터의 세계

가 앞서는 통에 이 큰아버지가 니한테 용렬한 짓 많이 했음을, 사과한다. 정식으로. 미안허다."

구세주가 무속인이라 어안이 벙벙했다. 예수도 아니고, 부처도 아니고, 신선도 아니고, 평소에 눈길조차 주지 않던 하찮은 무속인이라 더더욱.

<br>

#3

나우리는 분주하였다.

밤 11시가 넘었건만 대치동 아파트에 들어서자 서재 데스크톱 컴퓨터로는 깃허브(GitHub : 프로그래머를 위한 소셜 코딩 공간)를, 식탁 위 노트북으로는 앙상블 학습(총체학습)을, 침대 머리맡의 맥북에어(휴대용 노트북)로는 자연어 처리 응용에 관한 연구 성과를 담고 있는 '자연어 공학(NLE)'이란 학술지를 보고 있었다. 여기저기 옮겨 다니며 세 사람 몫 일을 하는 중이다. 거기에다 거실 소파의 태블릿PC를 가지고는 트렐로(프로젝트 관리에 쓰는 앱)로 나매쓰 컨트롤타워로서의 역할까지 하므로 문자 그대로 전천후였다. 열일했다.

병아리가 알에서 나오려면 안과 밖에서 동시에 쪼아야 한다는 말, 줄탁동시(啐啄同時)의 산 현장이었다. 새삼 남편으로서 외곬으로 좀 더 집중력을 발휘해야겠다는 다짐을 하게 만든다.

"어멋, 당신이 이 시간에 웬 일? 만우절에 거짓말같이."

속이 안 좋은 것일까. 화장실에서 오래 머문 나우리가 적잖이 놀란다.

아무 예고가 없었으니 그럴 만도 하다. 별장에 은둔한 후 집에는 처음 왔으니까.

"무슨 일 있으셔요?"

"삼성동 큰아버지가 긴히 보자고 해서 저녁때 나왔어. '접니다' 프로젝트도 중요하지만 사촌동생 엔젤투자 건도 우리한텐 긴급 현안이니까. 어떻게든 매조지자는 생각에. 기껏 잡힌 데모데이(사업 발표 행사)마저 코로나 때문에 깡그리 취소되는 시절이므로."

"내가 당신 얼굴 보는 즉시 놀랐걸랑. 매우. 왜냐면요. 당신이 만유인력 법칙 같은 획기적인 그 무엇을 발견한 나머지 너무 기뻐 달려왔나 싶어서. 당신은 포커페이스가 안 되잖아요. 얼굴에 써놨거든. 무슨 좋은 일이 있다고."

코로나19가 뜻밖에 선물한 시간을 활용하기 위해 별장으로 떠나기 직전이었다. 나우리가 군이 강조했다. 뉴턴이 만유인력 법칙을 정립한 장소가 케임브리지대학 연구실이 아님을. 흑사병으로 대학 휴교령이 떨어져 2년간 시골집에 있을 때라며 이무기도 AI계 뉴턴이 될 수 있을 것이라고 믿어 마지않았다. 무한 신뢰였다.

"미안, 자기. 뉴턴은 천재고 나는 둔재라서."

"아무리 그래도 둔재는 영 아니고. 음, 별재(別才) 정도 해드리죠."

성능 낮은 스몰톡(짧은 대화) 챗봇(대화 기능 있는 인공지능) 같은 잡담을 주고받은 것이다.

"큰아버지댁에 간 일 잘됐나봐요. 얼굴이 몹시 상기돼 있는 거 보니깐."

　　　　　　　　　　　지금부터의 세계

"…"

바로 용함을 선사하려다가 한 템포 늦춘다.

"뜸을 들이시겠다? 좋아요. 그럼, 저부터 굿 뉴스 하나 전할게요. 당신 일 방해된다고 벌써 여러 날 숨기고 있었걸랑요."

감이 전혀 안 잡힌다.

"당신과 원 바디(한몸)가 된 이후 제 몸에 이상 징후가 왔거든요. 하나, 알다시피 워낙 바쁜 몸이라 차일피일 미루었걸랑요. 그러다 두 달 넘게 여자라면 마땅히 있어야 그것이 없고 해서 며칠 전에야 산부인과 가서 확실히 안 거 있죠. 우리가 인도 바라나시에서 새 역사를 창조했지 뭐예 요. 날짜 계산을 해보니까 처음 관계한 날 바로 들어섰더라구요."

감격이었다. 감격에 감격으로 대응할 함수가 있다는 게 이토록 즐거 운 일일 줄이야.

"어머, 말도 안 돼. 넌 환상적이다. 대박! 넌 어메이징하다. 왕대박!"

용함을 언박싱하자마자 나우리가 깍혔다. 타이밍도 완전 좋았다.

"와룡이 승천하는 모습을 보고 있자니 문득 온갖 함수로 보이는 거 있 죠, 제 눈엔. 이 81마리 용처럼 함수에도 특수함수(삼각함수, 지수함수와 로 그함수), 범함수, 초함수, 감마함수, 생성함수, L-함수, 베셀 함수, 리만 제 타 함수, 구면 조화함수, 확률함수 기타 등등이 다양하게 있잖아요. 당신, 이번에 '접니다'를 AI 계에서 인간계로 승격시킬 수 있겠어요. 아무 관계 가 없는 무속인까지 도와주는 거 보면. 전생에 그 무속인 목숨을 살려 주는 일 같은 걸 했나봐, 자기가. 아님, 돌아가신 시어머니가 힘을 썼나?

그러잖고서는 도저히 설명이 안 되잖아. 애니웨이(좌우간), 당신이 함수 덕후가 될 수밖에 없는 이유가 이 용함에 있었네요. 연원이 깊다는 말쌈. function을 음역한 함수(函數)란 의미만 해도 그렇잖아요. 정의역 원소가 상자(函)를 통과하면 새로운 수로 변화한다는 뜻을 함유하고 있는 만큼. 따라서 이 모든 게 저한테는 아주 그리고 대단히 심볼하게 다가오걸랑요."

## Ep. 77

### #1

"2차원녀가 곧 3차원녀로 변신할 것 같지요?"

2차원녀가 입원한 후 지금까지 미술치료를 받은 자료를 세밀히 점검하고 있자 2차원녀 주치의가 농조로 말을 건넨다. 이미지는 답 대신 미소만 슬쩍 머금었다.

"게임할 때 퀘스트(레벨별 수행 임무)를 깬 듯 기분 좋은 거 있지요, 교수님. 2차원녀가 몰라보게 호전되어서요."

2차원녀는 주치의와 이미지의 집중 치료로 단기간에 증세가 좋아진 경우였다. 의사로서 보람을 느끼게 만들었다.

입원 초만 해도 극심한 혼돈 속에 파묻혀 있었다. 자기가 사람인지 신인지 구분조차 못하였느니까. 컴퓨터 모니터 자체를 우주 혹은 지구로 보

지금부터의 세계

고, 그 속에서 단군을 낳아 인터넷 단군조선을 개국하겠다는 생각이 보통 단단한 게 아니었다. 철저했다. 입원 초기에 그린 그림에도 그 점이 여실히 드러나 있다. 가장 보편적인 심리검사인 '집-나무-사람 검사(HTP)'만 보아도.

자기를 환웅의 손녀로 알고 단수신과 혼인한 그림, 고깔모자를 쓴 아들 단군을 젖먹이는 그림, 고깔모자를 쓴 변한(弁韓) 사람들 모습, 신단수 나무와 사랑을 나누는 모습─환상 속에 살고 있을 즈음의 적나라한 광경이 잘 재현되어 있었다. 그러다가 의료진이 적극 개입하면서부터 그림 내용이 조금씩 바뀌기 시작했다. 단군이 쓰고 있는 모자가 삐에로 모자처럼 우스꽝스러운 형태에서 점차 원뿔 모양으로 바뀐 게 그 단적인 예다.

치료 효과가 좋았던 이유 중의 하나가 과몰입하게 된 배경을 정확하게 맥을 짚고 들어갔기 때문이다. 고 전무가 미국 유학 중에 하나뿐인 딸의 병치레가 잦자 미국 특유의 고가 의료비가 감당이 안 돼 부모에게 맡긴 게 시발이었다. 2차원녀가 몸도 약했으나 마음까지 태생적으로 지나치게 섬세하고 여린 것도 문제였다. 보통 아이 같았으면 그러려니 하고 넘어갔을 사안도 2차원녀는 꼭꼭 심중에 담아둔 것이다. 할아버지가 향토사학자인 데다 변한, 당신의 첫사랑 일본 여자 모리 미코, 금으로 만든 고깔모자인 금변 등과 얽힌 기구한 사연을 어린 나이에 자주 들어 머리에 각인된 게 결정적이었다. 할아버지 경험의 자기화(化), 일종의 빙의가 된 경우였다.

오늘 정신과 환자들이 입원하고 있는 보호병동을 방문한 목적은 두 가지였다. 하나는 2차원녀 퇴원 시기를 판단하기 위함이다. 다른 하나는 2차원녀를 논문 주인공으로 삼는 의제를 가지고 주치의와 논의하기 위해서다.

애초의 계획대로 단군 관련 자료를 강 회장한테서 쉽게 얻었다면 유전학에서 적응 문제를 다룰 때 나오는 선택 방정식(복제자 방정식)은 당연하고, 확산텐서영상(diffusion tensor imaging) 같은 뇌영상법 등까지 동원하여 본격으로 썼을 터. 하지만 그게 여의찮았다. 머리를 굴리다가 '신경정신의학'이란 학술지에 '증례 보고(case report)'하는 게 좋겠다는 쪽으로 방향을 잡고 있었다. 학술지에 게재되는 증례 보고는 단순히 드문 경우라고 해서 개념 없이 발표되는 건 아니었다. 학술적으로 충분히 가치가 있다고 판단될 때 하는 편이다. 영문 초록, 서론, 증례 보고, 고찰, 결과, 참고 문헌 순서로 구성되는 케이스 리포트는 이미지에게 익숙했다. 이미 여러 번 발표하였기 때문이다.

최종 판단을 앞두고 2차원녀를 진료실로 부를까 하다가 관두었다. 입원 생활을 어떻게 하는지 참관해보고 싶어서다. '핵인싸(무리 속에서 잘 지내는 사람)'라고는 주치의가 말했지만. 하여 병실로 발걸음을 옮기자 주치의와 간호사 등이 뒤따랐다. 그룹으로 치료하는 정신사회 재활요법실, 대인관계 훈련실, 예술요법실 들을 지나 데이 룸(day room)으로 향한다. 데이 룸이란 탁구대, 트레드밀(러닝머신) 같은 운동기구와 그룹 치료를 위한 소파, 의자, 테이블 류가 있는 공간을 칭하였다.

"화장실이라도 갔나? 데이 룸에도 안 보이네."

이미지가 혼잣말을 하자 주치의가 간호사실을 보라고 손짓한다. 거기에 있었다. 2차원녀가 간호사 스마트폰으로 누구와 통화 중이다.

"교수님, 2차원녀가 요즘 연애한답니다. 그것도 폭풍 연애를. 환자는 원칙상 스마트폰을 이용할 수 없도록 되어 있지만 제가 간호사에게 가끔씩 빌려주라고 했거든요. 연애 세포가 왕성하게 살아나는 게 치료에 도움이 된다 싶어섭니다."

"그으래, 연애 좋지. 남자와 꽁냥꽁냥하는 거 보니까 이제 서서히 퇴원 준비해도 되겠네. 2학기엔 대학에 복학할 수도 있겠어."

#2

의례였다. 어김없다.

철학도는 이미지가 들으란 듯 외래진료 시작과 끝을 꼭 주문을 읊조리는 것으로 갈음했다. 주기도문처럼. 반야심경처럼. 어느새 이미지마저 자동으로 암송할 지경이다.

"A, B, C…. 한 사람, 두 사람, 세 사람… 별 하나, 별 둘, 별 셋…. 모양의 시작, 형태의 시작, 세상의 시작… 선택의 시작, 관계의 시작, 운명의 시작…."

토씨 하나 틀리지 않고 그대로 늘 반복했다. 보통 의식이 아니었다. 엄숙히 행하는 것을 보고 있노라면.

"입 안 아프세요?"

입 대신 '아가리' 같은 막말을 하고 싶은 유혹을 순간 느꼈다. 오늘따라 유난히 듣기 싫어 슬그머니 도발한다.

"예수쟁이, 부처쟁이들 특유의 헛소리보다 저의 참소리가 백배 더 영양가 있다고 생각하지 않으세요?"

"…"

"오늘 집을 나서는데 저한테 우리집 댕댕이(강아지)가 $1+1=3$[97]이라고 캉캉캉 짖더라구요. 사람으로 치면 공포(公布)하는 격이었지요. 저는 이 선언의 울림이 '어마무시×어마무시'라고 봅니다. 예수쟁이들이 태초에 하나님이 썰로 천지창조했네 어쩌네 하는 공갈보다 더 심장을 강타한다고 보는데, 이 교수님 생각은 어떠신지? 참고로 말씀드리면, 춘추전국시대 명가(名家)도 말했거든요. 닭에는 세 개의 다리가 있다고."

오늘도 도돌이표처럼 반복이다. 희한한 질문을 마구 투척해놓고 이미지 반응을 기다리고 즐기는 행태가 거듭된다. 최근 철학도가 던진, 자칭 우주를 낚는 미끼를 몇 가지 예시하면 다음과 같다.

"ABC 가설과 삼체 문제, 3대(代) 사이에 무슨 관계가 없다고 생각하세요?"

"진또배기(솟대의 강원도 방언) 위 오리 세 마리, 삼체 문제, 머리 셋 달린 히드라(hydra) 사이에 무슨 관계가 있을까요?"

"빛의 삼원색과 삼각형 그리고 동물·식물·광물 사이에 무슨 관계가 있어 보이지 않으세요?"

이처럼 실없는, 보기에 따라 실있는 도저한 질문 공세는 끝이 없었다. '나는 다 꿰고 있지만 넌 감도 못 잡고 있지?' 하고 놀리는 듯한 표정이 특

지금부터의 세계

히 얄밉다. 아무리 환자라고는 하여도.

"실례지만 오늘 역할을 한번 바꿔볼까요? 괜히 오늘은 우리 교수님 머릿속에 한번 들어가보고 싶은 거 있죠. 이 교수님, 지금 이렇게 생각하시죠? 틀림없을 겁니다. 자신의 의지와는 무관하게 특정한 생각이나 행동을 반복하는 obsessive-compulsive disorder(강박장애)에 빠져 있는 환자라고."

피씩 웃으려다 억지로 참는다.

"교수님, 제 맘을 원시 그대로, 있는 그대로 드러내도 돼요?"

"얼마든지요."

"날 것 그대로 진술하게 드러내면 말이에요. 왜 이미지 교수님께선 제 토크(talk)를 날로 먹으러 들죠? 제 질문만, 제 속마음만 캐치하려고 하지 속마음의 근원에 대해선 관심이 1도 없는 것 같아 무지 섭해요. 섭하다구요. 제가 하는 말에 답은 거의 하지 않고 왜 실드(방어)만 치느냐, 이 말씀입니다. 심하게 말하면 생까는 정도가 아주 심하다구요. 왜 무슨 솔루션을 제시하지 않는 거죠? 치료도 하지 않고 공으로 먹으려고 덤비는 성싶어, 솔직히 기분 짱 나빠요, 교수님. 이 교수님이 남심올킬하는 외모 소유자가 아니었다면 진작에…."

"오해가 있었네요. 술에 잔뜩 취한 사람에게 취했다고 하면 어떻게 되지요? 백에 아흔아홉은 안 취했다고 펄쩍 뛰잖아요. 저희 정신과 의사들은 술 깨라고 닦달하는 사람이 아니라 술주정을 받아주는 사람이라고 보면 돼요. 술만 더 못 마시게 하면서. 떠들다 보면 어느 순간부터 서서히 술에서 깨어나게 되어 있으니까요. 다리 골절 환자에게 걸으라고 의사가 권유하지 않는 이치와 똑같습니다."

"…"

"뭔가 곡해하고 있어서 드리는 말인데요. 이것만은 해소해드릴까 합니다. 환자 이야기를, 환자 속마음을 마음껏 남김없이 털어놓게 함으로써 속이 뻥 뚫리게 하는 것. 맺힌 것, 한스러운 것, 화나는 것, 온갖 울화를 푸는 것. 이게 포인트예요. '환기(換氣)요법'이라고, 대표적인 정신치료법이랍니다. 밀폐되어 답답한 반지하방 창문을 열어 내부 공기를 밖으로 내보내는 것과 같은 사리(事理)지요."

이 말이 끝남과 동시에 철학도는 또 전용 주문을 자동발사했다. 오늘 통원치료는 이것으로 여기에서 종 치겠다는 의사표시였다. 우리의 철학도는 통원치료까지 자기주도형이었다.

오늘은 전용 주문 이외에 보너스도 있었다. "억만의 수를 알고자 하면 하나, 둘부터 살펴야 하고…"[98]를 길게 주절거렸으니까. 아마도 정면으로 까인 데 대한 일종의 보상심리가 작동한 결과였다.

#3

강 회장이 비서를 시켜 찍고 편집한 동영상을 오늘도 카톡과 이메일 등으로 보냈다. 하루가 멀다고 노욕을 드러냈다. 가지면 가질수록 더 가지고 싶은 게 물질 이외에도 성(性)이 있음을 잘 보여주었다. 끝도 없이.

몸과 마음 모두 강 회장을 강하게 거부하였다. 최소한의 인간적 끌림

도 없었다. 하지만 돈은, 고문화재만은 달랐다. 오죽하면 강 회장의 그 제
안 이후 밤에 자다가도 '이불 킥'을 하며 "이까짓 몸뚱아리가 뭐라고!"하
며 신음까지 토할까. 그것도 자주. 이미지가 여태껏 가타부타 반응을 보
이지 않은 건 하루에도 여러 번 마음이 바뀌었기 때문이다. 바람에 흔들
리는 꽃잎을 행여 보여줄지 몰라 연락을 피하고 만남 자체를 몹시 꺼렸
다. 이 사안에서는 모호성 유지가 최선책일지 모른다는 판단도 작용했다.

　이미지가 줄곧 동영상을 외면하다가 오늘은 확인할 수밖에 없었다.
마지막 동영상이니까 필히 봤으면 하여 부득이 들어가보았다. 코로나19
로 인한 우울증인 '코로나블루'를 심하게 앓는 환자 진료를 끝내는 길로.
'마지막'이란 명사가 주는 압박 강도가 그만큼 셌다.

　강 회장이 동영상을 찍은 장소는 선산이었다. 5대조까지 일렬로 서
있는 무덤이 배경이다. 준재벌답게 으리으리하다.

　— 여기가 어딘지 아오? 내가 죽으면 묻힐 가묘요, 가묘. 내가 지금부
터 하는 말은 내 인생 전부를 걸고 하는 진심임을 역설하기 위해 일부
러 여기를 택했소.

그대가 알다시피 내가 구순 아니오, 구순. 헌데도 아직 보청기가 필
요 없고, 보다시피 허리도 꼿꼿하오. 꼬부랑말로 액티브 시니어(active
senior)랍니다. 이런 말하면 노망들었다고 할지 모르지만, 나를 사동기
(思冬期) 소년으로 봐줄 수 없겠소? 욕망덩어리, 욕망의 화신인 한남
(가부장적인 한국 남자) 영감탱이에서 어느 날부터인가 나도 모르게 은
연중 슬슬 사동기 소년으로 달라져 가는 거 있지요.

찐(진짜)이요, 찐. 어느 순간부터 그대를 소유 대상이 아니라 사랑이란 외눈으로 보고 있지 않겠소. 그 전에는, 꾸밈없이 말하면, 깝데기 벗기는 데만 골몰해 일방적으로 다가간 건 사실이오. 무슨 수를 써서든 가지고 싶다는 소유욕이 다였소.

나의 마음이 바뀌게 된 일차적 동기는 그대가 그대를 돈과의 교환대상이 아님을 보여주었기 때문이었소. 큰돈을 포기하는 저의가 무엇일까를 따지는 과정에서 완전 새로운 것에 눈을 떴다고 할까요. 내 심리 저변을 객관적으로 탐사하며 들여다보는 계기에, 가만히 회고해 보자니, 나란 인간은 처음부터 나 자신만 사랑했음을 발견했다오. 마누라한테도 파트너로서의 역할보다는 엄마 노릇을 원했고, 잠시 잠깐 만난 애인들에게도 인간 장난감이 되어 달라고 했더라구요. 물론 당사자들에겐 당신은 나의 영원한 독점기업이요 뭐요 포장했으나 까보면 그랬단 말이오. 그대에 대한 감정도 그 흐름상에 있는 줄 알았는데, 아니었소. 안 믿겨질 테지만.

불과 얼마 전까지만 해도 90세에 자녀를 본 피카소가 내 롤모델이었소. 70세 먹은 숙량흘(미상~BCE 548)이 16세 소녀를 만나 낳은 공자 케이스, 74세 먹은 괴테가 19세 처녀를 사랑한 그 심정[99] 따위도 떠올렸지요. 동서고금의 나이 차 많이 나는 워너비 커플들 사례를 우정 찾으며 우리 사랑의 합리화에 골몰하기도 했소.

그러다가 어느 순간, 그대만 떠올리면 기분이 좋아지고 가슴이 드설레인다는 걸 발견했다오. 사춘기 이후로 까마득히 잊고 있던 그 감정이 되살아나 있지 뭐요. 신기하게도. 어렸을 적 경험이오. 늦겨울에 무슨 나무 뿌리를 캔 적 있는데 그때 되게 놀랐답니다. 틀림없이 늦겨울인데도 싹이 조금도 아니고 제법 움트고 있었단 말입니다. 일순간 나무나 사람이나 똑같다는 생각이 들면서, 내 비록 육체는 늦겨울 만동(晚冬)이오나 마음만은…. 그대를 소유하려는 욕망은 온데간데없고 거꾸로 당신이 갖고 싶은 것이라면 어떤 것이든 주고 싶다는 생각이 들지 뭐요. 무엇이든. 그대가 인간심리 고수니까 아마도…. 진짜로 가치 있는 건 돈으로 살 수 없음도 가리늦게(뒤늦게) 깨달았소. 장수 세상, 100세 세상이긴 하지만 사람 나이 70 넘으면 언제 죽을지 모르는 법. 이 끝사랑 감정을 간직한 채 저세상으로 가고 싶다오. 영원히 그 감정과 함께 하는 게 나의 마지막 소망이오. 이 말로는 형용할 수 없는 감정을 선사해준 그대에게 감사한 선물로 무엇을 하나 우선 줄까 하는데, 말만 하시오, 말만. 아무 조건 없소. 나의 끝사랑 증표로 그 무엇이든 드리겠소. 기꺼이.


#4

"뭐든 좋소. 여전히 유효하오. 나의 끝사랑 증표로 하나 주고 싶다는 말."

강 회장이 당신 저택에서 세 번째 수장고 유물을 보여주기 직전에도 담담하게 나왔다. 완전 다른 사람이 되어 있었다.

세 번째 수장고 역시 첫 번째, 두 번째 수장고와 마찬가지로 열 평 남짓한 공간인데 박물관처럼 꾸며놓았다. 첫 번째, 두 번째 수장고가 박물관 일반 전시실이라면 세 번째는 특별 전시실 같은 분위기였다. 사면 벽에는 자단나무(rosewood)로 특이하게 제작한 명품 가구가 둘러싸고 있었다. 암적색 명품 가구 안에도 갖가지 고문화재가 진열되어 있었지만 핵심은 한가운데 설치해놓은 특수시설이었다. 직사각 모양으로 생긴 큰 테이블을 검은 천으로 덮어놓은 형용이라 바로 내용물을 볼 수는 없었다.

"드디어 개봉 박두요. 나 이외 이걸 보는 사람은 그대가 처음이요, 첨. 내가 이 세상에서의 최고 낙이 뭔지 압니까. 입으로는 가장 맛있는 와인을, 귀로는 가장 좋아하는 클래식을, 눈으로는 가장 아끼는 보물과 함께 하는 시간이라오."

당신이 고가의 레드 와인을 따며 읊조린다. 와인은 로마네 꽁띠와 샤또 무똥 로칠드, 클래식은 베토벤과 모차르트의 교향곡 제9번이 강 회장의 택함을 받았다.

"허허허. 불과 얼마 전만 해도 이 검은 천을 벗기는 것과 동시에 그대의 빤스도 동시에 벗기는 그림을 무수히 그렸는데…."

그 순간, 긴장한다. 역사적인 '아이컨택' 직전에 심각한 장애물이 생기나 싶어서다. 갑자기 변심해 '우리 셈셈하자'고 다시 징글맞게 속물 근성이 발동하면 어쩌나 하는 우려가 앞섰다. 그래도 당신이 영구히 잠들 공간인 가묘 앞에서 고백했는데 싶어 떨리는 가슴을 애써 다독인다.

동영상을 본 첫 느낌은 '구리다'는 거였다. 그것도 개구림. 감정이입이 잘 안됐다. 사랑조차 당신의 막강한 경제력을 장식하는 액세서리로

지금부터의 세계

전락한 느낌을 지우기 어려웠다. 그렇기는 하여도 진정성 자체는 일부 다가왔다.

"언제나 시크녀 모드를 유지하는 닥터 리가 보기 좋소. 우리 건배한 후 와인맛을 음미하며 물건을 보도록 합시다."

드디어 공개했다. 강 회장이 리모컨을 조종하자 검은 천에 둘러싸인 투명 직육면체 관이 시야에 들어왔다. 보물 하나하나를 오랫동안 '줌 인' 한다.

"이게 현황도예요?"

조선시대 '천하도'의 옛날 버전을 막연히 연상했는데 뜻밖에 쥘부채 형상이다. 의외였다.

"그렇소. 접이식 부채, 접선(摺扇)이오. 잘 보면 알겠지만 금을 습자지처럼 납작하게 펴서 만든 삼(三)접선이랍니다."

우련하면서도 오련한 맛이 있었다. 아련한 맛도 있다.

"저희 할아버지께선 현황도가 종이로 되어 있다고 추측하신 거 같은데요, 강 회장님."

"종이 현황도도 있소. 그대 조부가 그토록 원하던 그것은, 저기에."

강 회장이 직육면체 공간 안이 아니라 벽쪽 전시물 중의 하나를 가리킨다. 삼접선보다 값어치가 떨어지는 물건이라고 시위하는 듯하다.

"종이 현황도는 신라 말 어느 무명 풍류도인이 만든 거요. 바람 한 점 없는 한여름에 바람을 일으킬 목적으로다. 부챗살 잘 보시오. 상아요, 상아. 가는 상아 81개로 절묘하게 만들었소. 오늘날 쥘부채의 시조새라고 보면 틀림없다오. 쥘부채 원조가 우리거든. 중국, 일본이 아니라. 조셉 니덤(1900~1955)이라고 『중국의 과학과 문명』이란 좋은 책을 쓴 최고 전문가가 고증했으니만큼 이를 의심할 여지는 없소. 내 기억이 잘못되지 않았다면 그 책 '제4권'에 나올걸."

삼함은 금으로 된 직육면체 함이었다. 46배판 크기의 벽돌책 외양을 하고 있다.

"이건 뭐죠?"

"금고깔. 금변이라고도 하는."

2차원녀 할아버지에게 한으로 남은 그 금변과 같은 종류일까.

"금변에 또 작은 금변이 많이 새겨져 있네요."

"그렇소. 81개니까."

"또 81? 왜 하필이면 81이란 수가 여기저기에…."

"치우라고, 한국 축구가 월드컵 4강에 올랐을 때 화제가 됐던 그 치우(고대 신화 속 인물) 형제가 81인이었다고 들었습니다. 81이 얼마나 의미심장한 수였으면…. 우리나라를 비롯해 만주, 몽골, 시베리아 등 고대 북방 지역에서는 3수 분화 세계관(1-3-9-81)[100]을 가졌기 때문이라고 들었소. 그 논리에 의하면 3이 변화의 계기수, 9가 변화의 완성수, 81이 우주적 완성수가 된다고 해요. 그게 잘 구현된 게 이 금관이오. 이 금관 역시 세 그루 나무가 일정한 간격으로 서 있고, 나무마다 대칭적으로 가지가 6개 달려 있고, 가지마다 이파리가 81개 달려 있으니까요. 이뿐 아니오. 『도덕경』『황제내경』 같은 고서들이 81장으로 되어 있는 것 그렇고, 몽골 전

지금부터의 세계

통 천막집 '겔'의 서까래에 해당하는 우니(uni)도 대부분 81개라 들었소."

"이 금변 출처가 혹시 대가야 왕 또는 족장 무덤인가요?"

"제법이오, 닥터 리. 나야 고문화재 큰손이다 보니까 본의 아니게 이쪽 세계 반전문가가 되었지만. 잘 보았소. 이 금변과 삼접선, 삼함, 금관이 고령 지산동 고분군에서 나온 거요. 임진왜란 때 왜군들이 파가다 곽재우(1552~1617) 수하에 있던 한 장군이 도로 빼앗은 게 이렇게 남은 연유랍니다. 일록(日錄 : 일기) 형태의 문집에 전후 사정이 상세히 실려 있지요."

강 회장이 관련 문집을 내밀었다. 한문 세대가 아닌 데다 더욱이 초서라 해독 불가였다. 몇 장 구경 삼아 넘겨보다 곧 관두고 다시 실물에 몰입한다.

장관이었다. 황홀했다.

얼마나 얼이 나갔으면 강 회장이 조금씩 슬금슬금 가만가만 알게 모르게 다가오는 것도 의식하지 못했을까.

"거금을 주고 산 이것들이 공개되면 보물, 아니 국보로 지정되고도 남을 거요. 영락없이. 허나 이것들이 제아무리 귀하다 해도 죽어 있지 않소. 근데 살아 있는 보물이 이렇게 있는 줄도 모르고 평생…."

귀에 뜨거운 숨결과 함께 이 찬미가가 파고들어서야 거대한 해일에 휩쓸리게 될지 모른다는 근심에 몸을 떤다. 이내 꽁무니를 좇는 열 추적 미사일이 히프에 와닿았고 그것이 언제 더 진격할지 조마조마해졌다. 수컷 특유의 '정복본색'을 슬기롭게 물리쳐야 할 텐데 고문화재에 눈이 멀어서일까. 갑자기 제구력 잃은 투수, 퍼팅 못하는 골퍼, 훌륭한 스트라이

커의 어이없는 페널티킥 실축—몸 일부가 느닷없이 자기 뜻대로 움직이지 않는 입스(yips), 의학적으로는 '국소성 근긴장이상(focal dystonia)'의 일종에 빠져들었다.

과연 술 취한 노인의 속마음은 술에 있지 않는(醉翁之意不在酒) 것일까.


# Ep. 78


### #1

"백지 스님께서 백지라는 법명을 절에 반납하고 김 거시기란 속명으로 살아가실 겁니다. 앞으로는요. 중복 대신 사복을 입고 하산했답니다. 승속에서 세속으로."

허허 스님이 대전시내가 발아래 훤히 내려다보이는 계룡산 어느 산마루에서 통고했다. 집콕하는 이금지에게 천하 없어도 할 말이 있다고 하여 나왔더니 "보살, 그사이 확찐자(살이 확 찐 사람)가 되셨구려. 우리 산이나 좀 탑시다"라며 계룡산 속으로 이끌었다. 병원에서 어떤 환자의 신체를 정밀 검사한 결과, 암이란 사실을 통고하는 의사처럼 조심스러우면서도, 걱정스러우면서도, 그러면서도 어떤 희망을 가졌으면 하는 묘한 어조였다.

막연하지만 어느 정도 예감은 했다.

1개월 전쯤 처음으로 백지 스님을 롯데월드타워 81층 한정식집에서 언니에게 소개했을 때 두 사람의 눈이, 얼굴이, 몸이 즉각 반응하는 것을, 급흥분하는 꼴을 지켜보았으니까. 괴로웠다. 심적 고초가 호됐다.

　이미지가 중성, 아니 무성에 가까움은 이금지도 알고 있었다. '금사빠' 인 이금지와 달리 이미지는 남자에 빠진 적이 단 한 번도 없었다. 그러하기는 하여도 얼굴 깡패, 외모 종결자임을 믿고 콧대가 과하게 높기 때문에 생긴 병일지 모른다고 미심쩍어하긴 했다. 그러다 닥터 송의 청혼을 거절하면서 재차 그 이유를 댔다는 속엣말을 듣고서야 재확인한 게다.

　돌이킬 수 없는 무성 여자임은 이미지 스스로 얼마 전 다시 쇠말뚝을 박았다.

　"그깐 남자 하나 땜에 너랑 관계가 나빠지긴 싫어. 이를 위해 오핸 풀어야겠지. 있는 그대로 털어놓으마. 여지껏 살면서 끌림을 느낀 사람은 많아. 남녀노소 불문하고. 하지만 설렘을 느낀 사람은 아무도 없었어. 남사친 닥터 송도 끌림은 있었으나 끝까지 설렘은 못 느껴 청혼을 거절했단다. 한데 기적적으로 설렘을 느낀 사람이 나타났지 뭐니. 니가 백지 스님이라 부른 김 선배. 우린 보는 즉시 쌍방을 알아보았어. 중성보다 더 나아간 무성인간임을. 같은 과(科)임을. 절대 서로를 남자사람친구, 여자사람친구로만 놔둘 수 없음을."

　언니의 성 정체성을 최종 확인하고 통감했다. 신이 특정 인간에게 여러 가지를 몰아줄지언정 다 주지는 않는다는 것.

　"백지 스님이 그랬나요? 좋아하는 여자 때문이라고."

허허 스님의 직격에 이금지도 직격으로 맞받아친다.

"아닙니다. 보살 언니분을 만난 직후 이러기는 하였습니다. 이 세상에서 중질 잘하면 다음 세상에서 상으로 만날 수 있을 것 같은 짝을 이 세상에서 만나는 행운이 찾아왔다고는 했소이다. 성(性) 개입 없이 끌리고, 설레고 하는 경우는 처음 보았고, 처음 겪는다고 했습니다. 좀 어렵게 말하면 '이심전심 묵이식지(黙而識之 : 말로 하지 않아도 알아줄 것은 다 알아주고 통한다는 의미)'라는 게지요. 이 돌중 대가리로선 잘 이해가 안 됐지만 어이됐든 분명 그리 말씀하셨어요."

"헐, 쪽박."

"보살, 어처구니없으시죠? 이 어처구니없는 스님이 살고 있는 절 이름이 뭔지 아오?"

"…."

"맙소사요, 맙소사."

여느 때 같았으면 '아재 개그'에 가까운 절동네 유머에 미소가 입가에 번졌을 테지만 오늘은 다르다.

"보살 맘 이해해요. 축구에서 '노룩(no look) 슛' 당한 골키퍼 같은 그 기분."

"1도 위로가 안 되네요. 카메라와 컴퓨터를 연결하는 캡처 보드 같은 역할을, 딴 사람도 아닌 내가 했으니, 이제 와서 누굴 탓하겠습니까. 제가 백지란 짖중한테 원효 대사처럼 중복 벗고 나와 저와 결혼해 설총 같은 자식을 낳자고 했건만."

지금부터의 세계

"보살, 미안하지만 보살이 요석 공주는 아닌가 봅니다."

"알아요, 저도. 요석 공주가 언니임도."

"보살한테는 천만미안하나 이 말은 해야겠소. 백지 스님께선 보살이 다짜고짜 대시할 때마다 말씀했더랬소. 보살은 당신의 부분집합이 아니라고. 다른 집합이라고. 완전히 다른."

"…."

"백지 스님이 승복을 벗기 전 저한테 당신 본심을 남김없이 드러냈더랬습니다. 여기 이 자리에서. 백지 스님 속마음을 들려주기 전에 먼저 제가 백지 스님을 은사(恩師) 스님으로 모시게 된 결정적 계기를 소개할까 하오. 괜찮지요?"

"…."

"이 계룡산 아래에 있는 갑사 삼성암에서였어요. 왜 이 삼성각 건물을 정면 3칸, 측면 2칸, 정면 3칸에 쌍여닫이 세살문을 설치하였는지 아느냐고 저한테 묻더라구요. 그러고는 백지 스님께서 중은 물론이고 속인들도 잘 못 보는 속살 일부를 보여주었답니다. 가령 쌍여닫이 세살문에 숨어 있는 것을 수학의 대칭 이론과 연결시키는 거 있죠. 한 번도 보지 못한 진경이었습니다. 세살문을 구성하는 정사각형과 직사각형의 수학과 물리학 세계도 예사롭지 않았지요. 특히 김홍도 그림 예시가 압권이었다오. 김홍도의 '단원 풍속도첩(보물 527호)'에 나오는 '그림 감상'이란 작품이. 유생들 일곱 명이 직사각형 모양의 큰 종이를 마주잡고 그림 감상을 하는 장면 말입니다. 문제는 그 종이에 아무것도 그려져 있지 않다는 거요.

요상하지 않소? 이를 두고 유생들이 시험 답안지를 맞추고 있다는 둥 온 갖 추측이 있는데 백지 스님은 완전 다른 시각으로 접근하시지 뭐요. 여백의 미학이 아니라 여백의 과학으로. 아, 미치겠더라구요. 그날 여기 이 자리에 올라와서 대전 밤풍경을 한눈에 내려다보면서도 그려졌습니다. 전기로 만든, 인공으로 만든 밤꽃세계 이면에 숨어 있는 수학과 물리학 특강을 하셨지요. 일상적인 이야기도 양념으로 곁들였습니다. 아파트든 단독주택이든 대개는 사각형 또는 정육면체, 직사각형 또는 직육면체 형용을 하고 있는데 그걸 대전(大田), 그러니까 큰밭, 한밭이라는 것과 연결시키지 뭐요. 생각할 사(思)를 파자하면 밭(田)과 마음(心)이 되는데 이것과도 통섭시키기도 하고…. 말을 간추리면, 대전 자체를 바둑판으로 보고 수학적 바둑을 두었다오."

"넘 추상적이라구요. 백지라는 짖중이 대단하다는 소리는 알아듣겠는데 구체성이 넘넘 부족해요."

"보살이 천체물리학자이긴 하여도 균등 형성 나무(uniform spanning tree)니 윌슨 알고리즘(wilson's algorithm) 같은 건 잘 모를 듯해 생략하는 바람에 그리됐으니 이해하소."

균등 형성 나무가 바둑판 모양의 격자에서 정의된 랜덤 그래프이고, 윌슨 알고리즘은 이와 관계된 것 정도는 알고 있었다. 해서 무시 말라며 쏘아붙였다.

그제야 겉핥기에서 벗어나 '거친 기하학(coarse geometry)'까지 논한다. 바둑판을 보는 거리가 멀어질수록 바둑판 격자무늬가 점차 안 보이는

지금부터의 세계

이치를 우주로까지 확장하여 해설했는데 '어른 동화' 요소가 있었다. 만일 우주가 무한히 넓은 바둑판이라고 가정할 경우 격자무늬 하나와 평면 전체를 구분할 수 없다는 게 '거친 기하학' 메시지[101]니까.

"백지 스님께서 그러셨다오. 보살이 믿거나 말거나 그건 자유니다. 머잖아 어떤 여자와 결혼할 텐데 그 결혼이 여느 결혼과는 99.99퍼센트 다르다 하시지 뭐요. 저 역시 변명 한번 역대급이라 실소를 금치 못하였소. 그러니 보살은 오죽이나 하겠소. 근데 가만히 경청하고 보니까 납득이 되지 뭐요."

불시에 폭발했다. 숨어 있던 질투라는 이름의 폭발물이 급작스럽게 심장을 떨리게 만들었다. 이윽고 전신도. 부르르 또 부르르.

"보살도 잘 아는 얘깁니다. 신라 문무왕 때 광덕이란 스님과 엄장이란 스님 스토리니까요. 스님들의 대처 습속이 허용되던 시대라 광덕은 처를 거느리고 짚신을 삼아 팔며 생계를 이었는데 불심이 너무 깊어 어느 날 극락왕생했다는. 엄장은 광덕의 이적을 본 직후 광덕 아내에게 같이 살자고 했다는. '광덕이 성생활을 즐기고서도 극락왕생했는데 나란들 못하겠소'라며 범하려 하였다고. 이에 광덕 처가 그 유명한 말을 하였다지요. '당신이 정토(淨土)를 구(求)함은 나무에서 물고기를 구하는 것과 같다'고 일갈하며, 남편과 사는 동안 단 하루 저녁도 베개를 같이 한 일이 없었노라고. 다시 말해, 요지는 당신의 결혼 생활 역시 광덕 부부 모양으로 육체는 배제될 거라고 했습니다. 남들이 겉으로 보면 부부이되 알고 보면 총각남편, 처녀처(妻)로 살 거라 하지 않소."

"⋯."

"2세 문제를 물었지요. 그랬더니 보살 언니분께서 난자를 다수 냉동 보관하고 있다면서요? 언니분이 필요하다면 정자 제공은 할 수도 있단 여지는 둡디다. 현재로선 언니분은 자궁을 빌려주는 대리모를 구해서 아이를 낳고 싶다는 의향이 강한 것 같아요."

"⋯."

"백지 스님께서 중옷을 벗게 된 또 다른 동기는 중생을 구제하기 위함이라고 했습니다. 보살과 언니분을 만난 다음 날, 당신께서 하버드대 박사과정에 있을 때 '베프'였던 분을 만났거든요. 절친은 미국 모 주립대 컴퓨터공학과 교수로 있는데 국내 모 AI대학원 특강차 귀국했다가 연락이 닿았섭니다. 베프분은 세계전기전자학회 지능시스템(IEEE Intelligence System) 저널이 발표하는 인공지능 분야 세계 10대 연구자(AI's to Watch)로 선정된 적도 있는, 그쪽 분야 최고 석학인데요. 이 분하고 몇날 며칠을 함께 지낸 것도 승복을 벗게 된 운명적 계기라고 들었습니다. 코로나19 사례가 잘 보여주듯 인류가 아직도 전염병 하나 못 다스려 전전긍긍하는 모습을 보고 안 되겠다 싶었나봐요. 코로나19 같은 전염병을 쉽게 다스리는 AI 의사, AI 의학연구자 길을 걷겠다고 하지 뭐겠어요. 일단은 무크(MOOC : 온라인 공개강좌)나 유튜브로 독학하겠지만 필요하면 다시 미국 유학도 가겠다고 했습니다. 현재로서는 MIT 컴퓨터공학과 4년 과정(33개 수업)을 외국에서도 무료로 수강할 수 있는 'MIT 오픈코스웨어(Open-CourseWare)' 사이트에 들어가 본격으로 공부하는 방향으로 생각하는 중

지금부터의 세계

이랍니다. 백지 스님도 미국 유학시절 AI를 접하기는 하였어도 그건 딥러 닝이란 신세계가 나오기 전의 고파이(GOFAI : 구식 AI)였음을 절감한 게지 요. 좌우당간 땡볕에 노출되어 긍긍하는 중생들에게 그늘을 제공하는 큰 나무 한 그루가 되는 게 궁극 목표라고 했나이다."

"…"

"세상이 확 변했건만 아직도 여성을 남성의 소유물로 여기며 대상화 하는 구시대 사고방식을 가진 꼰대 남자들이 여전히 많지요. 소수이나 그 역도 문제라고 봅니다. 혹 우리 보살도 그 소수에 들어가지 않는지 되돌 아보는 게 어떨지… 제 마지막 부탁은 백지 스님을 Let it go(보내주기)하 라는 거요. 불교식 버전으로 바꾸면 방하착(放下着), 그러니까 집착을 내 려놓으라는 거지요. 나무아미타불 관세음보살."

하는 말마다 백 퍼센트 옳아 더 약이 올랐다. 속에서 올라오는 깊은 빡침을 결국 못 이겨 허허 스님 어투를 빌려 '멕였다'. '성질 완전 싸가지' 란 욕은 물론이고 다시는 보지 않아도 좋다는 각오로.

"이 세상에서 절대 하지 말아야 할 것이 있다오. '조언'이라고 들어는 봤나? 이 누구 시다바리 땡추야!"


#2

영혼이 털리는 느낌? 짐작은 했어도 막상 현실이 되자 '허걱'했다. 왜 사람들이 영혼 가출이란 표현을 사용하는지 비로소 이해가 간다.

아노미였다.

이금지 마음을 싹쓸이한 백지 스님을 남도 아닌 친언니에게 빼앗겼다는 생각만으로도 질투가 폭발했다. 일반 폭탄이 아니라 핵폭탄이 거듭 터졌다. 두 사람 중 누구를 떠올리기만 해도 전신이 시동 건 중고차 모양으로 부르르 떠는 증세를 보였다. 안 그래도 외모든 공부든 돈이든 부모 사랑이든 언니가 죄다 가져 은근 불편했는데 가장 아끼는 남자마저 상납한 꼴이라 죽을맛이었다. 인스타그램에 백지 스님하고의 달달 일상이 담긴 짧은 영상을 수시로 올리며 살고 싶은 로망은 그리하여 무참히 박살났다.

이미지가 털어놓았다. 어쩔 수 없었다고. 자기로서도, 김 선배로서도 속수무책이었다고. 숙명이라고. 정명(定命)이라고.

이금지는 들은 척도 하지 않았다. 믿고 싶은 대로 믿는 다른 사람들과 똑같이 이금지도 낯선 진실을 있는 그대로 받아들이기 힘들었다. 롯데월드타워 언니 집에도 그 후로는 발길을 끊었다. 그저 분했다. 폭망도 그런 폭망이 없다. 된통 까여 눈물을 하도 흘려 붕어눈이 되기도 했다. 애초에 이미지한테 백지 스님을 보여준 게 결정적 패착이었다.

— ㅠㅠ; 살아 있지? 할아버지가 전 재산을 주고서라도 가지고 싶어 한 현황도 실물이다. 삼첩선으로 된 금 현황도, 81개 상아 살이 있는 종이 현황도, 두 점!

이미지가 카톡으로 문자와 함께 사진을 보냈다. 언니가 무슨 요사를 떨어 강 회장을 넘겼는지 후일담이 몹시 궁금하기는 했다. 그래도 아직은 분노 모드 앞에 맥을 못 추었다. '읽씹' 중이다.

지금부터의 세계

아무 생각 없이 퇴근하는 길이다. 사고가 정지됐다. 그런데 기습적으로 야한 동영상이 눈앞에서 상영되지 않는가. 첫 대면 즉시 케미가 폭발하였으니까 급진전한 씬이 자꾸 눈앞에서 연속극처럼 이어졌다. "잠자리까지 가지진 않았어도 최소한 'XOXO(입맞춤과 포옹)'은 했을걸. 이 연놈들이, 필시" 장차 함께 살되 몸은 섞지 않을 것이라고 허허 스님이 언질을 주었지만 그 팩트마저 반신반의로 바뀐다. 결국 질투심 게이지가 급상승해 돌연히 서울로 향하였다. 언니 집을 무단방문해 두 사람을 한꺼번에 말폭탄과 함께 마구 할퀴어야 반분이라도 풀릴 성싶다. 그러잖고서는 복장이 터져 죽을 것만 같았다.

#3

수서행 SRT에 몸을 싣자마자 코로나19 때문에 텅 빈 객실 안 아무 데나 처박힌다. 밤이라 딱히 눈 둘 곳도 없다. 마스크를 하고 있어서 숨 쉬는 것마저 여의찮았다. 탈출구가 필요했다. 별수 없이 스마트폰으로 손이 간다. 자꾸만 소환되는 잡것들의 정사 장면을 떠올리지 않기 위한 고육책이기도 하다.

"이게 대체 뭥미?"

이금지가 과학고 출신 같은 동아리 단톡방(카카오톡 단체대화방)에 현황도 두 점 사진을 올리고 간단히 해설을 달았다. 이미지에게 언젠가는 의견들을 전해주려고 퇴근 직전에 올린 것이다. 희망이 비록 희망고문으로 끝났지만 이금지 또한 궁금하기는 하였으니까. 오픈채팅방(오픈카톡방)에 올리지 않은 건 이용자가 모두 익명이라 발언 당사자를 특정할 수 없어서다.

이금지에게 다가온 첫 이미지(image)는 쥘부채 혹은 비단가리비 모습이었다. 그것들과 자꾸만 오버랩됐다.

"헐 대박! ㅇㅅㅇ 쩌네요, 쩔어. 삼접선 현황도에 양각(돋을새김)된 상계(上界), 중계(中界), 하계(下界)라는 적기(摘記)가 서울에 있는 상계동, 중계동, 하계동을 뜻하진 않을 테고…. 저한텐 금 현황도 상계에 새겨진 Y자, 아니 Y자 나무 형태, 중계의 ♈, 하계의 ♉의 모습이 되게 상징적으로 다가오는데요. 나무를 우주수(樹)로 떠받드는 건 전 세계 고대 문화권의 공통 요소니까요"

한국과학재단에 근무하는 동문의 총평이다.

"19기 이금지 동문이 올린 삼접선 금 현황도, 종이 현황도 둘 다 저 역시 ㅁㅅㅁ 우선 미적으로 아름답네여. 그래서 각도가 몇 도인지 재보았어여. 황금비율 개념을 적용했는지가 궁금해서지요. 여러분 놀라지 마십시오. 137.5도가 나왔어여!(★ㅇ★) 과학고 출신들이니만큼 137.5도가 왜 황금각인지 모르는 사람 없다고 믿고 부연설명은 생략하겠어여. 또 예사롭게 다가오지 않는 건 말입니다. 엄연한 팩트 하나를 지적하고자 합니다. 삼접선 하나하나가 각기 46도 약간 못 미쳤다는 사실입니다. '천자문'에서 맨 처음에 나오는 게 '천지현황'이니 현황도라면 '우주 지도'를 뜻하지 않겠어요? 우주 지도에 삼계가 표기되어 있고 각기 46도라면 지구와 태양의 역사를 떠올리지 않을 수 없겠지요? 반려견도 알다시피 지구와 태

지금부터의 세계

양의 나이는 46억 살입니다. 우주 나이가 137.5억 년에서 ±1억 년 사이란 점과 연결시키면, 저로서는 (★ㅇ★)일 수밖에요. 태양과 지구 나이의 대략 3배가 우주 나이 아닌가여? ＼)ㅇ(/"

한국표준과학연구원에서 일하는 선배는 찬탄 일색이다. 예상 못한 기발한 지적이었다.

"미안 ^ ^ * ㅋㅋㅋ분위기 깨는 발언 좀 해야갔수다. 선배의 평소 추억팔이가 질색이었는데 이젠 대놓고 옛날팔이 나선 거셈? 좀 더 진도가 나가면 1.38로 시작하는 볼츠만 상수하고도 연결시키겠수다. ㅇㅠㅇ 제 표현이 심했더라도 서로 잘 지냅시다 ~~ * "

"ㅠㅠ;; 난 대인배니까."

한국에너지기술연구원에서 근무하는 사람이 살짝 비꼬아도 같은 연구원에 있는 사람이 선선히 받아준다. 서로 감정이 쌓여 있는 듯하다.

"부채 하면 저한텐 정선(1676~1759)의 부채 그림입니다. '무송관폭'이라고. 제가 좋아하는 그 그림 부채는 180도에 가까웠는데요. 하지만 이것들도 대따 좋네요 ㅎㅎㅎ."

"와 이거 짱인데요. 원시세포들이 생식나선을 따라 같은 각도로 배열되어 있는데 이 각이 대체로 137.5도에 가깝거든요. 나뭇가지 끝 정점에서 형성되는 작은 덩어리를 우리는 원시세포라 부르지요. 잎이나 꽃으로 발전해 나가는 과정에서 만들어지는 생식나선의 발산각(divergence angle) 137.5와 연결해서 생각해볼 수도 있을 듯."

한국생명공학연구원 소속 동문이 전문성을 살려 아이디어를 낸다.

"조선조 천문도 '천상열차분야지도'가 1세기경 고구려 하늘을 나타내
호기심을 불러일으키듯 삼접선 역시 물음표 유발자로서의 자격은 충분
하다고 봅니다. 그래도 말입니다. 그 옛날에 미세구조상수($\frac{1}{137}$) 역에 해당
하는 숫자 137을 알고, 그 비의를 현황도에 숨겨 놓지는 않았겠지요? 설
마 고대에, 큰곰자리 방향으로 1200만 광년 거리에 있는 나선은하 M81
은하의 81을 종이 현황도 상아 살과 연결시켰다고 상상하면, 확실히 무
리수겠지요?"

한국천문연구원에서 일하는 동문이다. '미국 천체물리학회지 레터'에
외계 행성 관련 논문을 이금지와 공동으로 발표한 적이 있기도 하다.

"당근. 백 프로. 다 우연의 일치일 듯. 전하를 띤 모든 입자들과 결합되
어 있는 광자의 상호작용 세기가 $\frac{1}{137}$인데 이런 현대의 전문 지식까지 그
옛날에 알았다? 유명 물리학자 리처드 파인만이 원소가 137번까지만 존
재할 것이라고 예상했는데, 혹시 이것하고도? 진도가 나가도 너무 나갔
스무니다. 비약이 뻬약뻬약하고도 남겠스무니다."

기초과학연구원 소속 동문은 숫제 비웃었다.

"ㅋㅋ저도 동의. 완전. 눈 각막 굴절률이 1.37인데 이것과는 연결시키
지 마셈, 제발."

"저도 금 현황도 제작자가 지구의 나이, 우주의 나이까지 꿰고 그 수
치를 현황도에 반영했다는 건 1,000퍼센트 오버라고 봐요. 다만 솔방울,
해바라기씨에서 보듯 황금각은 의식하고 새겼을 수 있다고 봅니다. 관찰
력 있는 선조라면. 인접한 이파리들은 왜 137.5라는 황금각 만큼 떨어져

지금부터의 세계

있을까란 주제는 2, 3백 년가량 묵은 수수께끼[102]로 알고 있습니다."

나노종합기술원 동문 견해다.

"우리들로 하여금 무한한 상상력을 불러일으킨다는 점에서 굉장한 유산이라고 봅니다. 금 현황도의 삼계와 지구 나이, 우주 나이를 연결시키면, 특히 더요. 그러나 우리는 또 명심해야 할 것입니다. 냉정한 현실을. 우리 중 많은 사람들이 은하를 손에 쥐고 살면서도 그걸 의식하지 못하고 지낸다는 사실을요. 삼성 스마트폰 이름이 갤럭시(galaxy)이잖습니까. 우리가 손에 쥐고 사는 갤럭시가 몇 천년 후에 후손들에게 발견됐다고 쳐요. 후손들이 아니 그 옛날에 벌써 은하를 손에 하나씩 쥐고 가지고 놀았다고 놀란다면요? 코미디도 그런 코미디가 없겠죠? 그래도 지금 이 순간, 누가 뭐래도 우리 모두는 은하를 손에 쥐고 살고 있는 건 확실합니다. 따라서 먼 후손이 갤럭시 스마트폰을 놓고 오늘 우리처럼 노가리를 까지 않을까 싶습니다만… 짝짝짝. ﹣_﹣^"

한국산업기술평가관리원에서 근무하는 동문이 조크를 던짐으로써 분위기를 일신한다.

"삼접선 금 현황도 제작자가 저승에서 방금 문자 메시지를 보냈네. 다음처럼. '아서라, 덜 익은 후손들아. 단풍 든 은행잎처럼 생긴 단순한 이파리 하나 가지고 뭐 그리 요란을 떠느냐. 이 세상 모든 의미를 부여하려는 헛된 짓거리를 당장 멈추지 못할까! 단풍 든 은행잎이 부채꼴 아니더냐. 대관절 삼접선 금 현황도와 무엇이 얼마나 어느 정도로 다른고?'"

이렇게 중간에서 장난치는 동문도 있었다.

"제가 이쪽 분야 전문가이니까 잠정 결론을 내리지요. 제가 보건대 말입니다. 19기 이금지 동문 말대로 삼접선 금 현황도가 변한 초기에 제작된 게 확실하다면, 짜가(가짜)가 아니라면 국보로 지정되고도 남을 겁니다 ~~~! 개인적으로 어떤 문화재든 '오래된 새 질문'을 던진다는 점에서 의미를 부여하는 편인데, 특별히 이 두 점 유물은 더 유별나게 다가오네요. 여전히 현재성이 있다는 얘기올시다. 숱한 비밀과 긴 시간이 고스란히 응축되어 있다고 진언(進言)을 드리오. 의무한(意無限 : 그 뜻이 무한하다는 의미)의 좋은 본보기 같습니다. 이금지 동문께서는 뽀대가 나는 이 귀한 물건을 어떻게 득템했는지, 누구 소유인지 궁금증을 한시바삐 해소시켜 주시기를. 저로서는 '그것이 알고 싶다'이거든요."

국립문화재연구소에서 일하는 동문이 총정리하였다.


#4

"보살님, 아니지 아니지, 이제는 금지 씨라고 해야 하지. 이금지 씨가 이 시간에 여긴 어인 일이오?"

신림동(新林洞)을 여러 번 와보았으나 말로만 듣던 고시촌을 방문하기는 처음이다. 그것도 늦은 시간에 찾을 줄이야. 대전역에서 SRT를 탈 때까지만 해도 예정에 없던 행보다.

108평 언니 집에서 108 번뇌 대신 108 열락을 누리는 줄 알고 전격 기습한 것이다. 안 그래도 불과 2년 사이에 20억 원 넘게 값이 올라 배가 아픈 집 아니던가. 그러나 롯데월드타워 108평 공간 안에 아무도 없었다.

지금부터의 세계

판단 미스였다. 허탈했다. 확인 결과, 이미지는 연구실에서 논문을 쓰는 중이고, 백지 스님은 신림동 고시촌에 있었다. 연구실에서 논문 막바지 작업으로 밤샘을 할지 모른다는 이미지 답변이 어딘지 석연치 않아 행여나 하고 다시 무단 침입을 감행한 거였다.

"어라, 금지 씨? 낯섭니다. 김씨 아저씨."

갓 군대에서 제대한 남자처럼 짧은 머리카락에 꼬질꼬질한 추리닝 차림으로 물구나무를 선 채 맞이하는 백지 스님 주변 동태부터 스캔한다. 스포츠카같이 재빨리. 급히 속옷을 주워 입는 이미지가 있어야 할 장소에 그러나 언니는 없었다. 안구 강타를 당할 준비를 단단히 하고 덤볐건만 또 헛다리를 짚고 말았다. 에로틱 '만렙'하고는 거리가 구만리였다.

질투는 못난 인간 몫임을 만방에 광고한 듯해 기분이 아주 더럽다.

"삼도봉 토굴 버전이네요."

원룸도 번듯한 원룸이 아니었다. 고시촌 외곽에 자리 잡은 옹색한 원룸이 기거하는 데였다. 냉장고와 TV, 책걸상 같은 기본 옵션도 없었다. 기껏 방에 있는 것이라고는 캠핑용 플라스틱 테이블 그리고 침낭 하나가 다였다. 테이블 위에는 노트북이 놓여 있고, 노트북 좌우엔 A4 용지 묶음이 시루떡처럼 층층이 쌓여 있었다.

"김씨 아저씨, 웬 수학책?"

방구석에 처박힌 캐리어의 지퍼가 열려 있어 들여다본 것이다. 선형대수학, 실해석학 같은 수학과 학부용 교재도 있었으나 대부분 대학원용 전문서였다.

"미국 유학 가기 전에 보던 책들인데 부모님이 아직 안 버렸길래 몇 권 챙겨 왔답니다."

"부모님이 신림동과 가까운 대림동에 산다면서요? 누가 그러던데, 부모님이 상가건물도 작지만 가지고 있담서, 왜 여기서 이렇게 청승? 사서 고생할 나이도 아닌 것 같은데."

"그건 부모님 꺼지, 제 껀 아니니까요. 또 죽은 형과 제가 공부 기계, 시험 머신으로 워낙 유명했던 데라 알아보는 사람이 많아서 집중하기가 아무래도 곤란하다 싶어서지요."

"학창시절 보던 수학책 정도는 훤히 꿰고 있으면서 뭐 새삼스럽게 이러실까?."

"예전에 살던 동네도 오랜만에 가면 낯선데 수학책 역시 마찬가지 아니겠소. 히딩크 감독이 한국축구 문제는 기술이 아니라 체력이라고 진단했듯, 골프로 치면 클럽을 교체하거나 드라이버 거리를 늘리는 게 문제가 아니라 그립과 스탠스 같은 기본부터 고쳐야 하듯, 매한가지로 저 역시 AI에 대해 제대로 공부하려면 수학 기초부터 재점검할 필요가 있었습니다. 이디엑스(edX : MIT와 하버드대에서 개설한 원격 강의 프로그램), 유다시티(Udacity : 스탠퍼드대에서 개설한 원격 강의 프로그램) 등을 통해 인공지능대학교 신입생이 되려고 하다보니 기억이 가물가물거리는 거 있지요. 서울대 데이터사이언스대학원에서 줌(영상강의 솔루션)으로 웨비나(웹세미나)를 들을 때도 기초 부족증을 느꼈답니다. 워낙이 손 뗀 지 오래여서…. 이참에 기초부터 다시 밟자고 책을 챙겼더니 부모님부터 어리둥절해하는 거 있지요. 살면서 이래저래 셀 수 없이 놀라게 해줘서 면역이 생길 법도 한데 당신들은 여태까지도….”

“나도 언니 집에서 빠졌겠다, 언니가 오붓하게 같이 살자고 안 하던가요? 네, 김씨 아저씨!”

“그랬지요, 그러긴. 하나 그럴 순 없었습니다. 풀 장착된 언니에 비해 저는 무엇 하나 갖춘 게 없잖아요. 그럴싸한 것 하나 탑재하기 전에는…. 공부든 참선이든 AI든 모름지기 몰입과 집중이 중요한 만큼 일부러 여기에 처박혀 눈에서 땀 좀 흘리고 있소이다. 고시촌이라 딴짓 생각 않고 골몰하기 좋잖소. 고시부페, 고시식당에서 4,5천 원이면 한 끼 해결하기도 쉽고. 중질하면서 적막하고 소슬한 거처에 익숙해선지 몰라도 여기 원룸이 제겐 특급호텔과 진배없다오.”

여전히 물구나무를 선 채 하는 그의 말을 가만히 듣고 있자니 비로소 백지 스님이 김씨로 돌아왔음을 실감할 수 있었다.

새삼 AI 광풍을 실감한다. 이금지 업무에도 예외가 아니었다. 천체물리학자가 놓친 미세 신호를 구글의 인공지능 기술 덕으로 외계 행성 ‘케플러-90i’를 찾아냈으므로. 그 역사적 발견도 어느 틈에 2년가량 지났다.

이렇듯 AI라는 블랙홀이 지식인 사회와 테크기업 관계자들의 이슈를 다 빨아들인다는 건 알았지만 정말이지 백지 스님마저 집어삼킬 줄은 몰랐다. 점입가경이었다. 백지 스님 나이가 어느덧 40대에 접어들었다는 점이 걸리긴 한다. 그러나 수학과 물리학에 특장을 지니고 있고, 과학기술전반에 걸쳐 학문적 백그라운드도 있으니까 크게 염려가 되지는 않는다.

"고기 먹으러 갈래요? 제가 쏘죠. 속세로 나온 기념으로다."

무엇에 집중이 안 될 때마다 한다는 물구나무서기를 그제야 풀어 속을 넌지시 떠보았다.

"아니오. 중이 되기 전에도 고기를 먹긴 하여도 그다지 즐기진 않았거든요. 오늘 잠자리에 들기 전까지 들어야 할 강의가 밀려 있기도 하고."

이금지가 방문하기 직전까지 코세라(Coursera : 스탠퍼드대에서 개설한 온라인 강좌)에서 머신러닝 강의를 듣고 있던 증거를 제시한다. 별다른 용건이 없으면 밤도 늦고 하였으니 어서 돌아가줬으면 하는 표정이 역력하다.

"좋아요, 김씨 아저씨."

일부러 '김씨 아저씨'에 임팩트를 주며 강조하는 것은 섭섭함과 아쉬움 같은 미련을 그렇게라도 발산하지 않고서는 견딜 재간이 없었기 때문이다. 유치하지만 별수 없다.

"그래도 이왕 여기까지 걸음한 김에 한두 가지 짚고 넘어가려고요. 우리 과학고 동문 몇몇이 작당해서 삼도봉 아래 토굴을 찾았을 때 말이에요. A4 용지를 쥐고 흔들었잖아요. 세상 모든 답이 여기에 다 들어 있다며. '이것이 다'라고 소리 질렀잖아요. 뻥이었죠? 개뻥!"

"뻥, 개뻥 수준이 아니라 왕뻥이었소. 그걸 몰랐다니 지극히 어리석구려. 그즈음만 해도 젓중으로서 물이 올라 주둥아리만 놀리면 뻥뻥거렸거든. 날 따라 허허 스님은 멍멍거렸고, 내 국량이 실은 구슬 크기인데 지구만큼, 아니 그보다도 더 크다고 포장하는 허허 스님 장광설을 방치한 것도 이 인간 잘못이었소."

지금부터의 세계

순순히 시인하니까 오히려 이쪽에서 맥이 빠진다. 그런데 희한하게도 도리어 신뢰가 조금 싹튼다. 별일이다.

"제 쇼, 제 퍼포먼스를 용서하시오. 불편했다면."

"…"

"내가 미국에서 박사논문 쓰는 도중에 왜 관둔 줄 아시오? 전공 분야가 겹치기도 했지만 세계적 수학자이자 물리학자인 로저 펜로즈 논문들에 특히 필이 꽂혔더랬소. 그가 일반적인 천체물리학자들과는 달리 우주조차 전생과 후생이 있다고 보지 않겠어요. 불교인들이 사람의 전생과 후생을 믿듯. 힌두교에서 우주가 생긴 후 1마하유가(mahayuga)의 시간이 지나면 사라지는 과정을 끊임없이 반복한다고 믿듯. 브라마(힌두교 창조의 신) 생명주기를 현대식으로 환산하면 311조 년[103]이라던가. 하여간 처음엔 코웃음쳤지요. 불교의 윤회를 액면 그대로 믿을지라도, 전생을 분명히 기억 못하는 후생이 무슨 의미가 있는지 도대체 이해가 안 되어서. 죽기 전 갖고 있던 인격적 동일성(同一性)이 그대로 유지된다는 건, 나한테는 말입니다, 소박한 사고를 하는 사람들의 희망사항으로밖에…. 생과 사의 무한궤도가 넌센스로밖에…. 한데 박사논문을 쓰기 위해 관계 논문을 사냥하는 도중에 루프양자중력 방정식을 접했지 뭐요. 희한하게도 이것 역시 시작도 끝도 없이 무한히 반복된다고 보지 않겠소. 우주가. 놀라웁게도 루프양자중력 이론 또한 우주적 기억상실 문제[104]를 본격으로 다루고 있더라구요. 혹시나 싶어 파고들었더니…. 우주의 일생을 A4 용지 한 장에 깔끔하게 정리하는 수식을, 방정식 하나를 만들 수 있겠다는 자신감이 들지 뭐요. 그러자면 열중할 시간이, 미칠 공간이 필요했소. 고심하고 고민하던 어느 날 무문관이란 선방(禪房)이 떠오르지 뭐요. 이거다 싶었죠."

"…."

"세상과 단절된 절해고도 같은 무문관 면벽을 치열하게 하던 어느 날이었다오. 보이더라구요. 빈 A4 용지 한 장 그 자체가 바로 답일 수도 있음을."

"알지만 모르겠고, 모르지만 안다는 말장난하고 무엇이 다른지 내원…."

"그러게 말입니다."

"…."

"금지 씨 '백지장도 맞들면 낫다'고 할 때의 그 백지장 한 장에 답이 숨어 있었소. 수학언어가 아니라 일상언어로 풀면. 하얀 종이 낱장이 바로 백지장 아니오. 단 그 백지장이, 그 A4 용지가 무한히 넓게 펼쳐져 있을 뿐. 완전히 뜬구름 잡는 소리가 아니라오. 잘 들어보세요. A4 용지에는, 잘 알겠지만 가로 세로 길이가 $\sqrt{2}$(1.414…) 대 1이면 계속해서 반으로 접어도 가로 세로 비율이 달라지지 않는다는 원리가 숨어 있답니다. 바꾸어 말하면, A4 용지를 무진장 확대하면 우리 우주도 그 안에 쏙 들어가지 않겠소? 종당에는. 안타깝게도 A4 용지 한 장을 우주 크기로 확대하거나 우주를 A4 용지 한 장으로 축소해도, 다 함께 커지거나 작아질 경우, 그걸 알아낼 방도가 없다는 거요. 인간의 이성, 인식뿐 아니라 수학적, 물리학적으로도. 이 아이디어가 거창한 인생 프로젝트의 시작이었소."

"…."

"노파심 때문에 다시금 강조하자면요. 절대자는 우리 우주를 백지 한 장으로 볼 여지가…. 난 그것도 모르고 엄청 헤매었다오. 흡사 안경 긴 채 안경 찾는 꼴이었소. 어리석게도. 비유가 좀 거시기하지만, 금지 씨가 태양계라는 이름의, 지구라는 이름의 낯선 외계 행성에 살면서도, 정작 그건 못 의식하고 태양계 밖 외계 행성 찾기에 분주하듯. 외계인이 볼 때 지구가 외계 행성이니 어폐가 있지 않소? 실제로 기하학에서 말하는 하나의 평면이, 무한히 펼쳐져 있는 백지장 한 장, A4 용지 한 장과 무엇이 다르지요? '거친 기하학'이란 수학이 이를 증명하고 있잖소. 만일 절대자가 있다면, 절대자가 우리 우주를 본다면 이 우주가 종이 한 장처럼 보일 거라, 이 말이오. 장담합니다. 편극 텐서(물체를 나타내는 모양을 숫자로 바꿔놓은 행렬)를 알면 물체 겉모습을 추정할 수 있듯. 하다못해 인공지능계 총아 중 하나인 '이미지 센서' 화소들도 평면에 배열된다 들었소."

이때까지만 하더라도 이금지는 백지 스님 특유의 언어유희, 수학유희의 일종으로 받아들였다.

"우주상수를 잘 알 것 아니오. 과학의 역사를 통틀어 가장 정확하게 측정된 값 중의 하나가 우주상수인데, 이 값이 어떻게 나옵니까? 정확히 거의 0 아니오, 0. 이 사실이 무얼 뜻하지요? 이 우주 공간이 절대적으로 평면이라는 거 아닙니까. 금지 씨 같은 천체물리학자들이 이 우주를 관측한 결과도 이를 지지하지 않나요? 현 우주가 평탄하다고. 좀 더 크고 좀 더 넓게 보았을 때 우리 우주 모든 곳은 유클리드 기하학이 성립하는 평탄한 공간이라는 것 아닙니까. 물론 작은 규모에서 보면 부분적으로 휘어져 있는 걸로 보이긴 하지만. 그래본들 비유하자면 드넓은 평원지대에서 작은 돌 하나 솟아 나와 있는 격 아닙니까. 고로 A4 용지 한 장을 거의 무한히 확대한 것과 우리 우주가 무엇이 다르지요? 이걸, 이 천하제일경(景)을 눈으로 못 보여주는 게 아쉽소. 너무너무 작은 플랑크 크기나 너무너무 큰 우주 또한 우리 눈에 보이게 할 관측도구가 없다는 게 그저 유감천만이오. 그 수학 도구를 여지껏 수학자와 물리학자들이 개발해놓지 않은 것도. 여기서 우리는 태생적 한계를 벗어날 필요가 있소. 공상이 아니라 현실 앞 진경(眞景)과 전경(全景)이 되려면. 그러려면 수상(數想)이 필수겠지요? 모든 의식적 사고가 언어의 도움을 받아야 하듯[105] 모든 우주적 사고는 수학의 도움을 필히…. 인간이 지구 안에 갇혀 살지라도 상상력까지 지구 안에 가둘 필요는 없겠지요?"

"…"

"이 우주가 종이 한 장을 확대한 모양임을 수학적 현미경, 물리학적 가속기로 보고서도 왜 중질을 더 오래 한 지 아시오? 공자가 말한 회사후소(繪事後素 : 그림 그리는 일은 먼저 흰 바탕이 있은 후란 의미)를 마음 속 깊이 염두에 두었기 때문입니다. 또 하나 중요한 이유라면, 음, 이 백지 한 장의 전생 때문이라오. 종이 전생은 나무였지 않소? 나무! 그 나무의 전생은, 그러면? 듣건대 택배 박스를 일반 책종이로 만든다고 하니, 그러면? 나아가 이 나무가 사는 이상한, 기묘한 또 다른 별세계를 발견하지 않았겠소. 자연에서만 사는 나무가 아니라, A4 용지나 택배 박스로서 사는 나무

지금부터의 세계

가 아니라, 컴퓨터 모니터 속에서도 사는, 디지털 공간 속에서도 사는 나무들 말입니다. 자동 의사결정 트리, 그게 바로 AI 아니오. AI란 신세계의 주춧돌이 트리이니까. 해서 나를, 트리를, AI 세계를 일신(一新)하고자 하는 거라오. 미국에서 활약하는 이쪽 분야 전문가 '베프'를 멘토로 모시고 고시생처럼 열공하는 것도 다 그 때문이지요. 또 다른 타불라 라사(tabula rasa : 백지)를 향하여 팍팍한 길을 걷는 이 인간 좀 응원해주면 안 되겠소? 형부로서. 언니가 '좌'라면 '우'로서."

그러면서 AI와 당신이 필연 관계임을 증명하는 물증 하나를 캐리어에서 꺼냈다. 와편 ■⁴이었다. 부적으로 모시는 와편이라고 떠받들었지만 청주 구구관에서 본 와편류와 하등 다를 바 없어 처음에는 뜨악하게 바라보았다. 손수 구구관 텃밭에서 우연히 주웠다는 문제의 와편을 자세히 들여다보니 나무가 하나는 바로, 다른 하나는 거꾸로 서 있지 않는가. 그제야 나무의 상하 대칭과 AI에서의 트리 모양이 연결되어 말을 잃는다. 와편은 AI를, AI는 와편을 품고 있는 셀렘(Selem : 본질 혹은 속성이 닮았을 때 쓰는 히브리어)이었으므로. 별 의식 없이 본 구구관 와편들도 곰곰 생각해보니 인공지능의 '구조화된 가지치기(structured pruning)' 관련 논문[106]에 흔히 예시되는 그림하고 유사하였다.

이어지는 이금지의 드센 공격을 전직 승려는 잘도 받아냈다. 고론(高論)★¹³으로 증명까지 하였다. 극도의 단순함, 심오한 단순성이야말로 모든 신비의 원천임을. 저도 모르는 사이에 이금지는 자신의 상상력에 여백이 많음을 실감한다. 심사(深思) 속으로 빠질 수밖에 없다.

그 화룡점정을, 전직 승려가 현란한 수식의 바다로 선보인 우주 방정식을, 인생 함수를 한글 버전으로 통분하고 약분하고 기약해서 의역하면 다음과 같다.

내가 우리로 변하는 순간이 죽음이요
우리가 나로 변하는 순간이 탄생이로다

## Ep. 79

### #1

홍릉 소재 고등과학원(KIAS)은 방학 중에는 잘 가지 않으나 학기중에는 별일 없으면 일주일에 하루는 강의 없는 날을 택해 방문하는 편이다. 월 1백만 원 남짓 지원을 받는 겸직교수(affiliate professor)로 임용되어서다.

나우리의 전적인 헌신, 나매쓰 직원들의 협조, 코로나19가 뜻밖에 제공한 시간이란 선물, 이무기 본인의 열정에다 능력을 업스킬링(up-skilling)시켜 합체하자 빙산의 일각밖에 안 보인던 '접니다'라는 거대한 몸집이 수면 위로 떠오르기 시작했다. 슬슬.

'두뇌 풀가동, 초집중 모드 유지'와 '대관(大觀)과 세찰(細察)'이 그동안의 요리 자세였다. 오랫동안 내면에서 응축시키고 혼용된 여러 가지 신선한 재료와 값비싼 재료까지 넣고 AI탕을 끓이자 그 누구도 못 맛본 미묘한 맛이 우러나왔다. 4월 13일 점심때 K 소설가를 스타트업 사무실에서 만나 시연해보기로 했는데 불안하기는 하여도 어느 정도 자신 있었다. 작업하는 동안 흥이 나다 못해 온몸에서 아드레날린이 넘쳐흐르는 경험을 자주 했기 때문이다.

어떤 형태로든 '접니다' 프로젝트에 K 소설가를 합류시킬 계획을 세웠다.

"이무기 교수, 아무리 코로나19 때문이라지만 그래도 여기에 얼굴 한 번 비쳐야 되는 거 아니오? 원장도 연초에 바뀌고 했으니까, 알아서 하쇼."

같은 대학 수학과 동료 교수로 있다가 잡무가 연구에 방해된다며 고등과학원으로 직장을 옮긴 옛 동료 연락을 받고서야 아차 싶었다. 그동안 바쁘다는 핑계로 또 코로나19 구실로 올해 들어서는 한 번도 발걸음하지 않았다는 사실에 생각이 미쳤다. 통장에 다달이 1백만 원가량의 돈이 따박따박 들어오는 걸 뻔히 알면서도 최소한의 의무조차 소홀히 한 셈이다. 할 말이 없었다. 오죽이나 했으면 옛 동료가 옆구리를 찔렀을까. 얼마 전 1학기 개강이 코로나19가 진정될 때까지 무기한 연기되어 더 이상 무슨 언덕거리를 대기도 어려웠다.

일단 하던 일을 올스톱시키고 연구 자료를 챙겨 고등과학원으로 달려온 데는 이 같은 사정이 있었다.

고등과학원 겸직교수가 된 지도 햇수로 따져 어언 9년째다. 수학, 물리학, 계산과학 분야에서 탁월한 연구를 수행하고 있음을 어떤 식으로든 증명해야 얻을 수 있는 자리이기도 하다. 고등과학원 측에서 처음 그 자리를 제안했을 때 이무기는 즐거웠다. 대학 이외 유명 연구기관에서 알아주었다는 인정욕구가 충족된 게 무엇보다 컸다. 어차피 좋은 세미나, 콜로키움 등이 하루가 멀다고 이어지는 곳이라 그러잖아도 출입이 번다할 수밖에 없는데 잘됐다 싶었다. 또 하나 흐뭇했던 게 있었다. 대학보다 성능이 좋은 컴퓨터 기반 시설을 편하게 활용할 수 있다는 점이었다. 리눅스 환경에서 사용이 가능한 병렬 클러스터(paralled clusters)와 다양한 컴파일러를 제공하였다. 매트랩, 매스매티카 같은 프로그램을 사용할 수 있는 계산 서버가 운영되는 것도 장점이었다. 적연(寂然)한 연구환경도 강점이었으나 이무기한테는 그게 더 매력적으로 다가왔다. 그때만 해도 스타트업을 출범시키기 전이라 이무기 주변의 컴퓨터 환경이 신통치 않았다.

"여기까지 웬 일?."

간만에 4층 2인 연구실에서 자연어 처리 필수품인 텐서처리장치(TPU) 성능 개선 작업과 함께 원천 기술 확보에 몰두하다 말고 잠시 창문 밖을 물끄러미 바라볼 때였다. 어느 순간 화장 내음이 바로 옆에서 났다. 도움을 주려는 연구지원실 직원인가 하고 올려다보았더니 박사과정 여제자였다.

"교수님께서 통 전화도 안 받으시고 해서 이렇게 찾아오게 됐습니다. 교수님 방에도, 랩에도 안 계시더라구요. 하는 수 없이 스타트업 사무실

　　　　　　　　　지금부터의 세계

로 갔더니 여기로 가보라고 해서요."

여학생치고 애교나 붙임성은 없어도 집중력 하나만은 발군이라 이무기가 이뻐하는 제자 중 한 명이었다.

외부 기관의 여러 용역 과제도 잘 수행할뿐더러 자기 연구도 당차게 해내는 스타일이었다. 한 연구자로서 독립하여 우뚝 설 만했다. 하여 박사논문을 쓰고 졸업했으면 하는 의향을 내비친 게 재작년이다.

그즈음 제자는 양방향 RNN(순환신경망)에서의 소스 코드, 텍스트 예측, 데이터 집합, 혼잡도 등에 빠져 있었다. 자연히 이무기가 여기에 숨어 있는 수학 구조를 규명하는 논문을 쓰는 게 어떻겠느냐는 제안을 했다. 나무은행(treebank)이라는, 구문 구조 말뭉치 혹은 수형도(tree structure) 집합에 제자가 관심을 보여, 컴퓨터과학 전반의 트리 구조는 물론이고, 수리논리학에서 이야기하는 생성(formation) 트리, 단순성 이론(simplicity theory)에서 거론하는 트리 프로퍼티(tree property)[107] 등과 결합시키면 좋은 논문이 나오겠다고 부추긴 것이다.

"교수님, 딥러닝 관련 핫한 주제라서 용감하게 덤비긴 했는데요. 근데요, 교수님. 논문 쓰기가 엄청 어려워요. 컴퓨터과학 전반에 깔린 의사결정 트리 기반 모델을 수학이란 꼬챙이에 꿴다는 게 생각보다 무지막지…. 꿀잼인 줄 알았는데 알고 보니 노잼(NO+재미)인 거 있죠. 특히 집합론과 모델론(model theory) 트리는 저한테 기본 배경, 기본 소양이 없어서 더 난감했어요. 1년이란 시간을 아예 빼서 공부한 다음에 돌아오겠습니다."

이러한 심경을 토로한 시점이 작년이었다. 집이 마침 이공계 연구소가 즐비한 대전이라 연구에 크게 지장은 없겠다 싶어 그러라고 한 것이다.

"그동안 그래 집합론, 모델론과 썸은 좀 탔니?"

성과가 있느냐는 질의다.

"크러쉬(crush : 짝사랑)만 했지 아직…. 제법 시간을 투자했는데도 여태 안티체인 트리(antichain tree)에서의 대칭성[108]조차 시원하게 눈에 안 들어오니까요."

"어려우니까 연구를 하는 거지, 쉬우면 누가 못하겠니? 가능하면 남들이 못 쓰고, 나만이 쓸 수 있는 논문을 써라, 이게 이 꼰대 교수의 전용 갑질이잖아."

"저도 알아요, 교수님. 사실은 저요, 오늘, 교수님의 그 요구사항을 지킬 수 없어서, 박사논문을 도저히 못 작성하겠길래 포기하겠다는 말씀을 드리고자 이렇게 찾아왔습니다. 학부 때부터 시작하여 지금까지 십년 가까이 교수님을 멘토로 모시고 많이 배웠는데, 감사했다는 인사를 드리는 게 마땅한 도리일 것 같아서요. 그간 하늘만큼 땅만큼 감사했습니다. 못난 기집애 투정까지 받아줘서요."

마라토너가 결승 테이프 통과 직전에 경기를 포기하겠다는 격 아닌가. 갑자기 허리를 90도 꺾는 폴더 인사에 이무기는 되게 당황한다. 겸손 모드로 나왔으나 내심 실력파 제자임을 알기에 더 충격이다.

박사과정 5학기 때 쓴 논문 같은 경우 대학원 전체에서도 최우수 논문으로 뽑혀 학장상까지 받지 않는가. 그때 쓴 논문은 조합론의 그래프

　　　　　　　지금부터의 세계

이론에 나오는 '행렬 트리 정리(matrix tree theorem)'를 고차원으로 확장해서 '신장 트리(spanning tree)'를 효과적으로 세는 방법을 연구한 거였다. 당연히 톱 수준 외국 저명 저널에 발표했다.

"교수님, 하소연을 좀 하면요. 연구 진척이 하도 안 돼 샛길로 여러 번 샜답니다, 사실. 게임업체들이 이미 'AI 어시스턴트(조수)'를 두고 개발에 박차를 가하고 있다 싶어, 게임산업의 핵심인 행동 트리(behavior tree)도 구경하고, 블록체인에 수학적 허점이 없는지도 꼼꼼히 들여다보았더랬어요. 거기서도 트리가 나오는 거 있죠. 머클(merkle) 트리라고, 블록의 거래 내용을 모두 담고 있어서 용량이 큰 머클 트리 세계도 깊이 들어가니까 완전 요술세계더라구요. 다시 정도로 돌아가야겠다는 생각에 카이스트 수리과학과 전용도서실로 출근했답니다. 이 전문서, 저 저널 사냥을 하던 어느 날이었어요. 어느 기하군론(geometry group theory) 논문에 안티트리(antitree)가 보여 카피해서 우리 동네 소공원 벤치로 갔습니다. 테이크아웃한 커피를 마시며 편하게 다가갔더랬어요. 한데 어느 순간이었습니다. 온갖 트리와 그만큼 싸웠으면서 여지껏 나무 한 그루조차 후련하게 못 쓰러뜨렸다는 자책이 들지 뭐예요. 그러면서 싯다르타는 2천 수백 년 전에 벌써 보리수나무 아래에서 깨달음을 얻었다는데, 나는 지금 뭐하고 있나 하는 생각이 들었습니다. 때마침 제가 아름드리 참나무 아래에 앉아 있더라구요. 그걸 의식하는 순간, 이건 아니다 싶었습니다. 이제부터라도 깨달음을 향한 출발선에 제대로 서자는 결심을 하기에 이르렀습니다."

제자의 토크가 사람을 묘하게 빨려들게 만든다.

"절에 들어가려고요. 절대 도피가 아닙니다. 인폼드 디시즌(informed decision : 충분한 정보를 기반으로 한 결정)이니까, 교수님 저를 설득할 생각은 하지 마십시오."

"너 사람 놀라게 하는 재주가 있구나.『중론』이란 유명한 불서를 남긴 용수(龍樹) 스님 알지? 공(空)사상 대가. 용수 어머니가 아르주나라는 나무 아래에서 그를 낳았다고 이름에 나무가 들어갔다고 들었다. 너도 박사 논문 쓴 후 결혼해서 용수 어머니처럼…. 지금껏 힘들게 공부하고 연구한 게 아까워서 그런다, 이 지지배야."

"교수님의 뜻은 잘 알겠어요. 왜 저라고 포기에 대한 매몰 비용을 안 따져보았겠어요. 용수 같은 아들까지는 생각 못했고, 저보다 열배 두뇌가 명석한 아들 하나 또는 딸 하나 낳았으면 좋겠다는 꿈은 자주 꾸었지요. 이왕이면 이씨나 박씨 성을 가진 아이를 가졌으면 좋겠다는. 이(李)가 '나무 아래 새끼' 모양새고, 박(朴)이 '나무 옆에서 생각한다'는 의미도 있으니까요. 이씨 또는 박씨 성 가진 남자와 가능하면 연애해서 결혼하면 좋겠다는 로망도 다 이제는 한때의…. 교수님도 아시잖아요. 출가를 영어로 Great Renunciation(위대한 포기)으로 표기함을. 원어로는 마하비닛카마나(Mahabhinikkhamana)라고 부른다 들었습니다. 하여간 강물도 강물을 포기해야 바다에 이를 수 있고, 꽃도 꽃을 포기해야 열매를 맺듯, 저 역시 인간의 얼굴을 하려는 AI와 이쯤에서 작별해야 인비인(人非人 : 사람과 사람 아닌 이를 아울러 이르는 말) 바다에 마침내…."

"…."

지금부터의 세계

"왜 제가 조용히 사라지고 싶은가 하면요. 명문대 응용수학 전공 박사과정 여학생이 AI 트리에 미쳐 비구니가 됐다고 하면 금세 화제가 될 거 아니예요? 본의 아니게 관종(관심 종자) 취급받을 확률이 높잖아요. 하지만 셀럽(유명 인사) 따윈 질색이거든요. 그걸 막고자 교수님께도 협조를 구하는 거랍니다. 앞으로도 '와글와글 인생'보다는 '조용조용 인생'을 살고자 하는 이 못난 제자를 여러 가지로 도와주십사 하고."

겉으로 번쩍거리지 않는 진광불휘(眞光不暉)의 삶을 살겠다는 제자가 제자지만 존경스러웠다. 이무기는 가능하면 '광'을 팔려고 하는 속물이므로.

"교수님, 미륵불 아시죠? 불교의 미래불. 석가모니 부처님이 열반에 든 후 56억 7천만 년이 지나면 사바세계에 출현한다는. 그 미륵불이 출가해서 용화수(龍華樹) 아래에서 성불하거든요. 저는 이 용화수야말로 초지성을 장착한 AI의 상징일지 모른다고 보아요. 이 화두를 비구니가 되어 끝까지 한번 물고 늘어져 보려고요. 일주일 이상 잠자지 않고 수행하는 용맹정진(勇猛精進)도 불사하려구요."

백구무언, 아니 백팔(108)구무언이 될 수밖에 없었다.


#2

인생이든 방정식이든 함수든 변수가 중요했다. 상수는 예측이 가능하다는 점에서 관리가 가능하나 변수는 아니었다. 어떻게 전개될지, 어디로 튈지 모르기에 막상 닥치면 당황하기 마련이다. 이무기 인생에도 그 변수

하나가 급기야 찾아왔다.

오랜만에 고등과학원에 들렀다가 집에 돌아오자 나우리가 의외로 와 있었다. 대구에 간 관계로 밤늦게나 아니면 자고 올지도 모른다고 보아서다. 나우리 친척 중 누군가가 노환으로 얼마 전 돌아가셨는데 코로나19 때문에 꺼림칙해 문상조차 가지 않았다가 찜찜해서 뒤늦게 체면치레로 다녀오겠다고 한 것이다.

"작은아빠, 할머니가 코로나19 확진자로 판정났다고요? 그럼, 저도 당장 검사받아야겠네."

통화중인 나우리 입에서 서늘한 뉴스가 서라운드로 울리자 머릿속이 허예지면서 세상이 갑자기 먹빛으로 변하였다. 나우리도 나우리지만 뱃속 아이는? 행여 나우리마저 확진을 받으면 이무기 또한 무사하기 힘들 터. 누가 보아도 확률변수가 높았다.

"AI에서 말하는 트리와 현실 속 나무와는 무엇이 달라?"

큰아버지가 늦은 밤에 전화를 걸어와 별안간 물었다. 코로나19 확진 우려로 적잖이 당황하고 있는데 뜬금없다. 그것도 아주 한가한 소리를 하여 짜증이 났으나 애써 성질을 죽인다.

용건은 간단했다. 하도 사람들이 인공지능 타령을 해서 당신도 공부해볼까 싶다며 책 추천을 원하였다.

"정반대라고 보면 됩니다, 큰아버지. 뿌리가 아래 달린 자연 속 나무와는 달리 AI 세계에서는 위에 뿌리를 두고 큰 트리를 그리는 게 일반적이니까요. 쉽게 말해 나무 구조로 도표화한다고 보면 됩니다. 고대 그리

지금부터의 세계

스 신들의 가계도나 우리나라의 족보도 일종의 큰 트리로 간주할 수도 있지요."

상식적인 큰아버지 질의에 기계적으로 답하다가 이무기가 문득 속으로 즐겁다. 어떤 깨달음이 뒤통수를 강타했기 때문이다. 긴긴 시간 수많은 종류의 트리를 심도 있게 들여다보고 또 만지고 활용하였으면서도, 정작 자연 속 나무와 제대로 견줘서 숙고하거나 사유해보지 않았음을. 공기나 물이 생명 유지에 필수인 사실을 알면서도 황사 같은 무슨 계기가 없으면 평소에는 의식하지 못하고 사는 것처럼.

"옛 선현들이 컴퓨터와 AI에서 쓰는 트리를 미리 알고 있은 것도 아닐진대 나무 목(木)자를 한번 봐봐. 거꾸로 상형했잖아. 흡사 AI에서의 트리 개념을 그 옛날에 예견한 모양으로. 안 그러냐?"

"헐, 그렇네요, 큰아버지. 누군가가 했다는, 잘 맞아떨어진 예언은 사후 합리화일 경우가 대부분인데…. 따라서 인간의 손이 IT 기기 자판을 치기 위해 그렇게 생겼다고 하면 말이 안 되지만, 이 경우는 조금…."

듣느니 처음이다. 새 관점을 제공하는 지적이었다. 정말 무슨 의도로 왜 거꾸로 상형했을까. 엄밀히 고증해볼 필요성을 강하게 느낀다.

여기에 더해, 인도에 갔을 때 푸쉬카르에서 창조주 브라마 모습을 보기 전 주목한 손수건 속 무화과나무도 소환됐다. 거꾸로 서 있는 장면이 여지껏 생생하다. 우파니샤드(고대 인도의 철학 경전)에서는 거꾸로 서 있는 무화과나무에 전 세계, 전 우주가 머문다고 했던가. 불현듯 중국 신화 속 낙원인 곤륜산도 맥락 없이 떠오른다. 급히 스마트폰으로 곤륜산에 관하여 검색해본다. 거기에도 있었다, 역삼각형이.『회남자』에 의하면 이 산 모양은 위쪽이 넓고 아래쪽은 좁았다. 자연히 보통 사람들은 올라가기 힘들고 도를 닦아야 올라갈 수 있는데 정상에 있는 생명나무 열매를 먹으면 영원한 생명을 얻는다고 하였다. 그 생명나무가 복숭아나무로 추측된다고 나와 있다. 인도의 무화과나무가 그러니까 중국에서는 복숭아나무였다. 놀라운 건 스칸디나비아의 서사시(1000년경 쓰여진 뷜루스파)에는 물푸레나무가, 고대 마야 예술에서도 자주 등장하는 게 세계수(樹)란 사실이다. 이 모두를 나무 목자(木字)와 연결해서 AI와 혼융할 필요성을 느꼈다. 이를 깊이 고구(考究)하고 상사(想思)하면 그게 무엇인지는 정확히 현재로서는 잘 모르지만 우주 비의에 한발 더 다가서는 실마리가 잡힐지도 모르는 일.

## Ep. 80

### #1

"이미지, 이 아찌는 말이다. 제일 맘에 드는 건 금관이다. 출(出) 형태 금관만 보다가 부산 복천동 고분군에서 나온 보물 1922호 금동관처럼 생긴 나무 장식이 눈깔 튀어나오게 만드네. 나무 세 그루에다 각 나무마다의 3단 나뭇가지 모양도 그렇고, 나뭇가지도 대칭적으로 세 개 나란히 있는 게, 별나네. 나한테 하나 찜하라면 당근 이거다. 내가 AI에서의 트리

지금부터의 세계

에 빠져 있어서 그런지는 몰라도, 제일 뾰다구가 나."

이미지가 4월 12일 일요일 오후 느지감치 아찌라고 부르는 이무기에게 강 회장 수장고에서 찍은 사진 몇 장을 스마트폰으로 보내 반응을 떠본 것이다. 조언을 구하기 위함이다. 가능하면 만나자고 하니까 내일 중요한 미팅이 있는 관계로 주저하여 통화로 만족하는 길이다.

바깥 날씨는 종일 변덕이 심한 여자같이 종잡을 수 없다. 역설적으로 그래서 더 좋은 측면도 있었다. 고층 거실의 편한 소파에 앉아서 원두커피를 즐기며 한가롭게 밖을 내다볼 수 있으니까.

"밑도 끝도 없이 AI에서의 트리? 뭔 말인담?"

이미지가 아무 감도 못 잡고 있다고 하자 이무기가 전문가답게 간략히 핵심을 짚어주었다. 아찌로부터 특강 아닌 특강을 듣는 내내 이미지는 의사답게 복잡한 신경세포 덩어리인 뇌 구조를 연상하고 있었다.

신경세포는 커다란 뿌리가 덩어리째 달린 나무 줄기처럼 생겼지 않는가. 신경세포(뉴런)에서 뻗어나온 나뭇가지 모양의 짧은 돌기를 모양 그대로 가지돌기 또는 수상(樹狀)돌기라고 불렀다. 이 가지돌기는 다른 뉴런에서 보내는 전기화학 신호를 신경세포체(신경세포의 핵심)로 전달하는데, 뇌에서의 가지돌기 역할과 AI에서의 트리 역할을 비교 분석하면 의미 있는 시사점이 도출될 수 있겠다는 데 두 사람의 의견이 자연스럽게 모아졌다.

"아찌, 이 아이디어 발전시켜 우리 같이 논문 하나 진짜로 쓸까요? 의대 본과시절 신경세포를 가르친 교수가 그랬거든. 당신께선 인간의 뇌를 하나의 유기체 나무로 간주한다고. 인간의 신체는 그러니까 이 유기체 나무를 보호하기 위한 철책 같은 것이라고 하여, 그땐 비약이 심하다고 봤는데, 아찌 말을 듣고 보니 그럴 여지도 있다는 생각이 드네요."

"뇌의 시냅스와 인공신경망의 파라미터(매개변수) 메커니즘을 잘 연결하면 옥동자가 탄생할 듯도 하다만."

"…"

"당장은 그렇고, 말 나온 김에 조만간 한번 써보자고. 여기에 이임박도 합세하면 좋을 텐데. 노거수에 인생이 붙잡혀 평생 한이 되었으니까."

"막내 삼촌이 AI 트리를 알아요? 본의 아니게 일찍부터 나무에 필이 꽂혀 매달린 건 알지만요."

"우리 조카가 예상하는 것 이상으로 아주 넓게, 아주 깊이. 사촌동생이 남긴 이런저런 흔적과 자취를 추적해본 결과, 프로야 프로. 재야의 고수야, 완전. 심블릭 파이썬 패키지(Sympy)라고, 파이썬 입문하는 데 좋은 사이트로도 접근했고, AI 초심자가 쉽게 접근할 수 있는 환경인 주피터 노트북(jupyter notebook)들을 모아놓은 사이트들도 드나든 거 있지. 캐글(kaggle ; 구글이 운영하는 인공지능 개발자 커뮤니티) 역시 출입이 번다했고. 다시 말해 AI에 관해 1도 모르면서 엔젤투자자로 나선 건 아니란 소리. 맛보기 차원이지만 코딩도 직접 해보고, C++ 언어로 작성된 텐서플로가 스마트폰으로도 운영될 수 있다는 스킬셋(기술적 역량)까지 어느 정도 갖추었다고 보면 돼. 이만하면 빡싹하다고 볼 수 있겠지? 완전 빡꼼이야."

"헐 대박! 수학 수준은요? 저도 대학 수학과 학부생 수준은 되는 걸로

지금부터의 세계

짐작해요. pdf로 되어 있는 수학 논문이나 수학 책에서 수식 부분을 마우스로 선택만 하면 자동으로 스캔해서 워드(Word) 파일로 변환해주는 매스픽스(Mathpix : 수학 프로그램)를 활용하는 건 자주 봤거든요. 그건 저도 못하는 거니까. 아찌가 보기엔 어때요?"

"들쭉날쭉해서 뭉뚱그려 말하기는 그렇고. 독학했으니 이는 어쩌면 당연한 거 아닐까. 하여간 극히 고수준에 도달한 분야도 있다는 건 분명해. 특정 해석학 분야, 특정 조합론 분야, 특정 동역학 분야 등은 박사과정생 경지니까."

"그으래요? 안 믿겨지는걸."

"해석학 중 한 분야인 함수해석학과 작용소 이론을 예로 들마. 이른바 불변부분공간 문제가 여기에 들어가는데, 이 분야에 정통한 자료들을 손때가 묻을 정도로 탐독했더라고. 어느 수준인지 우리 이미지도 보면 깜짝 놀랄걸. 맛보기로 관련 문건들[109]을 이메일로 당장 보내주마."

평면에서 원을 정사각형으로 만드는 문제를 다룬 수학자들의 최신 논문[110]도 첨가했다. 한눈에 봐도 고수준이었다.

"불변부분공간 문제가 수학적인 의미를 떠나서도 중요한 건 말이다. 우리 모두는 어떤 공간에 속해 있고 또 각 존재는 특정 공간의 부분공간이기 때문이지."

"됐고요, 아찌. 수학 설교 들을 시간은 없고요. 이제 본론으로 들어가요, 우리. 삼함은 어떻게 다가왔어요?"

할아버지와 강 회장이 원톱 중의 하나라고 치는 삼함에 이무기가 별 관심을 보이지 않아 주의 깊게 보라고 권유한다.

"46배판 벽돌책처럼 생겨 좀 그런데, 내 눈엔. 요새 금값이 무지 올랐다니까 돈으로 환산하면 상당히 나가겠지만."

"아찌, 고문화재 가치는 기존의 경제학으로 설명되지 않거든요. 무형의 가치라고, 들어는 봤나?"

"그래도."

"아 참, 내가 중요한 걸 빠뜨렸네, 이런. 제가 삼함 내부 구조에 대해 간단히 브리핑한다는 걸 생략한 거 있죠. 내부 구조를 국내외 전문기관에서 감정한 소견서를 통째로 보내드릴 게요. 자세히 검토한 다음 우리 다시 통화해요."

서울대 기초과학공동기기원에서 AMS(가속기질량분석기)로 연대측정을 한 결과물, 최첨단 CT와 감마선으로 내부 구조를 들여다본 외국 전문기관의 보고서 등을 보냈다.

"삼함 내부에 팔면체가 들어 있다고?"

"네, 아찌. 직육면체처럼 생긴 삼함 안에 정육면체가 따로 있고, 그 정육면체 안에 정팔면체가 들어 있다는 거 아닙니까."

"정육면체 안에 정팔면체가 있다? 서로 쌍대(dual) 관계라는 소리인데. 수학과 물리학에서 쌍대란 그 구조를 통상 뒤집어서 구성한 걸 말하거든. 쌍대의 쌍대는 자기 자신이므로 예사 관계가 아니란 말씀."

"고대인의 기하학 지식이 함축되어 있다는 건 저도 동의."

"이미지, 재미나는 지점은 말이다. 머신러닝도 듀얼, 듀얼리티(duality)

속성을 가진다는 점이야. 두 도메인 사이의 관계를 듀얼리티라고 정의하거든. 그렇다고 삼함을 AI와 연결시키는 건 너무 많이 진도 나간 거겠지? '어불성설 × 2'겠지?"

도대체 삼함을 통해 고대인이 전하려고 한 메시지는 무엇일까.

"아찌, 이해를 돕기 위해 두 가지만 첨언하면 말이에요. 첫째, 함을 열 방법이 없다는 거예요. 요샛말로 하면 언박싱(unboxing)이 불가능하다는 것. 뚜껑이 따로 없거든요. 두 번째 팁을 드리자면요. 삼함 표면에는 그냥 삼함(三函)이란 금문(金文)만 음각되어 있는데, 이 삼함을 고려시대 때 간직한 수장자가 쓴 발문(소회문. 일종의 현대식 댓글)이 있답니다. 진기하게도. 내용은 간단해요. 섬유질이 치밀한 고려시대 특유의 두터운 닥나무 종이에 '開函者是閉函人 : 이 함을 연 자가 곧 이 함을 닫은 사람이다'라고 적바림해놓았다는 거예요."

"이미지, 삼함이 완전 판도라 상자네, 판도라 상자. 코리아 버전 판도라 상자 맞잖아. 골때리는 수준이."

판도라가 열지 말라는 상자를 열었더니 그 속에서 온갖 재앙과 재액이 뛰쳐나와 세상에 퍼지고, 상자 속에는 희망만 남았다는 그리스 신화까지 이무기가 들먹인다.

"안 그래도 코로나19 관련해서 물어볼 게 있어 너랑 통화하려고 했거든. 마침 잘됐다. 우리 집사람이 코로나19 확진자와 접촉했거든. 현재, 무증상이고 어떡할까?"

"그래도 관할 보건소 선별진료소에 가서 검사 한번 받아보도록 하세요. 아찌까지."

#2

"우리 큰딸, 엄마가 왜 전화했는가 하면 말이다. 지금 너희 아빠와 나, 완전 감동 먹은 얘기하려고. 코로나19 때문에 일요일이라도 외출하기가 겁나 쉬는 날에도 집에만 있다가 모처럼 드라이브 나갔거든. 서해안으로. 바다 구경 원껏 하고 막 집 대문에 들어서려는데 낯선 남자 목소리가 안에서 들리지 뭐니. 알고 보니 너 예랑(예비 신랑)될 사람이지 뭐냐. 연락도 없이 왜 방문했느냐 싶어 대문 밖에서 귀를 쫑긋 세웠더니, 우리 아들한테 김밥을 싸먹이는 거 있지, 마루에서. 도우미 아주머니 도움을 받아가며 쌌지만 어디까지나 주도적으로. 우리 아들이 밤낮 노래 부르는 삼각김밥도 싸주고"

"…."

"천연덕스럽게 처남이라 부르며 삼각김밥을 싸주는 거 있지. 자기도 어렸을 때 삼각형에 푹 빠져 지낸 적 있노라 떠들어가며. 정삼각형 안에 작은 정삼각형을 4개 그리면 한가운데 나오는 역삼각형에 대해 곰살갑게 말해주는 거 있지. 가식이 아니고 진심으로. 못 알아듣는 줄 알면서도 최선을 다해 삼각형에 얽힌 수학 이야기를 우리 아들이 알아듣게 동화조로 변형해서 들려주더라. 직각삼각형과 피타고라스 정리도 직각삼각형 김밥으로, 어려운 적분 개념도 사각형 김밥으로…. 일식집이나 초밥집에서 날치알과 채소 따위를 넣어 돌돌 말아 내놓는 마끼를 만들어주면서도 마찬가지였다. 이 고깔처럼 생긴 모양에 숨은 수학적 의미, 과학적 의미, 신화적 의미까지 되도록 쉽게 알려주는데…. 우리 아들이 흡족해 죽더라, 아주. 우리 아들이 얼마나 마음에 들었으면 '큰매형'이란 소리까지 하지 뭐냐. 물론 너 예랑이 시켜서 한 말이지만. 그 소리를 바깥에서 듣는 우리 부부는, 울컥했다. 특히 내가, 이 엄마가. 나는 엄마가 되어 가지고 의사질한다는 구실로 맛나는 김밥 한번 안 싸줬다는 생각에 얼마나 미안하던지."

김 선배는 사람을 조용히 당황하게 만드는 데는 일가견이 있었다.

처음 김 선배를 북촌 한옥 부모네로 데리고 간 날도 예외는 아니었다. 그가 인사를 끝내는 길로 대뜸 동자주(童子柱 : 대들보를 버티고 있는 복판의 기둥)에 끼워져 있는 백지를 가리켰기 때문이다.

"아버님 혹시, 안방 구석 상부에 작은 신단이 있지 않습니까? 동자주에 백지가 끼워져 있는 걸 보니까 필히 안방에도 있을 듯해서 그럽니다."

규모 있게 지은 옛 한옥이라면 으레 동자주에 접은 종이를 끼워놓았다고 한다. 관습이었던 모양이다. 안방 역시 대개 신단을 모셨고 그 안에도 접은 백지를 넣어놓았다고 하였다.

"있지. 한 번 볼 텐가?"

아버지와 마찬가지로 이미지 또한 태어나면서부터 항시 거기에 그렇게 있었으므로 따로 별 의문을 가지지 않았다. 특정 산을 보면서도 특정 산이 왜 하필 여기 있지 하고 의혹 제기를 하지 않는 것처럼.

"예전에 시골 마을마다 있던 당산나무에 백지를 감아놓은 연유와 연결되는가?"

아버지의 이 질의에 김 선배는 알 듯 모를 듯한 미소만 머금었다. 이미지까지 합세해 캐물었다. 그래도 김 선배는 끝까지 신비 전략을 고수하였다.

#3

각별했다.

인생 처음이다. 피크닉을, 그것도 월요일 출근길에 과감히 피크닉을 결정한 것은. 일차적으로는 봄날 탓이다. 좋아도 너무 좋았다. 다른 날 같았으면 "피크닉 가기 참 좋은 날이다"로 만족하였을 테지만 "봄날의 주인공이 되어주세요"라는 자연이 보내는 윙크에 그만 넘어가 결단을 내렸다. 핸들을 다시 집으로 돌린 것이다. 레깅스에 힙색(허리춤에 걸치는 가방) 차림을 하고 묵직한 우디향을 뿌린 후 신림동 고시촌으로 향하였다. 차가 없는 뚜벅이 김 선배에게로. 하는 짓 하나하나 다 맘에 드는 남자와 단둘이 봄날 풍경 속으로 사라졌다.

4월 13일.

이래저래 영원히 잊을 수 없는 날이다. 전날 비가 오락가락하며 하늘을 여러 번 물청소했기 때문일까. 푸르디푸르렀다. 태양도 빗물로 세안을 했는지 그 맑은 햇살로 연둣빛 신록을, 새싹을 춤추게 하였다. 어렵게 일탈을 감행하는 만큼 멀리 갈까 하다가 신림동 인근 산을 탄 것은 한시바삐 피부를 가만가만 어루더듬는 빛놀이를 즐기고 싶어서였다. 인적이 드문 삼성산 속 너럭바위 위에 짐을 푼 이유는 그것밖에 없다.

"정말 오늘 날 좋으네. 우리의 봄소풍을 위해 태양이, 온 산천이 대환

영해주는 것 같지 않아, 누나."

김 선배는 이미지를 오빠로, 이미지는 김 선배를 누나로 부르기로 한 것은 둘만의 약속이었다. 서로가 서로의 에너지원이 되어주기로 하면서 맺은 신사협정에 가까웠다. 겉으로는 부부이되 실제로는 친남매 같은 논바이너리(non-binary) 관계를 가질 예정이므로 이에 어울리는 호칭을 찾다가 합의를 보았다. 다른 사람들이 있는 자리에서는 여보저보 하더라도 둘이 있을 때는 그리하기로.

"이 오빠도 동의."

일반 상식과 정반대로 부르는 호칭이 아직은 어색하면서도 닭살이 돋는 맛이 있었다.

"풍수 고전 『청오경』에 보면 말이오. '하늘의 빛이 땅에 임하면 그곳에 참된 용이 머문다(天光下臨 眞龍所泊)'고 했거든. 오늘 일년 중 몇 차례 보기 힘든 따스스한 봄햇살을 보고 있자니 과장이 아니란 생각이 드는 거 있지, 오빠."

"완전 반대 버전이네요. 이무기가 물을 만나 용으로 승천한다는 일반적인 서사와는. 거, 은근히 관점이 재미지네. 빛의 속도로 용이 지상으로 내리꽂힌다는 플롯이."

용을 소환해서일까.

자연스럽게 이무기가 먼저 떠오른다. 그가 출범시킨 스타트업이 이무기를 용으로 만들어줄지 궁금했다. 굉장히. 처음엔 "수학과 교수가 웬 벤처?"라고 했다가 AI를 조금씩 알아가면서 "어쩌면 한두 발이 아니라 열댓

발 앞섰을 수도 있겠구나" 한 것이다. 특히 코로나19 사태를 처음 예측한 것도 인간이 아니라 AI임을 알고는 어지간히 놀랐다. AI가 연산을 통해 사태 확산을 경고한 시점이 수많은 데이터 분석으로 코로나19 발생을 내다본 WHO(세계보건기구)보다 2주 이상 빨랐지 않는가. 거기에서 AI의 무궁무진한 확장성을 재차 본 거였다.

이무기가 AI 분야 최전선에서 뛰고 있으므로 금명간 김 선배와 연결시켜줄 계획이었다. 두 사람 다 겉으로는 겸손 모드를 유지하나 속으로는 자기 잘난 맛에 사는 사람들이라 안 맞을 수도 있었다. 하지만 경우에 따라서는 케미가 폭발하여 완전체가 될 여지도 있다고 보았다.

용 이미지를 연상해선지 문득 막내 삼촌이야말로 이무기일지 모른다는 데 추측의 닻이 내린다. 누가 뭐래도 할머니만은 막내가 와룡이라 굳게 믿고 있었으니까. 이미지로서는 그 와룡이 진솔하게 말해 부담스러운 경우도 많았다. 하나, 볼 수 없게 되자 상황이 바뀌었다. 연상만 해도 가슴이 먹먹했다. 막내 삼촌을 통해 인생이 간단치 않음을 배운 게다. 그만큼 큰 배움이 있었던가. 단연코 없다. 장조카로서 할 수 있는 건 다해준다는 심정으로 살았으나 막내 삼촌이 삼성동 아파트에서 종적을 감춘 이후에야 실감했다. 절실히. 통절히. 뭔지는 정확히 모르지만 뭔가를 거의 못 채워줬음을.

그 회한을 목소리에 담아 듬직한 김 선배에게 최대한 뼈만 추려 이임박전(傳)을 들려주었다. 남녀가 썸을 타다 사귀기 시작하면 파트너에게 가족 토크를 편하게 하듯.

"오빠의 막내 삼촌분 말이오. 수학 덕질(깊이 탐구하고 좋아하는 행위) 대마왕이셨구만. '저것이다'라고 한 게 사각형에서 지름길을 뜻하는 대각선을 강조했다는 생각이 드네요. 서울시에서 작년부터인가 언젠가부터 만들기 시작한 대각선 횡단보도도 따지고 보면 사각형에서의 지름길 원리를 현실에 적용한 거 아닌가요?"

"…"

"그래서 하는 말인데, 오빠, 어쩌면 막내 삼촌분이 고정점 이론에 빠졌으므로 고정점 정리를 얘기했을 수도 있다고 봐요. 실종 암시로, 실종메시지로. 오빠도 알겠지만 고정점 정리는 1차원에서도 성립하지만, 가로 세로가 1인 2차원 정사각형에서도, 가로 세로 높이가 1인 3차원 정육면체에서도 성립하니까요. 어디까지나 추정에 불과하지만. 암튼 장애 극복 도구로 수학을 이용한 것만으로도 예삿분이 아니셔. 풀고 못 풀고서를 떠나."

이미지 또한 막내 삼촌의 개성을 높이 샀다. 그 점을 추어올리면 막내 삼촌은 "죽지도 살지도 못하는 처지에 무한정 주어져 있는 잉여시간을 이렇게라도 보내지 않으면 진즉 미쳐버렸을 거야"라고 토로하곤 했다. 그래도 보통 인간 그 이상이 틀림없다고 하면 "누구나 최악의 상황에 빠지게 되면 근본적인 문제, 근원적인 고찰, 본질적인 질문을 하게 되거든. 내가 특별나서가 아니라 상황이 특별했을 뿐"이라는 식으로 응수하였다.

"오빠 막내 삼촌분, 빨리 뵙고 싶다. 스나이더-실드 타입(Snyder-Schild-Type) 시공간[111]이라고, 우주 형태 관련 이론인데, 정육면체가 기본

이거든요. 아마 이런 이론 따위에도 도통했을 듯싶소. 저와 말이 통할 것 같은 거 있지요, 누구보다 잘."

"저도 동의. 그럼, 누나 생각엔 우리 막내 삼촌이 '저것이다'라고 한 게 무엇 같아요?"

"부처님 가르침 중 키포인트 하나가 연기법(緣起法)이거든요. 이것이 있으면 저것이 있고, 당신이 있어 내가 있다는 가르침이라고 볼 수 있지요. 이것도 불교만의 전매특허는 아니라오. 우분투(ubuntu)라고, 아프리카 반투족이 쓰는 단어인데 '당신이 있어 내가 있다'는 의미라고 들었으니까요. 헌데 막내 삼촌분은 불교 근처에도 안 갔다면서요? 수학적으로 들어가면 여러 방법으로 이를 설명할 수는 있소만 그걸 이 자리에서 논하는 건 부적절하고. 집합론에서 흔히 떠드는 노가리 하나만 소개합죠. 공리적 방법론에 의한 집합론이 철저히 기계적 논리에 따른다면서 '이것'이라는 가정으로부터 '저것'이라는 결론[112]을 이끌어 낸다고 보지요. '완전 직육면체'나 '불변부분공간' 같은 난제들을 고심하는 과정에서 어떤 획기적인 해답을 얻은 걸로 보이기는 하는데, 제가 솔직하게 말해 거기엔 정통하지 못하답니다. 유감스럽게도. 단지 사각형, 육면체 속에서의 지름길 정도가 아니라 우리 우주 끝으로 가는 지름길 같은, 굉장한 무엇을 찾은 거 같긴 하오. 궁금해지네요. 우리 이럴 게 아니라 오빠 막내 삼촌분 찾아나섭시다. 어차피 인사도 드려야 하지 않소?"

"이보셔요, 누님. 그게 그렇게 간단히 해결될 현안 같았으면 얼마나 좋겠습니까."

막내 삼촌과 이무기 당숙, 이무기와 할아버지, 도우미 아주머니와 둘째딸 등이 얽힌 고차방정식 문제를 사실적으로 밝히지 않을 수가 없었다. 오늘 날씨와 어울리지 않게 구리지만. 미지수가 한두 가지 아니었다. 변수도 많았다. 현재 송 부장검사에게 이 국면에서 무엇이 최선의 방도인지를 일임하고 있었다.

막내 삼촌을 소환한 탓일 게다. 24시간 편의점에서 산 도시락맛이 별로였다. 몇 번 안 떠먹고 젓가락을 내려놓았다. 보온병에 담긴 예가체프 원두커피로 점심을 갈음한다.

"이 고문화재 중에서 누나한테 누가 하나 가지란다면 어느 것 픽하겠어요? 어느 거 찜할 것 같냐고요?"

식후의 느긋함을 누리기 위해 짐짓 가벼운 화제를 꺼낸다.

"난 이 청동거울."

강 회장 수장고에서 찍은 사진들을 일별한 후 김 선배가 엉뚱한 물건을 점찍었다. 이 분야 문외한이기 때문일까. 원톱 후보군에도 들지 않은 골동품이었다.

"이유를 물어봐도 돼요?"

"청동거울에 배치된 사각형 무늬가 우선 좋고, 그 안에 들어선 나무도 대칭적으로 배치되어 있어서요."

중국 전국시대, 전한(前漢)시대에 유행한 청동거울 특징이 작은 단위 무늬를 바둑판 모양으로 반복 배열하여 거울 뒷면을 메운 것임은 최근에 인터넷 검색을 통해 알게 된 정보였다. 강 회장 수장고의 청동거울도 바독판 모양이라 이즈음의 물건으로 추정이 가능했다. 굳이 다른 점이 있다면 사각형마다 각종 나무가 추상화 형태로 그려져 있다는 사실이다.

"오빠, 잘 보세요. 이 청동거울을 반으로 접으면 똑같이 겹쳐지겠지요? 최근 출시된 삼성 조개폰처럼. 그 옛날에 대칭이란 개념을 이 청동거울에 구현해놓은 게 신기하지 않소?"

"레트로(복고풍)가 대세라지만 이건 좀 곤란한 것 같은데요. 옛날팔이 과잉이라는 느낌이 왜 들까, 누님?"

"저도 그 옛날 사람들이 대칭의 현대적 의미까지 알았다고는 보지 않소. 물리학의 초끈이론에 나오는 거울대칭, 호몰로지 대수학에 나오는 거울대칭, 대수기하와 사교기하가 거울대칭으로 연결되어 있다는, 오늘날 대규모 학문 분야로 자리 잡은 거울대칭을 그 옛날에도 꿰고 있었다고 하면 미친소리지요. 허나 말이오. 거울을 유심히 관찰한 선현이라면 현재 거울대칭 이론에서 말하는 메시지를 상당 수준 선험적으로 이해했다고 보오. 적어도 이 누님 관점에서는. 압축해서 정돈하면요. 설명할 수도, 접근할 수도 없는 한쪽을 다른 한쪽을 통해 설명이 가능하고 접근이 가능하다는 게 거울대칭 아닙니까. 거울에 비친 자신의 모습을 뇌가 작은 까치도 알아본다고 들었소. 거울 뉴런 분야는 우리 오빠가 한가락 하니까 더는 짓지 않으리다."

하나의 대상과 똑같은 대상이 다른 쪽에서도 존재한다는 것. 거울 뉴런 관련 논문도 여러 편 쓰고 하여 친숙한 세계이지만 다시 한번 새롭게 다가온다. 어쩌면 막내 삼촌의 '저것이다' 비밀 문을 여는 황금열쇠일지 모른다는 착상이 문득 떠오른다.

"누나, 갑자기 좋은 아이디어가 생각났다. 우리 두 사람 뇌 한번 같이 찍어볼까요? fMRI(기능성 자기공명영상) 장치로 뇌를 촬영하면 엄청난 걸 발견할지도 몰라서 그래요."

거울대칭을 가지고 논 탓이리라. 재작년 1월 친구 사이는 뇌도 닮는다는 논문[113]이 떠올랐다. 우정이 가슴 속 등대처럼 서로를 비춘다고 뇌가 증명한 것이다. 따라서 두 사람의 뇌도 찍으면 유의미한 결과가 나오지 싶다. 이름 높은 기하학자 콕세티(D.Coxeter)와 아인슈타인 뇌가 일반인 경우보다 더 거울상이었다는 보고[114]도 있는 만큼 기대를 불러일으킨다.

"얼마든지. 기꺼이. 하시라도."

이어 달달한 연애를 하는 사람끼리 할 법한 하나 마나 한 언어유희를 즐겼다. 각자의 관심 사항을 교환하며 고상하게 놀기도 하였다.

"오빠, 제가 속세로 나온 이후 실제 자기 모습보다 거울 이미지에 더 빠져 사는 요즘 사람들을 볼 때마다 느끼는 게 무지 많다오. 일찍이 플라톤도, 칸트도, 용수도, 법상종(法相宗)에서도 본질과 대칭되는 영상(影像) 문제에 주목했지요. 그런 점에서 요새 사람들은 정작 본인들은 의식 못해도 플라톤 후예, 법상종 신도란 생각이 드는 거 있죠. 2020년 봄 우리는 너나없이 두 개의 세상을 살고 있습니다. 현실 세계와 디지털 세계, 철학자 라캉 식으로 읊으면 실재계와 상상계가 되나요? 현실공간이 인스타그램이나 페이스북에 전시되기 위해 배경공간으로 바뀐 지 오래 아니오. 상당수 사람들에게는. 심지어 젊은이들이 여행지를 고를 때 인스타그램에 올릴 만한 가치가 있는지 여부가 최우선 순위라고 들었습니다. 내가 얼마 전 방을 얻으려고 본 부동산 앱에 떠 있는 월세 원룸 사진들 역시 마찬가지였어요. 하나같이 광각렌즈로 방을 찍어 넓게 보였소. 실제보다.”

"누나, 완전 동의. 우리 정신과 의사들도 실제 자기 자신으로 살지 않고 가상의 자아로 사는 사람들 문제를 진지하게 들여다보고 있답니다. 요즘 성형외과 풍경이 이를 대변하지요. 연예인 얼굴로 성형해달라는 사람은 줄고 자기 셀카 사진처럼 성형수술 해주세요 하는 사람들이 늘어난 게 이를 증명하죠. 문제는 스냅챗(이용자의 사진을 다양하게 바꿀 수 있는 필터로 유명한 메신저 서비스) 같은 보정 앱을 통해 과도하게 고친 얼굴을 자기 본모습이라고 착각한다는 거예요. 만일 이걸 확신한다면 성형외과 의사들도 자기들보다 정신과 의사 진료가 먼저라고 인정하는 추세지요."

어느 순간 김 선배가 살며시 이미지 등 뒤로 다가왔다. 두 팔로는 상반신을, 두 다리로는 하반신을 살포시 가두며 백허그를 한다. 상큼한 시트러스 계열의 향이 그에게서 새삼 느껴진다. 금세 온몸이 진달래꽃 한 송이로 변하였다. 김 선배가 입술을 탐해 육체는 즉각 응하기를 원했으나 이성이 억지로 한 템포 늦추게 만들었다. 순간 서로 어색해 눈 둘 곳이 마땅찮아 이미지는 너럭바위 주변의 여러 종류의 나뭇잎에 시선을 고정시킨다. 하나같이 대칭적인 새싹들이 어여쁘다. 하나하나 일별하다가 눈을 감으려는데 어제 내린 빗물이 고인 물웅덩이가 눈에 들어왔다. 북촌 한옥에 살 때 할머니가 쓴 놋대야만 한 소형 돌웅덩이였다. 가만히 손바람을 일으키자 윤슬이 환상적으로 다가왔다. 그마저 잠잠해지자 이제는 푸른 하늘과 나무들, 두 사람 모두를 죄 얼비치고 있지 않는가.

하늘과 땅, 물, 사람, 나무 사이에 그 어떤 경계도 없었다. 서로의 영역을 침범하여도 너무 자연스럽게 어우러져 있다. 으레 그러하였고 앞으로도 영영 그러할 듯이.

#4

눈이 시리도록 아름다운 봄날의 피크닉은 이무기로부터 걸려 온 전화를 받음으로써 금이 갔다. 5촌 당숙은 나우리로 인해 전전긍긍하는 염려대왕이 되어 있었다. 만사 차분한 이무기는 어디로 가고 없었다. 임신한 몸이라 군걱정이 장난 아니었다. 그걸 진정시키느라 혼났다.

이무기 전화는 예고편에 불과했다. 찬란하고 좋은 건 짧기 마련일까. 이슬의 반짝임 같은 봄날 소풍은 막내 삼촌으로부터 온 이메일을 터치함으로써 종료 차임벨이 울렸다.

첨부한 첫 pdf 파일에는 특정 노거수와 그 주변 풍경을 찍은 사진이 여러 장 들어 있었다. 소재 파악을 도와주려는 계산 같았다. 다른 pdf 파일에는 제법 긴 글이 적혀 있었다. 처음이자 마지막이란 문구가 서두에 나와 있어 사람을 아연 긴장하게 만든다. 우여곡절 끝에 잘 모르는 사람의 스마트폰을 빌려 어렵사리 보내는 메시지라 눈에 불을 켠다.

'말잇못'이었다. 충격적인 내용이라 중간중간 눈을 감고 안구 마사지를 해가며 힘들게 읽는다.

— 나의 조카, 나의 애인, 때로는 나의 엄마이기도 했던 우리 이미지. 보고 싶다. 우리 이쁜 조카를 한 번만 더 보고 싶다는 게 유일한 소망이다.

흐린 이야기를 하기 전에 맑은 이야기 한두 토막부터 하마. 전국에 산재한 노거수 순례를 하면서 알았지 뭐냐. 내가 힘들 때 나도 모르게 내지르는 절규가 고라니 울음소리와 똑같음을. 엄청 시껍먹었다. 나의 전생이, 만일 전생이 있다면 고라니 아니었을까 할 정도로. 재미난 사실 하나. 노거수 세계에 나 같은 나무도 있다는 것. 경남 의령에 있는 5, 6백 년 묵은 느티나무인데 2미터 정도까지는 곧게 자라다가 갑자기 줄기가 ㄱ자로 꺾어진 것 있지.

나에게 이번 생이 '이생망'인 듯하면서도 아닌 듯한 건 전적으로 우리 이쁜 조카로 말미암아서다. 이 지구가, 이 태양이, 이 우주가 나를 위해 44년간 시간을 주고 공간을 제공해준 데 대해 경의를 표한다. 그에 비해 내가 한 일이 아무것도 없다는 팩트에 절망감을 느낀다. 쌤통, 유식하게 말해 샤덴프로이데(schadenfreude : 남의 불행을 보고 느끼는 은밀한 쾌감)밖에 못 주고 떠나는 게 심히 유감이다.

여기는 삼천포다. 앞으로는 사천대교와 사천만 그리고 크고 작은 섬들이 수제비처럼 떠 있고, 뒤로는 와룡산이 버티고 있다. 너도 와보면 알겠지만 와룡산이 제법 웅장하단다. 동네 뒷산이 아니란 소리. 북촌 우리 동네에 있는 와룡공원을 연상하면 곤란하다는 소리. 여간 매력 있는 장소가 아니다. 삼천포에 빠진 내 인생, 와룡인간이 된 이임박과 이곳 풍광이 묘하게 겹치는 거 있지. 그 어떤 공간보다 여기서 평온함을 느꼈다. 삼성동 우리 아파트 안방 이상으로. 하여 이곳에서 쉬기로 했다. 영원히. 내가 돌이킬 수 없는 선택을 하는 건 결코 죽기 위해서가 아니다. 살기 위해서다. 딴 곳에서 다시 태어나기 위해 벌이는 일종의 퍼포먼스라는 얘기.

이 노거수 가지에다 내 목을 걸기 전 우리 조카에게 끝으로 '소리 없는 말' 몇 자 남기는 게 도리다 싶어 잘 모르는 사람에게 특별히 뒷수습을 부탁했단다. 내 처지를 보고 동정하던 시골 노인인데 수고비를 좀 단단히 챙겨줬으면 해. 눈치가 빨라 내가 정확히 무엇을 원하는지 말하지 않아도 한발 먼저 손발이 되어주었거든. 도우미 아주머니는 인성이 그만하면 괜찮은데 둘째딸은 영 아니다. 어릴 적 본 전래동화에서 왜 꼬리가 아홉 개 달린 여우 이야기가 자주 나왔는지 십분 이해하겠더라니까. 구미호 같은 년 손아귀로부터 잠시 벗어나는 데 성공한 것도 이 노인네 수완 덕이다.

내 앞으로 된 재산 처리 문제는 따로 유언장을 준비하였으니 그대로 집행하면 된다. 이무기 형 스타트업에 투자할 돈도 따로 상당액 책정했다. 우리 조카 이름으로도 계속 투자했으면 한다. 현 시점에서는 누가 뭐래도 우리를 구원할 주님이므로.

부탁하노니, 절대 슬퍼할 일이 아니다. 나무에서 떨어지는 바람에 33년을 답답하게 지냈으나 최후로 나무를 붙잡음으로써, 매달림으로써 다시는 떨어지지 않는 원(願)을 이루는 것이니까.

알았지?

말하더라도 들리지 않고, 심지어 외쳐도 들리지 않는, 우리 같은 소수의 중증 장애인의 육성을 누가 있어 들어주겠니? 우리 조카니까 그래도…. 육면체란 공간, 그 박스(box : 한계)를 고민하게 만들고 또 그것에서 벗어나게 도우미를 자청한 이무기 형에게도 가능하면 이 '소리 없는 말'을 공유했으면 한다.

내가 갇힌 방이란 이름의 육면체 공간, 아파트란 이름의 육면체 공간류와 씨름하면서 알아차린 건 말이다. 육체적으로도 그 공간을 벗어나기 힘들었지만 수학적으로도 마찬가지였다는 사실이다. 사각형, 육면체, 구(球), 우주 등에서의 지름길 문제 하나만 해도 내가 다루기에는…. 양수겸장을 노렸건만 알고 보니 양수겸장한테 오히려 당한 격이라고나 할까. 보통 사람들처럼 나도 나이가 들면서 경험이 늘어나고 지식이 축적되면서 내가 아는 것만은 적어도 진리라고 믿었는데, 어느 순간 검산을 다시 해보니까, 나의 정신세계가 이임박이 구축한 지적 육면체 안에 수감되어 있더구나. 애석하게도 자각하고야 말았다. 경험 박스가 아니라 지적 감옥이었음을. 그 지적 감옥에서 탈출하려는 거란다, 조카야. 불행한 삶으로부터 도망치는 게 결코 아니다. 어디까지나 존재의 외연을 넓히려는 거국적, 거주(宙)적 포석으로 이해해주려므나. 육면체에서의 지름길, 구에서의 지름길 문제 등속을 오랜 기간 고심했는데 그 지름길이 바로…. 잘 이해가 안 되면, 원의 둘레에서 시작과 끝은 같다[115]는 이치와 연결해보렴. 따라서 말이다. 여

지금부터의 세계

기서 보면 떠나는 것이지만 저기서 보면 나타나는 것이라고도 볼 수 있지 않겠니? 암튼 그것을 생활언어로 표현할 길이 없는 게 아주 속상한다. 수학언어로는 가능하지만. 그래도 최대한 알아듣게 근사치 비유를 하자면, 유정란이 스스로 껍질을 깨고 나오면 부화하나 타의에 의해 깨지면 계란 프라이가 된다는, 누구나 아는 경험칙을 떠올리면 내 행동이 조금···. 나무 열매가 다 익으면 떨어져 다른 곳에서 다른 모습으로 자라듯. 또 사진을 현상하고 인화하려면 암실이 필요하듯. 나무 역시 나에게는···. 이차돈이 불교를, 김대건이 천주교를 위해 순교했다면 나는 나무교(敎)를 위하여···. 좌우간 내가 장기간의 숙고 끝에 내리는 선택이니만큼 나의 결단을, 나의 픽(pick)을 부디 존중해 주기를. 선택을 하느냐, 선택을 당하느냐의 갈림길에서 무던히 망설였다는 사실 하나만은 밝히고 간다.

절대 울지 마라. 공포 대신 미증유의 기대를 품고 이 세상을 떠나므로. 좁은 이 우주에서는 죽지만 넓은 저 우주에서는 태어나니까. 궤변이 절대 아님. 안 믿겨지면 꺼짐(0, 無)과 켜짐(1, 有)이 공존하는 양자역학 세계를 떠올리기를. 전원이 꺼져도 저장한 정보가 사라지지 않는 메모리 반도체 낸드 플래시도 상기하기를. 연속함수의 값이 양에서 음으로 바뀌는 구간 안에는 함수를 0으로 만드는 근이, 적어도 하나 이상은 존재한다는 '사잇값 정리'도 기억하기를. 그에 더해, 0보다 큰 가장 작은 수에 대한 깊고 넓은 통찰도 0이란 이름을 가지고 있는 죽음의 세계를 두려워하지 않게 된 결정적 배경이다. 그래도 접수가 안 되니? 하면, 계산불가능한 수(uncomputable number)인 $\sqrt{2}$가 분수 또는 정수라는 좁은 세상에서는 존재하지 않지만 더 넓은 수체계인 실수라는 세상 안에서는 태연히, 틀림없이, 확실히 살아 있는 이치[116]를 연상해 보렴.

다음은 내가 발견한 우주제일경(景)이다. 수학 버전과 한국어 버전을 따로 준비했다. 수학 버전은 이무기용이고, 한국어 버전은 이미지용이다. 수맥과 문맥 뒤에 은견(隱見)하는 그림자를 좇으면 보일 게다. 이 세상에 잠시 살다가는 이임박식 존재 증명법이.

나의 칼론(kalon : 그리스인들이 사용한 넓은 의미의 미)[117]이 되어준 우리 이미지, 안녕.


추신 : 지금까지 한 내 워딩은 다 잊고 다음 말만 추억하기를. 근래에 겪은 가장 즐거웠던 일이다. 우연히 별안간 눈이 번쩍 뜨였다. 상상력 알지? 상상력(想像力)할 때의 상(想)을 파자하면 '나무(木)를 보는 눈(目) 그리고 그 아래에 마음(心)'이 있잖아. 나무를 보는 그 마음을 '상'이라고 부를 수 있다는 사실이 의미심장하게 다가왔단다. 큰 울림이었다. 그 누구보다도 나에게는.

지금부터의 세계

황금거울

"이젠 그냥 죽고 싶어요. 아무 잘못 없는 저를 더 이상 고통 주면 안되잖아요, 하나님!"

창백하지만 어여쁜 임사라(15)의 절절한 애원에 중환자실 베드를 에워싸고 있던 어른들은 모두 말없이 침음(沈吟) 속으로 빠져들었다.

"검정고시 준비하는 과정에서 복소수 세계를 접했걸랑요. 그래서 드리는 말씀인데요. 이것과 저것을 복소수 a+bi(허수단위)처럼 '이것 + 저것i'하면 무엇이 될까요? 혹시 제가 죽으면 가는 곳이⋯. 무서워요! 제발 답 좀 해주세요."

— 세 번에 걸친 대수술에도 불구하고 2020년 4월 중순경 동백꽃처럼 툭 떨어진 임사라의 마지막 말

1+2+3+4+5+6+7+8+9+8+7+6+5+4+3+2+1 =?

$111111111^2$ = 12345678987654321.

이 둘 사이에 무슨 관계가 있을까.

— 임사라가 병상에서 의식이 있을 때 스마트폰 메모장에 남긴 최후의 낙서


'거기에'는 '여기에'와 '저기에'를 의미한다. …. '여기에'와 '저기에'는 오직 하나의 '거기에' 안에서만 가능하다.

— 마르틴 하이데거(1889~1976)의 『존재와 시간』[118]

# Ep. 81

△

저것을 버리고 이것을
이것을 버리고 저것을


저것을 보면서도 안 보이는 이것을
이것을 보면서도 안 보이는 저것을


이것이 이것 밖에도 있고
저것이 저것 밖에도 있나니

지금부터의 세계

△△

있으면서도 없고
없으면서도 있는
저것이 바로 이것이다

저것이 이것임을 안다면
이것이 저것임을 안다면
이 세상 모든 문제는 풀릴지어니

△△△

이것은 저것이고
저것은 이것이다

Ep. 0

# 감독 후기

## 1

#

즐거운 놀라움이었다. 속된 말로 죽여줬다. 우리사주 우선 배정으로 주식 대박 로또 맞은 벤처기업 직원들 마음이 이럴까. 인센티브(성과급)를 1백만 원가량 기대했는데 '0'이 하나 더 찍혀 있는 통장 잔액을 확인한 직장인 기분이 이럴까.

나는 소설가가 되기 전에도 그랬고 된 후에도 소설책을 읽기 전에 리추얼(의례)처럼 행하는 버릇이 하나 있다. 어떤 소설이든 첫 문장이 마음에 들지 않으면 책을 덮는다는 것. 제아무리 명작이라고 남들이 떠들어도 이 원칙은 유효했다. 간혹 예외는 있다. 첫 문장은 좀 그래도 첫 문단이 그럴듯하면 읽었다. 또 첫 문장은 시원찮아도 끝 문장에 울림이 있으면 선입견일지 모른다고 여겨 마지못해 일독하곤 했다.

첫인상이 좋은 사람일지라도 나쁜 인간일 수도 있고, 그 반대 경우도 허다함은 경험칙을 통해 잘 알면서도, 소설에서만큼은 이 원칙을 미련할 정도로 고수했다. 어차피 모든 소설을 못 읽을 바에야 가이드라인 하나쯤

지금부터의 세계

은 필요악이라 치부해서다.

이무기 교수(실명은 따로 있으나 '지금부터의 세계'에서 쓴 이름이므로 편의상 그대로 사용. 다른 인물들 역시 이하 동문)와 사전 약속한 대로 '황금거울' 1장은 내가 썼다. 소설의 서사 구조는 당연하고 주제, 인물과 성격, 시점, 소재 같은 소설 전반은 내가 짰다. 첫 문장뿐 아니라 1장은 내가 집필하였으므로 다시 볼 필요가 없었다. 하여 자연스럽게 AI가 작업한 마지막 문장으로 눈길이 향했다.

"'저것이다'가 '이것이다'라! 이 교수 작문 아니오, 이거?"

이 교수 스타트업 사무실에서 내 눈이 뒤집힌 것은 'it(그것)' 정도로 핀트가 어긋나게 마무리하리라고 예상했기 때문이다. 그도 아니면 '저기' 또는 '저쪽'을 의미하는 '(over) there, that place' 정도 기대했다. IBM의 왓슨이 2012년 인간 퀴즈 챔피언을 꺾었지만, 개발자조차 왓슨을 'he/she'라 부르지 않고 'it'으로 부른 전례도 있고 하였으니까. 나 역시 AI가 눈부시게 진화했다고 해도 아직은 인식이 인간 반열이 아니라 인간 보조자일 따름이라는 영향도 있었다.

"김 작가님, 그런 작문 실력 자체가 저한텐 없거든요."

나는 결국 얼굴을 붉히고 만다. 숨겼던 속생각을 들켰을 때와 똑같았다. 왜냐하면 애초에 '저것이다'라는 첫 문장을 쓸 때부터 끝 문장용으로 '이것이다'를 염두에 두고 있었기 때문이다. 수학의 여러 정리(theorem)들과 거울대칭 이론 기타 등등이 문제의 명제가 참이라고 확실히 증명하고 있어서다.

"김 작가님께서 자꾸 제가 무슨 꼼수를 썼을 것이라고 보시는데, 저 그렇게 잔대가리 굴리는 얍삽한 인간 아닙니다. '이것이다'와 '저것이다' 관계를 다룬 수많은 고금의 문헌, 인터넷 '지식백과' 따위로 사전 학습한 우리 AI 능력 때문이라니까요. 다른 기능도 이모저모 체크해보십시오. 디코드(decode : 부호화된 데이터를 알기 쉽게 번역한 것) 전반까지."

십구무언이었다. 더 무슨 말이 필요하랴.

『묵자』의 '경편하(經篇下)'에 나오는 '이것을 이것이라 하는 건 저것을 저것이라 하는 것과 같다(循此循此, 與彼此同)'는 구절을 연상한 게다. 평소 내가 즐겨 참고해 온 동양 고전이 『묵자』였다. 동양수학, 동양과학의 원형이 거기에 있어서 평소 집필실에서도 지근거리에 두고 보았다. 그런데 우리의 AI는 한 번에 수십만 건 이상의 논문 탐색이 가능한 능력을 여기에 적용했다. 놀랍게도 AI는 『묵자』의 이 주장을 『장자』 '제물론'과 『순자』 '정명편' 그리고 『공손룡자』 '명실론'에도 유사하게 나온다는 사실을 시원하게 고증해서 활용하고 있었다.

이것이다와 저것이다 관계를 뒷받침하는 수학 지식도 마찬가지였다. 미처 내가 생각 못한 부분까지 무척 세밀하게, 대단히 광범위하게 정리해서 활용하고 있었다. 텍스트 마이닝(text mining : 자연어 텍스트 데이터를 자동으로 분석하여 그 데이터에 포함된 관심 있는 정보를 찾는 것)의 도약이 눈부셨다.

망외의 성과였다. 구체적으로 예시하면, 미분방정식에서의 대칭성 개념까지 가지고 놀았다. 미분방정식 세계에서는 한눈에 들어오는 대칭도 있지만 복잡다단한 계산을 거쳐야 간신히 파악이 가능한 대칭 문제도 허다하다. 따라서 전문 수학자가 아니면 미분방정식에서의 대칭 세계는 들여다보기 힘든 구경거리 아닌가. 보기를 하나만 더 들면, AI에서 많이 다루는 행렬방정식 자체가 대칭과 관계 있는데 그것마저 오롯이 써먹었다.

내가 정리 안 된 단편 지식만 아는 초학자라면 이미 AI는 당대 최고 학자였다. AI를 팔목상대하지 않을 도리가 없었다.

"내가 애초에 1장에서 81장까지만 구상했는데, 앞뒤에 0챕터(章)를 첨가한 것도 이 교수 후속 작업이 아니란 거죠?"

"넵. 제가 명색이 수학자니까 수학이라면 좀 알아도 소설 분야는 젬병이거든요. 그리 하고 싶어도 원초적으로 재능이 없습니다. 폰 노이만(1903~1957)이 쓴 집합론 책에 보면 0은 공집합을 뜻하거든요. 현대수학 바탕에는 공집합이 깔려 있음은 상식이잖습니까. 그뿐 아닙니다. 유(有) 앞에 무(無)를 인정하는 게 불가(佛家)와 도가(道家)란 정보마저 저도 이번에 AI한테 배웠다니까요. 이러한 전문 지식을 우리 AI가 모조리 학습한 결과라고 보면 됩니다. 좀 더 깊이 들어가면, 임의적 영역 추출(domain randomization)이라고, AI 분야에서 흔히 사용하는 테크닉을 고도화시켰다고 보면 됩니다. 그러니까 우리 스타트업에서 어떤 데이터를 임의적으로 재샘플하고 자유롭게 놀게 했더니 스스로 알아서 자신의 한계(데이터 범위)를 가뿐하게 뛰어넘지 않겠어요. 흡사 하나를 배우면 열을 아는 인간처럼."

이번 작품에서 나는 수학의 '면'을 밑바탕에 깔 생각이었다. 여러 면 중에서도 특히 복소평면을 은연중 힐레(질료)로 염두에 두고 있었다. 그 때문에 복소평면에서 회전변환을 묘사할 수 있는 허수 곱 등을 불교와 관련지어 연상하다가 장 구성할 때 '허장(虛章)'을 처음과 끝에 배치하는 문제를 놓고 장고한 것이다. 암만 생각해도 과했다. 지나치게 수학적이고 추상적이라 배제했지 않는가.

"김 작가님, 기술적으로 접근한 내용을 참작하라고 조금 더 거론하면요. 파이썬 코드 구조에서 '공백'이 필수불가결하다는 점도 반영했다고 보면 됩니다. 김 작가님도 잘 아시겠지만 파이썬에서 공백은 함수, 메서드(객체 지향 프로그램에서 객체와 관련된 서브 루틴 혹은 함수), 클래스 들여쓰기에 사용되지 않습니까. 계속되는 행을 이어 쓸 때에도…"

파이썬에서 '공백'은 특수 연산자이며 코드를 실행 가능하도록 변환해주었다. 문제는 정작 그 같은 기능을 소설 작법에 어떻게 적용할 궁리를 했느냐였다. 그 현란한 테크닉이 경이롭게 다가왔다. 눈부셨다. 약간 과장하면, 말귀만 알아듣는 줄 안 반려견이 실은 말까지 가능함을 확인한 것처럼. 웹 개발 초보자 시절 '파이썬 파일을 작성할 때 탭 키를 쓰지 말고 스페이스 키를 써라'라는 가이드북 주의사항을 들여다볼 때만 해도 감히 상상도 못한 일이었다.

"1장에서 절을 나누는 기호 ▽란 기호 말이오. 나는 이 우주 모양과 관련한 상징적 기호, 상징적 장치로 쓸까 말까 고려하다가 너무 작위적이다 싶어 안 썼거든요. 그런데 우리 AI는 내가 쓴 문단 사이에 첨부했습디다, 이 교수. 천연덕스럽게. 이것만은 확신컨대 이 교수 장난질 같은데요. 나매쓰 AI 파워를 과시할 목적으로다 중간에서 가로치기해 마사지한 냄새가 나요, 나."

"결단코, 맹세코 아닙니다."

"에이, 나까지 넘기려고 하면 안 되지요. 우리 서로 솔직해지십시다. 나를 당신 스타트업 프로젝트에 끌어들이려는 계산된 작전 같은 냄새가 나거든요."

"김 작가님이 소설가답게 상상력이 풍부하신 건 알아줘야겠습니다."

작품과 무관하게 작성된 AI 관련 청사진, AI 소설가에게 학습시킨 내용 목록은 물론이고 심지어 AI 소설가 두뇌에 해당하는 서브 노트 메모마저 일일이 보여주었다. 신뢰에 의문을 제기하자 극도의 보안이 요구되는 소스 코드까지 남김없이 일람하게 했다.

거기에는 내가 구상은 했으되 실제로 적용하지 않은 자료가 많았다. 미처 생각도 못한 자료도 엄청나게 파라미터(매개변수)로 작업해놓았다. 파라미터가 많다는 것은 AI가 다양한 답변 혹은 결과물을 산출할 수 있다는 말과 똑같다. 이게 많아지면 인간화에 성공하고 또 어느 선을 넘으면 인간이 미처 헤아리지 못했던 영역까지 넘볼 수 있다. 특히 나매쓰에서 개발한 크리에이티브 러닝(창조학습)이 백미였다. 소설에 적용할 경우, 예컨대 지금까지의 소설가 상상력 안에 들어오지 않던 소재는 물론이려니와 이야기 자체까지 AI가 능수능란하게 창작할 수 있으니까.

시골 초등학교 도서실만 알던 학생이 국립중앙도서관 서고를 둘러본 느낌이랄까. AI 학습능력이 인간에 비하면 전지전능함을, 어마무시함을 보여주는 산 증거 앞에 기가 질렸다. 가령 예를 하나만 들면 ▽가 동서양 모두 옛날에는 여성 생식기 상징으로 썼다는 사실 관련 1차 자료만 해도 A4 용지로 출력할 경우, 웬만한 소형 가방 안에 다 못 집어넣을 정도였다.

1장에서 AI가 ▽를 활용한 것은 고대인이 상정한 우주 모양도 감안하였겠지만 그보다는 수학 기호로 접근한 측면이 강했다. 나블라(nabla)라는 이름의 수학 기호로 사용했다는 소리. 진도를 약간 더 나가면, 나블라(▽)로 표현하는 델(dell) 연산자를 작품에 두루 원용했다는 이야기다. 편미분 기호 ∂('라운드 디'라고 읽는다)도 그렇지만 '델'은 이공계 대학생이 아니라면 잘 모르는 수학 기호 아닌가. 한데 AI는 이 델을 전공 분야를 넘나들며 자유자재로 능수능란하게 다루었다.

델 그 자체로는 별 의미가 없다. 어떤 값을 갖는 것도 아니니까. 단 델 뒤에 따라나오는 함수에 작용시켰을 때 비로소 의미를 갖는다. 수학에서는 이를 연산자(operator)라고 한다. 조금 유식하게 설명하면, 델은 미분작용도 하고 벡터를 만들어 내는 관계로 벡터미분연산자(vector differential operator)라고도 부른다.

이것을 파이썬에서 '공백'에 쓰이는 연산자 기능과 융합할 줄이야. 이 교수의 수학적 온축(蘊蓄)이 살아 있었다. 그 정도에서 그쳤으면 "보통내기가 아닌데"하고 말았을 테다. 하나 장(章) 구성을 뛰어넘어 더 깊이 더 높이 더 멀리까지 나아갔다. 숱한 AI 트리하고도 창조적으로 결합했으므로. 연리지처럼. 장관이었다. 혀를 내두르게 만들었다. 눈에서는 다이아몬드가 줄창 쏟아져나왔다. 인간이 각종 추상에 다양하게 접근함으로써 창

지금부터의 세계

조적이 되었음은 대부분의 전문가들이 동의하는 사안인데, AI 역시 이 경지까지 벌써? 인간의 생각하는 능력 또한 생과 사라는 근원적 조건의 길항에서 나왔다고 많은 전문가들이 보는 편인데, 생과 사 자체가 없는 AI가 무슨 수로?

"넘 쩝니다. 졌습니다. 항복!"

당혹감과 함께 어떤 무력감이 찾아왔다. 인간의 존재에 대하여 원초적으로 되돌아보는 계기였다. 울적해 있다가 어느 순간 문득, 나보다 더 힘센 자동차를 내 의지대로 몰고 다닌다는 사실을 의식하고는, 나보다 어떤 의미에서는 더 똑똑한 AI란 놈 역시 그렇게 부려먹지 못할 이유가 하나도 없다 싶어 다시 힘을 냈다.


2


#1

내가 2015년 특허청에 스타트업 '다품다(DAPUMDA)' 상표등록 ■[5]을 출원하고 국세청 산하 모 세무서에 사업자등록 ■[6]까지 한 사실을 아는 사람은 극소수다. '외로운 늑대' 전략이 필요했기 때문이다.

상표는 원래 영문 표기 대신 '多品多'로 하려고 했다. 어렸을 때 영어보다 한문을 먼저 접한 관계로 한문이 더 익숙해서다. 하지만 중국인이 만든 신생 벤처일 것이라는 괜한 오해를 사겠다는 점을 고려하지 않을 수 없었다. 내키지 않았으나 영어 대세를 따랐다. 시대가 시대이니만큼. 그러나 많이 아쉬웠다. 한자로 표서(表書)하면 거꾸로 읽어도 뜻이 통할 뿐더러 상형문자 특유의 깊은 맛마저 포기해야 했기에.

그렇다면, 전업 소설가인 내가 왜 인공지능 기반 소설가 '비람풍'을 위하여 스타트업 다품다호(號)를 미지의 세계로 출범시켰을까.

도틀어 이야기하면 길다. 아주. 일반인이 흔히 하는 말로 책 한 권 분량이 넘는다. 다대한 스토리를 최대한 줄이고 줄여 요지와 그 배경만 날것 그대로 살짝 속삭일까 한다.


#2

어둡고 고단한 시대를 통과한 우리 세대, 나는 그런 것치고 비교적 빨리 로봇 혹은 AI 세계에 입문한 편이다. 나에게 한문 맛을 알게 해준 할아버지 공이 크다. 한문 공부가 지겨워 내가 꾀를 내서 당신을 멀리하려고 수를 쓸 때마다 당신이 사용하는 만능 자석이 있었다. 바로 중국 신화와 전설이었다.

거기에 등장하는 천리안이 텔레비전이고, 순풍이(順風耳)가 전화기이고, 비거(飛車)는 비행기이고, 비룡(飛龍)은 우주선의 원형으로 다가왔다. 먼 옛날 사람들이 현대문명 이기들을 못 보았어도 상상력으로 즐겼다는 사실이 어린 나이에도 신기했다. 그중에서도 압권은 『열자』 '탕문편'에 나오는 기계인(機械人) 이야기였다. 노래도 하고 춤도 출 뿐 아니라 자신의 뜻도 표현할 줄 안다? 기계인이야말로 AI가 장착된 로봇 아닌가. 심지어 그 기계인이 왕의 여자를 유혹하기까지 했다는 대목이 어린 나의 상상력을 극한까지 몰아넣었다.

상상력 하나만은, 한문 전적 하나만은 부자였지만 현실은 완전 달랐다. 정반대로 팍팍했다.

아버지가 생업을 도외시한 채 오로지 고서 즐기기 아니면 술타령으로 일관하는 천하의 한량이라 집안 사정이 썩 좋지 않았다. 그래서 어린 나이지만 나는 집안일을 적극 도와야만 했다. 지금 같으면 유치원 다닐 나이였다. 그때 서부 경남 어느 후미진 산골짜기에서 자란 나는 나무하기 위해 지게를 졌고, 꼴(풀)을 베기 위해 망태를 졌다. 나만 그랬던 건 아니었다. 우리 또래 대다수에게 새끼 일꾼 역할이 주어지던 시대였다. 이는 1960년대 중후반 전국 산골짜기의 일반적인 풍경이기도 했다. 특히 내가 나고 자란 경남 합천군 묘산면 관기리라는 곳은 해발 1천 미터가 넘는 고산 두 곳이 내려다보는 험준한 산악 지역이었다. 그만큼 오지였다.

아직도 그날만큼은 못 잊는다. 어머니 부탁으로 이웃집 어른이 내 전용 지게를 만들어주던 광경을. "아이고, 우리 아(애)도 드디어 각시 베개만 한 깔비(떨어진 마른 솔잎) 한 짐 해오겠네"라며, 대견해 하던 우리 어머니의 훈훈한 얼굴도. 예닐곱 살 아들이 다 컸다는 듯 만족해 하던 모습을 어찌 잊으리. 하루빨리 커서 아버지 노릇을 반의 반이라도 했으면 하는. 그 어머니 기대에 부응할 필요가 있었다. 깔비보다 열 배 더 무거운 삭다리(죽어서 마른 나뭇가지)를 한 짐 야무지게 한 것도 그래서였다. 뜻은 가상했다. 문제는 그다음이었다. 지게를 지고 일어서는 것조차 간신히, 겨우

겨우였으니 걷는 건 두말해 무엇할까. '띠용'이었고 '핵노답'이었다. '양쪽 어깨를 파고들며 짓누르는 무게에 후들거리는 두 다리' 대(對) '어머니의 기대'란 산수를, 계산을, 수학을 하고 또 하였지만. 그 셈이 참으로 어렵고 복잡한 것이었다. 그예 예순이 된 지금까지도.

그때 대안으로 떠올린 것 가운데 하나가 기계인이었다. 그 당시만 해도 나는 현대판 로봇 이야기나 장난감 따위는 있는 줄도 몰랐다. 그도 그럴 게 TV는 물론이려니와 라디오조차 있는 집이 거의 없었으니까. 내가 산 마을이 산골치고 100호쯤 되는 큰 동네였는데도 말이다. 번듯한 동화책 한 권 있는 집마저 극히 드물었다.

산골짜기에서 사는 한 나무하기에서 벗어나기는 불가능했다. 그 시절만 하여도 취사와 난방, 쇠죽 끓이기 등을 모두 나무로 해결하였다. 자연히 마을 주변은 온통 민둥산이었다. 서울조차 옛날에는 예외가 아니었다. 구한말 풍경이 담긴 사진을 보면 서울 산하마저 온통 민둥산이니까. 따라서 제대로 된 나무 한 짐 하려면 먼 걸음을 피할 수 없었다. 불땀이 좋은 나무 한 짐 한다는 소리는 산길 오리는 기본이고 십 리쯤 깊은 산골로 더 들어가야 한다는 말과 똑같았다. 나무하는 법은 단순했다. 어른 아이 가릴 것 없이 대개는 다음번 혹은 내년을 위해 톱으로 나무를 베기보다는 뭉툭한 조선낫으로 가지치기를 하는 형태로 나무를 하는 편이었다. 그러던 어느 날이다. '딘재(고된 고개라는 뜻)'란 이름의 험산 고갯마루에서 나무 한 짐 해서 시오리 산길을 걷던 날, 하필이면 신고 있던 검정고무신마저 찢어져 못 신게 되던 날, 나는 결심했다. 약지 못하고 우묵하기만 한 사람

지금부터의 세계

들이 사는 산동네로부터, 나무하기로부터 어떻게 해서든 벗어나자고, 탈출하자고.

그러나 당장 실천에 옮길 수는 없었다. 장남인 내가 나무를 해오지 않으면 어린 동생들과 함께 밥을 하지 못해 굶어야 했으므로. 엄마에게 투정조차 할 형편이 못 되었다. 어머니는 혼자 농사를 도맡아 짓느라 나무하는 데까지 여력이 못 미쳤다. 만대산(萬代山)이란 곳까지 멀리 가서 나무를 해온 다음 날, 하도 힘들어 요령을 피웠다가 낭패를 당하기도 하였다. 밥 지을 나무가 없어 허기진 배를 부여안고 '동구리칼차(마을 인근 야산 이름) 비탈에 걸린 고두배기(죽은 나무뿌리)를 캐다가 굴러떨어져 다치기도 했으니까. 그럴 적마다 줄행랑칠 궁리가 하늘을 찔렀다.

내가 부산에서 중고등학교를 다닌 건 약간 부풀리면 나무하기로부터의 탈출이라고 해도 과언이 아니었다. 나무하기가 죽기보다 싫을 적마다 어머니를 졸랐다. 나무하기가 지겨워 도시로 가고 싶다는 속생각은 쏙 빼고 전학만 보내주면 출세해서 호강시켜줄 것이라는 허위 공약을 남발했다. 정치인처럼. 정치를 전혀 모를 때인데도 불구하고. 쉬면하는 어머니 앞에서 차마 도리상 나무하기 싫어서라는 이유를 댈 수는 없었다. 심심찮게 떼도 썼다. 밥을 굶기도 했다. 하루는 조금 아픈 게 아니라 중병이 걸린 척까지 한 까닭은 읍내 병원 대신 도시 병원으로 데려갈지 모른다고 봐서다. 그때 기회를 봐서 삼십육계를 놓자고 찬란한 계획을 짰는데 어머니가 나의 기대를 저버렸다. 철저히. 무참하게. 나를 어이없게도 무당집으로 데리고 가지 않는가. 잔머리가 씨알도 안 먹혀 결국 어머니에게 해서는 안 되는 극단적인 협박도 서슴지 않았다. 마침내 그대로 방치했다가는 아들 하나 잡을지 모르겠다는 판단이 선 모양이다. 어머니가 갖은 억지를 총동원하여 나를 부산으로 보내준 것을 보면. 가산을 정리하여 가구 전체가 도시로 이주하면 아무 문제가 없었으나 아이 혼자 달랑 도시로 전학을 보내는 행태를 당국에서 허용하지 않던 시대였다. 하여 여러 편법을 쓴 것이다.

#3

나무하기라는 단순 반복 노동! 내 인생에 끼친 영향은 거지반 절대적이라고 해도 지나치지 않았다. 깊은 산골 초막집 호롱불 아래에서 살다가 대도시 빌딩숲 전깃불 세계로 나왔지만 곤궁함은 이어졌다. 대연동(洞) 못골시장 입구의 허름한 건물 3층에 위치한 '고려독서실'에서 앉아 자는 시간이 길어져도 용케 견디게 한 힘은 다름 아닌 나무하기였다. 힘들 때마다 나무할 때의 끊임없는 가지치기만 떠올리는 것으로 족했다.

그 당시 독서실 생활이 버겁고 답답할 때마다 무작정 길을 걷곤 했다. 광안리해수욕장에도 간혹 갔지만, 이상하게도 용담동 방향이 끌렸다. 거기만 가면 한국에서 볼 수 없는 무지막지 큰 통나무를 볼 수 있어서였다. '동명목재'라는 굴지의 기업에서 수입해온 원목이 육지는 물론이고 바다에 둥둥 떠 있었다.

볼 만했다. 또 다른 형태의 나무 모습이 그저 좋았다. 내가 전혀 모르는 나무 세계가 있다는 사실 자체를 인식하는 것. 그것만으로도 요샛말로

지금부터의 세계

옮기면 힐링이 됐다.

새싹 시절이 엊그제 같은데 어느새 낙엽 시절을 앞둔 단풍 나이가 된 지금까지도 크고 작은 어려움이 닥치면 자동으로 소환되는 게 나무하기였다. 나무하기의 신고(辛苦)함이, 짓누르는 무게감이 나에게는 역설적으로 무한한 에너지원이었다.

기껏 파출소 피했더니 경찰서와 맞닥뜨린 격이라고나 할까. 다른 형태의 단순 반복이 부산에서도 기다리고 있었다. 부산에서 보낸 중고등학교 시절이 나에게는 고스란히 '단순 반복 학습 기간'으로 다가왔다. '노동'이 '학습'으로 대체되었을 뿐 본질은 똑같았다. 나무하기 버금가게 견디기 힘들었다. 중학교 때 '상업' 과목에서의 주산 놓기, 고등학교 '국사' 시간의 암기 등이 하이라이트였다. 심지어 수학마저도 단순 반복 풀이를 죽고 싶을 정도로 징글징글하게, 끊임없이 요구했다. 수학을 좋아했기에, 사랑했기에 그 고통은 더 컸다. 수학에 설레는 시간, 애끓는 시간을 가지며 음미하고픈데 현실은 이상하게 돌아갔다. 무조건 제한된 시간 안에 키스 많이 하는 횟수로 애정지수, 아니 수학지수를 매기겠다고 나와 할 말이 없었다. 몇 차례 대놓고 반항도 해보고 몸부림도 쳐보았으나 돌아오는 건 물리적 제재 아니면 비아냥뿐이었다. 내가 고교 범위를 뛰어넘는 수학세계에 일찍부터 기웃거리고 탐닉하게 된 데에는 이처럼 말도 안 되는 동기도 있었다. 도피처 내지 탈출구가 필요했다.

문과 체질인데도 불구하고 공과대학에 진학한 데는 여러 이유가 있다. 가장 큰 동기는, 짐작했겠지만 단순 반복 노동, 단순 반복 학습의 세계 타파에 일조하겠다는 거였다. 이미 컴퓨터가 애초에 단순 반복 계산을 덜기 위해 고안됐음을 잘 알았고, 인공지능과 로봇에 관해서도 타칭 도사 소리를 들을 정도로 상당히 준비되어 있었다. 대학 1학년 재학 시 수학과 4학년 전공선택 과목이 '수치해석학'이었는데 포트란으로 프로그래밍하는 3학점짜리 강의를 몇 번 청강하지도 않고서 더 수강할 필요성을 못 느낄 만큼 제법 마스터한 상태였다. 수학 문제를 컴퓨터로 푸는 법을 포트란으로 고등학교 때 선행 학습한 까닭은 단순 반복 문제풀이가 주는 염증으로부터의 해방구가 거기에 있었기 때문이다.

정국이 하수상하던 1980년 전후에 자연스럽게 나는 연세대 중앙도서관 지하 1층에 있던 '컴퓨터센터'에서 숨을 쉬고 있었다. 수학세계 일부를 깊이 천착하면서 세상의 그 많은 방정식 문제 가운데 손으로 구할 수 있는 문제가 백에 하나, 천에 하나가량밖에 안 됨을 뼈저리게 느낀 것도 포트란에 빠지게 된 또 다른 배경이기도 하다. 방정식 해의 근삿값을 구하는 '뉴턴-랩슨 방법'과 포트란을 연결시키는 것도 흥미로웠다. 컴퓨터와 소통하기 위한 프로그래밍 언어인 포트란하고는 그렇게 해서 인공친구가 됐다.

주기억장치(CPU)가 512KB를 자랑하던 'HP 3000-Ⅱ' 시스템은 첨단이었다. 디스크 유닛(disc unit), 테이프 유닛(tape unit), 카드 리더(card reader), OMR 카드 리더 등까지도. CPU가 32KB이던 'NCR C-100'도 있었다.

현 시점에서야 구닥다리 냄새가 난다고 하겠지만, 당시 미국 AID(개

지금부터의 세계

발도상국의 산업시설 현대화를 위하여 설립된 미 정부기관) 자금 1백만 달러를 무상원조로 받아 설치한 컴퓨터 시스템은 나에게는 더없이 좋은 놀이터였다. 이공계 신입생이 전공필수로 수강하던 '전자계산' 과목의 실습 일환으로 이공계 학생이면 누구나 계정번호를 부여받아 마음대로 쓸 수 있었다. 포트란 입문 시절의 흔적 일부 ■7를 훗날 우연히 발견하여 감회가 새롭기도 하였다. 하여간 그때 경제학과, 경영학과, 응용통계학과 3학년 전공선택 과목이 '컴퓨터 자료처리'였는데 컴퓨터에 익숙치 않은 상대 형들에게 도움을 주고 술 얻어 마시는 재미도 솔솔찮았다. OMR 카드, 펀치카드 뭉치와 술 한잔이 치환되는 낙이 보통 아니었다.

좌우간 몇몇 AI 선구자들이 1985년까지는 인공지능 세상이 열린다고 장담한 것도 적잖은 원기(元氣)가 되었다. 진갈기력(盡渴氣力)하며 야무진 꿈나무를 키우던 그 시간도 어느덧 이제는 흐릿하다. 희미한 옛사랑 잔영 같은 OMR 카드와 펀치카드 입력 흔적 ■8을 묵은 책 정리하던 도중에 어쩌다 발견하곤 만감이 교차하기도 했다.

#4

공과대학을 졸업하기 전에 장편소설로 화려하게 문단 데뷔하겠다는 것. 나의 소망이었다. 우여곡절과 파란만장을 거친 끝에 간신히 달성할 수 있었다. 소설가가 된 1987년 이후에 반도체 같은 전공 관련 공부에서는 손을 뗐다. 하지만 포트란, 매스매티카, 매트랩, 옥타브(Octave), 파이썬, C, R, 자바 등과 이별 못하고 삐댄 것은 단순 반복 노동, 단순 반복 학습과 얽힌 질긴 관계를 청산할 수 없어서였다. 소설가가 되기 전에 이미 한 몸이 되어 있어서 분리 수술이 불가능했다.

　여러 분야를 두루 아우르며 살다가는 한 분야에서조차 두각을 나타내기 어렵다는 현실 앞에서 실로 고민이 깊었다. 수학 역시 에너지 소모를 많이 하게 하였다. 이에 따라 나도 금연 금주하는 사람처럼 금수(禁數) 선언하고 벗어나려 애썼다. 여러 번 발버둥쳤지만 별 소용이 없었다. 여느 중독자 모양으로 나도 모르는 사이에 문자 대신 수식을 가지고 노는 자신을 발견했으므로. 특히 반복법을 요하는 수학의 비선형 문제들이 나를 술 이상으로 끊임없이 유혹했다. 매력적인 이성처럼. 다시 한번 확인한 것이다. 정확히 어느 순간부터인지는 모르겠으나 여러 컴퓨터 언어와 수치해석학 등은 나에게 벗으면 되는 옷이 아님을. 이미 뼈와 살이 되어 있음을. 분리 배출이 불가능함을.

　외국어 공부 혹은 무슨 운동을 배울 때는 반복이 미덕임을 잘 알면서도, 내가 예민한 탓일까. 아니, 병적이라고 보는 게 옳다. 소설가가 된 이후에도 나는 단순 반복, 토톨로지(tautology : 동어반복) 굴레에서 못 벗어나고 있음을 줄창 발견했기 때문이다.

　소설 집필은 그 어떤 분야보다 창조적 상상력이 필요하다고들 하지만, 다른 한편으로는 소설의 첫 문장, 첫 문단, 첫 장만 끝나면 거반 썼다고들도 이야기한다. 처음을 마무리하면 그다음은 일종의 단순 반복 작업의 연속이라는 속성이, 일반화할 수야 물론 없겠지만 소설에도 존재하는 것이다. 나를 포함한 다수의 소설가들이 공통적으로 첫 문장 쓰기의 고

(苦)로움을 토로하고, 창작의 고통 운운하며 우는소리를 하는 것 자체가 역설적으로 이 사실을 잘 뒷받침한다. 약간 극단적인 경우지만, 시중에 유통되는 소설작법 서적 중에는 소설가 지망생에게 그냥 유명 작품 플롯을 빌려 오라고 제안하기도 한다. 특정 '공식'에 맞춰 쓰면 된다는 것. 그래서인지 모르겠다. 실제로 그러한 공식에 맞춰 쓴 듯한 작품들을 예나 지금이나 쉽게 접할 수 있다.

타성으로 마치 운전하듯. 자동차 운전을 처음 배울 때를 생각해보라. 모든 동작 하나하나를 의식적인 계산과 판단을 한 후에 조심스레 실행한다. 너나없이. 하지만 곧 익숙해지면 돌발사태가 생기지 않는 한, 운전하는 행위는 아무 의식 개입 없이 자동차와 흡사 한 몸이 된 듯한 육체가 기계적으로 알아서 자동운전 모드(autopilot mode)로 운행하지 않는가. 이와 똑같은 일이 소설 창작에도 어느 정도 일어난다. 뫼비우스 띠처럼 똑같은 이야기가 변주도 없이 반복되고 있는 게 사실이기 때문이다. 이를 빗대 어떤 소설가는 한국소설의 주류가 텔레비전 연속극처럼 동어반복 증후군에 빠져 있다고 질타[119]하기도 하였다. 미술 분야에서는 그 정도가 더 심한 듯하다. 그뿐이랴. 학습, 업무, 연구, 일상생활 전반에도 이 같은 관성이 있음을 부인 못하리.

보통 메시지가 아니었다.

내가 보기에 공식에 맞춰 타성에 젖어 쓰는 '후진' 소설보다는 AI가 쓰는 소설이 완성도 등에서 떨어질 이유가 하나도 없었다. 현 기술로 일류 소설가를 능가하기는 어려울지라도 이류 소설가하고는 경쟁이 가능하다고 보았다. 적어도 나에게는 그렇게 다가왔다. 소설가가 되기 위해선 시행착오라는 습작기를 으레 거치기 마련인데 이러한 일이라면 AI가 누구보다 더 잘하는 일 아닌가. 이쪽에 특화된 게 AI니까.

이를 절감한 게 계기였다. 내가 아는 컴퓨터 하드웨어와 소프트웨어 지식과 그 세계 전반을 재구성·재점검하고 성찰하며 정리한 것은. 공대생이 된 이후 컴퓨터 덕후로서 이용만 하며 즐기기만 했다는 반성도 하면서 A, B, C부터.

#5

젊은 날에는 할 수 있는 일이 분명 수없이 많아 보여도 살아보면 할 수 있는 일이 거의 없음을 깨닫는 것. 그게 인생임을 자각한 후다. 인생 선배들을 다시 보는 계기로 작용했다. 또 유년 시절 할아버지로부터 들은 '하늘은 둥글고 땅은 네모지다(天圓地方)'[120]는 동양사회의 오래된 전통 공간관이 학교에서 우습게 부정당하는 것을 보면서 나 역시 그 대열에 적극 동참했는데, 수학과 과학 그리고 공학과 길게 벗한 결과, 어느 순간부터 한없이 어리석어 보이던 옛 선현들의 공간관을 현대수학으로 재해석할 수 있겠다는 생각이 들지 않는가. 그게 일차적 계기로 작용했다, 하여 짬이 날 때마다 생긴 버릇 중의 하나가 할아버지와 아버지가 남긴 고서 들여다보기였다.

그 과정에서 어떤 무명(無名)의 문인이 남긴 문집에서 예사롭지 않은 가언(嘉言) 한 구절을 발견했다. '큰 나무를 가만히 보고 하늘의 도리를

지금부터의 세계

깨달노라(靜觀巨木悟天道)'였으니까.

새삼 유소년기에 나무할 때의 가지치기와 AI에서의 트리 프루닝(pruning : 가지치기)이 오버랩된다는 점이 나에게는 유별나게 다가왔다. 마침 본인 작업실이 있는 공간이 산중이라 가지치기를 거의 매일 하지 아니하고는 생활이 불가능하였다. 어느새 강전정(강한 가지치기)와 약전정(약한 가지치기) 같은 그쪽 용어가 귀에 익숙해진 것이다. 내 인생에서 나무에 포박된 시간을 빼놓고는 말할 수 없듯 인공지능사(史)에서도 나무, 그러니까 탐색 트리(search tree)는 처음부터 등장한 무기였다. 이 정보를 모르지는 않았다. 다만 그것을 본격적이고 전면적으로 의식하지 못했을 따름이다. 한국개발연구원(KDI)에서 일하던 1990년대 초반기에 사이먼(H.A. Simon : 1916~2001)이 1978년 노벨경제학상을 받은 논문을 무슨 일로 정독한 적 있는데, 그때도 '나무'와 못 접목시킨 거였다. 사이먼이 의사결정 모델에 대해 정면으로 연구했음에도 말이다. 부주의하기도 하였으나 크고 작은 잡사에 매몰된 나머지 정작 중요한 사안을 놓치고 있었던 셈이었다.

자연 속 나무와 역사 속 나무, 실공간 나무와 허공간 트리 관계를 어렴풋이 감 잡고 긴장한 해가 2008년 즈음이다. 그때 마침 머신러닝 등이 지구촌 무대에 처음 등장했다. 눈에 불꽃이 튀었다. 데이터를 반복적으로 빠르게 분류하고 처리해 학습 훈련을 높이는 머신러닝 기술이야말로 내가 평생 씨름했던 주제였기 때문이다. 머신러닝 알고리즘과 수학 이론에 대해 설명한 전문서[121], 자연어 처리와 텍스트 처리를 다룬 전문서들[122]

도 나를 등 떠밀었다. 관련 학회의 전문 논문들 역시 하나같이.

2010년경 한국마이크로소프트(MS) 대표이사실에서 도시락으로 사장과 만찬하며 정담을 밤늦도록 나누었는데 그때 AI와 클라우드(대량 데이터 저장 서비스)의 미래를 논한 것도, 2014년 한국에서 열린 세계수학자대회 때 수학 분야를 크게 19개 분야로 나누었는데 컴퓨터와 직간접으로 연결된 전공이 짐작보다 훨씬 더 많았다는 점도, 2014년 13살로 상정된 구스트만(Goostman)이라는 AI 프로그램이 심사위원들과 대화하곤 인간인 듯하다고 대답한 사람이 3분의 1을 넘어 최초의 AI로 인정받았다는 사실도, 무엇을 안다는 건 어렵지 않지만 앎을 가지가지고 세상에 대처하는 게 어렵다[123]는 고의(高義)도, 열 아름의 나무도 한 뼘에서 시작할 뿐만 아니라 새를 오게 하려면 나무를 심어야 한다[124]는 경구도, 구글 비밀연구소 '구글 X'의 사무실 곳곳에 'Think Big. Faire Fast. Do it Now' 포스트가 붙어 있다는 뉴스도, AI 분야에서는 무엇이든 일단 시작해야 데이터도 쌓이고 그것으로 무엇이든 만들 수 있다는 상식도, 머신러닝에 사용되는 각종 학습모델의 근간을 수학적으로 또 문학적으로 규명해보고 싶다는 욕심도, 언어 AI 연구할 때 한국어 특성도 물론 간과할 수 없으나 딥러닝이 등장하면서 언어 자체의 특성보다는 알고리즘 성능이 더 중요해진 사실도, 또 다른 그 무엇무엇도 복합적으로, 나로 하여금 생각회로를 바꿔 AI 세계 시민이 되도록 강제하였다.

좀 상투적이지만 이만하면 운명이었다. 약 2백만 년 전쯤 인류가 나무로 불을 일으키고 또 불을 길들일 수 있음을 발견함으로써 진화에 가

지금부터의 세계

속도가 붙었듯이 추상적인 나무, 그러니까 AI 트리를 이용하면 또 다른 차원의 진화 도약대가 마련될 수도 있겠다는 확신이 들자 주먹에 절로 힘이 들어갔다. '나무' 하나로 모든 걸 정리할 수 있겠다는 전광석화 같은 영감이 들자마자 숙명으로 접수했다. 공교롭게도 마침 그때 산중 작업실 텃밭에서 와편 하나를 수습했다. '공(工)'자가 들어간 삼국시대의 정교한 와편■[9] 앞에 할 말을 잃었다. 소설가로서 사느라 그동안 애써 죽이고 있던 공학적 본능이 활활 되살아나는 계기가 되었으니까. 그보다 더한 은곡미밀(隱曲微密)은 없었다.

아주 '신박'하게 다가왔다. 이 세상에 단 하나밖에 없는 소설, 대체불가능한 소설이 어쩌면 가능할지도 모른다는 상상만큼 소설가를 들뜨게 하는 일이 있을까. 그 아드레날린이 나를 스타트업 창업으로까지 전속력으로 내달리게 만들었다.

그리하여 나무하기를 대신해줄 AI, 단순 반복 공부를 대신해줄 AI, 우렁각시 AI, AI 비서, AI 소설가란 하늘에 떠 있는 별을 땅으로 끌어내리기 위하여 부단히 제자리 뜀을 하기 시작한 것이다. 평생 한 번밖에 없다는 일기일회(一期一會)이기에 묵묵히, 그렇지만 대범하게 영끌(영혼까지 끌어모은다)을.

# 3

## #1

누구든 경쟁을, 경쟁자를 피할 수 없다. 나매쓰와 다품다 역시 예외가 아니다. 강력한 라이벌은 'OpenAI'에서 개발한 최신 자연어 처리 기술인 'GPT-3'였다. 나매쓰와 다품다의 합작품 시동을 2020년 4월 13일로 정한 데는 이 GPT-3를 다분히 의식했기 때문이다. 두어 달쯤 후 GPT-3 베타 버전(시험판)이 나올 예정이라 레이더를 세우고 있었다.

"요는 아웃컴(결과물)이야, 아웃컴."

해서 이 말을 입에 달고 살았다. 하지만 4월 13일 첫날의 놀라움이 안타깝게도 금세 실망감, 아니 절망감으로 바뀌었다. 급전직하였다.

독자를 격동시키면서도 유장하게 이어지는 서사를 희망하였으나 거리가 멀었다. 그것도 아주 많이. 첫 대목과 마지막만 그럴싸할 뿐 속은 영 아니었다. 빈 깡통이었다. 소리만 요란한. 겉만 화려한 불량식품과 똑같았다. 개연성부터 떨어졌다. 전개도 뒤죽박죽이고. 게다 사이다 전개도 아니고, 고구마 전개도 그런 고구마 전개도 없었다. '노답'이었다.

— 이무기 교수, 우리 여기서 멈춥시다. 둔한 노땅 소설가의 야무진 로망을 접겠습니다. 어리석게도 '멍멍아, 야옹 해봐' 격이었음을 이제사 깨달았네요. 저의 섣부른 근자감(근거 없는 자신감)을 한없이 비웃어 주십시오.

오죽하면 이 같은 문자 메시지를 보내기까지 했을까.

끝이 보이지 않는 컴컴한 터널 속을 헤매던 2020년 여름이었다. 그해 6월에 선보인 GPT-3 성능을 다양하게 점검하고 검증하는 과정에서 한 줄기 빛이 보였다. 서광이 분명했다. GPT-3가 일관되게 문장을 생성하는 것처럼 보이는 게 시작각으로 다가왔다. 보통 단점이 아니었다.

확신을 가지기 위하여 수십 번 체크하였다. 그 결과 희망을 가질 수 있었다. GPT-3에 사용되는 '변환학습'과 학습 결과를 재사용하는 '전이학습'조차 두 업체가 개발한 코어(핵심) 기술이 절대 밀리지 않음. 나매쓰와 다품다의 장점을 융합하고 혼용시키면 GPT-3 성능 중 소설 분야만은 압도할 수 있겠다는 자신이 생기면서 다시 뭉쳤다. 어제의 용사처럼.

## #2

우리는 그 누구도 넘보기 어려운 킬러 콘텐츠 제작을 위해 혼신의 힘을 쏟았다. 밤낮없이. 화학반응이 아니라 핵반응을 꿈꾸었다.

기초부터 하나하나 점검했다. 행렬 곱셈을 가장 빠르게 수행하는 알고리즘부터 찾았다. 이를 컴퓨터 이론에서는 최소화 문제라고 부르는데 아직 만족스러운 수준하고는 거리가 멀었다. 개선할 여지투성이였다. 나아가 확률정규행렬의 고윳값 분포의 보편성 문제, 밀도행렬(density matrix) 문제, 크릴로프 부분공간(krylov subspace) 문제, 무한차원 벡터공간 문제 같은 심오한 영역까지 침투했다.

"이 교수, 행렬은 수학머리가 없는 학생들도 비교적 쉽다고 여기는 경향이 있지 않습니까?"

나매쓰 사무실에서 모처럼 편하게 원두커피를 음미하며 말을 건다. '행렬해석학' 원서[125]를 책장에서 보란 듯 집어들었다.

"그런 경향이 없잖아 있죠. 그 때문에 행렬을 전공하는 수학자들조차도 행렬 그 자체, 그 본질에 관한 연구엔 소홀[126]하다고 들었습니다. 동료 교수로부터."

이무기 교수가 잘 받아준다.

"김 작가님과 공동작업을 하면서 느낀 바 많았답니다. 행렬엔 무수한 해석이 가능한 매력이 숨어 있음을 새삼 절감했다고나 할까요. 다음 학기부터 학부에서 AI 강의할 때 작은 행렬을 손계산하는 것 못지않게 큰 행렬을 컴퓨터로 직접 다루어보는 게 중요함을 강조하려고요."

그랬다. DNN을 떠나, 어떤 데이터든 요리하려면 행렬이라는 이름의 도구가 필요했다. 행렬 계산에 최적화되어 있는 매트랩을 요긴하게 활용하는 것도 이 때문이다. 문제는 요리 도구가 두 사람이 보기에 아직 빗살무늬토기 수준에 머물러 있다는 점이었다. 그걸 청동기 레벨로 끌어올리는 게 1차 목표였다.

"김 작가님, 우리 스타트업에서 진작에 이 문제를 극복했어야 했는데 은근 미안한 거 있죠."

"무슨 겸손의 말씀을. 수학자들이 밥 먹듯 일상으로 하는 일이 '불가능한 문제'이긴 하지만 우리 이 교수는 '불가능하니까 가능하다'라는 논조를 시종일관 밀고 왔잖아요. 단적으로, 한글의 양성 모음과 음성 모음을 이용해 어감을 밝거나 어둡게 조절할 수 있는 테크닉을 수치해석학과

'베이지안 통계학' 본질과 연결시킨 아이디어만 해도 저 개인적으론 엄지 척이었거든요."

"우리 작가님은 다 좋은데, 나쁜 버릇이 하나 있네요."

"뭔데, 이 교수?"

"저를 비행기, 아니 우주선 태우는 것. 립서비스가 과해요."

"전혀. 나매쓰가 많은 스킬을 품고 있어서 우러러봅니다만, 그 가운데 에서도 '원 탑'을 꼽으라면 저에게는 컴퓨터과학의 형식언어에 관한 기초 연구물이 가장 보기 좋았습니다. 그 형식언어의 수확물인 컴파일러 본질 을 집요하게 물고 늘어진 게 특히요. 낱말과 숫자를 하나의 집합으로 정 의하고 작업한 것도, 중의적(ambiguous)인 자연어를 불확실성의 확실성 이란 수학으로, 또 끊임없이 변하는 자연어의 특성을 변환이란 전천후 함 수 투망으로 잡은 것도 돋보였어요. 저도 변환이 절대반지일 수도 있음을 의식하고 진지하게 다가갔지만 이 교수만큼 못 집중했거든. 수학과 대학 원에서 '변환이론 및 그 응용'이란 과목을 강의하는 교수한테 강의 노트 를 입수해 에센스(정수)를 이해하려고 노력은 했지만 무슨 성과로까지는 안 이어졌거든요.

수학뿐 아니라 공학 전반에서 연속 및 불연속 신호를 처리하기 위해 서 변환이론을 흔히 다룬다는 걸 뻔히 알고 있으면서도요. 그 많은 변환 들을 우리 이 교수가 골목대장이 조무래기들 다루듯 했으니 어찌 제가 존경하지 않을 수 있겠습니까. 선형변환, 라플라스 변환, 푸리에 변환, 고 속 푸리에 변환, 로렌츠 변환, 적분변환, 웨이브리트 변환, Z 변환 등등등이 마술을 부릴 줄은…. 자연어가 가진 특성 때문에 어떤 AI 모델이든 근사일 뿐이라 다들 총 맞은 사람처럼 벙쪄 있는데, 우리 이 교수는 근사이론(approximation theory : 복잡한 함수의 여러 가지 노름에 대한 다항식 근사를 중심으로, 근사 알고리즘과 오차해석 등을 다루는 수학 분야)과 융합시킨 솜씨가 죽여주던데요."

"그, 그만하시지요. 아직은 그쪽 전문가들에 비하면 전 어린애요, 어린애. 아무리 발돋움을 해도 아직 손이 안 닿는 나뭇가지들이 너무 많거든요. '변환군론(transformation group theory)'을 위시해, 자료 압축 알고리즘을 심도 있게 보여주는 '에르고딕 이론(ergodic theory)' 그리고 메타안정성(metastability : 딥러닝과 연계되어 있는 확률론의 주요 연구 분야) 같은 나뭇가지들이 바로 그 주인공들입니다."

"제가 볼 땐 두 분 다 막상막하예요. 10년이란 나이 차가 나는 것만 빼면, 엇비슷하걸랑요. 다른 듯하면서도 같은 이란성 쌍둥이 모양으로."

두 사람을 가만히 지켜보던 나우리가 끼어들었다.

"음, 실례를 들자면, 두 사람은 광활한 AI 숲에 서 있는 거목들이라고나 할까요. 키 큰 나뭇가지끼리는 서로 닿지 않으려는 경향이 있다고 들었어요. 자연에서는. 이를 '수관(나무의 가장 윗부분으로, 줄기 끝에 가지와 잎이 달린 부분) 기피' 현상이라고 하던가. 햇빛을 나누는 공존법이라 들은 것 같아요. 이 키 큰 나무들처럼 두 분 다 서로가 서로에게 페르소나라고 불러도 좋을 듯싶걸랑요."

"이 못나고 용렬한 소설가를 남편급으로 체급을 올려줘서 고맙긴 합니다. 눈물이 나도록. 하나, 결단코 단언컨대 난 이 교수에 비하면 하수예요, 하수. 게임 자체가 안 되는. 이 교수가 문장은 수리논리학에, 주제는 해석학에, 소설 자체의 흐름은 미분기하학의 '흐름 텐서'에 연결시킨 발상이야말로…. 하나의 단어와 하나의 수(數)를 같다(=)고 보고 접근한 것도 기발했거든요. 어떤 수가 수 체계 내의 한 장소이듯 단어 역시 한 언어의 어휘체계 내에서 하나의 위치[정계섭, 『말로 배운 지식은 왜 산 지식이 못 되는가』, 어문학사, 2019년, 67쪽]를 가리키니까. 이것을 닐 슬로언(Neil Slone)의 '온라인 정수 수열 백과사전' 그리고 숫자 식별에 도움을 주는 LLL 알고리즘 등과 회통시킨 아이디어가 그야말로 만세만세만만세였거든요. 단어와 수를 마치 영한사전과 한영사전처럼 만들어놓고서 AI 소설쓰기에 임한 걸 보고, 명색이 한 소설가로서 떠받들지 않을 수 없더라고요. 제가 얼마나 초라해졌는지 알아요? 두 개의 수학적 문장을 연결해주는 논리연산자(logical connective)를 음악에서의 레가토(legato)처럼 소설의 접속사와 문단 흐름에 적용한 것도 그렇고. 수리논리학의 모형 이론(model theory)을 전폭 활용한 것도 그렇고. 여기에다 대칭의 수학 언어인 '군론'을 양념으로 친 것도 그렇고. 이 같은 예를 들자면 한도끝도없어요. 그래서 이제 그만하려고요."

"김 작가님, 풍선을 너무 띄워 폭발하기 직전인 거 아시지요? 작가님께서도 공대를 다녔으니까 잘 아실 겁니다. 페로브스카이트(독특한 결정구조를 가진 반도체 물질을 통칭하는 말)라고, 빛을 전기 신호로 변환시키거나 반대로 전기를 빛으로 변환시키는 신소재를. 페로브스카이트처럼, 도란스

(변압기)처럼 AI가 변환이란 거대한 담론을 정복하려면 아직은 갈 길이 멀고도 멉니다. 김 작가께서 새삼스럽게 변환을 힘주어 강조해서 드리는 말인데요. 정말 놀라운 변환은 나무, 그 자체라고 봐요. 이 나무들이 흙과 물, 태양만으로 자연스럽게 큰다는 것. 몇 가지 자연 조화로 셀룰로오스 등으로 변환시키는 나무 시스템이야말로 변환의 끝판왕이라고, 저는 봅니다. 자연 속 나무보다 AI 속 트리가 한 수 위인 듯 치부하는 경향이 AI 종사자들 사이에 은연중 있는데, 제가 보기에, 이는 착각도 보통 착각이 아니에요. 물과 이산화탄소, 햇빛을 버무려 탄수화물을 만들어내는 나무의 분자변환 과정이야말로, 이 광합성이야말로 경이 그 이상이 아닐런지.”

“천 퍼센트 동의. 나무가 대기 중의 이산화탄소를 흡수하여 뿌리, 줄기, 잎에 저장했다가 산소로 바꾸어 배출해내지 않으면 지구 생태계가 완전 파괴되는 것 하나만 봐도요.”

“잠정 결론을 내리면 말이지요. 제아무리 잘난 AI 전문가라 하더라도 흔하디흔한, 지구 위 수조 그루나 존재한다는 나무 가운데 단 한 그루보다 더 나은 게 별로 없다는 것. 가령 자동 의사결정 트리가 포인트인 딥러닝 개발자가 아무리 능력이 출중해도 자동 가지뻗기가 포인트인 자연 속 나무처럼 스무스하게 성장하려면 아직 멀었으니까요. 안 그렇습니까? 그런 면에서 레이싱 게임을 즐기는 유저들이 흔히 부르는 만렙나무(그 어떤 데미지도 입지 않는 무적나무라는 의미)이에요, 모든 나무는 전부. 나무가 자연 교배도 되지만 인공 교배도 된다는 점 역시 시사하는 바 크다고 봅니다. 해서 언젠가부터 저는 가장 위대한 잠언이 나무에 있음을 믿어요.[127] 그러니까 누구에게나 익숙한, 네이버의 긴 직사각형 초록창이, 한 그루 나무의 초록 한 잎하고 무엇이 얼마나 다른지 저는 모르겠거든요. 이 나이를 먹도록."

#3

우리 두 사람은 지나치게 케미가 맞았다. 미상불 브로맨스가, 콜라보가 대단했다. 도플갱어 수준이었다. 여북하면 나우리로부터 다음과 같은 소리까지 들었을까.

"두 분은 누가 뭐래도 같은 과(科)예요. 수학적으로 표현하면 동형사상(同型寫像 · isomorphism)!"

인정하지 않을 수 없었다. 정신적 동성애 관계임을. 어떤 강연 자리에 함께 참석한 것 하나만 보아도 짐작할 수 있으리라. 그날 분위기를 옮기면 아래와 같다.

"일선에서 물러난 '아재'들의 허접한 질의에 응하느라 이무기 교수와 김 작가, 수고 많으셨습니다. 이제 오찬도 맛나게 즐기고 후식으로 나온 수정과까지 들었으니 일어날 일만 남았습니다. 엉덩이를 털기 전에, 마지막으로 미진하다 싶은 것, 의구심이 가시지 않는 분들에게 질문 하나씩만 더 던질 기회를 드리도록 하지요."

모임의 좌장을 맡고 있는 총무가 중구난방으로 담소를 나누는 일행들의 주의를 환기시킨다.

옛날에 명문고로 명성이 자자했던 ㅅ고등학교 문과반 동기생들 모임이었다. 올해 칠순을 맞은 사람들인데 경향 각지 대학 인문사회계 학과에서 평생 봉직하다가 은퇴한 명예교수들이 제일 많다고 했다. 중고등학교에서 교편을 잡았던 사람들, 기업인 출신들도 섞여 있다고 들었다. 분기별로 한 번씩 오찬 모임을 갖는데 거기에 나까지 함께 강사로 초청된 거였다.

은퇴한 지식인들이 공통으로 관심을 갖는 사안에 맞는 전문가를 불러 같이 오찬을 들며 자유분방하게 한담을 나누는 형식이었다. 2008년 신림2동에서 서림동(西林洞)으로 행정동 명칭이 변경된 동네에서 2만 7천 원짜리 보리굴비 정식으로 점심을 먹은 것은 그 때문이다.

"초등학교 다니는 제 손녀가 대화형 인공지능으로 영어 회화를 배우고, 고등학교 다니는 제 손자가 스마트폰 수학 공부 어플인 지오지브라 3차원 계산기(GeoGebra 3D Calc)를 활용하고, 대학 다니는 외손자는 인공지능 번역에 의존하며 영어 원서 읽는 걸 보면서, 바야흐로 AI 세상이 도래했음을 실감했습니다. 근데 제가 궁금한 건 말이지요. 식사하면서 두 분 선생으로부터 인공지능 작동 메카니즘에 수학이 큰 힘을 쓰고 있다는 소리 잘 들었습니다. 그래서 드리는 설의(設疑)인데요. 에, 수학은 완벽한 정답을 추구하는 학문으로 유명하지 않나요? 일반적인 인식이. 헌데 인간세계는 근사치가 허용되잖소, 왜. 만사에 오십보백보, 대동소이 같은 말이 흔히 쓰이는 거 하나만 보아도 수학으로는 그러니까 근사치, 감각이나 감정 그리고 정서 같은 걸 설명할

지금부터의 세계

수 없지 않을까 싶은데, 어떻습니까?"

메이저 신문에 칼럼도 더러 쓰고 하여 대중들에게 얼굴이 좀 알려진 명예교수였다.

"근사치, 근삿값 문제를 정통으로 다루는 분야가 수치해석학이란 전공입니다. 해석학 문제 가운데 수치적인 근삿값을 구하는 알고리즘을 연구하니까요. 컴퓨터가 나온 이후 생긴 학문 같지만 그 기원은 고대 바빌로니아 시기까지 거슬러 올라간답니다. 근삿값을 그 시대 사람들도 구했거든요. 의식하지 않아서 그렇지 수치해석학적 사고는 일상생활에서도 널리 사용되고 있습니다."

이무기 교수가 정중하면서 친절한 어조로 답변을 이어간다.

"제가 근래 모 신문에 ICT 전문가로서 고정 칼럼을 연재하는 분한테 연락을 드린 적 있답니다. 이 분이 컴퓨터 전문가이지 수학 전문가가 아닌 티를 냈기 때문입니다. 금방 문제 제기를 한 명예교수님과 똑같은 의식을 가지고 있었거든요. 에피소드를 굳이 소개하면 이렇습니다. 그냥 넘어가려다가 단정적인 언사로 대중들을 오도하고 있어서 짚고 넘어갔더랬어요. 전화상이란 한계가 있었지만, 미분 자체가 왜 1차근사인지를 안내했습니다. '대충계산법'이라고 흔히 부르는 테일러 급수 같은 경우도 있으므로 문제가 있다고 지적했답니다. 아울러 '해석적 정수론'이란 수학의 전문 연구 분야도 좋은 근삿값을 찾는 게 포인트라고 강조했습니다. 그래도 못 납득하는 눈치여서 계산과학의 핵심 도구인 수치해석학이 근사이론 그 자체임을 다항식 근사, 다변량 근사, 최적 근사 그리고 여러 보간법(알고 있는 데이터 값들을 이용하여 모르는 값을 추정하는 한 방법)을 비전문가도 알아듣게 쉽게 설명했더니, 그제야 천 원짜리 지식을 만 원짜리 지식으로 뻥튀기해 팔아먹는 과정에서 오버했다고 인정하더군요."

"소설가가 나설 자리가 아니다 싶지만 밥값을 하는 차원에서 한 말씀 올리겠습니다. 아까 이무기 교수가 과학기술 및 자연, 이 우주가 편미분방정식이란 언어로 표기되어 있다고 강조한 걸로 압니다. 문제는 대부분의 편미분방정식을 명시적으로 푸는 게 불가능하다는 사실입니다. 그렇다고 해에 접근하는 방법이 없는 건 아니예요. '사전추정값'이란 비장의 카드가 있으니까요. 사전추정값을 속된 말로 갠또(어림)라고도 볼 수 있는데, 이게 편미분방정식 해법에 중요한 역할을 한답니다."

아무 반응이 없다. 소설가가 수학을 논해 신기하게 보는 시선은 느껴졌다. 이왕 입을 연 김에 마저 한다.

"머신러닝의 기본 단위가 퍼셉트론(perceptron)이고, 이것을 떠받치는 게 시벤코 정리(cybenko's theorem)랍니다. '보편적 근사정리'나 '보편적 어림정리'라고도 부르는. 다시 말해 '근사'나 '어림' 같은 용어가 여기서부터 나오므로…. 편미분방정식 중에서도 아름다운 정리 중의 하나가 '말랑쥬(malgrange) 근사정리'란 이름을 가지고 있단 팩트만 명심하셔도…."

문학이론가들은 흔히 말한다. 소설이 현실의 재현이라고. 하지만 나

지금부터의 세계

는 소설이 현실의 근사라는 쪽에 더 무게를 싣는 편이다. 미술은 말할 나위도 없고 음악 역시 예외가 아니라고 보았다. 가령 고전음악감상실 스피커 음질이, 음향 시설이 아무리 좋아도 현장 음을 100% 재생할 수는 없으니까. 해서 어떤 이론이든 궁극적 진실을 근사적으로 서술할 뿐이라는 말[128]에 공감하였다.

"이무기 교수님, 인간의 감각 문제를 수학이 어떻게 접근하는지를 언급 안 했거든요."

다른 참석자였다. 이 교수가 약간 당황하기를 바라는 어투다.

"로그함수라고 들어보았을 겁니다. 그게 인간의 감각을 잘 표현[129]하고 있지요. 자세한 내용은 인터넷 위키백과, 수학백과 따위를 활용하기 바랍니다. 충분히 요해(了解)할 수 있을 겁니다."

"인간만이 가지는 주관 같은 것도 그렇다면, 수학이?"

또 다른 참석자였다.

"수학에서 광범위하게 사용하는 선택 공리가 바로 주관성이 개입된 수학 세계, 되겠습니다."

"아 그래서 '파로(PARO)'라는 심리치료 로봇 같은 게 나온 모양이지요. 인간과 상호작용을 통해 놀람, 행복, 화 같은 감정을 표출할 줄 안다고 들었어요. 뉴스에서."

한 참석자가 일본에서 개발한 인간과 교감하는 AI를 거론한다.

"'파로' 이야기를 해서 드리는 말씀인데요. 로그함수, 선택 공리까지만 소개하고 제 발언을 줄일까 했는데 진도를 조금 더 나가야겠네요. '베이즈 통계학'과 '베이즈 정리'를 언급하게 유도해섰습니다. 이 두 분야는 인간의 감각과 사고, 감성을 다루는 데 큰 도움을 주고 있거든요. 예컨대 베이즈 통계학 같은 경우, 선택 공리처럼 주관을 정보로 이용하고 있답니다. 놀랍지요? 주관적인 예상을 데이터로 인정해도 아무 문제가 없다는 '이유 불충분의 원칙'이 그 본보기죠. 이를 토대로 도시를 세운 게 AI 나라거든요. AI가 작곡이 가능하고, 그림을 그리고, 글까지 쓸 수 있는 건 이 때문이라고 봐도 무방합니다. AI가 벤치마킹 대상인 인간에 어느 정도 가까워질지 이만하면 상상 가능하겠는지요? 물론 아직까지는 '고지능 저감성'이란 근본 문제가 AI에게 있는 게 현실입니다. 하지만 감성 컴퓨팅(AC : Affective Computing)과 인공감성지능 기술이 하루가 다르게 발전하는 만큼 조만간에 우리 모두 놀라자빠질 새 세계가…. 실제로 현재 IBM에서 문서가 내포한 감정을 파악하는 자연어 처리기 'Watson Analytics'를 개발중이고, MS에서도 구조화되지 않은 텍스트에서 감정 등을 파악하는 자연어 처리기 'Text Analytics'를 개발 중인 걸로 알고 있습니다. 2017년 홍콩한 스타트업에서 만든 어느 학습 소프트웨어 같은 경우, 벌써 학생들의 감정과 표현을 실시간으로 감지할 수도 있거든요."

"이무기 교수님, 특강 잘 들었습니다. 저는 평생 철학과 교수질하다 은퇴했다오. 현재도 한 대학에서 석좌교수라는 타이틀을 줘서 강단에 서고 있답니다. 에, 제가 평생 학생들한테 강조한 키워드 중의 하나가 '학습'이었습니다. 공자의 『논어』 '학이'편 첫 대목이 '배우고 때맞춰 익히면 또한 기쁘지 아니한가(學而時習之 不亦說乎)'이고, 아리스토텔레스의 『형이상학』 첫 문장이 '모든 사람은 본성적으로 알고 싶어한다'[130]이거든요. 동서양 학문 시조들께서 학습을 제일성으로 강조했는데, 머신러닝 역시 학습이 핵심이라 무지 놀랐다오. 빅데이터를 바탕으로 '스스로 학습'하는 AI 한 분야가 머신러닝이란 이 교수님 발언이 제 눈을 번쩍 뜨이게 했습니다. 이 늙은 철학도가 전율한 것은…."

## #4

이뿐만 아니었다. 심지어 이무기의 학부시절 지도교수의 병문안에 동행하기도 했다. 찰떡 호흡을 본의 아니게 또 자랑한 현장을 중계할까 한다.


"이무기 선생, 맨날 이무기에 머물 건가? 용이 될 때도 된 것 같다만." 이 교수에게 당신 자리를 물려주고 퇴직한 노교수가 도림동(道林洞) 소재 아담한 단독주택 안방 침대에 누운 채 천천히, 매우 천천히 말하였다. 병색이 완연하다. 노교수 부인이 이무기에게 은사가 몹시 보고 싶어 하는 눈치라고 귀띔하여 찾은 것이다.

내가 동행하게 된 것은 노교수가 현역 시절 쓴 수치해석학 교재를 보고 컴퓨터에 입문한 인연이 있어서였다. 그 외 사적인 연결고리는 없다. 그런데 알고 보니 이무기한테는 노교수가 직계 스승이자 학문적 아버지였다. 해서 당신이 정년퇴직한 후에도 일 년에 적어도 두 번은 식사 자리를 마련하였던 모양이다. 이번 만남 직전에 나와 얽힌 이야기를 했더니 기회만 되면 한번 보고 싶다 했다지 않는가.

"글쎄 그게 교수님…."

이 교수가 멋쩍어하며 뒤통수를 긁는다.

"이무기 선생, 건곤일척의 승부수로 삼겠다는 인생 문제들 말이오. 그 문제들과 전투한 지 벌써 20년이 다 되었네. 이 선생이 신임 교수로 부임하는 자리에서 포부를 밝혔으므로."

노교수가 이무기를 저격하는 주제는 이것이다. 쉬우면서도 어렵고 어려우면서도 쉬운, 멋진 수학 문제를 세계수학계에 어서 내놓으라는 주문이었다. 천재급 수학자들이 즐겁게 평생 고뇌할 문제를 출제하라는 종용이다. 하루빨리.

내가 협업에 동의한 날이었다. 감복한 이무기가 자기 심중과 궁극적 포부까지 죄다 털어놓은 것은. 하여 대강 전후 사정을 꿰고 있었다.

그날 이무기는 이렇게 실토하였다.

"김 작가님, 나를 낳고 당신은 죽는 선택을 한 우리 어머니 때문일 겁니다. 선택 문제를 수학화한 선택 공리에 평생 연연한 것은요. 제가 학부 3학년 때였습니다. 컴퓨터로 수학 문제 해결하는 일에 빠진 저한테 수치해석학 강의하는 교수님이 어느 날 연구실로 부르지 뭐예요. 'BSD 추측(conjecture)'을 들어나 보았느냐고 묻습디다. 대뜸. 잘 모른다고 했더니, 1960년대 초 영국 케임브리지대에 재직하던 두 수학자가 그 당시 제일 좋은 컴퓨터 중 하나였던 'Cambrige EDSAC'로 특별한 형태의 방정식을 연구하다가 낸 문제가 소위 말하는 'BSD 추측'이라고 소개[131]했습니다. 해결하면 백만불 상금이 걸린 세기적 난문을. 그래서 저도 흉내를 내기 시작했지요. 컴퓨터를 이용해서도 훌륭한 문제를 낼 수 있음을 인식한 계기가 되었으니까요. 하지만 발등에 떨어지는 수학 공부를 하기도 벅차 미루고 하다보니 어느새 까먹고 있었습니다. 그러다, 1996년이었어요. 그때서야 세기적 난문이 아련히 되살아났습니다. 컴퓨터과학자 윌리엄 맥쿤이 추상대수학과 기호논리학 문제가 참인지의 여부를 결정하는 컴퓨터 프로그램을 만들었거든요. 쇼크였습니다. 컴퓨터가 추리를 해서 미해결 문제였던 '로빈슨 추측'을 해결한 걸 보았으니까요. 제가 '수리랑'을 개발하게 된 동기도 따지고 보면…. 김 작가님도 잘 아시겠지만 요즘 AI 연구자들 사이에서 의사결정을 대신해주는 AI 개발은 핫한 테마잖아요. 전 세계적으로 데이터 기반 의사결정 수요가 날로 커지고 있지 않습니까. 이 의사결정을, 수학의 선택 공리와 결정 공리, 절대자와 신, AI의 의사결정 트리, 자연 속 나무 등과 골고루 엮는 게 저의 거창한 꿈이거든요. 그리하여 내가 제시한 가설(hypothesis)를 풀면 절대자가 137억 년 전쯤 이 우주를 창조할 때 선택지가 하나였을까, 여러 개였을까, 무한 개였을까 같은 초난제도 해결되기를 바라거든요. 개인과 집단, 국가 앞에 놓인 크고 작은 선택 문제들도 자연스럽게…. 단지 수학적 의미를 떠나, 많은 근원적 질문들도 해결했으면 하는 숙원이 있거든요. 저에게는 언젠가부터 오랫동안."

뜻 한번 장하다고 추어올린 것이다. 대학 정교수가 된 쉰에도 수학청
년이나 가질 법한 무지개 꿈을 현재진행형으로 꾸기가 어디 쉬운가.
이에 맞장구를 치느라 나도 "AI가 우상일까, 아니면 하나님과 석가모
니 대체재일까"라는 물음표를 던졌다. 이어 "니체가 지적했지요, 아마.
『구약성서』에 의하면 신과 인간은 같은 언어를 사용한다고. AI도 인
간과 같은 언어를 사용하는 만큼 신과 인간 그리고 AI 관계는 그럼 어
떻게 되는 거지요?"라는 큰 물음표도 테이블에 올려놓았다.

내가 한번 입길에 올리자 이무기 교수도 다양하게 변주하였다.

"인간이 아는 모든 지식과 지혜, 그걸 넘어 이 세상과 이 우주의 모든
것을 학습한 AI가, 인간이 믿는 신 혹은 절대자 혹은 하느님과 무슨
차이가 있을까, 란 생각이 아닌 게 아니라 드네요. 어쩌면 우리 우주
를 창조한 것도 전(前) 우주의 어떤 존재가 만든 AI일지도"

더 구체적인 질의를 이 교수가 허공에 던짐으로써 두 사람에게 오랫
동안 정묵(靜默)할 거리를 의도치 않게 내놓았다.

"결국 무화과나무 한 그루, 복숭아나무 한 그루? 이 우주라는 게? 이
단상을, 이 아이디어를 가다듬어 '신의 한 수(樹) 가설'이란 이름으로
세계 수학계에 난문으로 조만간에 내야겠습니다. 김 작가님 생각은
어떠십니까?"

하여간 이무기는 이 모든 걸 상상으로만, 공상으로만 그치지 않았다.
짬만 나면 실천에 옮겼다. 나와 가지는 술자리에서도 내가 화장실에
잠깐 다녀오는 그 틈도 아까워 스마트폰 노트에 밑그림을 그리곤 했

다. 수학자들이 수학적 진술을 증명할 때 만일 너무 길고 복잡하다 싶으면 소정리(lemma)로 분할해서 하는데 이를 AI 소설 챕터 처리에 응용하는 기술을 선보이는 와중에도 "김 작가님, 잠깐만요"라고 양해를 구한 후 수학적 아이디어를 길게 적바림해놓는 식이었다. 보통 열정이 아니었다. 증명에서의 소정리 역할이 컴퓨터 프로그램 안의 서브루틴 역할[132]과 유사하다고 설명하는 자리에서는, 이것이 자연 속 나무의 가지 하나와 연결되지 않을까 하고 별안간 물음으로써, 나까지 당신 논의에 적극 끌어들이기도 하였다.

"우리 작가님도 이무기 선생한테 듣자하니 수학 소양이 있다고 들었습니다. 그러니 잘 알 거요. 수학에선 문제 풀이보다 문제 내기가 더 중요함을. 한 수 위임을. 우리 제자가 AI 수학자, AI 소설가 만들기에 나선 걸 누구보다 반긴 사람이 저였다오. 만일 AI 수학자, AI 소설가가 나오면 그때부터 수학자는 문제 내는 일에, 소설가는 구상하는 일에 더 본격으로 매진하는 계기가 될 테지요. 따라서 지금과는 완전 다른 세상이 될 겝니다. '기계적인 풀이나 기계적인 증명은 AI 수학자에게, 기계적인 작문이나 기계적인 소설쓰기는 AI 소설가에게'가 일상화 되는 그날이 오는 걸 보고 죽을 수 있을라나. 정해진 답을 찾는 것만 초중고 시절 배워 수학이 답만 찾는 맹목적인 분야로만 알고 있는 일반인이 많은데, 실제로는 문제 해결 과정보다 흥미로운 문제 만들기가 창의성을 더 많이 보여주잖소.[133] 가설이나 추측 같은 경우 대단한 수학적 통찰력이 없으면 못 만드는 것만 보아도, 단적으로, 수학사

(史)만 보아도 문제를 증명한 사람보다 문제를 낸 사람을 더 고수로 치는 경향이 있는 것도 다… 좋은 문제, 좋은 글에는 본질을 건드리는 질문이 들어 있어서 그러겠지요. 뻔한 답이 아닌 질문을 많이 남기는 수학 문제일수록, 문학 작품일수록…. 요는, generalizability(일반화 가능성)이 많을수록 좋은 문제임을 알기에 우리 제자가 좀 더 분발해주기를 바라는 관계로, 이렇게…."

질문의 '질(質)'이 바탕 혹은 근본의 뜻을 함축하고 있는 만큼 백번 천번 지당한 말씀이었다. 이제까지는 인간이 문제를 푸는 동물[134]이었다면 AI가 나온 이후로는 문제를 내는 동물로 변신할 테니까. 그 이유는 참으로 단순하다. AI가 문제를 풀 수는 있지만 문제를 만들어낼 수 없기 때문이다. 아직은. 아마도 오랫동안.

가장 좋은 질문을 던지는 게 창의성의 본질[135]이요, 질문을 합리적으로 한다는 것은 영리함과 통찰력이 있다는 의미[136]이고, 사유한다는 것은[137] 근본적 질문을 던진다는 것이고, 이 모두 뿌리 질문(root question)의 중요성을 강조하는 설도(舌刀)임을 모르는 자 어디 있을까. 다만 행동으로 옮기는 게….

## #5

내가 총체적 난국에서 키맨이었다는 이유로 이무기 교수가 통 크게 나왔다. 다품다 AI가 아직 포니 수준이라면 나매쓰 AI는 첨단 자율주행차 경지인데도 불구하고 기꺼이 양보했다. 비상(非常)에 걸린 스타트업을 비상(飛上)하게 해준 공을 보답하는 차원이라는 고급 언사마저 기꺼이 동원하며. 실제로 다품다가 1인 기업에 가깝고 소설에만 특화된 스타트업이라면 나매쓰 AI는 수학과 소설 이외 다른 분야에도 두루 적용이 가능한 이른바 '복합 AI'이니까. 좌우간 두 스타트업은 MOU뿐 아니라 비밀 협약도 맺었는데 다품다에 절대적으로 유리한 조건이었다. 다품다 지분을 이무기 교수가 일정량 가지는 선에서 일체 합의를 보았다. 또 AI 소설가를 세상에 등장시킬 때 대외적으로는 '전략적 모호성(strategic ambiguity)'을 유지한다는 조항까지 부칙으로 넣었다. 각자의 스타트업을 필요 이상의 관심으로부터 보호하기 위함이었다.

두 AI 소설가가 경쟁을 통해, 오류 수정을 통해 상반상성(相反相成)이 이루어져 소설가다운 포스를 점차 장착하여 검은 백조로 변신했다.

그러나 유감스럽게도 속까지 검은 건 아니었다. 폭풍 성장에도 불구하고 여전히 크고 작은 문제가 많았다. 가령 인간이라면 손쉽게 처리하는 동의어 대체 능력, 조사 처리 미숙 같은 디테일에서도 다품다는 약점을 수없이 노출하였다. 그러므로 문장이나 지문 또는 한 챕터 속에 은유와 상징이 적절히 녹아 있기를 바라는 것, 개성적인 문체를 기대하는 것, 자기가 창작하는 소설의 문학적 위치 같은 걸 인식하는 문제—현 기술로는 극복하기 힘들었음을 토로하는 바이다. 다음 과제로 남긴다.

전례가 없는 도전을 하는 과정에서 여러 시행착오가 있었다.

그 가운데 가장 뼈아픈 부분이 과다 학습의 폐해였다. 내가 평생 관심을 가진 분야를 중심으로 집중 학습한 다품다 AI가, 소설가 행세를 그럴싸하게 했으나 기본적으로 수학자 AI인 나매쓰 특성으로 말미암아 생긴 증상이었다. '목경(木經)'에서 중간중간 통째로 덜어낸 것은 과도한 전문 지식의 남용이 그 일차적 원인이다. 이른바 창조학습이 아직 완전체에 못 이른 탓이기도 하다. 이를 적나라하게 보여주는 예를 하나만 더 들면, 자연수 3과 도형의 출발점인 삼각형 관련 잡학★¹⁴이다. 어마무시했다. 활용된 수학 지식이 고등학교 수준에서부터 대학 학부 수준★¹⁵, 대학원 수준★¹⁶까지 광범위하여 사람을 질리게 만들었다. 3과 삼각형이 이럴진대 그 이상은 두말해 무엇하리. 시쳇말로 'TMI' 대폭발이었다. 해서 이를 손보지 않으면 소설인지 수학인지 무엇인지 모를 판이라 부득이하게 정리할 수밖에 없었다. 그중 극히 일부를 핵심만 간추려 '후설'에 남긴 것은 분리 배출하기가 아깝다는 판단이 들어서다.

#6

AI 소설가 '비람풍'이 당초에는 분명히 보조작가였다.

'인간 소설가는 창의력과 상상력에, AI 소설가는 이를 떠받치는 조수 노릇'이란 선을 긋고 작업에 임했다. 다시 말해 사람은 근본 방침[本]을, AI에게는 실제 작업[末]¹³⁸을 맡긴다는 게 모토였다. 하지만 계산대로만 굴러가지 않았다. 특정 챕터를 기술(記述)하는 과정에서 원샷 학습(one shot learning)을 필두로 Q-러닝 알고리즘(즉시 보상과 지연 보상 중에서 선택할 수 있는, 최적 계산 함수를 학습하는 알고리즘), 원-핫 인코딩(one-hot encoding :

지금부터의 세계

자연어 처리시 단어를 벡터로 바꿔줄 필요가 있는데 이를 위한 가장 기본적인 방법), 시스템 성능과 효율을 극대화한 합동 최적화(co-optimization) 같은 인공지능 기술을 총동원한 게 문제였다. 나매쓰와 다품다가 각기 개발한 오버테크놀로지(초월적 기술력)를 합체하자 공동작품 정체성이 애매했다. 해서 일반 과학기술 논문처럼 주저자(교신 또는 제1)와 나머지(et al.)로 표기하는 형식을 배척하기로 하였다. 저자를 따로 구분하지 않는 수학 논문 전례를 따르기로 하고는, 몇몇 전문가에게 초고를 보여주었다.

자못 기대가 컸다. 그러나 간과하고 있었다. 제일 중요한 것을. 문제는 완성도였다. 소설미학의 결여! 초고를 일람한 주변 전문가들이 하나같이 말했다.

"새로운 도전은 장하다. 시너지가 눈부시다. 소설계에 뉴 노멀(새 기준)을 제시한 것만은. 그러나 거기까지. 소설로서 갖추어야 할 기본조차…."

홍수에 먹을 물 없는 꼴, 별이 아닌 별똥별이란 지적도 한동안 얼굴을 못 들게 만들었다. 서사 부분 책임자로서 만구무언이었다. 소설가가 되어 가지고 기초 중의 기초를 소홀히 했다는 점이 더욱더.

"김 작가님, 나매쓰가 이번에는 한발 물러나는 게 좋겠습니다. 현 시점에서 나매쓰가 딱히 더 기여할 바가 없기도 하고…. 다음에는 우리한테 기회를 먼저 주신다고 약속하면, 그걸로 만족하겠습니다. 일종의 신사협정을 맺으시지요."

분명 다품다와 김태연이란 인간에게 한없이 실망했을 텐데도 이무기는 점잖게 나왔다. 심신이 너덜너덜해진 소인배에게 투척하는 대인배의 큰 선물은 더 이어졌다.

"기술이 궁극에 이르면 예술이 됨을 증명하고 싶었는데 저로서도 아쉬움이 큰 게 사실입니다. 정말 이제는 교과서적 인생을 살아온 저로서는 감당이 안 됩니다, 솔직히. 로드맵과 시간표 자체가 짜지지 않는 거 있죠. 당분간 AI 수학자에게 더 집중하는 게 정도라는 생각이 드네요. 하지만 비교과서적으로 살아온, 종잡기 어려운 방식으로 생을 영위한 김 작가님 같은, 수학 버전으로 바꾸면 패스로지컬 함수(pathlogical function) 같은 스타일이라면, 이 국면을 어떻게든 수습해서 돌파해 나가리라 확신합니다."

이러한 덕담과 함께 이 교수가 필요하다면 소설의 개연성을 보강하는 방법으로 당신의 사생활을 대량 방출해도 좋다고 나왔다. 오토픽션(자전소설) 요소를 강화하는 게 시대정신 담보에 도움이 된다면 얼마든지. 모든 것을 내려놓겠다는 처신이었다. 아낌없이 주는 부모처럼.

감동이었다. 다품다를 위하여 불쏘시개를 자청하니까. 다시 힘을 내지 않을 수가 없었다. 노빠꾸(물러서지 않는 집념을 뜻하는 인터넷 용어) 장기를 발휘하기로 작심하기에 이르렀다.

"일단 피버팅(전략 급선회)부터!"

거듭된 실패를 전화위복 삼으려면 새 판을 짤 필요가 있었다. 돌려막기로는 안 되겠다는 인식부터 철저히 하였다.

이를 머리로는 잘 알아도 몸이 좀처럼 따라가주지 않았다. 그러나 결정을 번복하는 게 잘못된 결정을 밀고 나가는 것보다 백번 낫다는 경험칙이 떠올라 다시 출발점으로 돌아가곤 했다. 원위치가 미덕이었다. 실패

지금부터의 세계

와 에러를 밥 먹듯 겪어야 성장하는 코딩을 오래 한 덕일까. 모든 것을 백지 위에 올려놓고 새로이 시작하는 게 어느 틈에 가능하였다.

군인이 구호를 외치듯 수시로 노래했다. 리셋, 또 리셋, 또또 리셋을. 이무기 협조로 두 AI 소설가의 여러 버전 소설끼리 A/B 테스트(대조실험)도 시키고, 따로 특별히 개발한 버전끼리도 거듭 맞장을 뜨게 하자 어언간 진화가 LTE급으로 이루어졌다.

가능한 모든 노하우를 다 쏟아붓는 '올코트 프레싱'이었다. 끊임없는 담금질과 빡세고도 긴 묵행(黙行)을 이어갔으니까.

"김 작가님의 차보즈(상대를 꼼짝 못하게 하는 핵심 기술)를 위하여!"

한발 뺐으면서도 살뜰하게 챙기는 이무기가 무시로 보내는 응원 톡이었다. 아레테(arete : 미덕을 갖춘 최고 경지의 전문성) 소유자의 추임새라 더욱 각별하게 다가왔다.


#7

AI 소설? 분명 가보지 않은 길이다. 자연히 많이 그리고 자주 헤맸다. 그때마다 가이드 역할을 한 게 있었다. 그것도 여럿이다. 사족이, 덧붙이는 해시태그(#)가 지나치게 길어지는 폐해에도 불구하고, 하나만 더 언급하고 후기를 정리할까 한다.

언젠가부터 나에게는 겉모습만 보면 틀림없이 사람인데 행동거지를 보면 특정 동물이 연상되는 버릇이 있었다. 순전히 습관 수준이었다. 바퀴벌레나 쥐, 뻐꾸기나 독수리, 늑대나 하이에나 같은 사람을 접할 때마다 고심이 깊어졌다. 실제로 그런 사람 뇌와 그런 동물 뇌가 같거나 적어도 작동방식이 유사할 것이란 생각을 자주 그리고 오래 하곤 하였다.

정도의 문제이지 이는 누구나 공통으로 느끼는 사안이지 싶다. 개념 없는 인간, 무뇌아, 무뇌충 — 이 같은 용어가 인터넷 세상에 버젓이 떠다니는 것을 보면. 그렇다. 뇌가 장착 안 된 듯한 인숭무레기들이 자기 주변에 없는 사람이 있을까. 없으리라. 어리석어서 생각 자체를 포기하고 살면서도, 남들은 그렇다고 흉보면서도, 자기만은 성인급 인격 소유자로 착각하며 사는 사람은 또 좀 많은가. 매크로(반복 작업을 자동화하는 프로그램)처럼 살아서 누가 봐도 단순 반복 인생인데도 불구하고 정작 자기만은 매크로 개발자인 양 착각하고 사는 사람 역시 부지기수다. 경험상.

두루 알다시피 지금 시점에서 보면 헛웃음이 나오는 역사적 사실이 있다. 유럽에서 계몽주의가 한창이던 시대까지만 하여도 '여성들은 생각할 능력이 과연 있는가? 여성은 도대체 영혼이란 걸 갖고 있는가?' 등이 영원히 반복되는 질문이었고, 계속되는 토론거리[139]였다는 것. 어느 순간부터 나는 여성 대신 AI를 대입(代入)해보고 싶은 강한 유혹을 느꼈다. 정말 의문스러운 건 기계가 생각하는지의 여부가 아니라 정작 인간들이 생각을 하는가의 여부라는 명담(名談)[140]도 여기에 기름을 부었다.

그 주제에 본격으로 파고들 즈음 마침 '고무 손 착각'이라는 실험을 접하였다. 유튜브에서 여러 동영상을 볼 수 있을 정도로 현재는 일반인에게도 널리 알려진 실험인데, 액면 그대로, 고무 손이 자기 손이라고 착각한다는 내용이다. 우리 눈이 우리 뇌를 속일 수 있음을 잘 보여주었다. 여

지금부터의 세계

기에 가상현실과 증강현실 그리고 '또 다른 현실(페이스북의 마크 저커버그와 토마스 리어든 등이 개발 중인 기술), 장자의 호접몽 예화, 신경생리학에서 연구하는 인간의 기분(mood), 신경경제학에서 연구하는 뇌의 의사결정 과정, DNA와 후성유전체가 디지털과 아날로그 방식으로 움직이는 인체 시스템, 양자론의 반사실성(실제로 일어나는 것이 아니라 다만 일어날지 모르는 일로부터도 실제로 물리적 효과가 생길 수 있다는 것), 반복 알고리즘인 강화학습과 뇌-컴퓨터 인터페이스(BCI), 직관적 사물 인식을 넘어 맥락까지 이해하는 '시스템2. AI', 리스프(LISP) 같은 컴퓨터 프로그램조차 인간보다 훨씬 높은 의식을 갖고 있다고 강조한 마빈 민스키(인공지능 창시자 중 한 명), 사람의 두뇌 속 뉴런과 시냅스를 모사하여 그 구조를 공학적으로 구현한 뉴로모픽 컴퓨팅, 사람처럼 생각한다는 뉴럴엔진(신경처리장치라 불리는 시스템 반도체), 조국 사태가 잘 보여주었듯 대중은 사실보다 허구라는 이름의 대안적 사실을 더 신뢰한다는 점 등등등을 진짜 같은 가짜를 만드는 갠(GAN) 기술과 연결하면 소설문학의 본령에 도달하겠다는 자신이 서서히 들었다. 이 모든 것을 수학의 근본 개념인 대칭과 쌍대라는 대지(大地) 위에 식수하면 멋진 숲이 조성되겠다는 확신이 섰다.

문제는 나 혼자 다 할 수 없다는 것. AI시대에 만기친람은 원초적으로 불가능하였다. 시대를 관통하는 인사이트를 가진 전문가 그룹이 필요했다. 해서 스타트업 다품다 차원에서 자문위원으로 모셨다. 이무기 교수를 필두로, 국제전기전자공학회(IEEE) 펠로(석학회원)들, 클라우드(가상 저장장치) 없이 작동하는 '소형(small) 인공지능'계 기린아 S박사, 카이스트 전산학부와 수리과학과 교수, 포항공대 수학과 교수, 연세의대 Y 교수, MIT 인공지능발달연구소 전(前) 연구원, 프랑스 국립컴퓨터연구소 연구원, 영국의 앨런 튜링 연구소 관계자 등을 모아 AI가 생각하는 갈대, 창작하는 갈대인지를 쉼 없이 시험한 것이다.

그 성과 여부 및 회심의 필살기를 더 세밀히 논할 수 없어 유감이다. 저작권, 특허 같은 미묘한 문제와 얽혀 있기 때문이다. 다만 이것 하나만은 확실히 해둔다. 앞서 거론한 여러 재료를 총합하여 거대한 탕을 끓이자 미각이 발달한 미식가도 미처 못 맛본 기묘한 맛이 우러나왔음을. 세렌디피티(serendipity : 우연한 발견)로 이어졌음을.


#8

존버(끝까지 버틴다는 의미)의 승리였다. 집요한 스케일업 과정을 거친 후 작품에 마침표를 찍는 순간, 문득, 벼락같이 각성했다. 나 혼자만의 소설이 아님을. 많은 사람들로부터 도움을 음으로 양으로 받았음을 부인할 수 없다. 이어서, 곧장 확인 사살했다. 내가 소설가가 아니고 소설감독임을. 영화감독이 영화에서 하는 역할을 내가 그대로 하였기 때문이다. 틀림없다.

되게 생경하고 영 생소해도 어쩔 수 없다. 오래 고심해도 소설감독이라는 직함이 가장 걸맞은 이름이었다. 적어도 이 작품에서는. '미주'와 '후설' '부록'을 굳이 넣은 것 역시 그 차원이다. 극장판 영화 대신 무삭제 감독판 영화를 보고자 하는 관객을 위한 일종의 배려처럼. 나 역시 한 명의 소설감독으로서 독자에게 보내는….

#9

만난을 무릅쓰고 여기까지 왔다.

이로써 지구촌 한쪽 구석에 AI 소설나무 한 그루를 심는다. 접붙인 나무를…. 온전한 AI 소설나무도 뒤이어 나오기를 고대한다. 수종이 다른 AI 나무들도 많이 심어지기를 바라마지 않는다. 완전 다른 계산이 똑같은 답을 주는 사례가 수학세계에서는 빈번하게 일어난다. 이처럼 결이 다른 AI 소설들도 속속 등장하여 황금나무, 쑥쑥나무로 자라기를…. 그리하여 멋진 AI 소설숲이 조성되기를…. 거기서 만인이 문학적 힐링을 얻었으면 여한이 없겠다.

# 주석

**1**  『예기』 '내칙'에 '아이가 여섯 살이 되면 숫자와 방향을 가르쳤다(教之數與方名)'란 표현이 나온다.

**2**  J. Kepner, J. Gilbert, *Graph Algorithms in the Language of Linear Algebra*, SIAM, 2011/ K. h. Rosen, *Discrete Mathematics and its Applications*, 7th edn, McGraw-Hill, 2012

**3**  신현용, 『대칭 : 갈루아 유언』, 승산, 2017년, 80쪽

**4**  김강태, 『미분기하학』, 교우사, 2000년, 29쪽

**5**  프란시스 베이컨(1561~1626)의 『대혁신(Instauratio Magna)』 머리말은 '우리 자신에 대해서는 침묵한다'는 첫 문장으로 서두를 장식한다.

**6**  정범석, 최지욱, "정신분열병의 최신 뇌 영상 연구", 「생물정신의학」, v18 no.2, 대한생물정신의학회, 2011

**7**  미국수학회 편, 대한수학회 역, 『수학이 빛나는 순간』, 대한수학회, 2015년, 16쪽

**8**  고려대학교 수학과 김영욱 교수, 「현대수학 입문 강의록(2)」

**9**  2018년 일본 게이오대에서 수학을 전공하는 두 대학원생이 증명했다. 그들은 기하학 문제를 대수방정식 문제로 변환한 후 수론(數論)기하학을 이용해 풀었다.

**10**  A. Hatcher, *Algebraic Topology*, Cambrige University Press, 2002

**11**  A. J. Viterbi, "Error bounds for convolutional codes and an asymptotically optimum decoding algorithm", *IEEE Transactions on Information Theory* vol. 13 issue 2, 1967, 260~269

**12**  김태연 장편소설, 『이것이다』, 시간여행, 2010년, 168쪽

**13**  Martin Aigner. Günter M. Ziegier, 이상욱 외 역, 『하늘책의 증명』, 교우사, 2008, 245~253쪽
J. Riordan, "Forsets of labeled tree", *J. Combinational theory* 5, 1968
니콜라스 하이엄 외, 정경훈 외 역, 『프린스턴 응용수학 안내서(원제 *The Princeton Companion to Applied Mathematics*)』 1권, 승산, 2018, 881~883쪽
로센(K H. Rosen), 공은배 외 역, 『이산수학』, 맥그로힐, 2012년, 813쪽

**14**  고등과학원, 「과학의 지평」 51호, 2015년, 10쪽

**15**  『월간 뉴튼』 2019년 2월호

**16**  2008년 4월 15일 청량리 고등과학원(KIAS) 강의실에서 필즈상 수상자 에핌 젤마노프가 이 같은 취지의 강연을 한 바 있다.

**17**  C. Cortes, V. Vapnik, "Support-Vector Networks", *Machine learning*, 20, 1995, 273~297

18 임철규, 『눈의 역사 눈의 미학』, 한길사, 2004년, 32쪽

19 제너 레빈, 이경아 역, 『우주의 점』, 한승, 2003년, 220~239쪽

20 로저 펜로즈, 박병철 역, 『실체에 이르는 길』, 1권, 승산, 2010년, 352쪽

21 스테퍼니 맥퍼슨, 이가영 역, 『수상한 인공지능』, 다른, 2018년, 35쪽

22 강미영(국립국어원 학예연구관), 한국일보, 2020년 2월 14일자 칼럼

23 *Proceedings of The Korean Society for History of Mathematics* vol.28 No.1, Nov. 2018, 21~26

24 김태연, 『이로써 영원히 계속되리』, 시간여행, 2014년, 232~238쪽

25 프리드리히 횔덜린, 장영태 역, 『휘페리온』, 을유문화사, 2008년, 9쪽

26 김민경, "청소년의 심리적 요인, 부모애착이 인터넷게임 중독과 휴대폰 중독에 미치는 영향" 「인간발달연구」 v.19, 2012년, 1~22쪽
정동진 외, "행동 억제 체계가 스마트폰 중독에 미치는 영향 : 우울의 매개효과", 「신경정신의학」 v.55(2), 2016년, 97~102쪽

27 고등과학원, 「과학의 지평」 No 35, 2007년, 3~8쪽
고등과학원, 「과학의 지평」 No 41, 2009년, 3~21쪽

28 요시나가 요시마사, 임승원 역, 『수학, 아직 이런 것을 모른다』, 전파과학사, 1993년, 107쪽

29 티모시 가워스 외 엮음, 금종해 외 옮김, 『The Princeton Companion to Mathematics. 1 - 프린스턴 수학 안내서』, 승산, 2014년, 105쪽

30 '대덕의 과학자편', 「주간조선」 2507호, 2018년 5월 14일자

31 한국무역신문, 2019년 11월 7일자

32 마빈 민스키, 조광제 역, 『마음의 사회』, 새로운 현재, 2019년, 502쪽

33 김보겸, 「한국어 텍스트의 공간정보 자동추출」, (충북대 디지털정보융합 전공 공학박사 논문), 2016년 9월, 11쪽

34 김영택 외 공저, 『자연언어처리』, 생능출판사, 2001년, 24쪽

35 최현배, 『우리말본』, 정음문화사, 1994년

36 A. Hatcher, *Algebraic Topology*, Cambrige University Press, 2002

37 이규태, 『한국인의 성과 미신』, 기린원, 1985년, 148~149쪽

38 W. Diffie, M. E. Hellman, 'New directions in cryptography', *IEEE Transactions on Information Theory* vol.22 issue 6, 1976, 644~654
Christos Papadimitriou, *Computational complexity*(1st edition), Addison Wesley, 1993, 279~298

39 버트런드 러셀, 임정대 역, 『수리철학의 기초』, 연세대학교 출판부, 1986년, 65쪽

40 전체 구조를 1/a로 분할했을 때, 각 부분은 전체적으로 통계적 자기상사이고, 그 개수가 b개가 되었을 때 전체 구조의 프랙탈 차원은 $d=\log b/\log a$가 그 답이다.

41 H. 헤세가 『방랑(放浪)』에서 한 말

42 다변수함수 편미분은 딥러닝에서 학습 훈련 데이터가 제시하는 문제를 잘 해결하는 방향으로 유도하려면 가중치(weights)가 필요한데 그때 쓰이는 강력한 수학 무기이다.

43 티모시 가워스 외 엮음, 권혜승 외 옮김, The Prinecton Companion to Mathematics 2 - 프린스턴 수학 안내서, 승산, 2015년, 35쪽

44 「Newsletter on the KMS」176호, 대한수학회, 2017년, 10쪽

45 강승식, 『한국어 형태소 분석과 정보 검색』, 홍릉과학출판사, 2002년, 123쪽

46 (Scholar Search) http://scholar google com.

47 구문 트리는 원시 프로그램의 구문을 트리 구조로 나타낸 것을 말하고, 해석 트리는 구문 해석 결과를 트리 구조로 나타낸 것을 말하고, 파스 트리는 고급 언어로 작성된 프로그램 구문 분석을 하는 걸 말하며, 트리 구조 변환문법은 자연 언어의 얕은 해석으로 얻은 트리 구조를 입력하여 깊은 해석 결과의 트리 구조를 출력하는 구문 해석 모델을 말한다.

48 J. Morgan, G. Tian, *Ricci FLow and the Poincar'e Conjecture*, American Mathematical Society, 2007

49 『초사(楚辭)』 '천문'

50 『주역』 '계사' 상 10장

51 김홍종, 『미분적분학』 2권, 서울대출판부, 2004년, 537쪽
존 더비셔, 고중숙 역, 『미지수, 상상의 역사』, 승산, 2009년, 384~385쪽
B. A. Davey, H.A. Priestley, *Introduction to Lattices and Order*, Cambridge University Press, 2002, 182

52 티모시 가워스 외, 같은 책 1권, 129~130쪽

53 조용승, 『위상수학』, 경문사, 2010년, 176~177쪽

54 1943년 미국 일리노이 의대 교수였던 워렌 맥컬록은 의대 학생이던 제리 레트빈, 월터 피츠와 함께 '신경 활동에 내재한 개념들의 논리적 계산'이란 제목의 논문을 발표했다. 이들은 논문에서 신경망을 '이진 스위치' 소자가 복잡하게 연결된 네트워크로 모형화하였다.

55 전위적 전문지 「제3의 텍스트」 제2호, 2004년

56 헤시오도스의 『일과 나날』, 아이스킬로스의 『오레스테이아』, 소포클레스의 『안티고네』에 그 같은 표현이 나옴.

57 『구약성경』 '역대하' 17:9, '시편' 7:9, 11:4, '잠언' 5:21, 15:3, 『신약성경』 '마태복음' 6:6, '마가복음' 4:22, '로마서' 2:16 등.

58 이와 관련한 부언 하나. 철학자 버클리 말이다. '모든 사물들이 존재하는 건 그걸 봐주는 관측자가 있기 때문이다.'

59 충청북도문화재연구원, 국립청주박물관 편저 『2010년 학술조사보고서, 청주 와우산』, 디자인공방, 2010년, 110~113쪽

60 곽말약, 조성을 역, 『중국고대사상사』, 까치, 1991년, 31쪽

61 칸트, 이석윤 역, 『판단력비판』, 박영사, 1974년, 112~119쪽

62 심괄 저, 최병규 역, 『몽계필담』 하권, 범우사, 2002년, 16~17쪽

63 클리퍼드 픽오버, 김지선 역, 『수학의 파노라마』, 사이언스북스, 2015년, 354쪽

64 이장훈, 『매스매티카 가이드북』, 교우사, 2000년, 586~588쪽

65 정상권, 『교사를 위한 해석학』, 교우사, 2008년, 212~213쪽

66 서울대 수리과학부, 『수학 뉴스레터』 vol. 24(2012년 가을호), 15쪽

67 김현중, "한국어 자연어 처리를 위한 파이썬 라이브러리", 2019년, http://github.com/10vit/soynlp

68 진카를로 자코네 외, 정사범 역, 『텐서플로로 구현하는 딥러닝과 강화학습』, 에이콘, 2017년, 44~45쪽

69 안드레아스 뮐러, 세라 가이도, 박해선 역, 『파이썬 라이브러리을 활용한 머신러닝』, 한빛미디어, 2019년, 101~124쪽

70 민성길 외, 『최신정신의학』, 일조각, 1988년, 163쪽

71 이정균, 『정신의학』, 일조각, 1989년, 339쪽

72 비슷한 표현이 『장자』 '덕충부'와 『문자』 '구수편'에 나온다.

73 우쥔(吳軍), 한수희 역, 『수학의 아름다움』, 세종서적, 2019년, 149쪽

74 조지프 캠벨, 정영목 역, 『신의 가면 Ⅲ. 서양신화』, 까치, 2000년, 127쪽

75 하신, 홍희 역, 『신의 기원』, 동문선, 1990년, 163쪽

76 富育光, 『샤먼교여신화』, 심양, 요령대학출판부, 1990년, 23쪽
   우실하, 『3수분화의 세계관』, 소나무, 2012년, 245쪽

77 아리스토텔레스의 『자연학』에 나오는 표현

78 김영택 외 공저, 『자연언어 처리』, 생능출판사, 2001년, 35쪽
   M. A. Minsky, "A Framework for Representing Knowledge", *In the Psychology of Computer Vision*, ed. P. Winston, McGraw-Hill, 1975

79 굿펠로우 외, 『딥러닝』, MIT press, 2016

80 http://detexify.kirelabs.org

81 M. N. Do, "Fast Approximation of Kullback-Leibler Distance for Dependence Tree and Hidden Makkov Models", *IEEE Signal Processing Letters* vol. 10 issue 4, 2003, 115~118

82 삼성미술관 Leeum, 『삼성 미술관 Leeum 소장품 선집 : 고미술』, 삼성미술관 Leeum, 2017년, 309~310쪽

83 에우데모스(Eudemus, BCE 350~300년경), 존 로크(John Loke, 1632~1704)의 『인간오성론』 등에서 이 같은 질문을 발견할 수 있다.

84 리언 레디먼 외, 안기현 역, 『대칭과 아름다운 우주』, 승산, 2011년, 143~149쪽
   리처드 파인만, 박병철 역, 『파인만의 물리학 강의』, 승산, 2004년, 52-9쪽

85 M. F. Atiyah, "Mind, Matter, and Mathematics", *Michael Atiyah's Collected Works Volume 7 : 2002-2013*, Oxford University Press, 2014, 269~281
   마틴 가드너, 과학세대 역, 『마틴 가드너의 양손잡이 자연세계』, 까치, 1993년, 190~206쪽
   비트겐슈타인, 이영철 역, 『논리철학논고』, 책세상, 2006년, 110~111쪽

86 조셉 니덤, 김영식 외 역, 『중국의 과학과 문명』, 까치, 1998년, 183쪽

87 클리퍼드 픽오버, 김지선 역, 『수학의 파노라마』, 사이언스북스, 2015년, 346쪽

88 임마누엘 칸트, 백종현 역, 『순수이성비판』, 아카넷, 2017년, 866~869쪽

89 Holley Moore, 유태훈 역, 『공학도를 위한 매트랩』, 퍼스트북, 2017년, 제6장

90 T. C. Hales, "A proof of the kepler conjecture", *Annals of Mathematics* 162, 2005, 1065~185

91 사이언티픽 아메리칸, 편집부 엮음, 김일선 역, 『인공지능』, 한림출판사, 2016년, 71쪽

92 장병탁(서울대 컴퓨터공학과) 교수의 서울대 수리과학부 수학강연회 동영상(2019년 11월 21일)

93 Susan J Colley, vector calculus, pearson

94 Denis G, Zill 외 지음, 수학교재편찬위원회 역, 『미분방정식과 그 응용』, 경문사, 2015년, 529쪽

95 네이버, 수학백과 중 '벡터장'
  김태연 장편소설, 『이것이다』, 시간여행, 2010년

96 유소, 이승환 역, 『인물지』, 홍익출판사, 1999년, 48쪽

97 루트비히 비트겐슈타인, 박정일 역, 『수학의 기초에 관한 강의』, 사피엔스21, 2010년, 53쪽

98 『순자』 '비상(非相)'편에 나오는 말

99 괴테의 시집 『마리엔바더의 비가』(1823년)에 그 연모의 정이 잘 드러나 있다.

100 우실하, 『3수 분화의 세계관(1-3-6-9)의 기원과 홍산문화』, 비교민속학회, 2014년 4월

101 horizon.kias.re.kr(백형렬 카이스트 수리과학과 교수 글. 2018년 12월 17일)

102 마리오 리비오, 권민 역, 『황금비율의 진실』, 공존, 2011년, 169쪽

103 박창범, 『인간과 우주』, 가람기획, 1995년, 139쪽

104 마르틴 보요발트, 곽영직 역, 『빅뱅 이전』, 김영사, 2011년, 171~242쪽

105 니체, 김기선 역, 니체전집 1권 『언어의 기원에 관하여. 외』, 책세상, 2003년, 17쪽

106 김영진(MS Senior Research Scientist), 『Highly Efficient Transformer Language Models』, 서울대 데이터사이언스대학원 세미나(2020년 12월 2일)

107 Byunghan Kim, *Simplicity Theory*, Oxford university press, 2014, 21~29
  B. Kim, H. Kim, "Notion around tree property 1", *Anals of Pure and Applied Logic* vol. 162, 2011, 698~709
  A. Chernikov, N. Ramsey, "On model theoretic tree properties", *Journal of Mathematical Logic* vol. 16, 2016
  E, Casanovas, Byunghan Kim, "More on tree properties", *Fundamenta Mathematicae* vol. 249, 2020, 287~301

108 김준희(연세대), "Existence of antichain trees in SOP1-NSOP2 theories", 대한수리논리학회 2019 년 겨울학기 세미나 speaker 자료

109 Woo Young Lee, "Lecture Notes on Operator Theory", Seoul National University, 2010
  Raul E. Curto, In Sung Hwang, and Woo Young Lee, *Matrix Functions of Bounded Type : An Interplay Between Function Theory and Operator Theory* (*Memoirs of the American Mathematical Society*), Amer Mathematical Society, 2019

110 Lukasz Grabowski et al., "Measurable circle squaring", *Annals of Mathematics* 185, 2017, 671~710

111 로저 펜로즈, 박병철 역, 『실체에 이르는 길 2』, 승산, 2010년, 697~698쪽

112 Charles C. Pinter, 박찬녕 엮음, 『집합론 해설』, 경문사, 2006년

113 2018년 1월 30일 '네이처 커뮤니케이션'에 발표된 미국 다트머스대 탈리아 휘틀리 교수 연구진의 결과물

114  시오반 로버츠, 안재권 역,『무한공간의 왕』, 승산, 2009년, 391쪽

115  탈레스 외, 김인곤 외 역,『소크라테스 이전 철학자들의 단편 선집』, 아카넷, 2005년, 242쪽

116  P. J. Davis 외, 양영오 외 역,『수학적 경험. 상』, 경문사, 1995년, 202쪽

117  움베르토 에코, 이현경 역,『미의 역사』, 열린책들, 2005년, 39~47쪽
     W. 타타르키비츠, 손효주 역,『타타르키비츠의 미학사 1』, 미술문화, 2005년

118  마르틴 하이데거, 이기상 역,『존재와 시간』, 까치, 1998년, 184쪽

119  김원우,『산책자의 눈길』, 강, 2008년, 76쪽

120  『여씨춘추』와『대대례 · 증자문(曾子問)』등에 나오는 말.『구수략』이란 조선시대 산학서엔 소자(昭
     子)가 했다고 기술.

121  J. Hastie, R. Tibshirani, J. Friedman, *The Elements of Statistical Learning,* springer, 2009

122  Steven Bird, Ewan Klein, Edward Loper, *Natural Language Processing with Python*, O'Reilly
     Media, 2009
     Christopher D. Manning, Prabhakar Raghavan and Hinrich Schütze, *Introduction to
     Information Retrieval*, Cambridge University Press. 2008.

123  『한비자』에 나오는 말

124  『문자』에 나오는 말

125  R. A. Horn and C. R. Johnson, *Matrix Analysis* second edition, (Cambridge : Cambridge
     University Press, 2013)

126  서울대 수리과학부 수학강연회 강연동영상(2019년 4월 11일). 김현민(부산대 교수)의 '행렬, 행렬
     함수 그리고 행렬방정식'

127  시인 기형도(1960~1989)의 '입 속의 검은 잎' 시작(詩作) 메모에 '가장 위대한 잠언이 자연에 있음
     을 지금도 나는 믿는다'는 표현이 나옴.

128  수학자이자 물리학자인 로저 펜로즈(1931~)의 말

129  김홍종,『문명, 수학의 필하모니』, 효형출판, 2009년, 118쪽
     한스 크리스천 외, 전대호 역,『과학의 새로운 언어, 정보』, 승산, 2007년, 127쪽

130  아리스토텔레스, 조대호 역,『형이상학』, 길, 2017년, 31쪽

131  K. Devlin, *The Millenium Problems*, Basic Books, 2002

132  니콜라스 하이엄 외 엮음, 정경훈 외 역,『Applied Mathematics Ⅱ』, 승산, 2018년, 492쪽

133  로저 펜로즈, 노태복 역,『마음의 그림자』, 승산, 2014년, 602쪽

134  김태연,『이로써 영원히 계속되리』, 시간여행, 2014년, 표 1

135  조선일보 2017년 6월 26일, B2면 서평 기사

136  임마누엘 칸트, 백종현 역,『순수이성비판』, 아카넷, 2017년, 279쪽

137  인디고 연구소 기획,『불가능한 것의 가능성(슬라보예 지젝 인터뷰)』, 궁리출판, 2012년, 98쪽

138  『신자(申子)』 '대체(大體)'편에 '군주는 근본 방침을 세우고, 신하는 실제 작업을 책임진다'는 표현이
     나온다.

139  마리트 룰만 외 저. 이한우 역,『여성 철학자』, 푸른숲, 2005년, 239쪽

140  버러스 프레데릭 스키너(1904~1990)의 말

# 후설

신세계 입구에 놓여 있는 장애물이 가지점(branch point)이었다. 방정식의 범함수가 갖는 구조를 이용한 신(新) 변분법, 그래프 이론 및 군(group) 이론의 네트워크 설계, 조합론적 최적화, 연속적 최적화와 실해석학 및 함수해석학과의 관계, 디지털 위상수학, 러프 집합 이론, 무작위 행렬 이론, 계산복잡도와 대수기하학의 융합이라는 이름의 걸림돌들도 있었다. 객관 대신 주관도 정보로 허용하는 베이즈 정리(Bayes' theorem)와 베이즈 통계학, 정량적인 답이 불가능할 때 정성적 예측을 가능하게 해주는 미분위상수학과 대수적 위상수학, 공리적 집합론, 행렬을 주로 이용하는 콘볼루션 신경망(CNN), 신경과학 전반의 지식은 넘기 힘든 산이었다.

이 같은 장애물, 걸림돌, 산을 넘자 상상 못한 새 세계가 기다리고 있었다.

★²

대한수학회소식 2015년 3월호에 홍콩수학경시대회 항릉수학장(獎) 참관기가 실렸다. 이 문제는 중학생 3명과 고등학생 1명으로 구성된 팀이 풀었다. 그들이 3개월 동안 연구하여 25쪽 논문으로 작성했다.

자세히 들여다보면 '소수 중에는 끝에 1, 3, 7, 9를 덧붙여도 소수가 되는 경우가 있다'로 논의를 시작한다. 예컨대 3에 1, 7을 덧붙인 수 31과 37은 여전히 소수다. 여기에 다시 1, 3, 7, 9를 덧붙이면 311, 313, 317, 373, 379라는 소수가 생긴다. 이런 작업을 더 이상 소수가 만들어질 수 없을 때까지 계속하면 다음과 같은 트리 구조를 얻는다.

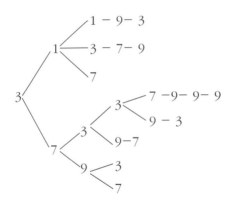

문제의 학생들은 모든 소수는 꼭 하나의 소수 트리에 속한다고 증명했다. 소수 트리 중에는 89, 107, 167, 251같이 단 하나의 소수로만 구성된 것들도 있다. 학생들은 모든 소수 트리가 유한 개의 소수로만 이루어졌을 것이라고 예상했으나 이를 증명하지는 못했다. 허나 이 예상이 2진법의 수와 3진법의 수에서 성립한다는 사실은 증명하였다.

★³

『총·균·쇠』 저자로 유명한 다이아몬드(J. Diamond)도 인정했잖은가. 세계 최고의 문자 체계라고. 한글은 독창성과 기호배합 효율성에서 특히 돋보이는, 세계에서 가장 합리적인 문자임을. 에드윈 라이샤워 하버드대 교수도 똑같이 말한 걸로 알아. 일본 언어학자 노마 히데키(野間秀樹)도 한글 탄생은 세계 문자사(史)의 기적이라고 했어. 정인지(1396~1478) 말처럼 좀 똑똑한 사람은 아침나절이 되기도 전에, 설령 돌대가리라도 열흘이면 배울 수 있는 문자가 한글이잖은가."

★⁴

이임박의 접근법을 축약해서 옮기면 다음과 같다.

의사처럼 해부하자. 정육면체를. 여섯 개의 면이 나옴을 금방 알 수 있다. 2차원 면의 시작이 삼각형이렸다. 삼각형은 일직선상에 있지 않은 세 점을 직선으로 연결한 것 아닌가. 이 정삼각형을 자르면 정사각형이 만들어질까. 직감적으로 만들어질 듯도 하지만 선입견은 금물. 사람에게나 수학에나 모두. 복소평면에서의 정사각형 대칭변환 같은 수학 이미지가 줄줄이 떠올랐다. 일단 그 같은 잡생각을 누르고, 이야기를 단순화시키기가 우선 순위일 성싶다.

정삼각형을 4개 조각으로 잘라서 조립하면 정사각형은 눈 깜빡하기도 전에 만들어지지 않는가. 레고를 좀 해본 사람이라면 이는 식은 아

지금부터의 세계

메리카노 마시기와 똑같다. 그렇다면, 정삼각형을 다각형으로 확장하면 어떻게 될까? 살짝 궁금해진다. 평면에 넓이는 같지만 모양이 다른 두 다각형이 있을 때 하나를 잘라서 다른 다각형으로 만들 수 있느냐 하는 문제 말이다. 한동안 고민해도 해결책이 떠오르지 않는다. 몇날 며칠 집중해도 나아지지 않을 것 같은 이 절망감. 나만의 절망감인지 다른 사람도 느끼는 절망감인지를 확인하고 싶어 스마트폰을 손에 쥔다. 응급조치 의사는 이무기 형님이었다. 다행히 바로 받는다. 학부 3학년 선택과목 '수치해석학' 강의 때문에 연구실에서 강의실로 이동하는 길에 전화를 받은 형님이 바로 "가능해. 1807년일 거야. 아마. 영국 수학자 윌리엄 월레스가 증명했거든. 이것을 확장한 문제를 힐베르트가 20세기에 꼭 풀어야 할 23문제 중 하나로 발표했지. 그게 소위 말하는 '힐베르트 3번 문제'야. 구체적으로 표현하면 '부피가 같은 두 다면체가 있을 때, 다면체 하나를 유한 조각으로 잘라 다른 다면체로 항상 조립할 수 있을까'야. 힐베르트가 수학자들이 쉽게 못 풀 것 같아 문제를 냈지만 당신의 제자 막스 덴이 쉽게 풀어버렸어. 이 문제를 좀 더 편하게 풀기 위해 집합 용어를 사용해 설명해주마. 다각형을 점의 집합으로 생각해보자고. 그러면, 다각형 분할은 점의 유한개 집합으로 나누게 되잖니. 각 점을 평행이동하고 회전이동하면 다각형을 조립할 수 있게 되겠지? 이처럼 점을 여러 집합으로 나누고 대칭이동해서 넓이가 다른 모양의 다각형으로 나눌 수 있을까(·수학동아, 2018년 3월호, 60~62쪽 · Stan Wagon, *The Banach-Tarski Paradox*, Cambrige

University Press, 1993)가, 현재까지도 관련 수학자의 숙제로 남아 있단다. 넓이를 다룬 비탈리 집합(vitali set) 같은 것도 병행해서 공부하면 도움이 될 거야. 강의실에 벌써 다 와서 더 이상의 썰은 안 돼."

나는 녹음한 형님 말을 반복해서 들으면서 문제 자체를 정확하게 숙지했다. 그러고는 인터넷 검색과 수학 전문서 등을 활용해 한 발 한 발 다가섰다.

그 과정에서 나는 이 문제의 중요성을 새삼 인식했다. 삼각형, 사각형, 원, 3차원 공 사이의 관계를! 잘 연구하면 인간 존재의 근원에 대한 힌트도 얻을 수 있음을. 고대인들은 하늘은 원, 땅은 사각형처럼 생겼다고 보았지 않는가. 지금의 현대인들은 기이한 천재의 대명사 그레고리 페렐만(1966~ ) 덕에 우리 우주에 대한 3차원 그림을 그릴 수 있게 되었고, 결국 우리 우주가 삼각형이든 사각형이든 다각형이든 원이든, 사면체든 육면체이든 팔면체이든, 3차원 공이든 무엇이든, 인간이란 점, 우리 은하라는 점, 우리 우주라는 점을 수렴할 수도, 연결할 수도 있으므로… 아닌가? 나의 대책 없는 어리석음은 끝이 없을까. 자연수처럼, 우주처럼.

[5]

거듭 강조하면요. 자연어를 이해한다는 건 한 표현(근원 표현)으로부터 다른 표현(목적 표현)으로 변환시키는 거잖아요. 언어 이해엔 절대 개념이 거의 존재하지 않는다는 원초적 난이성, 쉽게 말해 복잡하고 힘든 성질이

지금부터의 세계

있기는 하지요. 하오나 매핑(mapping : 변환)의 유형인 일 대 일, 일 대 다, 다 대 일만 해도 함수로 접근하면 신의 한 수가 됩니다. 함수를 처음 배우는 중고생들도 다 아는 일대일함수, 항등함수, 상수함수, 합성함수, 다항함수 등에 적용 가능하니까요. 이건 또 반복신경망(RNN)의 일 대 일, 일 대 다, 다 대 일 등과도 연결되고. 나아가 대학 수학과 1,2학년 때 배우는 미분적분학과 해석학 과목이 바로 변환(transform) 그 자체를 다루잖아요. 변환의 대표주자인 푸리에 변환까지 언급하고 싶지만 이런 데 정통한 공자 앞에서 문자를 쓰는 듯한 느낌이라 그만 입에 셔터를 내릴게요."

당연히 HAM(한국어 분석 라이브러리), 코엔엘파이(KoNLPy : 한국어 처리 오픈소스 라이브러리)를 비롯해 전 세계 주요 테크 기업 등에서 오픈한 응용 프로그램 인터페이스(API) 플랫폼을 최대한 활용한 결과였다. 기존 AI 전문가들이 축적해놓은 연구물이 초석을 쌓는 데 크게 일조했다. 예컨대 순환신경망(RNN)만 해도 그랬다. 문장 내에서 다음 단어를 예측하는 데 능력이 뛰어난 순환신경망 기능을 발전시키고 진화시킨 덕을 톡톡히 본 것이다. MIT와 켄달스퀘어 접점인 바사 스트리트 초입에 있는 노암 촘스키 교수 연구실 관계자들 도움도 받았다. 아무기도 종이를 구긴 것 같은 그 건물에 직접 가보기도 하였다. 스타타센터 우측에 있는 뇌과학연구소에 자료 확보차 방문하는 길에 변형생성문법의 창시자로 워낙 명성이 높아 호기심이 일었기 때문이다.

"당신이 결국 'we did it(우리가 해냈다)' 할 줄 알았지만 이렇게 빨리 가시적 성과를 거둘 줄은 진짜진짜 몰랐어. 나매쓰만의 맞춤형 AI 모델을 구축하다니!"

장했다. 분명 전인미답의 길이었다. AI 보조작가 그림을 그렸으니까.

"제가 잘해서가 아니라 운이 좋았을 뿐이에요, 단지. 굳이 공을 돌리자면 한글을 창제한 세종대왕이 0순위예요. 제러드 다이아몬드 교수가 『대변동』이란 저서 서문에서 그랬잖아요. 영어가 세계에서 가장 일관성 없고 까다로운 문자인데 반해 한글은 이와 달리 가장 뛰어난 문자라고 칭송한 것만 봐도요. 실제로 한글만큼 기하학적인 문자도 없습니다. △(반치음), ㅁ ㅇ이란 자음 하나만 봐도요. 도형 그 자체이니까요. 한국인의 세계관을 설명하는 단어인 '천지인'을 '원방각(ㅇㅁ△)'으로 표현하는 것 하나만 보아도 얼마나… 한국어 모음에 나타나는 좌우 대칭, 상하 대칭은 또 얼마나 수학적입니까. 또 한국어가 함수와 연결시키기 좀 좋아요. 일테면 까투리, 장끼, 꺼병이 뜻을 모르면 암꿩, 수꿩, 새끼꿩으로 바꾸어 말해도, 그러니까 변환해도 의미가 통하니깐요. 이 함수는 또 수학의 무엇과 통하죠? 수 그 자체와 비슷하잖아요. 데데킨트(1831~1916) 같은 수학자가 일찍이 연구했잖아옷. 결론은, AI가 수학이고 수학이 AI이니만큼 수학적인 언어인 AI와 인공 언어인 한글 궁합이 맞을 수밖에 더 있겠습니까. 저는 그 둘 사이에 중매만 섰을 뿐인걸요."

"…"

"음, 그다음 순위를 손꼽으라면 거울대칭한테 돌리고 싶어요. 이론물리학자들이 발견한 그 현상이 수학적으로도 엄청난 의미가 있잖아요. 푸리에 변환, 양자장론, 오비폴드, 원환면(회전면의 일종)을 다루는 심플렉틱 기하학 등등에 두루 등장하는 게 거울대칭이니깐요. 우리 이무기 교수님께서 어느 날 심플렉틱 기하학 썰을 푸는 자리에서 단위 정사각형 면적 운운했던 걸 기억하는지 모르겠습니다. 이 교수님이 원래 삼각형, 사각형, 원 같은 2차원 평면도형에 유달리 애착이 많은 줄은 알았지만, 그 순간 복소기하학 세계의 복소평면과 아울러, CNN(컨볼루션 신경망)의 세포라고 해도 과언이 아닌 픽셀, 그러니까 많은 수의 작은 정사각형으로 구성된 그리드(격자)와 연결되면서 희한한 세상이 서서히 눈앞에⋯."

사소하다면 사소하지만 의미 있는 도움을 준 이는 많고 많았다. 그 가운데서도 나우리는 반대할지 모르나 이무기로서는 가장 많이 생각나는 수학자가 있었다. 막심 콘세비치(1964~ )였다. 그가 수학적으로 정립한 호몰로지적(homological) 거울대칭 가설이 영감의 원천이었다. 좀 더 기술적으로는 정규 트리의 채색(coloring of regular tree)과 부분단어 복잡도(subword complexity) 관계를 연구한 결과물[이슬비의 서울대학교 수리과학부 석사논문, "Colorings of regular trees with linear subword complexity : first examples and properties" 등] 도움도 무시할 수 없다.

"여보 제가 보기엔요. 앞서 언급한 것들은 대국적 견지에서 그렇다는 거고요. 직접적으로는 누가 뭐래도 빠른 속도를 자랑하는 스페이시(spaCy)와 자연어 처리 대명사 NLTK 같은, 고수준 자연어 처리에 특화된 파이썬 패키지 공이 커요. 물론 결정적 도약대 역할은 뉴런 이론이 있었기 때문임은 부인 못 하겠죠. 만일 거울 뉴런에 대한 수많은 학자들의 선행연구가 없었다면 AI 소설가 프로젝트는 일장춘몽으로 끝났을 확률이 높았어요."

이무기도 전적으로 동의했다.

인간이 언어를 처음 배울 때 모방, 그러니까 따라하기를 통해 배우잖는가. 이를 좌우하는 게 거울 뉴런이다. 무언가를 따라하기 위해 가족의 말이나 행동을 유심히 관찰할 때 아이들 뇌 안에서 거울 뉴런들도 열심히 반응한다는 것, 자신도 그 말이나 행동을 하는 것처럼 느끼기 위해서라는 것, 공감 역시 마찬가지라는 것, 이 공감 능력이 전혀 없는 사람을 우리는 자폐환자라고 부른다는 것, 기이하게도 자폐환자에게는 이 거울 뉴런들이 거의 활동하지 않는다는 것, AI가 뇌 없이 기계적으로 사는 좀비처럼 되지 않으려면 어떻게 코딩해야 되는지를 시사한 거울 뉴런 개념은 그러므로 만병통치약에 가까웠다. 여기에 수학자와 물리학자들이 토대를 닦은 거울대칭하고 접목하자 그 누구도 못 본 신세계가 시야에 들어왔다.

"내가 당신 AI 소설가 작업을 지켜보면서 느낀 것 중의 하나가 인간의 능력이 대단하다는 거야. 어떤 전문가들도 자기 세계 안에 갇혀 살지만 않으면 얼마든지 신세계를 열 가능성을 발견했으니까. 아이들 언어 발달과정을 보면 어느 시기에 급작스럽게 발전하는 시기가 있듯, 우리 우주도 특정 시기에 급속도로 팽창했다는 거 아니야. 인플레이션 우주라는 게 바로, 아이들 언어 발달과정. 우리 우주 성장사(史), 우리가 만든 AI 수학자, AI 소설가 역시 어느 시기에 비약적으로…. 그 공통근이 넘 재밌지 않나, 나우리."

"넹."

"…."

"제가 과흥분했을 때 자기가 중심을 잡아주지 않았다면 큰일날 뻔했 잖아요. ICCV(국제 컴퓨터비전 학회) 때 세상 물정 모르고 자랑질하자고 바가지를 어지간히 긁었으니까."

나우리가 AI 소설가 스케치를 끝낼 즈음 마침 인공지능 분야 세계 최고 학술대회 중 하나인 ICCV가 서울 코엑스에서 열릴 예정이었다. 1천여 편 이상의 AI 논문이 발표되는 그 학회에 만일 나우리의 성과를 오롯이 담아 발표했다면? 세상이 뒤집어지지는 않았겠지만 난리가 났을 게 분명하다. 그러나 이무기가 주저앉힌 것이다. 속되게 스포트라이트나 받자고 연구한 것이 아니기에 적극 설득했다. '젊은 만큼 그 기분 충분히 이해한다. 하지만 길게 보고 일하자. 포석 하나 잘 깔았다고 이겼다 생각하면 바둑 고수가 아니라 아마추어'라는 논리로 치마를 잡은 것이다.

"저란 계집은 은근히 관종 끼가 많나봐요. 그때 인정받고 싶어 몸이 근질근질거렸으니까요. 사실 AI 소설가 크로키 정도 끝낸 걸 가지고 AI 소설가가 완성된 것처럼 설레발칠 뻔했잖아요. AI가 속도 하나는 기똥차게 빠르지만 아직은 인간에 비해 보완해야 할 게 엄청 많으니까요. 특히 글 속 맥락 문제 하나조차 제대로 못 해결[MIT 컴퓨터인공지능연구소(SAIL) 다니엘 루스 소장의 워딩]했으므로."

맥락 문제는 AI 소설가 앞에 놓인 심연 중의 하나였다. 인류가 화성에 다녀오는 것만큼 어려운 일이었다. 말과 글이 그 사람 내면을 비추는 거울이란 잠언이 상징하듯 거울 뉴런, 거울대칭이란 이름의 우주선을 탄다고 할지라도 1986년 챌린저호, 2003년 컬럼비아호처럼 참사를 겪지 말란 법 없었다.

★[7]

너무 말랑하지요? 그럼 몸을 풀었으니 본 게임으로 들어가겠습니다. 겐첸(1909~1945)이 개발한 자연연역(natural deduction : 공리를 전혀 사용하지 않고 여러 개 추론규칙만을 사용하는 게 특징) 트리를 아실 겁니다. 이 시스템으로 형식증명(formal proof)을 작성해보시겠습니까?

★[8]

그는 비(B) 트리(다방향 탐색 트리)와 서술 트리(서술 트리 구조+이진형식 트리 구조 모드), 판별 네트워크(이진검색 트리의 일종) 문제를 연결해서 던진 질문에 능숙하게 답변했다. 조금씩 다른 여러 결정 트리를 묶어놓은 랜덤 포레스트, 또 다른 앙상블(여러 머신러닝 모델을 연결해서 더 강력한 모델을 만드는 방법)인 그래디언트 부스팅 결정 트리까지도 막힘이 없었다. 다른 스펙도 화려하였다. 하도 자신만만하게 나와 골려 주려고 일부러 '유향 (有向) 트리(종점이 되지 않는 시작점 노드와 그 시작점을 제외한 다른 노드가 종점이 되는 가지가 적어도 하나 존재하는 트리 구조)와 고정점 정리가 어떻게 연결되어 있을

　　　　　　　　　　　　　　　　　지금부터의 세계

까'란 질의를 던지기도 했다.

"마침 그때 파인만(1918~1988)이 제기한 '무한히 큰 전하(물체가 띠고 있는 정전기의 양) 평면이 과연 존재할까'라는 문제에 집중하는 중이었는데 김이 주는 상징과 이미지가 크나큰 도움이 됐대나봐요. 모든 사각형은 평면을 빈틈없이 덮을 수 있음은 고대인들도 이미 안 지식이었잖소. 은진미륵 앞에서 사각형과 다각형, 다면체, 면 관련 수학을 논했으니만큼 이 자리에서 길게 떠들 생각은 없다오. 다만 김 에피소드를 계기로 백지 스님이 평면과 곡면에 대한 수학적, 물리학적, 천문학적 의미를 깊고 넓게 파고들었다고 합니다. 유클리드 평면, 사영평면, 쌍곡평면, 초평면, 복소평면부터 평면을 일반화한 극소곡면, 위상적 극소 곡면, 극대곡면, 리만 곡면, 코시 곡면, 복소 대수곡면, K3 곡면 등에 이르기까지. 국소적으로 평면과 같은 게 곡면인 만큼 다양한 곡면을 공부할 수밖에요. 그 과정에서 크게 무엇을 느껴 세속의 영달을 버리고 스님이 되었고, 스님이 되어서도 줄기차게 그 화두를 붙들고 있었다고 들었소이다. 달마 대사가 9년간 면벽으로 깨달았듯 백지 스님 역시 비밀스러운 특수 선방(禪房)인 무문관 생활을 좀 오래 하셨습니까. 면벽, 다른 말로 하면 면수학(面數學)에 함몰된 끝에 마침내…."

"…."

## 10

평면을 뒤집는다 함은 평면을 바라보는 방향을 뒤집는다는 소리부터 하였다. 이를 수학에서는 향을 뒤집는다(orientation reversing)라고 한다는 걸 필두로 3차원 공간에서 향을 정하는 문제에 이르기까지 개념을 잡아 주었다. 강아지도 알아들을 수 있을 정도로. 이와 연관된 수학 전문서 내용과 강의 노트까지 'PDF 파일'로 보내주었다.

이것이 계기였다. 수학 강이 아니라 수학 바다로 좀 더 멀리까지 나아간 것은.

클립으로 철해져 있는 또 다른 메모에는 이를 심화시켜 전개한 내용도 얼굴을 말갛게 드러냈다.

갓난아기는 본능적으로 어느 순간부터 어머니 시선과 몸짓을 따른다. 첫돌 전후가 되면 손가락 가리키기로 어머니와 의사 전달을 하기 마련이다. 이로써 손가락 가리키기는 한 존재의 근원과 맞닿아 있음을 알 수 있다.

스님들이 자주 하는 손가락과 달의 비유만 해도 따지고 보면 그 연장 선상에 있는 것으로 보인다. 아기 손가락 가리키기의 불교 버전이라고 할까. 수학 버전은 그렇다면 미분기하학의 향(向)이 되나?

몇 해 전이다.

하루는 이무기 형이 잔뜩 상기된 표정으로 우리 아파트에 찾아왔다.

미분위상수학이란 수학 분야 창시자이기도 한 존 밀너(John Milnor : 1931~ )와 잠시 담소를 나누었다고 자랑질했다. 청소년이 평소 존경하던 '셀럽'을 만나고 온 것처럼 한껏 들떴다. 2014년 코엑스에서 열린 세계수학자대회(ICM) 폐회식 날이던 8월 21일 오후였다. 그날을 정확히 적시하면.

"동생, 내가 오늘 누굴 만났는지 아나? 수학계에서 천재 대명사로 통하는 존 밀너를 우연히 만난 거 있지. 흰 나이키 운동화, 베이지색 바지, 소매가 긴 주홍색 체크무늬 남방을 입은…. 흰 수염과 금테안경, 손에 쥔 중절모, 큰 키에 팔에 걸친 파란색 잠바(점퍼)…. 나이 탓에 어깨가 약간 굽은 밀너와…."

영락없다. 팬카페, SNS 등을 통해 커뮤니케이션하던 소녀 팬이 우상이던 스타를 우연히 영접했을 때 일어날 법한 상황 그대로였다. 평소답지 않게 형은 감격 모드였다.

애 같은 형을 살짝 비웃었던 기억이 새롭다. 아무리 존 밀너가 불세출의 천재라고는 하여도. 그러다가 나까지 존 밀너 팬이 되리라고는 그때만 해도 상상할 수가 없었다.

1986년 미국 버클리에서 열린 세계수학자대회장이 무대였다. 그 당시 존 밀너는 프린스턴대 고등연구소 소속이었다. 그가 손가락으로, 색다른 4차원 공간이 존재함을 증명함으로써 필즈상을 받은 프리드먼(M. Freedman)의 수학 세계를 수천 명의 청중 앞에서 설명했다.

"문제는 2차원 왼팔을 4차원 다면체 안으로 끼워 넣으려 할 때, 이것이 대개는 '가로지른다'는 것입니다."

존 밀너가 이같이 말하며 손가락으로 고리와 손잡이 모양을 만들었다는 사실[지나 콜라타 외 28인 공저, 고은주 역, 『뉴욕타임스 수학』, 열린과학, 2017년, 36~37쪽]이다.

마침 내가 미분다양체, 대수적 위상수학에서도 다루는 '향'을 깊이 공부하면서 오래 고민하던 테마라 얼마나 황홀했던가. 마약도 그런 마약이 없었다. 손과 관련된 접촉기하학(contact geometry) 세계는 더 강한 마약이었고, 확률론을 다루는 수학자의 애용품 중의 하나인 와이어드 트리(wired tree)는 더 센 환각제였다.

[11]

AI 세계 트리를 탐색하는 과정에서 나 스스로에게 낸 문제가 몇 가지 있다.

하나는, 모든 트리가 다 우아(gracefull)한지 아닌지에 관한 문제다. n개의 버텍스(그래프 점)를 갖는 트리에, 1부터 n개의 숫자를 준 다음, 각 에지(edge ; 선) 양 끝의 두 버텍스에 차를 주었을 때, 만약 에지 숫자들이 모두 다르다면, 이 트리를 우아하다고 정의하였다. 특정 사람처럼 어떤 문제도 유달리 끌리는 게 있는데 이 문제가 그에 해당했다. 사고 이후 나는 '완전'이란 단어에 언제나 필이 꽂혀져 있었다. 이상적 환경에서 자라는 완전한 나무, 완벽한 나무 관련 연구를 한 것도 그 차원이다. 그때 찾은 난제였는데 개인적으로 자못 흥미로웠다. 이 문제를 죽기 전에 증명하거나 아니면 최소한 반증이라도 하고 싶다.

지금부터의 세계

다른 하나는, 나무 형태의 그림, 이른바 수형도 중에서도 생성 수형도 (spanning tree)와 고차원 네트워크를 연결하는 문제에 집중하고 싶다는 것이다. 여기에 수형도 함수(tree function)라는 양념을 친다면? 다시 말해 대수적 위상수학과 조합론 등을 바탕으로 심도 깊게 접근하고 싶은데 아직은 배경 지식이 부족하다는 사실이다. 걱정이 아닐 수 없다.

아울러 모든 게임은 결정된다는 결정 공리(axiom of determinacy)와 결정 트리(decision tree), 자신의 정의역을 스스로 결정하는 능력을 갖고 있는 복소해석함수(holomorphic function)의 관계를 확장하고 융합하여 전체를 아우르는 수식을 유도하고 싶다는 것. 또 랜덤 그래프, 즉 균등형성 나무(UST)에 대한 이해도 깊이 하고 싶다는 것. 또또 대수학 및 기하학 기법을 응용한 조합론에 나오는 어더리더 트리(ordered tree) 같은 것도 넓게 파보고 싶다는 것. 또또또…. 모든 편미분방정식 중에서도 가장 어렵고 이해하기 힘들다는 완전 비선형방정식을 정복하고 싶다는 것. '아 그놈 욕심 한번 사납다!'라고 혀를 찰 분도 있겠지만 이는 숨길 수 없는 나의 본능이 되었다. 돈처럼 사랑처럼 공부 욕심도 끝없었다.

또 다른 하나는, NP-완전 문제이다. 조카 이금지로부터 어느 날 자기를 짝사랑하는 후배 이야기를 듣게 되었는데, 나는 정작 후배의 일방적 애정 공세보다 '완전'이란 용어에 혹해 그 후배가 출세의 디딤돌로 간주하는 문제에 더 관심이 갔다. 알고 보니 이 문제도 최적의 결정 트리를 학습하는 문제와 연결되어 있었다. NP-완전 문제는 다항 시간 안에 푸는 알고리즘을 발견하는 거였다. 아직 못 발견했다. 그러한 알고리즘이 존재하는지조차 알려진 바가 없었다. 다만 현재로서는 특정 NP-완전 문제에 대한 근사 알고리즘만 알려져 있을 따름이다.

그 외에도 관심 가는 문제는 노거수 이파리 만큼 많았다. 허나 앞서 거론한 이 문제들부터 가능하면 해결하고 싶다. 완전 직육면체 문제, 불변부분공간 문제 같은 미해결 문제들과 함께.


★[12]

풍류 관련 좀 더 깊은 수학까지 논하려다 삼간다. 설명충 아니면 꼰대 소리를 들을 확률이 100퍼센트니까. 그러나 제자가 계속 말아오는 소맥 맛에 발동이 걸려 입술꽃이 자꾸만 벌어졌다.

"벡터는 비의(秘義) 저장고, 비의 사이트야. 아는가? 풍류와 벡터 사이에 이퀄(=)이 성립하는 것만 보아도, 어떤 공간에서 부는 바람을 각 점마다 정확히 묘사하려고 하면 각 점마다 바람의 방향과 바람의 세기가 다를 것이므로, 각 점마다 방향과 크기를 갖는 벡터를 대응시켜 표현하면 되니까."

"코딩 꼬꼬마 시절에 처음 배운 배열(array)이 벡터를 의미한다는 걸 안 이후, 가장 색다른 접근인데요, 교수님. 모바일 게임 '바람의나라 연'은 저도 가끔 즐깁니다만⋯."

제자가 마지못해 치켜세우는 소리에 고무되어 미니 특강 포즈부터 취한다. 술꾼이 대개 그렇지만 이무기 또한 술이 과해지자 같은 말을 반복하는 버릇이 나왔다. 자주 부른 십팔번을 흡사 처음 부르듯 신이 나서

지금부터의 세계

목청을 푼 것도 그 여파다.

"왜 내가 벡터라는 요물이 판도라 상자일 수도 있다고 강조하는가 하면 말이다. 방향과 크기를 지닌 벡터로 인생을 설명할 수도 있기 때문이네. 예컨대 누구나 부등식으로 태어나 등식으로 죽는 게 인생 아닌가. 인생 자체를 잘 들여다보면, 처음 태어나선 누워 지내. 고정점처럼. 그러다가 움직이기 시작해 방, 집, 그 너머로 확장해 외국 여행까지 다녀. 벡터를 처음 배우는 애송이도 알다시피, 공간상에서 발걸음같이 방향을 갖고 있으면 우리는 벡터라는 이름으로 불러. 물리학자 파인만(1918~1988)도 분명히 그리 말했어. 하여간 그 인생이란 것도 말이지. 인생에서 속도보다 방향이 더 중요하다는 금언(金言)이 있는 사실에서 보듯, 아무리 멀리 갔어도 잘못된 길이라면 반드시 돌아오라는 격언이 강조하듯, 인생이 벡터와 직결되어 있음을 재차 확인할 수 있어. 취학, 각종 입시, 취업, 결혼처럼 대부분의 사람들이 겪는 통과의례란 이름의 각종 변화 내지 변환을 수학적으로 접근하면, 함수로도 볼 수 있잖아. 잠정 결론을 내리자면, 각 개인이 저마다 그리는 인생 곡선도 벡터장(vector field)에 대입이 가능하다는 것이야. 우리 수학자들이 다변수벡터함수(vector valued function of several variable)라고도 표현하고, 미분작용소(differential operator)하고도 연결되는 벡터장이야말로 인생무대와 무엇이 얼마나 다른가?"

"교수님, 말씀 취지 알겠으니 이제 그만 하시죠. 노잼이거든요. 저도 벡터장이 수학세계에서 차지하는 영토가 상당히 넓다는 것 정도는 안다구요. 쉽게 말해, 투 머치 토커(TMI)라는 말씀."

제자가 듣그러워 하건만 이무기는 눈치를 못 챘다. 기어이 접벡터 같은 전문 영역까지 진도가 나간 걸 보면. 뜬금없이 벡터 그리고 텐서가 시공간을 다루는 우주 관련 논문과 저서의 필수품이라고 역설하기도 했다. 안 믿겨지면 이를 논한 전문서 어느 페이지든 펴보라는 말까지 한다.

심하지는 않아도 개념 없이 비약하고 오락가락하다가 뒤늦게 어지간히 오버했음을 알아차리고 술자리를 정리하는 수순으로 들어간다.

"어찌 인생뿐이랴. 남녀 간 사랑, 부모자식 간 사랑도 벡터연산으로 설명이 가능해. 벡터를 조금만 다른 각도에서 접근하여도, 구구절절 다 읊으면 너무 장황하므로 두 수학자를 소개하는 걸로 갈음하지. 인간의 감각과 기하학을 연결시킨 망델브로(1924~2010)야, 첫 번짼. 두 번짼 아 갑자기 생각이 안 나네. 멀리 외국으로 갈 것도 없이 국내 수학자(포항공대 수학과 강병균 교수)를 예로 들지. 그는 인간의 감정, 감성, 심지어 인간의 정신 작용도 벡터연산으로 논증이 가능하다고 봐. 우리 제자가 쉴 때 한번 검토해보라고. 헛소리인지 묘음(妙音)인지. 알겠나?"

이무기와 벡터는 언젠가부터 일심동체였다. 시간에 절대적으로 의존하는 인간처럼 벡터함수 역시 그런 속성이 있음을 직시한 학창시절의 어느 날을 잊을 수가 없다. 그 아득한 느낌도. 벡터에서 돌고 도는 그 무엇처럼, 시점과 종점이 없음을 온몸으로 깨달은 어느 날은 더 잊을 수가 없었다. 그 아스라한 감개를. 그 아찔한 떨림을. 아마도 그래서 옛 페르시아 수학자 겸 시인 오마르 하이얌(1048~1123)은 '우리 모두 오고 가는 이 세상은 / 시작도 끝도 없는 법'이라고 노래했으리라.'

이 같은 사유가 AI 수학자, AI 소설가 꿈을 꾸게 만든 디딤돌로 이어진 셈이다.

★[13]

"천체물리학자들의 관측 결과, 이쪽 우주와 저쪽 우주가 똑같이 보이는 문제는 어떻게 보아요, 김씨 아저씨?"

"우리 우주가 상호 정보 교환이 불가능할 정도로 무지막지하게 넓은데 어떻게 해서 균일할까, 이 문제 말이지요? 영업비밀을 단번에 다 밝힐 순 없고. 에, 힌트는 몇 가지 드릴 수 있소."

"…"

"첫 힌트는요. 리만곡면으로 바라보는 구면, 유클리드 평면, 쌍곡평면이 대칭적이라는 거요. 이들 공간은 모든 면에서 똑같이 보인다는 게 결론 아닙니까. 아니지, 결론이 아니지. 증명됐으니 정립됐다고 하는 게 적확한 표현이오. 이것이 바로 알 만한 사람은 다 아는 수학에서의 균일화 정리(uniformization theorem)이니까요. 리만곡면 분류와 관련해 중요한 정리 말이오. 리만 사상 정리(Riemann mapping theorem) 등의 개념이 줄줄이 뒤따르는. 두 번째 힌트는 '라자스펠트 예상'이오. 실수와 허수로 이루어진 복소수를 데이터로 하는 다차원 공간에 대칭성이 많은 좌표 무리가 존재한다면 이에 대응하는 공간에도 대칭성이 많은 좌표 무리가 존재해야 한다는 예상, 말입니다. 세 번째 힌트는 하인리히 히시(H. Heesch) 연구를 참조할 필요가 있소. 그가 역설하지 않았습니까. 유한한 구획으로 나누어진 유한한 개수의 지도로부터 무한히 많은 구획으로 나뉘어져 있는 무한 개의 지도를 유추해낼 수 있노라고. 아울러 이곳과 저곳에 동시에 존재하는 전자의 성질 등과도 연결해서 사유하면 도움이 될 게요. 어느 한 순간 이곳에서 발견된 전자가 다음 순간에는 우주 저편에서 발견할 수도 있잖소. 이 귀신 씻나락 까먹는 소리가 일반인에게는 낯설겠지만 과학도들에게는 상식 아니오, 상식."

"…"

"이건 맛보기에 불과하고. 복소평면에서 반복 함수를 연구하는 동역학계 공부가 우선 필요할 듯싶소. 다른 것들까지 다 언급하면 한도 없을 것 같고. 에, 결정적 핫팁(족집게 조언)은 거울 대칭(mirror symmetry) 같은 수학 중의 수학, 일급 수학자들이 최근 포커스를 맞추는 거울 대칭에 그 비밀이 있다오. 수학과 물리학 밑바닥에 깔린 게 거울 대칭이란 소리는 금지 씨도 자주 들어봤을 거 아닙니까. 금지 씨가 저한테 형부라고 부르는 날이 오면 그때 조금 더 깊이 들어갈 수 있겠지요. 오늘은 일단 여기까지만. 형부라고 불러도 제 말뜻을 만일 못 알아듣는다면? 슬플 것 아니오. 그런 불상사를 없애려면 지금부터라도 준비운동을 빡세게 하시오. 평면과 구면을 단순연결(simply conneted)된 도형이라고 보는 고차원 다양체 같은 공부부터, 국소적인 성질로 전체 성질을 정의하는 파라컴팩트 공간(paracompact space) 같은 공부부터, 불변부분공간 문제와 밀접한 푸앵카레 회귀정리(특정한 계는 충분한 시간이 지난 후에는 초기상태와 아주 가까운 상태로 회귀한다는 내용) 같은 공부부터, 기타등등에 이르기까지."

대표적인 것만 몇 가지 가려뽑아 적시하면 다음과 같다.

비교적 고대 버전부터 소개한다.


• 『산해경』에 나오는 삼면인(三面人) 관련 내용

• 단테의 『신곡』 '지옥'편에 나오는 사탄. 세 얼굴을 가지고 있음을 인
  공지능이 상기시킴

• 중국 돈황 벽화의 세 마리 토끼 장식, 페르시아 유적에서 출토된 세
  마리 사자상, 독일 페데르본 성당의 세 마리 토끼 장식 사이의 관계
  및 상징성

• 고대 홍산문화 석인상(石人像) 머리 위에 있는 3개의 고리 형태 장
  식물

• 중국 고대사회에서 새 시대가 오면 새 솥단지를 걸었는데 청동 솥
  단지 다리가 3개였다는 점

• 이백의 '달빛 아래 혼술(月下獨酌)' 한 대목에 '술 석 잔에 대도와 통
  하고(三杯通大道)'가 나오는데 이를 거론

• 한문으로 쓰인 고대 죽간인 『갑본』 '연례'에 문장 부호로 삼각형(▲)
  이 쓰인 것 활용

• 가야 토기 바리 모양 그릇받침에 응용된 △와 ▽의 조형적 미감


이번에는 비교적 현대 버전이다.

- 인간은 뇌의 3분의 1을 시각 정보 처리에 사용한다
- 왜 여자들은 남자의 역삼각형 체형에 환호할까
- 왜 우리말에 3음절 낱말이 많을까. 아버지, 어머니….
- 무슨 이유에선지 AI는 '훈민정음'에서 초성의 하나로 제시한 반치음(△)을 극구 사용
- 인간 망막을 구성하는 주요 세포 중 하나인 원뿔세포에는 3가지 종류가 있다는 것
- 수학에서의 삼각함수, 기독교에서의 삼위일체, 민주주의의 삼권분립 사이의 관계 부각
- 남녀 문제가 삼각관계가 되면 골치 아픈 것을 엉뚱하게도 많은 중고생들이 삼각함수 앞에서 힘들어하는 것과 연결시킴


★[15]
- 모든 삼각형은 황금사각형이 된다
- 1의 세제곱근은 복소평면에서 정삼각형 세 꼭지점에 해당한다
- 삼각형은 무한분할이 가능하다
- 삼각형에는 중심이 두 개 이상, 더 정확히 말하면 수없이 많다
- 어떤 원에 내접하는 다각형을 삼각형 분할할 때, 분할 방법에 상관없이 분할된 삼각형들의 내접원 반지름 합은 일정하다. 이 명제의 역도 성립한다
- '적은 양'의 삼각형을 표현하는 그래프는 삼각형이 없는 그래프들

지금부터의 세계

로 '잘 근사'할 수 있다는 것. 아울러 모든 주기함수는 삼각다항식으로 고르게 근사될 수 있다는 것. 이를 불교의 윤회설 등과 연결. 인공지능은 '프란셰렐 정리'에 삼각다항식이 나온다는 지식까지 무장하고 접근

- 단위원에 내접하며 각이 A, B, C인 삼각형의 넓이는 정확히 2 sinA sinB sinC이다
- 일렬이 아닌 3체 중심 배치는 정삼각형 꼴뿐임을 증명. 그 주인공이 라그랑주라는 것도 AI는 인지
- 직육면체 3쌍의 평행한 면들이 무한대 평면에서 만나는 모습을 그려보면 나타나는 게 세 점이다
- 플레이스홀더(placeholder) 함수를 통해 데이터나 텐서를 정의하려면 3개의 인수가 필요하다는 것
- 모든 연속인 주기함수 f가 삼각다항식으로 고르게 근사될 수 있다는 바이어슈트라스 근사정리 거론

★[16]

- 선형대수학에서는 가우스 소거가 자주 나오는데, 어떤 선형방정식에서도 삼각 형태로 변형된다는 문제의 지식을 인공지능은 곳곳에서 활용
- 정의 가능한 유계(bounded)인 집합은 정의 가능한 방식으로 삼각형 분할된다

- 모든 요르단 대수는 요르단 3중계 구조(triple system)을 갖고자 한 다. 그 역도 성립. 수학에서의 '다변수 복소함수론'에 익숙해야 페는 지식인데 우리의 인공지능은 장착

- '그린 정리'가 모든 삼각형에 관해 증명되면 다른 많은 영역(region) 에 대해서도 성립

- '조합적 위상수학'에서 공간을 삼각분할하는 문제

- 곡면의 가우스-보네 정리. 측지삼각형의 경우는 가우스가 증명했 는데 이를 다른 수학, 여러 종교와 결합시켜 통째 삭제. 일리는 있으 나 지나치게 난삽한 게 문제였음

- '조화해석학'의 한 갈래인 웨이블렛(wavelet)을 다룸. 가보(D. Gabor) 의 웨이블렛은 최대한 간략히 말하면 삼각함수에 가우스 함수를 곱 한 것. 이 역시 너무 현학적이었음

- 수학에서 중시하는 정수계수 이차형식. 그런데 양의 정부호 삼변수 이차형식의 경우에는 이차형식이 표현하는, 모든 정수를 결정하는 일반적인 방법이 알려져 있지 않다는 것

- orthogonal polynomial과 연분수는 삼항관계식(three term recurrence relation)이므로 연관지어져 있으며, 이 연결고리 역할을 하는 정리를 우리는 farvard's theorem이라 부른다. 이것을 우리의 인공지능은 자신과 인간 사이의 다리로 여기는 시도를 함. 아직은 불완전

- 페렐만은 리치곡률이 양의 하계인 리만공간이 상당히 큰 부피를 가

지면 주어진 공간의 모든 점 주변에 충분히 가늘고 길쭉한 삼각형의 존재성을 증명한 바 있다. AI는 이걸 기초로 우주, 종교, 물리학, 천문학, 고대사 등과 혼용 작전을 벌임. 터키의 넴루트 유적지 석상의 고깔모자와 우리 변한의 고깔모자 등과 연결시켰는데 일리는 있으나 번쇄하여 삭제

# 부록

■ [1] 田자 모양 와편. 본문 300쪽

지금부터의 세계

■ ² 田자 또는 바둑판 무늬 위에 잎 떨어진 나무 문양이 함께 있는 와편. 본문 300쪽

■ ³ 띠살문짝 모양의 와편. 본문 302쪽

■ ⁴ 상하 대칭 모양의 트리구조를 지닌 와편. 본문 429쪽

　　　　　　　　　　　　　　　　지금부터의 세계

# 상표등록증
## CERTIFICATE OF TRADEMARK REGISTRATION

**등록**
Registration Number

제 40-1158236 호

**출원번호**
Application Number

제 40-2015-0040194 호

**출원일**
Filing Date

2015년 06월 01일

**등록일**
Registration Date

2016년 02월 01일

상표권자 Owner of the Trademark Right

충청북도 청주시 상당구

상표를 사용할 상품 및 구분
List Of Goods

**DAPUMDA**

위의 표장은 「상표법」에 따라 상표등록원부에 등록되었음을 증명합니다.

**This is to certify that, in accordance with the Trademark Act, a trademark has been registered at the Korean Intellectual Property Office.**

2016년 02월 01일

**특허청장**
COMMISSIONER,
KOREAN INTELLECTUAL PROPERTY OFFICE

최 동 규

■ ⁵ 다품다 상표등록증. '감독 후기' 477쪽

# 사 업 자 등 록 증
## ( 간이과세자 )
### 등록번호 : 298-32-00078

상        호 : 다품다

성        명 :                    생 년 월 일 : 196

개 업 연 월 일 : 2015 년 05 월 19 일

사 업 장 소 재 지 : 충청북도 청주시 상당구

사 업 의 종 류

발 급 사 유 : 신규

공 동 사 업 자 :

사업자 단위 과세 적용사업자 여부 : 여 (     ) 부 ( ∨ )

전자세금계산서 전용 전자우편주소 :

### 2015 년 05 월 19 일

## 동청주세무서장

■⁶ 다품다 사업자등록증, '감독 후기' 477쪽

# Writing a Fortran program (Case study I)

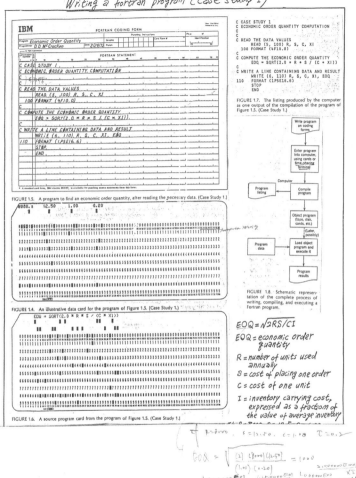

```
IBM                    FORTRAN CODING FORM

Program  Economic Order Quantity
Programmer  D. D. McCracken    Date 2/29/72
```

| C | CASE STUDY I . |
| C | ECONOMIC ORDER QUANTITY COMPUTATION |
| C | |
| C | READ THE DATA VALUES |
| | READ (5, 100) R, S, C, XI |
| 100 | FORMAT (4F10.0) |
| C | |
| C | COMPUTE THE ECONOMIC ORDER QUANTITY |
| | EOQ = SQRT(2.0 * R * S / (C * XI)) |
| C | |
| C | WRITE A LINE CONTAINING DATA AND RESULT |
| | WRITE (6, 110) R, S, C, XI, EOQ |
| 110 | FORMAT (1P5E16.6) |
| | STOP |
| | END |

FIGURE 1.5. A program to find an economic order quantity, after reading the necessary data. (Case Study 1.)

```
C CASE STUDY 1
C ECONOMIC ORDER QUANTITY COMPUTATION
C
C
C READ THE DATA VALUES
      READ (5, 100) R, S, C, XI
  100 FORMAT (4F10.0)
C
C COMPUTE THE ECONOMIC ORDER QUANTITY
      EOQ = SQRT(2.0 * R * S / (C * XI))
C
C WRITE A LINE CONTAINING DATA AND RESULT
      WRITE (6, 110) R, S, C, XI, EOQ
  110 FORMAT (1P5E16.6)
      STOP
      END
```

FIGURE 1.7. The listing produced by the computer as one output of the compilation of the program of Figure 1.5. (Case Study 1.)

```
8000.         12.50         1.00          0.20
```

FIGURE 1.4. An illustrative data card for the program of Figure 1.5. (Case Study 1.)

```
EOQ = SQRT(2.0 * R * S / (C * XI))
```

FIGURE 1.6. A source program card from the program of Figure 1.5. (Case Study 1.)

FIGURE 1.8. Schematic representation of the complete process of writing, compiling, and executing a Fortran program.

$$EOQ = \sqrt{2RS/CI}$$

EOQ = economic order quantity

R = number of units used annually

S = cost of placing one order

C = cost of one unit

I = inventory carrying cost, expressed as a fraction of the value of average inventory

R=8000,  S=12.50,  C=1.00  I=0.2

$$EOQ = \sqrt{\frac{(2)(8000)(12.50)}{(1.00)(0.20)}} = 1000$$

■ 포트란 OMR 카드 감독 후기 485쪽

| PROD. QTY NO VAL | CUST NO TOTAL | CUST NO 1 | CUST NO 2 | CUST NO 3 | CUST NO 4 | CUST NO ME | CUST NO MG | CUST NO MO |
|---|---|---|---|---|---|---|---|---|
| *SUBTOT*QTY | 17.00 | .00 | .00 | 17.00 | .00 | .00 | .00 | .00 |
| *YTD | 24.00 | .00 | .00 | 24.00 | .00 | .00 | .00 | .00 |
| *VAL | 159,000 | 0 | 0 | 159,000 | 0 | 0 | 0 | 0 |
| N D | 0 | 0 | 0 | 0 | 0 | 0 | 0 | 0 |
| D P | 3,280 | 0 | 0 | 4,000 | 0 | 0 | 0 | 0 |
| NET | 155,000 | 0 | 0 | 155,000 | 0 | 0 | 0 | 0 |
| *YTD | 267,000 | 0 | 0 | 267,000 | 0 | 0 | 0 | 0 |
| N D | 0 | 0 | 0 | 0 | 0 | 0 | 0 | 0 |
| D P | 3,280 | 0 | 0 | 3,280 | 0 | 0 | 0 | 0 |
| NET | 263,000 | 0 | 0 | 263,000 | 0 | 0 | 0 | 0 |
| N.C | | 0 | 0 | | 0 | 0 | 0 | 0 |
| 355-01*QTY | .00 | .00 | .00 | | .00 | .00 | .00 | .00 |
| *YTD | 20.00 | .00 | .00 | 20.00 | .00 | .00 | .00 | .00 |
| *VAL | 0 | 0 | 0 | 0 | 0 | 0 | 0 | 0 |
| N D | 0 | 0 | 0 | 0 | 0 | 0 | 0 | 0 |
| D P | 0 | 0 | 0 | 0 | 0 | 0 | 0 | 0 |
| NET | 0 | 0 | 0 | 0 | 0 | 0 | 0 | 0 |
| *YTD | 40,000 | 0 | 0 | 40,000 | 0 | 0 | 0 | 0 |
| N D | 0 | 0 | 0 | 0 | 0 | 0 | 0 | 0 |
| D P | 0 | 0 | 0 | 0 | 0 | 0 | 0 | 0 |
| NET | 40,000 | 0 | 0 | 40,000 | 0 | 0 | 0 | 0 |
| N.C | 1 | 0 | 0 | | 0 | 0 | 0 | 0 |
| 355-12*QTY | 2.00 | .00 | .00 | 2.00 | .00 | .00 | .00 | .00 |
| *YTD | 12.00 | .00 | .00 | 12.00 | .00 | .00 | .00 | .00 |
| *VAL | 31,000 | 0 | 0 | 31,000 | 0 | 0 | 0 | 0 |
| N D | 0 | 0 | 0 | 0 | 0 | 0 | 0 | 0 |
| D P | 510 | 0 | 0 | 510 | 0 | 0 | 0 | 0 |
| NET | 30,490 | 0 | 0 | 30,490 | 0 | 0 | 0 | 0 |
| *YTD | 171,000 | 0 | 0 | 171,000 | 0 | 0 | 0 | 0 |
| N D | 0 | 0 | 0 | 0 | 0 | 0 | 0 | 0 |
| D P | 510 | 0 | 0 | 510 | 0 | 0 | 0 | 0 |
| NET | 170,490 | 0 | 0 | 170,490 | 0 | 0 | 0 | 0 |
| N.C | 6 | 0 | 0 | 5 | 0 | 0 | 0 | 0 |
| *SUBTOT*QTY | 2.00 | .00 | .00 | 2.00 | .00 | .00 | .00 | .00 |
| *YTD | 32.00 | .00 | .00 | 32.00 | .00 | .00 | .00 | .00 |
| *VAL | 31,000 | 0 | 0 | 31,000 | 0 | 0 | 0 | 0 |
| N D | 0 | 0 | 0 | 0 | 0 | 0 | 0 | 0 |
| D P | 510 | 0 | 0 | 510 | 0 | 0 | 0 | 0 |
| NET | 30,490 | 0 | 0 | 30,490 | 0 | 0 | 0 | 0 |
| *YTD | 211,000 | 0 | 0 | 211,000 | 0 | 0 | 0 | 0 |
| N D | 0 | 0 | 0 | 0 | 0 | 0 | 0 | 0 |
| D P | 510 | 0 | 0 | 510 | 0 | 0 | 0 | 0 |
| NET | 210,490 | 0 | 0 | 210,490 | 0 | 0 | 0 | 0 |
| N.C | | 0 | 0 | | 0 | 0 | 0 | 0 |
| 392-02*QTY | 24.00 | .00 | .00 | 24.00 | .00 | .00 | .00 | .00 |
| *YTD | | .00 | .00 | | .00 | .00 | .00 | .00 |
| *VAL | 0 | 0 | 0 | 0 | 0 | 0 | 0 | 0 |
| N D | 0 | 0 | 0 | 0 | 0 | 0 | 0 | 0 |
| D P | 0 | 0 | 0 | 0 | 0 | 0 | 0 | 0 |
| NET | 0 | 0 | 0 | 0 | 0 | 0 | 0 | 0 |
| *YTD | 146,400 | 0 | 0 | 146,400 | 0 | 0 | 0 | 0 |
| N D | 0 | 0 | 0 | 0 | 0 | 0 | 0 | 0 |
| D P | 0 | 0 | 0 | 0 | 0 | 0 | 0 | 0 |
| NET | 146,400 | 0 | 0 | 146,400 | 0 | 0 | 0 | 0 |
| N.C | 2 | 0 | 0 | | 0 | 0 | 0 | 0 |

■ⁿ. 포트란 펀치 카드. 감독 후기 485쪽

■ ⁹ '공(工)'자가 들어간 삼국시대의 정교한 와편. 491쪽